LIA SCOTT

STURMJAHRE

Das Versprechen einer neuen Zeit

ROMAN

FISCHER Taschenbuch

Aus Verantwortung für die Umwelt hat sich der S. Fischer Verlag zu einer nachhaltigen Buchproduktion verpflichtet. Der bewusste Umgang mit unseren Ressourcen, der Schutz unseres Klimas und der Natur gehören zu unseren obersten Unternehmenszielen.

Gemeinsam mit unseren Partnern und Lieferanten setzen wir uns für eine klimaneutrale Buchproduktion ein, die den Erwerb von Klimazertifikaten zur Kompensation des CO_2-Ausstoßes einschließt.

Weitere Informationen finden Sie unter: www.klimaneutralerverlag.de

FSC www.fsc.org
MIX
Papier | Fördert gute Waldnutzung
FSC® C014496

Originalausgabe
Erschienen bei FISCHER Taschenbuch
Frankfurt am Main, September 2023

Redaktion: Ilona Jaeger

Satz: Pinkuin Satz und Datentechnik, Berlin
Druck und Bindung: GGP Media GmbH, Pößneck
Printed in Germany
ISBN 978-3-596-70777-5

TEIL EINS

März 1919

Der Große Krieg ist seit vier Monaten gewonnen. Ein Großteil der Soldaten befindet sich noch immer auf dem Festland, um dort den Wiederaufbau zu unterstützen. Die Familien in der schottischen Heimat warten weiterhin auf die Rückkehr ihrer Väter, Söhne und Brüder.

Das alltägliche Leben ist von den Folgen des Krieges geprägt. Veteranen, die verwundet nach Hause kommen, können ihre Familien oft kaum ernähren. Die Menschen strömen mit der Hoffnung auf Arbeit und ein besseres Leben in die überfüllten Großstädte.

Unter den Frauen beginnt sich Widerstand zu regen. Der Wunsch nach Selbstbestimmung drängt sie dazu, mehr für ihre Rechte einzustehen. Doch darf eine Frau, die in die Unterschicht hineingeboren wurde, es wagen, Träume zu haben?

Kapitel 1

Der Stoff glitt wie Wasser durch ihre Hände. Zärtlich berührten Vikas Fingerspitzen das blaue Seidentuch, das ihr so kostbar vorkam wie kaum je etwas zuvor.

Sie sah auf und blickte in das strenge Gesicht der Ladenbesitzerin. Mrs. Malloy zog eine Augenbraue hoch, und Vika machte sich daran, das feine Kleidungsstück ordentlich zu falten und ins Regal zurückzulegen. Ein Seufzen entwich ihr, als sie es ein letztes Mal betrachtete. Dann trat sie an den Tresen und stellte den Weidenkorb darauf ab. Ehe sie um das Mehl bitten konnte, wurde die Ladentür geöffnet. Augenblicklich setzte Mrs. Malloy ein Lächeln auf und eilte zu der neuen Kundin, um ihre Hilfe anzubieten. Vika sah zur Seite und bedeutete ihrem Sohn, sich neben sie zu stellen. Stets war sie besorgt, dass Arch etwas hinunterstoßen würde.

Er schmiegte sich an sie und schielte auf die Gläser mit den Bonbons, die genau auf seiner Augenhöhe auf der Ladentheke lockten.

Vika schalt sich in Gedanken dafür, den Jungen nicht daheim gelassen zu haben. Nicht einmal für ein Bonbon hatte sie Geld über.

Dann näherten sich schwere Schritte, und Mr. Malloy stellte sich neben die Kasse. Sein Hemd spannte ein wenig über dem Bauch, und die grauen Haare wirkten zerzaust. »Wie mir scheint, ist meine Frau beschäftigt, das ist ein guter

Vorwand, um eine Pause von der Inventur des Lagers zu machen«, sagte er und sah Vika mit einem warmen Ausdruck an. »Was darf ich für Sie tun, Miss Fairbairn?«

Es war Vika ein Rätsel, wie die kratzbürstige Mrs. Malloy, die sie stets als Letzte bediente, zu diesem gutherzigen Mann gekommen war. Mit den straff zu einem Dutt zurückgebundenen Haaren und dem dunklen, beinahe wie ein Trauerkleid wirkenden Gewand machte sie nicht den Eindruck auf Vika, als wäre sie vor Jahrzehnten einmal eine einnehmende junge Frau gewesen, in die sich ein Mann Hals über Kopf hatte vergucken können. Vermutlich hatte es geholfen, dass sie den Laden mit in die Ehe eingebracht hatte, überlegte Vika, ehe sie dem Gemischtwarenhändler ein Lächeln schenkte. »Das Mehl ist mir ausgegangen.« Ob der Mann seine Wahl bereute? Der Laden lief gut, es ließ sich ganz sicher recht sorgenfrei davon leben. Selbst jetzt, da die Zeiten hart waren und die Menschen ihr weniges Geld mehr beisammenhielten. Einige Dinge brauchte man jedoch immer, und was Foxgirth anging, so gab es nur dieses eine Geschäft.

Mr. Malloy streckte den Arm nach einem kleinen Sack im Regal aus und ließ ihn in den Korb plumpsen. »Sonst noch etwas?«

Vika sah einen flüchtigen Moment lang auf das bezaubernde Seidentuch und schüttelte dann den Kopf. »Mehr brauche ich heute nicht.«

»Wie alt bist du jetzt?«, fragte Mr. Malloy und stützte die Ellenbogen auf der Holzplatte auf.

Arch hob eine Hand, zeigte vier Finger, und seine Brust schien anzuschwellen.

»Schau an.« Mr Malloy schmunzelte und öffnete den Deckel eines der Gläser. Geduldig reihte er vier rosa Bonbons auf dem Tresen auf und Arch schien vor Vorfreude zu zerspringen.

Vika sah ihn mahnend an, und ihr Sohn steckte die Hände in die Hosentasche.

»Nächstes Jahr bekommst du schon fünf.« Der Mann schob die Bonbons zu Arch hin.

»Danke sehr«, brachte dieser heraus, ehe er sich schon das erste in den Mund steckte.

»Das ist sehr großzügig, vielen Dank.« Vika zählte die Münzen ab und reichte sie dem Händler. »Einen guten Tag noch, Mr. Malloy.«

»Ihnen ebenso, Miss Fairbairn.«

Vika griff nach dem Korb, während Arch seinen Schatz in den Handflächen verschwinden ließ. »Ihnen auch einen guten Tag, Mrs. Malloy«, rief sie, ehe sie die Tür öffnete, doch die ältere Frau sah sie nur verkniffen an. »Alte Schreckschraube«, murmelte Vika und stieß gegen die Schulter eines Mannes, als sie sich vor dem Laden umwandte.

»Das ist sie ohne Frage«, hörte sie ihn sagen und dann auflachen.

»Lauf rasch heim, ich komme gleich nach«, wies Vika ihren Sohn an. Dann sah sie auf. »Guten Morgen, Willie.«

»Gut, dass wir uns treffen. Ich wollte mit dir reden«, raunte er und zog sie von der Tür weg.

Vika machte einen großen Schritt über eine Pfütze. Wie sie sich freute, dass der Frühling bald beginnen würde. Nach dem Winter glich die unbefestigte Hauptstraße von Foxgirth einer Schlammsuhle, und Vika war es leid, nach jedem Gang zum Laden die Schuhe zu putzen. Doch noch ungelegener als der Matsch kam ihr Willie Glenns Wunsch, mit ihr zu sprechen. »Was ist denn?«, entfuhr es ihr, als er endlich stehen blieb.

»Hast du nachgedacht?«, fragte er ohne Umschweife. Seine hellbraunen Augen ließen nicht von ihr ab, und sie beobachtete, wie er scheinbar reflexhaft den Hemdkragen zurechtrückte. Der offene Mantel, der seine besten Zeiten schon hinter sich hatte, aber stets gepflegt wurde, reichte ihm fast bis zu den Knien, und in der Seitentasche war eine Ausbeulung zu erkennen, in der sie Willies Pfeife vermutete. Seine Hose war sauber und faltenfrei und seine Haare waren ordentlich mit Pomade in Form gebracht. Man konnte Willie Glenn durchaus als angenehme Erscheinung bezeichnen, und doch wollte sie dieses Gespräch vermeiden, das sie schon so oft zuvor geführt hatten.

Vika brachte den Korb vor sich, und Willie rückte ein wenig von ihr ab. »Ich habe dir meine Meinung dazu bereits gesagt, Willie.«

»Und ich habe dir gesagt, dass du es dir gründlich überlegen sollst.« Er verschränkte die Arme vor der Brust und schaute auf sie hinab.

Vika wandte den Blick ab.

Arch hüpfte auf der anderen Straßenseite die Stufen zum Pub hinauf und verschwand dann im Innern des großen Hauses.

»Vika!«

»Schon gut.« Eilig drehte sie sich wieder zu ihm um. »Willie, ich habe dir meine Entscheidung schon mehr als einmal mitgeteilt. Und daran wird sich auch nichts ändern.« Alle paar Monate fing der Mann erneut von dieser Sache an. Anfangs hatte es Vika geschmeichelt, doch nun wurde es langsam unangenehm. Willie musste inzwischen an die dreißig Jahre alt sein, und ihr war klar, dass er wohl endlich eine Familie gründen wollte. Sie war immer ehrlich gewesen, wenn es um dieses Thema ging. Vermutlich war es an der Zeit, noch deutlicher zu werden. »Du weißt, dass ich dich schätze, aber das ist zu wenig. Für eine glückliche Ehe braucht es Liebe von beiden Seiten, und das kann ich dir nicht geben.«

Willie schluckte, dann schnellte sein Arm vor, und er deutete auf den Pub. Das Sandsteingebäude thronte zwischen den kleineren, wenig eindrucksvollen Häusern. »*Er* wird dich niemals heiraten, Vika. Das hätte er längst getan, wenn er es vorhätte.« Seine Stimme bebte.

Vika schnappte nach Luft. Ihre Hände umklammerten den Griff des Korbs, während Willies Gesichtsfarbe einen ungesunden Rotton annahm.

»Der verdammte Mistkerl hätte sich in Flandern erschießen lassen sollen!«, brach es aus ihm heraus.

»Wie kannst du nur!« Vika trat einen Schritt zurück und stieß gegen eine Kiste Äpfel. Strafend schüttelte Mrs. Malloy hinter der breiten Scheibe den Kopf, doch Vika ignorierte sie. »Ich würde dich in hundert Jahren nicht heiraten. Das hat nichts mit *ihm* zu tun«, zischte sie.

»Er ist ein schlechter Mensch, Vika. Das wissen wir doch beide.« Ihre Worte hatten ihn getroffen, das war kaum zu übersehen.

Vikas Herz raste, und ihr Blick verharrte auf der Pubtür. Starrte sie dorthin, um nicht zu Willie sehen zu müssen, oder weil sie herausfinden wollte, wie viel Wahrheit in seinen verbitterten Worten lag?

»Wer ist ein schlechter Mensch?«, hörte sie eine Frauenstimme herausfordernd fragen. *Bonnie, Gott sei Dank.* Vikas Blick wurde von dem der jungen Frau aufgefangen. Kaum merklich nickte Bonnie ihr zu, dann stellte sie sich neben Vika und hakte sich bei ihr unter.

»Guten Morgen, Willie. Also, worum geht es hier?«

»Vergiss es«, presste er zwischen den Zähnen hindurch. Seine Abneigung gegen Bonnie war nicht zu übersehen. Und das, obwohl die aufopferungsvolle Krankenschwester doch sonst von jedem im Ort geschätzt wurde. Nur nicht von den Glenns. Daran hatte auch die Tatsache, dass Bonnie im vergangenen Jahr vermutlich das Leben von Willies Schwester Kate gerettet hatte, als diese wie so viele in Foxgirth an der Spanischen Grippe erkrankt war, wenig geändert. Die Glenns und die Dennons, zu denen Bonnie nun einmal gehörte, verband ein glühender Hass, den Vika bis heute nur ansatzweise verstand. Sie kannte die Gerüchte darüber, was Willies Vater angeblich getan hatte, doch ob diese hinter vorgehaltener Hand erzählte Geschichte wirklich stimmte, das konnte Vika nicht beurteilen. Wer wusste schon, was vor einem halben Leben wirklich vorgefallen war? Bonnie jedenfalls hatte nie offen die Abneigung gezeigt, die einige ihrer Geschwister gegenüber den Glenns an den Tag legten, was Vika Respekt abnötigte. Willie hingegen war heute zu weit gegangen. Manche Dinge sprach man nicht aus. Man dachte sie nicht einmal.

Willie wandte sich noch einmal an Vika, die sich zwang, erhobenen Hauptes aus diesem unglückseligen Gespräch herauszugehen, und das Kinn vorreckte. Für einen verschwindend kurzen Moment sahen sie sich an, dann stapfte Willie wie eine Dampflock davon.

»Fehlt nur noch der Rauch, der ihm aus den Ohren steigt«, murmelte Vika und sah ihm über die Schulter nach.

»Wie treffend«, sagte Bonnie lachend.

»Zum Glück bist du gekommen.« Vika lächelte sie dankbar an.

»Du weißt, ich bin ein friedfertiger Mensch, aber wenn dieser Kerl noch einmal sagt, dass mein Bruder hätte fallen sollen, dann scheuer ich ihm eine.« Bonnie stemmte die Hände in die Hüften und schnaufte.

»Wenn du es tust, dann muss ich es nicht machen.« Nun musste auch Vika lachen und ihre Anspannung löste sich auf.

»Seit viereinhalb Jahren spreche ich jeden Tag ein Gebet, damit meine Brüder allesamt heil nach Hause zurückkehren, und dann so etwas. Hätte dieser Kerl nur etwas Anstand, dann hätte er sich ebenfalls freiwillig für den Kriegsdienst gemeldet, aber das haben ja weder Willie noch sein Bruder gewagt.« Bonnie schnaufte erneut, dann zuckte sie mit den Schultern. »Entschuldige bitte, dass ich mich so aufrege. Ich bin diese ganze Sorge nur allmählich wirklich leid. Nun ist der Krieg endlich vorüber und Keillan und Ian sind trotzdem weiterhin mit ihren Einheiten auf dem Festland stationiert, um die vom Krieg zerstörte Infrastruktur wieder aufzubauen. Ich werde erst wieder ruhig schlafen, wenn unsere Ma sie an ihre Brust drücken konnte.«

Mit einem flauen Gefühl im Magen sah Vika erneut zum Pub hinüber. »Willie kann sagen, was er will, einer deiner Brüder ist dennoch bei uns und hat überlebt.«

»Unkraut vergeht nicht, das trifft auf keinen besser zu als auf Archie Dennon.« Bonnie zuckte mit den Schultern, dann musterte sie Vika. »Warum habt ihr überhaupt über Archie gesprochen?«

»Es ging eigentlich um ein anderes Thema«, antwortete Vika ausweichend. »Was machst du denn hier, du müsstest doch schon nach Edinburgh unterwegs sein, oder?«, lenkte sie das Gespräch in eine andere Richtung. Gestern war Bonnie im Pub vorbeigekommen, um sich von ihrem Bruder zu verabschieden und Vika hatte sie auf eine Tasse Tee eingeladen. Während die Spanische Grippe in Foxgirth gewütet hatte, waren sie vertrauter miteinander geworden und Vika schätzte Archies jüngere Schwester, die so ganz anders war als er. Doch eigentlich war jeder anders als Archie, wenn Vika es genau bedachte. Jedenfalls hatte Bonnie ihr erzählt, dass sie nach einer Woche Urlaub erneut zurück ans Second Scottish General Hospital musste. »Ganz bestimmt werde ich nächstes Mal für immer heimkommen, da dieser irrsinnige Krieg endlich vorüber ist. Ich bleibe höchstens noch für ein paar Monate in Edinburgh«, hatte Bonnie gesagt, dann genickt und den restlichen Tee ausgetrunken.

Vika hoffte inständig, dass das stimmte. Bonnie würde heimkehren, wenn die Krankenhäuser nicht mehr unzählige Soldaten zu pflegen hatten. Vermutlich dann, wenn auch die Männer endlich vom Festland in die Heimat aufbrechen würden. Noch gab es zu viele Schwerverletzte, deren Genesung, wie Bonnie ihr erzählt hatte, oft langwierig war. Doch immerhin kamen kaum noch neue Patienten nach. Vika seufzte und verdrängte den Gedanken daran, dass die Rückkehr der Soldaten für sie selbst vermutlich zu spät kommen würde. Der Krieg hatte schlicht zu lange gedauert. Länger, als sie es sich hatte leisten können.

Bonnie linste zur Morgensonne hinauf, die schwach hinter Schleierwolken glomm. »Ich wollte noch ein letztes Mal nach einer Patientin sehen, ehe ich aufbreche. Daher fahren wir erst jetzt gleich. Mr. Malloy muss für seinen Laden Waren in Edinburgh einkaufen und wird mich mitnehmen, meinen Koffer habe ich schon im Morgengrauen bei ihm abgestellt. So muss Connor nicht extra die Strecke fahren, um mich beim Krankenhaus abzuliefern.«

»Und Mrs. Malloy erlaubt, dass ihr Mann mit einer hübschen jungen Frau mehrere Stunden auf einer Kutsche verbringt?« Vika kicherte. »Das überrascht mich in der Tat ein wenig. Aber du hast auch einen besseren Ruf als ich. Mich würde sie vermutlich, ohne mit der Wimper zu zucken, den ganzen Weg zu Fuß gehen lassen.«

Bonnie lachte und neigte sich ein wenig zu ihr herüber. »Ich habe Mrs. Malloy mit ihren schlimmen Ischiasschmerzen geholfen, dafür schuldet sie mir was.«

Vika schmunzelte, da sie nun doch eine Ähnlichkeit zu Archie bei Bonnie entdeckte. Immerhin das Verhandlungsgeschick schienen die Geschwister gemeinsam zu haben. »Ich nehme an, du und Connor habt die gemeinsamen Tage genossen?« Wie schön es für die beiden gewesen sein musste, sich das erste Mal seit der Hochzeit kurz vor Weihnachten zu sehen. Jeder in Foxgirth war von der scheinbar übereilten Eheschließung nach nur rund einwöchiger Verlobungszeit überrascht gewesen. Und dann war Bonnie im neuen Jahr auch noch erneut zu ihrem Dienst im Krankenhaus aufgebrochen. Die Gerüchteküche hatte gebrodelt, vor allem im Gemischtwarenladen. Doch für Vika und Bonnies Familie war nichts an dieser Ehe übereilt gewesen. Viel zu lange hatten Bonnie und Connor sich ihre Liebe nicht eingestehen können, die für Vika so offensichtlich gewesen war. Umso mehr hatte es sie gefreut, die beiden endlich vor dem Altar zu sehen. Es war einer dieser herrlichen Tage gewesen, von denen sie schon lange viel zu wenige erlebt hatten. Und natürlich gab eine Vollblutkrankenschwester wie Bonnie ihre Arbeit nicht wegen eines Mannes auf. Connor würde sich noch ein wenig gedulden müssen, bis seine Liebste dauerhaft bei ihm lebte und wieder als Gemeindekrankenschwester von Foxgirth arbeiten würde.

Bonnies Wangen zeigten einen rosa Schimmer. »Es war wirklich schön«, sagte sie und lächelte versonnen. Was dieser Gesichtsausdruck zu bedeuten hatte, war eindeutig.

Vika glaubte einen leichten Stich in ihrem Innern zu verspüren. Nein, sie gönnte Bonnie und Connor ihr Glück von Herzen, ermahnte sie sich in Gedanken.

»Vielleicht feiern wir ja bald eine weitere Hochzeit?«

»Wie bitte?« Irritiert sah sie die Krankenschwester an. »Hat *er* etwa was zu dir gesagt?«, rutschte es Vika heraus, ehe sie sich auf die Zunge beißen konnte. Ihr Herz schlug plötzlich noch schneller als bei diesem unliebsamen Aufeinandertreffen gerade.

»Willie spricht kein Wort mehr als notwendig mit mir, das weißt du doch.«

»Willie, ja …« Vika sah ertappt auf ihre Schuhe.

»Dachte ich's mir doch. Wenn so gestritten wird wie bei euch eben, dann sind Gefühle im Spiel.« Bonnie grinste. »Ich kann ihn ja nicht besonders leiden, und das gerade war wirklich unangemessen, aber vermutlich ist Willie gar nicht so übel.« Bonnie strich ihr über den Arm. »Ich habe lange Zeit geglaubt, dass du für jemand anderes mehr empfindest, doch was das angeht, hat sich ja nun wenig getan. Daher wünsche ich dir, dass sich für dich und Willie alles so entwickelt, wie du es dir erhoffst. Und lass dich nicht von der Meinung anderer Leute beeinflussen. Das gilt auch für die meiner Familie. Es ist deine Entscheidung, wem du dein Herz schenkst, und wenn das ausgerechnet Willie Glenn sein soll, dann ist es eben so.«

Ehe Vika antworten konnte, umarmte Bonnie sie schon und verschwand dann im Laden.

Es stimmte: Es hatte sich wenig getan. Dabei hatte Vika, ähnlich wie Bonnie, auch jeden Abend ein Gebet gesprochen.

Doch manche Männer kehrten nie zurück, und andere nur als ein Schatten ihrer selbst. Der ein oder andere hatte das, was ihn einst ausgemacht hatte, an der Front für immer verloren. Was davon für den Kerl zutraf, dem ihre Gebete gegolten hatten, darüber dachte Vika quälend oft nach. Und das, obwohl sie eigentlich genug anderes zu tun hatte. Mit einem Seufzer katapultierte sie sich wieder in die Gegenwart und erinnerte sich an all die Aufgaben, die heute noch anstanden. Und an Arch, der inzwischen vermutlich längst etwas anstellte. So sehr sie den kleinen Bengel liebte, brachte er sich doch in anstrengender Regelmäßigkeit in Schwierigkeiten.

Vika hob den Rock an, um die Straße zu überqueren, als sie eine Person wenige Häuser weiter an einer Wand lehnen sah. Willie beobachtete sie nun also auch noch. Und sogar Bonnie glaubte, dass für sie beide bald die Hochzeitsglocken läuten würden. Doch Vika hatte Willie ein für alle Mal klargemacht, dass sie nicht an einer gemeinsamen Zukunft mit ihm interessiert war. Es musste endlich zu ihm durchgedrungen sein, dass sie es ernst meinte.

Willie hob eine Hand an, formte mit ihr eine Pistole und zeigte in Richtung des Pubs. Augenblicklich schlug Vika das Herz bis zum Hals und der Stoff rutschte ihr aus der Hand. Die Geste war eine Drohung, daran bestand kein Zweifel. Und diese war nicht gegen sie gerichtet. Allem Anschein nach war sie schmerzhaft deutlich gewesen. Willie hatte ihre Antwort nur zu gut verstanden. Gekränkter Männerstolz, das hatte Vika hier und da beobachtet, war beinahe ein Garant für Ärger. Und in diesem Fall war sie dafür verantwortlich. Hastig raffte sie den Rock erneut und lief los.

* * * * *

Archie rollte sich auf die Seite. Einen Moment lang befanden sich seine Gedanken in dem Übergang zwischen Wachsein und Traum. Die einzigen Träume, die er kannte, waren Albträume. Sie führten ihn an Orte, die er sich bei Tage zu vergessen bemühte. Wenn er aufwachte, glaubte er sich stets für einige Sekunden wieder an der Front. Das Adrenalin, das in den ersten Augenblicken klaren Bewusstseins sofort durch seine Adern schoss, ließ ihn emporschnellen. Sein Blick fiel auf die ordentliche Leinenbettwäsche, und er sank zurück ins Kissen. Noch immer erschien ihm ein sauberes Bett wie ein Himmelreich. Nicht die zerschlissene und von Läusen wimmelnde, kratzende Decke als einziger Schutz gegen die Feuchtigkeit und Kälte in den Schützengräben. Er atmete tief ein, um sich im Hier und Jetzt zu verankern, und konzentrierte sich auf den spärlich eingerichteten Raum.

Draußen vermutete er Sonnenschein, jedenfalls versprach es das warme Licht, das durch die dunkelgrünen Vorhänge hineindrang. Ein Tag ohne Mörserfeuer und ständige Anspannung. Stattdessen erwarteten ihn der weite Himmel und ein Wind, der den Geruch des Meeres mit sich brachte. Wogende Wellen von Gras auf den Feldern und eine Ruhe, die ihm weiterhin unwirklich erschien. Seit eineinhalb Jahren war er jetzt zurück, und doch musste er sich jeden Tag aufs Neue vergewissern, dass es wirklich so war. Und dass er tatsächlich noch lebte.

Vor der Zimmertür hörte er tippelnde Schritte. Ein Lächeln zuckte in Archies Mundwinkeln. Er rappelte sich auf und bereute sofort, es am Abend zuvor mit dem Whisky übertrieben zu haben. Sein dröhnender Kopf zwang ihn, sich langsamer zu bewegen. Er griff nach dem Wasserglas und leerte es in einem Zug. Dann griff er sich Hemd und Hose vom Vortag, die über dem Stuhl neben dem Bett hingen, und zog sich an. Immerhin das klappte inzwischen mit nur einem Arm besser. An manchen Tagen fiel ihm nicht einmal mehr auf, dass er einen weniger hatte als früher. Der Mensch passte sich den Gegebenheiten eben schnell an, wenn er keine andere Wahl hatte. Mit den Fingern ordnete er rasch seine dunklen Haare und öffnete die Tür.

Kaum war er in den Gang getreten, umschlangen zwei dünne Arme seine Beine. Archie sah in das grinsende Gesicht von Arch hinunter. Mit dem Finger stupste er die dicke Backe des Jungen an. »Hast du Mumps, oder war das Frühstück etwa so schrecklich, dass du es nicht runterschlucken konntest?«

»Bonbons«, nuschelte Arch. »Drei Bonbons.«

»Du Glückspilz.« Archie lief an der Treppe, die in den ersten Stock führte, vorüber in den Schankraum des Pubs.

Die tippelnden Schritte folgten ihm. »Hab dir eins aufgehoben!« Arch hielt ihm seine kleine Handfläche hin, an der ein zerlaufenes Bonbon klebte.

»Das weiß ich zu schätzen«, sagte Archie. »Aber Kinder mögen Süßigkeiten lieber.«

Schulterzuckend steckte Arch es zu den anderen in den Mund.

Archie sah sich um und horchte. Es war ungewöhnlich still, und auch wenn es ihm eigentlich ganz recht war, irritierte es ihn.

Bobby, der riesige Neufundländer, den er vergangenes Jahr angeschafft hatte, lag schlafend auf dem Boden, und eine Lache aus Sabber breitete sich um das schwarze Maul herum aus. Der Hund öffnete nicht einmal die Augen. Als Aufpasser für den Pub war das Tier eine Enttäuschung, aber

Arch hatte in Bobby seinen besten Freund gefunden und das war ihm all das Fressen, das der Hund täglich verdrückte, wert.

»Wo ist deine Ma?«

»Unterhält sich vor dem Laden«, nuschelte Arch durch die Bonbons hindurch.

Archie nickte und öffnete die breite Eingangstür, um frische Luft hineinzulassen. Die Kühle war angenehm und machte ihn vollends wach. Er sah zur anderen Straßenseite hinüber, und seine Augenbrauen zogen sich unwillkürlich zusammen.

Willie Glenn schien auf Vika einzureden, deren abwehrende Körpersprache selbst von hier aus zu erkennen war.

Archie ahnte, worum es ging. Er hatte vor einiger Zeit erfahren, dass Willie ihr seit Jahren den Hof machte. Bisher hatte Vika nicht eingewilligt, doch Archie ging davon aus, dass es nur eine Frage der Zeit war. Ruckartig wandte er sich um und stapfte wieder hinein. Er schnappte sich Arch und setzte ihn auf den Tresen. Zufrieden blieb der Junge dort hocken, während ihm Speichelfäden über das Kinn liefen.

»Vielleicht hättest du nicht alle Bonbons gleichzeitig essen sollen«, brummte Archie und setzte sich auf einen Barhocker.

»Man muss das Leben genießen, wenn man die Chance dazu hat, sagt meine Ma immer«, nuschelte Arch bedeutungsschwer und wischte sich mit dem Ärmel über den Mund.

Archie schmunzelte. »Deine Ma ist eine kluge Frau.« Er sah an den Beinen des Burschen hinab. Die Hose war ihm längst zu kurz geworden und mehrfach geflickt. Dann fasste ihm Archie an die Schuhspitzen. »Die sind zu klein, oder nicht?«

»Drücken mächtig.«

Archie nickte. »Habe ich mir schon gedacht. Du brauchst dringend neue.«

»Ich wachse wie Unkraut«, verkündete Arch stolz und gab damit vermutlich einen weiteren Satz seiner Mutter zum Besten.

»Allerdings.« Archie setzte sich an den Tresen.

Kurz darauf stolperte Vika hinein. Sie sah ihn auf eine Weise an, die Archie nicht zu deuten wusste. Dann lief sie mit hastigen Schritten in die Küche nebenan, und er hörte, wie sie den Korb zu heftig auf dem Schränkchen absetzte.

»Ist alles gut?«, rief er.

»Ja!«, schallte es zurück.

Gleich darauf schepperte es und Arch sah ihn mit aufgerissenen Augen an.

»Ich glaube, deine Ma hat Teller in die Spülwanne geworfen«, flüsterte Archie.

Vika rauschte auf ihn zu. »Du siehst beschissen aus«, murmelte sie und stellte eine Tasse Tee vor ihn hin. »Willst du frühstücken?«

Archie nickte. Wie kam es, dass Vika stets so frisch wirkte? Sie war nicht eher als er zu Bett gegangen, dafür hatte es am gestrigen Abend zu viel zu tun gegeben. Und sicherlich hatte Arch sie wie üblich vor Sonnenaufgang geweckt.

Vika verschwand wieder in der Küche und kam kurz darauf mit einem Schälchen Haferschleim zurück.

Archie zog den Löffel aus dem klebrigen, dampfenden Brei.

Neben ihm kletterte Arch auf einen Hocker, stützte sich mit den Ellenbogen auf dem Tresen ab und strahlte ihn an.

»Was denn?«, brummte Archie.

»Gehst du heute mit mir reiten?«

»Vielleicht am Nachmittag, heute Morgen habe ich zu viel zu tun.« Seine Stimme war rau und sein Hals trocken. Er nahm einen Schluck Tee.

»Dann warte ich hier auf dich«, sagte der Junge und schielte auf das Schälchen.

»Hast du schon gefrühstückt?«, fragte Archie.

Arch nickte.

»Und die Bonbons?«

»Aufgelutscht.«

Er streckte Arch den Löffel hin. Wie eine hungrige Möwe schnappte er danach und kaute zufrieden.

Vika reckte den Kopf aus der Küche. »Das ist Archies Essen. Du hattest schon Frühstück, kleiner Mann.«

»Der Junge ist im Wachstum«, brummte Archie.

»Er frisst mir noch die Haare vom Kopf«, sagte Vika und lachte endlich, dann machte sie sich in der Küche zu schaffen und kam gleich darauf mit einem zweiten Schälchen zurück, das sie vor ihrem Sohn platzierte. Sie streichelte ihm mit einem zärtlichen Blick über die Wange und ging dann wieder an die Arbeit.

Während sie schweigend aßen, war aus der Küche das Klappern von Töpfen zu hören. Seit Vika vor rund neun Jahren hier eingezogen war, kochte sie im Pub. Jeden Tag bereitete sie Berge von Essen zu, das sie mittags und abends anbot. Das Mittagsgeschäft war nicht sonderlich ergiebig, doch abends war die Nachfrage besser, soweit Archie es beurteilen konnte. Mehrmals hatte sie ihm in den ersten Monaten ein Anteil an ihren Einnahmen angeboten, da sie die Küche des Pubs nutzen durfte, doch Archie hatte stets abgelehnt. »Wenigstens für den neuen Herd, den du angeschafft hast«, hatte Vika dagegengehalten. Aber Archie wollte kein Geld von ihr. Den Herd hatte er nur zu gerne gekauft. Ihm reichte es zu sehen, dass sie ihr eigenes Geld verdienen konnte, um sich und nun auch ihren Sohn durchzubringen. Vikas Situation war nicht leicht und stets sorgte er sich, sie könnte sich irgendwann gezwungen sehen, es auf eine andere Art zu verdienen. So wie ihre Schwester.

Wie aufs Stichwort schlug im ersten Stock eine Tür zu und gleich darauf kam Shona die Treppe hinuntergelaufen. Das schimmernde grüne Kleid, das sie trug, saß einen Tick zu eng und ihre hellblonden Haare, die sich von den rabenschwarzen Wellen ihrer Schwester Vika abhoben, waren wie immer perfekt frisiert. Natürlich war es ein modischer Bob, so wie es gerade der neuste Schrei war, während Vikas Haare ihr wie eh und je bis zu den Schultern reichten. Anfangs war es Archie schwergefallen zu glauben, dass die beiden Frauen tatsächlich Schwestern waren, aber er sah seinen jüngeren Geschwistern ebenfalls nicht ähnlich. Inzwischen schienen die beiden schon ein halbes Leben hier im Pub zu wohnen und er mochte, wie sich alles eingespielt hatte. Die Schwestern hatten sich um das Haus gekümmert, während er im Krieg gewesen war, und er wusste, dass er sich auf sie verlassen konnte. Im Gegenzug ließ er ihnen freie Hand, wo immer es ging.

Als Shona an ihm vorüber in die Küche lief, konnte er ihr Parfüm riechen. Süßlich hing es in dem Raum, wo gestern Abend Rauch und der Geruch nach schalem Ale das Atmen schwer gemacht hatten. Mit einer Tasse Tee kam sie zurück, drückte ihrem Neffen einen Kuss auf den Schopf und setzte sich neben Archie auf einen Hocker. Wie immer frühstückte

Shona nicht. Selten aß sie vor dem Mittag, vermutlich, um auf ihre Figur zu achten. Das Kleid war absichtlich etwas zu eng, vermutete Archie, da es so, beinahe versehentlich, etwas zu viel erkennen ließ.

Missmutig schob Archie sich einen Löffel in den Mund. Obwohl er längst immun gegen derlei Reize war, konnte er nicht bestreiten, dass Shona ihr Handwerk nur zu gut verstand.

Sie stellte die Tasse ab und nahm eine Zigarette aus der schmalen goldfarbenen Dose, die sie in der Hand getragen hatte. Mit einer eleganten Bewegung steckte sie die Zigarette in das lange Mundstück, entzündete das Feuer und inhalierte tief. Shona war die einzige Frau im Dorf, die derart unverhohlen rauchte, und noch dazu diesen modischen Schnickschnack dafür verwendete. Aber es passte durch und durch zu ihr.

Als sie Archies Blick bemerkte, schob sie ihm das Döschen und die Streichhölzer hinüber. »War ein guter Abend gestern. Der Laden war lange nicht mehr so voll.«

Archie nickte und fischte eine Zigarette heraus. »Wir sollten öfter Kartenrunden veranstalten«, brummte er. »Einmal im Monat ist zu selten.« Er entfachte das Streichholz am Tresen und inhalierte.

»Ich habe mehr Umsatz gemacht als sonst in einer Woche.« Mit einem zufriedenen Gesichtsausdruck zog sie erneut an der Zigarette.

Archie sah zur offenen Küchentür. Vermutlich hatte sich der Abend auch für Vika gelohnt. Jedenfalls hatte sie einige Mahlzeiten verkauft. Doch da er dem Whisky zu sehr zugesprochen hatte, traute er seiner Einschätzung nicht.

Er schob die Schale weg, stand auf und stapfte in das

kleine Büro am Ende des Gangs. Zielstrebig öffnete er das Fenster und atmete tief ein. Die Luft roch ein wenig salzig, wenn man genau darauf achtete.

Seit Anfang des Jahres wohnte er hier im Pub und nicht mehr im Haus seiner Familie. Gelegentlich fehlte ihm der morgendliche Blick auf das Meer und die tosenden Wellen, die sich an den Felsen entlang des rauen Strandes unterhalb der Steilklippe brachen, auf der das Cottage seit über einem Jahrhundert thronte.

Vor dem Krieg war das kleine Familienheim der Dennons schier aus den Nähten geplatzt. Zwar waren seine Brüder Keillan und Ian noch immer mit ihren Einheiten auf dem Festland stationiert, doch auch so war im Haus der Familie für Archie eindeutig zu viel Trubel. Vermutlich hatte er es früher schlicht besser ertragen. Seine Zwillingsschwester Blaire hatte ihn mehr als nur einmal darauf hingewiesen, dass er seit seiner Rückkehr aus dem Krieg noch eigensinniger geworden war als zuvor. Archie wusste nicht, ob das stimmte, doch für gewöhnlich lag Blaire richtig, was ihn betraf. Abgesehen davon war es notwendig, dass jemand hier nach dem Rechten sah. Jedenfalls hatte Archie seiner Ma gegenüber damit begründet, wieso er ausgezogen war. Mit inzwischen dreißig Jahren war es aber auch mehr als an der Zeit für ihn gewesen, endgültig auszuziehen. Wenn der Krieg nicht dazwischengekommen wäre, hätte er diesen Schritt vermutlich deutlich eher getan.

Das Bett in dem schlicht eingerichteten Schlafzimmer gegenüber dem Büro hatte Archie bereits vor seiner Zeit an der Front an mehreren Nächten in der Woche genutzt. Mit sechzehn Jahren hatte er einst entschieden, dass er den Pub übernehmen und führen würde, der bis dahin mehr oder minder vernachlässigt und nebenher von seiner Ma und einem Angestellten betreut worden war. Archie hatte dem Laden trotz seiner Jugend zu neuem Glanz verholfen. Die Umsätze waren gut gewesen und seine Zukunft hatte vielversprechend gewirkt. Und dann, als er fünfundzwanzig Jahre alt gewesen war, war dieser Scheißkrieg ausgebrochen und seine Brüder hatten unbedingt des Königs Ruf nach Freiwilligen folgen müssen. Also hatte Archie ebenfalls zähneknirschend seine Unterschrift geleistet, um zumindest an Ians Seite zu bleiben, seines damals gerade zwanzigjährigen kleinen Bruders, dessen Wagemut ihm und Keillan Sorge bereitet hatte. Der Krieg, den alle innerhalb von Monaten geglaubt hatten gewinnen zu können, hatte letztlich so viel länger gedauert, und Ian war an der Front endgültig zum Mann geworden. Eine vertane Jugend wie so viele unzählige andere, doch immerhin hatte er überlebt.

Einmal mehr an diesem noch so jungen Tag verscheuchte Archie die Vergangenheit aus seinen Gedanken und konzentrierte sich auf die Gegenwart. Connor, sein ehemaliger Kamerad aus dem neunten Bataillon der Royal Scots, der inzwischen seine jüngere Schwester Bonnie geheiratet hatte, lebte nun in dem neuen Häuschen, das er für seine frisch angetraute Frau neben dem Cottage der Dennons gebaut hatte.

Archie warf einen Blick auf die Standuhr, die er mal wieder vergessen hatte aufzuziehen. Dennoch musste es für seine Schwester an der Zeit sein aufzubrechen, wenn er richtig schätzte. Er widerstand dem Bedürfnis, vor den Pub zu gehen und ihre Abfahrt zu beobachten. Sollte Bonnie ihn entdecken, würde sie am Ende vor lauter weiblicher Rührseligkeit nur in Tränen ausbrechen. Genau das war schon gestern passiert, als er ihr zum Abschied zugeraunt hatte, wie stolz er auf ihre Leistung war. Seit über vier Jahren schon arbeitete Bonnie nun nicht mehr als Gemeindekrankenschwester von Foxgirth, sondern in städtischen Krankenhäusern, zunächst in London und nun in Edinburgh, und hatte in dieser Zeit unzählige seiner verwundeten Kameraden gesundgepflegt. Es war ihr ein Anliegen gewesen, während des Krieges ebenso wie ihre Brüder ihren Teil beizutragen, und auch wenn Archie anfangs nicht gewollt hatte, dass sie den Ort verließ. »So etwas Nettes hast du noch nie zu mir gesagt«, hatte sie gehaucht, ihn mit feuchten Augen angesehen und dann endlos lange umarmt. »Schon gut«, hatte Archie gemurrt und ihr etwas zu fest auf den Rücken geklopft. Nein, er ging besser nicht hinaus, damit sich das Schauspiel nicht wiederholen würde.

Stattdessen trat er an den Tresor und zog den Schlüssel aus seiner Hosentasche. Er öffnete den Metallschrank und betrachtete die Geldbündel. Immerhin hatte er es trotz seines Alkoholpegels geschafft, die Einnahmen des Vorabends hier bei dem Ersparten zu verwahren. Archie griff nach einem der dünnen Bündel und zählte einige Scheine ab. Blaire hatte ihn gebeten, dringend neues Getreide zu besorgen. Sie hatte während seiner Zeit in Frankreich, aus einer fixen Idee heraus eine kleine Whiskybrennerei aufgebaut und diese inzwischen mit der Hilfe ihres jüngsten Bruders Tommy zu einer ausgeklügelten Destillerie weiterentwickelt. Anfangs hatte Archie seine Zwillingsschwester dafür verflucht, die Familienrücklagen für diese Idee ausgegeben zu haben. Doch er hatte rasch eingesehen, dass Blaires Idee durchaus clever war. Bald würden die Männer aus dem Krieg zurückkehren. Wie er würden sie trinken, um zu vergessen und hinter sich zu lassen, was sie in ihren Träumen verfolgte. Sie waren alle auf die ein oder andere Art gebrochen, ob sie es wahrhaben wollten oder nicht.

Die bedrückenden Erinnerungen, die ihn selbst jetzt, eine halbe Stunde nach dem Aufstehen, nicht in Ruhe ließen, schienen sich an diesem Tag kaum verjagen zu lassen. Mit einem Knall warf er Tresortür zu. Er steckte die Scheine in die Hosentasche und zog den Schlüssel ab. Wie jeden Morgen nahm er die Bibel aus dem Regal, schlug sie auf und verstaute den Schlüssel in dem kleinen Hohlraum, den er in die Seiten geschnitten hatte. Wenn es schon sonst zu nichts nütze war, so verwahrte dieses Buch wenigstens sein Wertvollstes während des Tages sicher. Dieser Schlüssel, der nachts unter seinem Kopfkissen lag, war gleichzusetzen mit all den Plänen, die Blaire und er hatten, ebenso wie mit der Zukunft der ganzen Familie.

Kaum hatte er das Buch ins Regal gestellt, schlüpfte Shona durch die Tür und schloss sie leise. »Ich muss mit dir reden«, sagte sie.

Archie betrachtete ihr angespanntes Gesicht und bedeutete ihr, sich auf den Stuhl vor dem Schreibtisch zu setzen, während er selbst dahinter Platz nahm. »Was gibt's?«

Shona streckte den Rücken durch. »Es geht um Arch.«

»Hat er was ausgefressen?«

Shona schüttelte den Kopf. »Damit käme seine Mutter wohl alleine zurecht.« Sie holte Luft. »Hast du dir seine Kleidung mal genauer angesehen?«

Archie nickte. »Vorhin erst. Der Bursche braucht dringend neue Schuhe. Und die Hosen bestehen aus mehr Flicken als ursprünglichem Stoff.«

»Deshalb wollte ich mit dir reden.«

»Was hat das mit mir zu tun?« Er zog die Augenbrauen hoch und musterte Shonas aufeinandergepresste Lippen.

»Vika würde es nie aussprechen, aber es ist an der Zeit, dass du deinen Pflichten nachkommst.«

Archie beugte sich vor und stützte sich mit dem Ellenbogen auf der Tischplatte auf. »Meinen Pflichten?«

»Deinen väterlichen Pflichten.«

Einen Augenblick lang sahen sie einander an, ehe Archie sich zurücklehnte. »Du willst, dass ich ihm kaufe, was er braucht?«

Shona verschränkte die Arme vor der Brust. »So ist es.«

»Bisher hat Vika das ganz gut alleine hinbekommen. Was hat sich geändert?«

Shona kniff die Augen zusammen, was ihm zeigte, dass sie mit seiner Antwort alles andere als zufrieden war. »Meine Schwester tut, was sie kann, aber sie hat fast kein Geld mehr, Archie. Ich habe ihr mehrfach etwas zugesteckt, doch jetzt will sie es nicht mehr annehmen, weil ihr klar ist, dass ich auch nur noch schmale Rücklagen habe, da ich die beiden immer wieder mit durchfüttere. Und selbst wenn Vika sich alles vom Munde abspart, bleibt nicht genügend über, um ein wachsendes Kind regelmäßig neu einzukleiden«, zischte sie zwischen den Zähnen hindurch.

Archie runzelte die Stirn. Seit Jahren kochte Vika hier schon und nie hatte sie sich beschwert. »Warum zum Teufel kommt sie plötzlich nicht mehr über die Runden?«, stieß er hervor. Immerhin mussten die Mädels nicht einmal Miete zahlen. Dass sie das Haus sauber hielten, reichte Archie als Gegenleistung.

Shona kniff die Augen noch ein wenig mehr zusammen. »Denk nach, Archie: Es kann sich doch kaum noch einer leisten, auswärts zu essen. Sie hat die Preise immer weiter gesenkt, so dass es sich nun wirklich kaum noch lohnt. Für Vika geht es schon bergab, seit der Krieg damals ausgebrochen ist. Auch ich habe gespürt, dass viele Männer weg sind, doch für meine Dienste sind die verbliebenen bereit, immer noch zu zahlen, wenn auch etwas weniger als zuvor. Allerdings habe ich auch kein Kind, um das ich mich kümmern muss. Vika hatte die Jahre zuvor eisern gespart. Dieses Polster ist nun endgültig aufgebraucht.«

Archie fuhr sich über den Nacken. »Das habe ich nicht mitbekommen«, murmelte er. Aber er bemühte sich auch, sich nicht zu oft in Vikas Nähe aufzuhalten. Selbst wenn alles in ihm danach schrie, zu ihr zu gehen und einen Scherz zu machen, damit er ihr Lachen hören konnte.

»Ich mache mir Sorgen, Archie. Zwar hat Vika es nie auch nur angedeutet, aber ich befürchte, dass sie mir ins Gewerbe folgen könnte, wenn sich nicht bald etwas ändert. Sie will für ihren Sohn sorgen und ist dafür womöglich bereit, sich aufzuopfern.« Shona seufzte. »Ich könnte es nicht ertragen, wenn meine kleine Schwester das Gleiche tut wie ich. Vika ist nicht dafür gemacht.« Sie starrte auf ihre Hände.

Archie konnte sich nicht regen. Es dauerte etwas, bis das, was Shona ausgesprochen hatte, gänzlich zu ihm durchdrang. Zog Vika es tatsächlich in Betracht, als Prostituierte zu arbeiten? Und welche Frau war überhaupt für solch eine Arbeit gemacht? Nur weil sie es aushielt, wünschte er sich für Shona dennoch ein anderes Leben. Und erst recht für Vika. »Das darf nicht passieren«, sagte er beinahe tonlos. Er hob die Hand und ließ sie wieder sinken. War er so damit beschäftigt gewesen, Vika aus dem Weg zu gehen, dass ihm ihre Probleme entgangen waren? Dabei wusste er sonst über alles Bescheid, was in Foxgirth vor sich ging.

Shonas Haltung entspannte sich etwas. Vermutlich deshalb, weil er so betroffen aussah. »Seit Vika im vergangenen Herbst beinahe an der Spanischen Grippe gestorben wäre, sagt sie immer wieder, dass sie ihr Leben verändern möchte. Irgendwas ist damals mit ihr passiert, aus dem ich nicht recht schlau werde. Und ich weiß auch nicht, was genau sie damit meint. Vermutlich ist es Vika selbst nicht klar.«

Archie nickte. Vor Monaten hatten sie beide mit den anderen Erkrankten in Decken gehüllt auf dem Boden des Schankraums gelegen und waren aufopferungsvoll von Bonnie gepflegt worden. Nie hatte er sich beschissener gefühlt als in den Wochen der Grippeepidemie. Fast hatte er geglaubt, er hätte den Krieg nur deshalb überlebt, um schließlich an dieser Krankheit zu verrecken. Im Delirium hatte Vika davon gesprochen ihr Leben vertan zu haben, und sie hatte schreckliche Angst gehabt, Arch mutterlos zurückzulassen. Archie hatte ihr versprechen müssen, sich um den Jungen zu kümmern, falls sie nicht genesen würde. Für eine kurze Zeit schien es, als wäre der Graben, der sich seit seiner Rückkehr zwischen ihnen aufgetan hatte, verschwunden. Dann waren sie genesen und hatten nie wieder über diese Sache gesprochen. Doch scheinbar war es Vika ernst damit, ihr Leben umzukrempeln. Was auch immer das zu bedeuten hatte. »Es ist wohl gut, dass hier momentan nicht so viele Männer wie einst leben. Eine zweite Frau mit deinem Job würde kaum mehr verdienen, als Vika jetzt mit ihren Mahlzeiten.« Er spürte bei diesem Gedanken tatsächlich so etwas wie Erleichterung. Es stimmte: Viele der jungen Männer waren noch auf dem Festland oder längst gefallen. Es gab kaum eine

Familie, die niemanden in den vergangenen Jahren verloren hatte. Nein, eine zweite Prostituierte hatte in Foxgirth keine Zukunft. Dass es eine gab, war seiner Ansicht nach schon zu viel, doch er hatte sich einst dafür entschieden, Shona zu unterstützen, sie selbst über ihr Leben entscheiden zu lassen und hinter ihr zu stehen, egal was kommen würde. Und das nur eine Stunde, nachdem sie sich begegnet waren. Das sollte wohl ebenfalls für Vika gelten, schoss es ihm durch den Kopf. Auch wenn sich ihm der Magen umzudrehen drohte, wenn er nur daran dachte.

»Das weiß ich doch, und Vika wird es ebenfalls erkannt haben. Deshalb fürchte ich auch, dass sie woanders hingehen wird. Irgendwohin, wo mehr Nachfrage ist. Du musst mit ihr reden, Archie.« Eindringlich sah Shona ihn an.

»Das ist Vikas Entscheidung. Ebenso, wie es die deine ist, zu tun, was du tust.« Natürlich ahnte Shona, dass ihm noch nie gepasst hatte, wie sie ihr Geld verdiente. Aber es war nicht an ihm, ein Urteil zu fällen. Dafür tat er selbst genug Dinge, die wenig moralisch waren. Und verdammt nochmal: Er schätzte Shona sehr. Ihr manchmal aufbrausendes Temperament und ihre schlagfertige Art waren unterhaltsam, und er wusste, dass sie in der Lage war, auf sich selbst achtzugeben. Bei Vika hingegen hatte er da seine Zweifel.

Shona zog die Augenbrauen zusammen, und Archie stöhnte auf.

»Ich kann das nicht mit ihr besprechen«, brachte er hervor. »Das geht nicht. Du musst das regeln und dafür sorgen, dass Vika keine Dummheiten macht.«

»Ich hatte auch nicht wirklich auf deine Hilfe gehofft. Du sprichst ja kaum noch mit meiner Schwester.« Sie zuckte mit den Schultern. »Und was ist mit der anderen Sache?«

»Was meinst du?«

Sie rollte mit den Augen. »Meine Schwester braucht Geld für das Kind.«

Seine Hand fuhr in die Hosentasche und zog einen Schein heraus. Dann stand er auf, trat um den Schreibtisch herum und hielt ihn ihr entgegen. »Du denkst, ich sei Archs Vater?«, fragte er.

Shona stand auf und gluckste. »Sie hat den Jungen nach dir benannt, Archie. Der ganze Ort weiß, dass du es bist. Falls du gehofft hast, dass die Sache ein Geheimnis bleibt, so hat das nicht geklappt.« Noch immer amüsiert steckte sie das Geld ein.

Archie war bewusst, dass jeder glaubte, Arch sei sein unehelicher Sohn. Nie hatte er über dieses Thema gesprochen, nicht einmal mit Blaire, auch wenn seine Zwillingsschwester öfter versucht hatte, ihm etwas darüber zu entlocken. Doch das war eine Sache zwischen Vika und ihm. »Du sagst ihr nicht, dass ich es dir gegeben habe, haben wir uns verstanden?« Ernst sah er Shona an.

»Von mir wird Vika es nicht annehmen, Archie. Sie hat kürzlich schon gemotzt, als ich Arch eine neue Jacke genäht habe. Was ist denn schon dabei, wenn du endlich zu deinen Pflichten stehst?«

»Dann geh mit dem Jungen in den Laden und kauf ihm einfach Schuhe und einige Hosen. Vika wird keine andere Wahl haben, als es zu akzeptieren. Mrs. Malloy wird die Sachen garantiert nicht zurücknehmen«, brummte er, öffnete die Tür und stapfte zurück in den Schankraum.

Arch hatte seine Schale inzwischen geleert und strahlte ihn mit verschmiertem Mund an. »Gehen wir jetzt reiten? Ich bin schon fertig, siehst du?«

»Noch ist nicht Nachmittag, Arch.« Er beugte sich hinunter und legte eine Hand auf die Schulter des Burschen, der ihm so viel mehr bedeutete, als es ihm recht war. »Hilf deiner Ma heute Morgen und stell nichts an, okay?«

»Ja, Sir.« Arch nickte eifrig.

»So ist es gut.« Archie zwinkerte ihm zu, stapelte die Schüsseln und trug sie in die Küche.

Vor der metallenen Spülwanne stand Vika und säuberte das Geschirr und all die Alegläser vom Vorabend. Auf der Ablage türmte sich alles bergeweise. Archie trat neben sie und stellte die Schälchen ab.

»Shona und ich werden den Pub aufräumen. Es ist doch immer wieder erstaunlich, wie viel Verwüstung ein Abend anrichten kann.« Sie lachte und wie immer, wenn sie es tat, hatte Archie das Gefühl, dass ihre Augen leuchteten. Vika ertrug die Härte des Lebens mit einer Gelassenheit und Fröhlichkeit, um die er sie beneidete. Bisher war es stets so gewesen, als hätte diese Frau sich entschieden, alles, was das Schicksal ihr entgegenschleuderte, mit offenen Armen zu empfangen und das Beste daraus zu machen. Und das, obwohl das Schicksal mit ihr alles andere als gnädig umgegangen war.

Nach Shonas Worten allerdings sorgte er sich mehr denn je um Vika. Er wollte etwas sagen. Aussprechen, dass er für sie da war. Und er musste wissen, wie ernst ihre Lage war. Er konnte nicht abschätzen, welchen Profit sie mit dem Kochen tatsächlich machte. Vielleicht würde ihm etwas einfallen, womit es für Vika möglich wäre, etwas zusätzliches Geld zu verdienen. »Ich werde vermutlich bis zum Nachmittag unterwegs sein«, brummte er.

Vika nickte, griff nach den Schälchen, versenkte sie im Seifenwasser und schrubbte.

Archie betrachtete den dunklen Pony, der ihr in die Stirn fiel. Sie hatte eine schlichte Bluse an, deren Stoff inzwischen abgetragen war, ebenso wie der des Rocks. Und doch war Vika die schönste Frau in Foxgirth, wie Archie fand. Selbst in Frankreich hatte er kein hübscheres Gesicht gesehen. Ihre dunklen, geschwungenen Augenbrauen wirkten ausdrucksstark auf ihrer hellen Haut und ihre Wangen zierte stets ein zarter rosa Schimmer. Er presste die Lippen aufeinander und wandte sich um.

Durch die Seitentür trat er in den Hinterhof. Mit großen Schritten ging er in die Scheune hinüber und spannte das Pferd an. Getreide war noch immer schwer zu bekommen, da infolge des Krieges Arbeitskräfte fehlten, doch er zahlte mehr als andere. Viele der Bauern, die einst wie er Foxgirth verlassen hatten, um zu kämpfen, waren längst tot. Andere würden in den nächsten Monaten zurückkommen, so wie seine beiden Brüder. Dann sollte sich auch endlich die Lebensmittelversorgung wieder verbessern. Der Krieg hatte das schon zuvor finanzschwache Schottland ins Chaos gestürzt. Jedenfalls den Teil der Bevölkerung, der ohnehin wenig besaß. Dennoch spürte er, dass genau jetzt die richtige Zeit war die Zukunft in die Hand zu nehmen. Veränderungen standen bevor, er konnte es förmlich riechen. Chancen würden sich auftun und schrien danach, dass man sie ergriff. Wenn er abends im Pub hin und wieder davon sprach, schüttelten die anderen Männer nur die Köpfe. Doch vermutlich war es schwer, Möglichkeiten zu erkennen, wenn man kaum wusste, wie man die Familie in der nächsten Woche satt bekommen sollte. Wenn nicht bald etwas geschah, würden viele der Bewohner von Foxgirth ihr Glück in den Städten suchen. So viele verließen die ländlichen

Regionen, in der Hoffnung auf Anstellung in den Fabriken von Glasgow und Edinburgh. Zurück würden die Alten bleiben und der kleine Ort womöglich binnen einer Generation aussterben. Archie hatte nicht vor, dies zuzulassen. Um das zu verhindern, brauchten die Leute die Aussicht auf ein besseres Leben, und er hatte vor, seinen Teil beizutragen, um eine solche zu schaffen.

Er stieg auf den Kutschbock und schnalzte mit der Zunge. Schnaubend setzte sich der gescheckte Wallach in Bewegung, die Kutsche rumpelte los. Womöglich war es Vergeudung, gutes Getreide für etwas Verwerfliches wie Alkohol zu verwenden, vor allem, da es in den letzten Jahren zu einer knappen Ressource geworden war. Allerdings sicherte der Whisky, den Blaire brannte, nicht nur seiner Familie das Essen auf dem Tisch. Nachdem Blaire und er sich dazu entschieden hatten, die Brennerei auszubauen, hatte von Anfang an festgestanden, dass dieses Unternehmen ganz Foxgirth helfen sollte. Wenn möglich, erwarben sie alles, was sie brauchten, hier vor Ort. Benötigten sie Hilfe, heuerte er Veteranen an oder die ältesten Söhne aus den Familien der Gefallenen. Doch Archie tat das alles nicht nur, um der Gemeinschaft zu helfen, wie es vermutlich auf die meisten wirkte, es war auch eine Versicherung: Längst gingen Gerüchte um, mit wem die Dennons Geschäfte machten – wer die unzähligen Fässer kaufte, die Connor und er unter dem Mantel der Verschwiegenheit nach Edinburgh brachten. Zwar hatte es keiner ihm gegenüber ausgesprochen, doch Archie wusste, dass jeder ahnte, dass dieser Alkohol nicht nur in Pubs hier in der Gegend verkauft wurde, wie er es darstellte. Die Whiskymengen, die Blaire und Tommy produzierten, waren dafür um einiges zu viel. Den Großteil fuhren Connor und er nach wie vor regelmäßig nach Westen, was die Gerüchteküche befeuerte.

Je mehr er die Bewohner von Foxgirth mit Jobs und Einnahmen an sich band, desto mehr wurde er unantastbar. Schon vor dem Krieg hatte er seine Finger in jedem lohnenden Geschäft gehabt, das in dem kleinen Ort gemacht wurde. Und Archie hatte in Foxgirth noch so manches vor.

Kapitel 2

Was hast du dir nur dabei gedacht?« Vika stemmte die Hände in die Hüften.

»Es war längst überfällig, Vika. Der Bursche sah schon aus wie ein Landstreicher.« Shona schob den Kopf an ihr vorbei und schnupperte an dem schmiedeeisernen Suppentopf.

»Ist noch nicht fertig.« Vika setzte den Deckel darauf und scheuchte ihre Schwester mit einer Bewegung zur Seite.

Wie kam Shona nur dazu, mit ihrem Sohn in den Laden zu gehen und ihn neu einzukleiden? Auch so schon hatte sie Schulden bei Shona, und egal, wie oft sie jeden Groschen umdrehte, zog sich die Rückzahlung in die Länge. Zwar beteuerte ihre Schwester immer wieder, das Geld nicht zurückzuwollen, doch Vikas Stolz ließ es nicht zu, dies hinzunehmen. Und nun stand Arch vor ihr, trug glänzende Schuhe und eine neue Hose. Vika seufzte. »Sag mir, was es gekostet hat, und ich werde dir das Geld geben, sobald ich es habe.«

»Das ist nicht nötig.« Ihre Schwester lachte und lehnte sich an sie. »Ich habe das Geld in der Hand gehalten und Mrs. Malloy durch den Verkaufsraum gejagt. Sie musste mir jede Jungenhose zeigen, die sie in Archs Größe dahatte. Und dann habe ich mich darüber ausgelassen, dass die Qualität zu wünschen übriglässt und ich das viel besser selbst nähen könnte, aber nicht die Zeit dafür hätte. Sie wurde so rot wie ein gekochter Hummer. Ich schwöre dir, sie war kurz davor, mich zum Teufel zu jagen. Aber da sie ein gutes Geschäft witterte, hat sie mich ausnahmsweise einmal nicht ignoriert.« Shona kicherte. »Noch dazu würde Mrs. Malloy es niemals wagen, Arch nicht zu bedienen. Also behalte dein Geld, das war mir der Spaß wert.« Sie schnappte sich ein Stück Karotte von dem Schneidebrett und kaute zufrieden darauf herum.

Vika wusste nicht, ob sie lachen oder schimpfen sollte. Es musste ihrer Schwester ein höllisches Vergnügen bereitet haben, sich bei Mrs. Malloy aufzuspielen, und wenn sie ehrlich war, hätte sie das alles zu gerne beobachtet. Die meisten Frauen im Ort sahen auf sie beide herab. Manche wechselten sogar die Straßenseite, um ihnen keinen guten Tag wünschen zu müssen. Vika hatte sich längst daran gewöhnt, und doch kam Arch allmählich in ein Alter, in dem er begann, dies zu bemerken. Shona wusste nur zu genau, warum ihr Neffe eine gewisse Narrenfreiheit in Foxgirth genoss. Und nicht einmal die Schreckschraube Malloy traute sich, Arch aufgrund seiner Familienverhältnisse auszugrenzen. Sein Name gab ihrem Sohn den Schutz, den Vika ihm nicht zu geben fähig war. Erneut seufzte sie und ging dann in die Hocke.

Mit glühenden Wangen strahlte Arch sie an. Er deutete auf seinen Kopf. »Tante Shona hat mir auch eine neue Kappe gekauft, siehst du?«

Lächelnd streichelte Vika über seinen Arm. »Das habe ich bemerkt. Du siehst sehr gut aus, mein Schatz. Beinahe schon wie ein Mann.«

»Und mit den neuen Schuhen kann ich viel besser rennen als mit den alten.« Er griff nach ihrer Hand. »Komm mit, ich zeige es dir.«

Vika ließ sich von ihm in den Schankraum ziehen und beobachtete, wie ihr Sohn zwischen den Tischen hindurchflitzte. Als er keuchend vor ihr zum Stehen kam, applaudierte sie. »Du bist so schnell wie ein Blitz!«

Arch reckte das Kinn nach oben.

Auch wenn sie ihrer Schwester noch immer böse war, dass sie sich so in ihre Dinge eingemischt hatte, sah der Junge einfach zu entzückend aus. Vielleicht war sie voreingenommen, aber Arch würde ohne Frage eines Tages zu einem gutaussehenden jungen Mann heranwachsen. Vika schnappte sich ihren Sohn und hob ihn hoch. »Mit mir hat schon sehr lange kein so gutaussehender Gentleman mehr getanzt«, sagte sie. »Würdest du mit mir tanzen?«

»Au ja.« Arch schlag seine Arme um ihren Nacken. »Aber wir brauchen Musik«, rief er.

»Deine Tante Shona soll etwas singen, sie hat doch so eine hübsche Stimme.« Vika wollte ihrem Sohn die Freude über die nagelneuen Sachen nicht verderben und ihn diesen Moment vollends auskosten lassen. Vermutlich konnte Arch sich kaum daran erinnern, wann er das letzte Mal ungetragene Sachen bekommen hatte. Hin und wieder erstand Vika das ein oder andere Kleidungsstück gebraucht. Ganz so, wie auch sie die dezenteren Blusen von Shona übernahm, wenn ihre Schwester ihrer überdrüssig geworden war.

»Nichts lieber als das.« Shona brachte sich in der Mitte des Raums in Stellung und nahm eine elegante Position ein, was Arch mit einem Kichern quittierte.

Vika schmiegte ihre Wange an seine und begann sich mit ihm zu drehen.

The Song I'll sing, though lately made, it tells of olden days,

Of a good old Scottish gentleman, – of good old Scottish ways;

Archs Lachen hallte in ihren Ohren wider, und Vika drehte sich noch etwas schneller. Shonas Stimme war einfach herrlich, und Vika bedauerte es, dass ihre Schwester nur hin und wieder spät am Abend ein Lied für die Gäste zum Besten gab. Sie fiel in *The Old Scottish Gentleman* mit ein und wirbelte mit Arch durch den Raum.

When our barons bold kept house and hold, and sung their olden lays,
And drove with speed across the Tweed »auld Scotland's« bluidy faes,
Like brave old Scottish gentlemen all of the olden time.

Keuchend kam Vika zum Stehen, setzte Arch ab und verbeugte sich vor ihm. Lachend tat ihr Sohn es ihr gleich und dann klatschte der Kleine seiner Tante überschwänglich Beifall, bis diese sich vor einem imaginären Publikum ebenfalls verbeugte.

»Zum Glück kam niemand rein, um uns so zu sehen«, gluckste Vika und strich ihre Schürze glatt.

»Und wenn schon.« Shona beugte sich zu Arch hinunter. »Aus dir wird mal ein ausgezeichneter Tänzer, das kann ich jetzt schon erkennen. Und wenn du dir ein wenig Mühe gibst, dann vielleicht sogar ein Gentleman.«

»Das wird er in der Tat.« Vika lächelte Arch an. »Und jetzt hol rasch Bobby und zeig ihm im Hof, wie schnell du laufen kannst.«

Ihr Sohn rief den Hund, der sich gemächlich aufrappelte. Der Riesenhund, den Archie im vergangenen Jahr angeschleppt hatte, hechelte schon jetzt von der Anstrengung, sich zu erheben, und Sabberfäden liefen triefend auf den Boden. So gutmütig Bobby war, so viel Dreck machte er auch. Natürlich war sie es, an der die meiste Arbeit mit dem Hund hängen blieb, da Archie meist unterwegs war, um wer weiß was zu treiben. Immerhin ging Arch regelmäßig mit Bobby nach draußen und streunte mit ihm über die Wiesen am Ortsrand.

Kaum fiel die Tür hinter den beiden ins Schloss, fuhr Vika herum. Sie funkelte ihre Schwester an. »Tu so etwas nie wieder, Shona. Ich hatte das Geld für neue Schuhe schon fast beisammen. Ich kann mich selbst um mein Kind kümmern und brauche deine Almosen nicht.«

Shona machte eine abwehrende Geste und ließ sich auf einen Barhocker sinken. Sie entzündete eine Zigarette, die sie in diese übertrieben lange Spitze steckte und inhalierte. »Das ist mein Neffe, also darf ich ihm auch etwas schenken.« Sie schnaufte hörbar. »Ich mache mir Sorgen um euch beide. Das kann doch nicht so weitergehen.« Sie deutete auf Vikas Schürze. »Du bist den ganzen Tag über beschäftigt und hast doch weniger Geld als je zuvor.«

Vika verschränkte die Arme vor der Brust. »Das wird schon wieder. Die Soldaten kehren bald heim. Bestimmt verdiene ich dann mehr.«

»Das glaubst du doch selbst nicht. Auch wenn sie Arbeit finden und etwas Geld in der Hand haben sollten, essen die meisten Männer zu Hause bei ihren Frauen, ehe sie abends in den Pub kommen.«

»Die Männer tun auch etwas anderes zu Hause, und trotzdem kannst du dich nicht über mangelnde Kundschaft beschweren«, zischte Vika. Sie sollte nicht in diesem Ton mit ihrer Schwester reden, vermutlich war sie deshalb so giftig, weil sie ahnte, dass Shona die Wahrheit sagte. Sobald die Soldaten heimgekehrt wären, gäbe es einige Junggesellen mehr, die das Angebot einer warmen Mahlzeit annehmen würden. Doch vermutlich würden es weniger sein als zuvor. So schrecklich viele von ihnen waren gefallen, und sie schämte sich dafür, nur an sich und ihre Situation zu denken. Sie war nicht die Einzige, die es schwer hatte. Da waren all die Witwen, die ihre Kinder nun plötzlich alleine durchbringen mussten.

Shona zog an der Zigarette und stieß den Rauch in Vikas Richtung aus.

Hustend trat Vika zur Seite.

»Was die Männer bei mir bekommen, ist besser als zu Hause«, sagte Shona.

»Das trifft wohl auch auf mein Essen zu.« Vika wollte ernst bleiben, doch schließlich lachte sie prustend und schüttelte dann den Kopf. »Wir werden sehen, wie es weitergeht. Wenn ich in Foxgirth nicht mehr für mich und Arch sorgen kann, dann muss ich woandershin ziehen. Vermutlich wäre das für den Jungen das Beste«, murmelte sie. In Foxgirth wusste jeder, dass Arch der Sohn einer unverheirateten Mutter und der Neffe einer Prostituierten war. Seit sie vor einigen Monaten beinahe an der Spanischen Grippe gestorben war, dachte sie immer wieder über ihre Situation nach. Noch einmal neu anzufangen erschien verlockend. Und doch sträubte sich etwas in ihr dagegen. Nie hatte sie von ihrer Schwester getrennt gelebt. Shona, die sechs Jahre älter als sie war, hatte sich stets um sie gekümmert, und Vika hing an ihr. Aber ihr war auch klar, dass ihre Schwester nur deshalb angefangen hatte, auf diese Art Geld zu verdienen, weil sie für sich und Vika hatte sorgen müssen, nachdem sie auf sich alleine gestellt gewesen waren.

»Was redest du denn da?«, entfuhr es Shona. »Du planst doch hoffentlich nicht wirklich, von hier wegzugehen?«

Rasch wischte sie die trüben Gedanken beiseite. »Ich denke doch nur darüber nach. Was für eine Zukunft haben Arch und ich hier denn schon?« Sie hatte gehofft, Shona mit der ein oder anderen Bemerkung in den letzten Monaten etwas darauf vorbereitet zu haben, dass sie womöglich in der Tat ihr Glück woanders suchen würde. Jetzt gerade aber wirkte es nicht so, als ob ihre Schwester viel von dieser Idee hielt.

»In Foxgirth ist es allemal besser als in Glasgow damals, meinst du nicht?« Fahrig drückte Shona die Zigarette aus. »Die Stadt wird dem Jungen nicht guttun, sage ich dir.«

»Ich habe doch auch nicht gesagt, dass ich zurück nach Glasgow möchte«, beeilte Vika sich, sie zu beschwichtigen. »Ich muss erst eine Weile versuchen, noch etwas Geld sparen, und dann ergibt sich vielleicht etwas.«

»Willie Glenn könnte sich ergeben.« Shona grinste. »Heirate ihn doch endlich, dann bist du versorgt.«

Drohend hob Vika den Zeigefinger. »Ich habe dich gebeten, keine Witze darüber zu machen«, erinnerte sie ihre Schwester. »Erst heute Morgen habe ich ihm ein für alle Mal klargemacht, dass ich an einer Heirat kein Interesse habe.«

»Kein Interesse an einer Heirat oder nur keine an einer mit Willie?« Ihre Schwester linste zu ihr hinüber.

»Halt endlich den Mund, Shona.« Vika beugte sich hinunter und kramte einen frischen Putzlappen unter dem Tresen hervor, den sie vor ihre Schwester warf. »Wir müssen die Bude putzen, also hör auf, mich auszuspionieren, und fang besser an. Wenn es Zeit ist, den Lunch zu servieren, soll es hier nicht aussehen wie bei Barbaren.« Wie sehr Vika hoffte, dass heute mehr als die zwei üblichen älteren Witwer zum Mittagessen kommen würden, die ihre kleine Stammkundschaft darstellten, seit beide in den vergangenen Jahren ihre Frauen verloren hatten.

»Ist ja gut«, murrte Shona und stand auf. »Ich habe dir übrigens noch eine Tasche mit Wolle an die Zimmertür gehängt. Arch könnte auch neue Pullover gebrauchen, also kannst du gleich heute Abend mit dem Stricken beginnen.«

»Du bist unmöglich«, gab Vika zurück. Sie würde beim nächsten Besuch im Laden nachsehen, was die Wolle gekostet hatte. Wenigstens dieses Geld wollte sie umgehend zurückzahlen.

»Ich weiß.« Shona lachte auf und verbeugte sich einmal mehr, ehe sie summend den ersten Tisch abwischte. In einem anderen Leben hätte ihre Schwester auf eine Theaterbühne gehört und nicht in ein Kaff wie Foxgirth. Doch es war, wie es war.

Vika schnitt ihr eine Grimasse und ging zurück in die Küche. Mit den Topflappen öffnete sie den Holzofen und nahm die beiden Brotlaibe heraus. Immerhin war der Teig gut aufgegangen, wenn der Tag ansonsten schon nicht wie geplant verlief. Noch immer beschäftigte sie Willies Reaktion. Er musste verletzt sein von ihrer Absage und deshalb derart heftig reagiert haben. Der Mann war in Ordnung, auch wenn er seine Macken hatte. Aber die hatte jeder. Mit etwas Abstand war Vika sich sicher, dass es nur eine unbedachte Geste gewesen war und er damit nicht wirklich eine Drohung hatte aussprechen wollen. Das schlechte Gefühl, vorhin ruppiger als nötig zu ihm gewesen zu sein, nagte an ihr.

Vika schimpfte und steckte sich den Finger in den Mund. Und jetzt hatte sie sich auch noch an der Backform verbrannt. Eilig lief sie zur Waschschüssel und hielt die Hand hinein. Endlich ließ der Schmerz nach, doch Vika nahm es kaum wahr. Ob Willie endlich eingesehen hatte, dass es niemals eine Hochzeit geben würde?

* * * * *

Archie hob die Zügel an und ließ das Pferd antraben. Sieben Säcke Getreide hatte er dem Bauern abgekauft und damit dessen gesamten Restbestand. Bald würde er weitere Strecken zurücklegen müssen, um bis zur nächsten Ernte genug zu erstehen. Die Häuser des kleinen Ortes im Rücken, genoss er den Anblick der kniehohen Wiesen, bei dem ein wohliges Gefühl in ihm aufkam, das er zu selten verspürte. Man hatte ihn erst in die Hölle des Krieges stoßen müssen, damit er die Schönheit seiner Heimat erkannte. Hin und wieder gelang es ihm, die Ruhe hier draußen zu genießen. Jetzt, da der Winter zu Ende ging, präsentierten die Hecken und vereinzelten Bäume, die dem Sturm der Küstenregion trotzten, noch ihre kahlen Zweige, und auf den Weiden ragten die leblosen braunen Stängel der Wildblumen vom vergangenen Jahr auf. Bald schon würde frisches Grün sprießen und mit ihm die Hoffnung auf Normalität aufkommen. Spätestens im Sommer sollte seine Familie nach all den Jahren endlich wieder komplett sein. Archie konnte es nach wie vor kaum glauben, dass alle drei Brüder überlebt hatten. Er die Granate, die ihn zwar einen Arm, aber immerhin nicht den Kopf gekostet hatte, und Keillan die zermürbende Zeit im Kriegsgefangenenlager, ehe die deutsche Regierung am elften November des vergangenen Jahres den Waffenstillstand unterzeichnet hatte. Ian war der Einzige von ihnen, der das Kriegsende zusammen mit seiner Einheit erlebt hatte. Keillan, der es bis zum Second Lieutenant gebracht hatte, war nach seiner Freilassung umgehend zu seinem ehemaligen Bataillon bei der Artillerie zurückgekehrt. Er würde noch eine Weile mit dem Wiederaufbau der notwendigsten Infrastruktur in Frankreich und Flandern beschäftigt sein, ähnlich wie Ian mit seiner Einheit. Wo genau sich seine Brüder gerade befanden, wusste Archie nicht, was er aber nur zu genau wusste, war, dass er in diesem Moment bei ihnen sein wollte. Als er nach der Amputation im Zeltlazarett zu sich gekommen war, hatte ihn die Sorge um Ian fast in den Wahnsinn getrieben. Erst als er längst wieder in Schottland gewesen war, hatten sie endlich durch einen Brief erfahren, dass sein jüngerer Bruder die Schlacht bei Cambrei im Gegensatz zu Archie unbeschadet überstanden hatte.

Das Schicksal hatte ihn die Granate überleben lassen, und seit seiner Rückkehr taten er und Blaire, was sie konnten, um ihr Unternehmen aufzubauen. Wenn Keillan und Ian heimkehren würden, sollten sie ein sicheres Auskommen vorfinden, um eines Tages Familien gründen und in Frieden leben zu können. Sie hatten es sich wahrlich verdient.

Nach einer Viertelstunde tat sich vor ihm der Blick über das unruhige Meer auf. Kurz darauf erreichte Archie die windschiefe Kapelle unweit der Klippen, in der Blaire mit Tommys Hilfe die Brennerei errichtet hatte.

Ununterbrochen war das Tosen der Wellen zu vernehmen. Archies Augen verweilten einen Moment lang am entfernten Ufer auf der anderen Seite des Firth of Forth. Der Meeresarm, der Schottland an dieser Stelle teilte, war ein Anblick, dessen er nie müde wurde. Majestätisch thronte einige Meilen entfernt der Bass Rock in den Fluten der Nordsee. Auf der einsamen Felseninsel, die von einer kreischenden Basstölpel-Kolonie bewohnt wurde, war im Jahr 1902 ein Leuchtturm errichtet worden. Hin und wieder stellte Archie sich vor, wie es sein musste, dort ohne jegliche andere Menschen zu leben. Nur mit dem pfeifenden Wind und unzähligen Vögeln als Gesellschaft. Im siebzehnten Jahrhundert hatte man die karge Insel als Gefängnis genutzt, von der es kein Entkommen gab. Das Meer war zu rau, und die Wellen, die das Eiland umspülten, waren zu mächtig, um eine Flucht zu überleben. Ob es dennoch je einer versucht hatte?

Archie wandte sich vom Bass Rock ab. Auf der rechten Seite, jenseits seines Blickfeldes, mündete der Firth of Forth in die raue Nordsee. Er war sicher, dass es bei Sonnenschein und milderen Temperaturen kein schöneres Fleckchen in ganz Haddingtonshire gab als diesen Küstenabschnitt. Nur einen Katzensprung östlich von hier lag das Heim seiner Familie.

Über ihm stand, mit blitzschnell schlagenden Flügeln, ein Turmfalke in der Luft. Archie beobachtete, wie der kleine Körper mit den Windböen kämpfte, jedoch nicht hinfortgetragen wurde. Plötzlich stieß der Vogel hinab ins Gras, und Archie sah zu, wie er den Schnabel in sein zappelndes Opfer schlug. Er gönnte dem Falken sein Mahl, hatte er es sich doch verdient. Wer nicht lockerließ und jeder Widrigkeit entgegentrat, erreichte früher oder später sein Ziel.

Als er von der Kutsche stieg, trat Blaire aus der offenen Kapellentür heraus. Wie meist trug seine Zwillingsschwester ein altes Tuch um ihre Haare gewickelt, unter dem nur hier und da ein paar ihrer dunklen Locken hervorlugten. Auf ihrer Hose zeichneten sich feuchte Flecken ab, und Archie war sich sicher, dass sie vom Whisky stammten. Abends stank Blaire schlimmer als der Pub nach einer Feier, aber das blieb nicht aus, wenn man Fässer abfüllte und Kessel bediente.

Sie grinste ihm zu, sprang die wenigen Stufen der Holztreppe hinunter und lief um die Kutsche herum. Dann ließ sie ihren Blick über die Säcke gleiten. »Ist das etwa alles?«, fragte sie und zog eine Augenbraue hoch.

»Gab nicht mehr.«

Blaire stieß einen ohrenbetäubenden Pfiff aus, und Archie fluchte, weil er es nicht hatte kommen sehen.

Tommys roter Haarschopf tauchte in der offenen breiten Kapellentür auf.

»Abladen, wir haben endlich Nachschub bekommen!«, rief Blaire ihrem jüngsten Bruder zu.

Tommy spurtete zu ihnen, grüßte ihn, warf sich einen Sack über die Schulter und machte sich auf in Richtung Gebäude.

Archie zog einen weiteren an das Ende der Ladefläche, lehnte sich dagegen und lud ihn sich mit der einen Hand auf den Rücken. Doch der Sack rutschte hinunter und kam mit einem dumpfen Geräusch neben seinen Füßen auf.

»Lass das Tommy und mich machen«, sagte Blaire und wollte sich nach dem Getreide bücken.

»Finger weg«, knurrte Archie. Er packte den Sack und schleifte ihn hinter sich her Richtung Kapelle. Niemand, nicht einmal Blaire, hatte das Recht, ihn daran zu erinnern, dass er ein Krüppel war. Der fehlende linke Arm war der Beweis dafür, dass er als Versager heimgekehrt war. Doch zum Teufel, er brauchte keine Hilfe! Archie griff fester in das Gewebe und zerrte den schweren Sack die Stufen hinauf.

Tommy kam ihm entgegen und wollte mitanpacken, doch

ein Blick von Archie genügte, und sein Bruder lief erneut hinaus.

Fluchend wuchtete er das Teil im Innern der Kapelle an die Steinwand und zählte dann die Vorräte ab. Es waren eindeutig zu wenig, wenn sie ihren Plan einhalten wollten, und er würde nach weiteren Bauern suchen müssen, um das zu bekommen, was sie so dringend benötigten. Zudem wurde das Getreide mit jedem Monat teurer, wie Archie seit einer Weile bemerkte.

Der Anblick der glänzenden Kupferkessel der Brennanlage und vielen Rohrleitungen, die seine Geschwister hier kunstvoll verschweißt hatten, hob seine Stimmung jedoch gleich wieder. Blaire hatte zwar ihren eigenen Kopf und brachte ihn oft genug zur Weißglut, aber das alles hier hatte sie hervorragend im Griff. Welche andere Frau hätte es wohl sonst geschafft, in den Kriegswirren eine Destillerie aufzubauen? Auf so eine Idee kam nur Blaire.

Die Luft roch nach feuchtem Stein und vergangenen Jahrhunderten, doch das Dach war dicht und der Raum groß genug für die Anlage. Es war ein merkwürdiger Ort für solch ein Konstrukt, aber es war ein exzellenter Einfall von Blaire gewesen, die leerstehende Kapelle von der Kirche zu pachten. Kein anderes Gebäude in der Umgebung verfügte über eine derart hohe Decke und den nötigen Platz.

Archie lehnte sich an die Wand und nahm die schmale Dose aus der Brusttasche. Für die zweite Zigarette des Tages ließ er sich mehr Zeit und beobachtete, wie Blaire und Tommy das restliche Getreide abluden. Die Fässer mit Whisky und dem ausgezeichneten Gin, dessen Rezept Blaire nicht einmal Tommy verriet, lagerten inzwischen in dem neugebauten Raum nebenan. Whisky und Gin – das war die Zukunft der

Familie. Archie nahm sich vor, beim nächsten Verkauf in Edinburgh den Preis für die Fässer neu zu verhandeln. Wenn die Kosten für die Rohstoffe stiegen, dann sollte der Alkohol mehr einbringen. Und wenn er es geschickt anstellte, konnte er einen zusätzlichen Profit herausschlagen. Am besten würde er gleich zu Connor fahren, um einen Termin für die nächste Reise auszumachen. Seinen ehemaligen Bataillonskameraden nahm er grundsätzlich zu jeder Verhandlung mit. Selbst wenn Connor nur widerwillig mitkam, so konnte Archie sich auf seine Rückendeckung stets verlassen. Er war es auch gewesen, der ihn vor rund eineinhalb Jahren mit den richtigen Geschäftspartnern in Kontakt gebracht hatte, die einen Großteil ihrer Whiskyproduktion aufkauften.

Archie warf den Zigarettenstummel auf den Boden, was ihm einen finsteren Blick von Blaire einbrachte. Seine Schwester sollte mit ihren dreißig Jahren längst verheiratet sein und ein Stall voller Kinder haben, doch stattdessen war die Brennerei ihr ganzer Stolz. Oft genug gerieten sie aneinander, wenn es um die geplanten Umbaumaßnahmen ging. Blaire, die von Archies Einmischung ebenso wenig hielt wie von Röcken, erwies sich bei diesen Gesprächen als harter Brocken. Wenn seine Schwester nicht als alte Jungfer enden wollte, sollte sie sich allmählich nach einem Ehemann umsehen, auch wenn er einen Teufel tun würde, ihr das zu sagen. »Gib Bescheid, wenn ihr noch was braucht«, brummte Archie, als er hinausging.

»Fässer!«, rief sie ihm nach. »Wir brauchen demnächst weitere Fässer. Also kümmere dich darum.«

Archie ignorierte ihren fordernden Unterton. Nein, Blaire war gänzlich ungeeignet für die Ehe. Seine Schwester würde sich von keinem Mann etwas sagen lassen, oft genug tat sie es nicht einmal von ihm. Doch ihr Arbeitseifer würde sie alle noch weit bringen, da war er sich sicher. Mit einem Grinsen auf den Lippen trat er heraus.

Bald darauf erreichte er die beiden Häuschen der Familie. Rechts das Cottage seiner Mutter, dessen gelber Sandstein sich über die vielen Jahrzehnte dunkel verfärbt hatte, und links daneben, in aller Frische, das neue Haus von Connor und Bonnie. Die ausladende Küche im Erdgeschoss diente zugleich als Praxis für die Gemeindekrankenschwester. Wie die Kapelle befanden sich auch die Cottages in unmittelbarer Nähe zur See. Eine steile Holztreppe führte unweit des Gemüsegartens an den Klippen zum Strand hinab. Früher hatten seine Geschwister und er sich dort täglich herumgetrieben. Inzwischen wusste Archie nicht einmal mehr, wann er das letzte Mal den Sand zwischen den Zehen gespürt hatte. Er nahm sich vor, Arch mit hinunterzunehmen, sobald das Wetter besser wurde. Ob der Junge wohl schon alt genug war, um schwimmen zu lernen? Vielleicht sollte er dafür doch besser zum kleinen See am Rande des Wäldchens östlich von Foxgirth gehen, und nicht in die eiskalte Nordsee. Wenn Vika ihm den Jungen dafür überhaupt anvertrauen würde. Doch noch war nicht Sommer.

Archie spannte das Pferd von der Kutsche ab und entließ es auf die Koppel neben den Häusern. Als er über die Steinplatten zu Connors Cottage ging, trat eine schwangere Frau aus der Haustür. An jeder Hand hielt sie ein Kleinkind, an deren dreckigen nackten Füßen sich die Spuren eines langen Weges abzeichneten. Als die Frau ihn erblickte, verhärtete sich ihr Gesichtsausdruck, und sie lief mit den Kindern in einem Bogen um ihn herum. Wie satt er es hatte, magere barfüßige Kinder zu sehen. Archie presste die Zähne aufeinander. Er kannte Reaktionen wie diese, die er nur zu oft erlebte. War das, was sich im Gesicht der Frau abgezeichnet hatte, Angst oder Respekt gewesen? Schon vor dem Krieg hatte er einen gewissen Ruf gehabt. Doch seit seiner Rückkehr fiel es ihm mehr auf als zuvor. Vermutlich lag es an dieser verfluchten Narbe, die sich, unmöglich zu übersehen, über seine linke Gesichtshälfte zog und ihn stets an den Tag erinnerte, an dem er den Arm und beinahe auch sein Leben verloren hatte. Ein Knurren drang aus seiner Brust, dann klopfte er an die Haustür. Als er eintrat, saß seine Mutter am Tisch und füllte Gläser mit getrockneten Kräutern. Da Bonnie nach wie vor in Edinburgh am Second Scottish General Hospital ihren Dienst leistete, hatte seine Ma erneut die Verantwortung für die Kranken von Foxgirth und Umgebung übernommen. Der Krieg hatte sie gezwungen, ihren Ruhestand nach nur zwei Jahren aufzugeben und wieder als Gemeindekrankenschwester zu arbeiten. Bonnie, die diese Stelle eigentlich innegehabt hatte, hatte sich berufen gefühlt, die überforderten Krankenhäuser zu unterstützen. Und seine Schwester hatte vor, diese Aufgabe bis zum Ende durchzuziehen. Auch wenn der Krieg inzwischen gewonnen war, gab es noch immer Langzeitverwundete, die Pflege benötigten. Zusätzlich kamen nach und nach die Kriegsgefangenen heim, von denen viele ärztliche Betreuung brauchten. Erst wenn Ian und Keillan wieder in der Heimat waren, wollte Bonnie ebenfalls nach Hause zurückkehren. Nicht einmal ihre Heirat mit Connor hatte sie von diesem Vorsatz abgebracht. Archie schmunzelte und betrachtete seine Mutter. Was waren die Frauen dieser Familie doch starrsinnig!

»Junge, schön, dass du kommst.« Seine Ma sah von den

Gläsern auf, löste die Schwesternschürze und legte sie ordentlich über eine Stuhllehne.

Er murmelte einen Gruß und überlegte, ob er seine Mutter nach dem Namen der Patientin von eben fragen sollte. Da sie jedoch noch zu wenig Arbeit zu vergeben hatten und noch zu wenig Geld verdienten, um zu expandieren, entschied er sich dagegen. Eines Tages würde es vielleicht die Möglichkeit geben, mehr Arbeitsplätze zu schaffen. Damit in Foxgirth endlich jedes Kind Schuhe an den Füßen tragen könnte. »Ich muss mit Connor sprechen«, sagte Archie und betrachtete sie. Die Arbeit setzte seiner Ma zu, das war nicht zu übersehen. Doch Archie wusste, dass es keinen Sinn hatte, sie darauf anzusprechen. Seine Schwestern waren nicht ohne Grund starrköpfig und selbstbewusst – Mairead hatte es ihnen vorgelebt.

»Connor ist hinter dem Haus. Ich sollte nun dringend zu mir hinüber und nach dem Essen sehen, das auf dem Herd köchelt.« Sie wischte sich mit dem Ärmel der Bluse über die Stirn und lächelte ihn an. »Du isst natürlich mit uns, ja?«

»Natürlich, Ma.« Es war keine Frage, sondern eine der klaren Ansagen seiner Mutter. Und wenn es ums Mittagessen ging, dann ließ sich Archie ausnahmsweise gern einmal etwas sagen. In Wahrheit war er froh, nicht zum Lunch in den Pub zu müssen. Was Shona ihm über Vika erzählt hatte, ließ ihn nicht los. Er brauchte etwas Zeit, um darüber nachzudenken.

Archie ging hinaus und umrundete das Gebäude. Auf der Weide entdeckte er Connors breiten Rücken. Er stapfte über die Wiese und öffnete das Gatter.

Connor drehte sich um und grüßte ihn mit einem Nicken. Mit verschränkten Armen lehnte sein Freund an der Steinmauer und schien seine Schafe zu beobachten.

Archie schmunzelte und stellte sich neben ihn.

»Die sehen gut aus, oder?«, brummte Connor.

»Die Schafe?« Archie sah auf die kleine Herde. »Hab um ehrlich zu sein, wenig Ahnung von Schafen.«

»Ich doch auch.« Dröhnend lachte Connor auf. »Die meiste Zeit habe ich keine Ahnung, ob ich das hier richtig mache.«

»Du hast die Viecher ja auch erst seit zwei Monaten.« Archie zuckte mit den Schultern. »Sie leben immerhin noch, also kann das, was du machst, nicht so verkehrt sein.«

Connor Fletcher war ein Stadtmensch, den es aufs Land verschlagen hatte. Nach einem unruhigen Leben auf Edinburghs Straßen und einem Krieg, in dem er Seite an Seite mit Archie gedient hatte, hatte sich sein Freund dazu entschieden, Schafe zu züchten. Anfangs hatte Archie es für einen Scherz gehalten, doch dann hatte Connor die ersten Tiere angeschleppt.

»Und dir ist noch nicht langweilig?« Aus den Augenwinkeln musterte er seinen Freund.

Connor grinste und deutete auf die Wiese und dann auf das dahinterliegende Meer. »Es ist so verdammt friedlich hier. Das muss der Himmel auf Erden sein. Findest du nicht?«

Archie verstand, was er meinte. Und Connor hatte jeden Grund, vor Dankbarkeit auf die Knie zu fallen, hatte er es doch gegen alle Wahrscheinlichkeit geschafft, seine kriminelle Vergangenheit hinter sich zu lassen.

»Übrigens war ich heute ganz früh bei den Dunns. Blaire hatte mir erzählt, dass deren Hündin vor einigen Wochen einen prächtigen Haufen Welpen geworfen hat.« Connors Augen schienen zu glänzen. »Hab mir den kräftigsten Welpen ausgesucht. Er soll mir bei den Schafen helfen. Etwas dauert es noch, bis er von seiner Mutter getrennt werden kann. Bonnie wird Augen machen, wenn sie das nächste Mal heimkommt und wir einen Hund haben.«

»Weiß sie denn, dass du einen anschaffst?«

»Sie weiß, dass ich mir immer einen gewünscht habe. Und wenn man Schafe hat, dann braucht man auch einen Hund, nehme ich an.«

»Na dann. Ich wollte aber eigentlich nicht über deine Schafe reden, auch wenn du sie sehr zu bewundern scheinst«, setzte er an. »Wir sollten bald die nächste Fuhre machen. Und ich will den Preis für die Fässer neu verhandeln.«

Connor rieb sich über das Gesicht und augenblicklich wurde sein Blick hart. »Du brauchst gute Argumente, wenn du mehr Geld willst.«

»Keine Sorge, die werde ich Don präsentieren.« Archie grinste. »Ich habe übrigens die Kapelle gekauft. Das Presbyterium hat mir einen guten Preis gemacht, da das Gebäude seit dem Bau der neuen Kirche so oder so nicht mehr gebraucht wird. Sie hatten nicht damit gerechnet, das Ding überhaupt loszuwerden, und haben mein erstes Angebot angenommen.«

»Das habe ich mir schon gedacht.« Connor stöhnte. »Und lass mich raten: Deine verrückte Schwester will schon wieder anbauen, um Platz für einen weiteren Kessel zu schaffen.«

»Du kennst Blaire beinahe so gut wie ich.« Archie lachte. »Wir stecken schon mitten in der Planung.«

»Ihr treibt mich beide in den Wahnsinn.« Sein Freund steckte die Hände in die Hosentaschen. »Es könnte so entspannt hier draußen sein, wenn ihr nicht wärt.«

»Wir müssen unbedingt anbauen. Wenn die Prohibition in den Staaten tatsächlich bald im ganzen Land durchgewunken wird, dann wird Don uns alles aus den Händen reißen, was wir produzieren. Noch gilt sie nur in einigen Landesteilen, aber sobald diese bibeltreuen Amerikaner ernst machen, wird das Volk Durst leiden und wir werden bereit sein, unser Kuchenstück zu verdienen.«

»Und das ist eines deiner Argumente, warum du mehr Geld willst.« Connor nickte. »Don wird nicht gleich darauf eingehen und bis aufs Blut verhandeln wollen, also fang hoch genug an, damit er das Gefühl hat, dich übers Ohr zu hauen.«

»So hatte ich es geplant.« Archie schlug ihm auf die Schulter. Auch wenn es gegen seine Überzeugung war, Connor hatte ihn mit einem Mann an einen Tisch gebracht, der all die Pläne, die Archie und Blaire sich ausdachten, überhaupt erst möglich machte. Und auch wenn dieser Mann alles andere als ein Freund und Archie in seiner Gegenwart stets auf der Hut war, so reizte es ihn, das Geschäftsverhältnis weiter auszubauen. Dass Archie Deals mit Donald Mac Conallta, dem Anführer der Edinburgh Lads und damit der berüchtigtsten Gang in ganz Schottland machte, war ein gut gehütetes Geheimnis der Familie. Ebenso wie die Tatsache, dass Connor einst selbst ein Lad gewesen war. »Und was treibst du den ganzen Tag, da meine Schwester jetzt wieder Richtung Edinburgh unterwegs ist?« Archies Interesse war ehrlich, sahen sie sich doch, seit er im Pub wohnte, nicht mehr ständig. Mit Connor hatte er die schlimmste Zeit seines Lebens geteilt und dann war aus dem Mann, den er eigentlich nie wieder hatte sehen wollen, um den Krieg hinter sich zu lassen, letztlich erst in Schottland ein Freund geworden. Und sein Schwager.

»Das Gleiche wie vor Bonnies Urlaub: Ich schaue mir die Schafe an, finde es nicht so schlimm, dass ich doch noch lebe, und versuche mich darin, Möbel zu schreinern, ehe Bonnie endgültig zurückkommt.«

»Seit wann kannst du schreinern?« Archie zog die Augenbrauen hoch.

»Ich hab davon in etwa so viel Ahnung wie von Schafen.« Connor grummelte. »Deine Schwester wird einen Schrank bekommen, der vermutlich in sich zusammenfällt, sobald sie ihre Kleidung einräumt.«

»Ich habe keine Ahnung, was Bonnie ausgerechnet an dir findet.« Archie schlug ihm auf die Schulter.

»Das frage ich mich auch immer wieder.« Connor atmete genüsslich ein. »Wir haben es gar nicht so schlecht getroffen, mein Freund.«

»Mag sein.«

Connor musterte ihn von der Seite. »Nun spuck es schon aus. Was ist los?«

Archie kniff die Augen zusammen und wich seinem Blick aus. »Ist alles bestens. So wie immer.«

»Wir kennen uns zu gut, als dass ich dir das abnehmen würde«, brummte Connor. »Du machst dir Sorgen, aber ich glaube nicht, dass es was mit deinen geschäftlichen Kontakten zu Edinburghs Unterwelt zu tun hat, so locker, wie du das alles stets siehst. Also, was ist los?«

»Du wirst mich erst in Frieden lassen, wenn du es weißt, oder?« Archie sah ihn grimmig an. Das Gesicht seines Freundes hingegen, das ein kurzer rostroter Vollbart zierte, wirkte schon jetzt mitfühlend. Und doch waren der Knick in Connors Nase und seine kräftige Statur nach wie vor ein Beweis dafür, dass dieser Kerl, selbst wenn er jetzt gerade wie ein sanfter Riese wirkte, einst einer der besten Profiboxer des Landes gewesen war. Mit seinen Kämpfen hatte Connor den

Lads viel Wettgeld in die Kassen gespült, und hin und wieder erschien es Archie unwirklich, dass es Bonnie tatsächlich gelungen war, Connor aus diesem Sumpf zu befreien. Ab und zu passierten wohl doch gute Dinge. Ob das auch für Vika gelten würde?

»Ich habe viel Zeit, um dir auf die Nerven zu gehen, bis du es mir erzählst. Und vielleicht sogar einen guten Rat, wenn du Glück hast.«

Archie kickte einen kleinen Stein weg und beobachtete, wie er etwas abseits im buschigen Gras landete. »Ich habe erfahren, dass Vika finanziell in der Klemme steckt.«

Connor nickte. »Das habe ich schon vermutet. Ich dachte, du wüsstest es längst.«

Das war doch nicht zu fassen! Sonst bekam Archie alles mit, was in Foxgirth vor sich ging, aber dieses Detail war ausgerechnet ihm entgangen. »Sie hat es mir nicht gesagt«, murrte er.

»Niemand gesteht gerne so ein Problem ein.«

»Trotzdem hätte sie es mir sagen sollen.«

»Du würdest auch nicht zugeben, wenn du dich nicht um dich selbst kümmern könntest.« Connor sah ihn eindringlich an.

»Aber jetzt leidet selbst der Bursche darunter. Shona hat angedeutet, dass sie sich sorgt, Vika könnte aus der Not heraus in ihre Fußstapfen treten«, raunte Archie.

»Und jetzt weißt du nicht, was du machen sollst.« Connor seufzte.

»Wenn es um Vika geht, dann weiß ich das nie.« Vor Connor konnte er zugeben, was er sonst keinem anvertrauen würde. Connor und er kannten sich von ihren schlimmsten Seiten. Und trotzdem, vielleicht auch gerade deshalb, war

Connor Fletcher zu seinem besten Freund geworden. Nein, er war sein einziger Freund. Archie hielt nichts davon, sich an Menschen außerhalb der Familie zu binden. Doch Connor war es gelungen, ihn dazu zu bringen, diesen Umstand zu ignorieren. Und da es scheinbar zu einer Freundschaft gehörte, über solche Dinge zu reden, stocherte Connor nun in seiner Seele herum.

»Vielleicht redest du einfach mal mit Vika?«

»Wenn sie das wollen würde, hätte sie es längst getan. Stattdessen hat sie sich heute Morgen mit dem verdammten Willie Glenn unterhalten.« Innerlich verfluchte Archie sich dafür, seine Gedanken ausgesprochen zu haben. Nun würde sein Freund erst recht nicht lockerlassen, und dabei wollte Archie dieses Gespräch so schnell wie möglich beenden.

»Wirbt Willie noch immer um Vika?«, fragte Connor wie erwartet.

»Davon gehe ich aus.«

»Und wird sie zustimmen?«

»Ist wohl nur eine Frage der Zeit, nehme ich an. Jetzt bleibt ihr vielleicht nichts anderes übrig.«

Connor löste sich von der Steinwand. »Du weißt, dass du einen gewaltigen Fehler machst, wenn du das zulässt«, brummte er.

»Ich habe dir schon im letzten Jahr gesagt, dass Vika dumm wäre, Willies Angebot auszuschlagen. Er wird sie gut behandeln, ganz gleich, was ich von ihm halte«, brachte Archie hervor.

»Willies Vater hat vermutlich den deinen umgebracht.« Connor sah ihn fassungslos an. »Und kaum waren wir nach Jahren zurückgekehrt, hast du dich mit Willie geprügelt, da er in deiner Abwesenheit so tat, als ob der Pub wieder seiner

Familie gehörte, und auf deinen Tod spekulierte. Wie kannst du es nur zuzulassen, dass Vika diesen Mann heiratet?«

Archie zog sich die Schieberkappe vom Kopf und starrte in den wolkenverhangenen Himmel. Das Brausen des nahen Meeres dröhnte in seinen Ohren. Es stimmte, was Connor sagte. *Alles*. Gordon Glenn hatte vor ewigen Zeiten, als Archie ein Kind gewesen war, seinen Vater in einem Bach ertränkt. Es konnte nie bewiesen werden, doch jeder in Foxgirth wusste, wie sehr er Keillan Dennon Senior dafür gehasst hatte, ihm beim Kartenspiel den Pub abgeluchst zu haben. Archie hatte keine Erinnerungen an seinen Pa, da er und Blaire damals doch erst eineinhalb Jahre alt gewesen waren, aber nach allem, was er von Mairead gehört hatte, war er ihm von den drei ersten Kindern seiner Mutter am ähnlichsten. Einen ausgefuchsten Mistkerl hatte Mairead seinen Pa einmal genannt, und dabei hatten ihre Augen geglänzt. Doch all sein Talent in Sachen Glücksspiel hatten Keillan Dennon Senior nicht viel genützt.

Einige Jahre nach dem merkwürdigen Unfall am Bach war Gregor Macay in Foxgirth aufgetaucht und später Maireads zweiter Ehemann geworden. Dann wurden Bonnie und Ian geboren, und als alles gut aussah und es der Familie besser ging, war Gregor bei stürmischer See zum Fischen hinausgefahren und nie zurückgekehrt. Es war ein schlechter Scherz des Schicksals, dass seine Ma gleich zwei Männer auf ähnliche Art verlor. Tommy, der Nachzügler, war wenige Monate danach zur Welt gekommen.

»Archie!«

Er sah auf und fixierte Connor. »Wir sind nicht unsere Väter, Connor. Willie hat meinen Pa nicht ersäuft, er lag damals ebenfalls noch in Windeln. Der arme Wicht ist Vika verfallen, und wenn sie seinem Werben nachgeben sollte, dann ist das ihre Entscheidung.«

»Du verpasst deine Chance auf ein wenig Glück«, murmelte Connor und schnaufte ungehalten.

»Ich habe nie auf Glück gehofft.« Archie setzte die Kappe wieder auf. »Wollen wir noch weiter wie Waschweiber über unsere Gefühle reden oder endlich ins Haus gehen und sehen, was Ma gekocht hat?«

»Mairead kocht wirklich gut.« Connor zwinkerte ihm zu. »Bonnie sagt, ich hätte seit Weihnachten zugenommen.«

»Ich will gar nicht wissen, wie sie das rausgefunden hat«, knurrte Archie. »Vergiss nicht, dass du über meine Schwester redest.«

»Ein Gentleman genießt und schweigt.« Connor schlug ihm auf die Schulter, brachte ihn mit seinen Pranken jedoch beinahe zum Umkippen.

»Halt die Klappe, Connor.«

Kapitel 3

Vika tupfte sich mit dem Ärmel der Bluse die Stirn ab. Dann schnappte sie sich den Stapel Teller und balancierte sie in die enge Küche. Wenn sie viel zu spülen hatte, bedeutete es immerhin, dass sie zumindest heute genug Mahlzeiten verkauft hatte. »Mist!«, entfuhr es ihr.

»Brauchst du was?« Tommy linste durch die Tür. Wie so oft half der Bursche im Pub und schenkte Ale und Whisky aus. Mit seinen achtzehn Jahren erschien der jüngste Dennon-Spross Vika noch immer wie ein Welpe, doch natürlich zeigte sie ihm das nicht. An Tommy konnte sie ablesen, wie lange sie inzwischen schon in Foxgirth lebte. Als Shona und sie hier angekommen waren, war er ein mageres Kerlchen mit sommersprossigem Gesicht und einem breiten Lachen gewesen. Und dann, vier Jahre später, waren seine drei älteren Brüder in den Krieg gezogen und Tommy von heute auf morgen der Mann im Haus der Familie gewesen. Irgendwie hatten Shona, Tommy und sie es geschafft, den Pub auch ohne Archie am Laufen zu halten. Tommy war praktisch hinter diesem Tresen aufgewachsen und hatte Alkohol ausgeschenkt, lange bevor er sein erstes Glas getrunken hatte. Das sommersprossige Gesicht war ihm geblieben, aber er überragte sie inzwischen um mehr als eine Kopflänge.

»Was ist denn nun, Vika?«, riss er sie aus ihren Gedanken.

»Ach, ich habe heute Nachmittag die Leinen gewaschen und vergessen, Archies Bett frisch zu beziehen.«

»Das ist alles?« Tommy zuckte mit den Schultern. »So wie ich meinen Bruder kenne, wird er nicht vorhaben, schlafen zu gehen, ehe nicht auch das letzte Licht in Foxgirth gelöscht wurde. Du hast also noch mehr als genug Zeit dafür.«

Vika sah auf das dreckige Geschirr, das sich auf der Ablage türmte. »Besser, ich mache es gleich und dann geht es an dieses Tohuwabohu.«

Tommy nickte. »Und wenn du mit allem hier fertig bist, spendiere ich dir einen Gin.«

Sie ging auf ihn zu und kniff ihm in die Wange. »Du bist so ein süßer Kerl, Tommy. Die Frauen werden sich eines Tages noch um dich reißen.«

Tommy stapfte mit einem gekränkten Gesichtsausdruck in den Schankraum zurück, und Vika folgte ihm. »Das heißt gut aussehend, nicht süß«, murrte er.

»Aber das bist du nun mal.« Vika wuschelte ihm durch die Haare, wie sie es so gerne bei Arch machte und lachte auf, als Tommy sich für den Angriff revanchierte und sie in die Seite zwickte. Sie schlug mit einem Putzlappen nach ihm.

»Ich bin achtzehn, Vika. Und die Frauen reißen sich schon jetzt um mich«, rief er und parierte ihre Schläge mit dem Tuch.

»Ach ja, welche denn genau?« Herausfordernd linste sie ihn an.

»Habt ihr nichts Besseres zu tun?«, brummte es von der Eingangstür.

Vika sah hinüber und entdeckte Archie, der die Kappe vom Kopf zog, einigen Männern an den Tischen zunickte und sich dann an den Tresen lehnte.

Umgehend stellte Tommy eine Flasche Whisky und ein Glas vor seinen älteren Bruder.

»Wir haben nur etwas Spaß, Archie. Solltest du auch mal versuchen«, antwortete Vika. »Wolltest du nicht schon längst zurück sein? Arch hat den ganzen Nachmittag auf dich gewartet. Anscheinend wolltest du ihn im Reiten unterrichten.«

Archie rieb sich über den Nacken. »Ist später geworden. Ich musste noch jemanden organisieren, der uns weitere Fässer baut.«

Vika schüttelte den Kopf. So war es stets mit Archie. Nichts war ihm wichtiger als das Geschäft. »Dann verspreche ihm bitte nicht noch mal etwas, was du nicht einhalten kannst.«

»Ich sehe rasch nach dem Jungen und sage ihm, dass wir es morgen nachholen«, brummte er und wandte sich um.

»Es ist nach neun Uhr, Archie. Er schläft längst.«

»Dann rede ich morgen mit ihm. Versprochen.« Für einen verschwindend kurzen Moment sah er ihr in die Augen, ehe ihn das Glas ablenkte.

»Wer baut uns jetzt eigentlich die Fässer?«, wollte Tommy wissen.

»Der älteste Sohn von Mrs. Stewart. Sein Vater ist letztes Jahr gefallen, und sie haben kaum genug zu essen. Der Bursche braucht noch etwas Übung, aber ich nehme an, er wird es hinbekommen. Immerhin hat sein alter Herr es ihm vor dem Krieg gezeigt.« Archie griff nach der Flasche, zog mit den Zähnen den Korken heraus und schenkte sich ein.

Vika wandte sich um und ging zu seinem Schlafzimmer, wo noch das unbezogene Bett wartete. Heute Mittag war ihr danach gewesen, Archie zu verfluchen, weil er ihrem Sohn falsche Hoffnungen gemacht hatte. Doch dass er einen halbstarken Burschen beauftragte, Fässer zu fertigen, obwohl er mit Sicherheit woanders bessere hätte bekommen können, war anständig. Einmal hatte Blaire ihr gesagt, dass Archie vorhatte, Foxgirth besser als je zuvor zu machen. Ob er damit meinte, den Einwohnern zu helfen, und nicht nur auf den eigenen Profit zu schauen? Vika wusste es nicht. Archie Dennon war ein Buch mit sieben Siegeln für sie.

Sie drückte die Klinke herunter und trat ein. Da nur wenig Licht aus dem Flur in den Raum drang, entzündete sie die Petroleumlampe. Das Zimmer war kahl, und es gab nicht mehr als das Bett, den Nachttisch und einen Schrank an Einrichtung. Doch Archie hielt sich hier nur zum Schlafen auf, daher überraschte es sie wenig, dass er den Raum beließ, wie er war. Einmal in der Woche kam sie ins Zimmer und wischte den Boden, alle zwei Wochen waren die Leinen dran, und das war heute. Zwar hatte Archie sie nicht darum gebeten auch hier für Sauberkeit zu sorgen, doch vermutlich läge der Staub sonst längst fingerdick. Und schließlich ließ er sie und Arch mietfrei im Obergeschoss wohnen.

Rasch öffnete sie den Schrank und suchte frische Tücher heraus, die sie auf dem Nachttisch ablegte, um zuerst die Matratze und dann das Kissen zu beziehen. Als sie nach dem letzten Bezug griff, vernahm sie, wie etwas dumpf auf dem Boden aufkam. Ihr Blick fiel auf ein kleines Büchlein auf den Holzdielen. Sie musste es versehentlich vom Nachttisch gestoßen haben. Vika bückte sich und hob es auf. Einen Augenblick lang starrte sie auf die dunklen Flecken, die den ledernen Einband überzogen. Mit zitternden Fingern fuhr sie darüber, ehe sie es aufschlug und die Zeilen auf der ersten Seite überflog, dann die auf der nächsten und so weiter. Archies

Sold und seine Einsatzorte waren darin ordentlich in kleiner Schrift notiert. Sie blätterte durch die Seiten und die Härchen an ihren Armen stellten sich auf. Dieses Heft hatte ihn durch den Krieg begleitet. Die Flecken auf der Außenseite mussten von dem Tag stammen, als die Splitter einer Granate seinen Arm zerfetzten und er fast das Leben verloren hätte. Sie sank auf die Matratze und kaute auf der Unterlippe. Was sie hier in den Händen hielt, gab Zeugnis von all dem, was Archie erlebt hatte. Niemals hatte er ihr gegenüber ein Wort über diese Zeit verloren.

Vika schloss das Heft und fuhr mit den Fingerspitzen über die Flecken. Beinahe hätte sie Archie nie wiedergesehen. Knapp drei Jahre hatte sie ohne ein Lebenszeichen von ihm gehofft und gebangt. Wenn sie Mairead im Ort begegnet war, hatte sie sich bei der liebenswürdigen Frau nach ihren Söhnen erkundigt. Selbstverständlich nach allen dreien und nicht explizit nach Archie. Doch Mairead hatte sie durchschaut und ihr, wann immer Archie sich dazu hinreißen ließ, seiner Ma einige knappe Zeilen zu senden, die Briefe vorbeigebracht.

Kein einziges Mal hatte er Vika geschrieben. »Kein Wort in drei Jahren«, murmelte sie und schleuderte das Büchlein zurück auf den Nachttisch. Sie kniff die Augen zusammen. Der Rand eines Bildes war herausgerutscht und Vika hielt die Luft an. Sie kannte das Muster der Bluse, die darauf zu erkennen war. Das konnte nicht sein! Sie zwang sich, die Hand auszustrecken und nach dem Foto zu greifen. Fassungslos betrachtete sie ihr Porträt. Es war von Knicken und Schmutz übersät. Sie wagte kaum zu atmen. Als sie es umdrehte, erkannte sie unzählige dunkle Fingerabdrücke auf der Rückseite. Vika ließ die Hände sinken und verharrte bewegungslos. Dann sprang sie auf, schob das Bild wieder zwischen die

Seiten und löschte das Licht. Sie stürmte aus dem Zimmer. Im Flur versagten ihr die Füße den Dienst. Unfähig, sich zu bewegen, stand sie dort und konnte den Blick nicht von Archie lösen. Mit dem Glas in der Hand lehnte er am Tresen und unterhielt sich mit mehreren Männern. Sein heiseres Lachen drang zu ihr herüber. Selbst im Schummerlicht war die Narbe, die sich über seine gesamte linke Gesichtshälfte zog, deutlich zu erkennen. Nur um Haaresbreite hatte das Schrapnell sein Auge verfehlt.

»Kein Wort in drei Jahren«, wiederholte sie. Vika war sich sicher gewesen, dass Archie in all der Zeit nicht einen Gedanken an sie verschwendet hatte. Als er abgereist war, hatte sie Arch unter dem Herzen getragen.

An diesem letzten Tag hatten sie auf der Veranda des Pubs gestanden. Archie hatte den Rucksack über der Schulter getragen, der ihn nach Frankreich begleiten sollte. Beide Hände in den Hosentaschen vergraben, war er ihrem Blick ausgewichen. Er hatte Shona einen Kuss auf die Wange gegeben und Vika kaum angesehen. »Bis dann«, hatte er schließlich gemurmelt und sich einfach umgedreht. Vika war ins Haus gestürzt und hatte sich die Augen ausgeweint, weil sie fürchtete, ihn nie wieder zu sehen. Am nächsten Tag hatte der Alltag ohne Archie begonnen und irgendwie hatten Shona und sie es geschafft, die ersten Jahre des Kriegs zu überstehen. Und dann, einfach so und ohne Vorwarnung, war Archie eines Morgens mit Connor im Schlepptau in den Schankraum gestapft. Die Amputation hatte erst rund eine Woche zurückgelegen, und doch hatte Archie sofort wieder das Zepter übernommen. Nie hatten sie darüber gesprochen, was in der Zwischenzeit passiert war. Oder was auch immer da einst zwischen ihnen gewesen war.

Die Wahrheit war, dass Archie kaum noch mit ihr sprach. Vor dem Krieg hatten sie sich oft und lange unterhalten. Doch seit über einem Jahr ging Archie ihr aus dem Weg, das spürte sie. Nur Arch gegenüber zeigte er sich von seiner weichen Seite, die den meisten Menschen verborgen blieb.

Vika presste die Lippen aufeinander und straffte die Schultern. Zielstrebig lief sie in die Küche und schüttete das Wasser aus dem Krug in die Spülwanne. Sie schnappte sich die Spülbürste und begann die Pfanne zu scheuern, bis ihr die Knöchel schmerzten.

Natürlich war ihr aufgefallen, dass das Foto aus der Kommode in ihrem Zimmer verschwunden war. Aber sie hatte angenommen, es verlegt zu haben, und nicht weiter darüber nachgedacht. Sie hielt inne und zog die Nase hoch. Was hatte das nur zu bedeuten? Wie sie diesen Kerl manchmal verfluchte, weil er so undurchschaubar war! Und doch hatte Archie Dennon sie selbst dann noch verfolgt, als er weit weg gewesen war. Vika ließ die Bürste ins Wasser fallen und trocknete sich die Hände ab. Die Berge von Geschirr würde sie morgen früh spülen, jetzt wollte sie nur noch in ihr Bett und ihre Ruhe haben. Rasch lief sie die Treppe hinauf.

Auf Zehenspitzen betrat sie Archs schmales Zimmer, das im ersten Stock neben ihrem lag. Wild hingen ihrem Sohn die dunklen Haare ins Gesicht, und Vika lauschte seinen gleichmäßigen Atemzügen. Durch das Leben im Pub hatte er sich daran gewöhnt, auch bei Krach einzuschlafen. Vika bemühte sich stets, ihren Sohn nicht zu sehr spüren zu lassen, in welcher Umgebung er aufwuchs. Doch letztlich kannte der Junge es nicht anders und noch fiel ihm wohl kaum auf, dass einiges daran ungewöhnlich war.

Sie beugte sich hinunter, zog die Decke bis zu seinem Kinn

hoch und küsste ihn auf die Stirn. Unten polterte es und dann war Lachen zu hören. Je später der Abend wurde und je weiter der Alkoholpegel der Männer anstieg, desto lauter wurde es. Leise schloss Vika die Tür und beobachtete, wie ein Fischer aus Shonas Zimmer stolperte. Er nickte ihr zu, ehe er die Treppe hinunterwankte.

Die Männer in Foxgirth waren zumeist anständig und freundlich, sagte Shona stets. Freundlicher als die in Glasgow damals waren sie wohl auf jeden Fall. Vika fand es furchtbar, dass ihre Schwester sich einst gezwungen gesehen hatte, diesen Weg einzuschlagen. Die Not hatte ihr keinen Raum für Zweifel gelassen, sie hatten kurz davor gestanden, die winzige Einzimmerwohnung in einer schlechten Gegend zu verlieren. Die nächste Station wäre das Armenhaus gewesen, und da hatte Shona nicht hingewollt. Es war ein mieses Gefühl gewesen, sich von ihrer großen Schwester aushalten zu lassen, doch Vika war damals schlicht zu jung, um mehr als nur ein paar Groschen zu verdienen. Shona hatte es auch für sie getan und das machte es nur schlimmer.

Shona steckte den Kopf durch den Türspalt. »Ist alles in Ordnung?«

Vika nickte eilig. »Ich bin nur müde.«

»Du stehst da so verloren, als wäre etwas passiert.«

Vika wollte ihr erzählen, dass Archie ihr Bild mit in den Krieg genommen hatte und sie schrecklich durcheinander war. Stattdessen lächelte sie. »Ich gehe schlafen, mach nicht zu lange, Shona.«

Ihre Schwester lachte nur, rückte ihr Kleid zurecht und stolzierte die Treppe hinunter.

Vika sah ihr nach, dann huschte sie in ihr Zimmer und zog die Schuhe aus. Ihre Füße schmerzten nach dem vielen

Stehen am Herd und sie genoss den weichen Teppich, den sie sich vor einigen Jahren gegönnt hatte. Dieses Zimmer war ihr Rückzugsort von der Welt. Sie hatte es mit selbstgemalten Bildern verziert, und sobald die Wildblumen erst wieder blühen sollten, würde sie jede Woche einen neuen Strauß auf den Kaminsims stellen. Meist fühlte sie sich hier wohl. Doch heute schien ihr Kopf überzulaufen und doch gleichzeitig leer zu sein.

Sie legte das schlichte Kleid ab, wusch sich das Gesicht mit dem kalten Wasser in der Waschschüssel und kroch ins Bett. Während sie sich ins Kissen kuschelte, glaubte sie immer wieder das heisere Lachen zu hören. Archie hatte überlebt, das war die Hauptsache. Und vielleicht würde sie ihn sogar irgendwann verstehen.

Es roch nach Frühling. Zwar kaum wahrnehmbar, aber Vika war sich ganz sicher, dass es so war. Natürlich würde es noch Wochen dauern, bis er wirklich kam, immerhin war erst Mitte März, aber irgendetwas lag in der Luft, das an diesem frühen Nachmittag alles ein wenig fröhlicher wirken ließ. Trotz des Umstandes, dass sie in der vergangenen Nacht kaum ein Auge zugetan hatte. Die Sache mit dem Foto war durch ihre Träume gespukt und hatte sie wohl unzählige Male aufschrecken lassen. Und dann, irgendwann im Morgengrauen, war es ihr klargeworden: Sie konnte sich einreden, so oft sie wollte, dass sie für Archie kaum mehr empfand als für jeden anderen dahergelaufenen Mann, doch es war schlicht gelogen. Archie Dennon war ihr vor dem Krieg nicht egal gewesen und jetzt war er es auch nicht. Und das, obwohl er ihr keinen Grund gab anzunehmen, dass es ihm mit ihr ebenso ging. Zumindest abgesehen von der Sache mit dem Foto.

Vika legte sich die Hand über die Augen und suchte das weite Feld ab. Ein Lächeln schlich sich auf ihre Lippen, als sie weit hinten Archies Rappen entdeckte und zwei Personen darauf. »Na komm schon, du fauler Hund«, forderte sie Bobby auf und lief mit dem Korb in den Händen weiter über die Wiese. Erneut atmete sie tief ein. Es musste der Sonne und den heute ungewöhnlich milden Temperaturen geschuldet sein, dass sie sich tatsächlich schon im Mai wähnte. Allerdings begann das Gras jetzt erst wirklich zu wachsen und von den Wildblumen, die bald die Gegend überziehen würden, war nur wenig zu erahnen.

Das Hecheln des Hundes folgte ihr in einigem Abstand, und bald war sie nah genug, um zu beobachten, wie Arch die Zügel in der Hand hielt und das Pferd in Schlangenlinien durch das Gelände traben ließ. Ihr Sohn machte ein angestrengtes Gesicht und war so vertieft in seine Aufgabe, dass er sie erst bemerkte, als Archie auf sie deutete.

»Ma! Hast du das gesehen?« Er zog an den Zügeln, und der Rappe stapfte prustend auf sie zu.

»Aber natürlich. Du machst das ganz großartig, mein Schatz.«

Arch strahlte. »Ich kann das sogar schon ganz alleine. Willst du es sehen?«

Unsicher beäugte sie das ausgesprochen hochgewachsene Tier. »Vielleicht isst du erst mal was?«, versuchte sie ihren Sohn von seinem Vorhaben abzulenken.

»Hab keinen Hunger.« Der Junge sah zu Archie auf. »Darf ich?«

»Natürlich«, brummte dieser, stieg ab und Arch rutschte in die Mitte des Sattels.

»Ich weiß nicht, Archie. Das ist doch gefährlich.«

Er warf ihr einen amüsierten Blick zu. »Nun trau deinem Sohn ruhig mal was zu.«

Schon wendete das Pferd und trabte davon.

»Aber bleib in der Nähe«, rief sie Arch nach.

Archie stellte sich neben sie. »Was hast du denn da?« Er linste in den Korb.

»Das Mittagessen ist längst vorüber, also dachte ich, ich suche euch.«

»Ist es wirklich schon so spät?« Er zog die kleine silberne Uhr hervor, die stets an einer Kette befestigt in der Tasche seiner Weste steckte. »Ich habe wohl die Zeit vergessen.«

»Es ist ja auch herrlich hier draußen.«

»Das ist es in der Tat.« Mit einer raschen Bewegung legte er seinen Mantel ab und breitete ihn auf dem Boden aus. »Setz dich doch.«

Vika runzelte die Stirn. »Seit wann bist du denn so galant?«

Sein Lachen wurde vom Wind davongetragen, und Vika fragte sich, wann sie ihn das letzte Mal so ausgelassen gehört hatte. Augenscheinlich war nicht nur das Wetter heute besonders angenehm.

»Also gut.« Sie stellte den Korb ab und kniete sich auf den Mantel, während Archie sich mit etwas Abstand zu ihr ins Gras setzte. Dann nahm sie ein in ein Küchentuch eingeschlagenes Sandwich heraus. »Fang!«

Gerade noch rechtzeitig schnellte sein Arm nach oben. »Habe ich was angestellt, dass du schon mit Essen nach mir wirfst?«, brummte er.

»Wann hast du das nicht, Archie?«

Mit einem Schmunzeln wickelte er das Brot aus und biss hinein. »Also, was ist es dieses Mal?«, fragte er kauend.

»Ach, vergiss es«, antwortete sie etwas zu schnell. Auf keinen Fall wollte sie, dass Archie herausfand, dass sie sich eigentlich wünschte, dass er näher bei ihr sitzen würde. Und dass sie wegen des Fotos eine schlaflose Nacht verbracht hatte. Gähnend nahm sie eine bequemere Position ein.

Archie deutete auf das Pferd, das für Vikas Geschmack schon jetzt zu weit von ihnen entfernt war. »Arch macht das gut, wirklich. Hat ein Talent dafür, der Bursche. Ich habe mir vorgenommen, ihm im Sommer das Schwimmen beizubringen.«

Überrascht betrachtete sie sein Profil. Er beobachtete ganz genau, wie ihr Sohn auf und ab ritt. »Das musst du nicht tun. Ich hoffe, das weißt du?«

Er schmunzelte, ohne sie anzusehen. »Einer sollte ihm all diese Dinge beibringen, oder nicht? Du gluckst ja andauernd über dem Jungen.«

Dieses Mal traf ihn das Sandwich an der Wange.

Archie sah sie aus den Augenwinkeln an, löste das Tuch um das Brot und zog die Scheiben auseinander. »Ich bin mir sicher, Butter wird vorzüglich zu deinem eleganten hellen Teint passen.« Mit einem Grinsen rutschte er neben sie und hielt das Brot drohend vor ihr Gesicht.

»Ich warne dich!« Vika versetzte ihm einen Stoß gegen die Brust, worauf er grummelte.

»Deine Schläge halten mich ganz bestimmt nicht ab. Da musst du dir schon was anderes einfallen lassen.«

In den Frühlingsduft mischte sich sein herbes Rasierwasser, und Vika glaubte einen verschwindend kurzen Moment lang, die Welt würde stillstehen. Wann war Archie ihr das letzte Mal so nahe gewesen? Ihr Blick wanderte die Narbe an seiner Wange entlang und sie überlegte, wie sie sich wohl anfühlte. Einmal, nicht lange nach ihrer und Shonas Ankunft in Foxgirth, hatte Archie im Pub eine Party geschmissen, zu der auch Leute von weiter weg gekommen waren. Damals hatten sie keine Ahnung davon gehabt, was sich in Europa zusammenbraute und was das alles für sie zu bedeuten hatte. Viele der jungen Männer, die sie an diesem Abend zum Tanzen aufgefordert hatten, würden nie heimkehren. So leid es ihr auch tat, Vika konnte sich kaum an einen von ihnen erinnern, weil sie an jenem Abend nur darauf gewartet hatte, dass Archie sie endlich ebenfalls um einen Tanz bitten würde. Es war vergebens gewesen. Mitten in der Nacht, als die Gäste längst gegangen waren, hatte sie den Schankraum gefegt, um am nächsten Tag weniger Arbeit zu haben, und weil sie nie zuvor solch ein Fest erlebt hatte und zu aufgekratzt war, um ins Bett zu gehen.

Plötzlich hatte sie Schritte hinter sich vernommen. »Du warst das schönste Mädchen heute Abend«, hatte Archie mit kratziger Stimme gesagt und ihr den Besen aus der Hand genommen. Knallend kam der Stiel auf dem Boden auf, und Vika zuckte zusammen. »Wir haben zwar keine Musik mehr, aber vielleicht möchtest du trotzdem …« Mit einem Blick, der für ihn untypisch unsicher war, streckte er ihr die Hand entgegen. Und wie sie gewollt hatte! Es war ein steifer Tanz gewesen, bedingt durch die beidseitige Nervosität. Trotzdem hatte Vika jede Sekunde davon genossen. Seine Arme, die sie umfasst hielten, hatten ihr einen Halt geboten, den sie nie zuvor gespürt hatte. Und dann, kurz bevor ihr imaginäres Lied endete, schmiegte Vika sich an seine Brust und Archie legte sein Kinn auf ihrem Scheitel ab. Mit einem verlegenen Lächeln hatte sie sich schließlich von ihm gelöst und den Besen aufgehoben. Nie hatte Archie diesen

Abend danach erwähnt, vielleicht hatte er ihn auch schlicht vergessen.

Archie räusperte sich und rückte von ihr ab. »Entschuldige, ich führe mich schon auf wie Tommy.« Er bedachte sie mit einem merkwürdigen Blick.

Vika zwang sich zurück in die Realität. »Das steht dir zur Abwechslung ganz gut«, murmelte sie und wandte sich ab. Sein Blick brannte in ihrem Nacken. Warum nur musste es zwischen ihnen immer so angespannt sein? Jede Leichtigkeit, die es früher hin und wieder zwischen Archie und ihr gegeben hatte, war seit seiner Rückkehr verschwunden. Und doch wagte Vika nicht, ihn an jenen Abend vor vielen Jahren zu erinnern. Ihm zu sagen, dass ihr dieser Kerl so schrecklich fehlte.

»Dein Sohn kommt zurück«, brummte er.

»Er wird hungrig sein.« Vika gab vor, damit beschäftigt zu sein, die Portion für Arch herauszusuchen, und reichte Archie einen Apfel, ohne ihn anzusehen.

* * * * *

Das steht dir zur Abwechslung ganz gut. Was zum Teufel hatte das nun zu bedeuten? Etwa, dass er sich in Vikas Augen besser wie dieser achtzehnjährige Rotschopf aufführen sollte, den er seinen Bruder nannte? Archie schnaufte verächtlich, woraufhin Vika die Augen zusammenkniff, ihn aber gleich darauf links liegen ließ, als Arch neben ihr vom Pferd rutschte und unsanft auf dem Hintern landete.

»Herrje. Hast du dir was getan?« Vika sprang auf und hievte den Burschen auf die Füße.

»Hast du gesehen, wie toll ich im Kreis reiten kann?«, krähte der Kleine.

»Das habe ich«, sagte sie und klopfte den Dreck von seiner Hose.

Es war eine glatte Lüge. Natürlich hatte Vika die Kunststücke ihres Sohnes nicht beobachtet, weil sie damit beschäftigt gewesen war, Archie Brote und komische Sprüche an den Kopf zu werfen und ihn so gedankenversunken anzustarren. Was war mit der Frau nur los in letzter Zeit? Kein Wunder, dass Shona sich Sorgen machte. Vielleicht hatte er eben den richtigen Moment vertan, um sie auf ihre Pläne anzusprechen, doch nun hockte Arch zwischen ihnen und biss mit roten Wangen in sein Sandwich. Vor dem Jungen konnte er mit Vika nicht über ein so schwerwiegendes Thema sprechen. Shona hatte ihm am Morgen zugeflüstert, dass Vika anscheinend darüber nachdachte wegzuziehen. Er hatte es ihr nicht glauben wollen, aber Shona hatte »doch, wirklich!« gezischt und unglücklich dreingesehen.

Archie schüttelte unwillkürlich den Kopf und legte das halb gegessene Brot zur Seite. Bei dem Gedanken daran, dass die beiden aus Foxgirth weggehen könnten, verging ihm der Appetit. Glaubte Vika etwa im Ernst, dass sie dem Jungen damit einen Gefallen erwiese? Arch wurde von ihr so oder so schon zu sehr behütet, wie Archie fand. Ein Kind sollte sich am besten jeden Tag richtig dreckig machen und durch die Gegend strolchen. So wie er selbst einst mit seinen Geschwistern. Er musste etwas tun und Vika von dieser Idee abbringen.

Archie gab sich einen Ruck und klopfte an. Es war schon mitten in der Nacht, doch er hatte sich erst Mut antrinken müssen, um sein Vorhaben umzusetzen. Unter ihrer Tür drang etwas Licht hindurch, also war Vika ebenfalls noch wach, was ihn überraschte. Als er ihre Stimme vernahm, trat er ein.

Vika saß im Nachthemd in ihrem Bett und strickte. Mit zackigen Bewegungen nahm sie die Maschen auf. »Brauchst du noch etwas?«

Er wollte auf dem Absatz kehrtmachen. Hinausgehen und es auf sich beruhen lassen. Aber das ging nicht. »Ich möchte mit dir reden«, brummte er.

Vika sah ihn überrascht an. Sie bedeutete ihm, sich zu setzen, und Archie sackte auf den Stuhl an der Wand gegenüber.

Abwartend sah sie ihn an und strickte weiter. Die dunkelblaue Wolle sollte ein Pullover für Arch werden, vermutete Archie anhand der Form. Selbst jetzt, nach einem langen Tag, gönnte sie sich keine Ruhe.

Er räusperte sich. »Wenn es Probleme gibt, dann kannst du zu mir kommen. Ich hoffe, das ist dir klar«, sagte er leise.

»Warum sollte es Probleme geben?« Vika ließ die Stricknadeln sinken.

Musste er es aussprechen? Er atmete tief durch. »Ich habe gehört, dass du in Schwierigkeiten bist.«

Sie wandte den Blick ab und nahm dann die Maschen wieder auf. »Das ist meine Angelegenheit.«

»Ich weiß.« Archie stützte den Ellenbogen auf den rechten Oberschenkel. Wie reizend Vika aussah, wenn sie sich konzentrierte. Wann immer sie es tat, kräuselte sie die Nase. »Du kommst also finanziell nicht gut zurecht?«

Sie hielt einen Moment lang inne. »Das wird schon wieder. Irgendwie.«

»Ich kann dir etwas geben, wenn du Geld für Arch brauchst.«

»Das wird nicht nötig sein.« Ihr Blick blieb weiter auf den Stricknadeln haften.

Ein Brummen drang aus seiner Brust. »Verflucht, Vika. Jetzt sei doch nicht so! Du kannst mir sagen, wenn du Hilfe brauchst.«

Sie sah auf und wirkte merkwürdig gelassen. »Warum sollte ich das tun?«

»Weil du wolltest, dass ich mich um den Jungen kümmere, falls du stirbst.« Wann immer er daran zurückdachte, wie schrecklich krank sie gewesen waren, zog sich etwas in ihm zusammen. Nie hatte er Mutterliebe so eindringlich erlebt wie bei Vika in jenen Tagen. Sie war beinahe vor Gram eingegangen bei dem Gedanken, Arch allein zurückzulassen. Wann immer sie bei Bewusstsein gewesen war, hatte Archie ihr gut zugeredet, und es hatte doch nichts genützt. Damals war sie bereit gewesen, ihm ihren Sohn anzuvertrauen.

»Ich bin aber nicht gestorben.« Sie reckte das Kinn vor.

Ruckartig stand er auf. »Vergiss, dass ich hier war.«

Er stapfte zur Tür und öffnete sie.

»Warum hast du mein Bild mitgenommen?«, vernahm er ihre bebende Stimme.

Hatte er sich verhört? Er fuhr herum. »Wovon sprichst du?«

Sie sah an ihm vorbei zur Wand. »In deinem Heft im Nachttisch liegt mein Bild«, flüsterte Vika. »Und ich zerbreche mir seit gestern den Kopf, was das zu bedeuten hat.«

»Du warst an meinen Sachen?«, knurrte er.

»Ich bin durch reinen Zufall darauf gestoßen. Und du bist es immerhin, der ein Bild von mir gestohlen hat.«

Archie gab der Tür einen Schubs und sie fiel zu. »Das ist

nichts, worüber du nachdenken solltest«, sagte er mit festem Ton. Vika hatte etwas entdeckt, das sie nie hätte erfahren sollen. Und das musste er ihr klarmachen.

»Ich finde schon, dass mich das etwas angeht«, sagte sie und sah ihn ungewohnt direkt an.

»So ist das also«, brummte Archie und schüttelte den Kopf. »Ich darf dir nicht helfen, wenn du es dringend nötig hättest, aber du glaubst, dich in meine Dinge einmischen zu können?« Ein trockenes Lachen drang aus seiner Brust. »Ich werde mich von einer Frau ganz bestimmt nicht drängen lassen, etwas zu sagen, was besser unausgesprochen bleibt. Schlag dir das mal schön aus dem Kopf und denk lieber über deine eigenen Schwierigkeiten nach, Vika.«

Sie kniff die Augen zusammen und sah plötzlich aus wie Shona, wenn diese sich aufregte, obwohl die Schwestern sonst kaum Ähnlichkeit miteinander hatten. »Du nennst mich *eine Frau*?«, zischte Vika. »Ganz so, als ob ich irgendwer wäre?« Sie schleuderte die Stricksachen neben sich und sah ihn mit einem Blick an, den er nie zuvor an ihr gesehen hatte. »Aber das passt hervorragend zu der Art, wie du mich behandelst, seit du zurückgekehrt bist, oder nicht? Ich bin einfach nur eine kleine Köchin, die nebenbei deinen Pub und dein Zimmer sauber hält.«

Vika sprühte geradeso vor Wut, und Archie wunderte sich, wo dieser Ausbruch so unerwartet herkam. Nie hatte sie sich vor ihm derart gehenlassen. Schmunzelnd setzte er sich wieder auf den Stuhl.

»Du scheinst das ja sehr lustig zu finden«, fauchte Vika.

»Du erinnerst mich gerade an meine Schwestern, das ist alles. Ich dachte eigentlich, nur die Frauen meiner Familie würden solche Wutausbrüche bekommen, aber dir steht es auch ganz gut.« In der Tat machte das Glühen, das Vikas Wangen überzog, sie noch hübscher.

»Von denen hattest du aber kein Bild in dem Heft«, stieß sie hervor.

Archie hob den Zeigefinger und zog die Augenbrauen zusammen. »Lass dieses Thema ruhen, Vika. Ich habe keinen Scherz gemacht. Du willst mich nicht wütend erleben, glaub mir das.«

»Dann würdest du vor mir immerhin mal eine Gefühlsregung zeigen«, hörte er sie murren.

»Ich gehe besser, ehe ich mich vergesse.« Archie stand auf und ging erneut zur Tür.

»Warte!«

Er hörte, wie sich Schritte näherten.

Gerade rechtzeitig, ehe Vika bei ihm ankam, drehte er sich um und hob die Hand.

Sie blieb abrupt stehen und wirkte plötzlich sehr verletzlich. Mit fragendem Blick stand sie auf dem dunkelgrünen Teppichboden, den sie vor langer Zeit hier angeschleppt hatte.

Archie hatte sie aufgezogen, dass sie ihr Zimmer in einen Salon verwandeln würde, doch tatsächlich verlieh der Teppich dem Raum eine gemütliche Ausstrahlung. Selten betrat er Vikas Reich. Vielleicht war das hier der richtige Ort, um die Fassade für einen Moment fallen zu lassen? Vika warf ihm vor, keine Gefühle zu zeigen, und nahm allem Anschein nach an, dass sie ihm egal war. Doch nichts lag der Wahrheit ferner. »Ich habe es gebraucht«, sagte er, ehe er es sich anders überlegen konnte.

»Gebraucht?« Vika schlang sich die Arme um den Oberkörper, als wollte sie sich selbst Halt geben. Sie wirkte verloren. So verloren, wie er sich in den Jahren in Frankreich und Flandern gefühlt hatte.

Womöglich musste Vika schlicht hören, dass sie ihm alles andere als egal war, und danach wäre wieder alles gut, und sie beide könnten diese Sache hier vergessen. Mit etwas Glück würde sie dann sogar etwas Geld von ihm annehmen, weil er es ihr verdankte, überlebt zu haben. Er war jederzeit bereit ihr so viel zu geben, wie er konnte. Aber diese sture Frau wollte es ja nicht einfach so annehmen. »Ohne dein Bild hätte ich es nicht überstanden. Es hat mich daran erinnert, warum ich durchhalten muss, und mich nicht erschießen lassen darf«, sagte er leise und starrte auf den Teppich. Wie er sich nach Vikas Lachen gesehnt hatte! Stets hatte dieser Ton eine Wärme in ihm hervorgebracht, die er bislang nicht gekannt hatte. Wenn er sie zum Lachen brachte, war er für einen kurzen Moment mit sich im Reinen. Nachts, wenn sie stundenlang aus den Schützengräben hinausgespäht hatten und von Stille umgeben waren, hatte er manchmal geglaubt, es zu hören. Archie schluckte. »Ich habe dein Bild jeden Tag angesehen. Jeden einzelnen.«

»Du hast an mich gedacht?«, fragte sie mit zitternder Stimme.

Archie suchte ihren Blick, doch Vikas Lider flatterten, während sie von ihm wegsah. »Natürlich. Wie könnte ich auch nicht?«

»Ich weiß nicht, was ich sagen soll«, flüsterte sie.

»Wir werden nie wieder darüber sprechen. Aber jetzt verstehst du hoffentlich, warum du ohne schlechtes Gewissen meine Hilfe annehmen kannst. Ich schulde dir etwas und werde diese Schuld nur zu gerne begleichen.« Er nickte vor sich hin. »Schlaf gut, Vika.«

Dann wandte er sich um und griff nach der Klinke. Gerade als er hinaustreten wollte, spürte er ihre Hand auf seiner Schulter. Sein ganzer Körper spannte sich an, und die Narbe in seinem Gesicht schmerzte, als er die Zähne aufeinanderpresste. Vikas Hand rutschte hinunter und schien einen brennenden Fleck auf seiner Haut zu hinterlassen.

Langsam drehte er sich zu ihr um.

»Ich verstehe es nicht.« Sie musterte ihn eindringlich. »Du sagst mir das alles, und doch willst du nicht in meiner Nähe sein. Seit deiner Rückkehr gehst du mir aus dem Weg.« Sie verkrampfte die Finger ineinander. »Du berührst mich nicht mehr«, murmelte sie beinahe tonlos und trat einen Schritt zurück. »Früher hast du mir hin und wieder die Hand auf den Arm gelegt. Manchmal sogar über meinen Rücken gestreichelt, wenn du an mir vorübergegangen bist. Und jetzt …« Sie schüttelte den Kopf und sah ihn traurig an.

Dieser verdammte Blick drohte ihm das Herz zu brechen, dabei war Archie sich sicher gewesen, dass davon kaum etwas übrig war. Es stimmte, was sie sagte. Jedes Wort. »Ich kann dich nicht mehr berühren«, brummte er mit trockenem Mund.

Vika sog die Luft ein und sah von ihm weg. »Du musst nichts tun, was du nicht willst.«

»Du hast keine Ahnung, wie sehr ich es will.« Er trat vor. Sie war ihm so nah, dass er ihren Duft einatmen konnte. Das erste Mal seit seiner Rückkehr genoss er die Nähe, die er sonst versuchte zu vermeiden.

»Du verwirrst mich«, sprach sie leise, und ihr Blick fixierte sein Hemd. »Es liegt an Arch, dass du es nicht tust.« Jetzt sah sie zu ihm auf. »Sprich es einfach aus, und dann kann ich mich damit abfinden.«

»Was hat Arch damit zu tun?«

»Du weißt genau, was ich meine.« Sie streckte den Rücken durch.

»Das ist das Dümmste, was ich je gehört habe.« Ein Lächeln zog sich über seine Lippen. »Der Junge ist großartig, und ich bin froh, dass es ihn gibt.«

Der Stolz, der in ihrem Gesicht zu lesen war, war wohltuend. Vika hatte jeden Grund, ihn für Arch zu empfinden.

»Und warum verhältst du dich dann so ... so komisch?«

»Das hat nichts mit dir zu tun. Es liegt nur an mir.«

Sie hob die Hand, und für den Bruchteil einer Sekunde berührten ihre Fingerspitzen seine Wange. Erneut zog sich der Schmerz über die Seite, und Archie hörte seine Zähne knirschen.

»Was ist denn nur los mit dir?«, flüsterte sie. »Ist es, weil du den Arm verloren hast?«

»Du glaubst, es wäre mir peinlich, ein verdammter Krüppel zu sein?« Starr blickte er sie an.

»Sprich nicht so von dir. Niemand hier tut es.« Sie seufzte. »Du möchtest mir nicht nahe sein, weil du denkst, dass ich deine Wunde abstoßend finden könnte. So ist es doch, oder?«

»Es ist nicht das, was fehlt, es ist das, was noch immer da ist«, brach es aus ihm heraus. Er wandte sich ab und trat an die Wand. Sein Blick haftete auf der bunten Blumentapete, die er einst für Vika hier angebracht hatte. »So eine habe ich mir schon immer gewünscht«, hatte sie damals gehaucht und sich mitten im Raum um sich selbst gedreht. Die Sonne war durch das Fenster direkt auf ihren Rock gefallen, und es war ihm so vorgekommen, als würde sie von innen heraus sein Leben erhellen. Wie lange lag dieser Tag zurück? Fünf oder sechs Jahre etwa?

»Was ist denn noch da?«, fragte sie sanft.

»Meine andere Hand.« Er fuhr herum und hob den Arm. »Hast du auch nur die geringste Vorstellung, was diese Hand getan hat?«

»Sprichst du vom Krieg?«

»Wovon denn sonst?« Er lachte bitter. »Ich habe schlimme Dinge getan, Vika. Sehr schlimme.«

»Jeder tötet im Krieg. Das war eure Aufgabe. Ihr hattet keine Wahl.«

»Du verstehst es nicht, lassen wir das.« Er musste hier raus. Er war gekommen, um herauszufinden, was bei Vika los war. Stattdessen stocherte sie jetzt in seiner Seele herum.

Die Bewegung, mit der sie zwischen ihn und die Wand schlüpfte und sich auf die Zehenspitzen stellte, kam so unerwartet, dass Archie keine Gelegenheit blieb zurückzuweichen. »Ich verstehe mehr, als du denkst. Dennoch werde ich dein Geld nicht nehmen«, flüsterte sie in sein Ohr. Ihre Haare kitzelten auf seiner Haut, und Archie verbat sich einzuatmen. Vikas Duft würde ihn willenlos machen, und er musste seine Sinne beisammenhalten, um aus dieser Situation herauszukommen.

»Du verdammtes stures Weib«, brummte er. Dann ging er in den Flur und weiter die Treppe hinunter.

* * * * *

Vika legte den angefangenen Pullover neben sich und beobachtete, wie die Maschen von der Stricknadel rutschen. Mit dem Fuß versetzte sie dem Teil einen Stoß, und es fiel vors Bett. Sie konnte sich nicht mehr konzentrieren, seit Archie hier unerwartet aufgetaucht war. Schlafen ging ebenfalls nicht, das hatte sie bereits vor zwei Stunden versucht, ehe er gekommen war. Da hatte sie erneut die Sache mit dem Bild wachgehalten, jetzt hingegen war es seine Erklärung dazu. Archie hatte scheinbar vor, sie um den so bitter nötigen Schlaf zu bringen. Und um ihren Verstand noch dazu. Vika schnaufte und verschränkte die Arme.

War Archie überhaupt schon einmal in ihrem Zimmer gewesen, abgesehen von den Renovierungen, die er hier vorgenommen hatte? Sie konnte sich nicht daran erinnern. Und warum nur hatte sie ihn nur auf das Bild angesprochen? Vermutlich, weil sie am Morgen auf der Wiese ein kleines Stückchen von dem Mann erhascht hatte, der ihr einst das Herz gestohlen hatte. Damals, als Archie noch charmant sein konnte, wenn er es denn wollte, und nicht nur verbissen an die Zukunft dachte. Natürlich war ihm auch zu dieser Zeit der Erfolg wichtig gewesen, und er hatte es immerhin geschafft, den Pub zum beliebtesten Treffpunkt der Region zu machen, so dass die Männer gerade an den Wochenenden von weit her angereist waren, um hier an Kartenspielen oder Feiern teilzunehmen. Doch dann hatte sich alles verändert. Vom Pub und seinem Inhaber war nur ein Schatten vergangener Zeiten übriggeblieben. Hin und wieder ertappte Vika sich dabei, dass ihr der Trubel von damals etwas fehlte. Es waren herrlich leichte Jahre gewesen, nach den schwierigen Zeiten in Glasgow.

Ihre Gedanken wanderten wieder zu dem einarmigen Mistkerl zurück, dem sie all diese Grübelei verdankte. Hatte sie wirklich geglaubt, dass Archie sich ihr öffnen würde? Ausgerechnet Archie Dennon, der nie etwas preisgab? Und doch hatte er es ein kleines Stückchen weit getan und zugegeben, dass er ihr Foto jeden Tag angesehen hatte. Vika schalt sich in Gedanken, weil sie ihm nicht entgegnet hatte, dass sie auch stets an ihn gedacht hatte. Vielleicht wäre er dann fähig gewesen, mehr als nur wirres Zeug von seiner Hand zu reden. Er wollte ihre Nähe nicht zulassen, obwohl Vika eines deutlich spürte: Tief in seinem Innern empfand Archie etwas für sie. Wie schön es einst gewesen war, wenn er sich manchmal zu ihr gesellte, während sie in der Küche gearbeitet hatte und ihr von seinem Tag erzählte. Dann hatte Archie über seine Pläne gesprochen und sie sogar hin und wieder nach ihrer Meinung gefragt. Alles in ihr sehnte sich nach diesem Mann zurück.

Es hatte so lange gedauert, bis sie hinter Archies mühsam errichtete Fassade geblickt hatte. In der ersten Zeit hatte sie ihn nicht einmal leiden können. Eines Tages, sie lebten in dem verdreckten Zimmer in der Wilkes Street in Glasgow, war Shona spätabends heimgekommen und hatte ihr gesagt, dass sie aufs Land umziehen würden. Vika hatte es für einen Scherz gehalten, doch Shona hatte angefangen, die wenigen Habseligkeiten aus den Schubladen zu kramen und sie in einen Leinensack gestopft. Dieser Kerl, so erzählte ihre Schwester, würde sie beide mit in ein Dorf nehmen. Dort wäre das Leben einfacher für sie, und die Menschen wären netter. Vika könnte den Pub sauber halten, während Shona das tat, was sie seit ihrem achtzehnten Lebensjahr getan hatte. Sie müssten nicht einmal Miete zahlen, hatte sie erklärt. Diese aufzubringen war stets das größte Problem gewesen, und gerade hatten sie wieder einmal kurz davor gestanden, aus ihrer aktuellen Bruchbude hinausgeworfen zu werden. Vika hatte immerfort einen neuen Job gesucht. Mal hatte sie geputzt, dann gar gewagt, mit einem kleinen Straßenstand ihre Kohlezeichnungen feilzubieten. Sie hatte Porträts gemalt, doch das hatte kaum etwas eingebracht, da die Leute nichts von einer jungen Frau kaufen wollten, die sich als Künstlerin aufspielte. Die Stellen in den Fabriken waren bei den Arbeiterfrauen begehrt, und Vika hatte ihre verloren, als sie nachts auf der schmalen Treppe zum Hinterhof gestolpert war. Ihr Knöchel war auf die Größe eines Apfels angeschwollen, und der Arzt, den Shona von ihrem letzten Ersparten hatte kommen lassen, hatte Vika mehrere Wochen Bettruhe verordnet. In der Fabrik hatte man sie umgehend ersetzt.

»Das ist doch nicht zum Aushalten!« Vika sprang auf und lief im Zimmer umher. Selten dachte sie an diese schlimmen Jahre in Glasgow zurück. Shona hatte nicht auf Vikas Einwände gehört, es sei keine gute Idee, einfach so mit einem Mann mitzugehen, der ihr erst vor ein paar Stunden in einer Bar begegnet war. »Der ist in Ordnung«, hatte Shona gesagt, »ich kenne mich mit Männern aus.« Dazu hatte sie heftig genickt. »Was soll denn noch schlimmer werden?«

Letztlich hatte sie zugestimmt, ihre Sachen zusammengesucht und war ihrer Schwester zu der Kutsche vor dem Haus gefolgt. Der junge Mann auf dem Kutschbock hatte sie beäugt und ihr zugenickt. Dann hatte er auf die Ladefläche gedeutet, die über und über mit Stühlen beladen war, und beobachtet, wie Shona und sie sich mit ihren Säcken an die einzige freie Stelle setzten. In der Dunkelheit hatten sie die Straßen verlassen, auf denen sie aufgewachsen waren. So war Archibald Dennon in ihr Leben getreten.

Vika ballte die Hände und ging zur Tür. Sie trat hinaus und lief die Treppe herunter. Im Mondschein konnte sie die leeren Gläser auf der Theke erkennen, die darauf warteten, dass sie sie im Morgengrauen aufräumen würde. Sie lief auf die Tür zu, klopfte an und trat direkt ein. Es war stockdunkel und sie sah kaum die Hand vor ihren Augen. »Ich konnte dich nicht leiden. In den ersten Monaten habe ich dich für einen überheblichen Arsch gehalten. Und dann ist irgendwas passiert«, rief sie.

Ein Rascheln war zu hören. »Du hättest nicht kommen sollen«, brummte Archie. Gleich darauf flammte ein Streichholz auf, und Vika beobachtete, wie er die Lampe auf dem Nachttisch entzündete. Flackernd fiel das Licht auf seinen nackten Oberkörper. Das erste Mal betrachtete Vika die Stelle, an der ihm der Arm abgetrennt worden war. Es sah sauberer aus, als sie es sich ausgemalt hatte. Fast konnte man meinen, es sei nie anders gewesen.

»Hast du jetzt gesehen, was du sehen wolltest?«, knurrte er.

»Deshalb bin ich nicht hier«, sagte sie schnell.

»Stimmt.« Er lachte auf. »Du bist hier, um mir zu sagen, dass du mich nicht leiden konntest.« Seine dunklen Augen schimmerten im schwachen Licht und drohten sie in sich hineinzuziehen.

»Nein.« Vika schloss die Tür und trat in die Mitte des Raums. »Ich habe dich gern, Archie. Auch wenn ich nicht weiß, warum. Und du hast mich ebenfalls gern, anders ist nicht zu erklären, dass du mein Bild durch einen ganzen Krieg hindurch aufbewahrt hast.«

»So wird es wohl sein.« Er fuhr sich durch die Haare, die ihm unordentlich in die Stirn fielen. Dann stand er auf und kam auf sie zu.

Die dünne Leinenhose hing ihm locker um die Hüfte und ließ mehr erahnen, als Vika recht war. Doch jetzt war nicht der Zeitpunkt, empfindlich zu sein.

Sie verschränkte die Arme vor der Brust. »Wir können

nicht weiterhin andauernd umeinander herumtänzeln, Archie. Es macht mich so verrückt, dass ich schon überlege, von hier wegzuziehen.«

»Du also willst wirklich wegziehen?« Er blieb vor ihr stehen und sah ihr suchend in die Augen.

Vika drehte sich zur Seite. »Ich bin hier nicht mehr zufrieden, und ich will, dass mein Sohn ein gutes Leben hat. Es ist hier besser als in Glasgow und vielleicht ist es einfältig von mir zu glauben, dass es irgendwo anders noch besser sein könnte. Aber ist es verboten, auf ein wenig Glück zu hoffen? Ich will mir beweisen, dass ich für Arch und mich sorgen kann, ohne auf deine oder Shonas Großzügigkeit angewiesen zu sein.«

»Glück?« Archies Stimme war schneidend. »Wer hofft in diesen Zeiten schon auf Glück?«

»Ich, Archie. Ich hoffe darauf. Ist das so falsch?«

»Und du glaubst, du findest das, was du dir wünschst, weit weg von hier?«

Sie zwang sich, all ihren Mut zusammenzunehmen. »Ich hatte nach einer Weile wirklich geglaubt, es hier zu finden, aber die Annahme hat sich als falsch erwiesen. Ich habe jahrelang darauf gewartet, dass du heimkehrst. Und dann bist du gekommen, und alles war noch viel verzwickter als zuvor.«

Archie ließ ein Grummeln hören. »Du glaubst doch nicht wirklich, ich würde dir Glück bringen?«

»Ich habe es mir nicht ausgesucht. Und ich habe mir jede Mühe gegeben, dich nicht leiden zu können. Aber egal, wie sehr du dich auch bemühst, jeden von dir fernzuhalten, mich kannst du nicht täuschen. In dir steckt ein guter Kerl, auch wenn du es nicht hören magst.«

»Diese Hand«, er hob seinen Arm direkt vor ihrem Gesicht an.

»Herrgott, was ist denn schon wieder mit deiner Hand? Kannst du nicht aufhören, in Rätseln zu sprechen?« Vika stieß einen Fluch aus.

Archie ließ sie sinken. Er lehnte sich vor, bis er mit seinem Gesicht neben ihrem war. Der Geruch von Whisky stieg Vika in die Nase. Sicherlich hatte er sich nach dem unerquicklichen Gespräch mehrere Gläser hinter die Binde gekippt. So wie immer, wenn etwas nicht nach seinen Vorstellungen lief. Vika bemühte sich, seine Haut zu ignorieren, die Wärme ausstrahlte.

»Nur Connor weiß, was ich alles getan habe, um es aus Flandern herauszuschaffen. Ihm muss ich nicht erklären, dass diese Hand ein Spiegel meiner Seele ist.«

Ein Schauer lief über ihren Rücken. »Was ist dort drüben nur mit dir passiert?«, flüsterte Vika.

Seine Finger fassten in ihre offenen Haare und spielten mit einer Strähne. »Du würdest es nicht aushalten, das alles zu erfahren. Du sprichst davon, dass ich dich nicht mehr berühre. Willst du von einer Hand berührt werden, die so lange einem feindlichen Soldaten den Hals abdrückte, bis seine Augen hervortraten und er tot zusammensackte?«

Vika rührte sich nicht und spürte, wie er an ihren Haaren zupfte. »Diese Sachen werden dich vergiften, wenn du sie nicht rauslässt«, murmelte sie.

»Meinst du nicht, dafür ist es nicht längst zu spät?« Er ließ die Hand sinken, ehe er sich räusperte. »Es war bei Ypern und der zweite Tag einer Schlacht, die wir alle nicht glaubten zu überleben. Ich konnte Ian nicht mehr finden in all dem Chaos. Irgendwann ging mir die Munition aus, und ich hatte nur noch das Bajonett, um mich zu verteidigen. Wenn du das Bajonett brauchst, dann weißt du, dass du in der Hölle angelangt bist.« Archie schüttelte den Kopf. »Ich rutschte in Deckung und landete neben einem feindlichen Soldaten. Keine Ahnung, ob ich zu weit in den gegnerischen Bereich geraten war oder er in unseren. Ich konnte keinen meiner Kameraden sehen, also war ich wohl abseits der geplanten Route. Jedenfalls starrten wir uns einen Moment lang an, ehe er eine Pistole auf mich richtete. Ich konnte sie ihm aus der Hand schlagen, doch ich bekam sie nicht zu fassen. Auf seiner Hose waren Blutflecken, ich nehme an, er konnte nicht mehr laufen.« Archie machte eine Pause und sah an ihr vorbei. »Wenn du in so einer Situation verwundet bist, dann fühlst du dich wie ein Kaninchen in der Falle. Dann hast du nur zwei Möglichkeiten: aufgeben oder kämpfen. Und dieser Kerl war nicht bereit, sich zu ergeben. Er packte mein Gewehr und versuchte, das Bajonett in meine Brust zu rammen. Wir verkeilten uns ineinander, und es war klar, dass einer von uns es nicht lebend aus diesem Loch herausschaffen würde. Irgendwann bekam ich seinen Hals zu packen. Die Spitze des Bajonetts bohrte sich in meinen Oberarm.« Archie drehte sich zur Seite und Vika schnappte nach Luft, als sie die Schwiele auf seiner Haut entdeckte. Ich habe zugedrückt. Jemanden zu ersticken dauert länger, als man annimmt. Ich sah zu, wie sich das Leben aus ihm herausschlich.« Er presste die Lippen aufeinander und sah sie abwartend an.

»Du hattest keine Wahl«, sagte Vika matt.

»Doch, die hatte ich. Ich habe mich freiwillig gemeldet, um an Ians Seite zu sein und dafür zu sorgen, dass er zurück zu unserer Ma nach Hause kommt.« Er schlurfte zum Bett, ließ sich fallen und stützte den Ellenbogen auf sein Bein. Das Gesicht in der Hand vergraben, sprach er weiter. »Ich habe mir seine Waffe geschnappt und seine Uniform nach Munition abgesucht. Er hatte ein Bild in seiner Brusttasche.« Archies Faust presste sich gegen seine Stirn. »Der Mann hatte eine Frau und drei kleine Kinder, die er vermutlich weiß Gott wie lange nicht gesehen hatte. Im Gegensatz zu mir hatte er keine Wahl. Er musste in den Krieg, während wir die Entscheidung selbst getroffen haben. Sosehr ich unsere Gegner für das hasste, was sie taten, nie habe ich vergessen, dass es Menschen wie wir sind. Und ich habe diese Menschen getötet.«

Als er aufsah, spürte Vika, dass ihr Puls raste. Das erste Mal, seit sie Archie kannte, glaubte sie, ihn voll und ganz zu sehen. In diesem Moment war er nicht der knallharte Mann, der nur den nächsten Deal im Sinn hatte. Ihm war deutlich anzumerken, dass er nicht weiterwusste.

Vika ging auf ihn zu und kniete sich vor ihn hin. Ihre Finger fuhren über seinen Handrücken.

»Willst du wirklich von mir berührt werden, jetzt da du weißt, was ich getan habe? Das war nur die Spitze des Eisbergs. Es ist so viel mehr passiert, was nie über meine Lippen kommen, aber immer ein Teil von mir bleiben wird.«

»Wenn jeder Mann, der im Krieg war, keine Frau mehr anfasst, dann liegt eine traurige Zeit vor uns, meinst du nicht?« Lächelnd sah sie ihn an.

»Ich habe dich von Anfang an leiden können, ich habe es dir nur nie gezeigt«, sagte er leise.

»Ich weiß, Archie.« Endlich traute sie sich, das zu tun, was sie seit seiner Rückkehr hatte machen wollen. Ihre Hand wanderte zu seinem Gesicht. Sie ertastete die Narbe mit den Fingerspitzen und fuhr die Linie nach. Er schloss die Augen. »Du bist kein Krüppel, das weißt du doch hoffentlich?«

»Wenn du das sagst«, murmelte er und presste seine Wange gegen ihre Finger. Noch immer öffnete er die Lider nicht, und Vika betrachtete die dunklen Brauen und die Falte, die sein meist grimmiger Ausdruck zwischen ihnen hinterlassen hatte. Dieser Mann hatte keine Ahnung, wie anziehend sie ihn Monate nach ihrer Ankunft gefunden hatte. Einen Mann wie Archie konnte selbst ein fehlender Arm nicht entstellen. Er war durchschnittlich groß und nicht sonderlich breit gebaut, und doch flößte er mit seiner Ausstrahlung jedem Respekt ein. Dass Archie unverschämt gut aussah, war ihr natürlich schon an jenem ersten Abend in der Wilkes Street aufgefallen.

Vika wollte seine Brust berühren, doch sie wagte es nicht. Stattdessen wanderten ihre Finger über sein kantiges Kinn und sie starrte wie hypnotisiert auf seine Lippen.

»Wenn du tust, was dir gerade durch den Kopf spukt, dann werde ich es immer und immer wieder einfordern«, raunte er.

Ihr war entgangen, dass er sie längst ansah. »Du hast Shona an deinem letzten Tag hier einen Kuss auf die Wange gegeben und mir nicht«, platzte es aus ihr heraus.

»Das hast du mir krummgenommen?«

»Ich wollte dich ohrfeigen. Aber weil ich nicht wusste, ob du den Krieg überleben wirst, habe ich es sein lassen.«

»Soso.« Archie lachte leise. Dann griff er in ihren Nacken und zog sie zu sich heran. Vika spürte seine geradezu glühende Wärme durch ihre Bluse. Alles um sie herum schien zu verschwimmen. »Hätte ich dich geküsst, wäre ich nie aufgebrochen. Deshalb habe ich es nicht getan.«

Ihre Stirn berührte die seine. Wieder roch sie Whisky, doch dieses Mal vermischte es sich mit Archies Geruch, der sie seltsam anzog.

»Komm hoch«, forderte er sie heiser auf. »Du kniest so merkwürdig vor mir, das macht mich ganz nervös.«

»Ach, das ist deine einzige Sorge?« Vika gluckste und stand auf.

Archies Hand umfasste ihre Hüfte, dann zog er sie auf seinen Schoß. »So ist es besser«, murmelte er in ihr Nachthemd.

Sie schloss die Augen und fühlte, wie seine Lippen über ihren Hals wanderten.

Als Archie ihr Gesicht erreichte, hielt er inne und strich ihr die Haare hinter die Ohren. Er betrachtete sie eingehend. »Ich habe dein Bild gebraucht, weil ich dich von dem Tag an gebraucht habe, als du auf meine Kutsche gestiegen bist.«

Das war zu viel. Vika presste sich an ihn und ihren Mund auf seinen. Alles in ihr schien zu brennen, und plötzlich zählte nichts anderes mehr. Die Jahre, in denen sie sehnsüchtig auf ein Lebenszeichen von ihm gehofft hatte, lösten sich in ihrer Erinnerung auf. Es gab nur diesen Moment, in dem sie sich zu verlieren drohte. Fest schlang sich sein Arm um sie, als hätte er vor, sie nie wieder loszulassen.

Passierte das wirklich? Küsste Archie sie wahrhaftig so innig, dass alles andere keine Rolle mehr spielte? Endlich wagte sie, ihn unter ihren Handflächen zu spüren. Sein Körper war zum Bersten angespannt. Was sie hier taten, gehörte sich nicht, und doch konnte Vika nicht anders, als sich ihm hinzugeben. Endlos lange hatte sie diesen Mann heimlich geliebt, auch wenn sie es sich nie hatte eingestehen wollen. Die Sehnsucht nach ihm in den Kriegsjahren, die Sorge, die jeden ihrer Schritte in dieser Zeit begleitet hatte, all das kam jetzt in ihr hoch.

Archie machte sich an ihrem Nachthemd zu schaffen, doch er hatte Schwierigkeiten mit den Knöpfen.

»Lass mich das machen«, flüsterte Vika und knöpfte es auf. Der Stoff rutschte über ihre Schultern hinunter.

Mit ungläubigem Blick betrachtete er sie. »Du bist noch viel schöner, als ich es mir vorgestellt habe«, sagte er rau.

Als er die Hand hob und von ihrem Schlüsselbein zu ihrem Bauchnabel hinunterfuhr, stellte sich jedes Haar an ihrem Körper auf. Vika legte die Arme um seinen Nacken. Archie war hier, bei ihr. Er hatte überlebt und war zu ihr zurückgekommen. Und endlich konnte sie es auch fühlen.

Das zuckende Licht kündigte das Ende des Dochts an. Vika lauschte Archies gleichmäßigen Atemzügen. Sie sollte schlafen, so wie er, aber es ging nicht. Sie betrachtete ihn, seit er in die Traumwelt gesunken war. Es war, als wollte sie diesen Augenblick für immer in ihrem Herzen bewahren. Vorsichtig berührte sie seine linke Schulter. Das Wundmal, das den einzigen Hinweis auf die Amputation darstellte, war weich. Fast hätte sie Archie an jenem Tag verloren, ohne zu ahnen, dass er weit weg von ihr um sein Leben rang. Trotz der Narbe, die sein Gesicht für alle Zeiten zeichnen sollte, hatte er sie nie abgestoßen. Shona hatte einmal gesagt, dass Archie nun endgültig so grimmig aussah, wie er sich benahm. Vika hingegen hatte stets hinter die Maske geblickt, die dieser Mann trug. Und jetzt hatte Archie sie gänzlich abgenommen. Die Augenbrauen waren entspannt und sie glaubte Zufriedenheit in seinen Zügen zu lesen. Gerade, als sie geglaubt hatte, hier nie wieder glücklich sein zu können, war sie es mehr als je zuvor. Manchmal überraschte das Leben einen tatsächlich mit guten Veränderungen.

Sie sank auf seine Brust und atmete tief ein. Sie hatten etwas getan, das sie nicht hätten tun sollen, aber es war ihr unmöglich, es zu bereuen. Sie würden darüber sprechen müssen, um herauszufinden, was es zu bedeuten hatte. Aber diesen Gedanken verdrängte Vika. Jetzt war es an der Zeit, einfach seine Nähe zu genießen, die sie wie eine wohlige Umarmung einhüllte.

Kapitel 4

Vika schreckte hoch. War es schon morgen? Sie blickte sich um und erkannte, dass das Licht des Tages durch die dicken Vorhänge drang. Neben ihr drückte Archie sich tiefer ins Kissen, und sein Kopf rutschte zur Seite. Nur mit großer Anstrengung widerstand sie dem Verlangen, seine Lippen noch einmal zu küssen. Die Küsse der vergangenen Nacht waren nicht genug gewesen. Nie würde es davon zu viele geben können, das war ihr bei ihrem ersten klargeworden. So schwer es ihr fiel, jetzt musste sie zurück in die Realität. Ein neuer Tag wartete mit seinen Aufgaben auf sie. Sanft schob sie Archies Arm von sich herunter, schlug die Decke zur Seite und schlüpfte aus dem Bett. Fröstelnd zog sie sich das Nachthemd über und klaubte die dicken Wollsocken vom Boden auf. Sollte sie ihn wecken? Sie sah zögernd zu ihm und brachte es nicht über sich. Leise öffnete sie die Tür und ging hinaus.

Aus dem Schankraum erklang Archs Lachen, und Vika schalt sich, nicht eher aufgewacht zu sein. Sicherlich hatte ihr Sohn sie überall gesucht. Sie lief eilig hinüber.

»Guten Morgen!«, rief Shona. Ihre Schwester saß, eine Zigarette in der Hand, am Tresen und blätterte in der Zeitung.

Arch turnte neben ihr auf einem Barhocker herum. Sein Gesicht war mit Haferbrei verschmiert.

»Entschuldige bitte«, murmelte Vika und ging zu ihrem Sohn, um ihm einen Kuss auf die Locken zu geben. »Schau an, Tante Shona kann also kochen«, sagte sie.

»Er ist ausgehungert wie ein junger Wolf in mein Zimmer geplatzt und hat nach Frühstück verlangt.« Shona reichte ihr die Teetasse. »Ich nehme an, du hast nicht viel geschlafen?« Ein Grinsen zog sich über ihre Lippen.

»Geh rasch hoch und wasch dich«, wies Vika ihren Sohn an und versetzte ihm einen Klaps auf den Hintern. Dann nahm sie einen Schluck und ließ sich nieder. Sie wich dem Blick ihrer Schwester aus und gab vor, sich auf den Tee zu konzentrieren.

»Jetzt sag schon was«, rief Shona.

»Was willst du denn hören?«, nuschelte Vika in die Tasse.

»Seid ihr nun etwa zusammen?«

»Es war nur eine Nacht, in der wir vergessen haben, was sich gehört.« Vika hoffte, dass dies das Thema beenden würde. Sie hatte keine Gelegenheit gehabt nachzudenken, und sie wusste nicht, was Archie dachte.

»Ach weißt du, das Leben ist schrecklich eintönig, wenn man nur das tut, was sich gehört.« Shona lachte.

»Du musst das ja wissen.« Vika stand auf. »Und jetzt werde ich mich anziehen und dann dieses Chaos hier beseitigen. Ich sollte dringend noch in den Laden gehen, um für das Abendessen einzukaufen.«

»Tu das, kleine Schwester«, sagte Shona und inhalierte.

Vika lief die Treppe rauf und betrat Archs schmales Zimmer. Inmitten einiger geschnitzter Holzfiguren hockte ihr Sohn auf dem Boden und spielte. Natürlich hatte er sich nicht gewaschen. Sie kniete sich neben ihn. »Tut mir leid, mein Schatz, dass ich heute Morgen nicht in meinem Zimmer war.«

»Das ist nicht schlimm.« Arch strahlte sie an. »Tante Shona hat ganz viel Zucker in den Haferbrei getan.«

»Du Glückspilz.« Mit Fingern kitzelte sie seinen kleinen Körper, und er schüttelte sich vor Lachen, bis sie von ihm abließ. »Kannst du bitte mit dem Hund rausgehen, während ich mich zurechtmache?«

»Ja, Ma.« Arch stürmte die Treppe hinunter und rief nach Bobby.

Vika räumte die wenigen Spielsachen, die ihr Sohn besaß, in die Holzkiste und machte das Bett. Dann ging sie in ihr Zimmer, füllte Wasser in die Waschschüssel und rieb das Stück Seife über den Lappen, bis es schäumte. Ihre Haut roch nach Archie, und nur widerwillig wusch sie sich. Shona hatte gefragt, was die gemeinsame Nacht zu bedeuten hatte. Sie blickte in den runden Spiegel über der Kommode und entdeckte, ein Lächeln in ihren Mundwinkeln. Sollte Archie sich wirklich wünschen, dass sie die Frau an seiner Seite wäre? Mit einem Mal sah ihre Zukunft rosiger aus als noch am Tag zuvor. Vika wollte nicht mehr über einen möglichen Umzug nachdenken. Sie konnte nur noch an Archies Berührungen denken. An die Nähe, die sich so wunderbar angefühlt und die Verzweiflung der letzten Jahre wie von Zauberhand weggewischt hatte. Sie sehnte sich danach, zurück in sein Zimmer zu laufen und sich erneut an ihn schmiegen. Ihn zu küssen und ihre Nase in seine Haare drücken. Doch das musste bis heute Abend warten, wenn Archie es denn überhaupt wollte.

Vika nahm den Waschlappen und rieb ihn über ihr Gesicht und ihren Hals. Sie wünschte sich tatsächlich, dass es sich wiederholen würde.

* * * * *

Archie rollte sich auf die Seite und roch es sofort: Vikas Duft hing in seinem Kissen. Er fasste neben sich, doch die Stelle war leer. Gähnend rappelte er sich auf. Wann hatte er das letzte Mal so tief geschlafen? Vika war in sein Zimmer gekommen, vermutlich um ihm die Meinung zu geigen. Und dann hatten sie sich geliebt. Nie hatte er angenommen, dass es dazu kommen würde, doch er war verflucht froh, dass es passiert war. Die ganzen Befürchtungen, deretwegen er Vika aus dem Weg gegangen war, schienen sich über Nacht in Luft aufgelöst zu haben. Er streckte sich, stand auf und riss den Vorhang zur Seite. Hier und da drangen einige Sonnenstrahlen durch die dicke Wolkendecke. Archie öffnete das Fenster und spürte die kühle Luft auf seinem nackten Körper. Auf das Fensterbrett gestützt genoss er den Moment und sah auf die Hauptstraße hinüber. Einige Frauen waren auf dem Weg zum Gemischtwarenhändler, und die metallischen Schläge des Schmieds schallten herüber. War das nicht ein herrlicher Tag?

Er würde sich Vika schnappen, sie küssen und bei der ersten sich bietenden Gelegenheit um ihre Hand anhalten. Connor hatte die ganze Zeit richtig gelegen: Auf keinen Fall durfte er mitansehen, wie ein anderer Mann ihm diese Frau wegschnappte. Jetzt, da sie zusammen gewesen waren, würde er sie nie wieder gehenlassen. Vika hatte, was es brauchte, um mit ihm zurechtzukommen. Unfreiwillig hatte er sie gestern Nacht einen Blick in die Abgründe seiner Seele werfen lassen, und Vika hatte ihn dennoch gewollt. Vielleicht würde es möglich sein, mit dieser Frau an seiner Seite ein Leben zu führen, das diesen Namen verdiente. Dabei hatte er eine Heirat immer ausgeschlossen, weil einen das nur von den wirklich wichtigen Dingen ablenkte. Archie änderte seine

Meinung selten, aber jetzt zwang ihn sein Verlangen nach mehr dazu. Und es würde Vikas Probleme lösen. Er hatte vor, endlich für sie und Arch zu sorgen, und der Vater zu sein, den der Bursche dringend brauchte. Rasch suchte er seine Klamotten zusammen.

Archie stapfte in den Schankraum und entdeckte Vika mit einem Tablett in der Hand hinter der Theke. Die benutzten Gläser standen dicht aneinandergereiht darauf, und sie stellte weitere auf. Mit schnellen Schritten ging er auf sie zu, nahm ihr das Tablett ab und stellte es zur Seite.

Einen Augenblick lang sah sie ihn verwirrt an.

»Guten Morgen«, murmelte er und zog sie an sich.

Vika seufzte unter dem Kuss und wurde in seiner Umarmung weich.

Archie vergrub sein Gesicht für einen Augenblick in ihren Haaren, ehe er von ihr abließ.

»Das war unmissverständlich«, hörte er Shona sagen, und sie lachte fröhlich.

»Dann ist gut«, antwortete er grinsend. Es sollte ruhig jeder wissen, dass er sich diese wunderbare Frau geschnappt hatte.

Shona schleuderte die Zeitung beiseite und legte den Kopf schief. »Dann habt ihr es also endlich begriffen?«

»Was denn?« Herausfordernd sah er sie an.

»Na, dass ihr euch liebt natürlich. Hat ja lange genug gedauert.«

»Misch dich nicht ein, Shona.« Vika kicherte nervös und wich seinem Blick aus.

Archie fasste sie unter dem Kinn. »Aber sie hat doch recht, möchte ich meinen.« Erneut drückte er seine Lippen auf ihre. »Lass uns heute Abend über alles reden, ja?«

Vika nickte eilig und wandte sich wieder dem Tablett zu.

»Wo ist Arch?« Es war ungewöhnlich still im Haus. Meist war der Bengel nicht zu überhören.

»Spielt draußen mit dem Hund«, rief Vika, während sie das Tablett in die Küche balancierte.

Archie nahm sich eine Zigarette aus Shonas verzierter Dose.

»Meine Schwester sieht glücklich aus, meinst du nicht?«, fragte diese.

»Habe mir auch alle Mühe gegeben.« Archie zwinkerte ihr zu, dann zündete er die Kippe an und ging zur Seitentür. Im Hinterhof lehnte er sich an die Wand und inhalierte. Das war der verflucht beste Tag seines Lebens. Von Arch und dem Hund war nichts zu sehen, und Archie nahm an, dass die beiden wieder über die nahegelegene Wiese strolchten. Mit Vorliebe suchte Arch dort nach Grashüpfern oder Käfern, mit denen er seine Tante Shona erschrecken konnte. Ihr Kreischen bereitete dem Jungen ein höllisches Vergnügen, und auch Archie lachte jedes Mal, wenn er es vom Büro aus vernahm. Tanten waren vermutlich einfach dafür da, dass man ihnen Streiche spielte.

Ob es Arch wohl gefiel, wenn er offiziell sein Vater werden würde? Kinder zu haben hatte nicht zu seinem Plan gehört. Andere Dinge waren ihm wichtiger gewesen. Die Destillerie erfolgreich zu machen, war ihm ein ernstes Anliegen. Nie wieder durfte seine Familie Hunger leiden, wie es in seiner Kindheit hin und wieder der Fall gewesen war. Das Wohl seiner Ma und der Geschwister stand über allem. Ian und Keillan sollten hier etwas vorfinden, wenn sie endlich zurückkämen, was ihre Zukunft sicherte. Auch wenn er Vika und Arch stets als Teil seiner Familie betrachtet hatte, war dies seit der letzten Nacht eine unumstößliche Tatsache. Und endlich war er auch bereit, das vor allen einzugestehen. Das ganze verdammte Foxgirth sollte wissen, dass Vika von nun an zu ihm gehörte. Es war dringend an der Zeit, eine ehrbare Frau aus ihr zu machen, auch wenn Archie bezweifelte, dass ausgerechnet er dafür der Richtige war. Doch Vika hatte ihre Wahl getroffen, und er war mehr als gerne bereit, diese zu akzeptieren. Wenn Vika von ihm geliebt werden wollte, dann würde er es richtig tun.

Ein leises Klingeln war zu hören, und gleich darauf bog Bobby um die Ecke. Sabbernd kam er auf Archie zu und legte sich zu seinen Füßen. »Du bist der faulste Hund, den ich je gesehen habe«, brummte Archie und ging in die Hocke. Er tätschelte ihm den breiten Kopf und hielt dann in der Bewegung inne. Achtlos schnippte er den Rest der Zigarette weg und griff ans Halsband. Arch hatte einen Zettel daran befestigt und Archie überlegte, welchen Scherz sich der Junge jetzt wieder ausgedacht hatte. Er rollte das Papier auseinander und überflog die Zeilen.

Blut begann in seinen Ohren zu rauschen. Seine Finger krampften sich zusammen und zerknüllten das Blatt. Archie sprang auf und rannte los. Bobby folgte ihm bellend, doch Archie ignorierte ihn. Er sprang über die Steinmauer am Ende der Straße und lief über die kniehohe Wiese, die sich dort ausbreitete. »Arch!«, brüllte er, doch von dem Kind war nichts zu sehen. »Arch!« Während er sich um die eigene Achse drehte, suchte er die Gegend ab. Übelkeit stieg in ihm auf. Seine Atmung beschleunigte sich, bis er zu keuchen begann. Archie schloss die Augen und versuchte, sich zu sammeln.

»Verfluchter Scheißkerl«, knurrte er, dann rannte er erneut los.

Mit brennenden Lungen erreichte er das Cottage am Rande von Foxgirth. Archies Blick schweifte hektisch über das Anwesen, ehe er zur Haustür stürmte. Er donnerte mit dem Fuß gegen das Holz, bis das Schloss krachend nachgab. Archie schleuderte die Tür beiseite und stapfte in die Küche hinein. Drei Frauen saßen am Küchentisch und sprangen kreischend auf. »Wo ist Ihr Sohn?«, brach es aus ihm heraus.

Die ältere Frau ging rückwärts, schien es sich dann jedoch anders zu überlegen und verschränkte die Arme vor der Brust. »Mach, dass du aus meinem Haus kommst, Dennon!«, schrie sie.

Archie trat vor sie, bis sein Gesicht nur wenige Zentimeter von ihrem entfernt war. »Wenn Sie ihn sehen, dann sagen Sie ihm, dass er schon mal sein Grab schaufeln soll. Er wird es brauchen, wenn ich mit ihm fertig bin.«

Ein stechender Schmerz zog sich über seine Wange.

»Schlagen Sie ruhig noch einmal zu, es ist nichts im Vergleich zu dem, was Ihren Sohn erwartet.«

»Hau ab!«, kreischte die ältere der beiden Töchter.

»Halt die Klappe, Kate. Dein Bruder hat eine Grenze überschritten, als er sich an einem Kind vergriffen hat.«

Kate schnappte nach Luft und fasste sich an den Hals.

Archie starrte zurück zu der älteren Frau. Sein Kiefer knackte unter dem Druck, den er auf seine Zähne ausübte.

»Du bist der gleiche Abschaum wie dein Vater«, zischte sie.

»Die Geschichte wird sich nicht wiederholen«, knurrte Archie. »Dieses Mal ist es kein Dennon, der stirbt.« Er beugte sich vor, bis er ihr aufdringliches Parfüm riechen konnte. Wie er diese Frau verachtete, die stets hochnäsig durch die Gassen von Foxgirth stolzierte. Und Kate kam ganz nach ihrer Mutter. Er wandte sich um und stapfte zur Tür, die schief in den Angeln hing. »Wenn ihr etwas wisst, dann kommt zu mir. Ansonsten kann ich für nichts garantieren.«

Archie atmete tief durch und trat in den Schankraum. Sein Hemd klebte ihm am Rücken und der Schweiß rann von den Haaren seinen Hals hinab.

»Was zum Teufel ist denn mit dir passiert?« Connor stellte die Teetasse beiseite und stand auf.

»Gut, dass du hier bist«, brummte Archie und schleuderte seine Schieberkappe auf den Tresen.

»Wollte mal sehen, was hier so los ist. Wird etwas langweilig, dauernd die Schafe zu beobachten«, scherzte sein Freund.

»Wo ist Vika?«, fragte Archie leise.

Connor deutete zur Küche.

»Und Shona?«

»Die auch. Die beiden kichern die ganze Zeit und tun ganz geheimnisvoll.« Connor runzelte die Stirn und sah an ihm hinab. »Was ist los?«

Statt einer Antwort zog Archie das zerknüllte Papier aus seiner Hosentasche, reichte es ihm und zwang sich, die kleine Küche zu betreten.

Die Frauen bemerkten ihn nicht. Tuschelnd standen sie an der Spülschüssel, und als Vika hell auflachte, glaubte Archie, er müsse sich übergeben. Sie war so glücklich, und gleich würde er ihr Herz brechen. Wie sollte er die Worte nur über seine Lippen bringen?

»Verdammte Scheiße! Das kann doch nicht wahr sein«, polterte Connor nebenan.

Vika fuhr herum.

Sie sah zu Connor, der in der Tür erschien und auf den Zettel in seiner Hand starrte, dann zu Archie.

»Ist was passiert?« Sie trocknete die Hände an ihrer Schürze ab.

Archie zwang sich, auf sie zuzugehen. »Ich muss dir etwas sagen.«

In Vikas Augen spiegelte sich eine Vorahnung, und ihr dämmerte, dass sie nicht hören wollte, was er gleich aussprechen würde.

Archie griff nach ihrer Hand. Zart und leicht lag sie in seiner, und er konnte den Blick nicht von ihrer hellen Haut abwenden. Vika ins Gesicht zu sehen, war unmöglich.

»Du machst mir Angst«, flüsterte sie.

»Willie Glenn hat Arch entführt.«

»Was?« Ihre Stimme überschlug sich, und ihre andere Hand krallte sich in sein Hemd.

»Keine Sorge, ich hole ihn zurück.«

»Warum tut er so etwas?«, schrie Vika und schluchzte auf. »Bist du dir sicher? Arch war doch mit dem Hund draußen. Er ist bestimmt auf der Wiese. Hast du nachgesehen? Vielleicht ist er ja nur zu weit gelaufen und findet nicht zurück.«

Archie zog sie an sich, doch Vika wand sich aus der Umarmung. »Wo ist mein Sohn?«, schrie sie und taumelte rückwärts.

Shona sprang zu ihr und legte ihr die Hände auf die Schulter. Finster sah sie zu Archie. »Warum würde Willie so etwas Abscheuliches tun?«, zischte sie.

Er musste es zugeben. Aussprechen, dass es seinetwegen war, und aushalten, dass Vika ihn dafür verantwortlich machte. »Er will, dass ich ihm den Pub überschreibe.«

Vikas Unterlippe zitterte. »Willie hat mir meinen Sohn weggenommen, weil er den Pub wiederhaben will?«

»Das schreibt er hier. Archie soll binnen zweier Tage nach Dunbar reiten und dort die entsprechenden Unterlagen beim Notar unterschreiben. Dann lässt er Arch gehen.« Connor hielt den Zettel hoch.

»Das ist doch Wahnsinn.« Vika sackte auf den Boden und verbarg ihr Gesicht in den Händen. Ihr Körper wurde von Schluchzern geschüttelt.

* * * * *

»Alle raus hier«, donnerte Archies Stimme durch den Raum.

Vikas Handflächen bedeckten ihre Augen und sie schmeckte die salzigen Tränen auf ihren Lippen. Es konnte nicht stimmen, was sie eben gehört hatte. Das durfte es nicht!

Die Tür wurde geschlossen, dann hörte sie, wie sich jemand neben sie hockte.

»Es ist meine Schuld, und ich übernehme die volle Verantwortung dafür«, brummte Archie. »Willie hat das nur getan, weil mein Vater ihm den Pub abgeluchst hat. Er will mich treffen und glaubt in Arch meinen Schwachpunkt gefunden zu haben.«

Vika rieb mit dem Ärmel über ihr Gesicht und sah auf. Archie lehnte neben ihr am Vorratsschrank und starrte auf den Boden.

»Ich habe Arch nach dir benannt«, sagte sie leise. Erst sie hatte dafür gesorgt, dass ihr Sohn in Willies Visier geraten war. Und sie hatte Willie einmal mehr abgewiesen. Warum war sie nicht freundlicher zu ihm gewesen? Hatte sie all das provoziert? War es ihre Schuld, dass ihr Sohn in Gefahr schwebte?

Sein Blick glitt über sie. »Du hast ihn nach mir benannt, um ihm ein klein wenig Schutz zu geben. Du bist davon ausgegangen, dass die Leute ein Kind, das sie für meinen Sohn halten, nicht spüren lassen, dass er …« Archie brach ab und presste die Lippen aufeinander.

»Dass er ein Bastard ist. Sprich es ruhig aus, Archie.« Sie lehnte den Kopf an den Schrank und zog die Nase hoch. »Mein Sohn ist unehelich und der Neffe einer Dirne. Als deine Ma ihn mir nach der Geburt in die Arme legte, habe ich für ihn getrauert. In was für ein Leben habe ich mein Kind geboren?« Sie faltete die Hände im Schoß. »Du hast es die ganze Zeit gewusst, nicht wahr?«

»Dass du ihm aus diesem Grund meinen Namen gegeben hast?«

Vika nickte. »Der ganze Ort glaubt, es wäre dein Sohn. Und du hast nie etwas dagegen gesagt. Nicht einmal deiner Familie gegenüber, wie ich vermute.«

»Das geht nur dich und mich etwas an.« Archie sah ihr in die Augen. »Du hast damals das Richtige getan. Ich bin stolz darauf, dass er nach mir benannt ist.«

»Nein, das habe ich nicht.« Vika rappelte sich auf und kam schwankend zum Stehen. Sie kramte in ihrer Schürze und sah sich in der Küche um. »Wo ist nur mein Bleistift?«, murmelte sie.

»Vergiss den Stift, ich muss mit Connor einen Plan machen, wie wir Arch zurückholen.«

»Ich brauche den Stift aber!« Vika hörte, wie schrill ihre Stimme klang, und zuckte zusammen. »Ich muss Willie schreiben, und du musst dafür sorgen, dass er die Nachricht irgendwie bekommt.« Sie strich sich durch die Haare. »Ich brauche einen Stift, wo ist er nur?«

»Es wird nichts nützen, wenn du ihn anflehst, Arch gehenzulassen. Willie kann jetzt nicht mehr zurück. Wir müssen das anders angehen, Vika.«

Sie fuhr herum. »Du verstehst es nicht. Wenn ich Willie schreibe, dann wird er Arch nichts tun.«

Archie brummte unzufrieden. »Ich zweifle daran, dass seine Zuneigung zu dir dafür ausreicht.«

Vika schlug die Augen nieder. Sie betrachtete die abgenutzten Spitzen ihrer Lederschuhe. »Wenn er erfährt, dass Arch sein Sohn ist, dann wird nichts Schlimmes geschehen.«

Eine unerträglich lange Zeit rührten sie sich nicht. Waren es nur Sekunden, oder breitete sich die Stille jetzt schon minutenlang aus? Vika wagte es nicht, Archie anzusehen.

Schließlich packte er sie bei der Schulter. »Sieh mich an, Vika.«

Sie folgte seiner Aufforderung und blickte ihm in die dunklen Augen.

»Ist das die Wahrheit?« Er rang mit sich, das war nicht zu übersehen. »Arch ist Willies Sohn?«

»Es war nur einmal. Eine Dummheit, die ich sofort bereut habe, aber da war es schon zu spät«, flüsterte sie. Fünf Jahre lag der Abend nun zurück, der ihr Leben verändern sollte. Der sie in den Augen der Bewohner von Foxgirth ebenfalls zu dem machte, was Shona war: ein leichtes Mädchen. Seit sich der Bauch nicht mehr hatte verstecken lassen, hatte sie die Blicke der Leute auf sich gespürt. Und es hatte nie aufgehört. Sie zwang sich dazu, sich zusammenzureißen. »Willie hat Arch entführt, weil er ihn für einen Dennon-Spross hält, und das ist gefährlich für meinen Sohn. Ich weiß nicht, was an den Gerüchten über eure Väter dran ist, aber ich will kein Risiko eingehen. Ich werde Willie schreiben, dass Arch sein Sohn ist, und er wird sicher sein.« Ja, so musste sie es tun. Nie würde Willie Hand an seinen eigenen Sohn legen, wenn sie den Mann nicht vollkommen falsch einschätzte. Sie konnte nur hoffen, dass es so war. Aber sie hätte auch nie gedacht, dass er zu einer Entführung in der Lage wäre. Damals, als die Schwangerschaft nicht mehr zu übersehen gewesen war, hatte Willie sie mehrfach darauf angesprochen, dass er vermute, der Vater zu sein. Sie hatte all ihr schauspielerisches Talent aufbringen müssen, um den Mann davon zu überzeugen, dass er es nicht war. Und dennoch hatte Willie ihr damals den ersten Antrag gemacht. Sicher würde er nun erkennen, dass sie endlich die Wahrheit preisgab.

»Das wirst du nicht tun«, grollte Archie.

»Ich muss, es gibt keinen anderen Weg.«

Archies Hand griff fester zu und Vika spürte den Druck seiner Finger. »Wenn du das tust, wird er den Jungen bei sich behalten. Er wird Anspruch auf ihn erheben und du wirst keine Chance haben, Arch zurückzubekommen. Willie wird es offiziell machen, so wie er mich zwingen will, wegen des Pubs zum Notar zu gehen.«

Vika schloss die Augen. Sie sah das Gesicht ihres Sohnes vor sich. Die dunklen Locken, die dringend wieder geschnitten werden mussten, und die kleine Nase, in die sie so vernarrt war. »Ich weiß. Ich habe keine richtige Familie, kein Ansehen und einen schlechten Ruf als die Schwester einer Dirne. Man wird ihm den Jungen zusprechen.« Sie öffnete die Lider und atmete durch. »Aber Arch wird nichts passieren, und Willie wird gut für ihn sorgen. Auch wenn du es nicht glaubst, der Mann ist kein schlechter Mensch. Er ist verletzt durch meine Zurückweisung und zerfressen vor Wut auf deine Familie und deinen Erfolg.«

»Du willst deinen Sohn aufgeben?« Archie ließ sie los und rieb sich über den Nacken. »Du hast den Verstand verloren. Das muss der Schock sein.«

»Meinem Sohn soll nichts geschehen, das ist mir wichtiger als alles andere. Lieber verzichte ich auf ihn. Es ist zu riskant, wenn du versuchst, Arch zu befreien.« Sie rang die Hände.

»Dann soll Willie den Pub haben.« Resigniert sah Archie sie an. »Der Junge gehört zu uns.«

»Wir können nicht zulassen, dass deine Familie den Pub verliert. Was werden deine Brüder nur sagen, wenn sie heimkehren und davon erfahren? Und was ist, wenn Willie ihm dennoch etwas antut, weil er dich und womöglich mich damit treffen will? Ich habe ihn kürzlich sehr unwirsch abgewiesen. Gut möglich, dass er mich nun verachtet. Das darf ich nicht riskieren, es geht doch um meinen Sohn.« Vika schüttelte den Kopf. »Ich gehe hoch und schreibe Willie.« Sie wollte loslaufen, doch Archie griff nach ihrem Arm.

Mit funkelnden Augen sah er sie an. »Ich hole Arch zurück, und niemand wird je erfahren, wer sein Vater ist. Willie glaubt, hier das Tor zur Hölle aufstoßen zu können, aber er hat vergessen, dass ich längst dort war«, knurrte er.

Ein Schauer lief ihr über den Rücken. »Das ist Wahnsinn, Archie. Was willst du tun?« Vika machte sich von ihm los und wich zurück.

»Was immer nötig ist.« Archie rauschte an ihr vorbei und riss die Tür auf.

Stolpernd folgte sie ihm und wurde von Shona in Empfang genommen, die nach ihrer Hand griff.

»Ich habe einen Burschen zur Kapelle geschickt, um Tommy und Blaire zu holen«, sagte Connor. »Ich nehme an, wir brauchen Verstärkung.«

»Und einen verdammt guten Plan.« Archie zeigte auf Shona. »Du lässt Vika nicht eine Minute aus den Augen. Und gib ihr bloß nichts zu schreiben.«

»Was soll der Mist?« Ihre Schwester schüttelte den Kopf und legte den Arm um Vika.

Archie hob den Zeigefinger und fixierte Shona. »Ich meine es ernst. Wenn Vika ausbüxt, kannst du deine Sachen packen und hier verschwinden.«

Shona nickte eilig.

Vikas Finger verkrampften sich im Stoff ihres Rocks. Sie hatte Archie noch nie so gesehen. Die Narbe auf seiner Wange war dunkelrot, und in seinen Augen lag ein gefährliches Funkeln. Er sprach über sie, als würde er sie besitzen, und sah sie nicht einmal an dabei.

Connor brummte und rieb sich übers Gesicht, was sie nur mehr verunsicherte. Immerhin kannte er seinen Kameraden in- und auswendig und sein Blick wirkte besorgt.

»Lass uns hochgehen«, flüsterte sie. Shona nickte und ließ ihre Hand nicht los. Kaum hatten sie das obere Stockwerk erreicht, stürzte Vika ins Kinderzimmer und warf sich auf das kleine Bett. Sie vergrub ihr Gesicht in Archs Kopfkissen und saugte den Geruch ihres Kindes in die Lungen ein. Alles in ihr schien zu brennen. Sie wollte ihren Sohn in die Arme schließen und von der Welt in Ruhe gelassen werden. Irgendwo saß ihr Sohn gerade und hatte furchtbare Angst.

Shona begann zu summen und kniete sich neben das Bett. Mit der Hand rieb sie kreisend über Vikas Rücken.

Was sollte Vika nur tun? Archie wollte nicht auf sie hören, und es gab keine Möglichkeit, Willie zu kontaktieren. Archie riskierte das Leben ihres Sohnes und schmetterte alle Einwände ab. Das furchtbare Gefühl, dass alles ihre Schuld war, drohte sie zu erdrücken. Was hatte das Schicksal sich nur dabei gedacht, als es ausgerechnet sie zur Mutter gemacht hatte? Sie, deren Leben von Anfang an verkorkst gewesen war und die nie etwas Vernünftiges zustande gebracht hatte. »Wir haben den Jungen gar nicht verdient«, weinte Vika ins Kissen.

»Aber wir haben ihn gebraucht«, sagte Shona und summte wieder.

* * * * *

»Was hast du vor?« Connor folgte ihm ins Büro und schleuderte die Tür hinter sich zu, während Archie sich am Tresor zu schaffen machte.

Er öffnete den Metallkasten und griff hinein. Geräuschvoll warf er den Inhalt auf den Schreibtisch.

»Verflucht, Archie. Seit wann hast du hier so viele Waffen gebunkert?« Connor trat näher und betrachtete ein Gewehr. »Das ist eins von denen, mit dem sie uns nach Frankreich geschickt haben«, brummte er. »Ich hatte geglaubt, nie wieder so ein verdammtes Teil zu sehen.« Er schüttelte den Kopf.

»Die sind jetzt auf dem Schwarzmarkt zu haben. Unsere Kontakte in Edinburgh haben sie mir besorgt.« Archie nahm eine Pistole. »Ich kann das Teil zwar kaum nachladen mit nur einer Hand, aber im Gegensatz zu einem Gewehr immerhin benutzen.«

»Was planst du? Willst du in Foxgirth einen Krieg anzetteln?«

»Wenn es den braucht, um Arch zurückzuholen, dann ja.«

»Es war gerade so ruhig«, seufzte Connor und lehnte sich an die Tischplatte. »Wie kommt Willie nur dazu, so etwas abzuziehen?«

»Das spielt keine Rolle mehr. Er hat es getan und wird mit den Folgen leben müssen.«

»Und was genau willst du unternehmen?«

»Ich denke noch nach.« Archie presste die Zähne aufeinander. Nur mit großer Anstrengung verdrängte er jeden Gedanken an Vika, die sich oben ganz sicher die Augen ausheulte. Doch er hatte jetzt keine Zeit, sich um sie zu kümmern. Shona war bei ihr, das musste reichen. »Der Kerl war zu feige, sich einzuschreiben. Weder Willie noch sein Bruder haben gekämpft.«

Connor nickte. »Sie haben keine Ahnung von Taktik.«

Archie spürte ein Grinsen auf den Lippen. »Ganz genau, Kamerad.«

»Wenn du mich so nennst, dann heckst du etwas aus, das mir nicht gefallen wird. Du weißt, dass ich mir geschworen habe, nie wieder so ein Teil anzufassen?« Connor deutete auf das Gewehr.

Archie wollte ihn anbrüllen, das solle ja wohl ein Scherz sein. Begriff Connor den Ernst der Lage nicht? Wenn Willies Vater imstande war, einen Mann zu ertränken, zu was war dann Willie fähig? Womöglich hatte er sich doch geirrt, und sie waren mehr wie ihre Väter, als ihm lieb war. »Wir sprechen über ein Kind«, knurrte er.

»Ich weiß. Wollte es nur gesagt haben.« Connor griff nach dem Gewehr, legte es an und visierte einen imaginären Punkt an.

»Dann ist gut.« Archie sah zu, wie sein Freund das Gewehr überprüfte.

»Und warum soll Vika keinen Stift in die Finger kriegen?«, fragte Connor, während er das Magazin einrasten ließ und zufrieden nickte.

»Unwichtig«, brummte Archie und zählte die Waffen ab. Sie hatten drei Gewehre, vier Pistolen und das alte Schrottteil seines Vaters. Tommy jagte regelmäßig Hasen und besaß eine Schrotflinte. Wie gut sie jetzt Keillan und Ian als Unterstützung gebrauchen könnten. Warum genau er die Waffen nach und nach angesammelt hatte, wusste Archie nicht. Aber es war ihm wie ein kluger Schachzug erschienen, auf jede Situation vorbereitet zu sein. Und leider hatte er recht behalten.

Ein Klopfgeräusch ertönte, und Connor und er sahen sich einen Moment lang an. Es kam nicht von der Tür, und Connor rutschte um den Tisch herum, um den Blick auf die Waffen zu versperren.

Archie schob die Fensterscheibe nach oben und sah hinunter. »Maisie Glenn«, brummte er.

Willies jüngste Schwester stand mit einem trotzigen Ausdruck neben der Hauswand und funkelte ihn an. Wie alt war die Göre wohl? Sie musste längst über zwanzig sein, aber eigentlich interessierte es ihn nicht. Ihre hellbraunen Haare waren zu einem unordentlichen Knoten gebunden, und im Gegensatz zu ihrer älteren Schwester und der Mutter machte Maisie keinen selbstverliebten Eindruck. Obwohl sie seit Monaten kaum Sonne gesehen hatten, wies ihre Haut einen hübschen goldenen Schimmer auf. Sie hatte das Glück, Willie nicht ähnlich zu sehen. Und der eingebildeten Kate auch nicht.

»Willie hat Scheiße gebaut, oder?« Sie zog eine Schnute und wich Archies Blick aus.

»Dein Bruder hat meinen Sohn entführt. Ich schätze also, das ist die richtige Bezeichnung.«

»Dieser Idiot!« Maisie trat gegen einen Stein, der gegen die Hauswand kullerte.

Archie stützte sich auf dem Fensterbrett auf. Das Mädchen hatte Pfeffer im Hintern. Anders als die restlichen Glenns war sie ihm nie hochnäsig erschienen. Und doch war sie eine Glenn und daher mit Vorsicht zu genießen. »Wenn du was weißt, dann spuck es aus.«

»Wenn du im Gegenzug versprichst, meinem Bruder nichts zu tun.« Sie stemmte die Hände in die Hüften. »Nur weil Willie ein Idiot ist, lasse ich keinen Teufel auf ihn los.«

»Du nennst mich einen Teufel?« Archie zog die Augenbrauen hoch.

»Nach allem, was ich über dich gehört habe!« Ihre Augen wurden schmal. »Außerdem hast du Willie letztes Jahr übel zugerichtet. Er hatte sogar eine gebrochene Rippe.«

»Das hatte er verdient.«

»Mag sein.« Sie zuckte mit den Schultern. »Du wirst es trotzdem versprechen müssen.«

»Herrgott, Maisie, ich habe keine Zeit für diesen Unfug!«, brüllte er.

Wenig beeindruckt sah sie ihn weiterhin an.

Archie zwang sich zur Ruhe. »Pass auf, ich werde versuchen, Willie nicht umzubringen, in Ordnung?«

Maisie wirkte unentschlossen. »Auch nicht später irgendwann?«

»Sofern er meine Familie in Ruhe lässt, auch später nicht.«

»Er hat sich in der alten Ruine südlich von hier versteckt«, sagte sie zögernd.

»Die bei den Klippen?«

Maisie nickte.

»Und wen hat er bei sich?«

Sie biss sich auf die Unterlippe. »Unseren Bruder und zwei Freunde. Sie haben sich gestern Abend bei uns hinter dem Cottage getroffen, und ich habe gelauscht. Sie meinten, dass die Ruine ein gutes Versteck abgibt. Ich hatte aber keine Ahnung, dass es dabei um deinen Jungen ging, das musst du mir glauben.«

»Sind sie bewaffnet?«

»Ich habe dir schon zu viel gesagt«, meckerte sie.

»Sind sie bewaffnet?«, wiederholte Archie mit eisiger Stimme.

Unwillig nickte Maisie. »Die alten Waffen von meinem Pa fehlen. Ob die anderen auch welche haben, weiß ich nicht.«

»In Ordnung.« Archie atmete durch. »Wenn du uns verrätst, gilt unsere Absprache nicht mehr. Dann kann nur noch der liebe Herr höchstpersönlich deinen Bruder retten.«

Maisie spuckte sich in die Hand und streckte sie ihm entgegen. Archie betrachtete die junge Frau einen Augenblick lang. Anscheinend besaß zumindest ein Glenn so etwas wie Ehre. Er spuckte sich ebenfalls in die Handfläche und griff zu.

»Komm heute Abend nach Einbruch der Dunkelheit noch mal her. Kann sein, dass wir dich brauchen.«

Sie kniff die Augen erneut zusammen. »Ich werde dir nicht noch mehr helfen, Archie.«

»Wenn du willst, dass dein Bruder überlebt, dann solltest du es tun.«

Sie rollte mit den Augen und nickte schließlich. »Ich werde vorgeben, dass ich schlafen gehe, und zusehen, dass ich mich wegschleiche, ohne dass Ma und Kate etwas bemerken«, sagte Maisie und huschte um die Hausecke davon. Archie knallte das Fenster zu und wischte sich die Hand an der Hose ab. »Verrücktes Luder«, murmelte er, ehe er sich zu Connor umdrehte.

Der sah ihn mit hochgezogenen Augenbrauen an.

»Was guckst du denn so?«, blaffte Archie.

»Du hast Arch deinen Sohn genannt. Also gibst du es endlich zu, anstatt dich weiterhin auszuschweigen.«

»Vor gestern Nacht habe ich nie mit Vika geschlafen. Aber der Bursche ist dennoch mein Sohn, und das ist das Einzige, was zählt, auch wenn es uns überhaupt erst in diese Lage gebracht hat«, brummte Archie.

»Du und Vika? Gestern Nacht?« Connor schmunzelte.

»Wehe, du sagst es!«

»Ich habe es gewusst.«

Archie ignorierte ihn.

»Das bedeutet, dass du endlich zu deinen Gefühlen stehst. Gut für dich.«

»Sei nicht so ein Sensibelchen.«

»Wie kommst du denn darauf?« Connor richtete sich zu seiner vollen Größe auf, wobei er Archie um fast einen Kopf überragte.

»Weil es so ist. Du bist ein Sensibelchen im Körper eines Exboxers«, brummte Archie. »Und weil du jetzt mit Bonnie verheiratet bist, hängt der Himmel für dich voller Geigen, und du willst, dass sich alle so scheißglücklich fühlen wie du.«

Sein Freund lachte. »Dann sag mir eins: Wie hast du dich heute Morgen nach den Stunden mit Vika gefühlt?«

»Scheißglücklich, wenn du es unbedingt wissen willst. Und jetzt lass uns die Sache planen. Wir dürfen uns keine

Fehler erlauben.« Archie sank auf den Stuhl. »Mit der Ruine hat Willie einen guten Platz gewählt. Den Bereich davor kann er zu allen Seiten einsehen, im Rücken hat er das Meer und die Steilklippe. Das bedeutet, wir können uns nur in einiger Distanz ungesehen verteilen.« Er griff nach dem Gewehr und fuhr über den Lauf. »Das ist eine weite Schussbahn, um im Notfall genau zu treffen.«

»Du hast Maisie versprochen, Willie nicht zu töten«, erinnerte Connor ihn.

»Das habe ich.« Archie ließ das Gewehr los. »Aber *ich* werde auch nicht schießen, wenn es denn überhaupt nötig werden sollte.«

Connor stöhnte auf. »Ich bin mit sowas durch, Archie. Der Krieg war eine Sache, aber das hier ...« Er deutete auf die Waffen. »Endlich kann ich wieder einigermaßen schlafen und jetzt willst du, dass ich einen Mann töte?«

»Du sollst ihn ja auch wenn möglich nicht erschießen, nur etwas ankratzen, wenn die Sache aus dem Ruder läuft. Willie muss mich sehen, damit wir Arch aus dem Gebäude bekommen, sonst würde ich dir das nicht zumuten.« Er wusste nur zu gut, was er von Connor verlangte. Sein Freund hatte der Gewalt ein für alle Mal abgeschworen, und doch sah er keine andere Lösung. »Du bist aus der Übung. Glaubst du, dass dein Auge noch gut genug ist?«

»Ich sollte es hinbekommen. Wir haben ja mehr als genug Routine mit den Scheißteilen.« Connor setzte sich ebenfalls und sah ihn eindringlich an. »Wir brauchen mehr Männer, wenn du mich fragst. Sollen wir uns Unterstützung suchen?«

»Ich bin mir nicht sicher, wem ich in Foxgirth voll und ganz vertrauen kann. Es ist zu riskant, immerhin geht es um Archs Leben. Die besten Männer, die mir einfallen, sind noch nicht heimgekehrt. Soll ich etwa einem Fischer eine Waffe in die Hand drücken? Die sind am Ende nur eine Gefahr für sich selbst, und alles gerät außer Kontrolle.«

»Dann brauchen wir einen verdammt guten Plan.«

»Allerdings.« Archie fuhr sich mit dem Zeigefinger über die Narbe an seiner Wange. »Du, Tommy und ich«, zählte er auf. »Weniger Hände, als mir lieb ist.«

»Und Blaire«, brummte Connor.

Archie schüttelte den Kopf. »Was zum Teufel sollen wir mit einer Frau anfangen?«

»Es ist Blaire, und nicht irgendeine Frau. Du kennst deine Schwester doch. Ich bin mir sicher, wir werden sie gebrauchen können.«

»Ich ziehe meine Geschwister in etwas rein, von dem sie keine Ahnung haben«, murmelte Archie. Tommy war damals noch viel zu jung gewesen, um sich mit ihnen freiwillig zu melden. Zwar hatte sein kleiner Bruder sich stets wie ein Raufbold aufgeführt, doch ob das genügte? Und Blaire in Gefahr zu bringen fühlte sich einfach richtig mies an. Leider war davon auszugehen, dass sie selbstverständlich mit von der Partie sein wollte. Seit sie während der Zeit der Spanischen Grippe Arch gehütet hatte, verband sie etwas mit dem Kind, das Archie ihr nie zugetraut hatte. Blaire mochte keine Kinder und hatte zwei linke Hände, wenn es um den Umgang mit ihnen ging. Doch wenn sie Arch sah, grinste sie unentwegt und ließ sich allerhand Späße mit dem Burschen einfallen.

»Es muss wohl oder übel sein.« Connor seufzte. »Bonnie wird mir die Hölle heißmachen, wenn ich wieder Mist baue. Du weißt, dass sie Gewalt ablehnt.«

»Dann bau eben keinen Mist. Sieh zu, dass du ihn nicht

erschießt, wenn du feuern musst.« Er wünschte sich beinahe, dass Willie sich dumm aufführte und eine Kugel kassierte. Er sollte für das leiden, was er Arch und Vika antat. Und ein wenig auch dafür, dass er mit Vika geschlafen hatte. Archie spürte einen schlechten Geschmack auf der Zunge. Er durfte nicht an das denken, was damals zwischen Willie und Vika passiert war, oder er würde ein weiteres Mal einen Mann erwürgen. Er hatte sich immer untersagt, darüber nachzudenken, wer Archs Vater sein könnte, weil er geahnt hatte, dass ihn die Eifersucht um den Verstand bringen würde. Doch nun wusste er es, und es machte ihn fast verrückt.

»Werde es versuchen«, brummte Connor.

Schritte polterten im Flur und die Tür wurde aufgestoßen. Dann rumpelten Blaire und Tommy herein. »Ist was passiert?«, fragte Blaire atemlos. »Der Bursche meinte, es sei ein Notfall.«

»Macht die Tür zu.« Archie sah zwischen seinen Geschwistern hin und her.

Tommys sommersprossiges Gesicht schien unter seinen roten Haaren zu glühen, und Blaire trat von einem Bein aufs andere.

»Die Kurzfassung ist: Willie Glenn hat Arch entführt, um mich dazu zu zwingen, ihm den Pub zu überschreiben. Wir wissen, dass er sich in der alten Ruine südlich von Foxgirth mit drei anderen Männern versteckt hält.« Archie legte die Hand auf eins der Gewehre. »Wir werden Arch rausholen und brauchen dafür einen guten Plan.«

»Dieser verlogene Scheißkerl«, rief Blaire und stampfte mit dem Stiefel auf. »Wenn ich den in die Finger bekomme, dann kann er was erleben. Dann wird er sich wünschen, er wäre nie geboren worden!«

»Willie wird noch zu spüren kriegen, was er da losgetreten hat«, knurrte Archie. »Lass das meine Sorge sein.«

Blaire schnaubte und steckte die Hände in die Hosentaschen.

»Ich kenne die alte Burg gut«, sagte Tommy und schielte auf die Waffen. »Meine Freunde und ich haben uns dort manchmal rumgetrieben.«

»Kannst du einen Plan von dem Gebäude zeichnen und markieren, von welchen Stellen wir eine gute Sicht haben?« Archie hatte nicht gewusst, dass Tommy ausgerechnet dort wer weiß was mit seinen Kumpels angestellt hatte. Nur daran, dass Tommy stets nicht aufzufinden war, wenn Ma ihn gebeten hatte, ihren jüngsten Spross zu suchen, konnte er sich gut erinnern. Tommys Ortskenntnisse kamen ihm jetzt allerdings gerade recht.

»Natürlich. Ich mache mich gleich daran.«

»Blaire«, sagte Archie und grinste seine Schwester an. »Ich hätte da einen Auftrag für dich.«

»Wenn du so nett klingst, dann wird es mir nicht gefallen«, maulte Blaire. »Was soll ich tun?«

»Dir ausnahmsweise mal einen Rock anziehen, wenn du so gut wärst.«

»Willst du mich verarschen?« Sie rümpfte die Nase.

»Zieh dich um, damit man dich aus einiger Entfernung nicht so leicht erkennt, und dann fährst du mit Bonnies Rad über den Weg, der in der Nähe der Burg verläuft. Sammle einige Kräuter oder sonst ein Grünzeug und schau, ob du was beobachten kannst. Jede Information wird uns helfen.«

»Und wenn sie mich doch erkennen?«, zweifelnd sah sie ihn an.

»Niemand wird glauben, dass du einen Rock anziehst.«

Archie wandte sich an Connor. »Du klebst die Fenster des Pubs ab, damit wir uns heute Abend beraten können, ohne beobachtet zu werden. Und ich reite nach Dunbar.« Archie stand auf und steckte die Zigarettendose und die Streichhölzer in die Westentasche. Zwar hatte er den Plan noch nicht fertiggesponnen, aber es war ein Anfang.

»Willst du den Pub etwa doch überschreiben?« Connor hob die Hände. »Wofür dann all das hier?«

»Auf keinen Fall überschreibe ich irgendwas. Aber falls Willie mich überwachen lässt, soll er glauben, dass ich genau das tue, was er von mir will. So sind wir ihm eine Nasenlänge voraus, wenn wir den Angriff ausführen.«

Archie wollte hinausgehen, doch Connor hielt ihn zurück. »Angriff?« Fest sah sein Freund ihn an. »Wir sind nicht mehr im Krieg, Archie.«

»Er ist gerade wieder ausgebrochen.«

Kapitel 5

Vika kauerte auf der obersten Treppenstufe. Vor einigen Minuten waren Archies Geschwister aufgetaucht und hatten sich zu ihm ins Büro gesellt. Wie sie annahm, wurde dort besprochen, was mit ihrem Sohn geschehen sollte. »Er fragt mich nicht einmal nach meiner Meinung«, flüsterte sie.

Shona saß neben ihrer Zimmertür auf dem Fußboden, die Beine ausgestreckt, und sah sie traurig an. »Archie macht, was er für richtig hält. Er will euren Sohn zurückholen.«

Vika blitzte sie an. »Arch ist mein Sohn, nicht Archies. Es ist nicht an ihm zu entscheiden, was unternommen werden soll.«

»Archie ist nicht der Vater?« Shona sah sie verdutzt an. »Ich war mir so sicher«, murmelte sie.

»Archie wusste immer, dass er es nicht ist. Und doch führt er sich jetzt so auf, als ob er es wäre.« Vika wollte nach unten laufen, ihm eine Ohrfeige verpassen und ihn anbrüllen, dass er gefälligst auf sie hören sollte. Doch der Mann, in dessen Bett sie letzte Nacht gelegen hatte, war verschwunden. An seine Stelle war der finstere Archie Dennon getreten, der bereit war, jeden niederzuwalzen, der ihm in den Weg trat.

Unten wurde die Tür aufgerissen, und Vika sprang auf.

Shona eilte zu ihr und legte den Arm um sie. »Bleib ganz ruhig«, redete ihre Schwester auf sie ein.

Archie erschien im Gang und blieb vor der Treppe stehen. Aus den Augenwinkeln sah er zu ihr nach oben, und Vika hielt die Luft an. Starr sah er sie an. Seine Lippen waren schmal und die Furche zwischen den Brauen schien tiefer als je zuvor. Sie schüttelte Shona ab und eilte die Treppe hinunter, wo sie nach Archies Hand griff. »Lass mich helfen, Archie. Ich kann nicht einfach nur rumsitzen, ich werde wahnsinnig vor Sorge.«

Archie sah auf ihre Hände, die die seinen umfassten. »Wir sind dabei, einen Plan zu schmieden, und es wird alles gut ausgehen. Ich werde dir alles erzählen und du kannst uns helfen, wenn es losgeht. Für heute bleib aber bitte im Pub und sprich mit niemandem, in Ordnung?«

Vika nickte. »Kann ich so lange etwas Nützliches machen?«

»Blaire kommt gleich und braucht deine und Shonas Unterstützung. Ich muss jetzt los.« Mit schmalen Augen sah er sie einen Moment lang an, dann zog er seine Hand weg, wandte sich um und stapfte zur Hintertür hinaus.

Vika schluchzte und ging zu Shona zurück.

Mit staksenden Schritten kam Blaire hinauf. »Es tut mir so leid«, sagte sie leise.

Vika nickte und schnäuzte sich die Nase. Bewegungslos hielt sie das Stofftuch in der Hand und betrachtete das ordentlich gestickte A in der Ecke darauf. Sie musste versehentlich eines von Archs Taschentüchern in ihre Schublade geräumt haben. Hatte Arch überhaupt eines dabei? Wieder schüttelte es ihren Körper unkontrolliert, und sie presste sich den Stoff an die Brust.

Blaire sah betroffen zu Boden. »Wir holen Arch zurück, das verspreche ich dir«, sagte sie.

»Oder es endet alles ganz schrecklich.« Vika trocknete sich die Wangen und versuchte, die Tränen zurückzuhalten.

»Ich brauche da eure Hilfe«, begann Blaire.

»Natürlich.« Ihre Schwester wandte sich an Blaire. »Was sollen wir tun?«

»Mich in eine Frau verwandeln.« Blaire sah an sich hinunter. »Ich brauche eine Verkleidung und ich dachte, du kannst mir ein Kleid und einen Hut von dir leihen?«

»Warum denn das? Ich dachte, ihr wollt euch um Arch kümmern. Stattdessen willst du Modenschau spielen, und Archie verduftet einfach so?«, rief Shona. »Ich fasse nicht, was hier vor sich geht.«

»Das gehört alles zum Plan. Ich muss Willies Versteck ausspionieren, und er soll mich nicht erkennen.«

»Du weißt, wo Arch ist?« Vika griff nach Blaires Arm. »Wo steckt er? Ich muss zu meinem Sohn!«

»Das darf ich dir nicht sagen. Anordnung von Archie«, gab sie zurück. »Es tut mir ehrlich leid, aber so wird es das Beste sein.«

Vika zog ihre Hand weg, eilte die Treppe hinunter und riss die Tür zum Büro auf.

Connor fuhr herum und sah sie an. »Vika …«

Ihr Blick fiel auf den Schreibtisch, und sie wollte ihren Augen nicht trauen. Dort lagen mehrere Gewehre und Pistolen, eine weitere hielt Tommy in der Hand, während Connor ihm etwas zu erklären schien. »Ihr seid doch nicht bei Sinnen«, flüsterte sie.

»Lass uns kurz alleine.« Connor scheuchte Tommy hinaus und stellte sich vor sie. »Vika, es ist alles in Ordnung. Wir bekommen das hin. Vertrau uns bitte, ja?«

»Hat Archie etwa vor, Willie zu erschießen?«, fragte sie mit bebenden Lippen. Natürlich wollte sie ihren Sohn zurück, aber es war nicht nötig, dass dafür ein Mensch starb.

»Nein. Diese Aufgabe fällt nicht ihm zu.«

Vika schüttelte den Kopf und trat schwankend einen Schritt zurück. »Sag nicht, er erwartet von dir, es zu tun?«

»Nur dann, wenn es keine andere Möglichkeit gibt.«

»Connor ... das willst du doch nicht wirklich.« Vika hob die Hände und ließ sie wieder sinken. Nach Archies Rückkehr hatte Connor einige Monate im Pub bei ihr und Shona gelebt. Nachdem Archie ihn hier angeschleppt hatte, war sie mit dem gutmütigen Mann schnell warm geworden. Nach und nach hatte sich eine Freundschaft zwischen ihnen entwickelt, die Vika schätzte. Connor war herzensgut, auch wenn er eine bewegte Vergangenheit hinter sich hatte. Und sie ahnte, mit wem Archie dank ihm Geschäfte machte. Für sie jedoch spielte es keine Rolle, woher Connor kam oder was er einst getan hatte, sie vertraute auf ihre Menschenkenntnis, und diese sagte ihr, dass er ein guter Kerl war und das alles nicht wollte. »Warum tust du das nur?«

»Weil ich es muss.« Connor stemmte die Hände in die Seite. Wie ein Berg stand er vor ihr. Größer und breiter gebaut als die meisten Männer, war Connor Fletcher eine beeindruckende Erscheinung. Vika glaubte sogar, dass Shona sich anfangs in ihn verguckt hatte. Zugegeben hatte ihre Schwester es nie. Und Connor war von Anfang an bis über beide Ohren in Bonnie verliebt gewesen. »Es gäbe noch einen anderen Weg – wenn du mir hilfst, Willie eine Nachricht zu überbringen«, begann sie. »Niemand würde verletzt werden.« Der Gedanke, dass in der Nähe ihres Sohnes geschossen werden sollte, ließ ihr das Blut in den Adern gefrieren. Nie zuvor hatte sie solch eine Angst empfunden.

»Nicht, Vika. Lass es.« Connor schüttelte den Kopf. »Wir gehen das auf eine andere Art an und werden dir deinen Sohn unversehrt zurückbringen.«

»Aber ich bin die Mutter. Warum interessiert es denn niemanden, was ich zu sagen habe?«, schrie sie, warf sich gegen Connor und hämmerte mit den Fäusten auf seine Brust ein.

Connor streckte die Arme zur Seite und wehrte sich nicht. Er schwankte nicht einmal. Schließlich sank Vika gegen ihn und drückte ihr Gesicht in sein Hemd.

»Lass es raus«, brummte er und fuhr mit den Händen über ihren Rücken.

Vika spürte, wie die Tränen den Stoff durchtränkten. »Warum tust du, was Archie sagt?«, fragte sie leise.

»Er weiß, was er macht. Ich kenne niemanden, der cleverer ist als Archie. Wenn es eine ausweglose Situation gibt, würde ich mir immer ihn an die Seite wünschen.«

»Und deshalb bist du bereit, erneut zu töten?«

Sie spürte, wie seine Brust unter einem Seufzer vibrierte. »Weißt du, wie Archie damals den Arm verloren hat?«, fragte er.

Vika löste sich von ihm. »Die Splitter einer Granate haben die Arterie zerfetzt«, erinnerte Vika sich, was Archie ihr, als sei es eine Nebensächlichkeit, nach seiner Rückkehr erzählt hatte.

Connor nickte. »Es war meine Granate, für mich bestimmt. Ich war unachtsam und habe nicht wahrgenommen, wie nah das Zischen war, das dem Einschlag vorausging. Archie tauchte aus dem Nichts auf und warf sich gegen mich.«

Er lächelte sie schwach an. »Archie hat mich mit seinem Körper geschützt und deshalb seinen Arm verloren. Ohne ihn wäre ich an diesem Tag wohl gestorben.«

»Und weil du ihm etwas schuldest, bist du bereit, alles zu tun, was er will.« Endlich ergab die Beziehung der beiden Männer einen Sinn.

»Nein. Wir haben schon vor einer ganzen Weile entschieden, dass wir quitt sind. Doch ich habe in all den Jahren mit Archie gelernt, dass er zwar manchmal beängstigend hart sein kann, aber immer weiß, was er tut. Er hat mir und anderen Kameraden so oft den Arsch gerettet, dass ich es nicht zählen kann. Er schützt die, die er liebt, und ich habe volles Vertrauen, dass er Arch befreien wird. Weil er niemanden mehr liebt als euch beide.«

»Ich komme nicht mehr an ihn ran«, flüsterte Vika.

»Archie ist im Rausch. Das hat ihn den Krieg überleben lassen. Wann immer eine Situation aussichtslos erschien und wir alle glaubten in der Falle zu sitzen, hat er die Führung übernommen. Ich würde ihm jeden Tag mein Leben anvertrauen und ich würde ihm nicht helfen, wenn ich nicht davon überzeugt wäre, dass er einen Weg finden wird, deinen Sohn zu beschützen. Er hat nicht vor, Willie umzubringen, auch er ist mit dem Töten durch. Archie spricht es zwar nicht aus, aber es ist so. Wir werden alles tun, um diesen Ausgang zu verhindern.« Er streckte die Hand aus und fuhr mit dem Daumen über ihre nasse Wange. »Du weißt doch, dass er dich und Arch vergöttert, oder?«

»Archie hat nur leider eine merkwürdige Art, es zu zeigen.«

»Er kann nur schwer aus seiner Haut«, stimmte Connor zu. »Leg dich etwas hin und versuch, dich auszuruhen, ja?«

Vika nickte und ging hinaus. Sie sollte sich wirklich ausruhen, um dann helfen zu können, wenn Archie ihr ihre Aufgabe erklären würde. Sie war bereit, alles zu tun, um ihren Sohn zu beschützen. Aber wie es aussah, gab es für sie keine Möglichkeit, Willie eine Nachricht zukommen zu lassen. Sie würde wohl oder übel Archie vertrauen müssen, auch wenn sie in diesem Moment glaubte, den Mann nicht mehr wiederzuerkennen.

Die Sache mit dem Ausruhen hatte nicht funktioniert. Andauernd spukte Vika das Bild durch den Kopf, wie ihr Sohn irgendwo verzweifelt und einsam festgehalten wurde. Seit Stunden putzte sie schon Archs Zimmer. Sie hatte alle Spielsachen abgewischt, die Schubladen neu einsortiert und die Bettwäsche ausgekocht. Alles sollte perfekt sein, wenn er endlich wieder hier wäre.

Shona schlich wie auf Eierschalen um sie herum und wollte sie ständig überreden, etwas zu essen. Doch so übel wie ihr war, fürchtete Vika, sie müsste sich dann übergeben.

Von unten drangen Stimmen herauf, und Vika sah zum Fenster. Es war längst Abend. Arch würde die Nacht nicht bei ihr verbringen. Bis auf die Zeit der Spanischen Grippe, waren ihr Sohn und sie nicht einen Tag getrennt gewesen.

Vika stand auf, schob die Kiste mit den Bauklötzen an die Wand und löschte das Licht. Dann setzte sie sich wieder auf die oberste Stufe der Treppe und lauschte nach unten.

»Wir räuchern die Mistkerle aus«, drang Blaires Stimme an ihr Ohr.

»Das geht nicht. Zu riskant für Arch«, brummte Archie.

Sie saßen zusammen mit Connor und Tommy um einen Tisch, in der Mitte stand eine Whiskyflasche, und Archie betrachtete eine Zeichnung. »Wir kommen auf keinen Fall ungesehen in die Burg rein. Aber vielleicht müssen wir das auch gar nicht.« Archie schielte zur Treppe und entdeckte sie. »Geh ins Bett, Vika!«, rief er.

»Arch ist in einer Burg?«, fragte sie. »Etwa in der an den Klippen?«

Archie stieß einen Fluch aus, ehe er nickte.

»Dann könnte ich doch versuchen, mit Willie zu sprechen«, schlug sie vor. »Vielleicht ist dann gar nichts weiter mehr nötig.«

»Du wirst ihm nicht sagen, was du sagen willst«, knurrte Archie. »Wir teilen dir den Plan mit, sobald er steht.«

»Ich möchte mitkommen«, sagte sie entschieden. Auf jeden Fall wollte sie dabei sein und ihren Sohn in die Arme schließen, sobald er aus der Burg heraus war.

»In Ordnung«, stimmte Archie zu. »Und jetzt geh schlafen, ich wecke dich rechtzeitig.«

»Versprochen?« Hatte Archie endlich doch ein Einsehen? Sie würde in der Nähe sein und Vika nahm sich vor, notfalls einfach so laut zu schreien, wie sie konnte, und Willie so mitzuteilen, dass er Archs Vater war. Auf keinen Fall würde sie das Leben ihres Sohnes aufs Spiel setzen, ganz gleich, was Archie sagte.

»Versprochen«, brummte er und sah weg.

Vika presste die Lippen aufeinander und stand auf. Shona kam ihr entgegen und begleitete sie ins Zimmer. »Ich werde heute Nacht bei dir schlafen«, sagte ihre Schwester, die schon ihr Nachthemd angelegt hatte. Shona kroch ins Bett und zog die Decke über sich.

Zögernd begann Vika sich auszukleiden. Sie wollte Archie nicht die Entscheidung überlassen, was mit ihrem Kind geschah, doch sie hatte keine Wahl. Sie schlüpfte neben Shona und legte den Kopf aufs Kissen.

»Das ist wie früher«, sagte ihre Schwester. »Damals, als wir in der Wilkes Street nur die eine schmale Matratze hatten und die Bettwanzen uns nie in Ruhe gelassen haben. Weißt du noch?«

»Wie könnte ich das vergessen?«, murmelte Vika. Sie dachte darüber nach, was aus ihnen geworden wäre, wenn nicht eines Tages Archie Dennon mit seiner Kutsche vor dem Haus gestanden hätte. Stärker als zuvor spürte sie in diesem Moment, dass der Mann, den sie liebte, ein Gefangener seiner selbst war. War es das, was Archie versucht hatte auszudrücken, als er von seiner Hand sprach? Dass er nicht fähig war, ein normales Leben zu führen? Dass der Krieg ihn zu einem Mann gemacht hatte, der blind agierte und immer wieder in die Verhaltensweisen zurückfiel, die er an der Front erlernt hatte? Würde er jemals ein einfaches, glückliches Leben führen können? Oder immerzu wie ein Getriebener seine Ziele verfolgen?

»Sag mir, dass alles wieder gut wird«, flüsterte Vika, so wie damals als Kind, wenn die Mutter wieder einmal tagelang nicht nach Hause gekommen war und sie die wenigen Vorräte im Küchenschrank längst aufgebraucht hatten.

»Es wird alles wieder gut«, sagte Shona, wie sie es immer getan hatte und streichelte ihr über die Haare. Dann löschte ihre Schwester die Lampe und kuschelte sich an sie.

Shona war immer für sie dagewesen. Und für Arch. Doch Vika wusste, dass es an der Zeit für sie war, für sich selbst einzustehen. Stets hatte sie sich auf ihre Schwester verlassen. So lange Vika nicht fähig war, für sich und Arch alleine zu sorgen, würde Shona nicht mit ihrem Gewerbe aufhören.

Shona hatte sich seit jeher verantwortlich für sie gefühlt. Zwar hatte sie sich nie beschwert, auf diese Weise ihr Geld zu verdienen, und überspielte es mit Scherzen, doch sie hatte sich sicherlich eine andere Zukunft für sich erhofft. Vika fühlte sich wie ein Klotz an ihrem Bein.

Ihr letzter Gedanke galt Arch, ehe sie in einen unruhigen Schlaf sank.

»Vika, wach auf«, drang eine tiefe Stimme wie durch Nebel zu ihr durch. Als sie die Lider aufschlug, sah sie in Archies dunkle Augen. Einen kurzen Moment lang glaubte sie, sie würde mit ihm im Bett liegen, dann drang die schreckliche Erkenntnis, dass das alles kein Albtraum gewesen war, in ihr Bewusstsein ein. »Arch«, stieß sie hervor und rappelte sich auf. Verwirrt sah sie sich um.

Shona stand neben dem Bett und hatte sich den Morgenmantel übergezogen. Mit angespanntem Gesicht sah ihre Schwester zu Archie.

»Geht es jetzt los?«, fragte Vika und stand eilig auf.

»Ja.« Archie betrachtete sie. »Zieh dich an, auch den dicken Mantel. Ich warte unten auf dich.«

Statt sich umständlich neu einzukleiden, schlüpfte Vika nur in ihren warmen Wintermantel und rauschte hinter Archie die Treppe hinunter.

»Wir brauchen noch einige alte Kartoffelsäcke aus dem Keller, brummte er. Kannst du mir helfen? Wenn ich die Kerze halte, fehlt mir der andere Arm, um die Säcke zu tragen.«

»Ja, natürlich.« Vika nahm eine der brennenden Kerzen vom Tresen und ging mit Archie zur Seitentür. »Braucht ihr die Säcke als Tarnung, oder wollt ihr etwas transportieren?«, fragte sie und folgte ihm auf den dunkeln Hof. Es konnte nicht mehr lange dauern, bis der neue Tag anbrach. *Bald sehen wir uns wieder, mein Schatz.*

Archie öffnete die schräge Tür, hinter der sich die Stufen verbargen, die in den Vorratskeller hinabführten.

Vorsichtig trat Vika die ersten Stufen hinunter. »Ich kann es kaum erwarten, Arch an mich zu drücken«, sagte sie und drehte sich zu Archie um.

Doch der verharrte nach wie vor am Eingang und sah sie einen Moment lang mit einem merkwürdigen Blick an. »Es tut mir leid«, formten seine Lippen tonlos, dann stieß er die Tür zu.

Vika rannte zurück und rüttelte an der Klinke, doch schon wurde von außen der Schlüssel umgedreht. »Was soll das?«, rief sie und hämmerte gegen das alte Holz.

»Du würdest Willie nur mitteilen, was niemand außer uns wissen darf«, hörte sie Archies Stimme. »Das kann ich nicht zulassen, Vika. Er würde uns den Jungen wegnehmen.«

Vikas Atmung beschleunigte sich. »Aber Arch wäre dann immerhin sicher«, hielt sie dagegen. »Lass mich raus, Archie, wenn ich dir etwas bedeute.« Verzweiflung machte sich in ihr breit.

»Du bedeutest mir mehr als mein Leben«, sagte er, ehe sich seine Schritte entfernten. »Shona wird dich nach Sonnenaufgang rauslassen«, war das Letzte, was sie hörte. Dann umfing sie die Stille der feuchten Kellerwände.

* * * * *

Das erste Licht des Tages tauchte die Landschaft in ein trübes Licht. Am Horizont der unruhigen See kündigte ein goldener Streifen den Aufgang der Sonne an.

Archie stapfte durch das feuchte Gras, das vom Frost in eine weiße Schicht gehüllt war und bei jedem Schritt knisterte. Neben ihm hechelte Bobby und arbeitete sich mit seinen Pranken über die Wiese. Der Atem des Hundes stieg in Wolken auf. Die eingefallenen Mauern der Ruine fest im Blick, setzte Archie seinen Weg fort. Man hatte ihn längst entdeckt, davon war er überzeugt. Die Böschung, wo Connor zwischen den Büschen lag, war zu weit entfernt, als dass man sich hätte anschleichen können. Daher versuchte Archie es erst gar nicht und hatte den direkten Weg gewählt.

Etwas abseits von dem Loch in der Mauer, in dem sich einst die Eingangstür der Burg befunden hatte, blieb er stehen.

Bobby setzte sich hin und guckte sabbernd umher.

Es hatte sich richtig angefühlt, den Hund mitzunehmen, auch wenn Archie nicht genau sagen konnte, warum. Arch liebte dieses Tier, und es verlieh ihm ein Gefühl von Sicherheit, auch wenn Bobby, wie sich unlängst herausgestellt hatte, ein wirklich miserabler Aufpasser war.

Ein Schatten war zu erkennen, dann trat Willie heraus. Unter seiner Achsel klemmte ein Gewehr, das die besten Zeiten bereits hinter sich hatte. Der Lauf war fest auf Archie gerichtet. Auf Willies Mantel war Staub zu erkennen, vermutlich von einer unbequemen Nacht in dem alten Gemäuer. Seine mittelbraunen Haare waren nicht so ordentlich mit Pomade zurückgekämmt, wie der Mistkerl sie für gewöhnlich trug, wenn er durch Foxgirth stolzierte. Dabei war Willie Glenn nichts anderes als ein einfacher Bauer, genau wie die meisten anderen Einwohner. Doch da angeblich ein entfernter Vorfahre einst zum Landadel gehört hatte, hielten sich die Glenns für etwas Besseres. Archie stieß ein verächtliches

Brummen aus. Nichts war unwichtiger im Leben als das, was die Generationen vor einem getan hatten. Es kam nur auf das an, was man selbst zustande brachte, und in Willies Fall war das nicht besonders viel. Der Mann hatte eindeutig zu lange damit zugebracht, sich über den Verlust des Pubs zu ärgern und von einer Revanche zu phantasieren. Archie war sich ziemlich sicher, dass Willie und sein Bruder den Pub ebenso schlecht leiten und früher oder später verlieren würden wie einst ihr Vater. In Willies Vorstellung sah er sich jedoch vermutlich als gemachter Mann, wenn er nur das Gebäude zurückbekäme.

Mit einem Grinsen näherte sich Willie. »Ich wusste doch, dass du für den Bengel alles tun würdest«, spottete er.

Archie presste die Zähne aufeinander und rührte sich nicht. Aus den Augenwinkeln nahm er Bewegungen zwischen den eingefallenen Zinnen der Burg wahr. Willies Gewehr war nicht das einzige, das in diesem Moment auf ihn gerichtet war.

Willie kam bis auf wenige Schritte heran, sah grimmig zu dem Hund und behielt seinen Finger am Abzug. »Bist du bewaffnet?«

Mit einer langsamen Bewegung öffnete Archie den Mantel und hielt ihn auf. Er konnte erkennen, wie Willies Mundwinkel zuckten, als er das Papier in Archies Innentasche entdeckte.

»Du warst in Dunbar«, sagte er, und Archie hörte die Genugtuung in seiner Stimme.

»Das war ich.«

»Gib her«, forderte Willie ihn auf.

Archie griff in die Innentasche und reichte ihm das zusammengerollte Schriftstück.

Willies Blick wanderte über die Zeilen und augenblicklich verfinsterte sich sein Gesicht. »Du verdammter Scheißkerl«, zischte er, knüllte es zusammen und schleuderte es ins Gras. Dann hob er das Gewehr und richtete es auf Archies Kopf.

»Ganz ruhig«, brummte Archie, nahm langsam die Hand hoch und zog seine Kappe ab. Er streckte den Arm aus und fixierte Willie.

Der Schuss grollte über die Wiese. Willie zuckte und starrte auf die Mütze. Archie sah nicht nach. Er wusste, dass Connor wie immer hervorragend gezielt hatte. Gemächlich setzte er sie wieder auf. »Der Mann, der dich in diesem Moment im Visier hat, war in Flandern«, knurrte er. »Ein weiterer Strich auf seiner Liste wird ihm egal sein.« Er trat einen Schritt auf Willie zu. »Du hast noch nicht getötet, Willie. Glaubst du, es wird dich glücklich machen? Ich verspreche dir, du wirst nie wieder ruhig schlafen, wenn du es tust. Die Geister der Männer, die wir töten, lassen uns nicht los, ganz egal, was wir tun.«

Das Gewehr begann zu zittern und rötliche Flecken überzogen Willies Gesicht. »Wo ist sie?«, schrie er. »Wenn du ihr auch nur ein Haar gekrümmt hast, ist das dein Ende.«

Archie lachte rau auf. »Solltest du schießen, werden wir beide das Ende des Tages nicht erleben. Mir wird das wenig ausmachen, wie ist es mit dir?«

Willie sah über seine Schulter hinauf zu den zerfallenen Zinnen, wo sich sein Bruder und seine Freunde verbargen.

»Mein Freund hat einzig und allein den Auftrag, auf dich zu zielen. Wenn einer deiner Männer auf mich schießt, bist du dran, nicht er.« Archie wollte stöhnen. Wie müßig es war, mit Zivilisten zu verhandeln. Man musste ihnen sogar erklären, was selbstverständlich war. Auf keinen Fall hatte

Archie vor, an einer Kugel aus Willies verrostetem Gewehr zu krepieren. Es hatten bessere Männer auf ihn gezielt, und auch, wenn sie zu ihren Feinden gehört hatten, würde er die Kugel aus einem deutschen Lauf bevorzugen. Der Tod auf dem Schlachtfeld brachte wenigstens etwas Ehre mit sich. Mehr als dieser Scheiß hier auf jeden Fall. Wie peinlich es wäre, ausgerechnet von einem Glenn erschossen zu werden. Er wurde ungeduldig und räusperte sich. »Also, wie sieht es jetzt aus? Brauchst du noch lange, um zu überlegen, oder können wir das hier endlich beenden und frühstücken gehen? Mein Magen knurrt.«

Sein Gegenüber blinzelte unablässig, und Schweißperlen sammelten sich in seinem Haaransatz. Sie hatten diesen Mann richtig eingeschätzt.

Archie rollte die Zunge ein, stieß einen Pfiff aus und genoss, wie Willie erneut panisch zusammenzuckte.

Dieser sah sich um und entdeckte, was er suchte. Archie blickte ebenfalls in die Richtung.

Der Saum von Maisies bodenlangem Leinenrock hatte die Feuchtigkeit der Wiese aufgesaugt und klebte an ihren Beinen. Ein Tuch um ihre Schultern geschlungen, kam sie zielstrebig auf sie zu. Als sie an Archie vorüberging, fasste er sie am Handgelenk und zog sie zu sich heran, was Willie dazu brachte, das Gewehr einmal mehr drohend anzuheben. »Heul wenigstens, oder er wird dir den Hintern versohlen, wenn es nicht echt wirkt und er rausfindet, dass du uns geholfen hast«, raunte Archie.

»Du bist ein schrecklicher Mensch!«, kreischte Maisie auf und schlug sich die Handflächen vors Gesicht. Dann eilte sie zu Willie und klammerte sich von hinten an ihren Bruder. »Ich hatte ja solche Angst«, sagte sie schluchzend.

Willie sah sie kurz an, ehe er Archie anfunkelte. »Hat er dir was getan?«, wollte er wissen.

»Sie ist nicht mein Typ«, brummte Archie. »Aber du solltest deiner Schwester besser einbläuen, keine Spaziergänge nach Einbruch der Dunkelheit mehr zu machen.« Es konnte nicht schaden, die Geschichte zu untermauern, die Maisie ihrem Bruder gleich auftischen würde. Zwar konnte ihm eigentlich egal sein, was aus dem Mädel wurde und ob Willie die List durchschauen würde, aber man konnte nie wissen. Maisie könnte ihm womöglich eines Tages noch einmal nützlich sein.

»Ich bringe dich um«, blaffte Willie. Sein Finger zuckte am Abzug.

»Nein, das wirst du nicht. Inzwischen ist nicht mehr dein Kopf im Visier. Wäre doch schade um Maisies hübsches Gesicht, meinst du nicht? Wenn schon wenigstens eines der Kinder deiner Mutter halbwegs ansehnlich geworden ist, sollte es auch so bleiben.«

Willie fluchte und schien unsicher, was er als Nächstes tun sollte.

»Lass Arch rausbringen, Willie. Dann hat die Sache ein Ende.«

»Sobald ich es tue, werde ich erschossen. So ist es doch, oder?«

»Du wirst keine andere Wahl haben, als es zu riskieren. Du hast dich selbst in eine Situation gebracht, der du nicht gewachsen bist.« Archie ging in die Hocke und streichelte Bobby über den Kopf. »Ich werde dich heute davonkommen lassen. Aber wenn du dich noch einmal jemandem aus meiner Familie näherst, werde ich nicht so nachsichtig sein.« Er richtete sich auf und trat auf Willie zu. Mit der Hand packte er das Gewehr und schleuderte es ins Gras. »Wenn ich auch nur den Verdacht habe, dass du mit Vika sprichst oder meinen Sohn beobachtest, werde ich dich umbringen«, presste er zwischen den Zähnen hervor. »Haben wir uns verstanden?«

Willie nickte und drehte sich nervös um. Mit hastigen Schritten verschwand er in der Burg.

»Danke«, brummte Archie.

»Ich habe es nicht für dich getan, sondern für meinen dummen Bruder und den Jungen«, zischte Maisie.

»Sei's drum«, sagte Archie. »Du hast jedenfalls mehr Mut und Verstand als deine ganze Familie zusammengenommen.«

Er glaubte, ein Blitzen in Maisies braungrünen Augen zu sehen, die ihn an die Farbe von Moos erinnerten. »Dann sei lieber auf der Hut, Archie Dennon«, flüsterte sie.

Er konnte nicht anders, als zu grinsen.

»Bobby!«, schallte eine helle Stimme durch die Luft. Arch rannte über das Grün und ließ sich vor dem Hund zu Boden fallen. Er schlang beide Arme um den Nacken des Tiers und lachte, als der Hund ihm übers Gesicht schlabberte.

»Wir haben ihm nichts getan«, sagte Willie leise und wich Archies Blick aus.

Der wandte sich dem Jungen zu. »Werde ich auch begrüßt oder nur der Hund?«

Arch sprang auf und reckte die Arme nach oben. Mit einem Lächeln beugte sich Archie nach unten und hob ihn hoch. Der Junge schmiegte sich an ihn. »Ich habe in einer Burg übernachtet, wie ein richtiger Ritter«, erzählte er. »Und ich durfte ganz viele Bonbons essen.«

Archie nickte Willie zu und drehte sich um. »Ach ja?« Er

ging über die Wiese zum Trampelpfad durch die Böschung hindurch.

Kaum waren sie außer Sichtweite, stürzten Blaire und Tommy auf sie zu.

»Gott sein Dank, es hat funktioniert«, brachte Blaire atemlos hervor. Sie beugte sich vor und streichelte Arch über die Haare. »Na du Hosenscheißer, du hast ja wohl ein rechtes Abenteuer erlebt«, sagte sie.

Arch strahlte.

Archie übergab ihr das Kind und arbeitete sich zwischen den Büschen hindurch.

Connor lag unbeweglich am Boden, den Finger am Abzug, und hielt das Visier im Blick.

Archie ging neben seinem Freund in die Hocke und legte Connor die Hand auf die Schulter. »Gut gemacht. Du kannst jetzt aufstehen.«

Connor atmete schwer und sicherte das Gewehr. »Verlang so etwas nie wieder von mir«, brummte er. »Ich bin durch damit, auf Menschen zu zielen. Ich will noch nicht mal einen verdammten Hasen fürs Abendessen erlegen.«

»Ich verspreche es.«

»Dann ist gut.« Connor stand auf, und sie gingen zur Kutsche, wo die anderen auf sie warteten.

Archie stieg auf den Kutschbock und griff nach den Zügeln. Auf sein Schnalzen hin setzte sich das Pferd schnaubend in Bewegung.

»Ob Willie wohl rausfinden wird, dass Maisie uns dabei geholfen hat, ihn zu verarschen?«, fragte Blaire und hielt Arch fest umschlungen auf ihrem Schoß.

»Sie ist zu clever für ihn. Willie wird für alle Zeiten glauben, dass ich eine Gefahr für seine Familie bin.«

»Und das gefällt dir«, sagte Blaire und lachte kratzend.

»Es ist nützlich, will ich meinen.« Archie schielte zu seiner Zwillingsschwester, die noch immer Shonas hübsches Kleid und einen modischen Hut trug. »Danke, dass du uns geholfen hast«, brummte er.

»Ich habe die Nacht mit Maisie in der Brennerei verbracht.« Blaire schnaufte theatralisch. »Sie hat mir ein Ohr abgekaut und sich die ganze Zeit abwechselnd über dich und ihren Bruder ausgelassen.«

»Aber sie hat ihre Rolle gut gespielt«, befand Archie.

»Das hat sie allerdings.« Blaire lachte. »Hast du gewusst, dass sie Ian mal eine geknallt hat?«

Archie schmunzelte. »Sagen wir es so: Das überrascht mich nicht zu hören.«

»Die beiden sind wohl aneinandergeraten, als sie jeweils mit ihren Freunden bei dem kleinen See angeln waren. Ian hat sich anscheinend vor seinen Kumpels über sie lustig gemacht, und da hat er Maisies Faust zu spüren bekommen.«

»Daher kam also das Veilchen damals?«, Archie grummelte amüsiert.

Ian hatte zu jener Zeit nicht mit der Sprache rausrücken wollen, wer ihm das blaue Auge verpasst hatte, daran erinnerte er sich noch. Es musste ewig her sein. Lange vor dem Krieg. Er hatte Ian seit seiner Verwundung in der Schlacht bei Cambrai nicht mehr gesehen. Es wurde Zeit, dass seine Brüder endlich nach Hause kamen.

»Ian hat sie daraufhin ins Wasser geschubst«, sagte Blaire lachend. »Jedenfalls hat Maisie das erzählt. Sie sagt, sie wartet darauf, dass er heimkehrt, damit sie sich revanchieren kann. Ich kann sie fast leiden.« Seine Schwester drückte Arch einen Kuss auf die Locken.

»Sie ist eine Glenn, vergiss das nicht«, brummte Archie. »Du weißt, was mit unserem Vater geschehen ist.«

»Natürlich vergesse ich das nicht.« Blaire nahm ihm die Kappe vom Kopf. Sie betrachtete das Loch und steckte ihren Finger hindurch. Dann drehte sie sich zu Connor um. »Verdammt gut gezielt, Soldat.«

Connor nickte und warf Archie einen Blick zu.

Nein, er würde nie wieder etwas von Connor verlangen, was diesen mit seinen alten Geistern konfrontierte. Connor hatte Recht: Der Krieg war vorüber.

Dann sah Archie zu Arch, der alles scheinbar nur für einen aufregenden Ausflug gehalten hatte. Wie er sich darauf freute zu beobachten, wie Vika den Jungen in ihre Arme schloss. Alles in ihm sehnte sich danach, Vika endlich wieder an sich zu ziehen. Sicherlich würde sie ihm einen Vortrag halten, weil er sie im Keller eingesperrt hatte, doch da er ihr ihren Sohn zurückbrachte, würde sie ihm das Täuschungsmanöver schnell verzeihen. Er hatte vor, bei der nächsten Fahrt nach Edinburgh einen Ring zu kaufen. Und dann würde er Vika einen Antrag machen. Wenigstens einmal in Archies Leben sollte alles seine Ordnung haben.

* * * * *

Das Herz schlug ihr bis zum Hals. »Bald hast du deinen Sohn wieder«, hatte Shona gesagt, als sie sie eine unendlich lang wirkende Zeit nach Archies Verschwinden wieder aus dem Keller gelassen hatte. Vika hatte sie angebrüllt, ihr vorgeworfen, dass sie nicht wüsste, was sie da getan hatte, und alles und jeden um sich herum verflucht. Shona hatte sich immer wieder entschuldigt und erklärt, Archie habe ihr versichert, dass es notwendig sei, damit sie Arch heil zurückbekämen. Doch angesichts ihrer Wut war Shona unsicher geworden, ob sie die richtige Entscheidung getroffen hatte. »Er muss den Jungen einfach zu uns zurückbringen«, hatte sie immer wieder geflüstert.

Vika wickelte die Decke enger um sich und behielt das Ende der Straße fest im Blick. Auch ohne hinzusehen, ahnte sie, dass Shona in der Tür stand und sich ebenfalls nicht von der Stelle rührte. Sie wusste nicht, ob sie sauer auf ihre Schwester war, denn jetzt gerade hasste sie die ganze Welt. Vermutlich hatte Shona sich einfach von Archie einwickeln lassen und ihm geglaubt. Archie verstand sich darauf, Menschen dazu zu bringen zu tun, was er wollte.

Sie seufzte. Seit über einer Stunde schon saß sie unter dem Vordach des Pubs. Hin und wieder ging jemand an ihr vorüber und sah sie neugierig an, doch Vika ignorierte es. Sie hatte sich nicht einmal frisiert. Dass Mrs. Malloy auf der anderen Straßenseite regelrecht am Schaufenster klebte und unverhohlen zu ihr hinübersah, war Vika ebenfalls egal. Nichts spielte mehr eine Rolle. Sie hatte nur einen Gedanken. *Arch.*

War das Hufgetrappel? Vika richtete sich auf und kniff die Augen zusammen. Kaum sah sie das gescheckte Pferd der Dennons mit der Kutsche um die Ecke biegen, sprang sie auf. Die Decke rutschte herab und Vika rannte los. Längst hatte sie Archs Wuschelkopf entdeckt. Ihr Herz raste so sehr, dass sie glaubte, es müsse zerspringen. Ein Mann machte einen Satz zur Seite, als sie den Bürgersteig entlangeilte, und rief ihr etwas nach. Vika überquerte die matschige Straße und trat in eine Pfütze. Hektisch eilte sie weiter. Archie musste sie kommen sehen, denn er ließ das Pferd anhalten.

Kaum hatte Vika die Kutsche erreicht, griff sie nach Arch und zog ihn von Blaires Schoß. Zitternd schlossen sich ihre Arme um den kleinen Körper. Unfähig etwas zu sagen, drückte sie ihr Gesicht an das ihres Sohnes. Ein Schluchzen der Erleichterung erschütterte ihren Leib.

Arch kicherte und tätschelte ihr den Rücken. »Ich habe in einer echten Burg übernachtet«, plapperte er. »Die war zwar schon kaputt, aber wirklich eine ganz echte Burg.«

»Ich weiß, mein Schatz«, murmelte Vika und atmete tief durch.

»Steig auf, ich fahre euch zum Pub«, brummte Archie.

Vika drehte sich wortlos um und trug ihren Sohn zum Bürgersteig.

»Ma, ich kriege keine Luft, du drückst mich so fest«, maulte Arch.

»Entschuldige.« Vika löste ihren Griff ein wenig, und der Junge schlang seine Beine um ihre Hüfte. »Jetzt wird alles wieder gut«, sagte sie zu sich selbst und atmete seinen Geruch ein.

Noch bevor sie den Pub erreicht hatten, rannte Shona ihnen entgegen. Sie bedachte das Gesicht ihres Neffen über und über mit Küssen. »Gott sei Dank«, flüsterte Shona. Dann gingen sie zusammen zurück.

Vika lief die Treppe hinauf, trat in Archs Zimmer und setzte sich aufs Bett. Auch wenn Arch zusehends unruhiger wurde, konnte sie nicht von ihm ablassen. Immer wieder strich sie ihm über die dunklen Locken. »Du musst schreckliche Angst gehabt haben«, sagte sie leise.

Arch strahlte sie an. »Wir haben ein großes Feuer gemacht. Und ich habe Bonbons bekommen«, erzählte er. »So viele, wie ich wollte.«

Vika schloss die Augen. Willie hatte ihrem Sohn nichts getan. Es war ein Bluff gewesen. Vermutlich hatte er nie vorgehabt, ihm etwas anzutun.

»Für den Jungen war das alles nur ein aufregendes Abenteuer«, hörte sie eine tiefe Stimme.

Langsam sah sie zur offenen Tür, wo Archie stand und sie lächelnd betrachtete. »Ich habe doch gesagt, dass ich ihn dir zurückbringe.« Er trat ein und sank neben ihr auf die Matratze.

»Kannst du mir bitte ein wenig Zeit mit meinem Sohn geben?«, bat Vika und wandte den Blick ab.

»Natürlich.« Er stand auf. »Ich bin todmüde und werde mich hinlegen. Vielleicht solltest du das auch tun.«

Kaum war er aus dem Raum gegangen, kuschelte Vika sich mit Arch ins Kopfkissen.

Ihr Sohn gähnte und legte die Wange an ihren Hals.

»Du hast nicht viel geschlafen, vergangene Nacht, oder?«

Er schüttelte den Kopf. »Willie hat ganz spannende Geschichten erzählt«, murmelte Arch und schloss die Augen. Allmählich wurden seine Atemzüge tiefer.

Shona huschte hinein und betrachtete das Kind in Vikas Armen mit einem seligen Blick.

»Ich werde ihn nie wieder loslassen«, flüsterte Vika.

»Das wirst du wohl müssen«, lachte Shona gedämpft. »Aber nicht sofort.« Sie ging hinaus und schloss die Tür.

Vika zog die Decke über sich und ihren Sohn. Die Sorge, nein, die panische Angst, hatte all ihre Energie aufgebraucht. Doch sie hatte Arch wieder.

Erst kurz vor dem Mittagessen war Vika aufgewacht. Sie hatte Arch geweckt und ihn mit in die kleine Küche genommen, während sie den Lunch zubereitete. Der Bursche hatte mit dem Hund nach draußen gewollt, doch sie hat es ihm verboten. Alles in ihr sträubte sich dagegen, ihren Sohn auch nur für eine Minute aus den Augen zu lassen.

Archie hatte entschieden, den Pub an diesem Tag nicht zu öffnen. Immer wieder war er um sie und Arch herumgeschlichen, ganz so, als wolle er etwas sagen, hatte es dann aber nicht getan. Und Vika war froh, dass er es unterlassen hatte. Ihre Wut auf ihn, weil er sie im Kartoffelkeller eingeschlossen hatte, hatte sich auch durch Archs Rückkehr nicht verringert. Archie hatte sie verraten und ihr Vertrauen missbraucht. Und er hatte das Leben ihres Kindes aufs Spiel gesetzt, ganz gleich, ob er das anders sah. Das alles würde sie ihm niemals verzeihen können.

Nun stand Vika im Türrahmen des Kinderzimmers und betrachtete den kleinen Körper, der sich unter der Daunendecke abzeichnete. Längst war die Sonne untergegangen, und sie hatte Arch ins Bett gebracht, ihm vorgesungen und ausgiebig mit ihm gekuschelt. Sie sollte die Küche aufräumen, jedoch weigerten ihre Beine sich, von der Stelle zu gehen.

Sie hörte Schritte die Treppe hochstapfen, dann legte sich eine Hand an ihre Seite. »Wir haben unseren Jungen wieder«, raunte Archie.

Vika wusste nicht, ob sie sich an ihn lehnen oder ihn von sich wegstoßen sollte. »Meinst du, Arch wird eines Tages verstehen, was vorgefallen ist?«, flüsterte sie.

»Vielleicht.« Archie streichelte über ihren Rücken. »Wenn es so weit ist, werden wir es ihm erklären.«

»Er wird irgendwann so viele Fragen stellen, auf die ich keine Antworten habe.« Stets hatte sie sich davor gefürchtet, Arch sagen zu müssen, warum sie bei seiner Geburt unverheiratet gewesen war. Wie sollte sie erklären, wie es damals dazu gekommen war? Sie konnte ja schlecht sagen, dass Willies Interesse schmeichelhaft gewesen war, nachdem Archie selbst nach Jahren keinen Vorstoß gewagt hatte, die Grenzen einer Freundschaft zu überschreiten. Wie einsam sie ihre heimliche Zuneigung zu ihm gemacht hatte. Doch da war Willie gewesen. Ein ums andere Mal hatte dieser sie angesprochen, ihr Komplimente gemacht und sich nach ihrem Befinden erkundigt. Und eines Tages, im Juli 1814, nur einen Monat ehe der Krieg ausgebrochen war, hatte Archie hier eine große Feier veranstaltet. Er hatte mit Shona getanzt, gelacht und sie ignoriert. Wie sehr Vika sich an diesem Abend gewünscht hatte, dass er sie um einen Tanz bitten würde. Dann hatte Willie es getan. Sie hatten sich amüsiert, das ein oder andere Glas getrunken und waren schließlich im Hinterhof an eine Mauer gelehnt dem Rausch des Moments verfallen. Es gab wohl keinen unpassenderen Ort, um seine Unschuld zu verlieren, und Vika hatte sich am Morgen danach schrecklich geschämt. Sie konnte es nicht auf den Gin schieben. Nicht jede Frau, die ein Glas Gin trank, vergaß, was sich gehörte. Eine Woche lang war sie Archie aus dem Weg gegangen, in der Sorge, er könne ihr ansehen, was passiert war, und Willie ebenfalls. Es hatte sich wie ein Spießroutenlauf angefühlt. Als Willie sie im Pub aufsuchte, folgte der erste von vielen Heiratsanträgen, die sie abgelehnt hatte.

Wenige Wochen später hatte sie die Gewissheit gehabt, dass sie in anderen Umständen war. Bonnie hatte es ihr bestätigt und sie merkwürdig angesehen. Sicherlich dachte Bonnie schon damals, dass nur ihr Bruder dafür verantwortlich sein konnte. Oder aber sie hatte angenommen, dass

Vika inzwischen ebenso wie Shona dem Gewerbe nachging. Aber Bonnie hatte nicht nachgefragt und ihr versichert, die Schwangerschaft als Hebamme zu begleiten. Doch dazu sollte es nicht kommen. Kurz nachdem die Männer, die sich freiwillig gemeldet hatten, aufgebrochen waren, war Bonnie dem Ruf der Krankenhäuser nach Krankenschwestern gefolgt.

Stattdessen hatte Mairead sich um Vika gekümmert und schließlich, in einer klirrend kalten Februarnacht, drei Wochen vor dem errechneten Termin, Arch entbunden. Mit gutmütigem Blick hatte sie das verklebte Neugeborene auf Vikas Brust gelegt.

Nachdem Vika die ersten Wogen des Glücks verlebt hatte und ehrfürchtig ihren Sohn betrachtete, hatte Mairead nach dem Namen gefragt.

»Archibald«, hatte Vika geflüstert. Ohne jedes Zögern war der Name über ihre Lippen gekommen, obwohl sie sich während der Schwangerschaft eigentlich für einen anderen entschieden gehabt hatte.

Mairead hatte sich über sie gebeugt, das Kind gemustert und genickt. »Der Name scheint mir zu passen«, hatte sie gesagt. Auch die alte Krankenschwester stellte keine weiteren Fragen. Allerdings hatte sie bei Vika deutlich häufiger vorbeigeschaut, um zu sehen, ob alles in Ordnung war, als bei den anderen Müttern im Wochenbett.

Vika hatte sich schuldig gefühlt, weil sie wusste, dass Mairead glauben musste, ihren Enkel vor sich zu haben. Doch das Kind hatte diesen Namen gebraucht. Und sie endlich wieder einen Archibald in ihrem Leben.

»Auch die Antworten auf diese Fragen wirst du wissen, wenn es soweit ist«, brummte Archie. Er neigte sich zu ihr und küsste ihre Wange. Seine Bartstoppeln kitzelten auf ihrer Haut.

Vika fuhr herum und schlang die Arme um ihn. Sie presste ihre Lippen an seinen Hals und atmete ein. Augenblicklich waren sie wieder da, die Bilder aus ihrer gemeinsamen Nacht. Nie hatte sie schönere Stunden verlebt, da war sie sich sicher. Und nie sollte sie schönere erleben. Sie wollte Archie schütteln und ihn anbrüllen, weil er alles kaputt gemacht hatte.

»Ist ja gut«, flüsterte Archie, als sich ihr ein Schluchzen entrang.

Vika war danach, zu schreien. Aus sich herauszubefördern, dass nichts in Ordnung war. Dass sie ihn ebenso sehr erwürgen wie küssen wollte. Aber sie tat nichts davon. Stattdessen hielt sie ihn fest, wie sie am Vormittag Arch gehalten hatte.

»Möchtest du mit in mein Zimmer kommen?«, flüsterte Archie.

»Ich sollte heute Nacht bei Arch bleiben. Falls er aufwacht und sich ängstigt«, sagte sie.

Seine Hand wanderte über ihren Arm. »Ist gut. Vielleicht morgen.«

Vika nickte und sah zu, wie er zur Treppe ging. »Warte!« Sie folgte ihm und presste ihre Lippen auf seine.

Innig erwiderte Archie den Kuss. Dann sah er sie schmunzelnd an. »Das war überraschend heftig.« Mit dem Zeigefinger berührte er ihren Mund. »Und schön.«

»Es war ein besonderer Kuss«, murmelte Vika, wandte sich um und ging in ihr Zimmer. Sie schloss die Tür und zog die oberste Schublade der Kommode auf. Ihre Hände griffen nach den Kleiderstapeln und legten sie auf dem Bett ab.

Sie bemühte sich, das Brennen in ihren Augen zu ignorieren. Dafür war jetzt keine Zeit.

* * * * *

Kurz nach neun Uhr stapfte Archie in den Schankraum. Er steckte sich eine Zigarette an und setzte sich neben Shona, deren Blick fest auf die Zeitung geheftet war.

Es war ein alltägliches Ritual, das sie beide abhielten, ehe er sich seinen Aufgaben zuwandte.

»Ich habe geschlafen wie ein Stein nach all der Aufregung«, sagte er und gähnte.

Sie nickte nur.

Archie sah sich um und lauschte. Kein Laut war zu hören. »Sag bloß, Arch schlummert noch?« Er lachte und schüttelte den Kopf. Wie froh er war, dass es dem Burschen gut ging und er die Entführung nur als großes Abenteuer erlebt hatte.

»Nein, Arch schläft nicht mehr«, sagte Shona kaum hörbar.

Archie sah sie genauer an. Ihre Haut wirkte bleicher als üblich, und die unterlaufenen Augen verrieten, dass sie geweint hatte. Ein ungutes Gefühl beschlich ihn. Er stand auf und stapfte in die Küche. Nichts lag herum. Kein benutzter Topf in der Spülwanne, kein Schälchen auf der Ablage. Es roch auch nicht nach Haferbrei. Er presste die Zähne aufeinander und ging zurück. »Wo ist Vika?«, fragte er schneidend.

Shona sah aus roten Augen auf. »Weg, Archie. Sie ist weg.«

»Ist sie im Laden?«, fragte er mit heiserer Stimme und ahnte bereits die Antwort.

Shona schüttelte den Kopf.

Archie stürzte zur Treppe und nahm mehrere Stufen auf einmal. Er riss die Tür zu Vikas Zimmer auf und gleich darauf ihren Schrank. Leere starrte ihn an. Übelkeit machte sich in ihm breit. Polternd stürmte er ins Kinderzimmer. Die Bauklötze waren verschwunden. Die Holztiere, die sonst auf dem Boden verstreut lagen, ebenso. Die Schubladen der Kommode standen offen und nichts befand sich darin.

Das Klackern von Absätzen näherte sich.

Er wandte sich um und blickte Shona an. »Wo sind sie hin?«, brachte er noch hervor, ehe seine Stimme versagte.

»Weg von hier. Um ein neues Leben zu beginnen.« Ihre Unterlippe bebte.

Archie trat auf sie zu. »Du weißt, wo sie sind«, brüllte er und packte Shona am Handgelenk.

Sie wich nicht zurück. Schlaff lag ihr Arm in seiner Hand. »Ich darf es dir nicht sagen.«

»Das wirst du«, knurrte er.

Shona lächelte ihn traurig an. »Nein, Archie. Sie ist meine Schwester, und ich habe es ihr geschworen.« Shona hob den anderen Arm und strich über seine Wange. »Ich wollte doch auch nicht, dass sie gehen. Aber es geht nicht um mich. Es geht um Vika und Arch. Und um dich. Nun sind nur noch wir übrig.«

Wie betäubt ließ er sie los, strauchelte rückwärts und stieß gegen die Kommode. Er sackte auf das schmale Kinderbett und umschloss einen Zipfel der Decke mit seinen Fingern. »Sie hat mich verlassen«, murmelte er tonlos. »Es war ein besonderer Kuss«, hörte er Vikas Stimme in seinen Gedanken. Fassungslos starrte er in Shonas Gesicht und auf die Tränen, die in ihren Ausschnitt tropften. Es war ein Abschiedskuss gewesen. Leidenschaftlich und voller Gefühl, weil Vika längst gewusst hatte, dass es keine weiteren mehr geben würde.

Ruckartig stand er auf. »Ich hole sie zurück!«, grollte seine Stimme durch den kleinen Raum. Die beiden konnten erst einige Stunden weg sein, vermutlich hatte Vika jemanden dafür bezahlt, sie zu fahren. Erneut stellte er sich vor Shona. »Welche Richtung?«

»Weg von Foxgirth. Weg von dir«, sprach sie klar und deutlich und wischte sich übers Gesicht.

»Warum?«, presste er hervor.

Shona zuckte mit den Schultern. »Weil sie hier keine Zukunft sieht. Weil ihr Sohn entführt wurde und sie ihn in Sicherheit bringen will. Und weil du ihr nicht zugehört hast, als es wichtig gewesen wäre. Weil das Vertrauen dahin ist, hat sie gesagt. Sie muss an ihren Sohn denken und will endlich auf eigenen Füßen stehen.«

»Ich habe Arch zurückgebracht«, knurrte er. »Ich habe es Vika versprochen und mein Wort gehalten.«

»Aber du hast es so gemacht, wie du es wolltest. Vika sagte mir, es hätte einen anderen Weg gegeben und dass du ihr nicht die Chance gibst zu tun, was sie für richtig hält.« Sie schüttelte den Kopf. »Es ist doch ihr Sohn, Archie. Und es hätte ihre Entscheidung sein sollen.«

Er hielt es nicht aus, sich weitere Vorwürfe anzuhören. Der Schmerz, der in ihm wütete, brachte ihn beinahe um den Verstand. »Mach den Mund auf, oder du kannst deine Sachen ebenfalls packen«, drohte er und sah sie starr an.

»Wenn es das ist, was du möchtest.« Shona nickte. »Ich werde heute Abend weg sein und zusehen, dass ich eine andere Unterkunft finde. Dann bist du wirklich alleine, Archie.

Vermutlich wird dir das zusagen.« Sie wandte sich um und stöckelte hinaus.

Archie rang um Luft. Ein Stechen fuhr in seine Brust und die Narbe schien zu brennen, wie immer, wenn er sich aufregte. Dieses Mal allerdings glaubte er, seine Haut müsse in Flammen stehen. Er stolperte in den Gang. »Vergiss, was ich gesagt habe. Das hier ist dein Zuhause«, brachte er hervor, ehe er nach unten rannte.

»Wo willst du hin?«, klang Shonas Stimme ihm nach.

TEIL ZWEI

Kapitel 6

Im Hinterhof empfing ihn Sonnenschein, was Archie unpassend vorkam. An der Hauswand lag Bobby und wedelte müde mit dem Schwanz. Archie stapfte an ihm vorüber in die Scheune. Staubteilchen tanzten in der Luft, wo immer etwas Licht durch die Schindeln ins Innere drang. Sein Pferd grummelte erwartungsvoll und stampfte auf. Archie warf sich das Zaumzeug über die Schulter und nahm den Sattel. Er rutschte von seinem Arm und Archie trat mit einem Schrei dagegen. Einen Moment lang starrte er auf den dreckigen Boden, während er erneut das Blut in den Ohren rauschen hörte, dann zerrte er das lederne Teil hoch und beförderte es auf den Rücken seines Pferdes, das angesichts seiner Stimmung die Ohren nach hinten drehte.

Donnernd schlugen die Hufe des Pferdes auf dem Weg auf, während die Landschaft an ihm vorbeiflog, ohne dass er sie wahrnahm. Er rammte dem Wallach die Fersen in die Seiten. In Archies Augen brannte der Wind, je mehr er sich der Küste näherte. Oder kam es gar nicht von der kühlen Luft? Endlich tauchte die Kapelle auf, und Archie lenkte das Pferd über die Wiese darauf zu. Er rutschte hinunter, band das nassgeschwitzte Tier an einen Baum und wankte in das Gebäude hinein.

Blaire stand auf einer Leiter, hing über dem Rand eines Kessels und rührte mit einer Schöpfkelle in dessen Innern.

Sie warf ihm einen Blick zu und runzelte die Stirn, ehe sie hinabkletterte.

Regungslos verweilte er in der Mitte der Kapelle.

»Ist was passiert?« Sie lief zu ihm und musterte ihn. »Deine Narbe ist ganz dunkelrot.«

Alles, was er fertigbrachte, war den Kopf zu schütteln.

»Archie!« Blaire griff an seine Jacke. »Hat Willie wieder eine Dummheit gemacht?«

»Sie sind weg.« Seine Stimme bebte.

»Wer?«

Archies Blick wanderte nach unten und blieb an den Schuhen seiner Schwester. »Vika hat Foxgirth verlassen und den Jungen mitgenommen«, flüsterte er. »Sie hat mich verlassen. Ohne ein Wort des Abschieds. Ist einfach auf und davon.«

»Wovon redest du da?« Blaire fasste ihn am Arm. »Wo ist sie denn hin?«

»Ich weiß es nicht.«

Blaire seufzte und zog ihn zur Rückseite der Kapelle. In Reih und Glied standen dort die Fässer, die Connor und Archie demnächst nach Edinburgh bringen sollten, da im Lagerraum nebenan inzwischen kein Platz mehr war. Blaire setzte sich auf eines davon und klopfte neben sich.

Unwillig folgte er ihrer Aufforderung. »Ich wollte Vika heiraten«, brummte er. »Ich wollte es richtig machen, so wie es sich gehört. Mit allem drum und dran.«

»Wirklich?« Blaire legte den Kopf an seine Schulter. »Ich hatte mich schon gewundert, warum du diesen Vorsatz nicht früher gefasst hast.«

»Weil ich dumm war.« Er rieb sich über das Gesicht. »Ich war so verdammt dumm.« Wie hatte er nur nicht eher begreifen können, dass er diese Frau brauchte? Fast wäre er bereit gewesen zuzusehen, wie der verfluchte Willie Glenn sie ehelichte, weil er zu feige war, sich einzugestehen, dass Vika seine Schwachstelle war. Er hätte sie schon vor Jahren heiraten sollen. Vor dem Krieg, als sie schwanger geworden war. Es wäre das einzig Anständige gewesen, doch er hatte es nicht getan. Warum eigentlich? Vika zu heiraten hätte ihr viel Kummer erspart und sie davor bewahrt, dass man sich hinter vorgehaltener Hand über ihren Zustand ausließ. Hatte er gefürchtet, dass sie ihn abweisen würde? Es spielte keine Rolle. Er hatte es nicht getan und würde es nun bis zu seinem letzten Atemzug bereuen.

Blaires Kopf ruhte tröstlich auf seiner Schulter. Das Tuch, das sie als Schutz bei der Arbeit über ihren Haaren trug, berührte seine Wange. Niemanden sonst hätte er in diesem Moment in seiner Nähe ertragen. Er brauchte sie, so wie er sie immer gebraucht hatte, wenn er nicht weiterwusste. Vor seiner Schwester musste er sich nicht erklären, sie verstand ihn auch ohne Worte. Sie war auch die Einzige gewesen, der er abgesehen von seiner Ma hin und wieder Briefe aus dem Krieg geschickt hatte. Es waren wenige Zeilen gewesen und meist belanglose Dinge, aber sie hatten ausgereicht. Das unsichtbare Band zwischen ihnen hatte sie über Ländergrenzen und Jahre hinweg verbunden. »Wenn du nicht heimkehrst, verpasse ich dir einen Tritt in den Hintern«, hatte Blaire an seinen Hals geschluchzt, als er damals gegangen war. Es war das einzige Mal gewesen, dass er sie hatte weinen sehen. Sie hatten in der Scheune neben dem Cottage gestanden, am Abend bevor seine Brüder und er zur Grundausbildung aufgebrochen waren. Es war der letzte gemeinsame Moment nach fünfundzwanzig Jahren gewesen, in denen sie sich zwar nicht immer gut verstanden, aber stets unterstützt hatten.

»Und was willst du jetzt machen?«, fragte sie leise.

»Vermutlich sollte ich Vikas Entscheidung akzeptieren.« Archie seufzte. Der Wunsch, Vika zu spüren, brachte ihn beinahe um den Verstand. Warum hatte er sie nicht gleich in dieser ersten Nacht um ihre Hand gebeten? Womöglich wäre sie nach einem geschlossenen Eheversprechen nicht einfach abgehauen. Oder es hätte ebenfalls nichts geändert.

Blaire linste zu ihm. »Du lässt dir doch sonst nichts sagen.«

Er nickte. »Und genau das hat mich anscheinend in diese Situation gebracht. Auf jeden Fall hat Shona es mir so erklärt.«

»Also willst du einfach *nichts* tun?« In ihrer Stimme schwang Unglaube mit.

»Ich weiß nicht, wo Vika steckt. Ich weiß gerade so vieles nicht.« Archie machte eine Pause. »Das erste Mal in meinem Leben liebe ich eine Frau und habe keine Ahnung, wie das geht.« Nein, die hatte er wirklich nicht. Stattdessen hatte er Vika dazu gebracht, im Dunkel der Nacht abzuhauen.

»Du liebst Vika doch schon seit Jahren.« Blaire schob eine Hand auf sein Bein. »Du dummer Hund hast es nur nicht eher kapiert.«

»Sie ist zu gut für mich. Habe ich recht?«

Blaire löste sich ein wenig von ihm und sah zur Brennanlage. »Schon möglich. Wir beide«, sie lächelte ihn matt an, »sind eigensinnig und ziehen durch, was immer wir uns in den Kopf setzen. Da ist nicht viel Raum für andere Dinge. Vielleicht sind wir nicht für die Liebe gemacht?«

»Davon war ich stets überzeugt. Und dann hat sich etwas geändert. Ist es dir schon mal passiert?«, brummte Archie. Er war sich sicher, dass Blaire die ein oder andere Liaison gehabt hatte, denn immerhin hatte sie sich hin und wieder nachts aus dem Haus geschlichen. Natürlich glaubte sie, dass Archie keine Ahnung davon hatte, doch die hatte er sehr wohl. Allerdings hatte er beim ersten Mal, als sie im Dunkeln aus der Hintertür getürmt war, entschieden, dass er besser die Klappe hielt und Blaire machen ließ. Seine Schwester konnte auf sich selbst aufpassen, und Archie wusste, dass sie sich niemals von ihm einschränken lassen würde. Eher würde ihre Beziehung an so etwas zerbrechen. Bonnie allerdings hatte er immer mit Argusaugen bewacht. Dabei hatte sich unlängst rausgestellt, dass Bonnie ebenfalls durchaus in der Lage war, für sich einzustehen. So war das wohl einfach mit den Frauen in seiner Familie.

»Was?«

Blaires Nachfrage katapultierte ihn wieder in die Gegenwart zurück. »Na, dass du dich verliebt hast?«, führte er seine Frage aus.

Sie lachte kratzig und schüttelte den Kopf. Eine ihrer wilden Strähnen rutschte unter dem Kopftuch hervor. »Natürlich habe ich meine Erfahrungen gemacht, aber dann habe ich entschieden, dass diese Gefühlsduseleien nichts für mich sind. So traurig es klingen mag: Du bist wohl meine größte Liebe, Archie.«

»Dann tust du mir ehrlich leid.« Er legte den Arm um sie und Blaire fuhr ihm über den Rücken. Selten zeigten sie sich ihre Zuneigung derart offen, doch es gab für alles die richtige Zeit, und jetzt brauchte er Blaire, um keine Dummheiten anzustellen angesichts des Schmerzes, der in seiner Brust brannte.

Er ließ sie los, stand auf und atmete tief durch. »Okay, was hast du da auf der Leiter eben getrieben?«

Sie nickte, wie um Zustimmung zu signalisieren, dass er das Thema für beendet erklärt hatte. »Ich versuche, meine Gin-Rezeptur zu verbessern«, erzählte sie mit einem Blitzen in den Augen. »Und wie ich glaube, ist es geglückt.«

»Dein Gin ist schon gut, und er verkauft sich einwandfrei.«

»Es geht immer weiter, Archie. Stillstand ist für mich ebenso unbefriedigend wie für dich.« Ihre Hand legte sich auf seine Schulter, während sie ihn eindringlich aus ihren dunklen Augen ansah, die seinen so sehr glichen. »Konzentrier dich auf unsere Pläne, ja? Das wird dir helfen, die Sinne beieinanderzuhalten.«

Er musste sich zusammenreißen und auf das Geschäft fokussieren. Nie hatte er es zugelassen, dass eine Frau ihn von den wesentlichen Dingen ablenkte. Aber er hatte auch nie zuvor so empfunden. Archie presste die Zähne aufeinander. Er war für einen kurzen Augenblick lang weich geworden. Doch Blaire hatte recht: Es entsprach nicht seinem Naturell, sich ablenken zu lassen. Vika hatte ihre Entscheidung getroffen und ihm keine Wahl gelassen. Vermutlich war es besser so, ehe er sie und Arch mit in den Abgrund zog. Hatte er wirklich geglaubt, er könnte eine eigene Familie haben? Das alles war nur eine flüchtige Vorstellung gewesen, die er sich, geblendet durch Vikas Nähe, gemacht hatte. Eine Vorstellung, die sich sehr gut angefühlt hatte, zugegeben. Doch seine Realität war eine andere, war es immer gewesen. Erst recht nach den Jahren im Krieg, die ihm so vieles genommen hatten. »Sprechen wir durch, was in den nächsten Wochen ansteht«, brummte er. »Und lass mich deinen Gin kosten.«

*****

Mit aufgerissenen Augen blickte Arch durch die Bahnhofshalle der Princes Street Railway Station. Die gewaltigen geschwungenen Metallstreben, die das hohe Dach mit den unzähligen schmalen Glasscheiben trugen, das die Gleise überspannte, versetzte auch Vika in Staunen. Genau wie ihr Sohn war sie nie zuvor in einem Zug gefahren, und sie musste all ihren Mut aufbringen, um sich nicht von der Furcht vor dem Unbekannten überwältigen zu lassen. Immerhin hatte sie bereits die Tickets für die rund einstündige Fahrt gekauft. Keinen Mucks brachte ihr Sohn heraus, so sehr beeindruckte ihn das Getümmel auf dem Bahnsteig. Vika hielt seine Hand fest in ihrer. Ein alter Koffer mit ihren Sachen und ein Leinensack mit Archs Habseligkeiten standen neben ihnen. Die Finger ihrer anderen Hand umklammerten die beiden Fahrkarten. Um sie herum drängten sich Menschen, die es entweder eilig hatten oder mit Begleitern redeten und lachten, weil sie sich nach vermutlich langer Zeit wiedersahen.

Der Bahnsteig pulsierte geradezu vor Leben, während Vika das Atmen schwerfiel. Immer und immer wieder sagte sie sich, dass es sein musste. Dass es keine andere Möglichkeit gab. Gleich mehrere Punkte hatten sie zu diesem Moment, zu diesem Gleis geführt. Arch sollte endlich in einem geregelten Umfeld aufwachsen. Er sollte nachts nicht mehr unter dem Grölen der Pubbesucher einschlafen müssen und nicht an einem Ort leben, an dem man ihn abschätzig beäugte. Noch war er zu jung, um zu verstehen, was seine Tante Shona tat. Doch bald würde er in die Schule gehen und es über kurz oder lang erfahren. Auch dass man ihn als weniger wert betrachtete, weil seine Mutter bei seiner Geburt unverheiratet gewesen war. Vika schnappte nach Luft und drückte die kleine Hand fester. Dann war da noch Willie. Arch und sie waren in Foxgirth nicht sicher. Nicht einmal Archies Schatten hatte ihren Sohn beschützt. Wer wusste schon, ob Willie sich nicht noch einmal etwas einfallen lassen würde?

Wieder einmal drängte Archie sich in ihre Gedanken. Sie glaubte, ihn zu riechen, und sah über die Schulter, weil sie fürchtete, dass er ihr längst auf den Fersen war. Ihr Vertrauen zu dem Mann, den sie liebte, war in den vergangenen zwei Tagen erschüttert worden. »Ohne Vertrauen sind wir nichts«, flüsterte Vika zu sich selbst. Archie hatte sie hintergangen, und sie würde niemals mit einem Mann leben können, der ihr keine Achtung entgegenbrachte. Zwischen Archie und ihr hatte seit jeher ein Ungleichgewicht bestanden: Archie, der immer und überall das Sagen haben wollte und für sich und seine Familie sorgte, während sie nur durch seine Mildtätigkeit ein Dach über dem Kopf und ein wenig Arbeit hatte. Sie waren nie auf Augenhöhe gewesen. Jetzt endlich wollte sie für sich und ihren Sohn einstehen. Nicht mehr von den Almosen ihrer Schwester oder Archies Duldung abhängig sein. Beide hatten einst dafür gesorgt, dass sie nicht im Armenhaus gelandet war, wofür Vika ihnen auf ewig dankbar sein würde. Doch deshalb würde sie sich nicht einfach ohne alles Wenn und Aber an Archie binden, indem sie ihr Herz vollends an ihn verlor und seine Geliebte wurde, wie er es sich vermutlich vorstellte. Niemand, auch nicht Archie Dennon, hatte das Recht, über sie und ihr Kind zu entscheiden.

Ein Pfeifen schallte durch die Halle und gleich darauf vernahm Vika das Dröhnen der Lock.

Arch hüpfte auf und ab und zeigte auf die dunkle Rauchwolke, die den Zug ankündigte.

Eilig steckte Vika die Fahrkarten in ihre Jackentasche und

hob das Gepäck auf. »Du bleibst ganz nah bei mir«, ermahnte sie ihren Sohn.

»Ich habe noch nie so viele Menschen gesehen«, rief Arch. »Wollen die alle mit der Eisenbahn fahren?«

»Das nehme ich an.« Vika zog ihn mit sich mit und reihte sich am Bahnsteig ein. Quietschend und zischend kam die Lock zum Stehen.

Ein Mann deutete auf den Sack, und Vika lächelte. Er geleitete sie zur Tür, half ihr und Arch hinein, und reichte ihr das Bündel. »Gute Reise, Ma'am.« Er nickte ihr zu und ging in den rechten Waggon.

Vika bugsierte Arch und das Gepäck in den linken und setzte sich auf eine freie Bank. Arch kletterte auf den Sitz und legte beide Hände an die Scheibe. Eilig schob sie alles unter die Bank und ließ sich neben ihm nieder. Dann holte sie die Fahrkarten heraus, die sie mit Shonas Geld bezahlt hatte.

Ihre Schwester hatte darauf bestanden, die Kosten für die Reise zu übernehmen, es hatte so oder so keine andere Möglichkeit gegeben, da Vika nicht genug besaß. Shona war es auch gelungen, den Burschen zu organisieren, der sie mitten in der Nacht nach Edinburgh gefahren hatte. »Ich fürchte, du machst einen Fehler«, hatte Shona gesagt, als Vika ihr, kaum dass Archie zu Bett gegangen war, von ihrem Plan erzählte.

»Es muss sein.« Mehr hatte sie nicht herausgebracht, und Shona verstand sie auch so.

Mit Arch auf dem Schoß hatte Vika nur eine Stunde später auf der Ladefläche gekauert und einen letzten Blick auf Foxgirth geworfen, als die Kutsche davonrumpelte. Sie hatte den Ort ebenso verlassen, wie sie ihn einst erreicht hatte. Nur dass sie nun einen Sohn hatte und Archie nicht die Kutsche lenkte. *Denk nicht an ihn.* Vika schloss die Augen. Sie musste stark bleiben. Schwäche durfte sie sich erst erlauben, wenn sie angekommen waren. Und dabei war sie sich nicht einmal sicher, was sie erwartete. Alles, was ihr blieb, war zu hoffen, dass es nicht zu schlimm werden würde. Sie hatte die Zweifel in Shonas Blick gesehen, als sie ihrer Schwester ihr Vorhaben erläuterte. Doch es war die einzige Möglichkeit. Sie hatte kaum Erspartes, und es gab nur diese eine Person, zu der sie flüchten konnte. Ihr Weg führte sie nach Glasgow. Vika hatte nie geglaubt, die Stadt noch einmal zu sehen, doch nun war es plötzlich so, und sie wusste nicht, wie es sich anfühlte. Kam sie als Versagerin zurück, oder als einer der unzähligen Menschen, die Jahr um Jahr in die Großstädte strömten, in der Hoffnung auf eine Zukunft? Ob sie diese dort wirklich finden sollte, stand in den Sternen.

Ruckelnd fuhr der Zug an. Arch jauchzte und klebte weiterhin an der Scheibe. Vika betrachtete die Zugtickets in ihrem Schoß, die ihre Eintrittskarten für ein neues Leben darstellten. Sie schloss ihre zitternden Finger darum.

Die Kutsche hielt an. Vika stieg aus und half Arch auf den Gehweg. Der Fahrer lud das Gepäck ab und stellte es neben sie. Rasch reichte sie ihm ihre letzten Münzen. Das Geld hatte bis hierher gereicht, doch nun war nichts mehr übrig.

Arch sah sich neugierig um und entdeckte einige Jungs, die am Ende der Straße einen Ball kickten.

Vika sprach sich selbst Mut zu. Sie betrachtete das Haus mit der grau gewordenen Fassade. Die schmalen Häuschen reihten sich aneinander und waren bis auf die Hausnummer kaum zu unterscheiden. Vika wusste nicht, ob Geillis noch immer hier lebte, doch sie hoffte es inständig. Ansonsten würden Arch und sie hilflos in Glasgow stranden, ohne ein Bett für die Nacht und Essen für die nächste Mahlzeit. Und der Tag neigte sich bereits dem Ende zu. Wie einst schwebte die Möglichkeit, ins Armenhaus zu kommen, drohend über ihr und womöglich ging es dort noch immer so schrecklich zu wie früher. Vika beugte sich vor, ordnete Arch die Haare und rieb mit dem Ärmelende über sein Gesicht. Wie eine kleine Katze, die man zu baden versuchte, sträubte ihr Sohn sich gegen ihre Reinigungsversuche. »Es ist unheimlich wichtig, dass du dich gleich gut benimmst«, sprach sie auf ihn ein. »Wir müssen einen hervorragenden ersten Eindruck machen, verstehst du das? Also sei schön artig und hör auf mich.«

Arch schielte zu dem Haus. »Wer wohnt hier denn?«

»Meine Tante Geillis.«

»Du hast auch eine Tante? So wie ich?« Freudig strahlte er sie an.

»Ja, so ähnlich«, murmelte Vika. Zwischen Geillis und Shona lagen Welten, und im Gegensatz zu Arch hatte sie nie eine gute Beziehung zu ihrer Tante gehabt. Eigentlich hatten sie gar keine Beziehung gehabt. Vika sprach sich tonlos ein weiteres Mal heute Mut zu, schnappte sich Koffer und Beutel und trug alles zur Türschwelle. Dann klopfte sie und hielt die Luft an.

Sie hörte Schritte und gleich darauf knackte das Schloss. Einen Spaltbreit öffnete sich die Tür, und Vika erkannte Geillis' verkniffenes Gesicht. »Ja, bitte?«

Sie trat ein wenig näher heran und rang sich ein Lächeln ab. »Ich bin es, Tante Geillis. Vika Fairbairn.«

»Vika?« Die Stimme klang schneidend, dann wurde die Tür ganz geöffnet. In einem dunkelgrauen Rock und einer ebenso grauen Bluse stand Geillis vor ihr und musterte sie unverfroren. Die Haare trug sie streng zurückgekämmt, und ein goldenes Kreuz baumelte an einer dünnen Kette vor Geillis' Brust. Vika nahm wahr, wie die Tante von ihr zu Arch sah, und schließlich auf den Koffer. Geillis presste die Lippen aufeinander. »Was willst du hier?«, fragte sie knapp, obwohl ihr die Antwort doch längst klar sein musste.

»Dürfen wir reinkommen, damit wir uns unterhalten können?«, bat Vika und lächelte unentwegt weiter.

Geillis schnaufte, gab jedoch den Weg frei.

Unter dem strengen Blick der Tante trug Vika alles hinein.

Wortlos folgte ihr Arch und drückte sich an sie, als sie schließlich in einem kleinen Salon zum Stehen kamen. Ein wuchtiger Nussbaumholztisch thronte in der Mitte des Raums mit sechs Stühlen. Ein Kamin, in dem zu Vikas Bedauern kein Feuer brannte, befand sich an der hinteren Wand. Eine schicke Kommode mit goldenen Knöpfen stand unter dem Fenster, vor dem dicke Gardinen hingen, die nur wenig Licht ins Innere und auf die weinrote Tapete ließen.

»Setzt euch«, befahl Geillis und nahm Platz.

Augenblicklich folgte Arch der Anweisung und kletterte auf einen Stuhl.

Vika zögerte. »Vielleicht unterhalten wir uns besser ohne den Jungen?«, wagte sie einen Vorstoß.

Wieder schnaufte Geillis und deutete in den Gang. »Lauf in die Küche. Auf der Ablage stehen Kekse«, sagte sie.

Archs Gesicht hellte sich auf, und er flitzte davon.

»Aber nur einen!«, rief Geillis ihm nach.

Vika setzte sich. Sie durfte jetzt nichts Falsches sagen, oder sie hätte ein gewaltiges Problem.

»Also, ich höre?« Ohne jede Regung sah die Tante sie an.

»Wir haben uns lange nicht gesehen«, begann Vika und

überlegte, wie viele Jahre wohl vergangen waren. Es waren tatsächlich schon fünfzehn, stellte sie fest. Das letzte Mal, dass sie Geillis gesehen hatte, war nach der Beerdigung der Mutter gewesen. Geillis war nicht gekommen, da sie sich mit ihrer Schwester, Vikas Mutter, lange zuvor zerstritten hatte. Also waren Shona und Vika zu ihr gelaufen. Den ganzen langen Weg vom Southern Necropolis Friedhof bis in diese Straße. Sie hatten nicht gewusst, was sie machen sollten. Shona war gerade achtzehn Jahre alt gewesen und Vika erst zwölf. So wie heute hatte sie auch damals unsicher vor dieser Tür gestanden und auf Hilfe gehofft. Geillis dritter Ehemann hatte sie hineingebeten, als die Tante es nicht getan hatte. Schweigend hatten die beiden zugehört, wie Shona von ihrer Lage berichtete. Von der toten Mutter. Von dem Geld, das fehlte, da sie den Rest für die Bestattung ausgegeben hatten. Von dem Zimmer, das nur noch bis Ende des Monats bezahlt war. Und davon, dass sie von allem zu wenig hatten, um sich über Wasser zu halten. Shona hatte ihre Hand gehalten und alles nur Stunden, nachdem sie die Mutter bei unwirtlichem Wetter auf dem Friedhof in dem einzig erschwinglichen Sarg beerdigt hatten, mit bebender Stimme erzählt. Es war eine schmucklose Kiste gewesen, aber immerhin ein anständiges Begräbnis. Doch deshalb hatten sie an jenem Tag keinen Penny mehr gehabt. Wie damals saß Vika nun erneut als Bittstellerin an diesem Tisch und konnte nur hoffen, dass es heute besser laufen würde. »Wir können euch leider nicht helfen«, hatte Geillis an jenem Tag nach Shonas Bericht geantwortet. »Wir haben hier nicht genug Platz.« Vika sah sich erneut um. Alleine dieser Raum war schon größer, als es das winzige runtergekommene Zimmer gewesen war, in dem sie und Shona zu jener Zeit gelebt hatten.

»Ja, es ist lange her«, riss Geillis sie aus ihren Gedanken. »Was willst du hier, Vika?« Ihre Tante sah deutlich älter aus. Tief gruben sich Furchen in ihr Gesicht, die sie noch strenger aussehen ließen. Geillis musste so etwa um die fünfzig sein, doch genau wusste Vika es nicht. Stechend ruhten ihre graubraunen Augen auf Vika.

»Ich weiß nicht, wohin ich gehen soll«, gestand sie leise. »Dort, wo wir bisher gelebt haben, können wir nicht bleiben. Ich werde mir gleich morgen eine Arbeit suchen und sparen, damit wir uns eine eigene Unterkunft leisten können.« Flehend sah sie die Tante an.

»Wo ist der Vater des Jungen?«

Vika senkte den Blick. »Ich bin unverheiratet.«

Geillis berührte ihr Kreuz. »Du bist also dem schlechten Vorbild deiner Mutter und Schwester gefolgt. Das Letzte, was ich über euch gehört habe, war, dass Shona …«, sie brach ab. »Dass sie auf eine bestimmte Art Geld verdient«, sagte sie schneidend. »Ich kann dir nicht helfen. Ihr müsst gehen.«

»Nein, bitte.« Vika sah sie an. »Ich habe nie getan, worauf du anspielst. Ich habe als Köchin mein Geld verdient, das schwöre ich dir. Nur als Köchin.« Warum nur hatte sie es nicht über sich bringen können zu schwindeln? Eine Notlüge, dass sie verheiratet gewesen war, aber der Mann sie hatte sitzen lassen, hätte sie vermutlich weiter gebracht als die Wahrheit. Doch sie war keine Lügnerin und wollte ihre Zukunft nicht unehrlich beginnen. Abgesehen davon war die Frau vor ihr ihre Tante. Wahrscheinlich hatte sie darauf gehofft, dass Geillis mit den Jahren etwas milder geworden war.

»Und doch hast du ein uneheliches Kind.«

Vika schlang die Arme um sich. »Das habe ich. Ein dummer Ausrutscher, als ich meine Sinne nicht beieinanderhatte.

Aber Arch ist ein guter Junge. Er wird dir keinen Ärger machen, das verspreche ich. Und ich kann dir im Haus helfen und putzen.«

»Mein Mann ist vor einigen Jahren verstorben«, sagte Geillis und faltete die Hände auf dem Tisch. »Er hat mir genug hinterlassen, dass ich zurechtkomme. Aber ich kann niemanden durchfüttern.«

Vikas Hoffnung schwand. Geillis' dritter Ehemann hatte an diesem Tag damals einen gewinnenden Eindruck gemacht und Shona heimlich etwas Geld zugesteckt. Er musste ein gutes Herz gehabt haben, um eine zweifach verwitwete Frau, die allem Anschein nach das Pech hatte, keine Kinder empfangen zu können, zu heiraten. Irgendwie hatte es Geillis fertiggebracht, ein ums andere Mal eine gute Partie zu machen. Und stets waren die Männer nach wenigen Jahren verstorben und hatten ihr ihren Besitz hinterlassen. »Ich werde für alles bezahlen, sobald ich Arbeit habe«, beeilte Vika sich zu sagen.

»Nein, das geht nicht.« Fest sah Geillis sie an.

»Ich weiß, was ich von dir verlange. Ich kann nur an dein christliches Mitgefühl appellieren. Mein Sohn soll in geordneten Verhältnissen aufwachsen, und ich werde tun, was ich kann, um ihm ein besseres Leben zu ermöglichen, als ich es hatte.«

Die Hand mit den Altersflecken wanderte erneut an das Kreuz auf der Brust. Geillis war so gläubig, dass es schon weh tat, hatte ihre Ma einmal gesagt. Und sie sei immerzu darauf bedacht, dass auch jeder wusste, dass sie es sei.

»Du wirst Trauer tragen«, sagte Geillis.

»Ich verstehe nicht …« Vika runzelte die Stirn.

»Dein Mann ist in Frankreich gefallen, daher bist du

mit deinem Kind in den Schoß der Familie zurückgekehrt«, sprach sie weiter. »Du wirst Trauer tragen und dich dementsprechend verhalten. Ich habe auf meinen Ruf zu achten, und es kommt nicht in Frage, dass die Nachbarn erfahren, dass du einen Bastard in dieses Haus gebracht hast.«

Vika wollte aufstehen und aus dem Haus stürmen. Der Blick, mit dem Geillis sie ansah, war voller Abscheu. Ihre Ma war keine gute Frau gewesen, das wusste Vika nur zu gut. Doch Geillis war es auch nicht. Sie war nur auf eine andere Art schlecht. »In Ordnung«, sagte Vika beinahe lautlos.

»Ich schlafe im Obergeschoss. Hier unten, hinter der Küche, liegt ein kleiner Raum, den ich nicht nutze. Mein Mann hat dort genächtigt, ehe der Herr ihn zu sich holte, da er furchtbar schnarchte. Das muss euch beiden reichen.«

»Das wird es.« Vika nickte. »Ich danke dir.«

»Ich bin bereit, dir eine Chance zu geben. Um des Jungen willen. Aber nur diese eine, Vika. Sind wir uns einig?«

»Natürlich.«

Flinke Schritte waren zu hören, und Arch tauchte mit Bröseln um den Mund auf. Er lief auf Vika zu, und rasch wischte sie ihn sauber.

»Arch«, murmelte Geillis. »Der Junge heißt Archibald, wie ich annehme?«

Arch nickte und lächelte scheu.

»Dann sollte er auch so genannt werden, will ich meinen.« Geillis erhob sich und zupfte ihre Bluse glatt. »In diesem Haus wird nicht gerannt und nicht geschrien, haben wir uns verstanden, Archibald?«

Die kleine Hand griff nach Vikas.

Mit dem Daumen fuhr sie über die Haut ihres Sohnes, der stumm nickte und nicht mehr wagte, Geillis anzusehen.

»Ich gehe jetzt in die Kirche und werde zum Abendessen zurück sein. Da du Köchin bist, wirst du in der Küche sicherlich etwas finden, das du für uns zubereiten kannst.«

Vika beobachtete, wie Geillis in den Flur trat und Hut und Mantel anzog. Schließlich fiel die Tür ins Schloss.

»Können wir jetzt wieder gehen?«, fragte Arch.

Vika zog ihn in ihre Arme. »Wir werden eine Weile hier wohnen«, erklärte sie und legte ihr Gesicht auf seinem Schopf ab. Wie einsam sie sich urplötzlich fühlte.

»Aber wir wohnen doch schon in Foxgirth.« Arch stieß sie von sich weg. »Bei Shona und Archie. Und bei Bobby.«

»Nein, mein Schatz. Nicht mehr. Wir bleiben in Glasgow. Du wirst hier in die Schule gehen, wenn du älter bist, und ganz viele neue Freunde finden.« Vika griff nach seinen Händen. »Ich weiß, das ist eine große Umstellung, aber es wird dir ganz sicher gefallen.«

Arch schaute sich um. »Das glaube ich nicht, Ma.«

Vika schloss einen Moment lang die Augen und lächelte ihn gleich drauf an. »Komm, wir sehen uns unser Zimmer an. Ist es nicht toll, dass wir jetzt im gleichen Raum schlafen? Ich kann dir abends wie immer Geschichten erzählen und deine Lieblingslieder vorsingen. Und dann kuscheln wir uns aneinander und schlafen zusammen ein.«

Arch nickte wenig überzeugt.

Vika starrte in der Dunkelheit an die Decke. Oder eher dorthin, wo diese sich befinden musste. Dicht an sie gedrängt ruhte Archs schmaler Körper. In gleichmäßigen Abständen hob und senkte sich seine Brust unter ihrem Arm. Ihr Sohn hatte lange gebraucht, um einzuschlafen. Das winzige Zimmer mit dem schmalen Bett, das sie sich teilten, war ihm fremd wie auch sonst alles hier. Nachdem Geillis gegangen war, hatte sie sich in der Küche umgesehen und sich dafür entschieden, Kartoffeln zu rösten und ein Brot zu backen. Geillis' Hinweis hatte Vika so verstanden, dass ihre Tante von ihr erwartete, zukünftig die Speisen zuzubereiten. Es hatte immerhin ihren Händen eine Beschäftigung gegeben, während ihre Gedanken sich ununterbrochen überschlugen. Immer wieder hatte sie aus dem Küchenfenster zu Arch gesehen, der regungslos auf der Mauer vor dem Haus hockte und die Kinder weiter unten in der Straße beim Spielen beobachtete. Es drohte ihr das Herz zu brechen, dass ihr Sohn sich nun in dieser neuen Welt zurechtfinden musste. Doch er war jung und würde sich schnell einleben. Zumindest hoffte Vika das.

Geillis mochte es nicht, wenn bei Tisch gesprochen wurde, das hatte sie gleich zu Beginn des Abendessens verkündet. Also hatten sie einfach gegessen und stumm auf die Teller gestarrt. Anschließend hatte die Tante ihr mehrere schwarze Kleider gebracht. Nach drei verstorbenen Ehemännern verfügte Geillis über ein beachtliches Sortiment an Trauerbekleidung. Für Vika hatte sie die ausgewählt, die sie einst nach dem Tod ihres ersten Mannes getragen hatte. Vermutlich, weil ihre Statur damals noch schmaler und mehr wie Vikas gewesen war. Die Kleider rochen nach den Jahren im Schrank noch schlimmer, als sie aussahen. Morgen hatte sie vor, die alten Dinger gründlich zu waschen. Vika hatte trotz der Müdigkeit nach dem langen Tag noch die dicke Staubschicht auf den wenigen Möbeln beseitigt, den Boden gewischt und das Bett mit frischen Leinen bezogen. Dann hatte sich der kleine Raum schon ein wenig wohnlicher angefühlt.

Sie drehte sich auf die Seite und zog die Decke bis zur Nasenspitze. Wie sehr es ihr widerstrebte, sich in diese alten trostlosen Kleider zu hüllen und vorzugeben, dass sie um einen Mann trauerte, den es nie gegeben hatte. Und dabei war ihr Herz tatsächlich so schwer, als wäre wirklich jemand gestorben. In gewisser Weise war es auch so. Sie hatte Archie verloren. Ihre Liebe zu ihm hatte nie unter einem guten Stern gestanden, und tief in ihrem Innern hatte sie all die Jahre über geahnt, dass ihre Zuneigung vergebens war. Doch dann hatte sie in seinen Armen gelegen und für eine Nacht jeden Zweifel vergessen. Auch wenn es nicht gut für sie war, liebte sie diesen Mann mit jeder Faser ihres Seins. Endlich hatte Archie sie hinter seine abweisende Fassade blicken lassen. Hatte begonnen, ihr zu erzählen, was er während der Kriegsjahre erlebt hatte und wie sehr er fürchtete, sich selbst in dieser Zeit verloren zu haben. Vika hatte ihm zeigen wollen, dass der Archie, den sie irgendwann so schrecklich gern gehabt hatte, noch da war. Dass sein wahres Ich tief verborgen noch immer in seiner Brust überdauert hatte und er nur die Hand ausstrecken und danach greifen musste. Archie hatte sie berührt und sie mit einem Glühen erfüllt, das sie nie für möglich gehalten hätte. Sie hatte sich bereits vor vielen Jahren in diesen Mann verliebt und nie damit aufgehört, egal wie sehr sie es versucht hatte oder wie lange Archie weg gewesen war. Für einen verschwindend kurzen Moment hatte sie gewagt, an das Glück zu glauben. Und dann hatte Willie diese schreckliche Dummheit begangen, und der alte Archie hatte sich vor ihren Augen aufgelöst.

Vikas Hals schien eng zu werden. Sie versuchte gleichmäßig zu atmen. Es hatte keinen Sinn, längst rannen die Tränen ins Kissen. Immer und immer wieder musste sie an diesen letzten Kuss denken, den sie Archie abgerungen hatte, um ihn für immer in ihrem Herzen aufzubewahren. Der letzte Kuss, den sie so dringend gebraucht hatte. Schon ehe er Arch zu ihr zurückgebracht hatte, stand ihre Entscheidung, Foxgirth zu verlassen, fest. In der Stille des Kartoffelkellers hatte sie diese gefällt. Zu deutlich hatte sie gespürt, dass sie nicht zu Archie durchdringen konnte, wenn er es nicht wollte. Archie Dennon vertraute nur sich selbst und tat, was immer ihm richtig erschien, ohne Rücksicht auf Verluste. Wie hatte sie nur glauben können, dass ausgerechnet sie über die Macht verfügte, ihm andere Wege aufzuzeigen? Eine gemeinsame Nacht veränderte keinen Menschen. Die Mauer, die Archie um sich aufgebaut hatte, um sich abzuschotten, war zu mächtig, zu sorgsam errichtet, als dass Vika sie zum Einstürzen hätte bringen können. Jahre hatte sie gefürchtet, Archie zu verlieren, und geglaubt, davongekommen zu sein, als er an jenem Tag so unerwartet mit Connor aufgetaucht war. Die Wahrheit war, sie hatte ihn längst, irgendwann während seines Einsatzes, verloren, ohne es zu ahnen. Der Mann, der nach Foxgirth heimgekehrt war, war nicht der, für den sie jede Nacht vor dem Einschlafen gebetet hatte. Und Archie hatte versucht, ihr genau das zu erklären. Aber sie hatte nicht hören wollen. Sie war nicht fähig gewesen zu akzeptieren, dass er sich verändert hatte.

Schon vor dem Krieg war Archie alles andere als umgänglich gewesen, und doch hatte sie stets gespürt, dass er in seinem Innern ein anständiger Kerl war. Auf gewisse Weise war er das noch immer, doch die Dunkelheit, die früher längst nicht so überwältigend gewesen war, hatte inzwischen überhandgenommen. Der Mann, nach dem sie ihren Sohn benannt hatte, war nicht gut für Arch. Und für sie ebenso wenig. Auch wenn die Sehnsucht sie zu überwältigen drohte, musste sie tun, was richtig war: an ihren Sohn denken und sich endlich ein eigenständiges Leben aufbauen. Und das bedeutete, dass sie Archie vergessen musste.

Vika wischte sich die Tränen von den Wangen und schloss die Augen. Gleich morgen wollte sie sich nach Arbeit umsehen. Mit etwas Glück würde ihr die Ablenkung dabei helfen, sich nicht ununterbrochen nach Archie zu verzehren. In ihrem Rücken regte sich Arch und drückte sich noch ein wenig mehr an sie. Vika genoss die Wärme, die von ihm ausging. Sie hatte noch immer ihr Wertvollstes bei sich.

Kapitel 7

Archie hing schief im Bürostuhl, die Beine auf dem Schreibtisch abgelegt, und starrte an die Wand. In seinem Mundwinkel steckte eine Zigarette und er stieß den Rauch durch die Nase aus. Der Sonnenschein, der zu seinem Verdruss in den Raum drang, brach sich in den Nebelschwaden, die er erzeugte. Seine Finger umgriffen das Whiskyglas. Er hockte hier schon seit Stunden und konnte sich doch nicht aufraffen aufzustehen.

Ein Klopfen an der Scheibe zwang ihn schließlich dazu. Er fluchte, stellte das Glas ab und schob die Scheibe hinauf.

»Du Mistkerl!« Vor dem Fenster, das den Blick auf den Hinterhof freigab, stand Maisie Glenn mit verschränkten Armen und funkelte ihn an.

Archie lehnte sich aufs Fensterbrett. »Miss Maisie. Stets freundlich, wie es sich für eine junge Dame gehört«, brummte er und grinste.

»Spar dir deine Sprüche, Archie. Du weißt genau, warum ich hier bin!«

»Habe keinen blassen Schimmer.« Er genoss ihre nicht zu übersehende Wut. Scheinbar konnte sie sich kaum zurückhalten, ihm keine Ohrfeige zu verpassen. Beinahe wünschte Archie, sie würde es tun. Der kurze Schmerz erschien ihm verlockend. Womöglich würde Maisie ihm den Gefallen noch erweisen.

»Du hast gesagt, du würdest dich nicht an meinem Bruder rächen«, platzte es aus ihr heraus.

»Hab ihn nicht erschossen.« Archie inhalierte ein letztes Mal und warf ihr den Stummel vor die Füße.

»Aber du willst ihn zerstören«, zischte sie. »Wir wollten unsere Lämmer zum Schlachter bringen, aber der hat sie nicht wie üblich angekauft. Dann ist Willie in den nächsten Ort gefahren und dort war es das gleiche Spiel. Im übernächsten ebenso.« Sie stampfte auf und stemmte die Hände in die Hüften. »Gib zu, dass du jeden in der Umgebung unter Druck setzt, mit uns keine Geschäfte mehr zu machen!«

Archie grummelte. »Natürlich tue ich das.«

»Natürlich?« Sie schrie beinahe. »Und wovon sollen wir dann leben?«

»Ihr könnt ja die Lämmer essen.«

»Sehr lustig, wirklich.« Sie schüttelte den Kopf, und er sah, wie sie tief einatmete. »Ich glaube, Willie hat jetzt seine Lektion gelernt. Wenn du also so gut sein könntest, damit aufzuhören?«

»Was genau hat dir den Eindruck vermittelt, dass ich gut sei?«

Maisie funkelte ihn erneut an. »Nichts. Aber du kannst unsere Familie doch nicht einfach zugrunde gehen lassen.«

»Dein Bruder hat mir etwas genommen, das mir viel bedeutet hat«, knurrte Archie. »Und jetzt werde ich ihm alles nehmen, was er hat.«

»Du hast einen Plan«, stellte Maisie matt fest.

»Den habe ich immer.«

»Und denkst du dabei auch an meine Ma, meine Schwester oder mich? Sind wir alle dem Untergang geweiht, weil mein Bruder eine Dummheit gemacht hat?«

»Du meinst eine ähnliche wie dein Vater?«

Augenblicklich lief Maisies Gesicht rot an. »Das sind nur Gerüchte, sagt meine Ma. Mein Pa hätte niemandem etwas zu leide getan.«

»Leider ist er tot, sonst hätte ich ihn gefragt.« Archie lachte. An dem Tag, an dem Gordon Glenn bei der Feldarbeit aus den Latschen gekippt war, war ihm zum Feiern zumute gewesen. Archie hatte es sich nicht nehmen lassen, nach der Beerdigung auf den Friedhof zu gehen und auf den Grabstein des Mannes zu spucken, den er für den Tod seines Vaters verantwortlich machte.

Maisie schien es ausnahmsweise die Sprache verschlagen zu haben. Sie blickte auf ihre Schuhe.

Archie seufzte. »Pass auf, Maisie. Das richtet sich nicht gegen dich oder die anderen Frauen aus eurer Familie. Du hast mir einen guten Dienst erwiesen, und ich zeige mich immer erkenntlich, wenn ich mich auf jemanden verlassen kann. Ich hätte da einen Vorschlag für dich.«

Maisie linste zu ihm hinauf und schwieg.

»Ich brauche jemanden, der den Pub putzt und für Ordnung sorgt. Wenn du das machen willst, dann zahle ich dir ein angemessenes Gehalt, und du hast etwas, um deine Ma und Schwester zu versorgen.«

»Ich soll für dich arbeiten?« Fest sah sie ihm in die Augen und einmal mehr empfand Archie großen Respekt für dieses eigensinnige Mädel. »Lieber verhungere ich!«, rief sie. »Glaubst du wirklich, ich lasse mich darauf ein? Abgesehen davon würde Willie es nie gestatten, dass ich ausgerechnet für dich arbeite. Er lässt mich kaum aus den Augen, seit ich, wie er glaubt, von dir entführt wurde.«

»Und doch bist du hier.«

»Er ist ein schlechter Aufpasser.« Maisie zuckte mit den Schultern.

»Du bist zu gerissen für ihn, daran liegt es. Und wenn du die Arbeit möchtest, wirst du schon einen Weg finden, sie zu machen. Mein Angebot steht.«

»Das kannst du vergessen. Es hat schon für die letzte Frau, die diese Stelle hatte, nicht gut geendet.«

»Lass Vika aus dem Spiel«, knurrte er.

»Der ganze Ort redet darüber, warum sie mitten in der Nacht einfach verschwunden ist, und jeder glaubt, dass du etwas getan hast«, setzte sie hinzu. »Ich müsste verrückt sein, mich freiwillig in deiner Nähe aufzuhalten.« Ihre Haare, die sie einmal mehr zu einer unordentlichen Frisur hochgesteckt hatte, drohten unter Maisies heftigem Kopfnicken endgültig ihre Form zu verlieren.

»Wir wissen beide, wer dafür verantwortlich ist«, brachte Archie gerade noch heraus, ehe er die Scheibe nach unten rumsen ließ.

Vor dem Fenster stieß Maisie Verwünschungen aus, dann ging sie schließlich unverrichteter Dinge davon.

Archie griff nach dem Glas und stürzte den Inhalt hinunter. Es war nun zwei Wochen her, dass Vika und Arch auf und davon waren, und noch immer hatte er keine Ahnung, wo sich die beiden befanden. Tag und Nacht rasten seine Gedanken geradezu. Und dann war es auch noch so verflucht still im Haus. Er knallte das Glas auf die Tischplatte und zog die Taschenuhr heraus. Es war kurz nach drei Uhr, und es würde noch einige Stunden dauern, bevor die Gäste für den Abendbetrieb hier einfielen. Archie nahm den Mantel von der Stuhllehne, zog ihn über und riss die Tür auf. Er stapfte in den Schankraum und bemerkte ein leichtes Schwanken.

Shona saß am Tresen und sah aus den Augenwinkeln zu ihm. »Soll ich was für dich kochen?«, fragte sie leise.

»Nicht nötig, hab keinen Hunger.« Archie ging an ihr vorüber, öffnete die breite Eingangstür und trat vor das Gebäude. Klirrende Schläge schwangen durch die Luft. Er vergrub die Hand in der Hosentasche und lief in eine Seitengasse. Dann betrat er die Schmiede und gab Daniel ein Zeichen. Der Schmied legte den schweren Hammer beiseite und ließ das Hufeisen, das er gerade bearbeitete, an der Zange in den Blecheimer sinken. Zischend stieg Dampf auf, während nur ein wenig entfernt eine zierliche Stute schnaubte. Der Geruch nach verbranntem Horn verriet, dass bereits mindestens ein Huf frisch beschlagen war.

»Was kann ich für dich tun, Archie?«

»Du wirst den Glenns keine Pferde mehr beschlagen«, brummte er. »Und auch sonst keine Aufträge mehr von ihnen annehmen.«

Daniel zog die Augenbrauen hoch. »Ich beschlage jeden Gaul in Foxgirth«, setzte er an, doch Archie hob die Hand.

»Die der Glenns ab heute nicht mehr. Dafür werde ich Blaire zu dir schicken. Wie ich glaube, braucht sie einige Dinge für die Brennerei, die du ihr anfertigen kannst.« Er machte eine Pause. »Ich werde gut bezahlen«, fügte er hinzu.

Der Schmied rieb sich am Hinterkopf und sah ihn zweifelnd an. »Und was soll ich den Glenns sagen?«

»Richte ihnen Grüße von mir aus«, knurrte Archie und wandte sich um. Grinsend stapfte er hinaus. Willie wusste längst, dass er ihm das Leben schwermachen würde. Aber Archie hatte erst damit angefangen.

* * * * *

Vika wischte sich mit dem Ärmel über die Stirn und kippte einen weiteren Eimer klares Wasser in die breite Blechwanne vor sich. Dann beugte sie sich erneut darüber. Mit beiden Händen wrang sie die Leinentücher aus und hob sie auf den kleinen Holzwagen daneben. Mit einem Klatschen landete ein neuer Haufen nasser Wäsche in der Wanne und einige Tropfen trafen ihr Gesicht.

»Entschuldige«, murmelte Eileen.

»Keine Sorge, ich bin so oder so schon nassgeschwitzt«, sagte Vika und lächelte ihr zu.

»Diese Hitze macht mich fertig.« Eileen spülte mit glühenden Wangen einen neuen Berg Stoff aus. »Und der Geruch der Bleiche brennt mir irgendwann noch die Lungen aus, das sage ich dir.«

»Wenn du nicht vorher das Glück hast, die Pocken zu erwischen«, scherzte Vika und lachte, als Eileen ein leidendes Gesicht machte. Es war die Wahrheit: Kaum ein Ort war so gefährlich für die Gesundheit wie eine Großwäscherei. Wusste man doch längst, dass es diese winzigen Krankheitserreger gab, die man mit bloßem Auge zwar nicht sah, die sich aber in den benutzten Bettlaken, Handtüchern und anderen Wäscheteilen befanden. Vika scheuchte die Gedanken an all das beiseite. Sie war jung und bei guter Gesundheit und würde sich hoffentlich keine der immer noch regelmäßig grassierenden Krankheiten einfangen. Aber sie hatte so oder so keine andere Wahl. Sie brauchte diese Arbeit. Niemand der hier arbeitete, konnte es sich leisten, sich über derlei Dinge Sorgen zu machen.

Vika fasste sich an den Hals und schob ihren Finger unter den unangenehm engen Kragen, der ihr bei jeder Bewegung die Luft abzuschnüren schien. Als ob die Arbeit in der Eastside Laundry nicht schon so Folter gewesen wäre, machte Geillis' altes Trauerkleid sie noch unerträglicher. Das Material, aus dem das Kleid gefertigt war, kratzte nicht nur, es war auch schwer. Vika glaubte allmählich, dass Trauerbekleidung absichtlich so unbequem war. Als wäre es eine Strafe für die Lebenden, weil sie noch am Leben waren, schien das Gewand sie erdrücken zu wollen. Noch dazu sah es scheußlich aus. Das Schwarz ließ sie mit ihren dunklen Haaren noch blasser aussehen. Ganz sicher wirkte sie zehn Jahre älter, als sie war.

»Du solltest dich dringend anders kleiden«, bemerkte Eileen und sah mitleidig an ihr herunter. Mit geübten Bewegungen spülte sie die Wäsche aus.

Wanne an Wanne standen die Wäscherinnen in Reihen in der großen Halle. Es war ein organisiertes Durcheinander aus Frauen, aus nach Materialien sortierten Bergen aus Stoffen und Kleidung und den Holzwagen, mit denen die Wäsche von einer Station zur nächsten gebracht wurde. Über allem schwebte der erstickende Dunst mit dem Geruch nach Seife, Bleiche, Stärke und Waschsoda. In mächtigen Holzbecken wurden die verfleckten Stücke eingeweicht, ehe es daran ging, jede Verfärbung auf dem Waschbrett herauszuschrubben, was eine kräftezehrende Arbeit darstellte.

Doch Vika war dankbar. Für diese Anstellung und für den Anschluss, den sie bei Eileen Torry gefunden hatte. Schon nach wenigen Tagen, an denen sie hier arbeitete, betrachtete sie Eileen ein wenig als Freundin unter all den fremden Menschen der Großstadt. Von früh bis spät standen sie nebeneinander. Manchmal rotierten die unzähligen Frauen, die hier arbeiteten, und dann musste Vika die ausgewrungene Wäsche durch die Mangel drehen, ehe diese an den langen

Leinen im Hinterhof aufgehängt werden musste. Dann lief sie aus der unerträglich schwülen Hitze des großen Gebäudes nach draußen in den kühlen Wind. Schon jetzt kratzte ihr Hals und immer wieder schickte sie ein Stoßgebet in den Himmel, dass sie sich nicht ernsthaft erkälten möge.

»Wo hast du dieses Kleid überhaupt her?«, fragte Eileen. »Es sieht aus, als hätte deine Großmutter es bereits getragen.«

»Meine Tante, um genau zu sein.« Mit dem ganzen Gewicht stemmte Vika sich in die Wanne. Nasse Wäsche konnte erstaunlich schwer sein und noch dazu war das Auswringen eine Tortur. Früher hatte sie immer den Samstag gehasst, weil es der Tag gewesen war, an dem sie die Wäsche gemacht hatte. Schon am Freitagabend hatte sie Kleidung in der kleinen Küche des Pubs eingeweicht und von einem Stück Seife etwas abgehobelt, um Flüssigseife herzustellen. Einen Teil der Wäsche hatte sie jeden Samstagmorgen in einem großen Topf ausgekocht und am Ende alles im Hof zwischen Pub und Scheune mit dem Waschbrett geschrubbt. Shona hatte sie dafür bezahlt, ihre Wäsche mitzumachen, und irgendwann war auch Archies hinzugekommen. Sonntags hatte sie Arch frische Sachen angezogen und jedes Mal gehofft, dass er sich in den nächsten Tagen nicht zu sehr einsauen würde. Zwei Hosen mussten für die ganze Woche reichen, doch oft genug hatte sie hier und da abends eine von ihnen gereinigt, wenn der Junge sich draußen schmutzig gemacht hatte. An die Zeit, in der Arch noch in den Windeln gelegen hatte, wollte Vika gar nicht erst zurückdenken. Und jetzt war jeden Tag Samstag, nur mit deutlich mehr Wäsche.

An ihrem ersten Arbeitstag hatte sie sich gewundert, dass die Wäscherinnen nicht am Ende der Woche, sondern erst am darauffolgenden Montag bezahlt wurden. Eileen hatte ihr schließlich erklärt, dass dies so gehandhabt wurde, damit die Frauen auch in der nächsten Woche auftauchten. Die Arbeit in der Wäscherei war unbeliebt und wurde nur von jenen gemacht, die keine andere Wahl hatten. So wie sie. Und trotzdem gab es genug Frauen, die bereit waren, hier zu schuften, weil sie es kaum fertigbrachten, ihre Familien zu ernähren.

Während sie den Stoff in sich verdrehte, sah Vika zu Eileen hinüber. Viel wusste sie nicht über die Frau, die nun tagein, tagaus neben ihr stand. Nur, dass sie Mutter von drei Kindern war und ihr Mann in Flandern ein Bein verloren hatte. Vika dachte an Connor zurück, der diesem Schicksal nur um Haaresbreite entgangen war. Monatelang hatte er kaum laufen können, und als sie ihn das erste Mal gesehen hatte, steckte sein Bein in einer festen Schiene. Bonnie und Mairead hatten ihn gepflegt, und Connor lernte schließlich wieder gehen. Zwar zog er das Bein noch immer ein wenig nach, doch schränkte es ihn kaum ein. Vika war so froh für den gutmütigen Kerl. Eine Woge aus Heimweh drohte sie zu überrollen. Sie hatte ihr ganzes Leben hinter sich zurückgelassen und viele Menschen, die ihr am Herzen lagen. Rasch konzentrierte sie sich wieder auf ihre neue Bekannte, um sich abzulenken.

Eileens Mann hatte mehr Pech gehabt als Connor. Immerhin konnte sie ihre Kinder beim Vater lassen, während Vika sich jeden Morgen von Arch verabschieden musste, der sich dann an sie klammerte und nicht wollte, dass sie ging. Da es noch gut über ein Jahr dauern würde, bis für ihren Sohn die Schule begann, blieb ihr nichts anderes übrig, als ihn Geillis' Obhut zu überlassen. Arch wagte es inzwischen kaum noch zu spielen, da ihre Tante sich an jedem Geräusch störte. Von Tag zu Tag wurde er ruhiger. Wenn sie nach Hause kam, saß er meist auf der Mauer vor dem Haus und wartete auf sie. Vika hatte ihm vorgeschlagen, sich den anderen Kindern in der Nachbarschaft vorzustellen, doch noch weigerte Arch sich. »Ich kenne sie nicht!«, hatte er das letzte Mal gerufen. »Ich kenne niemanden hier!« Dann war er in das kleine Zimmer gerannt und hatte auf dem Bett geweint. Vika hatte ihn getröstet und ihm versprochen, dass bald alles leichter werden würde.

Sie schluckte und sah auf ihre roten Finger hinab. Die ständige Feuchtigkeit setzte ihrer Haut zu.

»Stimmt etwas nicht? Du siehst niedergeschlagen aus.« Eileen beförderte einen neuen Schwung in Vikas Wanne.

»Mein Sohn ist unglücklich.« Mehr brachte sie nicht heraus.

Eileen nickte. »Er ist neu hier, und plötzlich bist du den ganzen Tag in der Wäscherei. Aber er wird sich schon daran gewöhnen. Kinder sind zum Glück anpassungsfähig.«

»Arch vermisst sein altes Leben, und ich fühle mich, als hätte ich es ihm weggenommen und als sei alles meine Schuld. Ich wünschte, ich könnte es ihm leichter machen.«

»Erst nimmt der Krieg ihm den Vater, und jetzt musste er auch noch umziehen.« Sie seufzte.

Vika wagte kaum zu atmen. Auch Eileen hatte sie die Lüge erzählt, sie sei Witwe. Und nun wurde sie von einer Frau bedauert, die selbst einen verkrüppelten Mann und gleich drei Kinder durchbringen musste. Selten hatte sie sich so sehr geschämt wie in diesem Moment.

»Wie alt ist dein Arch denn?«

»Vier«, sagte Vika.

»Dann ist er im gleichen Alter wie mein Brodi.« Eileen strahlte sie an. »Was hältst du davon, wenn ihr morgen einen Sonntagsbesuch bei uns macht?« Auf Eileens Gesicht spiegelte sich einen Moment lang ein sorgenvoller Blick. »Wenn es dir denn nichts ausmacht, in die Gorbals zu kommen«, fügte sie zaghaft hinzu.

Vika hatte sich schon gedacht, dass Eileen in den Slums wohnte. Dort lebten zu viele Menschen auf zu wenig Raum unter meist erbärmlichen Umständen. Wer aus den Highlands, irgendwelchen Dörfern oder aus anderen Ländern zuzog, fand seine erste Bleibe oft in den überfüllten Wohnblocks der Glasgow Gorbals, wo ebenfalls viele Juden wohnten. Doch auch die, die von hier stammten und wenig Glück im Leben gehabt hatten, reihten sich in das bunte und raue Treiben des Stadtteils ein. Und nun hatte Eileen sichtlich Sorge, dass Vika auf keinen Fall einen Besuch dort wagen wollte. »Ich wurde in den Gorbals geboren, weißt du?«, sagte sie und zwinkerte Eileen zu. »Und ich habe dort die ersten achtzehn Jahre meines Lebens verbracht.« Wäre nicht eines Abends Archie Dennon aufgetaucht und hätte Shona und sie einfach auf seine Kutsche gesetzt, würde sie vermutlich noch immer dort hausen. Wie es ihr und Shona wohl ergangen wäre?

»Sag bloß!« Eileen lachte erleichtert auf. »Wir können gemeinsam essen und die Kinder spielen. Wie klingt das?«

»Das geht doch nicht.« Vika schüttelte den Kopf. »Du musst nicht auch noch für uns kochen. Wir kommen auch gerne nur auf einen Tee.« Sicherlich kam Eileens Familie kaum über die Runden.

»Es wird nur ein einfaches Essen geben. Vermutlich etwas mit Kartoffeln, wie meistens.« Sie zwinkerte ihr zu. »Nun sag schon Ja.«

»In Ordnung. Vielen Dank für die Einladung.« Vika lächelte sie dankbar an. Womöglich würde solch ein Besuch Arch tatsächlich guttun. Und sie nahm sich vor, zumindest einige Kekse mitzubringen.

»Da bist du ja!« Arch kletterte von der Mauer hinunter und rannte auf sie zu. Vika kniete sich hin und umarmte ihn. »Ich warte schon so lange«, murrte er.

»Ich weiß.« Zärtlich strich sie ihm eine Locke aus der Stirn. »Aber heute ist Samstag, und das bedeutet, dass ich morgen nicht arbeiten muss.«

»Wirklich?« Archs Augen strahlten geradezu.

»Ja, wirklich. Und ich werde ganz viel mit dir spielen. Und wir machen einen Ausflug zu einer neuen Freundin, die ich gefunden habe. Ihr Sohn ist in deinem Alter, und ihr werdet euch sicher gut verstehen.«

»Au ja!« Arch hüpfte und fasste nach ihrer Hand.

Vika stand auf und ging mit ihm auf das Haus zu. »Wie war es denn heute?«

Arch sah betreten auf den Gehweg. »Tante Geillis hat mir die Bauklötze weggenommen. Ich habe einen hohen Turm gebaut, und der ist mit einem lauten Krach umgefallen.«

Ihre Unterlippe schmerzte, so sehr biss Vika darauf. »Weißt du, Arch, wir müssen es hier noch ein wenig aushalten, ehe ich genug Geld für eine eigene Unterkunft für uns gespart habe.« Sie drückte seine Hand. »Meinst du, du schaffst das?«

Arch nickte. »Oder wir gehen einfach nach Foxgirth zurück. Da habe ich das tolle Zimmer und kann so laut spielen, wie ich mag. Und Bobby wartet ganz bestimmt darauf, dass ich mit ihm rausgehe.«

Einmal mehr sank ihr das Herz. Wie oft würde Arch noch fragen, wann sie wieder nach Hause fahren würden? Mindestens einmal am Tag wollte er von ihr wissen, wann es so weit sei. Und jedes Mal erklärte sie aufs Neue, dass sie nicht mehr nach Foxgirth zurückgehen würden. Doch allem Anschein nach schien Arch sich mit dieser Antwort nicht zufriedenzugeben und hoffte weiter.

Vika griff nach der Türklinke und trat ein. Augenblicklich flitzte Arch auf Zehenspitzen den Flur entlang und verkrümelte sich in das kleine Zimmer, das sie sich teilten.

»Schon wieder dieser Geruch nach Lauge«, hörte sie Geillis aus dem Salon rufen.

Seufzend zog Vika den Mantel aus und hängte ihn an den Garderobenhaken. »Ich weiß, ich stehe den ganzen Tag in diesem Dampf, und meine Augen brennen höllisch«, gab sie zurück.

»Du hast das Mundwerk deiner Mutter«, zischte Geillis.

Vika schalt sich dafür, ein Wort wie »höllisch« in Gegenwart ihrer Tante benutzt zu haben. Diese Frau war wirklich so heilig, dass es kaum auszuhalten war. Zumindest benahm Geillis sich so. Der Seitenhieb mit ihrer Mutter war jedoch weit überzogen. Vika wusste selbst besser als jeder andere, dass ihre Ma kein guter Mensch und keine gute Mutter gewesen war. Wie weh es tat, so über die Frau zu denken, die ihr das Leben geschenkt hatte. Doch es gehörte nun einmal zu ihrer Geschichte, dass ihre Ma sich, nachdem sie sich mit Shonas und ihrem Vater zerstritten hatte, mehr in Kneipen rumgetrieben hatte, als sich um ihre Töchter zu kümmern. Den Vater hatten sie nie wiedergesehen, nachdem er unter lautem Gebrüll eines Nachts davongestiefelt war. Und ihre Ma hatte sich daraufhin zweifelhafte Ablenkung gesucht. Es hatte nicht lange gedauert, bis sie dem Alkohol verfallen war. Sie hatte ihre Arbeit als Putzfrau verloren, weil sie morgens einfach nicht mehr aufgestanden war. Irgendwann hatte Shona ihr erzählt, auf welche Art die Mutter nun ihr Geld verdiente. Vika hatte es nicht glauben wollen und sich an einem Abend rausgeschlichen, nachdem Shona eingeschlafen war. Und dann hatte sie es, einige Straßenecken weiter, mit eigenen Augen gesehen: wie ihre Ma auf Kundschaft wartete und sich mit Männern unterhielt.

Das Geld, das ihre Ma verdiente, hatte sie meist direkt in der gleichen Nacht versoffen. Dann war sie immer öfter tagelang nicht nach Hause gekommen, und Shona hatte es übernommen, Vika in die Schule zu schicken und aus dem, was noch in den Schränken zu finden war, zumindest eine Mahlzeit am Tag zuzubereiten. Irgendwann war ihre Ma gar nicht mehr heimgekehrt. Dann hatte ein Polizist an die Tür geklopft und ohne jede Regung berichtet, dass sie tot in einer Gasse aufgefunden worden war. Jemand hatte sie erkannt und ihn zu dieser Adresse geschickt. Bis heute wussten Shona und sie nicht, woran genau ihre Ma gestorben war. Sie hatten nicht gefragt. Vermutlich hatte sie sich schlicht zu Tode gesoffen oder aber sie war einem der vielen Gewaltverbrechen in den Gorbals zum Opfer gefallen. Es hatte keine Rolle gespielt, was genau passiert war. Alles, was zählte, war die Tatsache gewesen, dass sie nun alleine waren.

Nachdem Geillis es abgelehnt hatte, sie aufzunehmen, war Vika nicht mehr zur Schule gegangen und hatte versucht, ebenso wie Shona, wenigstens etwas Geld zu verdienen. Natürlich hatte es nicht gereicht, um die Miete für das Zimmer zu bezahlen. Es dauerte lange, bis Vika begriffen hatte, woher das Geld kam, das sie gerade so über Wasser hielt. Was Shona dafür tun musste.

»Was stehst du denn da herum und starrst in die Luft?«, holte Geillis sie in die Gegenwart zurück.

Vika sah auf. »Ich war in Gedanken, entschuldige bitte.«

»Es wird Zeit fürs Abendessen.« Geillis hob die Bibel an, in der sie las, und rückte sich auf dem Stuhl am Tisch zurecht.

Vika drehte sich um und lief Richtung Schlafzimmer. »Scheinheilige Ziege«, murmelte sie, ehe sie ans Bett trat. Sie sank auf die Knie und guckte unter den Bettrahmen.

»Hast du ein gutes Versteck gefunden?«, fragte sie.

Ein Kichern war zu hören.

»Magst du mit mir kochen? Wir können ja ein Spiel daraus machen, darauf hätte ich Lust. Alleine zu kochen ist immer so langweilig, weißt du?«

»Ein Spiel? Und wie?« Arch krabbelte heraus, stellte sich hin, und Vika klopfte die Staubflusen von seiner Kleidung. Seine dunklen Augen schimmerten hoffnungsvoll. Sie streichelte über seine Locken, die sie dringend kürzen musste. Doch jedes Mal tat es ihr leid, sich von einem Teil der dichten Wolle zu trennen. Heute Abend musste es sein, nahm Vika sich vor.

Sie stand auf. »Wir könnten so tun, als wären wir Köche in einem edlen Restaurant. Die Leute kommen von weit her zu uns, weil es bei uns das beste Essen auf der Welt gibt. Und sie zahlen ein Vermögen dafür.«

Arch reckte die Brust raus. »Ich bin der Chefkoch.«

»Natürlich bist du das.« Vika lachte und nahm ihn an die Hand. »Dann mal los. Ich glaube, du bist allmählich auch alt genug, ein scharfes Messer zu benutzen.«

Die Freude im Gesicht ihres Kindes tat gut. Daran musste

sie sich festhalten. Eines Tages würde Arch wieder so viel lachen wie einst. Es würde nur noch etwas dauern.

* * * * *

Archie hörte klackernde Schritte. Shona trat neben ihn und wickelte sich ein mit Blumen bedrucktes Tuch um die Schultern, ehe sie den schnarchenden Hund tätschelte, der neben seinen Füßen schlief. »Du stehst hier schon seit über einer Stunde«, sagte sie.

Archie löste den Blick von der Straße. Er stand unter dem Vordach und hatte wohl einfach vor sich hingestarrt, wie ihm jetzt erst bewusstwurde. Wie meist war kaum etwas los in Foxgirth. Hin und wieder rumpelte ein Pferdefuhrwerk über den unebenen Boden. Der Frühling begann, und jeder war mit der Aussaat beschäftigt. Gestern hatte er bis spät in die Dunkelheit hinein mit Tommy das kleine Feld hinter dem Cottage seiner Ma gepflügt, auf dem jedes Jahr das Gemüse für die Familie angepflanzt wurde. Es war eine undankbare Aufgabe, bei der ihm der fehlende Arm Probleme bereitete. Connor hatte angeboten, es zu übernehmen, doch Archie bestand darauf, es selbst zu erledigen. So wie vor dem Krieg.

Connor tauchte beinahe täglich hier auf und lungerte mit ihm im Büro herum. Archie wusste, dass sein Freund darauf hoffte, dass er über die Sache mit Vika sprach. Doch Archie brachte kein Wort über die Lippen, und so tranken sie einfach das ein oder andere Glas und schwiegen meist. Manchmal las sein Freund auch die Berichte in der Zeitung vor und kommentierte sie, während Archie hin und wieder nickte oder mit dem Kopf schüttelte. Connor wartete sehnsüchtig auf Bonnies Rückkehr, und vermutlich wurde es ihm mit der

Zeit doch sterbenslangweilig, seine Schafe zu bewundern. Der Dienst seiner Schwester im Second Scottish General Hospital sollte höchstens noch ein paar Monate andauern. Mit Bonnies Heimreise würde ein weiteres Stück Normalität zurückkehren. Und seine Schwester wurde hier so langsam dringend benötigt. Nicht nur als Krankenschwester, auch das Gemüse musste jetzt eingesät und gepflegt werden. Gartenarbeit war Blaire beinahe so verhasst wie Hausarbeit, und doch zweigte sie die nötige Zeit von ihren Aufgaben in der Brennerei ab, um mit Ma und Tommy das Feld zu bestellen.

»Archie ...« Shona legte ihre Hand auf seine Schulter.

Er sah auf ihre zarten Finger und dann in ihr Gesicht. Shona war eine Schönheit mit ihrem schmalen Nasenrücken, den hellblauen Augen und dem golden schimmernden Haar. Wenn sie lachte, zeigten sich die ersten feinen Fältchen, sie wurden eben alle nicht jünger. Archie wusste nicht, wann er sie das letzte Mal hatte lachen sehen. Niemand brachte sie mehr mit Käfern und Spinnen so schön zum Quietschen. Shona war auf dem Weg, ihre besten Jahre hinter sich zu lassen, und ganz offensichtlich half ein hübsches Gesicht wenig dabei, ein erfolgreiches und glückliches Leben zu führen. Archie fuhr unwillkürlich die Narbe an seiner Wange mit den Fingern entlang und sah in den Himmel voller dicker grauweißer Wolken. »Wann ist es schiefgelaufen, Shona?«

»Was meinst du?«

»Was hat euch in diese Lage gebracht?« Er deutete auf den Pub. »Ich muss in letzter Zeit immer wieder darüber nachdenken, wie wenig ich eigentlich über euer beider Vergangenheit weiß. Ich habe nie wirklich nachgefragt, sondern mir einfach etwas aus dem zusammengereimt, was ihr hier und da erwähnt habt. Ich schätze, ich muss es einfach verstehen. Dich und *sie* verstehen. Wie es dazu kam, dass unsere Leben sich miteinander verstrickt haben und nun du und ich übrig geblieben sind.«

Shona kniff die Augen zusammen und sah die Straße entlang. »Vermutlich hatten wir nie eine wirkliche Chance. Verflucht nochmal: Wir wurden in den Gorbals geboren«, entfuhr es ihr. Sie kramte in ihrer kleinen Umhängetasche und nahm das Etui mit den Zigaretten heraus. Geschickt steckte sie eine auf die Zigarettenspitze, entzündete ein Streichholz und inhalierte.

Archie nahm die Zigarette, löste sie aus der Spitze und nahm zwei Züge, ehe er sie wieder auf dieses lächerliche Ding steckte, das Shona für so modisch hielt.

Schmunzelnd reichte sie ihm das Etui, bevor sie erneut einen konzentrierten Blick aufsetzte. »Da kommt man nicht raus, egal wie sehr man sich bemüht.« Sie zuckte mit den Schultern.

»Aus den Gorbals?«

»Aus denen vielleicht schon. Aber du kommst dennoch nie raus aus der Gosse, wenn das Schicksal dich dort hingeworfen hat. Du landest höchstens in einer neuen.« Sie lachte leise. »Trotzdem weiß ich noch, dass wir uns als Kinder immer ausgemalt haben, was wir einmal machen würden. Vika wollte eine berühmte Malerin werden, und ich stellte mir vor, die schicksten Kleider und Röcke zu entwerfen und mein eigenes kleines Geschäft zu haben. Die Kunden würden kommen, die feinen Stoffe und die Schnitte bewundern, und ich hätte ausgesorgt.«

Archie schmunzelte. Shona hatte in der Tat ein Händchen für Mode. Irgendwie schaffte sie es, mit den beschränkten

Mitteln, die ihr in Foxgirth zur Verfügung standen, dennoch stets elegant auszusehen. »Habt ihr es versucht?«, fragte er.

»Was?«

»Eure Träume zu verwirklichen.«

Shona gluckste. »Ist etwas schwierig, wenn du damit beschäftigt bist, für die nächste Mahlzeit zu sorgen und alles für die Miete zusammenzukratzen.« Sie machte eine Pause und runzelte die Stirn. »Vika hat jedoch immer wieder nach Möglichkeiten gesucht, ihre Bilder zu verkaufen. Aber auch wenn sie unheimlich schön malen kann, wollten die Leute nichts von einer jungen Frau kaufen. Die Männer, die Porträtzeichnungen in den Einkaufsstraßen anboten, hatten dieses Problem nicht, obwohl sie nicht annähernd so begabt waren wie meine kleine Schwester.« Seufzend verschränkte sie die Arme. »Ich hatte immerhin die alte Nähmaschine meiner Großmutter und habe mir beigebracht, einen Teil unserer Kleidung selbst zu fertigen. Aber mehr war nicht drin. Dort, wo wir herkommen, bist du ein Nichts. Erst recht als Frau. Und hier ist es auch kaum anders, wenn wir ehrlich sind.«

»Connor hat mir mal gesagt, dass sich die Zeiten ändern werden«, brummte Archie. »Er meinte, dass wir uns noch umsehen werden, wenn die Frauen endlich für sich einstehen.«

Erst im vergangenen Jahr hatte die Koalitionsregierung das *Represesentation of the People Act*-Gesetz verabschiedet, das Frauen über dreißig mit einem bestimmten Mindestbesitz nun eine Stimme gab. 8,4 Millionen Frauen waren damit in Großbritannien berechtigt zu wählen. Junge Frauen und die, die nichts hatten, waren es allem Anschein nicht wert, eine Stimme zu haben. Das traf auch auf Vika zu, was sich beschissen anfühlte. Es war zwar ein Fortschritt, aber eben nur ein halber. »Nein, nicht nur. Ich glaube, Bonnie mit ihrer Arbeit im Krankenhaus und Blaire, die einfach, ohne zu zögern, eine Brennerei aufgebaut hat, haben Connor zum Nachdenken gebracht. Dann gab es da noch einen Zwischenfall in Edinburgh, bei dem eine Frau ihm aus einer misslichen Lage geholfen und sich gegen ihren Ehemann durchgesetzt hat. Connor sagte was von einer neuen Zeit, die beginnen würde. So etwas in der Art jedenfalls. Womöglich hat er recht.«

»Connor beobachtet gut«, stellte Shona fest. »Aber deine Schwestern hatten besondere Voraussetzungen. Sie hatten eine Ma, die dafür gesorgt hat, dass sie etwas lernen, wie ich annehme. Es mag sein, dass für manche Frauen eine neue Zeit beginnt, aber für die in den Gorbals wird es weitergehen wie eh und je. Ich bin so froh, dass wir es damals dort herausgeschafft haben.« Sie warf ihm einen dankbaren Blick zu.

Archie nickte kaum merklich. Es stimmte, was Shona sagte. Schon früh hatte seine Mutter Bonnie in die Welt der Heilpflanzen eingeführt und sie mit zu Patienten genommen. Und es war ihr wichtig gewesen, dass ihre Töchter in der Schule fleißig waren. Später war Bonnie sogar für drei Jahre zur Ausbildung nach Edinburgh gegangen. Heute wollte Archie sich am liebsten dafür ohrfeigen, dass er damals dagegen gewesen war. Dass seine blutjunge Schwester in die Großstadt wollte, hatte ihm nicht gepasst. Wie immer hatte er nur die Gefahren gesehen. Doch im Nachhinein war es gut, dass Bonnie sich durchgesetzt und Keillan ihren Plan unterstützt hatte. Es war eines der wenigen Male gewesen, in denen sich der älteste Bruder gegen ihn aufgelehnt hatte. Und inzwischen war Archie froh, dass Keillan in diesem Fall nicht akzeptiert hatte, dass er sich als Familienoberhaupt aufspielte.

»Vika und ich sind beide früh von der Schule abgegangen. Ich glaube, ich war zwölf Jahre, Vika ging noch etwas in die Schule, nachdem unsere Ma gestorben war. Ich wollte, dass sie bis zum Abschluss bleibt, aber daraus ist nichts geworden. Sie muss dreizehn gewesen sein, als sie abgebrochen hat, wenn ich mich nicht irre. Geld zu verdienen war wichtiger als eine gute Schulbildung, die uns so oder so zu nichts nütze gewesen wäre.« Shona inhalierte ein weiteres Mal. »Und wir hatten sogar noch Glück. Du glaubst nicht, wie viele Kinder schon eher schuften müssen, ganz egal ob das Gesetz es zulässt. Wenn man arm ist, umgeht man die Regeln. Weil es keine andere Möglichkeit gibt.«

»Ich weiß«, knurrte Archie.

»Und hier ist es nicht viel besser.« Sie blickte die Hauptstraße entlang. »Nur dass die Kinder hier auf den Feldern arbeiten. Die Jungen bekommen immerhin noch hin und wieder die Möglichkeit, einen Beruf zu erlernen, oder übernehmen den Hof ihrer Eltern. Es greift doch niemand durch und droht mit Sanktionen, wenn schulpflichtige Kinder nicht zum Unterricht geschickt werden. Da gucken alle schön weg, als ginge es sie nichts an.« Energisch drückte sie den Stummel aus und schob die Unterlippe vor. »Die Mädchen haben so oder so kaum eine Wahl. Ihre Zukunft ist vorherbestimmt: Ein Kind nach dem anderen gebären, und wenn dem Ehemann etwas passiert, dann stürzt es alle in die Armut.«

»So etwas wie ein Krieg«, murmelte Archie. Das ganze Land betrauerte unzählige tote Soldaten. Kaum eine Familie hatte nicht einen Vater, Bruder oder Ehemann verloren. Er und seine Brüder hatten irgendwie überlebt. Und natürlich verspürte Archie die Schuld des Überlebenden. Über wie viele leblose Körper war er auf den Schlachtfeldern gestiegen? Wie viele flache Gräber hatten sie in Flanderns Boden für ihre Kameraden ausgehoben?

»Und die Leidtragenden sind jetzt die Frauen und ihre Kinder. Dabei stecken in jedem Menschen Fähigkeiten. Nicht nur in Männern.«

»Ich nehme an, du hast recht«, brummte Archie.

»Natürlich habe ich das. Aber was nützt es mir, dass ich schneidern kann, wenn ich keine Arbeit finde, weil mein Ruf ruiniert ist?« Sie lachte hohl auf. »Aber weißt du, ich bin nicht verbittert oder so. Ich bestimme selbst über mein Leben und habe immerhin keinen Ehemann, der mir etwas verbietet. Alles hat seine Vor- und Nachteile.«

Archie wollte fragen, ob Vika Arbeit gefunden hatte. Ganz sicher stand Shona mit ihr in Kontakt. Irgendwo in Schottland versuchte Vika, sich das aufzubauen, was so gut wie unmöglich für eine Frau in ihrer Lage war: eine Zukunft. Der Gedanke, dass es ihr und Arch an etwas mangeln könnte, trieb ihn um, seit sie gegangen war. Es würde nicht leicht für Vika werden, alleine durchzukommen, doch sie war das Risiko eingegangen. Weil sie von ihm weg wollte. Archie presste die Lippen aufeinander und wandte sich um.

»Ist alles gut?«, rief Shona ihm nach.

»Natürlich!« Er stapfte die Treppe hinauf und ging leise in ihr Zimmer. Dort zog er einen Schein aus der Hosentasche und legte ihn auf Shonas Nachttisch. Sie würde wissen, was sie mit dem Geld machen sollte. Wem sie es schicken sollte. Aber er würde nicht mit ihr darüber reden. Er wollte Vikas Namen nicht in den Mund nehmen. Durch seine Gedanken und Träume spukte er jedoch weiterhin.

Er trat zurück in den Flur und betrachtete regungslos die beiden Türen auf der anderen Seite. Seit Vika und Arch verschwunden waren, hatte er es nicht über sich gebracht, das obere Stockwerk zu betreten. Die Stille im Haus drohte ihn zu erdrücken. Nie war ihm wirklich klargewesen, wie gut ihm Archs Kreischen und Vikas Lachen getan hatte. Wie oft er im Büro saß und genoss, wie die Klänge des Alltagslebens durch die geschlossene Tür hineindrangen. Er atmete tief durch und ging in Archs Zimmer. Er legte die Finger auf die Tapete, die Vika mit Zeichnungen von Tieren verziert hatte. Dass sie ein besonderes Talent hatte, war ihm stets bewusst gewesen. Sie hatte auch das Logo für den Dennon-Whisky entworfen, mit dem er Blaires Gebräu hier in der Umgebung verkaufte. Die Fässer, die nach Edinburgh gingen, waren hingegen nicht gekennzeichnet. Keine Spur sollte zu ihnen führen. Für alle Zeiten würde der Whisky, den er verkaufte, Vikas Zeichen tragen. Auch wenn es ihn schmerzte, wann immer er es sah, würde er diese eine Erinnerung an sie nicht tilgen. Ihr Entwurf war perfekt. So perfekt, wie Vika es in seinen Augen war.

Er betrachtete ein lebensecht gezeichnetes Pferd, das über eine Wiese galoppierte. Die Mähne schien zu wehen, und fast glaubte Archie, den bebenden Boden zu hören. Er sah Vika vor sich, wie sie hier Stunden um Stunden zugebracht haben musste, um ihrem Sohn ein Zuhause zu schaffen, in dem er sich wohlfühlen konnte. Das sicher war. Und dann war es genau das am Ende nicht gewesen.

Die Wut auf Willie Glenn drohte ihn aufzufressen. Dass Arch ausgerechnet Willies Sohn war, rumorte in ihm, seit dem Tag, an dem er es erfahren hatte. Hatte dieser Mann Vika auf die gleiche Art berührt wie er? War sie unter Willies

Händen ebenso erbebt? Archies Faust donnerte an die Wand und er presste die Stirn gegen das Pferd. Wenn er es nur in den Jahren vor dem Krieg über sich gebracht hätte, zu dem zu stehen, was er fühlte, dann wäre Arch sein Junge gewesen. Und Vika seine Frau, noch ehe er den Rucksack geschnürt hätte, um mit seinen Brüdern aufzubrechen. Aber er hatte es nicht gewagt, weil er Gefühle stets mit Schwäche gleichgesetzt hatte. Weil er glaubte, dass sie einen Mann angreifbar machten und seinen Fokus trübten. Und Archie hatte sich stets darauf konzentriert, seine Familie abzusichern und etwas aufzubauen, das auch die nächste Generation überdauern würde.

Mit der Destillerie und durch die Kontakte, die er geknüpft hatte, hatten sie zum ersten Mal ein wenig Geld in der Tasche, um tatsächlich etwas bewegen zu können. Und dann hatten Blaire und er auch noch den hochtrabenden Traum, damit ganz Foxgirth zu einer besseren Zukunft zu verhelfen. Er hatte es seit jeher nicht ertragen können, Kinder zu sehen, die in Armut lebten. Dabei konnte er nicht sonderlich gut mit ihnen umgehen, nur Arch stellte eine Ausnahme dar. Vielleicht lag es daran, dass auch er und seine Geschwister harte Zeiten hinter sich hatten. Nur Maireads Eifer und Eigensinnigkeit hatten sie es zu verdanken, dass sie nicht das Dach über dem Kopf verloren hatten.

Und doch hätte all das ihn nicht von einer Ehe mit Vika abhalten sollen. Selbst Donald Mac Conallta, einer der erfolgreichsten Gangsterbosse Schottlands, hatte parallel zur Legung des Grundsteins für sein heutiges Geschäft geheiratet und einen ganzen Stall voller Töchter mit seiner Frau bekommen. Archie hatte gesehen, was diesem Mann seine Familie bedeutete, und es doch nicht begriffen: Es ging beides.

Die Erkenntnis kam zu spät. Und so war Willie Glenn vor ihm mit Vika zusammen gewesen und hatte sie zur Mutter gemacht. Dabei hätte er der Vater des Burschen sein sollen.

Archie sank auf den Boden und lehnte sich an die Wand. Wenn Vika ihm doch nur die Gelegenheit gegeben hätte, sich zumindest von dem Jungen zu verabschieden. Doch Archie ahnte, warum sie es nicht getan hatte. Nie hätte er erlaubt, dass sie ihre Sachen packte und verschwand. Er hätte sie überredet zu bleiben, so wie er normalerweise jeden dazu brachte zu tun, was auch immer er wollte. Und Vika wusste das nur zu gut.

* * * * *

Der Weg in die Gorbals dauerte zu Fuß über eine halbe Stunde und glich einer Zeitreise. Geillis lebte in einer besseren Gegend, was man schon an der Farbe der Hausfassaden erkannte. Die Mittelschicht wohnte in den kleinen Häuschen aus hellem Sandstein, während die Außenwände in den Arbeitervierteln dunkelgrau waren. Glasgow war aufgeteilt in Bereiche, die darüber entschieden, wie das Leben ihrer Bewohner verlief. Und dann waren da noch die Gorbals, die überquollen vor Menschen, die dicht beieinander ihr Dasein fristeten und dem Schicksal ihren bescheidenen Anteil abzuringen versuchten. Bereits im vergangenen Jahrhundert waren dort Tausende armer Einwanderer angekommen, um sich als einfache Arbeiter zu verdingen. Hinzu kamen bald hungernde Highlander ebenso wie Juden und Iren. Bis dahin hatten die Gorbals als gute Gegend gegolten, doch der buntgemischte Menschenstrom hatte das Areal überquellen lassen. Und so waren die Wohnungen nach und nach in immer winzigere Einheiten aufgeteilt worden, in denen mehrere Menschen pro Zimmer hausten. Spekulanten hatten das Potenzial erkannt und große, billige Wohnblocks gebaut, in denen es dunkel, feucht und eng war. Krankheiten verbreiteten sich, der Unrat türmte sich in den Höfen, und auch die vielen Katzen schafften es nicht, die Nagerplage unter Kontrolle zu bringen. Sogar schlafende Kinder wurden von den Ratten an Ohren oder Nasen angeknabbert. Vika schüttelte sich beim Gedanken daran. Die Gorbals waren ein Ort, an dem Hoffnung rasch den Kampf gegen die Härten der Realität verlor.

Mit dem Gefühl, in längst vergangene Zeiten einzutauchen, bog Vika in die Gegend ihrer Kindheit ein. Flach lagen die breiten Straßen in all ihrer Tristesse vor ihr, genau wie sie sie in Erinnerung hatte. An jeder Ecke gab es einen Pub, an jeder zweiten einen Bestatter, die wie die Pubs Tag und Nacht geöffnet hatten und die billigsten Särge feilboten.

Nicht jedes Haus dort war gleich schlimm, und Vika hoffte für Eileen, dass ihre Familie es ein wenig besser hatte. Natürlich lag die Wäscherei in der Nähe des Viertels, da man dort billige Arbeitskräfte benötigte. Auch Vika hatte keine bessere Anstellung gefunden, hatte sie doch nicht ein einziges Arbeitszeugnis vorzuweisen, und nie wirklich eine lohnende Tätigkeit erlernt.

Trotz all der Zeit, die vergangen war, fand Vika den Weg in die Sandyfaulds Street mühelos. Vier Stockwerke hoch thronten die schlichten, aus großen Steinblöcken gebauten Häuser, andere waren noch höher. Auf den Dächern reihten sich die Schornsteine aneinander, oft hatte jede Feuerstelle des Hauses ihren eigenen. Der Geruch nach Kohlefeuer hing trotz des Windes in der Luft und vermengte sich mit dem nach Unrat. »Der Duft der Gorbals«, murmelte Vika. Es war unwirklich, hier zu sein. Nur wenige Straßen weiter lag das Haus, vor dem Archie sie damals eingesammelt hatte, um sie in ein vermeintlich besseres Leben fortzubringen. Kinder stürmten durch Gassen, kickten Dosen oder spielten fangen, während Frauen sich in Hauseingängen unterhielten, ältere Leute aus den Fenstern sahen und Männer vor den Pubs redeten. Der Umgangston in dieser Gegend war rau, aber man hielt zusammen. Man saß im gleichen Boot, und jedes Mietshaus glich einer eigenen Welt, mit Beziehungen, Freundschaften und den üblichen Animositäten, wenn zu viele Menschen auf zu wenig Platz lebten.

Arch hatte kaum ein Wort gesagt und nur immer wieder auf die hohen Häuser gedeutet, die es in Foxgirth nicht gab. Alles war neu für ihren Sohn, während es Vika nur zu vertraut war. In diesen Straßen war sie aufgewachsen, hatte in den Gassen oder auf den Schotterplätzen hinter den Häusern zwischen Plumpsklos und Wäscheleinen gespielt. Als Kind hatte sie die Armut nur dann gespürt, wenn nicht genug zum Essen dagewesen war. Doch da es allen gleich ergangen war, hatte es sich für sie normal angefühlt. Und auch jetzt noch waren viele der Kinder, an denen sie vorübergingen, barfuß unterwegs. In den Gorbals war wenig von dem Aufschwung zu spüren, der angeblich nun nach Kriegsende begann. Archie hatte davon gesprochen, dass es mit der Wirtschaft aufwärtsging, dass sich neue Chancen boten und nun die richtige Zeit war, etwas aufzubauen. Vika hatte keine Ahnung gehabt, wovon er da sprach, und sie war sich schrecklich dumm vorgekommen, hatte aber nicht gewagt nachzufragen, um sich keine Blöße zu geben. In Foxgirth schien aber, abgesehen von Archie, auch niemand an einen solchen Aufschwung zu glauben, jedenfalls sprach nur er darüber. Sie murrte. Was dachte sie nur wieder ausgerechnet an Archie? Sie war auf dem Weg zu ihrer neuen Freundin und endlich mal raus aus Geillis beklemmendem Haus. Vika atmete die schlechte Luft ein. Sie zwang sich, nicht an Foxgirth zu denken. An den Duft der Wildblumen, der sich im Frühjahr mit dem salzigen Geruch des Meeres vermischte. An die Rufe der Vögel, die durch die Stille drangen, die hier nie herrschte.

Eine schwere Kutsche fuhr an ihnen vorüber, und Vika zog Arch näher an sich. Auf der Ladefläche türmten sich Kisten, Körbe und verschnürte Bündel. Es war eine der Kutschen, die die benutzte Wäsche an ihre und andere Wäschereien lieferten. Eilig sah sie weg. Es war Sonntag und sie wollte nicht daran denken, dass sie morgen erneut in der Hitze stehen und schuften würde, bis die Glocke endlich den Feierabend einläutete. Immerhin war am Montag Zahltag – endlich würde sie ihr erstes Gehalt in den Händen halten und sorgsam in der kleinen Dose in ihrer Kommode verstauen.

»Sind wir bald da?«, fragte Arch.

Vika sah sich um. »Ich glaube, es ist bereits das übernächste Haus. Wir haben es beinahe geschafft. Du bist fleißig gelaufen, kleiner Mann.« Wie sehr sie sich plötzlich auf den Besuch bei Eileen freute. Nicht nur, weil Arch endlich etwas Anschluss bekommen sollte, sondern weil auch sie die Einsamkeit spürte, die der Umzug mit sich brachte. Vor rund neun Jahren hatte sie Glasgow verlassen und kannte hier keine Menschenseele außer Geillis. Und die machte ihr das Leben nicht gerade leichter. Den Samstagabend hatte Vika damit verbracht, die Wäsche zu waschen und ihre Tante hatte ihre eigene wie selbstverständlich auf den Haufen geworfen. Natürlich wusste Vika zu schätzen, dass sie in ihrem Haus wohnen durften, dennoch wäre ein Danke hin und wieder eine nette Anerkennung. Stattdessen hatte Geillis andauernd etwas an ihr herumzumeckern. Wenn Arch nicht gerade zu laut war, dann hatte Vika das Essen zu stark gewürzt oder zu viel Seife beim Putzen verschwendet. Oder die Kleidung nicht ordentlich aufgehängt. Sie schnaufte und blieb stehen. Hier musste es sein. Sie sah an dem heruntergekommenen Gebäude hinauf. Der Putz blätterte an unzähligen Stellen ab, und einige Fensterscheiben waren zerbrochen und von innen mit Holzbrettern verschlossen worden.

»Da seid ihr ja!« Eileen lehnte sich mit einem kleinen Mädchen auf dem Arm aus einem Fenster heraus. »Ihr müsst in den vierten Stock«, rief sie.

»Na komm«, flüsterte sie Arch zu, der scheu zur offen stehenden Haustür guckte.

Vika zog ihn ins Innere, und sie wurden sofort von der Dunkelheit verschluckt. Es dauerte einen Moment, bis sich ihre Augen an das wenige Licht gewöhnt hatten, dann stiegen sie die enge, steile Steintreppe hinauf.

»Es riecht hier komisch«, flüsterte Arch und ließ ihre Hand nicht los.

»Das sagt man nicht«, ermahnte sie ihren Sohn, aber natürlich stimmte es. In das Treppenhaus drang kaum frische Luft, und der Geruch des feuchten Gemäuers mischte sich mit den Dünsten unzähliger Mahlzeiten, die in den winzigen Wohnungen zubereitet wurden. Die Gebäudeart, die die Menschen in den Grobals beherbergte, war einzigartig und nur darauf ausgelegt, möglichst viele Personen auf wenig Raum zu beherbergen. Entlang der dunklen Flure reihten sich die Türen der Einzimmerwohnungen und hinter den Häusern lagen die Höfe, in denen Wasser gezapft werden konnte, unweit der Plumpsklos in kleinen Steinbebauungen.

Dazwischen flatterte immerzu Wäsche an den Leinen, und Kinder spielten neben Pfützen und Geröll. Grashüpfer, die man fangen konnte, gab es hier sicher nicht, schoss es Vika durch den Kopf.

»Ihr habt es geschafft, wie schön.« Eileen nahm sie am Ende des Aufgangs in Empfang, umarmte sie und beugte sich dann hinunter. »Und du wirst Arch sein«, sagte sie und tätschelte ihm die Wange. »Kommt rasch rein, ihr werdet schon erwartet«, sagte sie und ging voran.

Vika folgte ihr durch einen schummrigen Gang mit vielen Türen. Es waren Stimmen zu hören und das Scheppern von Geschirr. Die Luft war noch stickiger und feuchter hier oben. Ganz so wie in dem Zimmer, in dem Shona und sie einst gehaust hatten.

Eileen führte sie durch eine Tür und gleich darauf befanden sie sich in einem Raum, der etwa die Größe von Geillis' Salon hatte. Ein Mann saß am Herd und schälte Kartoffeln. Als er sie erblickte, legte er das Messer beiseite, stand auf und stützte sich auf eine Krücke.

»Das ist Christopher«, sagte Eileen und lächelte ihren Mann an.

»Habe schon viel von dir gehört«, sagte er und streckte seine Hand aus.

Vika griff danach. »Wir kennen uns doch kaum«, lachte sie und zwinkerte Eileen zu.

»Meine Frau sagt, dass ihr die Arbeitszeit nicht mehr so schrecklich lange vorkommt, seit du da bist.« Er lachte tief und setzte sich wieder auf den Stuhl.

»Das stimmt auch.« Eileen gab den beiden Kindern, die auf dem Bett saßen, ein Zeichen. Beide sprangen auf und beäugten Arch neugierig.

»Und das sind Brodi und Lizzie. Sie freuen sich schon darauf, mit dir zu spielen, Arch. Wenn ihr wollt, könnt ihr euch etwas hinter dem Haus herumtreiben, bis das Essen fertig ist.«

Arch nickte schüchtern und folgte dann Brodi und Lizzie hinaus.

Vika blickte ihm besorgt nach.

»Keine Sorge, sie werden sich gleich angefreundet haben. Du weißt ja, wie das bei Kindern ist.« Eileen sah zu ihrem Mann und stöhnte theatralisch. »Also ich glaube, es ist besser, wenn ich die Kartoffeln schäle. Sonst wird das heute nichts mehr mit dem Essen.« Sie scheuchte ihren Mann von dem Stuhl auf, der lachend durch das Zimmer humpelte und Vika zuzwinkerte.

»Soll ich das Baby nehmen?«, fragte Vika.

»Gerne.« Eileen strahlte. »Das ist Mary, sie wird nächsten Monat ein Jahr alt.«

»Hallo, Mary«, flötete Vika, um das Kind zu beruhigen, das sie mit großen Augen ansah. Wie gut es sich anfühlte, wieder so ein kleines Wesen im Arm zu halten.

Mary zupfte mit ihrer dicken Patschehand an Vikas Kragen.

Zögernd setzte sie sich auf den Rand der Matratze. Christopher hatte sich dort ebenfalls niedergelassen. Vika sah sich unauffällig um. Bis auf den mit Kohle geheizten Herd gab es nur eine Kommode, einen Schrank und das Bett in dem Zimmer. Der dunkle Boden war verkratzt, aber sauber. Die Tapete an den Wänden war an etlichen Stellen eingerissen und das ursprüngliche Muster kaum noch zu erkennen, so sehr war sie inzwischen von der kohlegeschwängerten Luft dunkel verfärbt. Unter dem Fenster stand eine Holzkiste mit einigen wenigen Spielsachen. Der Puppe, die obenauf lag, fehlte ein Auge, und ihr Kleid war mehrfach ausgebessert. Selbst die Puppen hier trugen Flickenkleider. Und doch war es trotz allem merkwürdig gemütlich. Beim Eintreten war Vika sogleich das Rollbett aufgefallen, das sich unter dem Bettgestell der Eltern befand. So hatten sie damals auch gelebt, als sie noch zu viert gewesen waren. Vater, Mutter und die Kinder in einem Raum. Seit den 1860er Jahren waren derart viele Menschen in der Hoffnung auf ein besseres Leben aus den ländlichen Gebieten nach Glasgow geströmt, dass der bereits angespannte Wohnungsmarkt völlig kollabierte. Zwar waren große Wohnblöcke wie dieser aus dem Boden gestampft worden, doch die Stadt war hoffnungslos überbevölkert. Und in den meisten Häusern herrschten nach wie vor die gleichen Bedingungen wie im letzten Jahrhundert. Geheizt und gekocht wurde auf den Kohleöfen, Wasser musste mühsam herbeigeschafft werden, und die vielen kinderreichen Familien teilten sich wenige Quadratmeter. Die Latrinen in den Hinterhöfen wurden von allen genutzt und stanken erbärmlich. Gleich dahinter wurde gewaschen.

»Dein Mann ist gefallen, hat Eileen mir erzählt«, brummte Christopher.

Vika hielt die Luft an und blickte auf den Beinstummel, der auf der Matratze ruhte. Sie nickte und sah weg. Nie hatte sie gelogen, doch nun wurde genau das von ihr erwartet.

»Wo ist es passiert?«, fragte er.

»Cambrai«, brachte Vika hervor, noch ehe sie darüber nachdenken konnte. Spontan hatte sie den Ort genannt, an dem Archie beinahe sein Leben gelassen hatte.

»Muss schrecklich gewesen sein dort«, murmelte er und rieb sich den Oberschenkel. »Aber das war es überall.«

Vika schlang ihre Arme um das kleine Mädchen und nickte wieder.

Mary gluckste und verlagerte ihr Interesse nun auf die Knöpfe an Vikas schwarzem Kleid.

»Lasst uns heute nicht über den Krieg reden«, rief Eileen und warf die geschälten Kartoffeln in einen Topf. Sie sah über ihre Schulter. »Wie ist es denn drüben bei deiner Tante in der schicken Gegend?«

»Gut, nehme ich an«, gab Vika zurück.

»Bestimmt habt ihr deutlich mehr Platz als wir. Dir muss das hier alles sehr ärmlich vorkommen«, sagte ihre Kollegin.

»Du weißt doch: Ich bin nur ein paar Straßen weiter in einem ähnlichen Zimmer aufgewachsen«, beeilte Vika sich zu erklären. Auf keinen Fall sollten Eileen und Christopher sich für etwas schämen.

»Warum arbeitest du in der Wäscherei, wenn deine Tante allem Anschein nach ein gutes Auskommen hat?« Christopher sah sie interessiert an. Sein Blick war milde und freundlich. Er wollte sie nicht aushorchen, da war Vika sich sicher. Vielmehr wunderte er sich, warum sie solch eine miese Arbeit angenommen hatte.

»Ich kann dankbar sein, dass sie uns aufgenommen hat.« Vika zuckte mit den Schultern. »Wir hatten lange keinen Kontakt, und das Verhältnis zwischen meiner verstorbenen Ma und meiner Tante war zerrüttet. Ich nehme an, sie hat nur zugestimmt, dass Arch und ich bei ihr wohnen können, weil wir sonst im Armenhaus gelandet wären. Und ich habe ihr im Gegenzug versprochen, dass ihr durch uns keine Kosten entstehen und ich Arbeit finden werde. Nachdem ich eine Woche lang nur Absagen erhalten habe, bin ich schließlich in der Wäscherei gelandet. Und nun spare ich auf ein eigenes Zimmer für Arch und mich.«

»Bleib lieber bei deiner Tante.« Eileen rührte im Topf herum. »Wenn du in dieser Gegend aufgewachsen bist, dann weißt du auch, wie es hier zugeht.«

»Ich möchte nicht mehr von anderen abhängig sein, erst recht nicht von meiner Tante. Arch fühlt sich bei ihr schrecklich unwohl, und ich habe keine andere Wahl, als ihn dort zurückzulassen, wenn ich in die Wäscherei gehe.« Die Schuldgefühle, ihrem Sohn zu viel zuzumuten, ließen sich einfach nicht abstellen. Vika seufzte.

»Bring ihn doch vor der Arbeit hier vorbei«, hörte sie Christopher sagen.

Erstaunt wandte Vika sich ihm zu.

Er zuckte mit der Schulter. »Ein Kind mehr oder weniger wird nicht auffallen, und es liegt doch beinahe auf deinem Weg. Arch kann mit Brodi und Lizzie spielen, und ich habe ein Auge auf ihn. Das macht mir nichts aus, ehrlich.

»Und das wäre wirklich in Ordnung?« Vikas Puls beschleunigte sich. Wenn Arch sich mit Brodi verstand, dann wäre es die beste Lösung, ehe die Schule begann.

»Aber selbstverständlich. Wenn du hier aufgewachsen bist, dann weißt du auch, dass man in den Gorbals zusammenhält.« Wieder lächelte er warm, streckte seine Arme aus und schnappte sich Mary. Er hielt das Kind über seinen Kopf, bis es begeistert gluckste, und setzte es dann auf seinem Schoß ab. »Ich habe so oder so nicht viel zu tun. Auf diese Weise habe ich wenigstens das Gefühl, noch zu etwas nütze zu sein.«

»Rede nicht so einen Unsinn«, schimpfte Eileen. »Du bist durchaus noch zu etwas nütze – Bein hin oder her. Es kommt auf den Mann an, der daran hängt. Ich würde mich jederzeit wieder für dich entscheiden.«

Christopher lachte und kitzelte das kleine Mädchen.

»Ich werde Arch selbstverständlich Lunch einpacken. Und bestimmt finden wir eine Möglichkeit, wie ich mich bei euch revanchieren kann.«

»Du musst dich nicht revanchieren«, sagte Eileen. »Christopher hat recht: Wir halten hier zusammen.«

Vika spürte, wie ihr sprichwörtlich eine Last von den Schultern fiel. Arch könnte endlich wieder spielen, lachen und rennen und musste nicht mehr mucksmäuschenstill sein. Und noch dazu würde er in Brodi im besten Fall auch noch einen Freund finden. Jetzt war sie bereit, den Mittag bei den Torrys wirklich zu genießen. Was auch immer Eileen in ihre Soße getan hatte, sie roch schon jetzt vorzüglich. Vika machte es sich bequemer und schnitt Mary eine Grimasse, woraufhin das kleine Mädchen herrlich gluckste.

Gerade noch rechtzeitig, ehe sich die Dunkelheit über die Straßen senkte, hatten sie sich auf den Rückweg gemacht. Wie von Eileen vorhergesagt, waren die Kinder von einer Minute auf die andere unzertrennlich gewesen. Arch und Brodi hatten beim Mittagessen ununterbrochen geplappert und gelacht, dass Vikas Herz einen Freudenhüpfer gemacht hatte. Und das Essen hatte ihr geschmeckt, wie kaum eines in den vergangenen Wochen. Eileen hatte die Kartoffeln in etwas Butter und mit kleinen Speckstücken geröstet. Ein einfaches Essen, das auch Vika oft genug zubereitet hatte, und doch war es heute leckerer gewesen als je zuvor. Ob das an der wohligen Stimmung lag, die in dem Zimmer geherrscht hatte? Sie hatten auf dem Boden oder auf dem Bett gesessen und von den Blechtellern gegessen, miteinander gelacht und sich über ihre Chefin in der Wäscherei lustig gemacht, die sie morgen in aller Frühe wieder antreiben würde. Nach dem Essen hatte Christopher eine Mundharmonika herausgeholt und darauf gespielt, während die Kinder durch den Raum tanzten. Archs Augen hatten geradezu vor Freude geblitzt. Natürlich war ihr Sohn begeistert von der Idee, die Tage bei Brodi zu verbringen anstatt bei Geillis.

Und ihre Tante wirkte ebenfalls erleichtert, als Vika ihr später davon berichtete. Allerdings passte es ihr nicht, dass Arch sich in dieser heruntergekommenen Gegend aufhalten würde, wo nur Abschaum lebte. Mit diesen Worten hatte Geillis es ausgedrückt und verächtlich den Kopf geschüttelt. Vika biss sich auf die Zunge und schluckte ihre Antwort herunter. Egal was sie tat, Geillis würde immer etwas daran auszusetzen haben, das war ihr längst klargeworden.

Vika zwang sich, die Augen zu schließen. Seit einer Ewigkeit lag sie schon wach, und dabei musste sie zeitig aufstehen. Zum ersten Mal hatte sie heute ein richtiges Familienleben erfahren. Und Arch ebenfalls. Wie schön es für ihren Sohn gewesen wäre, in einer liebenden Familie mit Vater und Geschwistern aufzuwachsen, anstatt nur mit ihr und Shona. Willie hatte ihr diese Chance ein ums andere Mal angeboten, doch sie hatte immer wieder abgelehnt. Hätte sie doch auf ihn hören sollen? Arch hätte immerhin ein Heim gehabt und sicherlich auch bald Geschwister. Stattdessen hatte er seine ersten Lebensjahre in einem Pub verbracht und wohnte nun hier, bei einer Frau, die ihm Angst einjagte. Doch Vika hatte es nicht über sich gebracht, Willie zu heiraten. Sie hatte ihn nicht geliebt, nur gemocht. Mögen allerdings reichte nicht aus für ein gemeinsames Leben, jedenfalls nicht in ihren Augen. Archie hingegen hatte sie nicht leiden können, bis sich irgendwann die Härchen an ihren Armen aufgestellt hatten, wenn er nahe an ihr vorbeigegangen war, oder sie nur angesehen hatte. Und dann war da mehr gewesen. Erst Freundschaft und dann etwas, das sie nicht in Worte fassen und nur schwer hatte verstehen können. Eine Anziehung, die sie nie wieder losgelassen hatte. Bis heute nicht.

Vika seufzte und drehte sich auf die andere Seite. Das Kopfkissen raschelte. Irgendwie hatte sie es geschafft ihre Sachen zu packen und abzureisen. Aber Archie loszulassen erschien ihr unmöglich. Immer und immer wieder wanderten ihre Gedanken zu ihm. Sicherlich war er fuchsteufelswild, dass sie ihn nicht in ihre Pläne eingeweiht hatte. Und er würde sich verraten fühlen. Archie öffnete sich kaum jemanden, ihr gegenüber hatte er es getan. Er hatte sie an sich herangelassen und sie in dieser Nacht mit einer Zärtlichkeit bedacht, die sie nie zuvor erlebt hatte. Die Momente mit Willie hinter dem Haus damals, die zu ihrem Kind führen sollten, waren nichts gewesen im Vergleich zu dem, was sie mit Archie verspürt hatte. In seinem Bett zu liegen, ihn zu fühlen, war so viel mehr als alles, was sie bisher erlebt hatte. Und jetzt fehlte ihr seine Nähe so schrecklich, auch wenn sie ihn nie wieder sehen wollte.

Ob Archie wohl ahnte, dass sie ihn schon seit Jahren liebte? Oder hielt er sie nun, nachdem er wusste, wer Archs Vater war, für umtriebig? Dass sie sich ausgerechnet auf den Mann eingelassen hatte, mit dem Archie in der Vergangenheit bei jeder Gelegenheit aneinandergeraten war, war keine Absicht gewesen. Es hatte sich einfach so ergeben. Willie hatte sich zu einer Zeit um sie bemüht, als sie jede Hoffnung auf eine Zukunft mit Archie längst aufgegeben hatte. Und doch hatte er zwischen ihnen gestanden, und Vika hatte nach dem Abend mit Willie eingesehen, dass es nicht ehrlich gewesen wäre, den Mann glauben zu lassen, dass er Chancen bei ihr hätte. Ihr Herz war längst vergeben gewesen.

Kein einziges Mal hatte Archie eine Bemerkung dazu gemacht, als sie plötzlich in anderen Umständen gewesen war. Vika hatte es nicht gewagt, es ihm selbst mitzuteilen. Das hatte Shona übernommen. In den Wochen danach hatte sie gelegentlich Archies Blick auf sich gespürt, wenn sie im Pub putzte und er in der Nähe war. Sie hatten nie darüber gesprochen.

»Schlaf jetzt endlich, das bringt doch nichts«, murmelte Vika. Es war, wie es war. Und nun musste sie zusehen, wie sie zurechtkam.

Kapitel 8

Archie legte das Hemd auf den Tresen und kramte in der Hosentasche. Wortlos reichte er Mrs. Malloy das Geld. Diese Frau konnte ihn nicht leiden, das war kaum zu übersehen. Und andauernd hing sie am Ladenfenster und beobachtete, wer im Pub ein und aus ging. Dass ein Großteil aller Gerüchte in Foxgirth von der alten Kratzbürste gestreut wurden, war kein Geheimnis. Natürlich war längst aufgefallen, dass Vika und Arch den Ort verlassen hatten. Und ganz sicher wollte Mrs. Malloy nur zu gerne wissen, was dahintersteckte.

Mit einer hölzernen Bewegung sammelte sie die Münzen auf und zählte.

»Stimmt so«, brummte Archie und klemmte sich das Hemd unter den Arm.

»Ich muss sichergehen.« Ihre Stimme war schneidend. Schließlich nickte sie und sortierte das Geld in die Kasse.

Archie wollte hinausgehen, doch etwas hatte sein Interesse geweckt. Sein Blick wurde von einem schimmernden blauen Tuch in der Auslage angezogen. Wie diese Farbe zu Vikas dunklen Haaren und ihrem hellen Teint passen würde. Er schüttelte den Kopf, öffnete die Tür und trat hinaus.

Eine Frau klaubte vor dem Gemischtwarenladen Äpfel aus einer Kiste. Archie hielt inne und sah sie genauer an. Dies war die Lehrerin, die seit knapp einem Jahr in der kleinen

Dorfschule unterrichtete, wenn er sich nicht irrte. Sie ließ die Äpfel in einen Korb kullern und richtete sich auf. Als sie ihn bemerkte, senkte sie den Blick.

Archie trat auf sie zu. »Miss …«

»Miss Porter«, sagte sie leise.

»Entschuldigen Sie bitte, dass mir Ihr Name entfallen ist«, brummte er.

»Das macht nichts. Guten Tag, Mr. Dennon«, antwortete sie knapp und schob sich an ihm vorbei. Natürlich kannte sie seinen Namen, vermutlich war ihm sein Ruf vorausgeeilt, was ihre Eile, von ihm wegzukommen, erklärte.

»Miss Porter?«

Die Türklinke schon in der Hand, schaute sie ihn über die Schulter an.

»Dürfte ich Ihnen eine Frage zu Ihren Schülern stellen?«

Sie wirkte überrascht. Dann nickte sie und stellte den Korb ab, ehe sie sich näherte. »Was möchten Sie wissen, Mr. Dennon?«

»Besuchen momentan alle Kinder im Schulalter den Unterricht?«

»Alle Kinder?«

Archie steckte die Hand in die Hosentasche. »Alle, die zum Einzugsbereich Ihrer Schule gehören, meine ich.«

Miss Porter, die Archie auf Ende zwanzig schätzte und die mit ihrer Brille und den adrett frisierten Haaren wie eine typische Lehrerin aussah, runzelte die Stirn. »Warum möchten Sie das wissen?«

»Ich interessiere mich für alles, was in Foxgirth vor sich geht.« Er bemühte sich zu lächeln.

»Ach so.« Sie nickte. »Nein, es besuchen nicht alle Kinder den Unterricht.«

»Wie viele nicht?«

Sie blickte an ihm vorbei und schien zu überlegen. »Etwa ein gutes Dutzend, würde ich schätzen.«

»Und warum kommen sie nicht?«

»Ihre Eltern können es sich nicht leisten. Jedenfalls sagen sie mir das. Oder sie sehen keinen Nutzen darin.« Die mit feinen Handschuhen bedeckten Hände fuhren unruhig über den Stoff ihres Rocks. Diese Frau wollte nicht mit ihm sprechen, das war kaum zu übersehen. Ihr war unbehaglich in seiner Gegenwart, und andauernd starrte sie auf seine Narbe.

Und doch wollte Archie es ganz genau wissen. »Welche Familien betrifft es?«, hakte er nach.

»Vor allem die, deren Väter gefallen sind.«

»Aber die Schule ist kostenlos.«

»Die Schiefertafeln und die Bücher nicht.« Miss Porter seufzte. »Ich habe Schüler, da teilen sich mehrere Geschwister eine Tafel. So lässt es sich schwerlich lernen. Und die Mütter brauchen die Kinder bei der Feldarbeit, weil kein Vater mehr da ist«, fuhr sie fort. »Meist schicken sie die Jungen, da sie sich erhoffen, dass diese dann einen Beruf erlernen können und sie später unterstützen. Die Mädchen bleiben zu Hause.«

»Weil sich Bildung für ein Mädchen nicht lohnt.« Archie nickte.

Miss Porters Gesicht fror ein. »Ich wünsche Ihnen noch einen guten Tag«, brachte sie hervor, ehe sie sich umwandte.

Archie machte einen Satz und griff sie am Arm.

Mit einem überraschten Laut blieb sie stehen.

»So habe ich das nicht gemeint«, brummte er. »Die Mütter glauben, dass sich Bildung für ihre Töchter nicht lohnen wird. Eine leichtsinnige Vergeudung von Chancen, wenn Sie mich fragen.«

Sie schluckte und löste sich von ihm. »Das sehe ich wie Sie. Aber ich kann nicht mehr machen, als gut auf die Mütter einzureden und ihnen ans Herz zu legen, ihren Töchtern die gleichen Möglichkeiten einzuräumen wie den Söhnen.«

»Würden Schiefertafeln helfen?«

»Wie meinen Sie das?« Schon ein wenig offener sah sie ihn an.

»Wenn ich welche spende, würden die Mädchen dann in die Schule gehen?«

Miss Porters Ausdruck wurde milde. Fast lächelte sie. »Ich fürchte, nein. Das reicht nicht. Es löst die anderen Probleme der Familien wohl kaum.«

Archie rieb sich über den Nacken. »Ich verstehe. Danke, dass Sie sich die Zeit genommen haben.« Er nickte ihr zu und wollte davongehen.

»Mr. Dennon?«

Archie drehte sich um und zog die Augenbrauen hoch.

»Die Tafeln«, setzte sie an.

»Besorge ich natürlich dennoch, wenn ich das nächste Mal in der Stadt bin. Falls es noch etwas anderes gibt, das Sie benötigen, fühlen Sie sich frei, mich im Pub aufzusuchen.«

»Gott segne Sie«, rief sie, während er davonging.

»Ganz sicher nicht«, murmelte Archie. Es war tatsächlich so, wie er vermutet hatte. Kaum geriet eine Familie finanziell in die Klemme, bezahlten die Kinder dafür. Wie bei Vika und Shona damals. Das Rad drehte sich immer weiter, und nichts änderte sich.

Er stapfte in den Schankraum und legte das Hemd neben Shona ab, die, eine Teetasse in der Hand, an einem der Tische saß, an denen abends getrunken und Karten gespielt wurde.

»Kannst du mir einen Gefallen tun und mir den Ärmel abtrennen? Meine Ma hat momentan genug zu tun, ich will ihr das nicht auch noch aufhalsen.«

Shona griff danach und faltete es auseinander. »Ich werde die Nähmaschine rausholen. Das ist rasch erledigt.« Sie sah sich das Hemd genauer an. »Ein wenig altbackener Schnitt. Ich wette, in Edinburgh würdest du ein besseres Hemd bekommen.«

»Ich brauche aber jetzt eines, und andere gibt es im Laden eben nicht. Ist so oder so 'ne verfluchte Verschwendung«, brummte er.

»Was?«

»Ein ganzes Hemd zu kaufen, um dann einen Arm abzuschneiden.«

Schmunzelnd legte Shona den Stoff auf ihren Schoß. »Vielleicht sollten Hemden mit nur einem Arm angeboten werden, die Nachfrage wird ja da sein.« Sie lachte. »Und eine Hose mit einem gekürzten Bein müsste auch billiger sein als eine ganze.« Amüsiert zupfte sie an der Naht des Hemdes. »Und das alles mit feschen Schnitten, so dass sich auch Veteranen wie Männer von heute fühlen können. Ein schickerer Schnitt kostet nicht mehr. Aber Mrs. Malloy hat einen so schrecklich altmodischen Geschmack und kauft die Waren nach ihrem Gutdünken ein. Drum nähe ich mir meine Kleider ja auch selbst.« Shona rollte mit den Augen.

»Das ist gar keine so dumme Idee.« Mit zusammengezogenen Augenbrauen sah Archie sie an.

»Was?«, fragte Shona einmal mehr.

»Na, spezielle Kleidung für Veteranen, die Gliedmaßen

verloren haben. Die meisten nagen wegen der Verwundung am Hungertuch und sollen nun für etwas bezahlen, das sie nicht brauchen.«

»Es war ein Scherz, Archie.« Shona schüttelte den Kopf.

»Nein, das könnte funktionieren. Wenn die Hemden und Hosen dadurch wirklich günstiger wären. Es wird doch am Stoff und an der Arbeitszeit gespart. Und was ist mit den Männern, die keine Frauen haben, um die Kleidungsstücke umzunähen? Ich sage dir, es sieht bemitleidenswert aus, wenn die Ärmel oder Hosenbeine schlaff hinabhängen. In Edinburgh sieht man das viel zu oft.«

»Wenn dem so ist, dann wird schon jemand auf die Idee kommen und es tun.«

»Aber du hattest die Idee«, brummte er.

»Und wer soll das kaufen?« Sie deutete mit dem Kopf hinaus. »Hier leben doch kaum Leute.«

»Aber in Edinburgh umso mehr.«

»Du hast manchmal merkwürdige Einfälle.« Wenig begeistert sah sie ihn an.

»Ich erkenne eine gute Idee. Und deine taugt etwas, Shona.«

»Ich weiß, was du versuchst«, zischte sie.

Archie runzelte die Stirn.

»Du willst mich retten, weil du glaubst, bei Vika versagt zu haben. Nun soll zumindest ich auf den rechten Pfad gebracht werden, damit dein Gewissen beruhigt ist.« Sie stand auf und schnappte sich das Hemd. »Ich gehe hoch und schneide den Ärmel ab, aber tu mir einen Gefallen und erspar mir dein Mitleid. Darauf kann ich wirklich verzichten!« Mit energischen Schritten eilte sie die Treppe hinauf, und Archie blickte ihr nach.

»Was war das denn?«

Archie sah über die Schulter zu Connor, der in der offenen Tür stand. »Nichts.«

»Aha.« Er stapfte hinein und setzte sich an den Tresen. »Kann ich ein Ale haben? Bin eben erst in Foxgirth angekommen.«

Archie ging hinter die Bar und griff nach einem Glas. »Du warst weg?«

»Ich war drei Tage in Edinburgh, um Bonnie zu besuchen. Das hatte ich dir doch erzählt. Sag bloß, dir ist nicht aufgefallen, dass ich weg war?«

»Stimmt, da war was.« Archie betätigte den Zapfhahn und reichte Connor das Getränk. »Und wie geht es meiner Schwester?«

»Gut. Es wird allmählich ruhiger im Krankenhaus. Nur noch ein paar Wochen oder wenige Monate, dann sollte Bonnie wirklich nach Hause kommen.« Er nahm einen Schluck. »Und wenn nicht, dann schleife ich sie eigenhändig aus dem Gebäude. Ich will meine Ehefrau endlich bei mir haben und das Eheleben genießen.« Connors Blick war selig. Offensichtlich hatte er die Zeit mit Bonnie genossen.

War das Neid, was er verspürte? Archie wischte jede Regung zur Seite. »Die neuen Fässer müssen nach Edinburgh gebracht werden. Morgen früh fahren wir los.«

Stöhnend lehnte Connor sich auf die Holzplatte. »Ich habe die Tour doch gerade erst gemacht«, murrte er.

»Jetzt stell dich nicht so an. Ich lade dich auch auf ein gutes Essen ein. Wir könnten uns auch einen Boxkampf ansehen, falls du etwas Vergangenheit schnuppern willst, und übernachten in der Stadt.« Archie wusste nur zu gut, wie sehr Connor es hasste, mit ihm den Whisky auszuliefern. Je näher sie den Straßen kamen, in denen Connor aufgewachsen war, umso nervöser wurde sein Freund. Erst wenn sie die Fässer losgeworden waren und ihr Geld kassiert hatten, entspannte er sich wieder etwas. Deshalb erschien es Archie als ein guter Ansatz, seinem Kumpel die Fahrt zu versüßen. Und immerhin würde Connor ihn dieses Mal nicht nötigen, einen Stopp beim Krankenhaus einzulegen, damit er Bonnie besuchen konnte, nachdem sie sich eben erst gesehen hatten. Die beiden Turteltauben zu beobachten hatte ihn schon unter normalen Umständen genervt. Jetzt wäre es kaum auszuhalten gewesen.

»Schon gut. Nur ein Mittagessen, und dann geht's wieder heimwärts. Aber du bezahlst.« Connor trank einen Schluck. »Und was war los, während ich weg war?«

»Alles ist so, wie es sein sollte.« Archie schenkte sich ebenfalls ein Glas ein.

»Das ist es also, was du dir einredest.« Connor musterte ihn.

»Hör auf damit«, knurrte Archie und stürzte das Ale hinunter, ehe er nachfüllte.

»Das da«, Connor deutete auf das Glas, »ist keine Lösung.«

»Aber es ist meine Art, damit umzugehen.« Zur Bestätigung seiner Worte leerte er es erneut.

»Mach doch, was du willst.« Connor schüttelte den Kopf.

»Hast du was zur Prohibition gehört?«, wechselte Archie das Thema.

Stöhnend verschränkte Connor die Arme. »Ich habe alle Zeitungen durchgesehen, die ich in die Finger bekommen konnte. Noch ist es nicht durch, aber es wird wohl kommen.«

»Verdammt!« Archie knallte das Glas auf den Tresen. Seit Anfang des Jahres der achtzehnte Zusatzartikel in die Verfassung der Vereinigten Staaten aufgenommen worden war, wartete er darauf, dass das Gesetz endlich im ganzen Land in Kraft trat. All seine Pläne hingen von den Möglichkeiten ab, die die Prohibition mit sich brachte. Der Schmuggel würde lohnend für sie sein, auch wenn er Connor und Blaire versprochen hatte, lediglich als Zulieferer zu fungieren, um die Familie vor ernsthaften Konsequenzen zu schützen. Sollten seine Geschäfte in Edinburgh aufgedeckt werden, so würde es nur seinen Kopf kosten. Er achtete sorgsam darauf, dass keine Spur zu Blaire führte. Offiziell gehörte die Destillerie ihm, und Blaire unterschieb auch keine Rechnungen, wenn sie etwas besorgte. Doch so oder so würde niemand glauben, dass eine Frau ihre Finger im Spiel hatte und den Alkohol herstellte, der bald auf Schmugglerschiffe verfrachtet werden sollte. Natürlich wusste Blaire über alles Bescheid, sie waren gleichberechtigte Partner, was die Destillerie anging. Und sie trafen Entscheidung gemeinsam. Nur eben nicht auf dem Papier.

»Du weißt, ich bin nicht begeistert von der Sache«, brummte Connor. »Ihr kommt zurecht mit dem Whisky, den ihr verkauft. Warum also dieses Risiko eingehen?«

»Weil immer mehr geht.« Archie zwinkerte ihm zu. »Wir haben unseren Kragen für Land und König riskiert.« Er lachte bitter. Nein, das waren nicht seine Gründe gewesen, aber so sagte es jeder. »Jetzt ist es an der Zeit, dass wir an uns denken und uns aus dem Dreck rausziehen, der uns wie Treibsand unentwegt nach unten zerrt.«

»Ich bin eigentlich ganz zufrieden mit meinen Schafen«, grummelte Connor.

Das war sein Freund in der Tat. Nach einem bewegten Leben abseits der Gesetze war Connor endlich bei sich selbst angekommen. Und Archie gönnte es ihm. »Du verweichlichst«, zog er ihn auf.

»Mag sein. Aber es fühlt sich verflucht gut an. Außerdem musste ich deiner Schwester versprechen, mich von deinen krummen Geschäften so gut es geht fernzuhalten.«

»Jaja«, Archie machte eine abwehrende Geste. Bonnie war zu gut für diese Welt, und die Brennerei war ihr ein Dorn im Auge.

»Ich habe mich mal umgehört«, brummte Connor und starrte in sein Aleglas.

Archie zog die Augenbrauen hoch.

»Wenn Vika in Edinburgh sein sollte, werde ich es über kurz oder lang erfahren.«

»Darum habe ich dich nicht gebeten.« Es kostete ihn einige Anstrengung, Connor nicht die Faust ins Gesicht zu rammen. »Abgesehen davon ist sie nicht in Edinburgh«, knurrte er.

»Woher willst du das wissen?«

»Ihr wird klar sein, dass ich sie dort finden würde. Dafür ist sie zu clever. Sie ist zurück nach Glasgow. Sie weiß, dass ich dort keine nützlichen Kontakte habe und du ebenso wenig. Ich bin mir aber ziemlich sicher, dass sie nicht am gleichen Ort lebt wie früher. Vielleicht hat sie noch alte Bekannte oder entfernte Verwandte. Womöglich auch nichts dergleichen, und sie hat eine Stelle als Hausmädchen gefunden und so eine Unterkunft für sich und den Jungen. Auf jeden Fall bin ich überzeugt davon, dass sie irgendwo in Glasgow steckt.«

»Du hast darüber nachgedacht.« Connor sah ihn so verdammt mitfühlend an, dass Archie beinahe schlecht wurde.

»Ich wäge immer alle Möglichkeiten ab.«

»Also wirst du nichts unternehmen, um sie zurückzuholen?«

»Vika hat mich verlassen. Das muss ich wohl akzeptieren.« Erstaunt stellte er fest, dass er ihren Namen wieder ausgesprochen hatte. Rund acht Wochen hatte es gebraucht, aber nun war es geschehen. War es wirklich erst so kurz her, dass Vika und der Junge weggegangen waren? Es kam Archie vor, als sei mindestens ein halbes Jahr vergangen. Die Tage zogen sich nur so dahin in ihrer Eintönigkeit, und er gab sich unentwegt Mühe, die erdrückenden Gedanken zu verdrängen. Meist gelang es ihm nicht. Er seufzte und blickte seinen Freund an. »Und selbst wenn ich die beiden suchen wollte, wüsste ich nicht, wie ich sie unter einer Millon Menschen in dieser verdammten Stadt finden sollte. Wenn sie wirklich dort ist, dann weil sie genau das verhindern will.«

Connor nickte. »Und was ist mit deinem Rachefeldzug gegen Willie Glenn?« Connor stellte die Frage betont ausdruckslos, und doch war zu erkennen, dass er in diesem Fall nicht mit Archies Vorgehen einverstanden war. Dass sie Freunde waren, bedeutete jedoch nicht, dass sie stets die gleiche Haltung zu den Dingen haben mussten.

»Willie wird nicht ungeschoren davonkommen«, knurrte Archie.

»Das bringt dir Vika auch nicht wieder.«

»Willie hat mich herausgefordert. Jetzt muss er mit den Konsequenzen leben.«

»Du solltest deine Energie auf etwas Sinnvolleres Verwenden.« Connor seufzte.

»Rache zu nehmen ist sinnvoll, Connor. Ich kann nicht zulassen, dass sich hier noch mal jemand gegen mich auflehnt. Alle werden mitbekommen, wie Willie vor die Hunde geht, und das wird mir nützen. Sicherlich hat es längst die Runde gemacht, dass er vorhatte, mir den Pub wegzunehmen. Wenn ich meine Karten jetzt richtig ausspiele, wird so etwas nie wieder passieren.«

»Glaub mir, du willst nicht, dass die Leute Angst vor dir haben.« Connor starrte an ihm vorbei ins Nichts. »Ich habe diese Blicke lange genug gespürt, die sie mir zugeworfen haben. Damals in Edinburgh. Jeder wusste, dass ich zu den Lads gehöre. Was du willst, ist Respekt, und Respekt verdient man sich und erzwingt ihn nicht durch Einschüchterung.«

Archie lehnte sich stumm auf den Tresen. Die Leute sollten keine Angst vor ihm haben, darauf hatte er es nie angelegt. Allerdings durften ihm die Dinge auch nicht aus der Hand gleiten. In seiner Vorstellung sah er ein florierendes Foxgirth, dessen Bewohner in eine sichere Zukunft blickten. Aber wie zum Teufel verdiente man sich Respekt?

* * * * *

»Brodi, zappel nicht so herum«, ermahnte ihn Vika und setzte den Bleistift erneut an. Die ganze Familie Torry saß ihr gegenüber auf der Bettkante. Eileen hielt Mary im Arm, Brodi und Lizzie hockten zwischen ihr und Christopher. Während Lizzie immer wieder aus Langeweile in der Nase bohrte, kasperte Brodi herum. Vika musste sich beeilen, ehe Mary auch keine Lust mehr hatte und ihre kräftige Stimme einsetzte, um zu protestieren.

Neugierig schielte Arch über ihre Schulter und beobachtete jeden Strich, den sie ausführte. Seit zwei Monaten schon kamen sie beide jeden Sonntag zu den Torrys, und für Vika waren es die schönsten Stunden der Woche. Hier fühlte sie sich leicht, konnte lachen und dachte ausnahmsweise einmal nicht unentwegt an Archie. Und deshalb wollte sie Eileen und Christopher eine Freude machen und hatte sich die Idee mit dem Familienporträt ausgedacht. Es hatte sie nur einen Bogen Papier gekostet, ein entzücktes Strahlen auf Eileens Lippen zu sehen. Konzentriert arbeitete sie seit einer Stunde die Gesichtszüge der Familienmitglieder heraus. Statt auf dem Bett zeichnete sie die Torrys auf einer Parkbank, umgeben von Bäumen und Büschen. Es war ihr ein Bedürfnis gewesen, sich dafür zu revanchieren, dass Arch an den Wochentagen hierherkommen durfte, um mit Brodi und Lizzie zu spielen. Das Bild war das Einzige, was sie sich leisten konnte. Aber es kam von Herzen.

»Fertig.« Vika legte den Stift beiseite.

Eileen sprang auf und beugte sich über sie. »Um Himmels willen, du bist ja eine richtige Künstlerin!« Sie wandte sich um. »Christopher, komm, das musst du dir ansehen.«

Umringt von den Torrys genoss Vika deren Freude über die Bleistiftzeichnung.

»Wir brauchen einen Rahmen. So ein Meisterstück gehört in einen Rahmen, möchte ich meinen.« Eileen konnte den Blick kaum von Vikas Werk abwenden. »Das wird dieses heruntergekommene Zimmer gleich aufwerten.«

»Ich werde zusehen, dass ich einen auftreibe«, brummte Christopher und legte Vika eine Hand auf die Schulter. »Du hast wirklich Talent«, sagte er und nickte.

»Danke«, brachte sie hervor, stand auf und legte das Blatt sorgsam auf der Sitzfläche des Stuhls ab. »Wir müssen dann leider auch wieder gehen, Tante Geillis erwartet, dass ich das Abendessen zubereite.«

Arch zog eine Schnute und schnappte sich seine Jacke und die Schieberkappe.

»Wir sehen uns morgen früh.« Eileen umarmte sie, und Christopher korrigierte den Sitz von Archs Mütze, die meist schief auf dem Lockenkopf saß.

Mit ihrem Jungen an der Hand stieg sie die schmale Treppe hinunter. Selbst an einem Sonntag herrschte hier keine Ruhe. Während in Geillis Straße die Menschen sonntags meist nur zum Gottesdienst gingen, standen hier Frauen an den Straßenecken und unterhielten sich, Kinder rannten kreischend über den Gehweg, und die Männer saßen mit Zigaretten vor den Häusern. Die Menschen schienen das Beste aus ihrem freien Tag zu machen, egal, wie wenig sie hatten. Es war ein Gefühl des Miteinanders, an das Vika sich in der Tat noch von damals erinnern konnte. Nach dem Tod der Mutter hatten die Nachbarn ihnen immer wieder Essen zugesteckt und sich erkundigt, ob sie etwas brauchten. Je ärmer die Menschen, desto großzügiger waren sie, so war Vikas Erfahrung. Doch leider hatte niemand genug Geld gehabt, um ihnen bei der Miete zu helfen, weshalb Shona bald darauf getan hatte, was sie noch immer tat.

Vika blieb stehen und atmete tief ein.

»Ist was?« Arch blickte sie an.

»Ich bekomme nur etwas schlecht Luft«, murmelte Vika und stützte sich an dem Zaun ab, der am Gehweg entlangführte. Seit kurzem überkam sie hin und wieder ein plötzliches Schwächegefühl, das ihr sonst fremd war. Ob es von der Hitze und den Dämpfen aus Lauge und Stärke kam, die die Arbeit in der Wäscherei mit sich brachte?

Vika öffnete den obersten Knopf ihres Kragens und rang um Luft. Dieses furchtbare Kleid erschien ihr jeden Tag mehr wie ein Folterinstrument. Es schnürte sie so schrecklich ein. Wieder hatte sie bei Eileen kräftig zugeschlagen, doch das Essen schmeckte in Gesellschaft einfach viel besser als in Geillis' stiller Küche. Nun spannte das Kleid noch mehr und machte ihr das Atmen schwer. »Lass uns hier einen Augenblick lang ausruhen«, murmelte sie und setzte sich auf den Mauervorsprung unterhalb eines Fensters.

Arch hockte sich neben sie und streichelte ihr über den Arm.

Äußerte sich so Tuberkulose? Vika presste die Lippen aufeinander. Noch immer war die Krankheit nicht besiegt und grassierte vor allem in den Großstädten. Und erst recht in Vierteln wie den Gorbals. Sie ermahnte sich, nicht so ängstlich zu sein. Selbst wenn ihr hin und wieder die Luft wegblieb, musste es nicht gleich etwas wie Tuberkulose sein. »In Ordnung.« Vika stand auf. »Lass uns einfach etwas langsamer gehen, ja?«

»Du bist spät dran«, erklang Geillis' Stimme aus dem Salon.

Vika zog den Mantel aus und bedeutete Arch, seine Schuhe an die Wand zu stellen. »Mir war nicht gut, daher hat der Rückweg länger gedauert«, sagte sie, ehe sie zu ihrer Tante ins Zimmer trat.

»Hast du dir bei diesen Leuten etwas eingefangen?« Entsetzt starrte Geillis sie an. »Man hört so furchtbare Dinge über die Gorbals, die Ratten sollen dort so groß sein wie kleine Hunde.«

Vika unterdrückte ein Stöhnen. »Natürlich nicht. Es wird nur die Arbeit sein und dieses Kleid, das mich unentwegt einschnürt.« Vika sah sie flehend an. »Kann ich jetzt nicht wieder meine normale Kleidung tragen?«

Geillis kniff die Augen zusammen. »Ich habe diese Kleider jedes Mal das ganze Trauerjahr über getragen. Stell dich nicht so an. Was sollen denn die Nachbarn denken?«

»Wenn mein Mann bei Cambrai gefallen ist, wie ich überall erzählen soll, dann müsste die Trauerzeit längst vorbei sein. Die Schlachten bei Cambrai liegen über eineinhalb Jahre zurück, wie du sicher weißt.« Erstaunt stellte sie fest, wie kräftig ihre Stimme klang.

Auch Geillis wirkte überrascht und schien nach einer Antwort zu suchen. Vika war sich ziemlich sicher, dass ihre Tante keine Ahnung hatte, wann welche Schlacht stattgefunden hatte. Doch es stimmte. Es war schon so lange her, dass Archie gerade so mit dem Leben davongekommen war. Sie wollte sich selbst Ohrfeigen, dass sie jedes Mal, wenn sie von ihrem fiktiven Ehemann sprach, ausgerechnet Archie vor sich sah. Der Kerl, der sie nicht hatte heiraten wollen. Wenigstens was das anging, hatte Willie Glenn recht behalten.

»Na, meinetwegen«, sagte Geillis schließlich.

»Danke.« Vika lächelte sie an. »Dann ziehe ich mich rasch um.«

»Erst muss das Abendessen vorbereitet werden.« Geillis sah wieder auf die Wolle, die sie zu einem Schal verstrickte.

»Natürlich.« Vika ging durch den Flur in die Küche. »Ich habe nie einen hässlicheren Schal gesehen«, zischte sie und holte einen Topf heraus.

Gerade als Vika endlich das furchtbare Kleid ein für alle Mal ablegen wollte, schallte ein helles Kreischen durch das Haus. Vika stürzte in den Flur und dann die Treppe in den ersten

Stock hinauf. Als sie in Geillis' Schlafzimmer trat, hockte diese mit angezogenen Beinen auf dem Stuhl gegenüber dem Bett und schrie schon wieder.

»Hast du dir etwas getan?« Besorgt betrachtete Vika sie.

»Kakerlaken«, rief Geillis und zeigte mit zitterndem Finger auf das Bett.

Rasch ging Vika darauf zu und entdeckte Krabbelgetier auf der Decke. »Schon gut, das sind nur irgendwelche Käfer«, beruhigte sie ihre Tante.

»Kakerlaken, sage ich doch!« Noch immer hockte die sonst so auf ordentliches Benehmen bedachte ältere Frau auf dem Stuhl, die Arme um die Knie geschlungen.

Vika sah sich um und nahm ein leeres Wasserglas vom Nachttisch. Mit einer schnellen Bewegung fegte sie die Unruhestifter hinein.

Geillis linste hinüber. »Ich hatte noch nie solche Viecher im Haus. Sicherlich habt ihr die aus dieser schrecklichen Gegend mitgebracht!« Sie ließ die Beine sinken und strich den grauen Rock glatt. Dann stand sie langsam auf und beäugte das Bett. »Bist du sicher, dass du alle eingesammelt hast?«

»Das bin ich. Und wenn dir doch noch einer begegnet, dann ruf einfach nach mir.«

Zu mehr als einem Kopfnicken war Geillis nicht fähig. Ihre Augen irrten zuckend durch den Raum, und sie gab Vika mit einer Geste zu verstehen, dass sie hinausgehen sollte.

Die Handfläche auf das Glas gelegt, ging diese zur Haustür und schüttelte die Insekten draußen aus. Mit zuckenden Mundwinkeln ging sie zurück in ihr Schlafzimmer. Kaum hatte sie die Tür hinter sich geschlossen, hörte sie ein Kichern unter der Bettdecke. Vika zwang sich, die Lippen streng zusammenzuziehen, und hob die Decke an.

Mit roten Wangen grinste Arch sie an.

»Du hast nicht zufällig etwas mit dieser Sache zu tun, oder?«

Der Junge antwortete nicht, schüttelte sich nun aber vor Lachen.

»Arch.« Seufzend setzte sie sich auf die Matratze.

»Brodi und ich haben ganz lange gesucht, bis wir genug Käfer gefunden haben.« Der Stolz des Jungen war nicht zu übersehen. »Tante Geillis hat sich mächtig erschreckt. Sie schreit noch lauter als Shona.«

»Wir können von Glück reden, dass Geillis dich nicht erwischt hat, wie du die Viecher in ihr Bett getan hast«, sagte sie leise. »Tu das bitte nie wieder, sonst wirft Geillis uns am Ende noch raus, und dann stehen wir auf der Straße.«

»Aber Shona hat doch auch immer nur ganz kurz geschimpft und dann gelacht. Weißt du, ich wollte mal sehen, ob Tante Geillis überhaupt lachen kann.«

»Das wüsste ich auch gerne«, murmelte Vika, ehe sie ihren Sohn erneut ernst ansah. »Nicht alle Tanten sind gleich und verstehen solche Späße.«

Arch nickte, und Vika hoffte, dass er verstand, was sie auszudrücken versuchte.

»Nun schlaf.« Sie stand auf und streifte endlich das Kleid ab, um es achtlos neben den Schrank fallen zu lassen. Dann wusch sie sich gründlich an der Waschschale und kroch schließlich ebenfalls unter die Decke.

Kaum hatte sie das Licht gelöscht, hörte sie es neben sich kichern. »Das nächste Mal sammeln wir wirklich Kakerlaken, die sind bei Brodis Haus auch viel leichter zu finden«, flüsterte Arch.

»Das tut ihr auf keinen Fall, oder ihr bekommt beide

mächtig Ärger.« Vika zog die Decke in der Dunkelheit ein wenig höher, bis sie annahm, dass Arch bis zur Nasenspitze darunter verborgen lag.

»Ja, Ma.«

Vika starrte in die Dunkelheit und spürte ihre Mundwinkel erneut zucken. »Geillis hat wirklich laut geschrien«, sagte sie, dann prustete sie los. Sie konnte sich nicht zusammenreißen, es tat zu gut, endlich einmal wieder richtig zu lachen. Arch kicherte und rückte an sie heran. Dicht aneinandergekuschelt genossen sie den Moment.

Vika krallte sich an der Wanne fest. Vor ihren Augen tanzten dunkle Flecken und in ihren Ohren rauschte es. Sie schnappte nach Luft, doch die Schwüle in der Halle brachte ihr keine Erleichterung.

»Hier, halt meine Hand«, drang Eileens Stimme wie aus weiter Ferne zu ihr durch. Dann spürte sie, wie sich ein Arm um sie legte und sie rückwärts führte.

Vika sank auf einen Wäscheberg und lehnte sich zurück. Nach und nach verschwanden die Flecken, und der Ton in ihren Ohren wurde leiser.

Vor ihr stand Eileen und betrachtete sie sorgenvoll. »Geht es wieder?«

Vika nickte. »Es ist nur dieses Schwächegefühl, das mich neuerdings hin und wieder überkommt. Sie wollte sich aufrappeln, doch sofort nahm das Rauschen wieder zu. Matt sank sie zurück. Es hatte keinen Sinn, sie musste weiter abwarten, auch wenn sie deshalb bestimmt Ärger bekommen würde.

»Die Arbeit ist anstrengend, aber nicht so, dass man deshalb aus den Latschen kippt.« Eileen kniete sich neben sie und fühlte ihre Stirn. »Bist du krank?«

Vika zupfte an ihrem Kleid, das erdrückend eng an ihr lag. Und dabei war es eines von ihren eigenen. Heute Morgen hatte sie es voller Vorfreude aus dem Schrank geholt, nur um festzustellen, dass sie es kaum zuknöpfen konnte.

»Da stimmt doch was nicht«, sagte Eileen und kniff die Augen zusammen.

»Ich glaube, ich habe etwas zugenommen.« Vika lachte entschuldigend. »Muss an unseren sonntäglichen Treffen liegen. Du kochst einfach zu gut. Ich werde es heute Abend auslassen und mich in nächster Zeit mit dem Essen zurückhalten.«

Kopfschüttelnd mustere ihre Freundin sie. »Wenn du nicht verwitwet wärst, dann würde ich schwören, dass du in anderen Umständen bist.«

Unfähig, sich zu bewegen, starrte Vika ihre Freundin an. Ihre Gedanken gingen zurück zum Sonntag vor zwei Wochen, als sie kaum den Heimweg von den Torrys geschafft hatte. Es war keine Tuberkulose, die Vika Probleme bereitete.

Eileen lachte hell auf. »Aber das kann ja nicht sein.«

»Es ist noch kein Feierabend!«, polterte die Stimme der Chefin durch die Waschküche. Die anderen Frauen wandten sich zu ihnen um und warfen Vika mitleidige Blicke zu. Jeder hier hasste die Chefin, die sie ständig unbarmherzig antrieb.

»Mrs. Fairbairn ist unwohl«, antwortete Eileen. »Sie wird heute nicht mehr fähig sein zu arbeiten, und so wie ich es sehe, wäre es unverantwortlich, sie die ganze Strecke alleine nach Hause gehen zu lassen. Ich werde sie wohl begleiten müssen.«

»Die Stunde wird euch beiden vom Lohn abgezogen.« Die Vorgesetzte wandte sich um und rauschte davon, um eine andere Wäscherin auszuschimpfen.

»Miststück«, fauchte Eileen und streckte Vika dann die Hand hin. »Komm schon. Machen wir, dass wir nach draußen kommen, ehe sie es sich anders überlegt.«

Vika ließ sich von ihr aufhelfen. Wie durch einen Nebel folgte sie Eileen hinaus. Regungslos stand sie vor der breiten Eingangstür der Wäscherei und sah in den frühlingshaften Himmel hinauf. Sie spürte die Sonnenstrahlen auf ihrer Haut und konnte sie doch nicht genießen. Zehn Wochen waren sie nun schon in Glasgow. War sie in dieser Zeit unpässlich gewesen? Bei all dem Stress, den der Neuanfang und die Arbeit mit sich brachten, hatte sie keinen Gedanken daran verschwendet. »Bitte nicht«, flüsterte Vika.

»Was sagst du?« Eileen musterte sie.

»Nichts. Lass uns gehen«, sagte Vika rasch.

Auf dem Weg zur Wohnung der Torrys versuchte sie ihre Gedanken zu ordnen, doch es wollte ihr nicht gelingen. Nein, sie überschlugen sich geradezu. Was sollte sie nur tun, wenn sie tatsächlich in anderen Umständen war? Vika versuchte in sich hineinzuhorchen. Bei Arch hatte sie all diese Symptome nicht gehabt. Lediglich die ausbleibende Blutung war das gewesen, was sie damals erkennen ließ, dass die Minuten mit Willie im Hinterhof nicht folgenlos geblieben waren. Und nun, als stünde ihr das Wasser nicht bereits bis zum Hals, drohte sich alles zu wiederholen. Nur wenige Stunden hatte sie in Archies Armen verbracht, und das sollte die Strafe für ihr kurzes Glück sein?

Atemlos kam sie vor dem Haus zu stehen.

Arch und Brodi stürzten kreischend auf sie zu und hüpften dann lachend auf und ab.

»Na, habt ihr euch gemeinsam rumgetrieben?«, sagte Eileen beim Blick auf die dreckigen kurzen Hosen und

Kniestrümpfe lachend. Sie klopfte Brodi den Staub aus den Haaren.

»Wir haben Räuber und Gendarm gespielt«, erzählte Brodi.

Arch lehnte sich an Vika und strahlte sie an. »Es war richtig toll. Und ich habe es endlich geschafft über die hohe Mauer im Hinterhof zu klettern.«

Vika zwang sich zu lächeln.

Eileen berührte sie am Arm. »Bist du sicher, dass du es alleine nach Hause schaffst? Du kannst gerne mit reinkommen und erst etwas essen oder dich noch eine Weile ausruhen. Ein Tee bring deinen Kreislauf bestimmt in Schwung.«

»Danke, aber ich habe keinen Hunger.« Nein, der Appetit war ihr gründlich vergangen.

»In Ordnung. Aber macht langsam. Du bist ganz weiß im Gesicht.« Eileen drückte sie, und Vika griff nach Archs Hand.

Je näher sie dem Haus ihrer Tante kamen, desto weniger wollten ihre Füße vorwärts gehen. Geillis durfte das alles unter keinen Umständen mitbekommen. Da sie selbst kinderlos war, hoffte Vika inständig, dass sie nicht genau wie Eileen erkennen würde, in welchem Schlamassel Vika steckte. Geillis war nur bereit gewesen, ihr eine Chance zu geben, und so wie es aussah, wäre diese bald verwirkt.

»Ich mag auch nicht zurück«, murmelte Arch.

»Was sagst du?« Vika blieb stehen und sah ihn an.

»Du bist so lahm wie eine Schnecke, weil du nicht zu Tante Geillis willst.«

»Nein, Arch, ich habe nur nachgedacht.«

Er schnaufte. »Ich mag es da nicht, Ma.«

Sie drückte fest seine Hand. »Darüber haben wir schon gesprochen. Manchmal muss man im Leben eben etwas tun, auf das man keine Lust hat.«

»So wie aufräumen.« Er nickte und trottete lustlos neben ihr her.

»Wir sind zurück!« Vika streckte den Kopf durch die Tür in den Salon.

»Schon?« Geillis sah sie überrascht an.

»Es wurden heute nicht alle Frauen bis zum Ende der Schicht benötigt«, beeilte sich Vika, eine Ausrede für ihr ungewöhnlich frühes Auftauchen zu finden.

Geillis nickte und deutete auf eine Frau, die mit ihr am Tisch saß. Teetassen und eine Platte mit Keksen standen vor ihnen.

Natürlich hatte Arch längst das süße Gebäck entdeckt und sah gierig darauf.

»Das ist Mrs. Roy, eine Bekannte aus dem Kirchenverein«, sagte Geillis beinahe würdevoll.

Vika deutet einen Knicks an. Wann hatte sie das letzte Mal vor jemanden geknickst? »Es freut mich sehr, Mrs. Roy.«

Das Gesicht der älteren Dame wurde weich. Sie sah zu Arch und bedeutete ihm näherzukommen.

Zögernd trat ihr Sohn auf sie zu.

»Und wen haben wir hier?«, fragte sie freundlich.

»Archibald«, erklärte Geillis knapp.

»So ein hübscher Bursche.« Mrs. Roy reichte ihm einen Keks und erntete ein Lächeln von Arch.

»Archibald, iss bitte in der Küche, ehe du hier alles vollkrümelst«, sagte Geillis.

Kaum war das Kind aus dem Raum, schüttelte sie den Kopf. »Eine Schande, dass der Junge ohne seinen Vater aufwachsen muss«, sagte Geillis betont mitleidig.

Mrs. Roy seufzte. »Mein Beileid zum Verlust Ihres Mannes. Er ist für eine ehrenwerte Sache gestorben.«

Mehr als ein Nicken brachte Vika nicht zustande. »Ich werde mich zurückziehen, ehe es an der Zeit ist, das Abendessen vorzubereiten«, sagte sie leise.

»Gott segne Sie«, entgegnete Mrs. Roy.

Vika musste sich zwingen, gemächlichen Schrittes zu ihrem Zimmer zu gehen, anstatt zu rennen. Sie wollte sich aufs Bett werfen und nichts mehr hören oder denken. Ihre Augen brannten, als sie endlich die Tür hinter sich schloss. Sie blickte in den Wandspiegel und drehte sich langsam zur Seite. Es war nicht zu übersehen, dass sie bereits zugenommen hatte. Doch das konnte nicht von dem Kind sein, es musste von ihrem großen Appetit in letzter Zeit herrühren. Sie war gerade erst im dritten Monat. Sie schluckte und starrte sich selbst in die Augen. Es brachte nichts, wenn sie versuchte, sich etwas anderes einzureden. Sie hatte es in dem Moment gewusst, als Eileen den Scherz gemacht hatte: Sie war wirklich in anderen Umständen und trug Archies Kind unter dem Herzen. Musste sie deswegen noch immer unentwegt an ihn denken? Zaghaft legte sie die Hände auf ihren Bauch. Ein Kind von Archie Dennon war das Letzte, was sie in ihrer Lage gebrauchen konnte.

Die Tür sprang auf, und Arch spazierte hinein, um sich gleich darauf zu seinen Holztieren auf den Boden zu setzen. Flink schloss Vika die Tür erneut, kramte in der Kommode und holte das Nähzeug heraus. Vielleicht konnte sie die Nähte an einem anderen Kleid etwas mehr auslassen, um zumindest noch etwas Zeit zu gewinnen, bis ihr Zustand offensichtlich wurde. Mit zitternden Fingern öffnete sie den Schrank und griff nach dem dunkelblauen Kleid, das ihr so gut stand. Shona war diejenige von ihnen, die mit Stoffen umgehen konnte. Doch irgendwie musste sie es jetzt ohne Hilfe hinbekommen. Sie setzte sich auf die Matratze und betrachtete seufzend die Naht am Rücken.

Kapitel 9

Jemand rüttelte an Archies Schultern, doch seine Augen wollten sich nicht öffnen. In seinen Gedanken sah er helle Haut und dunkle Augen, die ihn liebevoll ansahen, ehe sich die unter seinen Berührungen flatternd schlossen. Er wollte die Hand ausstrecken und sie berühren, doch just in diesem Moment spürte er ein Ziehen auf seiner Wange. Er schlug die Lider auf und blinzelte in Shonas Gesicht.

»Na endlich«, murrte sie.

Archie rappelte sich auf und fuhr sich über die Wange. »Hast du mich etwa geohrfeigt?«

»Was soll ich denn sonst machen, wenn du nicht zur Besinnung kommst?« Shona schüttelte den Kopf. »Ich war kurz davor, dir einen Eimer kaltes Wasser überzukippen. Aber dann hätte ich alles aufwischen müssen und das ist die Mühe nicht wert.« Sie zwinkerte ihm zu. »Dir eine zu scheuern hat ja zum Glück ausgereicht. Und ich wollte es schon immer einmal tun. Nun hast du mir den Dienst erwiesen, mir einen Grund dafür zu liefern.«

Er sah sich um und allmählich kam die Orientierung zurück. Er lag mitten auf dem abgenutzten Dielenboden des Schankraums. Stöhnend stand er auf. In seinem Kopf hämmerte es, und alles schien sich zu drehen.

»Setz dich besser.« Shona bugsierte ihn zum Tresen, und Archie verlor beinahe das Gleichgewicht, als er auf einem

Barhocker Platz nehmen wollte. Fluchend gelang es ihm endlich.

»Ich hole dir einen Tee«, sagte sie seufzend und eilte in die Küche.

Archie stützte den Kopf in die Hände und versuchte sich zu erinnern. Gestern Abend hatte er mit einigen Männern Karten gespielt. Connor war später hinzugekommen und sie hatten genau hier gesessen und sich wie meist in letzter Zeit angeschwiegen, während Archie ein Glas nach dem anderen getrunken hatte.

Klirrend stellte Shona eine Tasse vor ihm ab, und etwas Tee schwappte in den Unterteller. »Musste das sein?«

»Was?«, brummte er.

»Dass du dich derart volllaufen lässt.« Sie stützte die Hände in die Hüften, doch Archie konnte den Blick nicht von der Tasse abwenden.

»Schaff dieses Teil hier weg«, knurrte er, während er auf die zarten aufgemalten Blüten auf dem Porzellan starrte.

»Was stimmt denn nicht mit dir?«, rief sie.

Archie holte mit der Hand aus und schleuderte die Tasse zu Boden, wo sie in unzählige Teile zersprang. Der Tee breitete sich um die Scherben aus.

»Bist du denn wahnsinnig?« Shona rannte um den Tresen herum und sammelte die Porzellanstücke auf. »Die hat Vika angemalt«, schimpfte sie, »und sie mir vor Jahren zu Weihnachten geschenkt.«

»Ganz genau.« Fest sah Archie ihr in die geweiteten Augen.

Shona hielt in der Bewegung inne. Noch immer kniete sie auf dem Holzboden. »Du musst einen Weg finden, damit umzugehen. Tu etwas Gutes, vielleicht hilft dir das, dich mit dir selbst auszusöhnen«, sagte sie leise. »Aber so gehst du zugrunde. Jeden Tag ein wenig mehr.«

Archie lachte rau auf. »Etwas Gutes tun? Was soll mir das bringen?« Nein, auch das würde kaum etwas an dem ändern, was er fühlte: nichts. Mit Vika war auch jede Gefühlsregung in ihm verschwunden. Lediglich die Wut war ihm geblieben. Wochenlang hatte er sich zusammengerissen und versucht zu akzeptieren, was er nicht ändern konnte. Er hatte sich mit Blaire in die Arbeit gestürzt, war lange Wege gefahren, um die Rohstoffe für den Whisky zu besorgen, hatte Kartenrunden im Pub organisiert und aus Edinburgh zwei Dutzend Schiefertafeln mitgebracht. Doch nicht einmal die sichtliche Rührung und Freude der Lehrerin hatte etwas in ihm ausgelöst. Ebenso wenig wie der nun neu ausgehandelte höhere Preis für die Whiskyfässer, die sie nach Edinburgh lieferten.

»Archie!« Shona stand nun direkt neben ihm. »So geht das nicht weiter«, sagte sie und fuhr ihm über die Wange, die sie eben erst geschlagen hatte. »Das frisst dich auf. Mir fehlen Vika und Arch doch auch, aber irgendwie muss es weitergehen.«

»Du weißt immerhin, wo sie sind und wie es ihnen geht«, knurrte Archie.

Shona schlug die Augen nieder.

»Du wirst ihre Namen in diesem Haus nicht noch einmal aussprechen.« Unsanft umfasste er ihren Arm. »Haben wir uns verstanden?«

Sie nickte und schluckte. »Ich habe noch was in der Küche zu tun.« Sie löste sich von ihm und verschwand.

Archie stand auf und wankte zu seiner Zimmertür. Geräuschvoll schlug er sie hinter sich zu und ließ sich aufs Bett fallen. Auch wenn Shona es nicht glaubte, so half der Alkohol ihm zumindest vorübergehend. Wenn er genug trank, vergaß er, dass Vika aus seinem Leben verschwunden war. Und dann sah er sie vor sich, wie sie lachte und ihn so entzückend anblickte. Mit einem Stöhnen drehte er sich auf den Bauch. Konnten ihn nicht alle einfach in Ruhe lassen?

Er wurde in die Seite gestoßen. Noch ehe er die Augen aufschlug, wusste er, wer neben seinem Bett stand. Der intensive Geruch nach Wacholder hatte es ihm verraten. Sicherlich hatte seine Schwester bei der Arbeit Gin auf ihre Kleidung bekommen.

»Lass mich in Ruhe, Blaire. Ich schlafe und habe nicht vor, heute noch etwas anderes zu tun.«

»Also steht es tatsächlich so schlimm um dich, wie Shona sagt.« Sie setzte sich neben ihn.

»Das geht weder Shona noch dich etwas an.« Er drehte sich auf den Rücken und sah in das Gesicht seiner Zwillingsschwester. »Und schau mich nicht so mitleidig an, das steht dir nicht. Es ist alles bestens«, brachte er heraus.

»Connor sagt, du trinkst inzwischen jeden Tag.«

»Du braust ja auch genug.«

»Aber nicht, damit du dich volllaufen lässt und die Geschäfte vernachlässigst.«

Archie lachte heiser, was in ein Husten überging. Er schlug sich auf die Brust und setzte sich auf. »Ich vernachlässige die Geschäfte ganz sicher nicht. Seit Wochen fahre ich weite Strecken, um das Getreide für dein Gebräu zu besorgen, organisiere die nächste Vergrößerung der Kapelle und kümmer mich um Arbeitskräfte.«

»Was das angeht …«, setzte Blaire an.

»Was passt dir denn nun wieder nicht?«

»Du schickst mir entweder Jungen oder Krüppel.«

»Weil sie die Arbeit brauchen.«

»Und ich brauche dringend mehr Platz und kann nicht ewig abwarten, bis sie sich zusammenreimen, wie man eine stabile Wand errichtet. Ganz sicher wird das Dach, das diese Kerle bauen, niemals dicht werden.«

»Dann such dir einen Zimmermann, der die Männer anlernt.«

»Das dauert länger, als Männer auszuwählen, die das längst können. Die, die Connor bei seinem und Bonnies Cottage geholfen haben, wären doch was.« Hoffnungsvoll sah sie ihn an.

»Du weißt nicht, was diese Veteranen hinter sich haben. Sie haben die Hölle erlebt, und jeder von ihnen hat eine Chance verdient. Und die Jungen haben ihre Väter verloren. Wenn wir ihnen nicht die Gelegenheit geben, etwas zu erreichen, was soll dann aus ihnen werden?« Mit zusammengekniffenen Augen starrte er sie an.

»Schon gut.« Blaire hob die Hände. »Ich sehe es ja ähnlich wie du, und wir wollten beide, dass die Destillerie Foxgirth hilft. Nur könntest du öfter mal vorbeischauen, anstatt dich andauernd im Büro zu verkriechen oder bis mitten in der Nacht am Tresen zu hocken und zu saufen. Tommy gibt sein Bestes, um die Baustelle zu organisieren, aber er muss auch Ma helfen.« Sie seufzte. »Du gehst mir aus dem Weg, und das ist kein gutes Zeichen.«

»Das tue ich nicht.« Archie hielt ihrem Blick stand. Natürlich ging er ihr aus dem Weg, weil Blaire ansonsten erkennen würde, wie sehr er neben sich stand. Wie schlecht er wieder schlief, da die Albträume zurück waren. Jede Nacht glaubte er sich im Schützengraben und sah Vikas ausgeblichenes

Bild vor sich, das von seinen verdreckten Fingern gehalten wurde, um den Mut zu finden, beim nächsten schrillen Pfiff ins Niemandsland hinauszustürmen. Er sah die bleichen Gesichter der Toten wieder, die leeren Augen, und er roch das verwesende Fleisch. Er spürte das klebrige Blut seiner Gegner in seiner linken Hand, obwohl es diese längst nicht mehr gab. Seine Wahrnehmung spielte ihm Streiche, so wie damals kurz nach der Amputation, als er geglaubt hatte, dass seine Finger juckten.

Blaire nahm ihn beim Arm. »Du bist wieder dort«, murmelte sie. »Ich dachte, das wäre ausgestanden.«

Egal, was er tat, für diese Frau war er ein offenes Buch. »Es war seit dem Kriegsende besser geworden«, gestand er ein.

»Weil Ian und Keillan seitdem in Sicherheit sind?«

Mühsam nickte er. Die Bürde, nicht mehr an Ians Seite zu sein und ihn beschützen zu können, hatte ihn beinahe erdrückt, nachdem er heimgekehrt war. Und dann war Keillan in Kriegsgefangenschaft geraten. Archie hatte Bonnie alles Geld gegeben, das er erübrigen konnte, damit sie dem ältesten Bruder Proviantpakete schicken konnte. Schließlich war Keillan endlich freigekommen und zu seiner Einheit zurückgekehrt.

»Warum ausgerechnet jetzt?«, fragte Blaire leise.

»Ich habe keinen Schimmer.«

»Dann müssen wir dich besser beschäftigen«, sagte sie bestimmt. Wenn du abends müde bist, dann schläfst du tiefer.«

Archie wollte sie im Glauben lassen, dass es in der Tat so einfach sein würde, und nickte.

»Tu mir einen Gefallen und treib einen Zimmermann auf, ehe diese Kerle mein Gebäude ruinieren, ja?«

»Ich werde zu dem Schreiner reiten, bei dem Keillan

früher hier und da gearbeitet hat. Er versteht sich auch auf größere Projekte, wenn mich nicht alles täuscht. Zumindest hatte Keillan damals von dem Dachstuhl eines Geschäfts erzählt, bei dem er mitgeholfen hatte.« Archie stand auf und ging zur Waschschüssel hinüber. Das kalte Wasser brachte ihn wieder richtig zu sich. Er trocknete sich ab und drehte sich um. »Gibt es sonst noch was zu erledigen, Boss?«

Blaire grinste. »Die Pubs in der Umgebung müssen beliefert werden. Wir brauchen das Geld dringend, um die Männer zu bezahlen. Entweder du besorgst es, indem du eine Rundfahrt machst und anständig verkaufst, oder ich muss mich an deiner Bibel vergreifen und mir die Scheine aus dem Tresor nehmen.«

»Wie zum Teufel hast du das mit dem Schlüssel in der Bibel herausgefunden?«

Wieder grinste sie.

Archie seufzte. »In Ordnung. Lass die Kutsche beladen, dann fahre ich heute Mittag die Wirtschaften ab.«

Blaire stand auf und sah ihn eindringlich an. »Keillan und Ian werden nicht glauben, was wir aufgebaut haben, wenn sie zurück sind. Und mit ihnen werden so viele Männer heimkehren, dass sich hier einiges ändern wird. Der Pub wird wieder brummen und es wird besser werden als jemals zuvor.« Sie legte ihm eine Hand auf die Schulter. »Ohne dich und Connor hätte ich noch immer nur einen Kessel und höchstens Kleinabnehmer für meinen Whisky. Die Grundidee mag meine gewesen sein, aber alleine hätte ich es nie so weit gebracht. Lass uns weiter zusammenhalten, ja?«

Archie betrachtete ihre blitzenden Augen und das fleckige, über ihre Haare gebundene Tuch. In Blaire brannte das gleiche Feuer, das einst in ihm gelodert hatte. Er wusste nicht, ob seines noch glomm oder irgendwann in den vergangenen Wochen ganz erloschen war.

»Für unsere Familie«, brummte er und legte seine Hand für einen Augenblick auf Blaires.

»So wie immer.« Blaire zwinkerte ihm zu und griff nach der Klinke. »Und schau mal wieder bei Ma vorbei!«

Archie sah ihr nach und atmete tief ein. Er hatte nicht vor, damit aufzuhören sich zu betrinken, doch für seine Familie sollte er sich wenigstens so weit zusammenreißen, dass er tagsüber alle Sinne beisammenhatte. »Kein Whisky mehr vor Einbruch der Dunkelheit«, murmelte er zu sich selbst. Also würde er heute die Fässer ausliefern und morgen zu der Schreinerei reiten und zusehen, ob er den Mann überzeugen konnte, die von ihm ausgewählten Männer und Burschen zu schulen, ehe Blaire sie noch zum Teufel jagte.

* * * * *

»Nun schling doch nicht so!«, zischte Geillis Stimme durch die Küche.

Vika sah erschrocken auf. »Entschuldige bitte, ich habe heute wohl reichlich Appetit.« Sie zwang sich, den Toast langsamer zu essen.

»Nicht nur heute.« Geillis sah sie angewidert an. »Kein Wunder, dass der Bursche kein Benehmen hat.«

Unter dem Tisch schob sich Archs Hand auf ihr Knie und Vika rieb mit ihrem Fuß an seinem Schienbein. Natürlich reichte es Geillis nicht, nur sie anzufahren, sondern sie musste auch Arch spüren lassen, dass sie mit ihm ebenfalls unzufrieden war.

»Wie willst du denn einen Mann finden, wenn du weiterhin so aus dem Leim gehst?« Missmutig wanderte der Blick der Tante über ihren Oberkörper, und Vika zog erschrocken den Bauch ein. Hatte Geillis etwa erkannt, was sie sorgsam zu verbergen suchte?

»Ich bin nicht auf der Suche nach einem Ehemann«, sagte sie leise.

»Aber du brauchst einen. Ich gebe zu, es wird in deinem Fall nicht gerade leicht sein, einen akzeptablen Kandidaten zu finden, aber ich höre mich bereits um.«

»Du tust *was*?« Das Brot rutschte ihr aus der Hand.

»Der Junge braucht einen Vater, der ihm die nötige Erziehung zuteilwerden lässt, denn du bist viel zu nachgiebig mit ihm. Und außerdem kannst du nicht für alle Zeiten hier wohnen.« Geillis nickte, um ihren Worten Nachdruck zu verleihen, und führte dann die Teetasse mit einem abgespreizten kleinen Finger an die Lippen. Ihre Tante hielt es für schicklich, so zu trinken.

Vika unterdrückte ein Stöhnen. Dass Geillis versuchte, sie unter die Haube zu bringen, fehlte ihr gerade noch. Dann hätte sie auch ebenso gut Willie Glenns Antrag annehmen können, wenn sie auf eine Zweckehe aus gewesen wäre. Auf keinen Fall durfte sie zulassen, dass Geillis den Plan weiterverfolgte. »Ich möchte in absehbarer Zeit nicht heiraten«, wagte sie einen Einwand.

»Da wirst du wohl keine Wahl haben, so wie ich das sehe. Du arbeitest wie eine dieser Frauen aus dem Ghetto in der Wäscherei, und es fällt mir zunehmend schwerer, diesen Umstand vor meinen Bekannten zu beschönigen. Wären nicht so viele Männer gefallen, hätte ich längst einen für dich aufgetrieben, der deinen Stand verbessern würde. Nun müssen wir eben nehmen, was wir kriegen können.«

»Es ist Zeit für die Arbeit«, presste Vika hervor, ehe sie noch aus der Haut fuhr.

Arch sprang ebenfalls auf und stellte sein Geschirr in die Spüle, wo sich bis zum Abend wie jeden Tag noch weitere Tassen und Teller von Geillis ansammeln würden, damit Vika sich nach ihrer Schicht darum kümmern durfte.

Im Schlafzimmer wusch sich Arch das Gesicht und kämmte sich die Haare wenig sorgfältig, während sie immer wieder verstohlene Blicke in den Spiegel warf.

Es war Ende Juni, was bedeutete, dass sie im zweiten Trimester war. Ihr lief die Zeit davon. Seit Wochen ließ sie ein Kleid nach dem anderen aus, doch diese spannten sich inzwischen deutlich um ihre Körpermitte. Sie würde sich ein, zwei neue kaufen müssen, daran führte kein Weg vorbei. Und das, wo sie doch jeden Penny für eine Wohnung zur Seite legen wollte. Schon ehe ihr das mit der Schwangerschaft klargeworden war, war ihre Lage mehr als aussichtslos gewesen. Wie sollte sie es nur anstellen, Arch, einen Säugling und sich selbst durchzubringen, wenn sie nicht mehr zur Arbeit gehen konnte, weil sie ein Baby zu stillen hatte? Eilig zwang sie sich, zumindest für diesen Moment jede Sorge beiseitezuschieben, sie mussten dringend los.

»Bereit?« Lächelnd sah sie zu Arch.

»Brodi wird schon auf mich warten. Wir wollen uns heute Pfeil und Bogen aus Ästen bauen. So, wie sie die Indianer haben. Sein Pa hat versprochen, uns zu helfen«, erzählte er, während er aus der Tür hüpfte. »Dafür werden wir aber sehr weit gehen müssen, denn dort wo Brodi wohnt, gibt es keine Bäume.« Immerhin, ihr Sohn fühlte sich besser, seit er nicht mehr den ganzen Tag bei Geillis im Haus verbringen musste.

Vika sah die Chefin aus dem Augenwinkel auf sich zukommen. Sie hoffte inständig, dass deren verkniffenes Gesicht nicht ihr galt und sie an ihr vorübergehen würde. »Mrs. Fairbairn!«.

Mist. Vika trocknete sich die Hände an der Schürze ab.

Eileen warf ihr einen Blick zu, der ausdrückte, was jeder hier über diese Frau dachte.

»Ja, bitte?« Vika zwang sich zu einem Lächeln.

»Sie sind zu langsam.« Ihre Vorgesetzte deutete auf den Wäscheberg, der sich neben Vikas Wanne auftürmte.

»Mir macht nur momentan die stickige Luft etwas zu schaffen«, beeilte Vika sich zu sagen. »Aber ich werde mir selbstverständlich mehr Mühe geben.«

»Das reicht mir nicht. Ich beobachte Sie schon, seit sie hier angefangen haben. Sie sind einmal früher gegangen und haben mehrere Male um eine Pause gebeten.«

Vika sah auf den mit Wasserpfützen bedeckten Boden. Sie wollte dieser Frau sagen, dass sie die Pausen benötigt hatte, um sich auf dem Abort zu übergeben, weil ihr von der Schwangerschaft und der unerträglichen Hitze der Halle regelmäßig schlecht wurde, doch das durfte sie nicht. »Ich verspreche Ihnen, das wird nicht wieder vorkommen.«

»Das wird es in der Tat nicht. Sie können nach vorne ins Büro gehen, und sich Ihr ausstehendes Gehalt auszahlen lassen.«

Vika sah zu Eileen, deren Schultern nach unten sanken. »Sie kündigen mir?«, fragte sie beinahe tonlos.

»Es bleibt mir kaum was anderes übrig. Sie halten den Betrieb auf. Ich werde Sie umgehend ersetzt haben. Jeden Tag werden hier Frauen vorstellig, die arbeiten möchten und dies schneller tun als Sie.« Mit diesen Worten rauschte sie davon.

Vika lehnte sich an die Waschwanne. Kaum drang die Bedeutung der eben gehörten Worte zu ihr durch, spürte sie auch schon Eileens Hand auf ihrem Arm.

»Es tut mir so leid«, flüsterte ihre Freundin.

»Ich weiß«, murmelte Vika.

»Warte doch bei uns zu Hause auf mich, damit wir reden können, ja?«

Vika schüttelte den Kopf. »Schon gut, mach dir keine Gedanken. Ich bin wirklich nicht die schnellste Wäscherin. Vielleicht finde ich irgendwo in einer Küche eine Anstellung. Das wird schon wieder.« Sie richtete sich auf und strich sich die Haare hinter die Ohren, ehe sie die Schürze auszog und sie über den Rand der Wanne legte.

Zögernd trat Eileen von einem Bein auf das andere. »Am liebsten würde ich dieser Schnepfe meine Schürze vor die Füße schleudern«, fauchte sie.

»Denk an deine Familie.« Vika sah ihr fest in die Augen. »Du brauchst diese Arbeit.«

Eileen nickte und trat wieder in ihren Arbeitsbereich hinüber. »Kommst du am Sonntag?«, rief sie, als Vika auf das Büro zuging, um sich ihr letztes Gehalt abzuholen.

»Natürlich.« Tapfer lächelte sie ihrer Freundin zu, auch wenn ihr das Schlucken schwerfiel und die Augen brannten. Sie würde hier nicht zusammenbrechen und um ihre Arbeitsstelle flehen. Es hätte auch keinen Sinn gehabt. Sie schaffte die Arbeit wirklich kaum, so schwach und unwohl, wie sie sich andauernd fühlte.

In knappen Worten hatte sie Christopher berichtet, warum sie Arch heute schon so früh abholte. Und dass es von nun an erstmal nicht mehr nötig sei, dass er auf den Jungen aufpasste. Christopher hatte geflucht, wie sie es von dem ruhigen Mann nie erwartet hätte. Und dann hatte er sie gebeten, Arch dennoch hin und wieder zu ihnen zu bringen, damit wenigstens die Kinder in diesen Zeiten etwas Freude hätten, wenn schon alles andere vor die Hunde ginge in diesem verdammten Land, dieser verdammten Stadt und den verdammten Gorbals sowieso, um die sich niemand da oben nur einen Dreck scherte. Vika hatte es versprochen und sich dann rasch auf den Rückweg gemacht, da sie fürchtete, nicht länger verbergen zu können, wie besorgt sie wirklich war.

Arch ahnte nichts von dem Wirbelsturm, der in ihrer Brust wütete. Fröhlich plappernd hüpfte er neben ihr die Straßen entlang und balancierte über Vorsprünge und Randsteine. Doch auch sein ausgelassenes Lachen lenkte Vika nicht von der Frage ab, was um Himmels willen sie nur Geillis sagen sollte. Und dabei schob sie seit Wochen so oder so schon das Unausweichliche heraus. Es war nur eine Frage der Zeit, bis die Tante erkennen würde, was mit ihr los war. Vielleicht sollte sie einfach mit diesem Versteckspiel aufhören und Geillis reinen Wein einschenken? Sie könnte an deren christliches Herz appellieren, beteuern, dass sie eine geläuterte Sünderin sei, und Besserung schwören. Doch etwas in ihrem Innern sagte ihr, dass alle gut zurechtgelegten Worte der Welt nicht den Sturm verhindern würden, der sich am Horizont zusammenbraute.

Leise öffnete sie die Haustür und horchte in Flur. Kein Laut war zu vernehmen. Vika glaubte, ein wenig Zeit gewonnen zu haben, ehe sie sich ihrer Richterin stellen musste. Sie hatte Arch gebeten, noch etwas draußen zu bleiben und mit den Kindern die Straße runter zu spielen, die sich wie jeden Nachmittag in der Nachbarschaft herumtrieben.

Tatsächlich war ihr Sohn inzwischen aufgeschlossener und gleich davongeflitzt.

Vika zog den Mantel aus und trat über den Dielenboden, der knarzend unter ihren Füßen nachgab.

Auf dem Sofa im Salon schreckte Geillis hoch, die sich allem Anschein nach ein Schläfchen gegönnt hatte, um sich von all dem Nichtstun des Tages zu erholen.

Vika seufzte und blieb stehen.

»Du?« Geillis richtete ihre Haare und zupfte sich die Bluse zurecht, dann gähnte sie und stand auf. »Was machst du schon hier?«, wollte sie wissen, während sie auf Vika zutrat.

Vika fasste in den Stoff ihres Kleids. »Ich wurde entlassen.« Mehr Worte brauchte es nicht.

Geillis' Augenbrauen zogen sich zusammen. »Was hast du getan?«

Sie sollte lügen, sich die beste Ausrede von allen einfallen lassen, um sich und ihrem Sohn zumindest noch für einige Wochen etwas Frieden zu sichern. Aber Vika konnte es nicht. Das winzige Wesen, das in ihr heranwuchs, gehörte zu ihr. Es war alles, was ihr von Archie geblieben war, und sosehr sie diese Tatsache auch in die Bredouille brachte, war es doch ein Stück von dem, was sie sich immer gewünscht hatte. Sie wollte nicht mehr verleugnen, dass sie unglücklich liebte und unfähig war, es sich abzugewöhnen. So wie sie zur Schwangerschaft von Arch gestanden und die Blicke ausgehalten hatte, schuldete sie es auch diesem Kind, zu ihm zu stehen. Vika atmete tief ein. »Ich bin zu langsam, weil ich in anderen Umständen bin und mir die Arbeit in der Wäscherei sehr zusetzt«, sagte sie klar und ohne zu stocken.

Geillis brauchte offensichtlich einen Moment lang, um zu verstehen, was sie eben ausgesprochen hatte. Ihr Blick ging zu ihrem Bauch, den Vika ausnahmsweise einmal nicht einzog. Dann wieder zu ihrem Gesicht, ehe Geillis' Hautfarbe einen ungesunden Rotton annahm. »Du trägst ein Kind aus?«, fragte sie schneidend.

»Ich wusste es nicht, als ich bei dir vorstellig wurde und um Obdach gebeten habe«, sagte Vika.

»Du bist also doch deiner Mutter Tochter!« Die Stimme der Tante überschlug sich. Geillis schlug sich die Hände vor den Mund, dann taumelte sie zu dem einen Spalt weit geöffneten Fenster und schloss es hektisch.

»Ich habe nie getan, was du andeutest«, sagte Vika leise. »Ich habe mein Geld immer auf ehrenhafte Weise verdient.« Wie schuldig sie sich in diesem Moment Shona gegenüber fühlte. Aus Not verteufelte sie die Art, auf die ihre Schwester das Geld verdiente, das auch Vika so oft durchgefüttert und durchgebracht hatte. Nie hatte sie ihrer Schwester Vorhaltungen gemacht, nicht einmal in Gedanken. Und nun tat sie es indirekt, um Geillis gnädig zu stimmen. Um sie um eine weitere Chance zu bitten.

Hektisch blickte Geillis durch den Raum und dann zu ihr. »Was soll ich nur den Leuten sagen?«

»Wir finden bestimmt eine Lösung ...« Weiter kam Vika nicht, denn Geillis' Hand schnellte nach oben.

»Du musst ausziehen«, sagte diese bestimmt.

»Tante Geillis«, setzte Vika an. »Denk doch an den Jungen.« Flehend sah sie ihre Tante an.

»An ihn hättest du selbst denken sollen, ehe du dich erneut in Schwierigkeiten gebracht hast.« Geillis verschränkte die Arme vor der Brust und umfasste mit einer Hand das Kreuz an ihrer Kette. »Nun musst du die Konsequenzen tragen. Möge Gott deiner sündigen Seele gnädig sein.«

Was Vika in dem verbitterten Gesicht las, war eindeutig. Sie hätte sich der Frau zu Füßen werfen können und doch nichts erreicht. »In Ordnung«, sagte sie gefasst. »Ich packe alles zusammen, und dann sind wir weg.«

Ihre Tante nickte, ging zum Sofa und nahm die Bibel von der Kommode.

Vika wollte sich umdrehen, doch etwas hielt sie davon ab. Sie konnte den Blick nicht von der Frau lösen, die mit erhobenem Kopf durch die abgegriffenen Seiten blätterte, um ihre religiöse Überlegenheit zu demonstrieren. »So anders sind du und meine Ma gar nicht«, brachte Vika hervor.

»Habe ich mich verhört?« Geillis fuhr herum und funkelte sie an.

»Meine Ma hat Geld von Männern genommen, weil sie keine andere Möglichkeit mehr sah. Und dann hat sie Shona und mich im Stich gelassen.« Vika bemerkte, dass ihre Stimme nicht flatterte. Sie ballte die Hände zu Fäusten. »Und du hast nicht einen Tag in deinem Leben gearbeitet, sondern dich von Männern aushalten lassen. Das alles hier«, Vika deutete in den Raum hinein, »hast du nur, weil deine Männer es dir hinterlassen haben. Und dennoch wolltest du Shona und mir damals nicht helfen, als wir dich dringend gebraucht hätten. Und jetzt wiederholt es sich erneut.« Vika lachte und schüttelte den Kopf. »Wir wären im Armenhaus gelandet, wenn uns nicht der wohl unchristlichste Mensch geholfen hätte.« Nein, Archie würde nie auf die Idee kommen, auch nur eine Seite der Bibel zu lesen oder Gott als Ausrede zu nehmen, um seine Taten zu rechtfertigen. Er hatte sein eigenes Verständnis von richtig und falsch, das Vika zwar manchmal nicht nachvollziehen konnte, aber sie hatte ihm dennoch immer vertraut. Auch wenn sie keine Möglichkeit sah, mit Archie zu leben, so war nicht alles an ihm schlecht. An Geillis hingegen schon. An ihr fand sie nicht eine gute Sache.

»Dass du es wagst, so mit mir zu reden«, schrie Geillis.

Vika fuhr zärtlich über ihren Bauch und sah sie an. »Wir sind in fünf Minuten hier raus.«

* * * * *

Archie inhalierte und behielt den Mann auf der anderen Straßenseite fest im Blick. Aus den Augenwinkeln nahm er ein näherkommendes Pferd wahr, das von seinem Reiter vor dem Pub angebunden wurde. Schwere Schritte näherten sich, dann trat eine Gestalt neben ihn.

»Warum tust du das?«, brummte Connor.

»Was?«

»Ihn anstarren.«

Archie ließ Willie noch immer nicht aus den Augen, der dort vor dem Gemischtwarenladen stand, während seine älteste Schwester einkaufte. »Damit er weiß, dass ich ihn im Blick behalte.« Mit regungsloser Miene betrachtete er den Mann, den zu erwürgen er sich seit Monaten verbieten musste. »Kate Glenn hat eben anschreiben lassen«, berichtete er. »Lange wird die alte Fuchtel Malloy das wohl kaum akzeptieren.«

»Du wirst die Familie noch aushungern, wenn du nicht aufhörst, ihnen derartig Probleme zu machen.«

Archie kannte Connor gut genug, um am Ton seiner Stimme zu erkennen, dass sein Freund nicht mit seinem Tun einverstanden war. Nein, er war geradezu abgestoßen davon.

»Keiner zwingt die Glenns weiterhin in Foxgirth zu leben. Es steht ihnen frei ihr Glück woanders zu suchen«, hielt Archie dagegen. »Sie können ihren Hof verkaufen und gehen.«

»Du hast dafür gesorgt, dass Leroy Glenn seinen Job verliert«, grummelte Connor unzufrieden. »Die Leute reden über das, was hier abläuft, und es lässt dich in keinem guten Licht erscheinen. Sie wissen ja nicht, was hinter deinem Verhalten steckt.«

Es war ein Leichtes gewesen, den Großbauern, bei dem Willies Bruder Leroy sich einige Orte weiter zur Aussaatzeit etwas Geld dazuverdiente, davon zu überzeugen, den Kerl nach Hause zu schicken. Archie hatte dem Bauern dafür einen guten Preis für sein Getreide garantiert und so gleich auch noch teilweise die Versorgung der Destillerie für den nächsten Winter gesichert.

Auf der anderen Straßenseite blickte Willie zu ihm hinüber, und Archie presste die Zähne aufeinander, bis sich ein Brennen über seine Wange zog. Willie bedeutete Kate, die aus dem Laden kam, sich zu beeilen und ging davon.

Archie schnippte den Zigarettenstummel auf die Straße und ließ sich auf einen der Stühle sinken, die bei gutem Wetter auf dem Holzsteg vor dem Pub standen.

Connor setzte sich ebenfalls. »Ich bin auf dem Weg hierher an der Kapelle vorbeigeritten«, brummte er. »Das neue Dach wurde heute eingedeckt, und Blaire wirkt zur Abwechslung mal zufrieden.«

»Gut.« Der Schreiner hatte die Männer in der Tat gut angeleitet und ihnen etwas an die Hand gegeben, das sie würden nutzen können, wenn sie es denn richtig anstellten.

Connor sah die Straße entlang, auf der wie immer kaum eine Menschenseele unterwegs war. Allmählich begann es zu dämmern. »Und was hast du heute noch vor?«

»Auf die Dunkelheit warten«, brummte Archie. Noch hielt er an seinem Vorsatz, tagsüber nicht zu trinken, fest. Doch je näher der Abend rückte, desto unruhiger wurde er stets.

Connor nickte, dann zog er ein Messer aus der Hosentasche und klappte es auf. Aus der anderen beförderte er ein schmales Stück Holz hervor und begann gemächlich dünne Holzstreifen abzulösen.

Archie betrachtete die Späne, die in beruhigender Gleichmäßigkeit auf dem Boden aufkamen. Auch wenn sie gerade häufig nicht einer Meinung waren, so hielt Connor auch weiterhin an ihrer Freundschaft fest, obwohl Archie momentan nicht fähig war, diese zu erwidern. Nein, seit Monaten konnte er niemandes Nähe ertragen, sogar Blaire hielt er auf Abstand. Und zu Hause sah er nur hin und wieder vorbei. Gerade oft genug, dass seine Ma darauf verzichtete, im Pub aufzuschlagen, um nach ihrem Spross zu sehen. Ganz sicher wussten längst alle in der Familie, warum er sich so benahm. In einer großen Familie wie der seinen war es unmöglich, Geheimnisse voreinander zu haben. Immerhin respektierten sie seine Reserviertheit und versuchten erst gar nicht, ihn auf Vika anzusprechen. *Vika.* Archie rieb sich über den Nacken und sah in den mit weißen Wolkenfetzen bedeckten Himmel hinauf, aus dem sich allmählich das Hellblau des Frühsommers schlich, da sich die Nacht ankündigte. »Wenn ich nur wüsste, ob es den beiden gut geht«, murmelte er.

Connor ließ das Messer sinken und sah ihn aus den Augenwinkeln an. »Shona wird es wissen, nehme ich an?«

»Davon gehe ich aus.« Sicherlich schrieben die Frauen einander, auch wenn ihm bisher kein Brief von Vika untergekommen war. Doch da Shona stets vor ihm auf war und die Einkäufe erledigte, brachte sie ebenfalls die gelegentliche Post mit.

»Dann frag sie doch.« Connor zog die Augenbrauen hoch.

»Sie hat Vika geschworen, mir nichts zu sagen«, knurrte Archie.

»Herrgott. Du musst ja nicht fragen, wo Vika und der Junge leben, nur ob es ihnen an nichts fehlt.« Sein Freund schüttelte den Kopf. »Shona hat doch kein Herz aus Stein und wird dir etwas Beruhigung schenken.«

Archie schloss die Augen und konzentrierte sich auf den sachten Wind und die Geräusche der Umgebung. In einiger Entfernung waren die Küstenseeschwalben zu hören. Aus der offenen Pubtür drang das Gemurmel einiger Männer, die sich wie jeden Tag bei einem Ale darüber ausließen, wie beschissen hart das Leben doch war. Der ein oder andere stattete Shona zwischendurch einen Besuch ab. Alles war wie immer. So wie an jedem verdammten Tag. Archie versuchte, sich Vikas Lachen in Erinnerung zu rufen, doch in nüchternem Zustand wollte es ihm nicht recht gelingen. Sein Magen schien sich zusammenzuziehen, als ihn ein merkwürdiges Gefühl überkam. Es gab keinen Grund, Shona nach Vika zu fragen, er spürte auch so, dass sie in einer misslichen Lage steckte. Vika würde arbeiten bis zum Umfallen, um Arch eine bessere Zukunft zu bieten, und sich selbst dabei vergessen. Und es gab nichts, was er tun konnte, um ihr zu helfen. Weil sie seine Hilfe nicht wollte. »Jetzt ist Abend«, knurrte er und stand auf.

»Ist noch nicht mal dunkel«, brummte Connor.

»Abend ist, wenn ich es sage.« Er stapfte in den Pub.

»Dann bring mir ein Ale mit«, rief Connor ihm nach.

* * * * *

Vika trug den Leinensack mit Archs Habseligkeiten über ihrer Schulter und ihren Koffer in der rechten Hand.

Arch versuchte ihr zu helfen, das sperrige Teil zu transportieren, stolperte jedoch deshalb regelmäßig über seine eigenen Füße.

Keuchend blieb sie stehen und stellte das Gepäck ab. Die Dämmerung hatte eingesetzt, und Vika war nicht wohl dabei, um diese Zeit mit allem, was sie besaß, durch die Straßen zu wandern. Zur Sicherheit hatte sie ihr weniges Erspartes unter ihre Bluse geschoben, so wie Shona es stets tat, wenn sie bezahlt wurde. Sie würde ihrer Schwester gleich morgen schreiben, sie solle von nun an keine Briefe mehr an Geillis' Adresse senden. Nicht ein Wort des Abschieds war der Tante über die Lippen gekommen, als Arch und sie das Haus verlassen hatten. Vika hielt sich die stechende Seite und versuchte tief durchzuatmen. Bald hatten sie ihr Ziel erreicht – die einzigen Menschen, die sie in Glasgow kannten. Wie schrecklich es sich anfühlte, sich in wenigen Minuten aufdrängen und um Obdach bitten zu müssen. Doch welche Wahl hatte sie? Das Armenhaus? Sie sah auf Arch hinab, der mit dem Fingernagel am spröden Leder des Koffers knibbelte und sich gelangweilt umsah.

»Also gut«, Vika wuchtete den Sack über ihren Rücken und griff erneut nach dem Koffer, »wir haben es fast geschafft.« Nun kehrte sie an den Ort zurück, der sie einst hervorgebracht hatte.

»Herrje.« Eileen trat zur Seite und ließ sie eintreten.

»Es tut mir so leid, darum zu bitten, aber …«

»Deine Tante hat euch rausgeworfen, weil du die Arbeit verloren hast«, beendete Eileen Vikas Satz.

»So in etwa.«

Christopher humpelte mit der Krücke auf sie zu und nahm ihr den Sack ab. Dann wuschelte er Arch über den Kopf. »Brodi ist draußen, geh ihn doch suchen. Sobald die Laternen angehen, kommt ihr rein, in Ordnung?«

»Ja, Sir.« Rasch flitzte Arch in den finsteren Hausflur, der voller Essensdünste war. Die schwere Luft ließ in Vika Übelkeit aufsteigen. Sie setzte den Koffer ab und lief ans Fenster. Rasch öffnete sie die Scheibe, hielt den Kopf hinaus und atmete gierig ein.

»Ich lasse euch einen Moment alleine«, hörte sie Christopher zu Eileen sagen.

Gleich darauf streichelte ihre Freundin ihr über den Rücken. »Geht's wieder?«

»Ich bin am Ende«, flüsterte Vika, während sie zurücktrat und sich aufs Bett setzte.

Eileen seufzte und setzte sich neben sie. »Wir suchen dir eine andere Arbeit. Und dann hören wir uns um, ob in der Nachbarschaft ein Zimmer frei ist für dich und Arch.« Sie lächelte sanft. »Das wird schon wieder.«

»Ich erwarte ein Kind«, sagte Vika kaum hörbar.

Mit offenem Mund starrte ihre Freundin sie an. »Das ist …«, sie schluckte, »also das ist eine Überraschung, möchte ich meinen.«

Vika senkte den Blick. »Ich habe dich und Christopher angelogen. Ich war nie verheiratet, und mein Mann ist auch nicht gefallen.« Sie ertrug es nicht, auch nur eine Minute länger zu schwindeln und diese Lügen, die Geillis ihr aufgezwungen hatte, weiterhin aufrechtzuerhalten.

Eileens Augen weiteten sich. »Ich glaube, ich sollte uns einen Tee kochen. Vermutlich hast du mir einiges zu erzählen.« Sie stand auf und ging um Mary herum, die auf einer Decke am Boden mit einer Rassel spielte, zum Herd. »Am besten fängst du ganz am Anfang an, Vika. Ich würde gern wissen, wen wir in unserer Wohnung aufnehmen.«

»Das ist nun wirklich eine bewegende Geschichte.« Eileen seufzte und schüttelte immer wieder den Kopf, so wie sie es bei Vikas Bericht die ganze Zeit über getan hatte. Seit einer halben Stunde saßen sie nebeneinander auf der Bettkannte und Vika hatte sich alles von der Seele geredet. Reinen Tisch gemacht. Und sich mehrfach für die Lügen entschuldigt. »Und du bist dir wirklich sicher, dass du und dieser Mann keine gemeinsame Zukunft habt?«, fragte Eileen.

»Ich wünschte ...« Vikas Stimme brach ab. Sie atmete tief ein. »Es ist aussichtslos. Archie ist, wie er ist, und obwohl ich ihn liebe, kann ich so nicht mit ihm leben.« Gegen ihren Willen quollen die Tränen hervor und tropften auf ihr Kleid.

»Ach, komm her.« Eileen schlang die Arme um sie, und Vika hatte das Gefühl, sich endlich gehenlassen zu können. Ihr Körper wurde von Schluchzern erschüttert, bis sie weniger wurden und schließlich aufhörten.

»Jetzt ist es raus. Gut so.« Ihre Freundin lächelte sie an, dann tupfte sie ihr mit einem Stofftaschentuch die Wangen ab. »Wir müssen dich dringend auf andere Gedanken bringen. Eine traurige Mutter tut dem Kind nicht gut.«

»Das Kind«, sagte Vika seufzend. »Ich kann nicht glauben, dass ich schon wieder in der gleichen Lage stecke.«

»Und ihr habt wirklich nur ein Mal ...?« Eileen zog die Augenbrauen hoch.

Vika nickte. »So wie mit Willie damals auch.«

»Nur zweimal die Freuden der Liebe genießen und prompt

schwanger werden. Ich weiß ja nicht, ob man das als Glück oder Pech bezeichnen kann.« Eileen kicherte. »Aber ich würde meinen, deine Schwester hätte dir erklären sollen, wie man dafür sorgt, dass so etwas nicht geschieht.«

»Du bist schrecklich.« Vika lachte und schlug sich die Hände vors Gesicht. »Ich habe ja selbst nicht geahnt, dass es überhaupt dazu kommen würde. Es ist einfach so passiert.«

»Das tut es immer.« Eileen zuckte mit den Schultern.

Nun musste Vika doch lachen. Sicherlich waren ihre Augen schrecklich verquollen von der ganzen Heulerei und trotzdem fühlte sie sich schon etwas besser.

»Nur zur Sicherheit solltest du dich in Zukunft von Männern besser fernhalten«, zog Eileen sie auf.

»Ich habe meine Lektion gelernt«, beteuerte Vika und gluckste.

Zufrieden nickte Eileen, »So gefällst du mir schon besser. Nun lass uns ein Schlaflager für dich und Arch herrichten, und dann machen wir uns ans Abendessen.«

»Ich verspreche, ich werde zusehen, dass wir so schnell wie möglich eine eigene Bleibe finden und euch nicht auf der Tasche liegen.« Es war ihr schrecklich unangenehm, den Torrys solche Umstände zu bereiten.

Eileen stand auf. »Nur keine Eile. In den Gorbals …«

»… halten wir zusammen«, vollendete Vika den Satz. Sie war wirklich wieder zurück. Scheinbar gehörte sie einfach hierher. Je schneller sie diese Tatsache akzeptierte, desto leichter würde es werden.

Kapitel 10

Ohne dass Archie es wirklich wahrgenommen hatte, hatte der Sommer Einzug gehalten. Die Wildblumen auf den Wiesen um Foxgirth standen kniehoch und verströmten ihren betörenden Duft. Alle paar Tage wechselte Shona die Sträuße in den Vasen im Pub. Jedes Jahr stellte sie diese, sobald die Tage schöner wurden, auf den Tischen auf. »Das bringt immerhin etwas Leben in diese vier Wände«, murmelte sie stets, wenn sie mit dem Korb voller Blumen an ihm vorbeirauschte und das Grünzeug mit Bedacht arrangierte.

Archie schnippte die Zigarette weg und sah ein letztes Mal zur Wiese jenseits des Hofs. Jetzt am Nachmittag bildete das Zirpen der Grillen das Hintergrundgeräusch des Alltags. Ob Arch dort, wo er jetzt lebte, auch Grashüpfer sammeln konnte? Und wenn ja, wen erschreckte er dann damit? Sicherlich kreischte niemand so schön wie Shona beim Anblick der Krabbeltiere.

Mit gerunzelter Stirn trat er in den Schankraum. Kein Laut war zu hören. Shona nutzte das herrliche Wetter vermutlich für einen Spaziergang, da von Bobby ebenfalls nichts zu sehen war. Archie ahnte, dass sie sich einsam fühlte. Vika war ihre einzige Vertraute gewesen, denn sie wurde von den Frauen des Ortes nur abschätzig beäugt und niemals eingeladen. Zwar hatte sich Bonnie in der Zeit der Spanischen Grippe etwas mit ihr angefreundet, doch die arbeitete noch immer in Edinburgh. Wenn Archie ehrlich war, wartete er seit Monaten darauf, dass auch Shona ihre Sachen packte und verschwand. Warum zum Teufel folgte sie nicht Vika? Was hielt sie denn noch hier?

Shona wusste, wo Vika lebte. Er hatte es nicht über sich gebracht, sie nach ihr zu fragen. Doch das ungute Gefühl, dass Vikas neues Leben voller Stolpersteine war, ließ ihn nicht los. Was, wenn es ihr und dem Jungen schlecht ging? Plötzlich konnte er die Sorgen, die er sonst bemühte von sich zu schieben, nicht mehr ertragen. Sie schnürten ihm die Luft ab.

»Shona?«, polterte seine Stimme durch das Gebäude. Auch wenn er annahm, dass sie unterwegs war, wollte er sichergehen.

Nichts. Archie stapfte die Treppe hinauf und spähte durch den Türspalt in ihr Zimmer. Er stieß die Holztür auf und trat in die Mitte des ordentlichen Raums. Wie auch Vika hatte Shona sich vor Jahren eine Tapete gewünscht. Doch im Gegensatz zu ihrer Schwester keine mit Blumen, sondern eine schimmernde dunkelgrüne Wandverzierung. Wochenlang hatten die Schwestern ihm damit in den Ohren gelegen, bis er schließlich nach Edinburgh gefahren war, um die Tapeten zu besorgen, was eigentlich ziemlich nett von ihm gewesen war, wie er fand. Vermutlich hatten Shona und Vika ihn öfter dazu gebracht zu machen, was sie wollten, er hatte es nur nie bemerkt. »Frauen«, raunte Archie und blickte sich um. Er sollte nicht tun, weshalb er das Zimmer betreten hatte, doch etwas zwang ihn dazu. Er musste es einfach wissen. Er brauchte die Gewissheit, dass es Vika entgegen seiner Befürchtungen gut ging.

Zielstrebig zog der die Schublade des Nachttischs auf und

wühlte in dem Krimskrams, den Shona dort aufbewahrte. Mit einem Knall schob er sie wieder zu.

»Was ist denn hier los?« Shona rauschte auf ihn zu und sah sich geschockt um. »Es sieht ja aus, als wäre hier eine Bombe eingeschlagen! Was hast du nur getan?« Sie funkelte ihn an.

»Wo versteckst du die Briefe?«, knurrte Archie, der gegen das Bettgestell gelehnt auf dem Boden hockte. Er hatte alles durchsucht, sogar das Kopfkissen und die Matratze abgezogen und unter dem Teppich nachgesehen. Er hatte jedes Möbelstück von der Wand weggerückt, doch es war nichts zu finden gewesen.

»Wovon sprichst du überhaupt?« Shona beugte sich hinunter und hob einige Kleidungsstücke auf, die er aus der Kommode geschleudert hatte.

»Vikas Briefe«, presste er durch die Zähne hindurch.

War das ein Zucken gewesen? Er sprang auf.

Shona hatte sich unbewusst verraten, auch wenn sie jetzt vorgab, vollauf damit beschäftigt zu sein, die Blusen zu falten.

Er griff nach ihrem Arm. »Sie schreibt dir doch. Das weiß ich.«

Shona zog ihre Hand zurück und sah ihn noch immer nicht an.

»Mach den Mund auf, Shona!«

Sie blies sich einige blonde Strähnen aus dem Gesicht, die nach dem Spaziergang nicht so ordentlich saßen wie üblich. »Glaubst du wirklich, ich wäre so dumm, Vikas Briefe in diesem Haus rumliegen zu lassen?« Sie schüttelte den Kopf. »Ich verbrenne sie, sobald ich sie gelesen habe. So, wie ich es meiner Schwester versprechen musste.«

Archie wollte sie anschreien, ihr vorwerfen, wie verflucht hinterhältig das war. Dass alles, was er wissen wollte, doch nur war, ob es Vika und Arch gutging. »Du bist ein Miststück«, brummte er und ließ sich auf das Bett fallen. Auf dem Rücken liegend starrte er an die Decke.

Shonas Gesicht schob sich über seins. »Und du bist ein Mistkerl.« Sie lächelte und kroch ins Bett.

Archie spürte ihre Wärme, als sie sich an ihn schmiegte und mit den Fingerspitzen durch sein Haar fuhr. Früher, vor dem Krieg, hatte er gelegentlich in diesem Bett gelegen. Es war unkompliziert gewesen und hatte nichts bedeutet. Hin und wieder hatte es sich nach einem langen Abend einfach ergeben. Damals, als er noch jung gewesen war, und keine Ahnung davon hatte, was die Zukunft ihnen Schreckliches bringen würde, waren es einfach nette Stunden gewesen. Ihnen beiden war klargewesen, dass sie keine Gefühle füreinander hegten, aber sie hatten sich stets geschätzt.

Niemals hätte er gewagt, sich Vika auf diese Weise zu nähern. Vermutlich hatte er einfach heimlich, so heimlich, dass er es nicht einmal selbst gemerkt hatte, für sie geschwärmt.

»Geht es ihr gut?«, fragte er mit trockener Kehle.

»Alles im Leben hat Folgen, Archie. Auch sich zu lieben«, sprach sie leise. »Jetzt müsst ihr beide mit diesen Folgen leben. Und du damit, dass sie gegangen ist.«

»Das ist keine Antwort.« Er drehte den Kopf und starrte in die hellblauen Augen, die seit Monaten so traurig wirkten.

»Vika wird es schaffen, das spüre ich.« Ihre Fingerspitzen kreisten unablässig durch sein Haar.

»Warum gehst du nicht zu ihr, um ihr zu helfen?« Wie konnte Shona nur hierbleiben? Wenn er wüsste, wo Vika sich befand, gäbe es nichts, dass ihn davon abbringen würde, zu ihr zu gehen. Und genau deshalb hatte Vika ihrer Schwester auch das Versprechen abgenommen, ihm ihren Aufenthaltsort niemals zu verraten. Vika wollte ihn unter allen Umständen von sich fernhalten, und das schmerzte mehr als alles andere.

Shona seufzte. »Vika will nicht, dass ich mich um sie kümmere. Sie sagt, sie hätte mir lange genug auf der Tasche gelegen. Das ist natürlich Blödsinn, doch manchmal kann meine Schwester überraschend dickköpfig sein.« Sie lachte leise, ehe sie nachdenklich an ihm vorbeisah. »Die Wahrheit ist wohl, dass ich es nicht über mich bringe, wieder in einer großen Stadt zu leben. Was ich tue, kann ich gerade so aushalten, weil ich es hier mache und die Umstände in Foxgirth nicht annähernd so schlimm sind wie früher.«

»So wie damals, als ich dich in dem runtergekommenen Schuppen aufgegabelt habe?« Archie musterte ihr Gesicht.

»Du hast einem betrunkenen Kerl eine reingehauen, der sich in der Bar aufdringlich verhalten hat«, sagte sie und lachte. »Du warst noch so jung und hast es im Gegensatz zu all den anderen Männern dort nicht einfach mitangesehen.«

»Hat mir ein paar geprellte Rippen eingebracht, aber das war mir der Spaß wert.« Archie konnte sich ein Grinsen nicht verkneifen. Irgendwie war er damals in diese Bar geraten. Voller Abenteuerlust hatte er sich nach Edinburgh aufgemacht, die Stühle als Grund vorgeschoben, in Wahrheit aber einfach nur etwas erleben wollen. Damals war ihm Foxgirth so erdrückend winzig erschienen, und die Ferne hatte ihn gelockt. Er hatte ja nicht geahnt, dass es ihn nur wenige Jahre später aufs Festland verschlagen würde, wo er sein Leben für den König und den Scheiß von der Freiheit riskieren sollte. Das Fernweh hatte ihm der Krieg jedenfalls gründlich ausgetrieben.

»Dann hast du mich gefragt, was ich in so einer miesen Kneipe mache«, sinnierte Shona.

Geld verdienen. Das waren ihre Worte gewesen, erinnerte Archie sich. Selten dachte er an die Zeit vor dem Krieg zurück. Aber er sah den Moment, als ihm klargeworden war, womit Shona ihr Geld verdiente, klar vor sich. Irgendwie war ein Strahlen von ihr ausgegangen, das nicht in diese heruntergekommene Eckkneipe gepasst hatte. Oder zu dem, was sie tat.

»Und dann hast du gesagt, dass du einen Pub hättest, in dem ich wohnen und unter weniger schlimmen Bedingungen arbeiten könnte.« Sie schmunzelte. »Ich war mir unsicher, ob ich dir glauben kann, aber immerhin hattest du dich gerade zusammenschlagen lassen, um mir zu helfen, obwohl du mich nicht kanntest. Und da war was in deinem Blick, das mich beruhigt hat. Also bin ich davon ausgegangen, dass es nicht mehr schlimmer werden kann, und habe zugestimmt.«

Eine halbe Stunde später hatte er in der Dunkelheit das erste Mal Vikas Gesicht gesehen und ihm war ein Schauer über den Rücken gelaufen. Als Stunden später die Sonne aufgegangen war, hatte er sich umgedreht und ihr Antlitz betrachtet, während sie an Shona gelehnt schlief. Nie hatte er ein hübscheres Mädchen gesehen. In diesem Augenblick hatte er gewusst, dass er in dieser Nacht die beste Entscheidung seines Lebens getroffen hatte.

Archie räusperte sich und konzentrierte sich wieder auf Shonas Worte. »Auch wenn es hier angenehmer ist, bist du dennoch nicht glücklich, oder?«

Statt etwas zu sagen, presste sie die Lippen aufeinander.

Archie nickte und fuhr ihr über den Arm. »Lass uns etwas hier liegen und unseren trüben Gedanken nachhängen«, schlug er vor.

»Ist gut«, murmelte Shona. »Und dann mache ich uns etwas zu essen, während du diesen Saustall aufräumst.« Sie sah ihn an. »Es wird irgendwann weniger schmerzen, Archie.«

»Nein, das wird es nicht. Aber das ist in Ordnung.« Er schloss die Augen und horchte auf das Zirpen, das durch das geöffnete Fenster hereindrang.

* * * * *

Die Tage zogen sich zäh dahin. Seit zwei Wochen lebten Vika und Arch nun schon bei den Torrys in dem engen und überfüllten Raum. Es gab keine Möglichkeit, sich zurückzuziehen und in sich hineinzuhören, was Vika zusetzte. Nur nachts, wenn alle schliefen, hatte sie die Gelegenheit, über alles nachzudenken. Der wachsende Bauch ließ sich inzwischen wirklich nicht mehr verstecken, und obwohl sie sich zunehmend schwächer fühlte, was ihr Sorgen bereitete, hatte sie dennoch versucht, eine neue Arbeit zu finden. Aber niemand wollte einer offenkundig schwangeren Frau einen Job geben, noch nicht einmal als Tellerwäscherin in einem der Pubs, während so viele andere sich um jede Arbeitsstelle rissen. Also tat Vika ihr Möglichstes, um Eileen und Christopher zu unterstützen, im Gegenzug für die freie Unterkunft. Sie kochte, auch wenn Eileen behauptete, dass dies nicht nötig sei. Untertags kümmerte sie sich um Mary, bis Christopher im Scherz sagte, dass sie ihm damit den Grund nahm, morgens aufzustehen. Aber es gab auch gute Seiten an ihrer Situation, denn sie fühlte sich selten einsam. Christopher war ein geduldiger Gesprächspartner und nie forderte er sie auf, ihm zu erzählen, wie sie in diese Lage geraten war.

»Vika?«

Sie wandte sich um und sah zu Christopher, der auf dem Stuhl saß.

»Hast du mit mir geredet?«, fragte sie eilig.

Er lachte leise und deutete in den Topf. »Ich habe gefragt, ob die Kartoffeln reichen, oder ich noch mehr schälen soll?«

Vika trat neben ihn und sah hinein. »Ich nehme an, das reicht. Du wirst schneller«, stellte sie fest und lachte.

»Übung macht den Meister.« Christopher reichte ihr den gusseisernen Topf. »Also, wo warst du eben mit deinen Gedanken?«

Vika füllte Wasser ein, das sie vorhin im Hinterhof gepumpt und dann bis in den vierten Stock geschleppt hatte. Sie setzte den Deckel auf. »Ich habe überlegt, was ich noch tun könnte, um Geld zu verdienen. Ich muss dringend Geld auftreiben, damit ich mir ein eigenes Zimmer nehmen kann, ehe das Kind kommt. Noch eine Person mehr kann ich euch nicht zumuten.«

Aus dem Korb neben dem Ofen nahm sie ein neues Brikett heraus und schob es in die Glut, während sie das schabende Geräusch seiner Krücke auf dem Boden hörte. Als sie sich umdrehte, stand er vor dem Bild, das sie damals gemalt hatte. In einem schmalen Holzrahmen hing es an der Wand gegenüber dem Bett.

»Du musst lange geübt haben, um so zeichnen zu können«, murmelte er.

»Auf jeden Fall länger als du, um Kartoffeln zu schälen.« Sie kicherte, als er sie grinsend über die Schulter ansah.

Vika setzte sich auf den Boden, wo Mary mit einem Blechteller und einem Löffel spielte. Wie gut das Strahlen des Kindes ihr in diesen Zeiten tat. Als würde die Sonne aufgehen, wann immer das kleine Mädchen unverständlich plapperte und lachte.

»Damit sollte sich doch Geld verdienen lassen«, überlegte Christopher.

»Mit Zeichnungen?« Vika schüttelte den Kopf. »Das habe ich schon vor Jahren versucht, aber niemand wollte von einer jungen Frau Gemälde kaufen.

»In den Einkaufsstraßen stehen Künstler, die Porträts anbieten«, hielt er dagegen.

»Und es sind allesamt Männer, falls dir das entgangen ist.«

»Aber die meisten sind nicht halb so gut wie du.« Er nickte heftig. »Ich bummle dort hin und wieder mit den Kindern entlang. Ich bin kein Fachmann auf diesem Gebiet, aber das erkenne ich wohl.«

Seufzend zog sie das kleine Mädchen auf ihren Schoß. »Und doch hat es keinen Zweck.«

»Und wenn die Leute gar nicht wissen, dass du die Bilder zeichnest?« Er zog die Augenbrauen hoch.

»Was genau meinst du?«

Er humpelte zum Bett und setzte sich umständlich. »Bei Porträts müsstest du die Menschen zeichnen, und sie wissen dann natürlich, dass du die Künstlerin bist. Aber wenn ein Mann, sagen wir ein bedauernswerter Veteran, Gemälde anbietet, dann geht jeder davon aus, dass er derjenige ist, der dafür verantwortlich ist.«

»Sprichst du etwa von dir?«

Ein amüsiertes Brummen drang aus seiner Brust, und Christopher deutete auf sein Bein. »Ich bin solch ein bedauernswerter Veteran, oder nicht?«

»Du schlägst also vor, dass du meine Werke anbietest?«

»Warum nicht?« Er zuckte mit den Schultern. »Es wäre einen Versuch wert. Du hast doch in den letzten Wochen alles getan, um Arbeit zu finden, und es ist dir nicht geglückt. Und wenn nur eine kleine Chance besteht, dann meine ich, du solltest sie nutzen.«

»Dafür bräuchte ich gutes Papier und Farben. Bleistiftzeichnungen sind nichts Außergewöhnliches.« Vika seufzte erneut. »Es ist lieb von dir, dass du dir Gedanken machst, aber es ist aussichtslos.«

»Würde dein Erspartes denn dafür ausreichen?«

»Das kann ich nicht riskieren, Christopher. Ich weiß doch so schon kaum, wie ich alleine zwei Kinder durchbringen soll.« Erneut schoben sich dunkle Wolken über ihr Gemüt, wie so oft in letzter Zeit. War sie einfach schrecklich dumm gewesen, als sie geglaubt hatte, es alleine zu schaffen? »Und ich weiß nicht einmal, was ich malen sollte. Was wollen die Leute denn für Bilder? Hier gibt es keine schönen Landschaften, die mich inspirieren könnten. Und abgesehen davon liegt es mir mehr, Menschen zu zeichnen. Aber Porträts sind eben unmöglich.«

»Gibst du immer so schnell auf?«

»Das ist nicht nett, Christopher«, flüsterte sie und senkte den Kopf.

»Nettigkeit hilft dir nicht weiter. Ehrlichkeit schon.« Er atmete tief ein. »Also, Vika: Hast du vor aufzugeben?«

»Nein!«, rutschte es laut aus ihr heraus. Überrascht starrte sie Christopher an. »Nein, ich habe nicht vor aufzugeben.«

»Dann lass uns nach einer Lösung suchen und was riskieren.«

Mary hielt sich an Vikas Schultern fest und streckte die Beinchen durch. Es konnte nicht mehr lange dauern, bis das Mädchen seine ersten freien Schritte machen würde. Immer und immer wieder zog sie sich an den Möbeln hoch, auch wenn sie jedes Mal erneut unsanft auf ihrem Hintern landete. Vielleicht sollte sie sich ein Beispiel an dem ungebrochenen Willen des Kindes nehmen?

»Dann lass mal hören«, sagte Vika.

»Was um Himmels willen geht denn hier vor sich?« Eileen stellte ihren Korb neben dem Herd ab und betrachtete das Durcheinander, das sich ihr bot. Beinahe der ganze Boden war mit Papieren ausgelegt. Christopher saß neben Vika auf den Dielen, während sie sich kniend über ein Blatt beugte, was immerhin noch einigermaßen mit ihrem Bauch ging. Überrascht sah sie auf. »Hast du etwa schon Feierabend?«

Eileen nickte und trat auf Zehenspitzen zwischen den Papierbögen hindurch zu ihnen hinüber. »Was treibt ihr hier nur?«

»Dein Mann hat mich angestiftet, mein letztes Geld auszugeben«, erklärte Vika lachend. Sie streckte den schmerzenden Rücken durch. Tatsächlich hatte sie sich gleich nach dem Mittagessen auf den Weg in die Einkaufsstraße gemacht, um sich mit Ölfarben und einem Stapel Papierbögen einzudecken. Zunächst hatte sie Leinwände bewundert, doch dafür reichte ihr Geld nicht. Auch so war es vermutlich schrecklich leichtsinnig gewesen, ihr Erspartes dafür anzurühren.

»Das war deine Idee?« Eileen knuffte Christopher in die Seite, während sie sich hinkniete, um die Zeichnungen zu betrachten. »Was habt ihr euch nur gedacht?«

Schmunzelnd legte Christopher den Arm um seine Frau.

»Vika wird Bilder malen, die ich in den schicken Straßen anbieten werde«, erklärte er.

Eileen griff nach einer Skizze und sah unschlüssig zu ihr. »Du kannst so schön zeichnen, warum nur malst du solche Szenen?«

»Weil dein Mann vermutet, dass es das ist, was die Menschen gerade möchten«, antwortete Vika. Sie konnte nur beten, dass Christopher sich nicht irrte.

»So ist es.« Er nickte selbstsicher. »Der Krieg ist gewonnen, und die Menschen sind stolz auf das, was ihre Väter und Söhne geleistet haben. All jene, die selbst nicht an der Front waren, haben ihre eigene Vorstellung von unseren tapferen schottischen Soldaten. Sie kennen nicht die Bilder, die sich in unsere Erinnerungen eingebrannt haben, sie kennen nur die Fotografien, die in den Zeitungen veröffentlicht wurden. Also liefern wir ihnen, was sie sehen wollen.«

»Christopher berät mich bei den Szenen, die ich aufs Papier bringe«, murmelte Vika und griff wieder nach dem Stift. Sorgsam arbeitete sie das angespannte Gesicht eines Soldaten heraus, der aus einem Schützengraben kletterte. Der Kilt des Mannes flatterte im Wind und er hielt ein Gewehr mit aufgesetztem Bajonett in der Hand. Christopher achtete darauf, dass sie die Uniformen der Royal Scots bis zu den Schuhen richtig hinbekam. Natürlich wollte Vika viel lieber glückliche Familien wie die Torrys zeichnen, doch sie musste darauf vertrauen, dass Christophers Einschätzung richtig war. Und das bedeutete in diesem Moment, die Bilder, die er tief in seinem Innern mit nach Hause gebracht hatte, umzusetzen. Dass es dem Mann nicht leichtfiel, war kaum zu übersehen. Immer wieder hatte Christopher gedankenverloren auf eine der Zeichnungen gestarrt und damit in ihr Erinnerungen an Archies Worte geweckt. Was des einen Albtraum war, wollten sich andere Menschen allem Anschein nach über den Kamin hängen.

»Ich weiß nicht, was ich davon halten soll«, sagte Eileen. »Aber wie es aussieht, seid ihr fest entschlossen, es zu wagen.«

Vika betrachtete zufrieden das Gesicht auf der Skizze und legte den Stift sorgsam in die kleine Holzkiste, in der sich die frisch gekauften Farben befanden. »Ich muss es riskieren. Wenn diese Bilder wirklich gekauft werden, dann kann ich damit womöglich für die Kinder und mich sorgen.«

»Was das angeht«, Eileen wandte sich zu ihrem Mann um, »gehst du bitte und holst die Kinder zum Essen rein?«

Stöhnend rappelte Christopher sich auf und humpelte zwischen den Blättern hindurch zur Tür. »Ich werde zusehen, dass wir endlich einen kleinen Tisch bekommen. Ich habe es satt, auf dem Boden zu essen, und dann kann Vika in ihrem Zustand bequemer malen. Sie kommt ja beinahe schon so schlecht hoch wie ich.«

Eileen wartete, bis er das Zimmer verlassen hatte. »Ich schätze, nun hat mein Mann wieder etwas, das ihn beschäftigt«, sagte sie schmunzelnd, ehe ihre Miene so streng wurde wie die einer Lehrerin. »Und du solltest dringend bei einer Hebamme vorstellig werden, um zu sehen, ob alles in Ordnung ist.«

Vika legte die Skizzen sorgsam auf dem Stuhl ab. »Dafür habe ich kein Geld mehr. Aber der Bauch wächst, und mir ist weiterhin regelmäßig übel – das sind doch gute Zeichen.«

»Zumindest ein Besuch, Vika. Und es gibt Orte für Frauen wie dich, da ist die Untersuchung kostenlos.«

»Nein.« Vika atmete tief ein. »Ich weiß, du meinst es gut,

aber das ist nicht nötig. Es ist nicht mein erstes Kind, und ich hatte mit Arch eine unkomplizierte Entbindung. Es reicht aus, wenn ich mir rechtzeitig für die Geburt eine Hebamme suche.«

Eileen schien unzufrieden mit ihrer Antwort. »Fürchtest du, dass du angeben musst, dass du unverheiratet bist?«, fragte sie leise nach. »Du bist nicht die erste Frau, der das passiert. Ignorier die Blicke einfach.«

»Das tue ich schon, seit ich Arch bekommen habe.« Vika machte sich daran, die Teller aus dem kleinen Schrank zu holen.

»Aber du musst doch wissen, wie weit du bist«, setzte ihre Freundin erneut an.

»Das weiß ich genau.« Sie schluckte. »Ich kenne das Datum, an dem ich das Kind empfangen habe. »Wie du weißt, war es nur eine ...«

»Ach, komm her.« Eileen nahm ihr die Teller ab und stellte sie auf das Schränkchen mit den wenigen Vorräten, dann zog sie Vika an sich.

Tröstend schlossen sich die Arme ihrer Freundin um sie. Vika kämpfte gegen die brennenden Augen an. »Ich schaffe es einfach nicht, ihn zu vergessen«, murmelte sie.

»Niemand, sagt, dass du das musst. Allerdings wäre es heilsam, dich mit deiner Situation auszusöhnen.«

»Aber meine Situation ist so schrecklich kompliziert, ich weiß nicht, wie es mir gelingen soll, aus diesem Schlamassel rauszukommen.«

Vorsichtig streichelte Eileen ihr über die Haare und deutete auf den Stapel Skizzen. »Vielleicht klappt das, was Christopher und du euch ausgedacht habt, ja sogar.« Sie lachte. »Immerhin hat mein Mann jetzt etwas zu tun, das wird ihm neuen Auftrieb geben und ihn zumindest zeitweise vergessen lassen, dass er sich oft unnütz fühlt. Damit tust du mir einen großen Gefallen. Es hat also auch was Gutes, dass ihr jetzt bei uns lebt.«

Vika wischte sich mit dem Handrücken die Tränen von den Wangen. Wie konnte sie hier nur heulen und sich selbst bemitleiden, während die Torrys ebenso ein schweres Schicksal hatten und nun auch noch zusätzlich Arch und sie durchbringen mussten? Sie griff wieder nach den Tellern und reihte sie auf, um den wässrigen Eintopf aufzutragen, der in den letzten Stunden auf dem Ofen geköchelt hatte. Das Geld reichte unter der Woche nicht für ein Stück Speck, das wenigstens etwas Geschmack in die Brühe gebracht hätte. »Sobald die Kinder schlafen, werde ich die erste Skizze mit den Ölfarben ausmalen«, sagte sie und nickte sich selbst zu. Es war Mittwoch, und wenn es ihr gelang bis Samstag zumindest ein oder zwei Bilder fertigzustellen, würde Christopher sein Glück versuchen können.

Lachen war zu hören, dann wurde die Wohnungstür aufgestoßen. Die Kinder polterten in den Raum, und Lizzie und Brodi klammerten sich an ihrem Vater fest, der beinahe das Gleichgewicht verlor. »Biiitte!«, riefen sie im Chor, und auch Arch machte mit.

»Also gut, aber nur ein Lied. Höchstens zwei.« Christopher hüpfte zum Fenstersims und öffnete eine kleine Holzschatulle, die dort lag.

»Doch nicht vor dem Essen, Christopher«, rief Eileen, doch der griff in die Schatulle und zog eine Mundharmonika hervor. Er zwinkerte seiner Frau zu, dann blies er hinein.

Augenblicklich erfüllte eine leichte Melodie den Raum, in die sich das Tippeln kleiner Füße mischte. Während Brodi,

Lizzie und Arch Christopher begeistert hüpfend umrundeten, klatschte die kleine Mary jauchzend in die Hände, ehe sie einmal mehr auf ihren Hintern plumpste.

Vika lachte. Ihr Sohn erschien ihr so glücklich wie lange nicht mehr. Archs dunkle Locken wippten um seinen Kopf, und sein Kichern drang an ihre Ohren. Die Kinder hielten sich inzwischen an den Händen und tanzten um die am Boden hockende Mary herum.

»Nun komm schon, Eileen!«, forderte Christopher seine Frau auf.

»Ach nein«, versuchte diese abzuwehren, doch schon schnappte Brodi sie am Arm und zog sie in die Mitte des Zimmers.

»Aber nur dieses eine Lied.« Eileen fasste in den Stoff ihres Rocks und hob ihn ein wenig an. Dann begann sie vor Christopher zu tanzen.

Vika konnte nicht glauben, was sie da sah. Ihre Freundin, die eben noch so müde von dem langen Arbeitstag in der Wäscherei gewirkt hatte, tanzte leichtfüßig und mit einem Strahlen im Gesicht, als befände sie sich nicht in einer runtergekommenen Wohnung in den Gorbals, sondern auf einem schicken Ball in einem eleganten Landhaus. Die fleckige Schürze flatterte in der Luft, als Eileen sich immer und immer wieder im Kreis drehte. Ihre Hände bewegten sich grazil zu jeder ihrer Bewegungen. War das zu glauben? Vika klatschte im Takt zur Mundharmonika und lachte.

Mit Schweißperlen im Haaransatz kam Eileen schließlich zum Stehen, als Christopher die letzten Töne spielte. Glucksend schmiegte sie sich für einen Augenblick an ihren Mann und küsste ihn auf die Wange.

»Ich habe die beste Tänzerin der Gorbals geheiratet«, rief

Christopher. »Du hättest uns sehen sollen, als ich jung war und noch beide Beine hatte.« Seine Augen glänzten.

»Ich kann es mir vorstellen«, antwortete Vika. »Du tanzt wirklich wunderbar«, lobte sie ihre Freundin.

Eileen strich sich die Haare hinter die Ohren und zog den Knoten der Schürze nach. »Ach, Papperlapapp. Nun ist es aber Zeit fürs Abendessen. Kinder, ihr wascht euch bitte die Hände, und zwar gründlich, hopphopp.« Mit einem Lächeln auf den Lippen machte sie sich wieder am Herd zu schaffen, während Christopher sein Instrument sorgsam verstaute.

Die Kinder rangelten an der Waschschüssel um den besten Platz, und Vika suchte die Teller heraus. Eileen und Christopher waren glücklich und machten das Beste aus ihrer Situation. Sie nahm sich vor, es ihnen gleichzutun. Auch in den Gorbals konnte man glücklich oder unglücklich sein – so wie an jedem anderen Ort auf der Welt.

»Das ist, als würdest du zaubern«, flüsterte Christopher. Er beugte sich über das Bild und schob die Petroleumlampe etwas näher heran.

Vika gähnte und tauchte den Pinsel erneut in die Farbe.

»Genau so war es damals. Du hast neben dem Stolz auch die verborgene Angst des Soldaten in seinem Gesicht gezeigt«, brummte er.

»Es muss schwer für dich sein, mich anzuleiten.« Sie musterte ihn.

Er wich ihrem Blick aus. »Das hier ist wie die Bildfetzen, die ich sonst versuche zu verdrängen.« Schwer atmete er aus. »Mag sein, dass es sogar gut ist, mich endlich auf diese Weise meinen Erinnerungen zu stellen.«

Vika schielte hinüber zum Bett, in dem Eileen mit Mary

im Arm schlief. Nicht weit von ihnen lagen die drei anderen Kinder auf der dünnen Matratze und hin und wieder war ein leichtes Schnarchen oder Schmatzen zu hören. »Sag mir bitte, wenn es dir zu viel wird, ja? Ich bin dir dankbar für deine Hilfe, aber es soll dir nicht zusetzen.«

»Es geht schon«, versicherte er. »Aber wir brauchen beide Schlaf und sollten das Licht löschen.«

Vika nickte und setzte den Pinsel am Kilt des Soldaten an. »Leg dich schon hin, ich beende nur noch rasch die letzten Stellen.«

Die Bettdecke raschelte, als Christopher neben seine Frau schlüpfte, doch Vika war längst wieder in das Bild versunken, das nicht nur zeigte, was einst die Realität ihres Freundes gewesen war, sondern auch Archies. Die Worte, mit denen er an jenem Abend, der scheinbar eine Ewigkeit zurücklag, beschrieben hatte, was ihn innerlich zerfraß, hallten in ihren Ohren nach. Tief in ihrem Innern wusste sie, dass er nichts dafür konnte, wie er war. Die Kriegsjahre hatten ihn zu dem Mann gemacht, der heimgekehrt war. So sehr sie es sich auch gewünscht hatte, den Archie von früher zu küssen, diese Person gab es nicht mehr. Der Archie, den sie vor langer Zeit nach und nach kennengelernt hatte, hatte sich in den Schützengräben aufgelöst. Der Horror des Krieges hatte ihn verschluckt, wie so viele andere Männer ebenfalls. Auch wenn sie hin und wieder geglaubt hatte, etwas von seinem alten Ich zu entdecken, wenn er mit Arch Unfug trieb, oder selten auch mal gelacht hatte, so war es nur ein trauriger Abglanz von dem, was sie einst an ihm geliebt hatte.

Vika presste die Lippen aufeinander und betrachtete das wettergegerbte, angespannte Gesicht des Soldaten auf dem Bild. Sie wollte es berühren, doch die Farbe war noch frisch. Die Grautöne auf dem Papier wirkten deprimierend. Eigentlich hatte sie einen Himmel mit Federwolken malen wollen, die dem Betrachter etwas Hoffnung spenden sollten, doch Christopher hatte ihr gesagt, dass die Granateinschläge diesen verfinstert hatten wie ein Schatten, der sich drohend über die Landschaft legte. Und dann war da noch das Giftgas gewesen.

Sie streckte sich und unterdrückte ein Gähnen, dann griff sie nach einer zweiten Skizze. Zumindest den Hintergrund wollte sie in dieser Nacht noch schaffen, um gleich am Morgen auch hier die winzigen und doch so wichtigen Details herauszuarbeiten. Sie hatte beinahe all ihr Erspartes in diese Idee investiert und musste nun zusehen, dass es sich auch lohnte. Ihr Blick streifte Archs dunkle Locken, und sie lächelte.

Kapitel 11

Vika klebte geradezu an der Scheibe. Unentwegt sah sie hinab auf die Straße. Vor fünf Stunden war Christopher mit einem Bollerwagen, den er sich von Bekannten geliehen hatte, aufgebrochen. Sorgsam hatte er am Tag zuvor einen Ständer aus Holzlatten darauf gebaut, an dem er die drei fertigen Bilder befestigen wollte, um sie den durch die Einkaufsstraßen schlendernden Passanten zu präsentieren. Wie gerne Vika die Reaktionen der Betrachter sehen wollte. Ob ihnen die realistischen Zeichnungen wohl gefielen? Oder sollten sie sich gar davon abgestoßen fühlen?

»Entspann dich, auch wenn es dir schwerfällt«, sagte Eileen hinter ihr, die mit Nähzeug einige Kleidungsstücke der Kinder ausbesserte, um sie zumindest noch für einige Wochen zusammenzuhalten. Den Sommer über waren Brodi und Lizzie barfuß unterwegs, im Herbst hoffte Eileen genug gespart zu haben, um endlich neue Schuhe kaufen zu können. Zu Vikas Erleichterung passten Arch die seinen noch, da Shona sie etwas zu groß gekauft hatte, was sich nun als nützlich herausstellte.

»Er ist schon so lange weg«, murmelte Vika. Hatte sie wirklich geglaubt, dass die Leute Christopher die Gemälde geradezu aus den Händen reißen würden? In jeder freien Minute hatte sie in den vergangenen Tagen daran gearbeitet und zusätzlich neue Ideen für Motive gesammelt. Wenn

Christopher und sie abends, nachdem die anderen zu Bett gegangen waren, noch über den Bildern saßen, erzählte er ihr Anekdoten aus seiner Zeit in Frankreich. Meist spürte sie die Traurigkeit in seinen Worten, aber hin und wieder, immer dann, wenn er von dem Zusammenhalt unter den Kameraden sprach, funkelten seine Augen geradezu. Endlich verstand Vika, was Connor und Archie miteinander verband, und warum sie bereit waren, alles für den jeweils anderen zu tun.

Sie legte ihre Finger an die Scheibe. »Da ist er!« Sie drehte sich um, und Eileen sprang auf, schnappte sich Mary und eilte mit ihr auf der Hüfte hinaus in den Gang. Mit hämmerndem Herzen stürzte Vika die Treppe hinunter, überholte ihre Freundin und rannte auf Christopher zu, der langsam auf die Krücken gestützt den Wagen hinter sich herzog. In ihrem Bauch zog es ein wenig, doch sie konnte einfach nicht langsamer gehen. »Wie ist es gelaufen?«, rief sie atemlos und versuchte zu erkennen, ob aus der Pappmappe, in der sie am Morgen sorgsam die Bilder verstaut hatte, Papier herauslugte.

Christopher blieb stehen und rieb sich den Schweiß von der Stirn. »Die erste Stelle, an der ich den Wagen aufgebaut habe, war nicht wirklich gut. Die Leute haben zwar angehalten und die Gemälde betrachtet, aber keiner hat nach dem Preis gefragt.«

Ihre Knie wurden weich. War etwa alles umsonst gewesen? Hatte sie ihr letztes Geld für eine Schnapsidee ausgegeben?

»Ich vermute, es war nicht der richtige Ort, weil dort hauptsächlich Arbeiter einkaufen gehen«, fuhr er fort. »Also bin ich weitergegangen und habe mich in der Nähe der schicken Kaufhäuser hingestellt.« Er lachte. »Also dort, wo man glaubt, schon für den Blick in ein Schaufenster bezahlen zu müssen.«

»Musst du es so spannend machen?« Eileen zog eine Schnute. »Jetzt sag schon, ob du eins losgeworden bist!«

»Ich habe alle drei Bilder verkauft.«

Plötzlich schien Vikas Kopf leer zu sein. Ihr fehlten die Worte.

Christopher zeigte ein zufriedenes Lächeln, auch wenn er nach dem langen Stehen erschöpft aussah.

»Wie viel hast du bekommen?«, fragte Eileen.

Christopher beugte sich vor, öffnete unauffällig das Portemonnaie und ließ seine Frau und Vika hineinblicken.

»Du meine Güte!« Eileen sah ihn mit offenem Mund an. »Das ist mehr, als ihr gehofft habt.«

Er lachte und küsste erst seine Frau, dann Mary auf die Stirn. »Das ist es in der Tat.« Er zwinkerte Vika zu. »Und ich habe sogar eine Auftragsarbeit für dich mitgebracht.« Aus der Hosentasche zog er ein winziges ovales Bild, das er ihr reichte.

Vika griff danach und betrachtete das Porträt eines jungen Mannes. Noch immer wollte kein Wort über ihre Lippen kommen, und so sah sie ihn nur fragend an.

»Eine ältere Frau, die einen prächtigen Pelz um ihren Hals trug, hat dieses Foto aus einem Medaillon herausgeholt.« Christopher deutete darauf. »Das ist ihr ältester Sohn, er war bei der Black Watch und ist an der Somme gefallen. Sie möchte ein Gemälde, das ihn bei seinen Heldentaten zeigt. Nächsten Samstag wird sie wieder dorthin kommen, wo ich heute stand, und es bezahlen, sofern es ihr gefällt.«

»Die Leute mögen meine Bilder tatsächlich?«, fragte Vika ungläubig.

»Ja. Sie sagen, sie zeigen den Stolz der Schotten und die großartige Leistung, die unsere Soldaten erbracht haben.« Christopher grummelte. »Einige haben mir sogar für meinen Einsatz und mein Opfer gedankt. Das ist mir noch nie passiert.«

»Das ist doch nicht zu fassen«, sagte Eileen lachend und schmiegte sich an Christopher. »Siehst du, du bist kein Krüppel, sondern ein Held. Mir wolltest du das ja nicht glauben.«

Vika konnte ihre Augen nicht von dem jungen Mann lösen, den ein viel zu frühes Ende seiner Familie entrissen hatte. Und nun sollte sie der Mutter ein Bild malen, das ihr ein wenig Trost spendete. »Ich hoffe, die Mutter des Jungen wird zufrieden sein«, murmelte sie.

»Ich weiß noch, wie die Uniformen der Black Watch aussehen.« Christopher wirkte zuversichtlich. »Das bekommen wir zusammen hin, keine Sorge.«

Vorsichtig schob Vika das winzige Porträt in die Tasche ihrer Schürze. Endlich löste sich auch bei ihr die Anspannung, und sie konnte sich ein Grinsen nicht verkneifen. »Was haltet ihr davon, wenn ich zum Schlachter gehe und uns ein Stück Fleisch für einen ordentlichen Braten hole?« Nachdem die Torrys sie selbstlos aufgenommen hatten und Christopher ihr derart unter die Arme griff, war das Bedürfnis, sich zu bedanken, überwältigend.

»Das klingt hervorragend.« Christopher lachte und reichte ihr die Börse. »Deine ersten Einnahmen als Künstlerin.«

»Und Bonbons!« Vika steckte sie in die Schürze. »Die Kinder bekommen eine Tüte Bonbons. Heute feiern wir!«, rief sie und lief schnellen Schrittes los.

* * * * *

Das Wetter war wunderbar, zumindest für jeden, der nicht andauernd Gewitterwolken mit sich herumtrug, überlegte Archie beim Ritt über die Wiesen. Er ließ sein Pferd an den Klippen entlangtraben und den Blick über das Meer schweifen, das ungewohnt ruhig vor ihm lag. Glitzernd warf das Wasser die Sonnenstrahlen zurück, die ausnahmsweise aus einem fast wolkenfreien Himmel hinabschienen. Früher, als sie alle noch Kinder gewesen waren, hatten seine Geschwister und er solche Tage geliebt. Stundenlang waren sie den Strand entlanggelaufen, auf der Suche nach Treibholz, das sie zu kleinen Tippis aufschichteten. Dort lagen sie dann auf dem Rücken, während die Beine meist hinausragten, da sie so viele Kinder waren, und sahen blinzelnd durch die Ritzen in den Himmel. Keillan war ein großartiger Geschichtenerzähler gewesen. Der Älteste und auch Ruhigste von ihnen hatte sich allerhand lustige Abenteuer ausgedacht, und sie hatten gebannt seiner Stimme gelauscht, während sich die Wellen nicht weit entfernt tosend an den Klippen brachen. Damals war er glücklich gewesen, so glaubte Archie zumindest. Meist war ihm nicht aufgefallen, wie arm sie waren, solange zumindest sein Magen gefüllt war. Erst später war ihm klargeworden, dass die erneut verwitwete Mutter stets zu kämpfen gehabt hatte. Ab diesem Moment hatte er seinen Teil beigetragen, die Familie zu unterstützen, und sich die Verantwortung auf die Schultern geladen, die ihn hin und wieder zu erdrücken drohte. So wie momentan.

Die Erweiterung der Kapelle war keine geringe Investition gewesen, und Archie hatte es nur gewagt, da er fest davon ausging, dass die die ganzen Vereinigen Staaten betreffende Prohibition unmittelbar bevorstand. Doch bisher waren in den Zeitungen keine neuen Informationen zu finden. Hatte er auf das falsche Pferd gesetzt und die Rücklagen, die Baire und er im vergangenen Jahr angespart hatten, sinnlos ausgegeben? Würde er all den Whisky, den die neue Anlage produzieren sollte, auch ohne die Prohibition verkaufen können? Er wusste es wirklich nicht. Aber er hoffte, er hatte keinen Fehler begangen.

Seine Finger umgriffen die Zügel fester, und er trieb das Pferd an. Donnernd schlugen die Hufe auf dem Boden auf.

Hinter einer Biegung tauchten die Häuser auf, in denen seine Familie lebte. Archie lenkte den Wallach zur Scheune, stieg ab und löste den Sattelgurt. Gierig trank das Tier aus einem Bottich, und Archie schloss das Holztor.

Es war früher Nachmittag und vermutlich war Mairead in der Küche des Nachbarhauses, um Patienten zu versorgen. Nachdem Blaire ihn immer wieder aufgefordert hatte, seine Mutter zu besuchen, hatte er sich endlich dazu durchgerungen. Nicht, dass er seine Ma nicht mochte, doch er hatte keine Ahnung, ob sie Kenntnis von dem hatte, was vorgefallen war. Und was sie über Vikas Weggang dachte.

Gerade als er nach der Klinke greifen wollte, öffnete sich die Tür. Überrascht sah Maisie Glenn ihn an, ehe sie die Augen zusammenkniff und ihn mit einem finsteren Blick bedachte. Archie trat zur Seite, um ihr Platz zu machen, und nickte ihr zu, doch sie lief wortlos über den Steinweg davon. Einen Moment lang sah er ihr nach, ehe er eintrat und die Schieberkappe abnahm.

»Archie.« Das Gesicht seiner Mutter hellte sich auf. Sie bedeutete ihm, sich zu ihr an den Tisch zu setzen, während sie die Deckel auf mehrere winzige Glasfläschchen steckte.

»Was wollte Maisie hier?«, brummte er und versuchte sich aus den Beschriftungen auf den Flaschen einen Reim zu machen. Da er von derlei Dingen keine Ahnung hatte, halfen ihm die Worte in winziger Schrift nicht weiter.

»Sie hat Medizin für ihre Mutter geholt«, antwortete Mairead und sortierte die Gefäße in eine Holzkiste.

Ein Brummen drang aus seiner Brust.

Seine Ma zog die Augenbrauen hoch. »Was?«

»Dass du diese Frau behandelst, will mir einfach nicht einleuchten.« Er schleuderte die Kappe auf den Tisch.

»Das ist meine Aufgabe, Archie. Was genau ist dir da unklar?«

»Ihr Mann hat deinen umgebracht«, zischte er.

Mairead löste scheinbar ruhig den Knoten ihrer Schürze, ehe sie diese zusammenlegte. »Das können wir nicht mit Gewissheit sagen. Niemand hat in dieser Nacht etwas gesehen.«

Archie schlug mit der Hand auf den Tisch. »Du weißt, dass es so ist.«

»Gut möglich.« Sie erhob sich und schob die Holzkiste ins Regal, das zwar schief war, aber immerhin hielt. Connor hatte wirklich keine Ahnung von Schreinerarbeiten, stellte Archie fest.

»Warum jagst du diese Frau dann nicht einfach zum Teufel?«, brummte er.

»Ach, Junge.« Sie drehte sich zu ihm um und lächelte milde. »Ich bin Krankenschwester und habe mich der Pflege der Leute verschrieben, die meine Hilfe brauchen. Selbst wenn Gordon Glenn getan hat, was wir vermuten, so kann seine Frau doch nichts dafür.«

»Aber sie ist ein hochnäsiges altes Weibsbild.«

»Bist du hierhergekommen, um unfreundlich zu sein?« Mairead trat vor ihn. »Oder überträgst du deine Stimmung nur auf jeden, der deinen Weg kreuzt?«

Archie sprang auf und sah auf seine Mutter hinab, deren Augen wach leuchteten. »Du wirst die Glenns nicht mehr behandeln, Ma.«

Sie schmunzelte und legte eine Hand auf seine Schulter. »Du magst in Foxgirth beinahe jeden in der Tasche haben, aber vergiss nicht, dass ich es war, die dir die Windeln gewechselt hat. Den Tag, an dem du mir sagst, was ich zu tun habe, werden wir beide nie erleben.« Sie tätschelte seine Wange.

Archie betrachtete das vom Leben gezeichnete Gesicht, das so warmherzig wirkte wie eh und je. Wie immer hatte sie die grauen Haare zu einem schlichten Knoten gebunden. Während viele ältere Frauen, die er kannte, etwas herb wirkten, machte seine Ma einen glücklichen Eindruck. Das hatte sie in jeder Lebenslage getan. Selbst dann, als sie es nicht gewesen war. »Du bist so starrköpfig«, brummte Archie.

»Was meinst du, von wem du und Blaire das haben?« Mairead lachte gutmütig. »Na komm, Junge. Wir gehen rüber ins Haus, und ich mache uns einen Tee. Connor ist hinter dem Haus und versucht, den Gemüsegarten für sich und Bonnie in Schuss zu halten.«

Archie griff nach seiner Kappe und folgte ihr. »Er versucht es?«

»Es ist ein Trauerspiel, das mitanzusehen, daher habe ich Tommy gebeten, ihm unter die Arme zu greifen und ihm etwas beizubringen. Der Mann ist ein echter Stadtmensch, sage ich dir.« Ihr Lachen schallte erneut warmherzig durch die Luft.

Vielleicht war es gut, endlich wieder hier zu sein und etwas Zeit mit seiner Ma zu verbringen. Abgesehen davon wartete Mairead noch immer sehnsüchtig auf die Rückkehr von Ian und Keillan. Einmal mehr fühlte Archie sich schuldig, nicht bis zum Ende in diesem verfluchten Krieg gekämpft zu haben.

»Deine Augenbrauen«, murmelte Mairead, während sie die Tür des kleinen Cottages öffnete und in die Küche lief.

»Was ist damit?« Archie hob den Deckel des Topfs an, der auf dem Herd stand, und ein herrlicher Geruch nach Lammfleisch schlug ihm entgegen.

Sie nahm ihm den Deckel aus der Hand und setzte ihn wieder auf, ehe sie den Wasserkessel auf den Herd stellte. »Sie sind ständig zusammengezogen.« Mit dem Zeigefinger deutete sie auf sein Gesicht. »Deine Anspannung lässt sich stets von deinen Augenbrauen ablesen.«

»Ach ja?« Er wandte sich um und setzte sich. Seine Finger fuhren die Risse nach, die vom jahrzehntelangen Gebrauch des großen Holztisches zeugten. Dieser Raum, mit seinen weiß getünchten Wänden, dem abgenutzten Dielenboden, der niedrigen Holzdecke und den Nussbaumregalen war so gemütlich, wie es ein Zimmer nur sein konnte. Hier, an diesem Tisch, hatten sie all die Jahre über gelacht und sich gestritten. Hier waren sie größer geworden. Und hier hatten sie die letzte gemeinsame Mahlzeit eingenommen, ehe seine Brüder und er aufgebrochen waren. Der Duft von Kräutern kitzelte in seiner Nase. Wie stets im Frühjahr und Sommer hingen Blätterbüschel von den Haken der niedrigen dunklen Decke. Archie glaubte Melisse zu riechen, und einen Hauch von Salbei.

»Ja, so ist es.« Sie streute einige getrocknete Blätter in den Kessel und nickte.

»Und was liest du noch an meinem Gesicht ab?«, fragte er in gereiztem Ton.

»Trauer. Verlust. Und viel Wut. So viel Wut.«

Archie stöhnte auf. »Also weißt du Bescheid.«

»Das tue ich immer. Eine Eigenschaft musst du wohl von mir mitbekommen haben.« Mairead füllte zwei Tassen und reichte ihm eine, ehe sie sich ihm gegenübersetzte.

»Wer von meinen Geschwistern konnte seinen Mund nicht halten? Oder hat Connor etwa alles ausgeplaudert?«

Mairead lachte leise. »Ich kann mir meinen eigenen Reim auf das machen, was ich mitbekomme.« Sie hielt inne und blickte in ihre Tasse. »Weißt du, ich habe diesen Jungen entbunden und mich um ihn und seine Mutter gekümmert.«

Das Schlucken fiel ihm schwer. Einfach so sprach seine Ma von Vika und Arch.

Sie blickte ihn an. »Ich war dabei, als Vika ihrem Sohn seinen Namen gegeben hat.«

»Und auch da hast du dir deinen Reim auf alles gemacht«, murmelte Archie.

»Ich war mir nicht sicher, aber ich nehme an, ich wollte glauben, dass ich meinen Enkel vor mir hatte. So ungewöhnlich die Umstände seiner Geburt damals waren, so gut tat es doch, diesen Burschen im Arm zu halten, während drei meiner Söhne im Krieg waren.«

»Du bist Hebamme, du hast in deinem Leben unzählige Kinder gehalten.«

»Aber keines von einer Frau, die einen meiner Söhne liebte.«

Archie atmete scharf ein. »Du weißt nicht, über was du da sprichst.«

Mairead zuckte mit den Schultern. »Es war offensichtlich. Vika ist jedes Mal, wenn sie mich im Ort gesehen hat, zu mir geeilt, um sich nach euch zu erkundigen. Natürlich war mir klar, dass sie nicht wagte, direkt nach dir zu fragen.« Sie schmunzelte. »Vika ist so ein gutes Mädchen, und die Leute hier tun ihr und ihrer Schwester Unrecht, wenn sie schlecht über sie sprechen.«

Also hatte Vika an ihn gedacht, so wie er an sie. »Warum erzählst du mir das?«, brummte er. »Es spielt keine Rolle mehr, sie ist weg. Und der Junge auch.«

»Das alles erinnert mich wohl einfach an deinen Vater und mich vor langer Zeit.« Vorsichtig nahm seine Ma einen Schluck.

Fragend sah er sie an.

Mairead seufzte und sah an ihm vorbei zur Wand. Ihr Blick verriet, dass sie in längst vergangene Zeiten eintauchte. »Du bist deinem Vater in vielen Dingen ähnlich. Keillan hat zwar seinen Namen und sein Aussehen geerbt, aber du hast seinen Ausdruck und mehr von seinem Charakter, als du glauben magst.«

Natürlich konnte Archie sich nicht an seinen Pa erinnern. Und doch glaubte er gelegentlich, ihn vor sich zu sehen, wie er im Pub hinter der Theke stand und mit den Männern scherzte. Er und Blaire waren erst rund ein Jahr alt gewesen, als Keillan Dennon Senior eines Morgens von einem Bauer steif und kalt in dem kleinen Bach entdeckt worden war. Archie schüttelte den Kopf und versuchte, sich wieder auf seine Ma zu konzentrieren. »Und das hältst du für eine schlechte Sache, wie ich annehme?«

Mairead legte die Hände in den Schoß. »Ihr habt die gleiche Art zu denken, nach vorne zu blicken und Chancen zu erkennen, die sonst keiner wahrnimmt. Aber im Gegensatz zu deinem Pa hast du das Herz am rechten Fleck, auch wenn das nicht jeder erkennen mag. Während dein Vater stets nur sein eigenes Wohl im Blick hatte, denkst du an andere. Natürlich machst du es den Menschen ebenso schwer wie er, dich zu mögen, aber ich nehme an, es interessiert dich einfach nicht, was andere über dich denken.«

»Das habe ich von dir gelernt«, brummte Archie und spürte, wie er lächelte.

»Es stört mich nicht, wenn die Leute hinter vorgehaltener Hand über dich tuscheln. Oder über deine verrückte Schwester, die den besten Whisky der Gegend herstellt«, sagte Mairead mit unverkennbarem Stolz in der Stimme. »Ich habe meine Töchter, ebenso wie meine Söhne, dazu erzogen, für sich selbst zu denken. Und für das einzustehen, an was sie glauben.«

»Das hast du zweifellos.« Er machte eine Pause. »Und was ist jetzt mit Pa?«

»Ach ja«, sie nickte. »Ihr Kinder wisst es nicht, ihr wart ja auch viel zu jung, aber wir hatten unsere Probleme.« Sie schien erst Mut fassen zu müssen, um weiterzusprechen. »Na, jedenfalls war dein Vater viel im Pub und trank auch entsprechend oft einen über den Durst. Und dann begann die Sache mit den Kartenspielen«, erzählte sie weiter. »Dein Vater war ein Schlitzohr und clever, einer, der die Karten mitzählte, egal wie viel Ale er intus hatte. Die anderen haben das nie bemerkt, weil es ihm gelang, sein Talent zu verbergen. Immer öfter ist er mit Gordon Glenn aneinandergeraten, einmal trugen sie beide blaue Augen davon. Ich habe auf deinen Vater eingeredet, die Sache mit den Karten zu lassen und nicht mehr in den Pub zu gehen. Immerhin war es das Haus von Gordon und ich war es leid, dass er unser knappes Geld diesem unangenehmen und aufgeblasenen Kerl in die Tasche spielte. Erst recht, weil ich das meiste davon verdiente, da dein Vater ein fauler Hund war. Doch dein Pa hatte Pläne, die ich damals nicht durchschaute. Er wusste längst, dass Gordon spielsüchtig war und noch dazu von sich überzeugt.« Mairead schüttelte den Kopf. »Eine ganz tückische Mischung, wenn du mich fragst. Dein Vater hat ihn nach und nach strategisch ausgenommen bei diesen Runden und so Druck aufgebaut. Er bestand aber nie darauf, dass Gordon ihn auszahlte. Stattdessen hat er dafür gesorgt, dass es jedes Mal Zeugen gab. Er hatte sogar ein kleines Heft, in dem er Gordons Verluste notierte, und nach jeder verlorenen Runde musste Gordon Glenn dort unterschreiben. Hin und wieder ließ er ihn gewinnen, gerade so oft, dass er Gordons Spielsucht weiter am Leben hielt. Es war schrecklich schlecht von deinem Pa.«

Grinsend fuhr Archie sich übers Gesicht. Sein Vater hatte es allem Anschein nach verstanden, die Schwachstellen anderer zu erkennen und für seine Zwecke zu nutzen. Was musste dieser Mann für ein Schlitzohr gewesen sein.

Maireads Augen wurden schmal, als sie seine Belustigung bemerkte, und Archie gab sich Mühe, ernst dreinzusehen. »Irgendwann war Gordon auf dem Papier so überschuldet, dass er nichts mehr zu setzen hatte. Aber dein Vater hatte ihn derart angestachelt, dass Gordon nur noch im Sinn hatte, es ihm heimzuzahlen. Er wollte deinen Vater ruinieren, das erzählte er überall herum. Meine Patienten berichteten mir davon, und mir wurde ganz angst und bange. Wir hatten drei Kinder, das Geld reichte nie, und dein Vater besaß nicht gerade das, was man Arbeitseifer nennt. Die meiste Last lag auf meinen Schultern. Wenn ich wollte, dass ihr etwas zu essen habt, dann musste ich zusehen, wie ich an Geld kam, während dein Vater zu bequem war, um hart zu arbeiten, und lieber seine gewieften Pläne verfolgte.« Sie seufzte erneut, und dieses Mal glaubte Archie die Härte jener Jahre herauszuhören.

Er empfand tiefen Respekt für seine Ma. Archie wusste nur zu gut, wie sie sich als Gemeindekrankenschwester aufgeopfert hatte und dafür viel zu oft mit Kartoffeln oder Fischen bezahlt worden war. Doch immerhin hatten sie so etwas in die Bäuche bekommen, auch wenn es selten für passende Schuhe oder neue Hosen gereicht hatte. Er blieb still, um sie nicht aus ihren Erinnerungen zu reißen.

»Ich bin mir sicher, den Rest der Geschichte kennst du«, fuhr sie fort. »Gordon Glenn hatte schließlich nichts mehr, was er gegen deinen Vater hätte setzen können, und fürchtete, dass dieser nun jeden Moment seinen Gewinn einfordern würde, was Gordon seine Pferde, Schafe und was auch immer sonst noch gekostet hätte. Er hatte ihn endlich so weit, dass Gordon vorschlug, was dein Pa die ganze Zeit über gewollt hatte: ein letztes großes Spiel. Würde Gordon als Gewinner herausgehen, so verkündete er, wären seine Schulden bei deinem Vater getilgt.«

»Und sein Einsatz war der Pub«, brummte Archie. Natürlich kannte er diese Geschichte in- und auswendig, immerhin war sie über ein Jahrzehnt später wieder und wieder im Ort erzählt worden, was ihn als halbstarken Kerl unheimlich beeindruckt hatte. Sein Pa war der cleverste Mann, der je in Foxgirth gelebt hatte, davon war er immer überzeugt gewesen.

»Es kam, wie es kommen musste, und dein Vater hat Gordon vor unzähligen Zuschauern erbarmungslos ausgenommen.«

»Zeugen«, murmelte Archie.

Maireads Blick wanderte von der Wand hinter ihm zu Archie. »Was sagst du?«

»Zeugen, nicht Zuschauern. Pa hat dafür gesorgt, dass kein Zweifel daran bestand, dass er den Pub gewonnen hatte.«

»Ja, das hat er.« Sie sah auf ihre Hände, die noch immer in ihrem Schoß lagen. »An diesem Abend kam er singend nach Hause, polterte durch die Tür und wirbelte mich durch den Raum. Nie hatte ich ihn in solch guter Laue erlebt, und im ersten Moment genoss ich es, mit ihm hier, in dieser Küche, zu tanzen. Dein Vater hat selten gelacht, und ich liebte es, wenn er es ausnahmsweise einmal tat.« Sie verschränkte die Arme vor der Brust. »Und dann berichtete er mir von dem, was vorgefallen war. Erzählte, dass der Pub nun uns gehörte und wir uns endlich keine Sorgen um die Zukunft mehr machen mussten. Dass er den Pub betreiben würde, und mit seinem Geschäftssinn mehr Gewinn einfahren würde, als es Gordon je gelungen war.« Mairead seufzte. »Als dein Pa mir alles erzählt hatte, habe ich ihn angefleht, Größe zu zeigen und auf seinen Gewinn zu verzichten.«

Mit gerunzelter Stirn sah er in das faltige Gesicht seiner Ma. »Warum das?«

»Weil es nicht rechtens war. Es hatte einer anderen Familie einen Teil ihres Einkommens abgenommen, damit es uns besser gehen würde. Und irgendwie habe ich gespürt, dass es schlimme Folgen haben würde. Aber er hat nie auf mich gehört und mich wie so oft daran erinnert, dass er der Mann im Haus war. Dabei war ich es doch, die uns jahrelang durchgebracht hatte.« Sie presste die Lippen aufeinander. »Ich kenne so viele Fälle, in denen die Männer das Geld der Familie durchbringen, zu viel trinken und ihre Verpflichtungen vergessen, während die Frauen alles tun, um sich und ihre Kinder zu versorgen. Und dann bezeichnet man uns als das schwache Geschlecht.« Sie lachte bitter.

»Deine Töchter bezeichnet ganz sicher niemand als schwach.« Archie lehnte sich auf den Tisch und zwinkerte ihr zu.

»Nein. Ich habe sie dazu erzogen, für sich einzustehen und zu tun, woran sie glauben. Sich niemals von einem Mann einschränken zu lassen, so wie ich es mir damals habe gefallen lassen.«

Es war beinahe unmöglich sich vorzustellen, dass seine Ma nicht schon immer diese lautstarke und selbstsichere Frau gewesen war, wie er sie heute kannte. Die sich nicht scheute anzuecken und tat, was sie für richtig hielt. Und jetzt gerade hielt Mairead ihm den Spiegel vor: Er hatte Vika ignoriert, als sie ihn anflehte, sie bei der Befreiung ihres Sohnes helfen zu lassen. Doch es war richtig gewesen, was er getan hatte. Oder nicht?

»Mein Gefühl hatte mich nicht getrogen. Nur wenige Monate später passierte das Unglück, und ich war plötzlich Witwe.«

»Weil Gordon Glenn ihn im Bach unter Wasser drückte.« Eine schwarze Woge schien ihn zu überrollen, wie immer, wenn er an jene Nacht dachte, die ihm den Vater genommen hatte.

»Wenn es wirklich so gewesen ist, dann hat dein Pa seinen Teil getan, um dieses Ende heraufzubeschwören.«

»Du nimmst Gordon in Schutz?« Archies Zähne pressten sich aufeinander, während er nach einer Regung im Gesicht seiner Ma suchte.

»Rede nicht so einen Unsinn, Junge. Aber ich bin fähig

zu erkennen, dass immer zwei dazu gehören. So wie damals, wenn ihr Geschwister euch gezankt habt. Dein Pa hat etwas getan, was er niemals hätte tun sollen, und letztlich hat nicht nur er, sondern wir alle haben dafür bezahlt. Ich war plötzlich Witwe, war gezwungen, jemanden einzustellen, um den Pub zu bewirtschaften, aber die Einnahmen waren kaum der Rede wert. Ich musste zusehen, wie ich all meine Patienten versorge, und euch viel zu oft alleine lassen. Es waren anstrengende Zeiten, und manchmal glaube ich, dass ich heute noch davon müde bin.«

»Bist du je auf die Idee gekommen, den Pub zurückzugeben?«, fragte Archie.

»Ja, das bin ich in der Tat. Da war ich frisch mit Gregor verheiratet gewesen. Bonnie war unterwegs, und ich habe mir einen Neuanfang gewünscht. Einen ohne die Schatten der Vergangenheit. Also habe ich mit Gregor darüber gesprochen, und er meinte, es sei mein Pub und meine Entscheidung. Er war so anders als dein Pa. Dein Stiefvater hat nicht getrunken, dementsprechend hatte er auch kein Interesse daran, den Pub zu betreiben und hat es vorgezogen, als Fischer zu arbeiten, weil er die See liebte, auch wenn es wenig einbrachte. Aber wir kamen zurecht und hatten bescheidene Ansprüche.« Mairead lächelte verträumt.

Diese Zeit musste die beste in ihrem Leben gewesen sein, und auch Archie erinnerte sich an jene Jahre mit dem warmen Gefühl einer nahezu unbeschwerten Kindheit.

»Also bin ich zu seiner Frau gelaufen, habe an ihre Tür geklopft und wollte Gwendolyn Glenn vorschlagen, dass wir Frauen die Sache wieder in Ordnung bringen und ein für alle Mal regeln. Noch ehe ich ein Wort sagen konnte, beschimpfte sie mich schon. Sie schrie mich an, dass, wenn ihr Mann tatsächlich für den Tod deines Vaters verantwortlich gewesen sei, sie froh wäre, dass er es getan hätte, und schlug mir die Tür vor der Nase zu.« Mairead schüttelte kaum merklich den Kopf. »Da stand ich nun für einen endlos langen Moment und drehte mich schließlich um. Ich hätte noch einmal klopfen können, um einen zweiten Anlauf zu wagen, aber ihre Worte hatten mich getroffen. Auch wenn dein Pa kein wirklich guter Mensch gewesen war, so hatte er sein Ende doch nicht verdient. Mein Stolz war mir im Weg das zu tun, was ich zuvor von deinem Vater gefordert hatte. Und so blieb alles wie es war. Und irgendwann, nachdem du alt genug warst, habe ich dir den Pub anvertraut. Und seitdem habe ich mich oft gefragt, ob das die richtige Entscheidung war.«

Archie wollte nicht wissen, welche Sorge seine Ma in sich trug, und doch er musste es aus ihrem Mund hören. »Warum?«

»Wie gesagt: Du und dein Pa, ihr seid aus einem ähnlichen Holz geschnitzt. Cleverer als die meisten Menschen und mit einem ungewöhnlichen Verständnis für richtig und falsch. Ihr beide erkennt jede Chance und nutzt sie auch. Doch bisher habe ich immer geglaubt, dass du im Gegensatz zu ihm auf andere achtest. Du hast dir schon früh die Last auferlegt, für die Familie zu sorgen, obwohl du der zweitgeborene Sohn bist. Keillan hat es akzeptiert, weil sein Gemüt sanfter ist als das deine, und du hast immerhin hin und wieder einen Rat deines älteren Bruders angenommen. Ihr beide habt euch ausgeglichen und ergänzt, könnte man wohl sagen. Doch nun bist nur du hier, und wie ich vermute, spürst du eine Last auf dir, die wohl jeden anderen erdrücken würde.« Sie beugte sich über den Tisch und legte ihre Hand auf seine. »Nimmt man ein Rad aus dem Uhrwerk, läuft es nicht mehr rund. Und der Krieg hat unserer Familie gleich mehrere Zahnräder genommen. Nun ist auch jenes weg, welches dir am meisten bedeutet hat.«

Archie schluckte. »Sprich es nicht aus«, murmelte er.

»Vika.« Mairead zog ihre Hand zurück. »Dadurch wirst du deinem Pa ähnlicher als je zuvor. Du bist auf einem dunklen Pfad und spürst den Wunsch nach Rache in dir brennen. Du willst, dass jemand dafür bezahlt, und da kommen dir Glenns gelegen. Ich fürchte, ich bin das erste Mal in meinem Leben enttäuscht von dir, Archie. Und erneut ahne ich, dass etwas Schreckliches geschehen wird, wenn du dich nicht in den Griff bekommst.«

Der Stuhl rutschte mit einem schabenden Geräusch über den Boden, als er ruckartig aufstand. Mit dröhnenden Schritten stapfte er ans Fenster und sah hinaus auf die sommerlichen Felder, die das Cottage einrahmten. Niemals hatte seine Mutter auch nur angedeutet enttäuscht von ihm zu sein. Nicht einmal damals, als er ohne Arm zurückgekehrt war und glaubte, ihr nicht unter die Augen treten zu können, weil er Ian ohne seine Rückdeckung in Flandern zurückgelassen hatte. Doch Mairead war schlicht überglücklich gewesen, einen ihrer Söhne an ihr Herz drücken zu können. Und abgesehen davon hatte sie seinen Schwur, dass er Ian lebend zur ihr zurückbringen würde, nie hören wollen. Weil es nie in seiner Hand gelegen hatte, was geschehen würde. Aber sein junges Ich war unfähig gewesen, dies zu erkennen. So oft hatte er in den Jahren auf dem Kontinent deutlich gespürt, dass er dem Schicksal ausgeliefert war. Und dann hatte er sich geschworen, dass er nie wieder so empfinden würde. Dass er mehr als je zuvor sein Leben steuern wollte und es so etwas wie Vorbestimmung nicht gab. Seine Kehle war trocken. Die Worte seiner Mutter trafen ihn unvermittelt wie ein Schlag. Sagten Mütter überhaupt so etwas? »Du bist von mir enttäuscht?«, fragte er rau.

Maireads Schritte näherten sich, dann legte sich ihre warme Hand auf seine Schulter. Der Geruch einer Lavendeltinktur stieg in seine Nase. Sicherlich hatte sie diese vorhin für Maisie abgefüllt und etwas davon war auf ihre Haut geraten. Wie vertraut dieser Geruch ihm war. Seine Ma hatte immer getrocknete Lavendelblüten in die Kopfkissen hineingestreut. Weil man davon besonders süße Träume bekam, hatte sie gesagt, wenn er als Junge nach einem langen Tag ins Bett gekrochen war.

»Ich habe mich stets darauf verlassen, dass du auch einen Teil von mir in dir trägst und nicht nur das Erbe deines Vaters. Du bist eine gute Mischung aus uns beiden, so wie auch Keillan und Blaire. Aber nun verbannst du alles, was dich ausmacht. Der Schmerz macht dich blind und unbeherrscht. Wir merken es alle. Du solltest sehen, wie abgelenkt Blaire momentan ist. Sie versucht, es zu verheimlichen, aber auch sie macht sich Sorgen.«

»Und doch floriert die Destillerie, und wir sind auf dem Weg nach oben«, presste er hervor.

»Wer oben ist, kann auch tief fallen, Junge.«

Er drehte sich um und sah in die dunklen Augen, die so viel in ihrem Leben gesehen hatten und die oft das wahrnahmen, was anderen entging. »Vielleicht irrst du dich auch, und ich war nie besser als mein Vater.«

»Sag so etwas nicht.« Sie lächelte sanft.

»Ich hätte nicht kommen sollen«, brummte er. »Neuerdings scheint jeder hier der Meinung zu sein, er müsste mir sagen, wie ich mich zu verhalten habe.« Er lachte bitter auf. »Dabei bin ich es, der für alle hier verantwortlich ist. Ohne mich hätte Blaire unsere Ersparnisse ausgegeben, um auf einem Haufen Whiskyfässer zu hocken, die sie nicht verkauft bekommt, Shona wäre im Armenhaus gelandet, Connor würde ein miserables Leben in Edinburgh führen und meine Brüder hätten nichts, wenn sie irgendwann heimkehren.« Er schlurfte zur Tür und drehte sich noch einmal um. »Wir sind, wer wir sind, Ma.«

»Aber wir haben immer die Wahl«, flüsterte sie, ehe sie sich umwandte und sich, wie Archie glaubte, Tränen aus den Augenwinkeln rieb.

Er musste hier raus. Die Haustür knallte gegen die Außenwand, als er ihr einen Stoß versetzte und dann zum Stall stapfte. Kaum hatte er das Zaumzeug in der Hand, hörte er ein Räuspern hinter sich.

»Nicht jetzt, Connor«, knurrte er.

»Ich wollte dir nur mitteilen, dass mir eben ein Bursche einen Brief von Bonnie gebracht hat«, sagte sein Freund.

»Was hat sie geschrieben? Dass sie dich schmerzlich vermisst?« Es sah über die Schulter und kniff die Augen zusammen. »Meinst du, das interessiert mich?«

Connor streckte den Rücken durch, wie er es immer tat, wenn ihm etwas nicht passte. Augenblicklich sah er aus wie ein Profiboxer, bereit zum Schlagabtausch. Wie sehr Archie danach war, alles rauszulassen, was ihn von innen zerfraß. Vielleicht hatte er Glück, und Connor würde ihm den Gefallen tun und ihm eine verpassen. Er rechnete nicht damit, gegen seinen Freund zu gewinnen, der beinahe einen Kopf größer und noch dazu erstklassig ausgebildet war. Aber in diesem Moment würden einige heftige Schläge verdammt guttun, um endlich einen körperlichen Schmerz zu fühlen, der ihn wenigstens einen Augenblick lang von seiner miserablen Existenz ablenken würde.

»Bonnie kommt heim«, sagte Connor ausdruckslos. »Und vergiss ganz schnell, auf was du gerade aus bist. Diesen Gefallen tue ich dir nicht.« Er brummte unzufrieden und ging mit schweren Schritten auf das Tor zu. »Ich gehe es deiner Ma sagen.«

Archie fluchte leise. »Und wann?«

Connor blieb stehen, drehte sich jedoch nicht um. »In drei Tagen soll ich sie abholen.« Ohne ein weiteres Wort ging er davon.

Mit der Hand fuhr Archie in die schwere Mähne seines Pferdes und legte die Stirn an den warmen Körper. Bonnie würde endlich heimkehren. Seine kleine Schwester, der er die Hölle heißgemacht hatte, weil er nicht wollte, dass sie fern von zu Hause arbeitete, hatte jahrelang geschuftet, um an ihrem Schwur festzuhalten. »Du hast es geschafft, du Dickschädel«, murmelte Archie.

Kapitel 12

»Ich habe eine Überraschung für dich«, flüsterte Vika in Archs Ohr.

Ihr Sohn ließ die Steine aus seiner Hand kullern, die er versuchte aufzuschichten, und sah sie gespannt an. »Was denn?«

Vika sah sich in dem trostlosen Hinterhof um, der zu allen Seiten entweder von Hauswänden oder hohen Mauern eingefasst war. Wie zumeist flatterten unzählige Kleidungsstücke an den langen Leinen im Wind, doch der Geruch der Seife kam nicht gegen den Dunst aus den Klohäuschen an. Und doch spielen Arch und mehrere andere Kinder hier mit Steinen, Stöckchen und einem Ball, den vermutlich ein geschickter Vater aus Stoffresten gewickelt hatte. Über ihnen gab es den schönsten hellblauen Sommerhimmel, den man sich ausmalen konnte. Nur vereinzelte Wölkchen erinnerten an Federn und wurden von dem sanften Wind scheinbar über sie hinweggepustet. Es war herrlich. Der Juli war fast vorübergegangen, ohne dass sie Gelegenheit gehabt hatte, ihn zu genießen. Und genau das hatte sie nun vor.

»Du und ich, wir machen jetzt einen Spaziergang. Und wir kaufen uns unterwegs süßes Gebäck. Wie findest du das?«

»Au ja!« Arch hüpfte auf und ab und griff nach Vikas Hand.

Es war viel zu lange her, dass sie etwas unbeschwerte Zeit

mit Arch verbracht hatte. Vika malte bei jeder Gelegenheit, wenn es nicht gerade an der Zeit war, das Essen für sie alle zuzubereiten oder zu putzen. Die Dose, in die sie Erspartes tat, füllte sich allmählich. Die Gemälde brachten kein Vermögen ein, aber doch ein besseres Einkommen als die Arbeit in der Wäscherei. So beteiligte sie sich inzwischen an der Miete, und da Christopher einen Anteil an jedem Verkauf erhielt, war das Leben auch für die Torrys ein wenig leichter geworden. Manchmal konnten sich die Kinder nun sogar über Milch freuen.

Bis eben hatte Vika an dem Tisch gesessen, den Christopher kürzlich irgendwo aufgetrieben hatte, und gemalt. Und dann war ihr Blick nach draußen geschweift, und sie hatte bemerkt, dass das Wetter eigentlich viel zu schön war, um den ganzen Tag in dem feuchten Zimmer zu hocken. »Ich werde einen Ausflug mit Arch machen«, rief sie aus, und Christopher nickte zustimmend. »Etwas Sonne wird dir guttun«, hatte er gesagt und ihr viel Spaß gewünscht.

Rasch lief sie mit ihrem Sohn durch den dunklen Hausgang hinaus auf die Sandyfaulds Street. Die Wärme kitzelte auf Vikas Gesicht, und sie genoss das seltene Gefühl. Arch hüpfte in der kurzen Hose neben ihr her und betrachtete alles und jeden um sie herum gespannt. »Ich habe mächtigen Hunger«, verkündete er.

»Dann ist ja gut, dass wir uns gleich etwas kaufen werden.« Vika lächelte. Wie dankbar sie war, ihrem Sohn eine Leckerei spendieren zu können. Und auch ihr war nach etwas Zuckrigem. Durch die Schwangerschaft kannte sie nur zwei Zustände: entweder ihr war übel, oder sie war hungrig. Jetzt gerade war es Letzteres. Sie gingen an einigen Frauen vorüber, die auf dem Gehsteig hinter Stoffhaufen hockten und versuchten, etwas von der alten Kleidung oder Stoffresten zu verkaufen, um sich ein paar Penny zu verdienen. Sie zogen durch die ganze Stadt und versuchten ein wenig Handel zu treiben. Die Lappen-Frauen waren ganz unten angelangt und standen oft bereits mit einem Bein im Armenhaus. Vika blieb bei einer von ihnen stehen und zupfte ein hellgelbes Tuch aus dem Haufen. Es hatte einige Flecken, aber sie würde versuchen diese herauszubekommen. Dann sollte das Teil ein passables Handtuch für das Baby abgeben. Sie reichte der Frau eine Münze, die zum Dank ein zahnloses Lächeln zeigte. Rasch steckte Vika das Tuch in die Tasche und sie gingen weiter.

Genüsslich biss sie in das süße Brötchen. Wie gut es roch und schmeckte. Arch kaute ebenfalls mit dicken Backen und sah in diesem Moment sehr zufrieden aus. Vika war danach, sich irgendwo ins Gras zu setzten und ihr Gesicht in die Sonne zu recken. Allerdings gab es in den Gorbals keine Wiesen. Sie sah sich um und überlegte. »Ich habe eine Idee. Na los, komm, mein Schatz.«

Arch schlenderte neben ihr her, und Vika schlug den Weg zur Cumberland Street ein. Die Bewegung tat gut, und noch konnte sie einigermaßen zügig gehen. Bald würde der Bauch größer und größer werden, aber heute war es möglich, und das wollte Vika ausnutzen. Ihr Ziel war nicht weit entfernt, und kurz darauf erreichten sie die Caledonia Road. Sie überquerten die Straße, und Vika blieb vor dem großen steinernen Durchgang stehen.

Arch linste hinauf. »Ist das eine Burg?«, fragte er mit großen Augen.

Vika lächelte. »Nein, das ist nur ein Tor, aber es sieht wirklich wie eine Burg aus.«

Der zinnenbewehrte Turm, der links vom Durchgang aufragte und dessen dunkel verfärbter Stein, der von den Jahrzehnten zeugte, in denen das Bauwerk schon hier stand, weckte gemischte Gefühle in Vika. Einst war sie als Mädchen hin und wieder zum Spielen mit Shona und anderen Kindern hier hergekommen. Und dann eines Tages hatte sie einen der schlimmsten Momente ihres Lebens an diesem Ort erlebt.

»Was ist das denn?« Arch lief einige Schritte weiter und sah durch das Tor.

»Das ist der Southern Necropolis Friedhof.« Vika atmete tief ein. »Deine Grandma liegt hier beerdigt.«

»Ich habe eine Grandma?« Arch flitze wieder zu ihr, fasste nach ihrer Hand und gemeinsam gingen sie hindurch.

»Natürlich hast du die. Aber sie ist leider gestorben, lange bevor du geboren wurdest.«

»Das ist schade«, stellte Arch fest und biss in sein Brötchen.

Vika wusste nicht, ob es das tatsächlich war. Vermutlich war es besser, keine Großmutter zu haben, als eine, die trank und der ihre Kinder und vermutlich auch Enkel egal waren. Lange hatte sie nicht mehr richtig an ihre Ma zurückgedacht, doch der Tag, an dem Shona und sie hier bei trübem Wetter gestanden und zugesehen hatten, wie ihr Sarg von zwei Männern hinabgelassen wurde, hatte sich deutlich in ihre Erinnerung eingebrannt. Und auch die Angst, die sie fast aufzufressen drohte. Sie hatte sich an Shonas Arm geklammert, die regungslos auf das Loch starrte. Nachdem die Erde aufgeschüttet worden war, waren sie gegangen und hatten sich auf den Weg zu Geillis gemacht. Nie waren sie hierher zurückgekommen, obwohl sie nur wenige Straßen weiter wohnten. Doch sie waren damit beschäftigt gewesen zu überleben. Sie hatten keine Kraft übrig gehabt, sich mit dem Tod der Mutter und allem, was zuvor passiert und schiefgegangen war, auseinanderzusetzen.

Vika atmete tief ein und sah sich um. Alles wirkte so wie einst. Die uralten Bäume überschatteten die scheinbar wahllos stehenden oder umgefallenen Grabsteine, und dazwischen wuchs sattes Gras, das zu lange nicht mehr geschnitten worden war.

»Wo wurde Grandma beerdigt?«, fragte Arch und sah sich mit der Arglosigkeit eines Kindes um, für das der Tod noch schwer zu begreifen war.

»Dort drüben irgendwo«, murmelte Vika und ging mit ihm nach rechts.

Selbstverständlich hatten sie kein Geld für einen Stein gehabt, es war schon ein Luxus, dass ihre Ma nicht mit mehreren Menschen in einem Grab verscharrt worden war. Rund eine Viertelmillion Leiber lagen hier, auch wenn diese Zahl so unwirklich erschien, dass es Vika schwerfiel, sie zu begreifen. All diese Leben waren in den Gorbals gelebt worden oder zumindest hier geendet. Und doch war dieses Fleckchen für viele so etwas wie ein Ausflugsziel. Kinder spielten hier zwischen den Gräbern ihrer Vorfahren. Es war einer der wenigen Plätze im Stadtteil, an dem man Vögel zwitschern hörte, und das Gras lud an Tagen wie diesen zum Verweilen ein. Hier trafen Tod und Leben auf eine ganz eigene Art aufeinander.

Vika blieb stehen. Hier in etwa musste es gewesen sein. Irgendwo unter ihnen lag ihre Ma. Sie sah zu einem knorrigen alten Baum. »Lass uns dort ein wenig ausruhen«, schlug sie vor. Sie nahm das eben gekaufte Tuch heraus und breitete es vor dem dicken, runzeligen Stamm aus. Dann setzte sie sich darauf, während Arch sich ausstreckte und seinen Kopf in ihren Schoß legte. Hier und da gingen ältere Frauen spazieren und einige jüngere mit Kinderwagen.

Vor fünfzehn Jahren hatte sie sich hier von ihrer Mutter verabschiedet, und nun war sie selbst als eine solche zurückgekehrt. Vika streichelte über ihren Bauch, dann über Archs Haare. Vielleicht hatte das Schicksal sie in die Gorbals zurückgeführt, damit sie sich mit ihrer Vergangenheit aussöhnen konnte. Womöglich würde es irgendwann woanders eine Zukunft für sie geben, doch vorerst war sie hier. Ihre Finger spielten mit den Grashalmen, und sie schloss die Augen. Sie vermisste die Landschaft um Foxgirth, die Spaziergänge, die sie so oft mit Shona und Arch unternommen hatte. Wie gerne sie an den Strand wollte, um dort dem Rauschen der Wellen zu lauschen und die nach Seetang riechende Luft in ihre Lungen zu saugen. Stattdessen saß sie hier, umgeben von unzähligen Seelen Verstorbener.

»Ich mag wieder nach Hause«, sagte Arch leise. So leise, dass Vika sich nicht sicher war, ob sie richtig gehört hatte.

»Was möchtest du?«

»Nach Hause. Zu Shona und Archie. Und zu Bobby und zu meinem Zimmer.«

Vika seufzte und betrachtete Archs gerunzelte Stirn. Sein Ausdruck erinnerte sie schlagartig an Archie. Wenn man es nicht besser wusste, konnte man die beiden in der Tat für Vater und Sohn halten. Warum auch immer das so war. »Wir wohnen jetzt bei den Torrys, und du hast doch so viel Spaß mit Brodi und all den anderen Kindern in der Nachbarschaft.«

Arch schob die Unterlippe vor. »Ich spiele gerne mit Brodi. Aber es ist so eng. Und man kann in Foxgirth viel besser toben. Außerdem wird Bobby mich vermissen. Wer rennt denn jetzt mit ihm über die Wiese?«

»Mein Schatz.« Vika streichelte seine Wange. »Mir fehlt auch vieles, das habe ich eben selbst gedacht.«

»Also bist du auch traurig?« Arch linste zu ihr rüber.

Vika nickte. »Ja, das bin ich. Das gehört manchmal einfach zum Leben dazu. Aber ich habe dich bei mir, und das ist die Hauptsache.«

»Und wir können nicht zurückgehen?« In seiner dünnen Stimme schwang Hoffnung mit.

»Nein, Arch. Wir bleiben hier. Wir werden nie wieder in Foxgirth leben.« Es brachte nichts, ihm Hoffnung zu machen. Besser, ihr Sohn gewöhnte sich endlich an den Gedanken, dass all das vergangen war.

»Doch.« Er verschränkte die Arme. »Wenn ich groß bin, gehe ich zurück. Dann bin ich stark und kann Archie helfen. So wie Tommy.«

Vika wusste nicht, was sie sagen sollte, also lächelte sie nur. Womöglich würde es so kommen. Ihr Sohn konnte überraschend stur sein. Wie Archie wohl reagieren würde, wenn Arch eines Tages auf seiner Schwelle stünde? Etwas in ihr zog sich zusammen. Dann würde Archie von dem Kind erfahren. Sie hätte keine andere Wahl, als Arch die Wahrheit zu sagen über all das, was in Foxgirth vorgefallen war. Arch war erst vier Jahre alt, sagte sie sich. Ganz sicher wären Foxgirth und Archie nur noch eine blasse Erinnerung, wenn er das Erwachsenenalter erreichte. Oder er hatte beides längst ganz vergessen.

Jetzt jedenfalls war es noch nicht so, und sie saßen hier, im Schatten eines Baumes, der dort schon seit Jahrzehnten stand und das Leben beobachtete, und waren gemeinsam unglücklich. »Manchmal muss man traurig sein, damit es einem danach wieder besser geht«, sagte sie.

»Wenn wir auf dem Rückweg noch mal süße Brötchen kaufen, dann sind wir bestimmt wieder fröhlich.« Begeistert von seinem Einfall, sah er sie strahlend an.

»Dann müssen wir wohl tatsächlich noch welche holen«, sagte Vika und beugte sich vor, um ihm einen Kuss auf die Wange zu geben. Auf Regen folgte Sonnenschein. Oder eben Gebäck.

* * * * *

»Alle raus hier!« Archies Stimme polterte durch den Schankraum.

Einige Männer, die an einem Tisch beisammensaßen, sahen zu ihm. »Es ist doch erst nach zehn«, murrte einer von ihnen.

»Macht, dass ihr wegkommt.« Sein Ton ließ keinen Zweifel, dass er es ernst meinte.

»Schon gut.« Der Mann hob die Hände und nickte den anderen zu. Archie hörte, wie sie Münzen auf die Tischplatte warfen, ehe sie unter Flüchen hinausgingen.

Er stapfte hinter die Theke und griff nach einer Flasche. Mit den Zähnen zog er den Korken heraus und sah zu den Gläsern auf der Ablage. »Scheiß drauf«, murmelte er und ging zu einem der Tische, wo er auf einen Stuhl sank und einen Zug aus der Flasche nahm. Ein Tag war vergangen, seit seine Ma ihm auf den Kopf zugesagt hatte, was sie über ihn dachte. Seitdem hatte er sich vor der Außenwelt in seinem Büro verbarrikadiert und sich jedes ihrer schmerzhaften Worte immer und immer wieder durch den Kopf gehen lassen. Niemand hatte ihn gestört und ihm damit den Gefallen getan, sich mit etwas anderem beschäftigen zu können. Nicht einmal Connor war wie üblich vorbeigekommen. Allem Anschein nach hatte er es fertiggebracht, sogar seinen besten Freund zu vergraulen. Oder vielmehr seinen einzigen Freund. Erneut hob er die Flasche an und genoss, wie Blaires Gebräu seine Kehle und den Magen erwärmte.

Das Lachen der Männer war seit Einbruch der Dunkelheit bis ins Büro gedrungen. Es war nicht auszuhalten gewesen. Archie schielte die Treppe hinauf, doch Shonas Zimmertür war geschlossen und nicht wie stets, wenn sie bereit für geschäftlichen Besuch war, einen Spaltbreit auf. Allerdings ging er nicht davon aus, dass sie Kundschaft hatte, denn in der vergangenen Stunde waren keine Schritte auf der Treppe zu vernehmen gewesen, was bedeuten musste, dass sie sich längst für die Nacht zurückgezogen hatte. Jetzt gab es nur noch ihn, die Stille und den Whisky.

Ein weiterer Schluck beruhigte seine Gedanken zumindest etwas. Er hatte sich in eine Ecke manövriert, das war nicht zu leugnen. Wie er war, hatte sie alle an den Punkt gebracht, an dem sie jetzt waren. Das erste Mal in der Familiengeschichte sah die Zukunft besser aus als die Vergangenheit. Sie sah sogar vielversprechend aus, beinahe konnte er den Erfolg schon riechen. Der Aufschwung würde kommen, da war er sich sicher. Wer genau hinsah, konnte ihn bereits erkennen. Er hatte sich Mühe gegeben, glaubte er. Die Abmachung mit Blaire, auch dem Ort zu Wohlstand zu verhelfen, nahm er ernst. Und doch meckerte seine Schwester, wenn die Männer, die er ihr schickte, erst ausgebildet werden mussten. Connor, der neben Blaire der Einzige war, der von den Plänen mit dem Schmuggel wusste, versuchte ihm die Sache auszureden, damit er sich nicht noch weiter in eine Geschäftsbeziehung mit den Edinburgh Lads verstrickte. Doch Archie ignorierte jede von Connors Warnungen. Die Entscheidung war gefallen. Und Tommy lernte von Blaire mehr, als er es bei der unterbezahlten Feldarbeit für einen Bauer oder in einer der unzähligen Fabriken in Glasgow oder sonst wo je getan hätte. Aber es reichte nicht. Nein, alle waren enttäuscht von ihm. Stets hatte er versucht, im Sinne der Familie zu handeln und alles zusammenzuhalten. Hatte es ihn ausgebrannt? Dafür gesorgt, dass ihn selbst die Menschen, die ihm nahestanden, nicht mehr ausstehen konnten? Erst war Vika gegangen, jetzt drohte sich seine Familie von ihm abzuwenden, wie er befürchtete. Zum ersten Mal in seinem Leben hatte er keine Ahnung, was er tun sollte. Er war ein Kämpfer, doch vielleicht war die Art, wie er die Dinge anpackte, zu extrem. »Der König von Foxgirth«, murmelte er und lachte in sich hinein. Dieser beschissene Spitzname, den die Leute im Ort ihm schon lange vor dem Krieg verpasst hatten, zeigte sein Dilemma auf. Man erwartete schlicht von ihm, dass er den Ton angab. Man respektierte und verachtete ihn zugleich dafür, je nachdem, wen man fragte.

Die breite Eingangstür knarzte, und Schritte hallten durch den Raum.

»Wir haben geschlossen«, brummte Archie, ohne aufzusehen.

»Meinst du wirklich, das ist die richtige Begrüßung?«

Archies Finger krampften sich um die Flasche. Er starrte auf das Etikett und schaffte es nicht, seine Lungen zu füllen. Endlich atmete er flach ein. Gerade rechtzeitig, ehe ihm schwarz vor Augen wurde. Langsam sah er zur Tür. Seine

Beine wollten ihm nicht gehorchen. Waren es nur Sekunden oder gar Minuten gewesen, bis er schließlich aufstand? Sein Stuhl fiel nach hinten um und schlug knallend auf den Dielen auf. Er wankte auf die Person zu. Kein Wort kam über seine Lippen, als er sich nach vorne warf.

»Schon besser, kleiner Bruder«, flüsterte Keillan, ließ seinen Rucksack auf den Boden fallen und umarmte ihn ebenfalls.

Bedeutete dieses miese Brennen in den Augen etwa, dass er heulen musste? Archie presste die Stirn an die Schulter seines Bruders, während seine Hand Keillans Nacken nicht losließ. Zitternd hob und senkte sich sein Brustkorb, während er das Salz auf den Lippen schmeckte. Er weinte wirklich, stellte er fassungslos fest, und konnte doch nichts dagegen tun.

»Schon gut.« Keillan rieb über seine Haare, wie er es früher manchmal getan hatte.

Wie Archie diese väterliche Geste einst gehasst hatte, doch in diesem Augenblick war es genau die Berührung, die er brauchte. Die Nähe, die er sich sonst von jedem verbat. Alles um ihn herum verschwamm. Nichts existierte. Archie krallte sich haltsuchend in Keillans Hemd und sackte doch auf den Boden, wo er nach Luft rang und weiter wie ein kleines Mädchen heulte.

Keillan ging in die Knie, dann rutschte er neben ihn. Keiner sagte ein Wort. Da waren nur sein bebendes Herz und Keillans Hand, die seine Schulter fest drückte.

»Sie ist weg«, waren Archies erste Worte, die er nach Jahren zu seinem Bruder sprach. Er stützte das Gesicht in die Hand und ganz allmählich konnte er wieder atmen.

»Wer?«, fragte Keillan, ohne ihn loszulassen.

»Vika. Und der Junge auch«, flüsterte Archie.

»Ja, genau. Ich erinnere mich: Vika war in anderen Umständen, als wir damals aufgebrochen sind. Ein Junge also.«

»Archibald Fairbairn«, sagte Archie und richtete sich auf, während er hektisch die Tränen von seinem Gesicht wischte.

Überraschung zeichnete sich auf Keillans Gesicht ab.

»Dann war es also doch, wie ich es vermutet habe«, murmelte er schmunzelnd.

Archie wollte sagen, dass es weitaus komplizierter war. Beschissen kompliziert, um genau zu sein. »Ja«, war alles, was er hervorbrachte.

»Und sie ist weg?«

»Hat mich verlassen.«

»So ein Mist.« Keillans Hand griff noch fester zu, was guttat.

»Sitzt du deswegen alleine hier und betrinkst dich?«

»Gibt da noch ein paar andere Gründe«, murmelte Archie.

»Ich nehme an, du hast mir in den nächsten Tagen viel zu erzählen.« Erneut fuhr Keillan durch seine Haare, dann stand er auf.

Archie ließ sich hochziehen. Endlich wagte er es, seinen Bruder genauer anzusehen.

Die Haare waren in einem akkuraten Militärschnitt getrimmt. Auf Keillans Stirn zeichneten sich dünne Falten unter dem schwarzen Haaransatz ab, seine aufrechte Haltung passte zum Rang des Second Lieutenants. Sein einst so friedfertiger Bruder hatte einen beschissen langen Krieg und fast ein Jahr in Kriegsgefangenschaft hinter sich. Doch er hatte nichts von seiner ehrlichen Ausstrahlung eingebüßt.

»Bist mager geworden. Ma wird auf der Stelle beginnen dich aufzupeppeln.«

»Kann's kaum erwarten«, sagte Keillan.

Oben schlug eine Tür zu, und ein Kreischen war zu hören. Ehe Archie sich versah, hetzte Shona die Treppe hinunter, vergaß scheinbar jede Anstandsformen und fiel Keillan im Nachthemd um den Hals. »Ich wusste, dass ich dich eines Tages wiedersehe«, rief sie und verpasste ihm einen Kuss auf die Wange, ehe sie einen Schritt zurücktrat, um ihn zu betrachten. »Etwas dünn und älter, aber ansonsten ganz der gut aussehende Mann aus meiner Erinnerung«, stellte sie fest.

Belustigt sah Keillan sie an. »Und du siehst so hübsch wie immer aus und keinen Tag älter, Shona. Man könnte meinen, ich sei nie weg gewesen.«

Archie rollte mit den Augen. »Seid ihr jetzt durch mit dem Süßholzgeraspel?«

Shona bedachte ihn mit einem strafenden Blick. »Ist gut, dass du wieder da bist, Keillan«, sagte sie. »Komm doch die Tage mal auf einen Tee vorbei, ja?«

»Sehr gerne.«

»Ich spanne das Pferd an.« Archie wollte losgehen, doch Keillan hielt ihn zurück.

»Ich bin zwei Tage lang gelaufen, da ich die Strecke von Edinburgh nach Hause zu Fuß gehen wollte. Für die letzte halbe Meile brauchen wir keine Kutsche.

Archie nickte. Sein Bruder war die Heimkehr auf seine Art angegangen, und Archie empfand es als Ehre, die restliche Strecke mit ihm zu gehen. So wie Connor ihn einst begleitet hatte, als er nach Hause gekommen war.

Keillan warf sich den Rucksack, den er hoffentlich nie wieder brauchen würde, über die Schulter und verabschiedete sich von Shona, während Archie die Lichter löschte. Gemeinsam traten sie in die frische Nachtluft.

»Was habe ich diesen Geruch vermisst.« Sein Bruder schloss die Augen und atmete tief ein.

Archie lachte dröhnend auf.

»Was ist denn so lustig?«

»Das Gleiche habe ich damals nach meiner Heimkehr gesagt, als ich das erste Mal den Pub betreten habe«, erinnerte Archie sich. »Allerdings habe ich die abgestandene Luft des Schankraums gemeint, du wohl eher den Geruch nach Wiesen und Meer.

»Wir waren schon immer unterschiedlich, Bruder.« Keillan zwinkerte ihm zu. »Lass uns gehen. Ich will die Gesichter meiner Geschwister und von Ma genießen, wenn sie mich sehen. Auf diesen Moment warte ich schon so verdammt lange.«

Im Mondschein gingen sie den Feldweg entlang. Hin und wieder kam Archie vom Weg ab, und das feuchte Gras raschelte unter seinen Füßen.

»Du hast wirklich zu viel Whisky intus«, bemerkte Keillan.

»Das Zeug unserer Schwester hat's in sich, sage ich dir«, fluchte Archie und trat zurück auf den Weg.

»Kann's kaum erwarten, ihn zu probieren. Blaire hat immer wieder mal von eurer Destillerie geschrieben, und ich schwöre dir, sie benutzt dabei so zärtliche Worte, wie es andere Frauen tun, wenn sie von einem Verehrer sprechen.«

Archie lachte und genoss die Leichtigkeit, die er in diesem Moment verspürte. »Tut mir übrigens leid, dass ich dir nie geschrieben habe«, nuschelte er.

»Mach dir keine Gedanken. Bonnie hat mir berichtet, dass du ihr das Geld für die Pakete gegeben hast, die sie mir ins Lager schickte. Heißt es nicht immer, dass Taten mehr sagen als Worte?« Keillan boxte ihm in die Seite. »Ich weiß auch so, dass du mich vermisst hast.«

Schlagartig wurde Archie klar, wie viel Wahrheit in dem lag, was sein Bruder da aussprach. Auch wenn er es selten gezeigt hatte, so hatte er stets zu Keillan aufgeblickt. Sie mochten so unterschiedlich sein wie ein Schotte und ein Engländer, doch sie waren von einem Blut. Vor dem Krieg hatte Archie sich grundsätzlich nichts von Keillan sagen lassen und sich unzählige Male gegen ihn durchgesetzt. In Wahrheit hatte er ihm eiskalt die Position als Familienoberhaupt abgerungen. Und doch war Keillan immer da gewesen, wenn er ihn gebraucht hatte. Sicherlich war es für ihn alles andere als leicht gewesen, einen jüngeren Bruder wie Archie zu lieben. Doch Keillan hatte es immer getan. Und da sein Bruder nun über Jahre andere Männer angeführt hatte, würde er sich vermutlich nicht mehr viel von ihm sagen lassen. Irgendwie gefiel Archie diese Vorstellung. Sie mussten ihre Beziehung neu austarieren.

»Du hast mir gefehlt«, flüsterte er.

»Du mir auch«, raunte Keillan in die Nachtluft. »Ich hätte es nicht für möglich gehalten, dass ich das mal sage, aber es ist wirklich so.« Er grummelte. »Hat dieser Krieg immerhin etwas Gutes hervorgebracht.«

Archie lachte, bis ihm die Seite schmerzte. Schließlich sah er in den Himmel hinauf. An den wolkenfreien Stellen tanzten die Sterne über ihm. Ihr Funkeln kam ihm so intensiv vor wie nie zuvor. Wie ein Feuerwerk zur Feier des Tages. Vermutlich war es der Alkohol, der für diese Wirkung verantwortlich war. Was es auch war, es war gut. »Jetzt fehlt nur noch Ian, und alles ist wieder gut«, murmelte er.

»Hmm.«

Archie sah zu ihm hinüber. »Hast du was von ihm gehört?«

War das ein Zucken gewesen? Er betrachtete seinen Bruder aus den Augenwinkeln. Keillans aufeinandergepresste Lippen sagten ihm, dass etwas nicht stimmte.

»Spuck es aus, Keillan.« Archie blieb stehen und fixierte sein Gesicht.

»Ich habe ihn einige Tage vor der Ausschiffung in die Heimat getroffen. Ian hatte rausgefunden, dass ich auch dort sein musste, und da stand er auf einmal vor mir und hat mich angegrinst. Ich habe ihn zuerst gar nicht erkannt, so erwachsen hat der Bursche plötzlich gewirkt.« Keillan wirkte angespannt. Er gab nur vor, sich über den jüngeren Bruder zu amüsieren, um ihn abzulenken.

»Also kehrt er ebenfalls bald heim?«, fragte Archie.

»Ian wird kommen, aber nicht jetzt.«

»Was soll das heißen?« Hatte der Chaot sich etwa dauerhaft für die Royal Scots verpflichtet? Wenn es so wäre, würde Archie ihm den Hintern versohlen. Es war schon ein Wunder, dass Ian den verdammten Krieg überstanden hatte, sicherlich war all sein Glück bis zum letzten Krümel aufgebraucht.

»Ian möchte reisen, ehe er nach Hause kommt«, brummte Keillan und sah nach vorne.

Ungläubig starrte Archie ihn an. »Willst du mich verscheißern? Ian war seit 1914 nicht hier und will jetzt eine Reise machen? Hat er etwa noch nicht genug von der verfluchten Welt gesehen?« Das konnte nicht wahr sein.

»Ich weiß, es ist schwer zu verstehen. Aber Ian hat es mir im Vertrauen erklärt, und ich habe ihm zugestimmt, dass es das Richtige ist. Er muss das einfach tun.«

»Und was ist mit Ma? Was ist damit, dass wir alle ihn brauchen?«

Erneut legte sich Keillans Hand auf seine Schulter. »Archie«, sprach er und suchte seinen Blick. »Du weißt, was wir alle hinter uns haben, und jeder von uns geht damit anders um. Ian ist noch nicht so weit, nach Hause zu kommen. Er muss erst einen Abschluss finden. Verstehst du, was ich meine?«

»Natürlich.« Archie nickte. Er wusste nur zu gut, was Ian gerade durchmachte. Der Moment, wenn der Einsatz vorüber war und die Daueranspannung, die Angst um das eigene Leben und das der Kameraden von einer Sekunde auf die andere verschwanden, war auch für ihn unerwartet heftig gewesen. Der Krieg ließ sich auf dem Papier beenden, aber nicht in den Köpfen der Männer. Wenn man endlich zur Ruhe kam, hallten Erinnerungen in den Gedanken wider, die einen an den Rand des Wahnsinns bringen konnten. Und dann waren da die Nächte. Still, lang und bedrückend. »Aber Gnade ihm Gott, wenn er nicht wiederkommt.«

»Er wird schon irgendwann hier aufschlagen. Mit einem Grinsen im Gesicht und einem Spruch auf den Lippen. Ganz so, wie wir ihn kennen.«

Archie lief weiter. »Behalt das heute noch für dich, in Ordnung? Ma soll sich gleich einfach nur freuen, dass du wieder da bist.«

»Genau das hatte ich vor.« Keillan kniff die Augen zusammen und sah zum Grundstück der Dennons, das soeben in einiger Entfernung vor ihnen auftauchte. Einladend leuchtete schwaches Licht in den Fenstern, und Archie war froh, dass seine Familie noch auf war. Nicht nur Keillan hatte dringend etwas Freude nötig. Auch ihn dürstete es geradezu danach, Freudenschreie zu hören und zu sehen, wie jeder vor Glück überzulaufen schien.

»Du hast ein neues Haus gebaut?« Keillan deutete nach vorne.

»Nein. Das hat Connor vor der Hochzeit für sich und Bonnie errichtet.«

Keillan blieb abrupt stehen. »Bonnie ist verheiratet?«, fragte er und starrte ihn an.

»Das weißt du doch. Ma hat es dir und Ian geschrieben. Noch am Tag der Hochzeit.«

»Diese Nachricht kam nie bei mir an«, murmelte Keillan. »Ian hat es auch nicht erwähnt.«

»Dann müssen die Briefe verloren gegangen sein.«

»Bonnie ist also verheiratet«, Keillan lachte leise. »In meiner Erinnerung ist sie noch immer das kleine Mädchen, das ich auf meinen Schultern über die Wiesen trage. Nicht zu fassen!«

»So klein ist sie nicht mehr. Und ihr Wille erst recht nicht.« Archie schmunzelte. Nein, Bonnie hatte sich zu einer Frau gemausert, die ganz genau wusste, was sie wollte. Und sie hatte Connor gewollt.

»Dieser Connor wird ein Heiliger sein, wenn du ihm die Hand unserer Schwester anvertraust.«

Schon wieder drang ein Lachen aus seiner Brust. Wann hatte er das letzte Mal so viel gelacht wie in der vergangenen halben Stunde? Jedenfalls tat es verdammt gut, wie Archie feststellte. »Ein Heiliger ist Connor nicht gerade«, grummelte er. »Vielmehr ein ehemaliger Profiboxer und einstiges Mitglied der Edinburgh Lads.«

»Du machst Witze.« Keillan zog die Brauen zusammen.

»Nein, ich schwöre es.« Er legte sich die Hand auf die

Brust. »Das ist die reine Wahrheit, auch wenn es ein gut gehütetes Geheimnis unserer Familie ist.

Keillan lehnte sich vor. Einen Augenblick lang glaubte Archie, sein Bruder würde ihn am Kragen packen. »Bonnie hat einen Edinburgh Lad geheiratet? Einen Kriminellen? Und das hast du zugelassen?«, zischte er.

»Reg dich ab.« Archie hob die Hand. »Ich habe mit Connor gedient. Seit der Grundausbildung war ich jeden Tag mit diesem Mann zusammen. Glaub mir, ich war anfangs auch dagegen, aber er ist in Ordnung und er vergöttert unsere Schwester. Abgesehen davon hat Bonnie ihren eigenen Kopf, wie ich einsehen musste. Sie lässt sich von mir nichts mehr sagen. Und von dir ganz sicher ebenso wenig. Sie hat ihre Wahl getroffen.«

Keillan entspannte sich allem Anschein nach etwas. »Ich werde mir diesen Kerl ganz genau ansehen und ihm auf den Zahn fühlen«, brummte er.

»Nichts anderes habe ich von dir erwartet.« Archie blickte zum Cottage. »Bist du bereit für die letzten Schritte?«

Die Hände seines Bruders legten sich an die Rucksackriemen. »Ich glaube, ich war noch nie so bereit für etwas.«

»Dann lass uns endlich gehen.«

* * * * *

Vikas Herz schlug ihr bis zum Hals. Sie schreckte aus dem Schlaf und fasste sich an die Kehle. Mühsam rappelte sie sich auf und blinzelte in die Dunkelheit. Archs warmer Körper lag neben ihr, und sie hörte seine Atemzüge und die der anderen. *Er* war hier gewesen, hier bei ihr, hatte sie angesehen und gelächelt, als er seine Hand nach ihr ausstreckte. Dann war sie aufgewacht. *Archie*. Sie hatte ihn gerochen und seine Stimme gehört. Alles in ihr hatte sich danach verzehrt, ihr Gesicht an seinen Hals zu schmiegen und tief einzuatmen. Doch es war nur ein Traum gewesen. Einer von vielen, die sich in den meisten Nächten wiederholten. Bei Tage konnte sie sich verbieten, an ihn zu denken. Doch nachts taten ihre Gedanken, was sie wollten. Sie legte sich die Handflächen auf den Bauch und atmete tief ein. Ließ das Baby es nicht zu, dass sie seinen Vater vergaß? Auf jeden Fall sorgte es dafür, dass ihre Blase sich stets pünktlich in der Mitte der Nacht meldete. Vika stand auf und griff nach dem Mantel. Leise schlüpfte sie in die Schuhe, ehe sie vorsichtig die Tür öffnete und den Gang entlangeilte. Die halsbrecherische Treppe war bei Nacht geradezu eine Todesfalle. Wie immer in der Dunkelheit hielt sie sich mit beiden Händen am Geländer fest und zählte die Stufen. Die neunte Stufe war der Länge nach auf der Hälfte abgebrochen, und Vika überstieg sie. Endlich schaffte sie es in den Hinterhof und zu den Klos. Nicht das kleinste bisschen Licht drang in das Innerste des Häuschens, und schließlich kam Vika wieder heraus, erleichtert, dass sie sich nicht vertreten hatte. Wie praktisch doch ein Nachttopf in der Schwangerschaft gewesen wäre, aber das kam nicht in Frage, ihn in einem Raum voller Menschen zu benutzen, egal wie gerne sie die Torrys hatte. Christopher hingegen hatte weniger Schamgefühl und nutzte ihn regelmäßig. Aber wie sollte der Mann auch mit den Krücken nachts die Treppe hinter sich bringen? Das war das Risiko nicht wert.

Vika schlang die Arme um sich und saugte Luft in ihre Lungen. Selbst um diese Jahreszeit roch sie nach Kohle, da zwar in den Häusern nicht mehr geheizt werden musste, die Fabriken aber weiterhin Unmengen davon verfeuerten. Und natürlich mussten sie zum Kochen ebenfalls täglich ein Feuer machen, meist glomm es den ganzen Tag über ein wenig. Der süßliche Geruch nach Unrat vermengte sich damit, und Vika lief ein wenig näher an die Wäscheleinen heran, in der Hoffnung, dass der Seifengeruch etwas half. Hier und da waren Rufe zu hören oder ein Lachen. Etwas weiter entfernt bellte ein Hund, dann vernahm sie ein helles Jaulen. Hier war es niemals still. Das Leben kam auch in den Nachtstunden nicht zum Erliegen. Bei Dunkelheit fiel der Lärm noch viel mehr auf, fand Vika. Wie sehr sie sich nach der Ruhe in Foxgirth sehnte. Wenn man dort nachts in den Hinterhof trat, waren die Grillen das einzige Geräusch. Hin und wieder, wenn es stürmisch war, trug der Wind auch das Meeresrauschen in den kleinen Ort. Vika lauschte. Nein, hier gab es keine Grillen. Vermutlich waren die Tierchen schlau genug, sich aus der Großstadt mit ihrem Dreck fernzuhalten. Und doch strömten die Menschen ungebremst hierher, so wie sie, in der Hoffnung auf ein besseres Leben.

Christopher hatte dem Vermieter des Gebäudes Vikas Namen genannt, für den Fall, dass eine Wohnung frei werden sollte. Große Hoffnungen hatten sie nicht, so überlaufen, wie der Wohnungsmarkt war. Nicht nur die Torrys und sie teilten sich eine winzige Einzimmerwohnung mit zu vielen Personen. Immerhin verstanden sie sich gut, sprach Vika sich Mut zu. Trotzdem sparte sie weiterhin jeden Penny, den sie erübrigen konnte, um sich den Traum von einem Zimmer für sich und ihre Kinder erfüllen zu können, sollte sich die Möglichkeit ergeben.

Doch auch die Gedanken daran konnten sie nicht von Archie ablenken. So nah hatte sie sich ihm noch vor Minuten gefühlt, dass die tatsächliche Entfernung jetzt umso heftiger schmerzte. Und dazu kam ihre Ahnung, dass der Mann, den sie ohne Zweifel noch immer liebte, weiter in den Abgrund taumelte. Ihre Schwester unterließ es zwar, Andeutungen zu machen, was Vika jedoch nur noch mehr beunruhigte. Shona war geradeheraus, und wenn sie Archie nicht einmal erwähnte, dann stimmte etwas ganz und gar nicht. Verspürte sie Schuldgefühle? Vika versuchte in sich hineinzuhören. Immerhin war sie ohne ein Wort des Abschieds verschwunden. Doch sie war unfähig gewesen, damals in dieser Nacht, ihre Gefühle in Zeilen zu fassen. Alles, was sie gespürt hatte, war, dass sie nicht mit Archie Dennon zusammenleben konnte. Weil sie ihren Sohn keinem Mann aussetzen durfte, der vom Krieg gezeichnet und verblendet war. Der niemandem außer sich selbst traute, nicht einmal ihr. Und nie würde sie in einer Beziehung leben können, in der der Mann ihre Meinung ignorierte. Selbst dann, wenn es um ihren Sohn ging.

Vika löste ihren Blick von den Häuserdächern mit den unzähligen Schornsteinen, die gespenstisch vor dem nur schwach erhellten Nachthimmel aufragten, und machte sich auf den Rückweg.

Auf Zehenspitzen trat sie ins Zimmer. Kurz horchte sie, doch alle schienen tief und fest zu schlafen. Auf der Ablage tastete sie nach den Streichhölzern und entzündete die Petroleumlampe, die sie zu dem kleinen Tisch trug. Dort setzte sie sich auf den zweiten Stuhl, den Christopher kürzlich aufgetrieben hatte, und schlug die Mappe mit den Papierbögen auf. Mit zitternden Fingern griff sie nach dem Bleistift.

Das Kinderlachen kam näher, dann spürte Vika, wie ihr ein Schmatzer auf die Wange gedrückt wurde. Feucht und etwas zu fest. »Arch ...«, murmelte sie und schlug die Augen auf, doch der Bengel war schon wieder fort und lachte mit Brodi.

»Guten Morgen«, rief Christoph, der eben zur Tür hineinkam und den leeren Nachttopf unter das Bett stellte. Er klang belustigt. »Du hast dich allem Anschein nach heute Nacht zu deinen Bildern geschlichen, deshalb haben wir entschieden, dich ausschlafen zu lassen.«

Vika setzte sich gähnend auf und zog das Nachthemd über die Knie. Nach einer Weile war es ihr am Tisch zu kalt gewesen, und so hatte sie Lampe und Papier mit zu ihrem Lager am Boden genommen und im Liegen gezeichnet. »Ich muss darüber eingeschlafen sein«, murmelte sie. »Ist Eileen schon bei der Arbeit?«

»Das ist sie.« Er sah zu den Kindern. »Und ihr geht jetzt etwas raus. Das Wetter ist herrlich heute, also stellt sonst was an und habt Spaß dabei.«

Kreischend rannten die drei älteren hinaus, während Mary vergnügt auf dem Boden hockte und mit den Händen Haferbrei aus einem Schälchen in ihren Mund beförderte.

»Magst du auch etwas?«, fragte Christopher und humpelte mit der Krücke zum Ofen.

Vika verzog das Gesicht. Ihr machte die Morgenübelkeit auch weiterhin zu schaffen, dabei war die Zeit für dieses Schwangerschaftssymptom eigentlich längst vorüber.

»Dann wenigstens einen Tee. Das hat Eileen immer geholfen«, entschied ihr Freund und füllte eine Tasse. Christopher schob einen der Stühle zu ihr in die Zimmerecke, reichte ihr die Tasse und setzte sich. Dann beugte er sich vor und griff, ehe Vika das Bild in die Mappe schieben konnte, nach der Skizze aus der vergangenen Nacht, von der nur ein wenig unter ihrem Kissen hervorlugte. Er runzelte die Stirn. »Das ist keiner der Männer, von denen ich dir Fotos gebracht habe, wenn ich mich nicht irre.«

Vika wollte nach dem Blatt greifen, doch Christopher hob es hoch und betrachtete es genauer. »Dieser Blick«, murmelte er. »Wie schaffst du es nur, den inneren Kampf eines Soldaten so abzubilden?« Er schüttelte den Kopf und reichte es ihr endlich wieder.

Rasch schob sie es in die Mappe zwischen all die anderen Skizzen.

»Es ist ausdrucksstark, das bekommen wir bestimmt verkauft.« Zufrieden nickte Christopher.

»Dieses Bild steht nicht zum Verkauf«, flüsterte Vika und führte die Tasse vorsichtig an die Lippen. Die heiße Flüssigkeit tat wirklich gut. Mit etwas Glück würde der Tee ihren Magen versöhnlich stimmen, so dass sie heute sogar vor dem Mittagessen einen Bissen hinunterbekommen konnte.

»Warum nicht?« Christophers Miene verriet, dass seine Neugierde geweckt war.

Sie hatte sich verraten. Vika seufzte. »Das Bild ist für das Baby«, sagte sie leise und wich seinem Blick aus.

»Verstehe.« Er wirkte verlegen. »Dann ist das also der Vater deines Kindes?«, fragte er vorsichtig.

Vika nickte kaum merklich. »Ja, das ist der Vater. Ich wollte ihn malen, solange meine Erinnerung noch frisch ist. Falls das Baby, wenn es älter ist, nach ihm fragen sollte.« Es stimmte immerhin teilweise. Die andere Hälfte der Wahrheit war, dass sie Archie hatte sehen wollen. Stundenlang hatte sie im schwachen Licht auf sein Antlitz gestarrt und jedes Zeitgefühl verloren. Ihre Fingerspitzen waren über seine Wange bis zu seinen Lippen gewandert, und Vika hatte geglaubt, sie auf ihren zu spüren. Die zusammengezogenen Augenbrauen, die Härte seiner Gesichtszüge waren lebensecht. Vermutlich war ihr nie ein besseres Werk gelungen. Doch in seinem Blick lag auch ein wenig von dem, in das sie sich einst willenlos verloren hatte. Ein Stückchen von dem alten Archie.

»Das geht mich alles nichts an, entschuldige meine Nachfrage. Du wirst darüber mit Eileen gesprochen haben, wie ich annehme?«

Wieder nickte Vika.

»Dann ist gut. Eileen kann so etwas viel besser als ich.«

Vika lächelte ihn an. »Du machst das eigentlich ganz gut. Also für einen Mann, meine ich.«

»Dann bin ich ja erleichtert.« Er grinste, ehe sein Ausdruck ernst wurde. »Das war nicht immer so. Nach meiner Rückkehr hatten wir eine harte Zeit. Ich konnte mich anfangs nicht damit abfinden, dass ich nie wieder richtig gehen würde. Und dann waren da all die Erinnerungen, die ich nicht abschütteln konnte.« Christopher machte eine Pause und rieb sich über den Dreitagebart. »Die Kinder kannten mich nicht mehr, und Eileen sagte irgendwann, ich sei ihr fremd geworden.« Er sah gedankenverloren zum Fenster hinaus. »Da dachte ich mir, entweder ich reiße mich zusammen und versuche, meinen Mann zu stehen, selbst wenn ich nur noch ein Bein habe, um das zu tun, oder ich packe meine Sachen und haue ab, um es meiner Familie zu ersparen, mit einem gebrochenen Mann leben zu müssen.«

Vika blickte in den Tee und umklammerte die Tasse. »Du bist geblieben«, sagte sie.

»Weil Eileen Nachsicht mit mir hatte. Auch wenn wir aneinandergerieten, zweifelte ich nie an ihrer Zuneigung zu mir. Es war ihre Liebe, die mir half, wieder ich selbst zu werden. Oder zumindest so sehr zu mir zurückzufinden, wie es eben möglich war nach all den Erfahrungen. Und dann wurde es endlich besser. Jeden Tag ein kleines bisschen.« Er lachte leise. »Kurz darauf war das dritte Kind unterwegs.«

Vika glaubte die Röte in ihrem Gesicht zu spüren.

»Du siehst ja, wie wenig wir haben, und doch ist es für mich wie ein Traum. Ich hätte fallen und meine Lieben nie wiedersehen können, aber irgendwie habe ich das alles überstanden. Und wenn ich nicht zu arg darüber nachgrüble, dass ich nicht fähig bin, meine Familie zu ernähren, und dass meine Frau diese Aufgabe übernimmt, dann bin ich ziemlich zufrieden.«

»Wie lange hat es gedauert, bis es besser wurde?«, fragte Vika leise.

»Du meinst, bis ich nicht mehr neben mir stand und entweder still oder wütend war?« Christopher runzelte die Stirn. »Über zehn Monate, nehme ich an. Mein Einsatz war nicht sehr lang, ehe es mich erwischte. Ich habe mich auch erst zur Mitte des Krieges freiwillig gemeldet. Keine Ahnung, wie es für die Männer ist, die länger fort waren. Die mehr erlebt haben, als das, was ich mit mir herumtrage.«

»Hast du je«, Vika stockte, »hast du je einen Mann erwürgt?«

Ihr Gegenüber zog die Augenbrauen hoch. »Das ist eine sehr präzise Frage, Vika.« Er musterte sie, ehe er den Kopf schüttelte. »Nein, so nah bin ich nie an unsere Gegner geraten.«

»Und wenn es so gewesen wäre, hättest du es dann verwunden?«

Christopher beugte sich hinab und tippte auf die Mappe. »Hat *er* das erlebt?«

Mehr als ein Nicken brachte sie nicht zustande.

»Schon gut«, sprach er sanft, ehe er sich wieder aufrichtete. »Ich kann dir darauf keine Antwort geben. Jeder von uns reagiert anders, und es ist schwer, sich vorzustellen, wie es für mich gewesen wäre. Aber ich nehme an, dass es mir sehr zugesetzt hätte. So etwas kann nicht spurlos an einem vorübergehen. Ich weiß, wie sehr einen die Schuldgefühle erdrücken können, aber diese möchte ich mir gar nicht vorstellen.«

Eine Träne tropfte auf ihr Nachthemd, und Vika wischte sich hektisch über die Wange. »Das muss von der Schwangerschaft kommen«, schimpfte sie und wandte sich ab.

»Ich werde mit Mary nach draußen gehen und nach den Kindern sehen, damit du etwas Ruhe hast und dich ankleiden kannst.« Ungelenk klopfte er ihr auf den Rücken und schnappte sich dann das kleine Mädchen.

Kaum war die Tür ins Schloss gefallen, stand Vika auf und goss Wasser in die Waschschüssel. Mit den Händen spritzte sie es sich ins Gesicht und rieb hektisch mit dem Handtuch darüber, bis ihre Haut in dem kleinen zerkratzten Spiegel an der Wand rötliche Flecken zeigte. Ihre dunklen Haare waren von der Nacht struppig, und dort, wo es nicht rotgeschrubbt war, war ihr Gesicht bleich wie Schnee. Die gräulichen Augenringe spiegelten wider, wie sie sich fühlte. Sie griff nach dem Kamm, der sich immer wieder in den Knoten verfing. Ohne darauf zu achten, kämmte sie jede Strähne durch und befeuchtete den Pony, bis er halbwegs ordentlich wirkte. Sie ließ die Hände sinken und starrte sich an. Hätte Archie mehr Nachsicht verdient gehabt, als sie bereit gewesen war, ihm zuzugestehen? Eileen hatte Christopher geholfen, sein Tief zu überwinden. Sie hatte zu ihrem Mann gestanden und ihn nicht aufgegeben. Hatte Vika einen Fehler gemacht, als sie ohne noch einmal mit Archie zu sprechen, gegangen war? Doch Archie war nicht Christopher. Seine Probleme schienen tiefer zu gehen, und noch dazu war er grundsätzlich nicht bereit, sich ins Gewissen reden zu lassen. Als wäre es erst gestern passiert, sah sie den schrecklichen Tag vor sich, an dem Arch verschwunden war. Archies harte Worte hallten in ihren Ohren wider ebenso wie ihr Flehen. Er hatte sie ausgeschlossen, als es um das Leben ihres Sohnes ging. Ein letztes Mal starrte sie in den Spiegel, dann lief sie zu dem Koffer, der an der Wand lehnte, um sich frische Kleidung herauszulegen. Nein, Archie Dennon war nicht wie andere Männer. Kein Wort aus ihrem Mund könnte ihn je dazu bringen, sich in sie einzufühlen. Und sie war außerstande, ihn zu ändern. Auch wenn sie ihn bis ans Ende ihres Lebens lieben sollte, so würde sie diese Liebe nie wieder ausleben.

Mit Schwung öffnete sie den Koffer und nahm eine Bluse heraus, die Eileen ihr geliehen und selbst während ihrer Schwangerschaften getragen hatte. Ihr Bauch schien jeden Tag zu wachsen und war schon jetzt größer als in der Mitte ihrer Schwangerschaft mit Arch. Es war ein Segen, dass Archie nichts von ihrem Zustand ahnte. Zwar hatte sie es Shona in einem Brief mitgeteilt, ebenso wie den Auszug bei Geillis, aber sie hatte ihre Schwester genötigt, ihr zu schwören, es keiner Menschenseele in Foxgirth anzuvertrauen. In Foxgirth gab es keine Geheimnisse, die Archie verborgen blieben. Shona würde dichthalten, das wusste sie. Zu genau kannte ihre Schwester Archie und sein Temperament. Und abgesehen davon: Wem sollte Shona es denn auch erzählen? Ihre Schwester hatte dort keine Freunde, und abgesehen von den Dennon-Frauen sprach kaum jemand mit ihr. Sie musste sich schrecklich einsam fühlen, das war Vika klar. Doch es lag nicht an ihr, zu entscheiden, was für ihre Schwester richtig war. Shona stand es, genau wie ihr, frei zu gehen. Das Einzige, was Vika ihr untersagt hatte, war zu ihr zu kommen, ehe sie es geschafft hatte, auf eigenen Beinen zu stehen. Auf keinen Fall sollte Shona wie einst an den dunklen Straßenecken der Gorbals stehen und auf Kundschaft warten. Das durfte sie nicht zulassen. Dann sollte Shona doch besser vorerst in Foxgirth bleiben. Und womöglich geschah ja noch ein Wunder, und Shona wagte endlich ebenfalls einen Neuanfang. Es wäre vermutlich ebenso schwer wie für sie, doch Vika konnte nur darauf hoffen, dass ihre Schwester Kampfgeist hatte. Doch diesen Schritt musste Shona selbst tun. So wie Vika es getan hatte.

Kapitel 13

Durch das angelehnte Fenster drang Vogelgezwitscher, während Archie zum Schutz vor der hellen Sonne den Arm über sein Gesicht hob. Schlagartig wurde ihm klar, wo er war und was am Vortag vorgefallen war. Ein Blick durch das kleine Mansardenzimmer bestätigte, dass es kein Traum gewesen war. In dem Bett unter der Dachschräge lag Keillan auf dem Bauch und schnarchte, nachdem er zu viel von dem Wein getrunken hatte, den Mairead gestern Abend strahlend geöffnet hatte. Sein großer Bruder war zurück. Einfach so. Als wären nicht Jahre vergangen, in denen sie beide Tag für Tag hätten sterben können, lag er in seinem alten Bett in genau der gleichen Position, in der er schon immer geschlafen hatte.

Gestern hatten sie im Dunkeln vor dem Cottage gestanden und Keillan schien den Anblick geradezu in sich aufzusaugen. Minutenlang hatte er sich nicht von der Stelle gerührt, bis Archie es kaum mehr hatte erwarten können. »Nun mach schon«, hatte er ihn aufgefordert.

Keillan hatte gegrinst, die Zunge hinter den Schneidezähnen eingerollt und seinen unverwechselbaren Pfiff ertönen lassen. In diesem Moment lief Archie ein Schauer über den Rücken. Dieser lange Pfiff, der dreimal in eine höhere Tonlage wechselte, hatte schlagartig Erinnerungen an früher zurückgebracht. An lange Sommertage, während denen er durch die Umgebung gestrolcht war, stets auf der Suche nach einem kleinen Abenteuer. Abends, wenn es Zeit war heimzukommen, war Keillans Pfiff über die Felder geschallt, und Archie hatte oft so getan, als ob er ihn nicht gehört hatte. Meistens hatte Keillan ihn aufgespürt und unter der Androhung heimbugsiert, er würde andernfalls seine Essensration mit verputzen.

Noch war der Pfiff nicht ganz verhallt, schon waren die Fensterläden des winzigen Wohnzimmers aufgesprungen, in dem Blaire schlief. Mit einem Schrei, den man vermutlich noch in Foxgirth hören konnte, kletterte sie im Nachthemd durch das Fenster, stürmte auf sie zu und fiel Keillan um den Hals. Ein »Ich wollte gerade ins Bett gehen, da habe ich dich gehört« ging in Schluchzern unter, während sie ihren älteren Bruder nicht aus ihrem festen Griff entließ und mit feuchten Augen zu Archie sah.

Er hatte ihr zugenickt und ihre Freude genossen, ehe Tommy auf sie zuspurtete, Blaire zur Seite schubste und Keillan an sich zog. Fluchend hatte Blaire sich neben Archie gestellt und dabei so verdammt glücklich ausgesehen, wie er sie das letzte Mal bei seiner eigenen Heimkehr erlebt hatte. Schließlich war sein Blick zum Haus gewandert, wo Mairead in der offenen Tür stand und dem Treiben zusah. Ihre Lippen sprachen ein tonloses Gebet.

»Lass ihn los, Tommy«, hatte Archie gebrummt, und Keillan entdeckte seine Mutter.

Langsam war er auf sie zugegangen, um sich dann herabzubeugen und Mairead zu umarmen.

Archie hatte Gänsehaut auf seinen Armen gefühlt und schon wieder dieses miese Brennen in den Augen.

Er gähnte und sah hinüber zu Tommy, der ebenfalls noch

schlief. Sie hatten gestern lange zusammengesessen, gelacht, Keillan gedrückt und so viel von dem Wein getrunken, dass Archie sich kurzerhand in sein altes Bett gelegt hatte. Beinahe war es wie früher, aber einer fehlte noch. Sein Blick wanderte zu dem vierten und letzten Bett. *Ian.* Wo auch immer dieser steckte, er hoffte inständig, dass er bald ebenfalls den Weg nach Hause finden mochte. Keillan hatte ihm etwas vorenthalten, da war Archie sich sicher. Irgendetwas stimmte nicht an der Geschichte. Aber vorerst wollte er es auf sich beruhen lassen. Er griff hinter sich, zog das Kissen hervor und schleuderte es durch den Raum. Unsanft landete es auf Keillans Kopf, der sich murrend rührte.

»Aufwachen, Soldat«, rief Archie und hob das Hemd vom Vortag vom Boden auf.

»Das bin ich nicht mehr, falls du das vergessen haben solltest«, murmelte Keillan und öffnete die Augen. »Hab lange nicht mehr so gut geschlafen wie in den letzten Stunden. Selbst dein Schnarchen hat mich nicht gestört.« Er grinste und streckte sich.

»Das war Tommy. Der Bursche verträgt nichts.«

»Tu ich wohl.« Tommy drehte sich gähnend zu ihnen um und sah zufrieden zwischen Keillan und ihm hin und her. »War echt langweilig alleine in diesem Zimmer. Aber jetzt ist immerhin Keillan hier, und ich habe nicht mehr nur noch Blaire zur Gesellschaft.«

»Was ist denn so schlimm an Blaire?«, brummte Archie.

»Sie treibt mich ununterbrochen zur Arbeit an.« Sein kleiner Bruder verzog das Gesicht. »Reinige den Kessel, Tommy. Bring die Fässer nach hinten, Tommy. Schneide die Säcke auf, Tommy«, sagte er mit verstellter Stimme.

»Räum endlich diesen Saustall hier auf, Tommy«, rief

Keillan, lachte und deutete auf den Wäschehaufen neben Tommys Bett.

»Wisst ihr eigentlich, wie nervig es ist, der Jüngste zu sein?«, motzte dieser und drehte sich wieder um.

»Lassen wir ihn noch etwas in Ruhe«, sagte Keillan und zwinkerte Archie zu.

»Was möchtest du an deinem ersten Tag mit dir anfangen?«, fragte Archie, während er sich das Hemd überzog. Dass Keillan seine Amputationsstelle musterte, entging ihm nicht.

»Tut es weh?«

»Inzwischen nicht mehr. Aber hin und wieder bilde ich mir ein, meine Finger zu spüren.«

Keillan nickte. »Connor …«, setzte er an und seine Augen wurden schmal.

Archie unterdrückte ein Stöhnen und machte sich daran, die Hose überzuziehen. Natürlich hatte Connor die Aufregung vor dem Nachbarhaus gehört und war alarmiert zu ihnen geeilt. Als er begriffen hatte, was dort vor sich ging, hatte er Keillan überschwänglich begrüßt. Keillan hingegen hatte ihn den ganzen Abend über abschätzig beobachtet. Womöglich war es nicht wirklich schlau gewesen, vor Keillan gleich zu Beginn Connors Herkunft offenzulegen. Für seinen Bruder war Connor ein Fremder. Anstatt ihn erst einmal kennenzulernen, konzentrierte sich Keillan scheinbar nur auf die wenig schmeichelhaften Informationen, die er zu seinem Schwager erhalten hatte.

»Was ist mit ihm?«

»Er zieht ein Bein nach«, sagte Keillan ausdruckslos.

Archie nickte und kämpfte mit dem Hosenknopf. »Wir haben uns brüderlich eine Granate geteilt«, scherzte er. »Ist ein Wunder, dass er überhaupt wieder gehen kann. Das verdankt er einem verflucht guten Chirurgen und Bonnies aufopferungsvoller Pflege.«

»Hätte unsere Schwester sich nicht einen Arzt suchen können, anstatt sich in einen Patienten mit zweifelhafter Vergangenheit zu vergucken?«, brummte er. »So hübsch, wie ich Bonnie in Erinnerung habe, hätte sie doch jeden Mann um den Finger wickeln können.«

»Frag Bonnie das doch selbst, wenn du den Mumm dazu hast. Sie kehrt übermorgen ebenfalls heim.« Nun ging es wirklich aufwärts. Mit Keillan und Bonnie kam die Zukunft zurück in ihre Familie.

»Vielleicht mache ich das ja.« Keillan band sich die Schuhe und stapfte dann zur Tür.

»Das will ich sehen. Bonnie wird sich für deine Einmischung ganz bestimmt bedanken«, sagte Archie, woraufhin Tommy unter der Bettdecke lachte.

»Es ist traumhaft«, murmelte Keillan und reckte sein Gesicht der Sonne entgegen.

Archie saß neben ihm auf der Bank hinter dem Haus und betrachtete das Meer jenseits der Steilklippe. »Kann man sich nicht daran sattsehen«, stimmte er zu.

Mairead hatte unverzüglich damit begonnen, ihren, wie sie ihn nannte, bemitleidenswert dürren, endlich heimgekehrten Sohn aufzufüttern. Keillan hatte zwei Schalen Haferbrei und mehrere Eier verdrücken müssen, ehe sie ihn aus der Küche gelassen hatte. Und Archie hatte zum ersten Mal seit Wochen nicht das Bedürfnis, sich im schummrigen Büro des Pubs vergraben zu wollen. Zu sehr genoss er es, den Vögeln und dem Meeresrauschen zu lauschen, während sein Bruder endlich wieder neben ihm saß.

»Da seid ihr ja!«, schallte es durch den Wind.

Archie blickte sich um und erkannte Blaire und Connor, die um die Hausecke bogen. Blaire hielt eine Flasche in der Hand, die sie Keillan reichte. »Das ist er. Der berüchtigte Dennon-Whisky.«

Keillan zog den Korken heraus und roch daran. »Du bist schon ein selten verrücktes Weib, Schwesterchen.« Er setzte die Flasche an, verzog das Gesicht für einen Moment, und nickte dann. »Der ist wirklich gut. Ich bin mir sicher, das Zeug verkauft sich in den Pubs der Gegend hervorragend.«

»Und bald auch in den Vereinigten Staaten.« Blaire schien vor Stolz fast zu platzen.

Archie unterdrückte einen Fluch und lehnte sich zurück.

»In den Staaten?« Keillan sah ihn fragend an.

»Die Prohibition soll bald auf das ganze Land ausgeweitet werden, und Blaire und ich haben entschieden, diese Chance zu nutzen«, erklärte er widerwillig.

»Ich wollt schmuggeln.« Keillan ließ die Flasche sinken. »Spinnt ihr jetzt völlig?«

»Wir schmuggeln nicht selbst, wir verkaufen nur an die richtigen Leute.«

»Und wer sind diese Leute?« Keillan sah aus den Augenwinkeln zu Connor. »Sagt nicht, dass ihr mit den Edinburgh Lads Geschäfte macht?«

Connor guckte unglücklich drein. Sicherlich war ihm Keillans Ablehnung am Vorabend nicht entgangen. Es war ja auch unmöglich zu übersehen gewesen.

»Das tun wir schon seit einer ganzen Weile, und ich halte jeden anderen Namen als den meinen aus der Sache raus«, brummte Archie. »Connor war dagegen, falls du annehmen solltest, dass er dafür verantwortlich ist.«

»Und doch hat er dich mit diesen Leuten in Kontakt gebracht, oder nicht?«

»Klärt das besser unter euch.« Connor blickte grimmig in die Runde, dann drehte er sich um und stapfte davon.

»Mist.« Blaire sah ihm nach, bevor sie sich vor Keillan aufbaute. »Du hast keine Ahnung, wovon du da sprichst. Connor ist ein guter Mann. Einer, dem ich inzwischen so sehr vertraue wie euch beiden. Und unsere Schwester liebt ihn, was dir als Zeugnis reichen sollte. Du kennst Bonnie doch: Sie hat ein Herz aus Gold und hohe Ansprüche an den Charakter anderer. Niemals hätte sie Connor geheiratet, wenn sie sich nicht sicher wäre, dass er ihr ein anständiger Mann sein wird. Und das ist er. Er trägt Bonnie auf Händen und hat Ma in den vergangenen Monaten oft genug geholfen, wenn Tommy und ich in der Kapelle zu tun hatten und Archie sich wer weiß wo verkrochen hat.«

»Ihr macht mit der berüchtigtsten Gang Schottlands Geschäfte, Blaire«, sagte Keillan ernst. »Was hast du denn erwartet, was ich dazu sagen werde?«

»Du warst nicht hier, um die Entscheidung zu treffen.« Archie stand auf und reichte Blaire das Tabakpäckchen. »Dreh mir bitte eine«, murmelte er, ehe er sich an Keillan wandte. »Ich habe getan, was mir richtig und notwendig erschien. Und es läuft gut. Wir konnten die Kapelle kaufen, für einige Zeit einige Männer und Jungen aus dem Dorf einstellen und Rücklagen bilden. Wir haben hier noch viele Pläne. Nimm dir die Zeit, um dir selbst ein Bild davon zu machen, ehe du urteilst. Es ist nicht immer alles schwarz oder weiß, Keillan. Manchmal ist es eben das Richtige, das Falsche zu tun.«

Blaire nickte und leckte über das Papierchen, das sie gekonnt zusammengerollt hatte. Seit er den Arm verloren hatte, war er darauf angewiesen, dass ihm andere die Zigaretten auf Vorrat drehten, und er hatte seine letzte in der vergangenen Nacht aufgeraucht. »Das gilt auch für Connor«, fügte sie hinzu. »Rede mit ihm und lerne ihn kennen. Und mach das besser schnell, bevor Bonnie hier aufkreuzt und dir in den Hintern tritt, weil du dich so aufspielst.«

»Schon gut.« Keillan hob die Hände. »Ich werde mir ein eigenes Bild machen.« Er schüttelte den Kopf. »Wieso bin ich überhaupt überrascht? Ich hätte mir denken können, dass ihr beide auf dumme Ideen kommt, solange ich nicht da bin.«

»Clevere.« Archie grinste. »Du meintest sicher clevere Ideen.«

Keillan stand auf und steckte die Hände in die Hosentaschen. Auffordernd sah er Blaire an. »Na auf, dann zeig mir deine Destillerie und überzeug mich von euren Plänen.« Erneut hielt er das Gesicht in die Sonne. »Mir ist gerade nach einem Spaziergang entlang der Klippen. Diese Gelegenheit solltest du nutzen.«

Blaire hakte sich bei ihm unter, sah über ihre Schulter und zwinkerte Archie zu.

Schmunzelnd ging er hinüber zum Stall, um sein Pferd zu satteln. Blaire würde Keillan überzeugen, daran bestand kein Zweifel. Keillan hatte ein weiches Herz und liebte seine Schwestern abgöttisch. Sobald er sehen würde, wie Bonnie Connor anhimmelte und andersherum, wäre auch dieses Thema erledigt. Er steckte sich die Zigarette zwischen die Lippen und entzündete ein Streichholz an der Scheunenwand. Er musste dringend zurück in den Pub, ehe Shona sich Sorgen machte. Vielleicht sollte er einige Wildblumen auf dem Weg pflücken, um sich damit für sein ruppiges Verhalten in letzter Zeit zu entschuldigen.

Archie lehnte an der Hauswand und hatte die Kappe zum Schutz gegen die Sonne tief in die Stirn gezogen. Rauchend behielt er die Stelle im Blick, an der der Weg, der zwischen den sanften Hügeln hindurch verlief, auftauchte. Soweit man sehen konnte, wogten saftige Wiesen im Wind. Connors Schafe fraßen sich kugelrund, und die Stimmung im Cottage der Dennons war so ausgelassen wie seit ewigen Zeiten nicht mehr, nachdem Keillan vor drei Tagen heimgekehrt war. Seitdem raffte Archie sich täglich zu einem kurzen Besuch auf. Und natürlich war er jetzt hier, um einen weiteren Meilenstein beizuwohnen. Ein Lächeln zuckte in seinen Mundwinkeln, als eine Kutsche auf dem Weg auftauchte. Eilig schnippte er die Zigarette weg und steckte den Kopf in die offene Tür. »Sie kommen!«

Mit roten Wangen trat Mairead aus der Küche und legte eine Hand über die Augen. »Ja, das ist unsere Kutsche«, rief sie den anderen zu, als müsste seine Aussage zuerst überprüft werden. Er sah es ihr nach, weil sie so verdammt glücklich aussah. Die Freude über Keillans Heimkehr ließ die Falten weniger tief erscheinen, und Archie glaubte fast, dass sie über Nacht um Jahre jünger geworden war.

Blaire, Keillan und Tommy drängten heraus, um sich vor dem Haus zu versammeln. Rasch verteilte Mairead Rosen an jeden von ihnen, die sie an den Büschen, die sich an der Hausfassade emporrankten, gepflückt hatte.

»Muss das sein?«, brummte Archie.

»Das muss es. Stell dich nicht so an.« Sie drückte ihm eine in die Hand. »Und lach zur Abwechslung einmal.«

»Ja, Ma.«

»Ich hoffe, er hat dichtgehalten«, raunte Keillan und schob sich hinter Archie, damit Bonnie ihn nicht direkt sehen würde.

Archie streckte den Rücken durch, um seinen gut einen halben Kopf größeren Bruder besser verstecken zu können, der etwas in die Knie ging. Inzwischen waren Connor und Keillan zumindest etwas miteinander warmgeworden, auf jeden Fall hatten sie das ein oder andere Wort gewechselt, was immerhin ein Anfang war. Und Connor hatte Keillan hoch und heilig versprochen, Bonnie nichts von seiner Rückkehr zu verraten, um die Überraschung nicht kaputtzumachen.

Die Kutsche rumpelte den Weg entlang, und kaum hatte Connor die Zügel gestrafft, kletterte Bonnie schon hinab, lief im Laufschritt auf sie alle zu und schob Archie zur Seite.

Amüsiert beobachtete er, wie sie kreischend Keillan umklammerte. »Ich wollte nicht glauben, dass du wirklich zurück bist!« Sie tätschelte seine Wange, die sie eben mit Küssen übersäht hatte, und betrachtete ihn. »Ich bin so froh!« Schon drang ein Schluchzen aus ihr heraus, und ihr Bruder umarmte sie.

»Ich auch«, gab Keillan zurück, ehe er mit säuerlicher Miene zu Connor sah, der Bonnies Koffer zur Haustür trug.

»Ich musste es ihr sagen«, brummte Connor. »In Bonnies Zustand sind derartig große Überraschungen bedenklich.«

»Was für ein Zustand?« Archie sah seine Schwester an, die keineswegs kränklich wirkte.

»Ich glaube es nicht!«, rief Mairead und umarmte ihre Tochter, die sich eben erst von Keillan gelöst hatte.

»Was ist denn los?«, fragte Archie und sah zu Keillan, der ebenso wenig zu wissen schien, was vor sich ging.

»Du wirst Onkel, mein Freund«, sagte Connor und lachte. »Ich habe es auch erst heute Morgen erfahren.«

»Du bist schwanger?«, murmelte Archie.

Bonnie nickte, und ihr Gesicht zeigte einen rosa Schimmer.

»Ist noch recht frisch, aber ich darf deshalb nicht weiter im Krankenhaus arbeiten. So oder so hätten sie mich in einigen Wochen nach Hause geschickt, damit ich wieder Gemeindekrankenschwester von Foxgirth sein kann.« Sie sah zu ihrer Mutter. »Du darfst wieder in den Ruhestand, Ma. Danke, dass du mich so wunderbar vertreten hast.«

»Es war mir eine Ehre«, sagte Mairead und lächelte. »Aber es ist wirklich an der Zeit, dass ich kürzertrete.« Sie sah glücklich in die Runde ihrer Kinder. »Nun kommt rein, ich habe zur Feier des Tages einen Kuchen gebacken. Und ich möchte auf mein erstes Enkelkind anstoßen.«

Archie beobachtete, wie alle bis auf Connor hineingingen, während er sich eine Zigarette zwischen die Lippen steckte.

»Ich werde Vater«, murmelte er und guckte selig drein.

»Momentan hagelt es wirklich Überraschungen.« Archie entzündete das Streichholz an und inhalierte. »Ist wohl bei deinem Besuch in Edinburgh vor ner Weile geschehen.«

»Sieht ganz so aus.« Connor lachte auf, ehe er ihn ernst ansah. »Darf ich noch im Pub aufkreuzen, jetzt wo Bonnie wieder hier ist und ich dich sicherlich mit meiner glücklichen Miene aufregen werde?«

»Du kannst nichts dafür, dass die Sache mit Vika und mir schiefgegangen ist. Und ich wünsche dir und Bonnie, dass ihr miteinander glücklich seid. Du musst mir ja nicht ausführlich davon vorschwärmen. Sonst werfe ich dich vielleicht tatsächlich raus.«

»Hab ich nicht vor, keine Sorge.« Connor bückte sich, um den Koffer ins Haus zu tragen.

»Da ist noch was.« Archie trat neben ihn. »Ich vermute, ich war nicht wirklich nett zu dir in letzter Zeit.«

»Du warst ein Kotzbrocken«, stimmte Connor zu.

»Jetzt halt doch mal die Klappe. Ich kenne mich mit Entschuldigungen nicht aus und versuche hier mein Bestes.«

»Schon gut.« Connor klopfte ihm auf den Oberarm. »Vergiss es, alter Freund. Lass uns reingehen.«

Archie nickte und folgte ihm.

»Wo warst du denn so lange?« Shona kam ihm entgegen. »Ich habe den Pub geöffnet und ausgeschenkt«, murrte sie.

»Hab die Zeit vergessen«, brummte Archie und sah zu den wenigen besetzten Tischen hinüber, ehe er hinter den Tresen trat und sich selbst ein Glas eingoss. »Bonnie ist wieder da, und sie erwartet ein Kind«, erzählte er leise.

»Wirklich?« Shona strahlte ihn an. »Connor wird überglücklich sein, sie wieder bei sich zu haben.«

»Und Bonnie wird von nun an vermutlich kleine rothaarige Kinder wie die Orgelpfeifen gebären.«

»Du bist schrecklich, Archie«, schimpfte sie und schüttelte den Kopf.

»Ist doch so, warte es nur ab.« Er setzte das Glas an und leerte es in einem Zug. Fast glaubte er, die Kinderschar, die Bonnie und Connor unweigerlich bekommen würden, schon vor sich zu sehen.

Shona griff nach der Flasche und stellte sie zurück ins Regal.

»Was tust du da?«, knurrte er.

»Wird Zeit, dass es mal wieder einen Abend gibt, an dem du nicht zu viel trinkst.«

»Das ist meine Sache.«

»Andere Leute haben es auch nicht leicht und müssen zusehen, dass sie irgendwie mit ihrem Schicksal zurechtkommen«, fauchte sie.

Archie glaubte, dass sie noch etwas hinzufügen wollte, es sich im letzten Moment aber anders überlegte. »Andere Leute?«, fragte er. »Sprichst du etwa von deiner Schwester?«

»Nein!«, antwortete Shona zu schnell.

Archie kam auf sie zu und baute sich vor ihr auf. »Ich habe dich schon mal gefragt, ob sie in Schwierigkeiten steckt«, knurrte er. »Wenn es so ist, dann sag es mir.«

Shona presste die Lippen aufeinander und verschränkte die Arme.

»Verflucht nochmal.« Er kramte in der Hosentasche und hielt ihr einen Schein hin. »Schick Vika den. Und sag nicht, dass es von mir ist, ja?«

Shona ignorierte das Geld, das er ihr entgegenstreckte. »Sie wird es nicht annehmen. Ich habe ihr etwas von meinem Ersparten geschickt, und es kam umgehend mit dem nächsten Brief zurück.«

»Dann eben nicht.« Archie stopfte den Schein wieder in die Hosentasche und griff nach der Flasche im Regal. Er stapfte an ihr vorbei und ließ sich auf einen Barhocker sinken. Gluckernd lief der Whisky in das Glas und versprach Ablenkung von seinen vielen Gedanken.

Shona funkelte ihn ein letztes Mal an, ehe sie die Treppe nach oben ging.

»Es stimmt also«, drang Keillans Stimme an sein Ohr.

Archie sah müde auf. »Was stimmt?«, lallte er.

»Dass du dich hier jeden Abend betrinkst.« Keillan seufzte und setzte sich neben ihn.

Archie blickte über die Schulter, um zu sehen, ob sie alleine waren. Er hatte nicht mitbekommen, dass die letzten Gäste längst gegangen waren. »Was machst du hier?«

»Ich konnte nicht schlafen.« Keillan zuckte mit den Schultern. »Es ist komisch, wenn die Anspannung plötzlich nachlässt und alles vorbei ist. Ich nehme an, es wird einige Zeit dauern, bis ich wirklich wieder angekommen bin.«

Archie nickte. So war es ihm damals auch gegangen. Besonders in den Nächten kam alles hoch, was man tagsüber unterdrückte. Keillan hatte Karriere bei der Artillerie gemacht. Jahrelang hatte er seine Männer angeführt. Und nun war er plötzlich ein Mann vom Land, der mit seinen zweiunddreißig Jahren die Jugend längst hinter sich gelassen hatte und der einen Plan für sein Leben machen musste. »Was hast du jetzt vor?«, brummte er.

»Das weiß ich noch nicht.« Keillan lehnte sich an den dunkel glänzenden Tresen. »Ich wurde gefragt, ob ich bei den Royal Scots bleiben will.«

»Du willst weiterhin Soldat sein?« Archie sah ihn fassungslos an.

»Second Lieutenant, Archie. Immerhin ist es eine sichere Arbeit. Und um ehrlich zu sein liegt mir die taktische Planung. Aber vielleicht suche ich mir auch einfach hier in der Gegend Arbeit.«

»Blaire und ich könnten einen Buchhalter gebrauchen«, schlug Archie vor. Von Anfang an war es sein Plan gewesen, den Brüdern nach dem Krieg Arbeit bieten zu können. Blaire und er träumten von einem Familienunternehmen, das stetig wuchs. Und Archie wollte auch in andere Bereiche einsteigen. Wo immer sich eine Chance für ein Geschäft bieten sollte, würde er einsteigen. Sie konnten Keillans Rückendeckung gut gebrauchen.

»Du meinst so ein Buchhalter mit zwei Kassenbüchern? Eines für den offiziellen Verkauf und eines für eure krummen

Geschäfte?« Keillan schüttelte den Kopf. »Was ihr da treibt, ist nichts für mich. Aber ich verstehe inzwischen, was ihr vorhabt. Ich habe die Jungen gesehen, die ihr angestellt habt, um die Kapelle zu renovieren. Dann sind da die Bauer, von denen ihr das Getreide kauft, der Bursche, der euch die Fässer baut.« Er sah ihn an. »Blaire hat mir das große Ganze aufgezeigt.«

»Und trotzdem lehnst du es ab?«

»Nur für mich.«

»Du bist so verdammt anständig«, brummte Archie.

»Wir können nicht alle sein wie du«, sagte Keillan und lachte leise. Erneut deutete er auf die Flasche. »Also, was hat es damit auf sich?«

»Es hilft mir.« Archie starrte auf die bernsteinfarbene Flüssigkeit in seinem Glas. »Es hilft zu vergessen. Und mich zu erinnern. Je nachdem, wonach mir gerade ist.«

»Du bist abhängig.«

»Rede keinen Mist. Jeder trinkt mal über den Durst.«

»Das ist nicht das, was du tust. Du säufst dich um den Verstand, und es wird böse enden, wenn du es nicht in den Griff bekommst. So wie bei unserem Pa.«

Archie sprang auf. Taumelnd hielt er sich am Tresen fest. »Dann endet es eben böse. Wen interessiert das schon?«

»Mich zum Beispiel.« Keillan drückte den Rücken durch und blickte ihn an. »Und alle anderen aus deiner Familie.«

»Ich kümmere mich um die Familie, egal was ich abends hier tue. Also wirf mir nicht vor, unverantwortlich zu sein«, brach es aus ihm heraus.

»Ich weiß, dass du das tust. Das hast du immer. Und erst recht, seit du zurück bist, wie ich gehört habe. Aber es macht dich fertig, immer für alles verantwortlich zu sein, obwohl du es nicht musst.«

»Natürlich muss ich es. Wer soll es denn sonst machen?«, brüllte Archie und fegte das Glas vom Tresen. Klirrend landete es zwischen ihnen.

»Ich.« Keillan stieg über die Glasscherben. »Du kümmerst dich weiterhin um deine Brennerei und lässt mich meinen Teil machen. Ich kann Ma zur Hand gehen, ein Auge auf Tommy haben und ich werde deinem Freund zeigen, wie man Schafe richtig schert, immerhin habe ich damit früher jeden Sommer etwas Geld verdient. Was da bei Connor hinter dem Haus grast, ist eine Zumutung.« Keillan sah sich im Pub um. »Und bis ich Arbeit habe, kann ich hier die ein oder andere Abendschicht übernehmen und du lernst derweil, wie man eine Buchhaltung führt, die einem nicht auf die Füße fällt.« Er lachte grummelnd. »Wenn du schon unsaubere Geschäfte machen willst, dann solltest du zumindest lernen, sie vernünftig zu verschleiern, falls man dir doch mal wegen des Schmuggels auf die Schliche kommt. Oder wegen was auch immer, das dir in der Zukunft noch einfallen wird.«

Archie wollte etwas sagen. Nein, er wollte etwas schreien. Doch das, was Keillan eben ausgesprochen hatte, klang beruhigend. Nach Sicherheit. So wie früher, wenn er als Kind zu Keillan aufgesehen und gefühlt hatte, dass alles in Ordnung war. Und dann hatte er versucht, ihn zu übertrumpfen. Weil Archie es nicht leiden konnte, der Zweite in irgendwas zu sein. Auch nicht der zweitgeborene Sohn. Also hatte er das Zepter übernommen, den Pub geführt und die meisten Entscheidungen für die Familie getroffen. Doch nun waren seine Schwestern groß, und Archie hatte längst begriffen, dass sie sich von ihm ebenso wenig sagen ließen wie seine

Ma. In diesen verdammten Krieg war er nur gezogen, um dafür zu sorgen, dass Ian den Kopf auf den Schultern behielt. Und nun hatte Ian den Krieg auch ohne seine Hilfe zu Ende gebracht und ging allem Anschein nach seine eigenen Wege. »Was ist da dann noch?«, murmelte er.

»Du bist noch da. Dein ganzes Leben. Deine und Blaires Träume. So viele von uns sind gefallen, und wir schulden es ihnen, das Beste aus der Zeit zu machen, die uns geschenkt wurde.« Keillan suchte seinen Blick. »Ich habe eine Einheit geführt, also solltest du mir endlich auch etwas zutrauen, meinst du nicht?«

Die Möbel begannen, um ihn herumzuschwirren. Um diesen Zustand zu erreichen, war inzwischen mehr als eine halbe Flasche nötig. Stimmte das, was Keillan sagte? Er konnte nicht mehr klar denken. Dabei hatte er sich stets auf seinen Verstand verlassen können. Seine Intuition hatte ihm und Ian in Flandern mehr als einmal das Leben gerettet. Und am Ende auch noch Connor. Was war von dem Mann übrig, der er einst gewesen war? Er war ein übellauniger Schatten seiner selbst. So übellaunig, dass er nicht einmal wahrgenommen hatte, wie Vika ihn anflehte, ihr zuzuhören, als Arch verschwunden war. Er hatte es nicht für nötig befunden, da er selbst wusste, was richtig war. Zumindest hatte er das geglaubt. Hätte Willie Arch auch gehenlassen, wenn Vika ihm damals den Brief geschrieben hätte? Hätte er ihr das Kind vielleicht gar nicht weggenommen? Nahm Archie es nur an, weil er an Willies Stelle so gehandelt hätte? Eine Frage schob sich vor die nächste, noch ehe er eine Antwort finden konnte. Er hörte Vika, wie sie auf ihn einredete, dann wurde daraus plötzlich die Stimme seiner Ma. Archie glaubte, Connors Blick auf sich zu spüren und wie sein Freund ihn aus einiger Entfernung beobachtete, während er mit Blaire über ihn sprach.

»Archie!« Keillan klang weit weg. Als wären sie nicht in einem Raum.

Archie fuhr sich über das Gesicht und blinzelte. Dann wurde alles schwarz.

TEIL DREI

Kapitel 14

Und, was sagst du?«, fragte Christopher.

Erneut ließ Vika den Blick durch das Zimmer schweifen. Schäbig war wohl der richtige Begriff dafür, kam es ihr in den Sinn. Sie zwang sich zu einem Lächeln. »Da lässt sich was draus machen.«

Christopher nickte. »Man riecht *es* auch nicht, finde ich.«

Innerlich schüttelte es Vika. Dass der Vormieter hier drei Tage lang tot im Bett gelegen hatte, ehe jemandem sein Fehlen aufgefallen war, versuchte sie zu verdrängen. Natürlich klappte es nicht. Aber es stimmte: Es roch nicht nach Tod in dem heruntergekommenen Raum. Und die Matratze war vom Vermieter sogar ausgetauscht worden, auch wenn sie natürlich nicht neu war. Christopher hatte, kaum dass man den alten Ailbert Dow in einem billig zusammengeschusterten Sarg die Treppe hinuntergetragen hatte, den Vermieter aufgesucht und so lange auf ihn eingeredet, bis dieser zustimmte, das Zimmer an Vika zu vermieten. Sie wusste nicht, wie es Christopher gelungen war, den Mann dazu zu bringen, einer unverheirateten Frau, die noch dazu in anderen Umständen war, ein Zimmer zu überlassen, doch es war ihm geglückt. Vika vermutete, dass Christopher versprochen hatte, für die Miete zu bürgen, was ihr ein flaues Gefühl in der Magengegend bereitete. Auf keinen Fall sollten ihre Freunde ihretwegen Probleme bekommen, doch so gut, wie es momentan mit dem Verkauf der Bilder lief, würde dies hoffentlich nicht passieren.

»Es gibt sogar einen Tisch«. Christopher klopfte fachmännisch auf die fleckige Holzplatte. »Wenn wir den ans Fenster rücken, kannst du daran malen und sparst Petroleum.

Vika nickte und öffnete den einzigen Schrank. Ein jämmerlicher Klamottenhaufen war alles, was von Ailbert Dows Leben übriggeblieben war. Und sein weniges Geschirr, das Vika übernehmen würde.

»Hier muss dringend geputzt werden«, murmelte sie und strich mit dem Finger über die Kante des Schranks.

Christopher beäugte die dicke Staubschicht. »Wir können dir am Sonntag damit helfen. Mit drei Paar Händen geht es schneller.«

Vika wischte den Dreck an ihrem Rock ab. »Auf gar keinen Fall. Ihr habt schon mehr als genug für mich getan. Ich bin dir wirklich dankbar, dass du dieses Zimmer für mich und Arch organisiert hast.«

»Sag Bescheid, wenn du doch Hilfe brauchst.« Er deutete auf ihren Bauch. »Und übernimm dich nicht. Ihr könnt natürlich noch ein paar Tage bei uns schlafen.«

»Wir ziehen heute Abend aus, wenn Eileen von der Arbeit zurück ist«, sprach Vika ihren Entschluss aus, was immer ein guter Anfang für ein Vorhaben war. Suchend sah sie sich um. »Putzlappen hatte Ailbert vermutlich nicht, oder?«

Christopher grummelte. »Das würde mich wundern. Kannst dir gerne unsere leihen.« Ihr Freund kontrollierte die Kiste mit den Kohlen neben dem Ofen. »Immerhin hast du für die ersten zwei Wochen genug zu heizen. Es wird allmählich ungemütlich kalt.«

In der Tat hatte Arch am Morgen auf dem Schlaflager auf

dem Boden bei den Torrys seinen Atem bewundert, der in der fahlen Morgensonne durch die Luft getanzt war, dabei war es erst Anfang Oktober und doch kälter als üblich in diesem Jahr. Wenn die Glut während der Nacht erlosch, wurde es unverzüglich eisig in dem billig gebauten Gemäuer. Die meisten Leute konnten es sich auch nur leisten, den Ofen zum Kochen anzufeuern, zum Heizen reichte es in den heruntergekommenen Häusern beinahe bei niemandem. Manche hatten nicht einmal genug Geld, um die Kohlen für das Kochen zu bezahlen. Durch Eileens Arbeit hatten die Torries immerhin das Allernötigste, und man wurde satt. Schrecklich viele Menschen lebten hier von drei Scheiben Brot am Tag und etwas Tee. So war es auch ihr und Shona einst ergangen.

Vika schüttelte die schlechten Erinnerungen ab. Damals war nicht heute. Das Heute hatte seine eigenen Herausforderungen, aber sie konnten immerhin endlich in ihre eigene winzige Wohnung ziehen. In etwas über zwei Monaten würde das Baby kommen, und nur ungern hätte Vika das Leben ihrer Freunde mit einem nächtelang weinenden Säugling noch schwieriger gemacht. Eileen brauchte jeden Schlaf, den sie bekommen konnte, um bei der Arbeit in der Wäscherei durchzuhalten. Ihre Freundin würde sich freuen, wenn sie heute nach Hause käme und erfuhr, dass Vika und Arch ein Stockwerk unter ihnen eingezogen waren. Durch Vikas Anwesenheit fehlte es den Eheleuten sicherlich an Gelegenheit für Intimitäten. Vika warf schmunzelnd einen verstohlenen Blick auf Christopher, der den Ofen begutachtete. »Also gut, dann hole ich mal die Putzlappen und einen Eimer Wasser, damit ihr heute Abend wieder unter euch sein könnt«, rief sie und lachte auf, als Christopher ertappt aufsah.

»Deshalb habe ich dir die Wohnung nicht besorgt«, beteuerte er eilig.

Glucksend machte Vika sich auf den Weg nach unten, um hinter dem Haus Wasser für das Großreinemachen zu pumpen. Ihr neues Zuhause sollte blitzblank werden.

Vika streckte den Rücken durch und massierte die schmerzenden Stellen an ihrem unteren Rücken. Mit zunehmendem Bauchumfang wurden auch ihre Beschwerden stärker. Erst recht bei einer Arbeit wie dieser. Auf den Knien arbeitete sie sich durch den Raum, um den wurmstichigen Dielenboden mit einer Bürste zu schrubben, die sie unter dem Schrank gefunden hatte. Benutzt worden war diese wohl nicht, jedenfalls war das Putzwasser schon wieder schwarz. Aber immerhin war es dann geschafft und der kleine Raum gründlich gereinigt. Von oben nach unten, hatte ihre Ma immer gesagt, wenn sie Shona und sie zum Putzen angetrieben hatte. Erst die Möbel, dann den Boden. Vermutlich war dies die einzig nützliche Lebensweisheit, die ihre Ma an die Töchter weitergegeben hatte.

Ein Stechen in der Seite ließ sie nach Luft schnappen, doch einzuatmen war unmöglich. Erst als das Stechen nachließ, hatte ihr Ringen um Luft Erfolg. »Du kleiner Lauser«, sprach sie und fuhr sich über den Bauch. Das Baby trat mit Vorliebe unter ihre Rippen, was sie jedes Mal für einen kurzen Moment außer Gefecht setzte.

Seit Stunden war sie nun schon damit beschäftigt, den Schmutz, der sich hier über Jahre angesammelt hatte, zu beseitigen. Sie hatte das Geschirr gespült, die Bettwäsche in einem Kessel auf dem kleinen Ofen ausgekocht und im Hof aufgehängt. Bis zur Schlafenszeit sollte diese bei dem Wind, der momentan unablässig um die Hausecken pfiff, hoffentlich trocken sein.

In Gedanken sah sie sich schon mit Arch in dem breiten Bett kuscheln. Was für eine Wohltat es für ihren Rücken sein würde, nicht mehr auf dem Deckenlager am Boden zu schlafen. Doch zuerst war noch der Rest der Dielen dran. Vika sah zu ihrem Sohn, der mit angestrengtem Gesicht mit einem Lappen die Ecken schrubbte. »Wie findest du unsere neue Wohnung?«, fragte sie, während sie erneut über das Holz rieb.

Arch blickte sich um und zuckte mit den Schultern. »Die Wände sind hässlich. Kannst du sie so anmalen wie in meinem alten Zimmer? Mit den Tieren?«

Augenblicklich tauchte das obere Stockwerk des Pubs vor ihrem inneren Auge auf. Vika sah sich, wie sie damals mit dickem Bauch wochenlang jeden Abend im Kerzenschein in dem schmalen Raum am Ende des Gangs gestanden und Zeichnungen auf die Wände gebracht hatte. Es war ein anderes Leben gewesen. Eines, das längst vorüber war. Archs Kinderzimmer war verwaist, vielleicht hatte Archie auch längst die Tür zugenagelt vor lauter Wut auf sie. Shona erwähnte ihn nach wie vor mit keiner Silbe in ihren Briefen, was vermutlich gut war. Besser, sie wusste nicht, was in ihrem alten Zuhause vor sich ging.

»Ma!«

Vika schüttelte den Kopf. »Was ist, mein Schatz?«

»Bekommt das Baby auch Tiere an den Wänden?«

»Mal sehen«, antwortete sie ausweichend. Seit einigen Wochen wusste ihr Sohn, was der stetig wachsende Bauch zu bedeuten hatte. Immerhin war Arch bisher nicht klar, dass man einen Vater brauchte, um ein Kind zu bekommen. So hatte sie noch etwas Schonfrist, ehe er irgendwann die unangenehmen Fragen stellen würde.

»Wie nennen wir ihn denn?« Aufgeweckt sah Arch sie an.

»Ihn?«

»Meinen kleinen Bruder.«

»Es könnte auch eine Schwester werden.«

»Brodi hat zwei Schwestern. Also ist ein Junge dran, haben wir uns überlegt.«

Vika schmunzelte. »So, das habt ihr euch also überlegt?«

Ihr Sohn nickte und machte ein ernstes Gesichtchen, das einfach zu niedlich war.

»Den Namen überlegen wir uns, wenn das Baby da ist und wir es uns anschauen können, in Ordnung?«, schlug Vika vor.

»Gut. Aber du musst wirklich Tiere an die Wand malen. Hier sind keine Schafe und Enten. Sonst weiß das Baby gar nicht, dass es die gibt.«

Vika presste die Lippen aufeinander. Ihr zweites Kind würde in einem Ghetto aufwachsen und die Schönheit der Natur niemals sehen. Es würde nicht wie Arch mit einem Hund auf der Suche nach Käfern durch Felder laufen und Blumen pflücken. Stattdessen würde es aufwachsen wie sie: ohne Vater und in einem heruntergekommenen Zimmer. Immerhin hatte sie nicht vor, so wie ihre Mutter jede Hoffnung auf eine bessere Zukunft zu verlieren und ihre Kinder zu vernachlässigen. Das erste Mal im Leben war sie auf einem guten Weg. Die Bilder brachten mehr ein, als Vika je mit Kochen verdient hatte. Christopher hatte ihr erzählt, es spreche sich schon herum, dass es einen talentierten Maler in den Gorbals gab, und die Leute würden ihn samstags in der Einkaufsstraße suchen. Ihr Freund spielte seine Rolle gut, bisher ahnte niemand, dass in Wirklichkeit eine Frau mit fragwürdigem Lebenslauf dahintersteckte. Und nun kauften die Menschen, die sie nur abschätzig beäugen würden, wenn sie wüssten, dass sie ein zweites Mal unverheiratet in anderen Umständen war, ihre Bilder und finanzierten so den Unterhalt für ihre Kinder. Stolz breitete sich in ihr aus. Es war ihnen gelungen, das System auszutricksen, und zum ersten Mal sah es so aus, als ob sie tatsächlich ohne fremde Hilfe für sich würde sorgen können. Und da sie nach und nach mehr Geld für die Gemälde bekamen, stieg Christophers Beteiligung, was den Torrys erlaubte ein wenig Geld anzusparen. Eileen hatte ihr erst kürzlich anvertraut, dass dies ein wahrer Segen für ihre Familie war. Für Vika bedeutete es, dass sie nicht nur eine Last für ihre Freunde gewesen war. Sie alle hatten zusammengehalten und würden es auch weiterhin tun. Und wer wusste schon, ob es vielleicht doch eines Tages für sie alle ein besseres Leben außerhalb der Gorbals geben würde. Jetzt gerade konnte Vika es sich ein klein wenig vorstellen. Und dieser Gedanke tat gut.

* * * * *

Archie gab sich einen Ruck und drückte die Klinke hinunter. Über ein halbes Jahr lang hatte er diesen Raum nicht betreten. Die Luft in Vikas ehemaligem Zimmer roch muffig. In der Vase über dem Kamin standen in Spinnweben eingehüllte verdorrte Blumen und Zweige. Alles hier sah danach aus, als wäre es Hals über Kopf verlassen worden.

Archie schlurfte zum Bett und setzte sich. Am Metallpfosten des Fußendes hing der Beutel mit den Wollknäulen. Der angefangene dunkelblaue Pullover für Arch lugte etwas heraus. Vermutlich war der Bursche längst zu groß dafür. Wuchsen Kinder in diesem Alter nicht wie Gras?

»Was tust du hier?«

Archie sah auf. Shona stand in der offenen Tür. Sie hatte die Arme um sich geschlungen und lugte unsicher ins Zimmer.

»Um ehrlich zu sein, weiß ich das nicht genau«, brummte Archie und klopfte neben sich auf die Matratze. Augenblicklich tanzten unzählige Staubflusen in dem spärlichen Licht, das durch den halb zugezogenen Vorhang fiel.

Unwillig kam Shona näher und setzte sich ebenfalls. »Sieht traurig aus«, flüsterte sie. »So, als wäre jemand gestorben.«

»So wie Ians verlassenes Bett im Cottage meiner Familie.« Er atmete hörbar aus. »Ian sollte bei uns sein und Vika auch. Aber beide sind es nicht, und das müssen wir wohl oder übel akzeptieren.«

»Weißt du denn inzwischen, was mit Ian ist?«

Archie presste die Zähne aufeinander. »Aus Keillan ist nichts herauszubringen. Ich vermute, er hat Ian versprochen, für sich zu behalten, was auch immer mit unserem Bruder vor sich gehen mag.«

»Wenn du möchtest, dann versuche ich, ihn zum Reden zu bringen.«

»Warum sollte Keillan ausgerechnet dir …« Archie hielt mitten im Satz inne. »Sag nicht, dass zwischen euch etwas läuft?«

Shona lachte leise und schüttelte den Kopf. »Ist ewig her. Das war kurz vor eurer Abreise zur Grundausbildung und nichts Ernstes. Ein kleiner Spaß.«

»Wer hätte das gedacht.« Archie sah sie fassungslos an. »Ich hätte nie erwartet, dass ausgerechnet Keillan einer deiner Kunden gewesen ist. Ist er dafür nicht viel zu anständig?«

»Keillan war kein Kunde.« Shona zog die Augenbrauen zusammen und strich sich scheinbar empört die blonden Strähnen hinter die Ohren. »Wir saßen damals bei der letzten Feier, die du zum Abschied kurz vor eurem Aufbruch gegeben hast, zusammen, und haben auf euer Schicksal angestoßen. Wir waren wohl beide etwas rührselig, und du musst wissen, dass ich deinen Bruder schon immer ziemlich gut aussehend fand. Er hat so eine zuvorkommende Art, wie ein richtiger Gentleman. Keillan hat sich selbst als junger Kerl zu benehmen gewusst, das kann man von den wenigsten Männern sagen. Natürlich konnte ich ihn gut leiden, wie denn auch nicht?« Shona lachte erneut und schien die Erinnerung zu genießen. »Er trinkt ja eigentlich nicht viel und wenn dann selten, das weißt du natürlich. Aber ich glaube, er hat sich Mut antrinken müssen angesichts der Tatsache, dass er nur wenige Tage später zur Grundausbildung aufbrechen sollte.

»Wir mussten uns alle Mut antrinken«, brummte Archie. Es war keine Schande, das zuzugeben.

»Na jedenfalls meinte Keillan irgendwann im Laufe des Abends, dass er den Krieg schon überleben würde, weil es nicht sein dürfe, dass er unberührt stirbt. Der Alkohol hat wohl seine Zunge gelockert, nehme ich an.«

Ein Lachen brach aus Archie heraus. »Das hat er gesagt? Wirklich?«

Vika legte sich die Hand auf die Brust. »Bei allem, was mir heilig ist. Ich glaube, er hatte kurzzeitig Panik vor dem Ausrücken. Da ist ihm wohl bewusstgeworden, was auf euch zukommen wird und dass ihr vielleicht nie heimkehren werdet. Und was er vermutlich schon immer einmal machen wollte und nie getan hatte, weil sich das nicht gehört.« Eine gesunde rote Farbe zeigte sich auf Shonas Wangen. »Es war sehr süß, wie er das gesagt hat, und da habe ich ihn einfach geküsst. Nie wäre ich auf die Idee gekommen, dass wir zueinander passen könnten, und das tun wir im richtigen Leben auch nicht, aber für diesen einen Abend war es so.«

»Ich wusste ja, dass mein Bruder anständig ist, aber dass er tatsächlich noch nie mit einer Frau …« Amüsiert schüttelte Archie den Kopf. Wahrscheinlich hatte Keillan vorgehabt, sich für die Ehe aufzusparen. Einige Leute taten das ja anscheinend wirklich. »Lass mich raten, du hast dafür gesorgt, dass er nicht Gefahr lief, als unerfahrener Jüngling zu fallen?«

»Es war reines Privatvergnügen, und ich habe kein Geld genommen.« Shona sah ihn verschmitzt an. »Das war wohl so etwas wie Motivation unserer Truppen«, sagte sie und lehnte sich kichernd an ihn. »Weißt du, hin und wieder verknalle sogar ich mich, und ich habe wohl für eine Weile etwas für Keillan geschwärmt.«

»Hmmm.« Archie dachte zurück an jenen beschissenen Tag, als sie mit den Rucksäcken auf den Schultern zu dritt aufgebrochen waren. »Er war jedenfalls deutlich motivierter als ich, als wir losgezogen sind«, grummelte Archie. Die Zeiten, in denen Shona und er hin und wieder im Bett gelandet waren, waren damals schon längst vorbei gewesen, und Archie war mit Haut und Haar Vika verfallen. Doch sie hatte das Kind eines anderen ausgetragen und ihm damit Rätsel aufgegeben und seinem Herzen einen Stich versetzt. Wenn er ehrlich war, hatte es verdammt geschmerzt. Und er war zu dämlich gewesen, um zu begreifen, was das zu bedeuten hatte, und so die Chance seines Lebens vertan. Womöglich wäre dann alles anders gekommen. Archie verbat sich den Gedanken an diese Zeit. Er grinste Shona an. »Das bedeutet, du hast für mich ebenfalls mal geschwärmt?«

Ein Glucksen war zu hören. »Nein, Archie, aber ich konnte dich hin und wieder ganz gut leiden. Der Rest war unserer Jugend geschuldet. Weißt du noch, wie verdammt jung wir damals waren?«

»Es fällt mir schwer, mich daran zu erinnern. Manchmal ist es, als hätte Flandern einen Teil meiner guten Erinnerungen gelöscht. Womöglich kommen sie eines Tages wieder.« Er zupfte an Shonas Rock, um sie zu necken. »Bei dir kam ich mir immer wie ein Bursche vor, das hat ein wenig an meinem Ego gekratzt, weißt du?« Immerhin war Shona einige Jahre älter als er.

»Du magst ein Bursche gewesen sein, aber im Gegensatz zu deinem Bruder warst du ganz sicher nicht unerfahren.« Shona lachte, bis ihr die Tränen kamen. Sie sah ihn aus feuchten Augen an. »Verdammt, tut das gut, dass du endlich mal wieder Scherze machst.«

»Ich weiß.« Archie zog die Augenbrauen hoch. »Nur um sicher zu gehen: Mit Ian hast du nie ...?«

Shona stieß ihn von sich weg und versetzte ihm einen Stoß mit dem Ellenbogen. »Zwei Brüder reichen wohl, oder nicht? Und Ian war immerhin noch fast in der Pubertät, als ihr aufgebrochen seid. Was denkst du denn von mir?«

»Man wird doch wohl noch fragen dürfen«, verteidigte er sich. »Aber jetzt ist mein kleiner Bruder längst ein Mann und kommt einfach nicht nach Hause.« Er seufzte. Jeder in der Familie machte sich Sorgen, auch wenn Keillan regelmäßig beteuerte, dass Ian lediglich vorhatte, durchs Land zu reisen und als Gelegenheitsarbeiter hier und da Geld zu verdienen. »Lasst dem Kerl doch die Freiheit, er hat fast seine ganze Jugend in Schützengräben zugebracht«, hatte Keillan erst kürzlich beim Abendessen gebrummt und war dann aufgestanden und hinausgestapft. Nach wie vor war Archie sich sicher, dass Keillan etwas verschwieg. Aber er hatte die Hoffnung aufgegeben, etwas aus ihm herauszubekommen. Sein großer Bruder neigte nicht dazu, sein eigenes Ding ohne Rücksicht auf andere durchzuziehen. Wenn er jetzt derart dichthielt, musste er gute Gründe haben, und Archie sich darauf verlassen, dass er wusste, was er tat. Nicht nur er hatte sich in all den Jahren verändert, Keillan ebenfalls. Nie wieder würde sein älterer Bruder es zulassen, dass Archie über jede Familienangelegenheit entschied, das spürte er. Und auch wenn es ihn an manchen Tagen fuchste, so war es an den meisten ganz angenehm, wenn er ehrlich war. Er fühlte sich inzwischen weniger gehetzt. Keillan half Mairead bei allem, was am Haus anfiel, versorgte die Tiere und mistete den Stall. Den wackeligen Stuhl hatte er ebenfalls repariert und Bonnies altes Fahrrad überholt. Es tat gut, dass er wieder da war und gab Archie Gelegenheit, sich etwas mehr mit sich selbst zu befassen. Doch die Sache mit seinem jüngeren Bruder ließ ihn nicht los. »Ian könnte zumindest schreiben«, hatte seine Ma geflüstert, und alle sahen betreten auf ihre Teller.

»Ian wird wiederkommen. Irgendwann wird der Tag kommen, an dem ihr Brüder wieder vereint sein werdet.« Erneut lehnte Shona sich an ihn.

»Und du und Vika?«, fragte er.

»Das hoffe ich. Vermutlich werde ich irgendwann von hier weggehen, um in ihrer Nähe zu leben. Aber jetzt gerade möchte sie das nicht.«

»Sie will es alleine schaffen«, brummte Archie und nickte. »Und sie wird es hinbekommen.« Er wusste nicht, woher plötzlich seine Zuversicht kam, dass Vika wusste, was sie tat. Vielleicht war es die Aura in diesem Zimmer, dass er so etwas wie einen Anflug von Frieden verspürte. Für ihren Sohn, das wusste Archie nur zu genau, würde Vika alles erreichen.

»Ja, das wird sie. Auch wenn es nicht leicht ist. Meine kleine Schwester ist zäher, als sie wirkt.« Shona lächelte. »Und vermutlich ist sie auch wesentlich klüger als ich. Immerhin bin ich es, die noch immer hier hockt und der der Mut fehlt, ihr Leben zu verändern.

Archie runzelte die Stirn. »Ich dachte, du möchtest nichts ändern?«

Shona setzte sich auf und strich den glänzenden dunkelgrünen Stoff ihres Rocks zurecht. »Ach, Dinge ändern sich. Ich werde auch älter, und ewig kann es nicht so weitergehen, fürchte ich.«

»Wie alt bist du jetzt genau?«

»Dreiunddreißig«, sagte sie mit theatralischer Miene. »Mit vierundzwanzig bin ich hierhergekommen. Es wird ein Wimpernschlag sein, und ich bekomme graue Haare.«

»Heirate doch«, schlug er vor. »Keillan ist noch nicht vergeben.«

Shona stand glucksend auf und schüttelte den Kopf. »So gut dein Bruder auch aussieht, als Paar passen wir wohl kaum zusammen. Keillan ist mir ’ne Spur zu gesittet und ruhig. Und er kann sich wohl auch etwas Besseres vorstellen, als die Dorfhure zu heiraten.«

»Nenn dich nicht so«, knurrte Archie.

»Hör auf, dich so anzustellen. Es ist nun mal die Wahrheit, ob es dir passt oder nicht. Noch jedenfalls.« Sie machte auf dem Absatz kehrt und rauschte hinaus.

»Weibsbilder«, stöhnte Archie. *Noch jedenfalls.* Wollte Shona nun endlich etwas ändern oder weiterhin vorgeben, mit ihrer Situation zufrieden zu sein? Gut möglich, dass sie jetzt, da sie Vika und Arch nicht mehr zu unterstützen brauchte, doch ins Grübeln kam. Er sollte ihr etwas Zeit lassen und bei Gelegenheit erneut nachfragen. Oder aber er dachte sich etwas aus, um den Prozess zu beschleunigen. Archie nahm sich vor, diese Idee im Hinterkopf zu behalten.

Er sank nach hinten auf die Matratze. Ob Vika wohl oft hier gelegen, an die Decke gesehen und an ihn gedacht hatte, als er weggewesen war? Er jedenfalls fand abends nur noch schlecht in den Schlaf, seit er nicht mehr trank. Kaum war es still, wanderten seine Gedanken zu ihr und dem Jungen. Aber so, wie Shona über ihre Schwester sprach, war Vika tapfer, wo auch immer sie steckte. Archie spürte einen traurigen Stolz. Vika hatte gewagt, was Shona noch nicht bereit war zu tun: sich eine neue Zukunft zu suchen. Nur leider hatte sie entschieden, dass er kein Teil davon sein sollte. Dabei würde er nicht einen Augenblick lang zögern und alles hier aufgeben, um bei ihr zu sein. Dieses Haus hatte ihn bereits den Vater gekostet, es würde ihn nicht davon abhalten, seiner Liebe zu folgen. Doch Vika hatte ihre Wahl getroffen, und all diese Überlegungen waren sinnlos.

* * * * *

Vika lehnte sich über die Wanne und rieb das Stoffbündel über das Waschbrett. In Schwaden stieg der Dampf vom Waschwasser auf, das sie zuvor auf dem Herd erhitzt und dann umständlich die steile Treppe hinuntergeschleppt hatte. Beim dritten Eimer hatte einer der älteren Jungen aus dem Haus Mitleid mit ihr gehabt und ihn für sie in den Hof getragen. Der kalte Wind fuhr heute in jede sich bietende Ritze, und Vika zog die Nase hoch. Ihr Gesicht war feucht vom Dampf und ihre Fingerknöchel rot. Aber sie hatte die ihr so verhasste wöchentliche Arbeit beinahe geschafft und sich vorhin, als sie Arch zum Spielen zu Brodi gebracht hatte, in einem von Christopher unbeobachteten Moment auch den Weidenkorb mit der Schmutzwäsche der Torrys geschnappt. Es war Samstag, und Eileen blieb nur der morgige Tag, um sich von der Arbeit zu erholen, ehe sie Montag früh wieder die Wäsche fremder Leute machen würde. Wenigstens einmal sollte ihre Freundin einen Tag ohne Seifenlauge an den Händen verbringen. Vika hob die nasse Hose von Christopher hoch und stellte zufrieden fest, dass sie jeden Fleck herausbekommen hatte. Ihr Blick fiel auf die Naht, mit der Eileen eines der Beine für ihren Mann gekürzt hatte. Das Gespräch mit Christopher über seinen Zustand nach der Verwundung kam Vika in den Sinn.

»Was denkst du dir denn nur?«, erklang es in diesem Moment hinter ihr.

Vika drehte sich um und warf Eileen die Hose zu.

Ihre Freundin fing sie auf und ging zu der langen Wäscheleine, an der schon all die anderen Kleidungsstücke in der Dämmerung hingen. »Freu dich doch einfach. Jetzt hast du morgen wirklich frei«, rief Vika.

Eileen stemmte die Hände in die Hüften. »Du siehst aus, als ob du jeden Moment platzen würdest, und erledigst einfach die Wäsche für meine Familie?«

Vika bedeutete ihr, auf der anderen Seite der Wanne anzufassen. Gemeinsam trugen sie diese ein Stück weiter weg und ließen das trübe Wasser auf die steinige Erde laufen, ehe sie die Waschwanne wieder an ihren angestammten Platz stellten. Vika wischte sich über die Stirn und atmete durch. »Etwas an der frischen Luft zu sein hat gutgetan. Ich sitze doch den ganzen Tag nur am Tisch und zeichne, also reg dich nicht so auf, ja?« Um ihren Worten Nachdruck zu verleihen, atmete sie hörbar ein zweites Mal ein. »Himmlisch, dieser Kohlegeruch. So unvergleichlich wohltuend!«

Eileen nahm sie lachend in den Arm und blickte zum Himmel. »Es gibt heute sogar ausnahmsweise ein bezauberndes Abendrot als Belohnung für deine Mühe. Sollen wir uns noch etwas auf die Bank an der Hauswand setzen? Ich glaube, ich kann noch ein paar Minuten Ruhe vertragen, ehe meine Kinder nach Abendessen verlangen.«

»Aber gerne doch. Mir ist auch nach Stille. Damit wird es ja über kurz oder lang wirklich vorbei sein.« Sie streichelte ihren Bauch und lächelte verträumt. Mit jedem Tag stieg ihre Vorfreude auf das Baby, auch wenn es eine Herausforderung sein würde, mit zwei Kindern die nötige Zeit zum Malen zu finden. Aber irgendwie würde es schon gelingen, sprach Vika sich Mut zu. Es musste einfach.

Hier und da waren Stimmen und das Klappern von Töpfen und Geschirr aus den geöffneten Fenstern zu hören. Obwohl Vika in solch einem Haus aufgewachsen war, drohte die ständige Geräuschkulisse sie an manchen Tagen zu überfordern. Vielleicht lag es an den Jahren, die sie auf dem Land verbracht hatte, oder aber es war ihr damals schlicht weniger aufgefallen.

»Du bist so gedankenverloren«, sagte Eileen und musterte sie. »Ist alles gut?«

»Als du gekommen bist, habe ich über dich und Christopher nachgedacht.«

»Über uns?« Eileen schien überrascht. »Und warum?«

»Dein Mann hat mir vor einer Weile erzählt, dass du ihm geholfen hast zu verarbeiten, was er drüben erlebt hat.«

Eileen ließ ein Seufzen hören und nickte. »Da denkst du, du hast Glück gehabt und bekommst deinen Mann endlich lebendig zurück, und dann ist er nicht mehr der Gleiche.«

»Und was hast du dann getan?«

Eileen lehnte den Hinterkopf an die Wand und sah in den Sonnenuntergang. »Ich musste irgendwann einsehen, dass Christopher Zeit brauchte. Er war so wütend. Auf alles und jeden und vor allem darauf, dass er das Bein verloren hatte. Er hat diese Wut nicht gezeigt, sondern sie in sich hineingefressen, aber ich habe sie gesehen. Es war schwer auszuhalten mitanzusehen, wie er sich selbst verachtet hat. Und wie er mit seinem Körper kämpfte, die Krücken hasste und nicht wollte, dass ich ihn berühre. So ging das eine ganze Weile, dann fing er plötzlich an zu reden. Abends, wenn wir im Bett lagen und die Kinder schliefen, hat er von den Dingen berichtet, die geschehen waren. Und wie hoffnungslos er sich fühlte.« Eileen guckte sie an und lächelte. »Wenn sie anfangen, von ihren Erlebnissen zu erzählen, dann ist das ein gutes Zeichen. Ich habe mit anderen Frauen gesprochen, deren Männer ebenfalls verwundet zurückkamen, und es war nicht nur bei uns so. Also habe ich einfach zugehört. Nacht für Nacht. Und dann wurde es allmählich besser. Irgendwann gab es wieder die Nähe zwischen uns, die es bei einem Ehepaar geben sollte, und ich durfte sogar sein Bein anfassen.«

Ganz plötzlich spürte Vika die Kälte des aufziehenden Abends. Sie vergrub ihre vom Waschen aufgequollenen Finger in ihrem Rock. Archie hatte sich ihr ebenfalls geöffnet. Er war bereit gewesen, über das zu sprechen, was seine Seele zu erdrücken drohte. »Ich hätte zuhören sollen«, sagte sie kaum hörbar. Als sie ihre und Archs Kleidung mitten in der Nacht in den Koffer gestopft hatte, war sie sich sicher gewesen, dass Archie sich niemals ändern würde. Zu lange war er schon zurück gewesen, als dass Vika noch Hoffnung gehabt hatte, öfter als nur hier und da einen Funken von dem Mann zu entdecken, der damals in den Krieg gezogen war. »Was, wenn ich einen Fehler gemacht habe?« Ohne es wirklich zu wollen, hatte sie die Frage ausgesprochen, die ihr durch den Kopf spukte.

»Ich wünschte, ich könnte dir einen guten Rat geben«, sagte Eileen und legte ihre Hand auf Vikas Arm. »Aber ich kenne den Kerl, der dir diese Kugel angehängt hat, nicht. Ich vermute allerdings, dass du noch immer starke Gefühle für ihn hegst?«

»Ich kann es mir schwerlich abgewöhnen«, murmelte Vika, ehe sie die Augen schloss und die Tränen zurückdrängte.

»Du hast alles aufgegeben, was du hattest, und bist damit ein großes Risiko für dich und deinen Sohn eingegangen, um ihn zu verlassen. Vielleicht ist es auch einfach nur die nahende Niederkunft, die dir gerade so zusetzt. Ich war in jeder Schwangerschaft ein ganz anderer Mensch als eigentlich. Du hattest doch gesagt, dass du ihm nicht verzeihen könntest, was an diesen letzten Tagen passiert ist.« Eileen sah sie eindringlich an. »Hat sich das inzwischen geändert?«

Vika runzelte die Stirn. Archie hatte in der Tat etwas getan, was unentschuldbar war. Damals, als er sie in diesem modrigen Keller eingeschlossen und der unerträglichen Stille und Furcht um ihren Sohn überlassen hatte, hatte sie sich geschworen, nie wieder hilflos zu sein. Und dass es an der Zeit war, endlich für sich einzustehen. Archie war bereits vor dem Krieg willensstärker als jeder andere Mann gewesen, den sie kannte. Dieser Umstand hätte sich auch dann nicht geändert, wenn er sich seinen Schatten gestellt hätte. »Es war richtig zu gehen«, sagte sie mit fester Stimme und schluckte die Traurigkeit hinunter.

Eines Tages, das hatte sie immer gefürchtet, würde Archie sich wirklich Probleme einhandeln. Sie wusste von Connors geheimer Vergangenheit, weil er es ihr ebenfalls gestanden hatte, und Vika hatte sich längst ausgerechnet, mit wem Archie Handel trieb, wenn die beiden Männer regelmäßig gen Westen verschwanden. Sie hatte ihn nicht darauf angesprochen, weil es sie nichts anging. In einer Beziehung, und wenn er ein Ziehvater für ihren Sohn gewesen wäre, hätte ihr jedoch in der Tat eine Meinung zugestanden. Doch so weit hatte sie damals, kurz nachdem sie sich geliebt hatten, nicht gedacht. Und dann waren da all die Sorgen um Arch gewesen. Wenn sie genau überlegte, musste sie sich eingestehen, dass Archie nie etwas gesagt hatte, das sie daran glauben ließ, er hätte an einer eigenen Familie Interesse.

»Geht's wieder?«, fragte Eileen und sah sie mitfühlend an.

»Ja. Es ist alles so, wie es sein sollte. Und nun werde ich meinem Sohn sein Abendessen vorsetzen, ihn ins Bett packen und mich an das neue Bild machen, für das Christopher heute einen Auftrag bekommen hat.«

»So ist es recht.« Eileen stand auf und hielt ihr die Hand hin. »Wie schön, dass du eine neue Auftragsarbeit hast. Eines Tages wirst du noch eine berühmte Künstlerin sein, warte es nur ab. Vergiss deine Freunde aus den Gorbals dann bitte nicht, wenn du in einem schicken Haus wohnst und Bedienstete hast.«

Vika ließ sich von Eileen aufhelfen. »Dazu wird es wohl leider nicht kommen«, sagte Vika und guckte leidend, ehe sie lachte.

»Trotzdem bekommst du es mit mir zu tun, wenn du dich noch mal an der Wäsche meiner Familie vergreifst«, schimpfte Eileen halb im Scherz und hob den Zeigefinger.

»Schon gut.« Lachend hakte Vika sich bei ihr unter. Egal was passieren sollte, die Gorbals und die Torrys würde sie nie vergessen. Beide gehörten zu ihrer Lebensgeschichte.

Kapitel 15

Archie lehnte an der Backsteinwand und inhalierte, während Connor mit zusammengezogenen Augenbrauen beobachtete, wie Donald Mac Conalltas Männer die Fässer über lange Bretter von der Ladefläche der Kutsche rollten. »Lass uns rasch was essen und dann zurückfahren«, brummte sein Freund.

Auch wenn Archie um Connors Abneigung für diesen Ort wusste, so konnte er ihm diesen Gefallen heute nicht tun. »Wir müssen noch mit Don sprechen.«

Connor stöhnte. »Du hast doch den Preis erst vor einigen Monaten neu verhandelt. Don wird dir vor die Füße spucken oder Schlimmeres, wenn du es so schnell erneut versuchst.«

Archie drückte den Zigarettenstummel an der Wand aus und ließ ihn auf den Boden fallen. »Es geht um was anderes. Und deshalb brauche ich einige Informationen von dir.«

»Dann schieß mal los, damit wir aus diesem stinkenden Loch verschwinden können.«

»Hast es wohl eilig, schnell an den heimischen Herd zurückzukehren«, zog er seinen Freund auf.

»Bonnie sollte sich in ihrem Zustand keine Sorgen machen, und das tut sie verständlicherweise, wenn sie weiß, dass ich mich dank ihres verrückten Bruders mit dem Boss der Edinburgher Unterwelt treffe.« Connor schob die Hände in die Hosentaschen. »Also ja, ich will wieder zu meiner wunderschönen Frau und vergessen, dass dieser Ort hier existiert und ich dort um die fünfzehn Jahre meines Lebens vergeudet habe.«

»Schon gut.« Archie grinste ihn an. »Bonnie hat Don damals ziemlich geschickt um den Finger gewickelt. Ich glaube nicht, dass meine Schwester sich gerade übermäßig sorgt. Sie weiß, dass mir klar ist, dass ich es mit ihr zu tun bekomme, wenn dir hier etwas geschieht.«

Connor grummelte. »Sie würde dir das Fell über die Ohren ziehen.« Sein Freund sah ihn an und seufzte. »Also gut, worum geht es dieses Mal?«

»Welche Geschäfte in der Gegend zahlen Schutzgeld an Don?«, fragte Archie leise genug, dass die Männer es nicht hören konnten, die ein Fass nach dem anderen in den Anbau neben dem *The Black Bear* rollten, der das Zentrum aller Aktivitäten der Edinburgh Lads darstellte.

»Warum auch immer du das wissen willst, es ist eine ganz dumme Idee, glaub mir das«, zischte Connor.

»Es geht um was Gutes«, hielt Archie dagegen.

»Darum geht's bei dir doch immer, und nebenbei machst du ein lohnendes Geschäft.«

»Dieses Mal soll das jemand anders machen. Also sag schon!«

Connor runzelte die Stirn. »So ziemlich alle Läden, Kneipen und auch die Handwerker in diesem Viertel, wie du dir vermutlich denken kannst. Und natürlich auch die meisten Polizisten, aber das hast du dir sicher ebenfalls schon gedacht.«

Es imponierte Archie, wie Don alles hier aufgebaut hatte. Und doch hatte er damals, als Connor und er im Salon der Mac Conalltas gesessen waren, während Bonnie oben ein

Baby entband, begriffen, dass dieser Mann und er sich zwar in manchen Dingen ähnelten, aber in anderen eben auch gegensätzlich waren. Die eiserne Hand, mit der Don regierte, und was er tat, um das Sagen zu behalten, war selbst Archie zu viel. Und Don übersah geflissentlich, dass er mit seinen Geschäften auch etwas Gutes tun könnte. Nein, diesem Mann ging es nur um seinen Erfolg. Im Gegensatz zu Donald Mac Conallta war er geradezu ein Heiliger, und das hieß schon was. Und doch brauchte er den Chef der Edinburgh Lads, um seine und Blaires Pläne überhaupt möglich zu machen. Er konzentrierte sich wieder auf das Thema. »Und größere Geschäfte? Hat er da welche in der Hand?«

»Wie groß genau?«, fragte Connor.

Archie zuckte mit den Schultern. »Ist nicht zufällig eines dieser schicken Kaufhäuser dabei, oder?«

Connors Augenbrauen zogen sich noch etwas mehr zusammen. »Keines davon zahlt Schutzgeld, aber mit dem Stattford & Leers Warenhaus hat Don unter der Hand Geschäfte laufen. Er verkauft ihnen Pelze, die als kanadischer Polarfuchs angeboten werden, in Wahrheit aber gebleichtes Opossum sind.« Nun konnte Connor sich ein leises Lachen nicht verkneifen. »Die gehen weg wie nix. Die feinen Damen sind ganz verrückt danach.«

Auch Archie musste schmunzeln. »Perfekt. Genau so einen Kontakt benötige ich.«

»Möchtest du etwa die Ratten von Foxgirth häuten und als seltene Chinchillafelle verkaufen?«

»Meinst du denn, das würde funktionieren?« Archie legte seinem Freund die Hand auf die Schulter und zwinkerte ihm zu. »Na dann komm, wir haben ein Geschäft zu verhandeln.«

»Ich hasse dich, habe ich dir das heute schon gesagt?«, brummte Connor.

»Du liebst mich, weil ich deinen Arsch gerettet habe und du meine Schwester heiraten durftest.«

»Das hatte ich schon fast vergessen. Aber du musst mich natürlich daran erinnern, was?« Connor lachte und folgte ihm in das Innere des großen Gebäudes.

»Das sollte sich machen lassen.« Don Mac Conallta zwirbelte die Enden seines zu beiden Seiten abstehenden und mit Pomade in Form gebrachten Oberlippenbarts mit den Fingern und sah zwischen Connor und ihm hin und her. »Ich sorge dafür, dass ihr Ausstellungsfläche direkt im Erdgeschoss bekommt. Stattford & Leers nimmt fünfundvierzig Prozent.«

»Das ist zu viel«, brummte Archie. »Zu diesen Konditionen lässt sich kein neues Unternehmen starten, das wird dir als Geschäftsmann doch klar sein, Don.«

»Das ist der Deal.« Don machte eine Geste, die zeigen sollte, dass er nicht vorhatte, von seiner Position abzurücken.

Connor beugte sich zu ihm rüber, und Archie gab Don ein Zeichen, kurz abzuwarten.

»Zieht er mich so über den Tisch, wie ich vermute?«, flüsterte Archie in sein Ohr.

»Natürlich tut er das«, raunte Connor. »Das Kaufhaus kassiert nur zwanzig Prozent bei den Deals mit Don, den Rest steckt er in seine Tasche. Gib ihm dreißig, dann hat er noch immer das Gefühl, dich zu verarschen, weil er zehn Prozent fürs Nichtstun bekommt.«

Archie nickte und richtete seine Aufmerksamkeit wieder auf den Mann in dem teuren Hemd hinter dem wuchtigen Schreibtisch. »Fünfundzwanzig. Alles, was darüber hinausgeht, macht die Nummer unwirtschaftlich. Dann müssen wir es bleibenlassen.«

»Dreißig«, hörte er Dons unerbittliche Stimme.

Archie beute sich vor und streckte ihm die Hand entgegen. »Du bist ein verdammt harter Brocken, Don.«

»Wäre ich das nicht, würde es all das nicht geben.« Mac Conallta deutete in den mit teuren, dunkel glänzenden Nussbaummöbeln eingerichteten Raum hinein, womit er wohl auf seine Position in der Stadt hinweisen wollte. An den Wänden hingen kunstvolle Ölgemälde, eines mit einer spärlich bekleideten Frau direkt hinter dem Schreibtisch. Es war neu, stellte Archie fest. Ebenso wie ein Fernsprechapparat, der seitlich des Schreibtischs thronte, damit man ihn unmöglich übersah. Vermutlich würde es noch eine ganze Weile dauern, bis Telefonleitungen bis nach Foxgirth gezogen würden, sehr zu Archies Missfallen. Wie nützlich diese neue Technik doch wäre. In diesem Moment nahm er sich vor, dass der erste Fernsprechapparat der Gegend eines Tages auf seinem Schreibtisch stehen würde.

»Ab wann könnt ihr liefern?«, riss Don ihn aus seiner Zukunftsphantasie.

»Ende des nächsten Quartals, nehme ich an. Ich muss erst die Sache mit dem Personal klären. Und die Ausstattung besorgen.« Archie schüttelte den Kopf. »Das ist schwieriger als gedacht.«

»Was brauchst du?«, fragte Don, der ein weiteres lohnendes Geschäft auszumachen glaubte, ganz so wie Archie es sich erhofft hatte.

»Nähmaschinen. Einige davon. Und Stoffe in bester Qualität.«

Don zwirbelte erneut den Schnauzbart und zog mit der

anderen Hand eine funkelnde Taschenuhr aus der maßgeschneiderten Weste, auf die er einen raschen Blick warf. »Bleibt über Nacht und ich lasse alles besorgen. Dann verrechnen wir es mit der Lieferung, die ihr heute gebracht habt. Es waren einige Fässer mehr auf der Kutsche – ich nehme an, das hattest du alles so geplant?« Don sah ihn aus schmalen Augen an.

»Schon möglich.«

»Dann nehmt euch ein Zimmer und lasst mich weiterarbeiten.« Mit einer Handbewegung machte der Bandenchef deutlich, dass das Gespräch beendet war.

Archie stand auf und folgte Connor hinaus. Durch einen Flur gelangten sie in den Schankraum und setzten sich an einen der wenigen freien Tische. Connor schmiss seine Kappe neben sich und rieb sich über das Gesicht. »Danke, dass du mir eine Nacht in diesem Loch eingebrockt hast.«

»Ich lade dich auch später zum Essen ein, und dann spazieren wir in dieses piekfeine Kaufhaus und machen uns ein Bild von Foxgirths neusten Unterstützern.«

»Du meinst von dem Konsumtempel, der dir die Taschen füllen wird«, korrigierte Connor und sah durstig auf das Ale der Männer am Nachbartisch.

»Nein. Ich werde keinen Penny an der Sache verdienen.«

»Ach ja?« Connor gab dem Wirt ein Zeichen.

»Nennen wir es eine Wiedergutmachung für vergangene Fehler, die ich bereue. Und eine Investition in einen aufstrebenden kleinen Ort in Haddingtonshire.«

Der Wirt schob zwei Gläser vor sie, und Archie prostete Connor zu. »Die Wirtschaft erlebt allmählich einen Aufschwung. Jetzt ist genau der richtige Moment, um etwas zu wagen.«

Connor nahm einen kräftigen Schluck und rieb sich mit dem Ärmel über die Lippen. Dennoch haftete etwas Schaum in seinem kurzen rostroten Vollbart, der im Kontrast zu den hellbraunen Haaren seines Freundes stand. Bonnie fand diese Kombination ausgesprochen anziehend, hatte sie einmal in den Tagen nach der Hochzeit kichernd gesagt, woraufhin Blaire und Archie mit den Augen rollten.

»Und wer soll an diesen Nähmaschinen sitzen, die Don heute Nacht irgendwo für dich stehlen lässt?«, fragte Connor.

»Die eine Hälfte der Zukunft von Foxgirth«, sagte Archie und trank ebenfalls. Viel lieber hätte er mit einem Whisky auf die gelungene Verhandlung mit Don angestoßen, doch Kräftigeres als ein Ale war nicht drin. Er konnte es sich nicht mehr erlauben, seine Sinne trüben zu lassen. Und so lange wie er schon durchhielt und sich nicht betrank, wollte er nun unbedingt standhaft bleiben.

»Das Kaufhaus kannst du dir alleine ansehen, es ist nur ein paar Straßen von hier. Es ist überraschend, wie schnell man von der Gosse in die feinere Gegend gelangt. Frag dich einfach durch. Und dann kannst du uns ein Zimmer in der Absteige nebenan klarmachen, ich komme dann später dorthin.« Connor leerte das Glas und setzte die Kappe auf, dann legte er eine Münze auf die Tischplatte.

»Und wohin gehst du?«, fragte Archie irritiert.

»In die Trainingshalle. Ich möchte nach dem jungen Boxer sehen, den ich im vergangenen Jahr für Don trainiert habe.«

»Der, der dir damals das blaue Auge verpasst hat?«, fragte Archie grinsend.

»Ryan, ganz genau. Ich bin mir sicher, er ist inzwischen noch besser geworden, wenn Don einen halbwegs geeigneten Trainer für ihn besorgt hat.« Connor nickte ihm zu und ging pfeifend davon. Archie vermutete in diesem Moment, dass seinem Freund der Aufenthalt in Edinburgh nicht ganz so ungelegen kam, wie er vorgab. Andauernd nur auf Schafe zu starren, musste sogar für Connor allmählich langweilig werden.

Archie holte eine Münze hervor und legte sie neben Connors. Er würde gleich das Zimmer für die Nacht mieten, und dann war es an der Zeit sich das Kaufhaus anzusehen, in dem die wohlhabende Klasse ihr Geld unter die Leute brachte.

Es klopfte, und Archie stand auf. Als er geöffnet hatte, stapfte Connor ins Zimmer und warf seinen Mantel auf eines der beiden Betten.

Archie unterdrückte ein lautes Lachen. »Was wird meine Schwester wohl dazu sagen, dass du noch einmal in den Ring gestiegen bist?«, fragte er amüsiert.

»Ich feile schon an einer Ausrede. Dass der neue Trainer von Ryan eine Pfeife ist und ich dem Burschen ein paar Tricks zeigen wollte, wird sie wohl kaum milde stimmen, oder?« Hilfesuchend sah Connor ihn aus dem dunkel unterlaufenen Auge an.

»So schlecht kann der Trainer nicht sein, wenn Ryan dem ehemaligen Boxchampion der Lads solch ein Ei verpasst«, brummte er und lachte nun doch.

»Der ist ’ne absolute Null. Ryan hingegen ist ein echtes Naturtalent. Stell dir vor: Er hat bald seinen ersten richtig hochkarätigen Kampf.« Connors Stolz über seinen einstigen Schützling war nicht zu übersehen. »Trotzdem ’ne verdammte Verschwendung von Lebenszeit, dass Ryan sich an die Gang gebunden hat. Aber ich schätze, er wird seine Erfahrungen ebenso machen müssen wie ich damals.«

»Immerhin wird man den Knaben nicht auf ein überfülltes Schiff verfrachten und in einen verdammten Krieg bringen.«

Connor zuckte mit den Schultern. »Stimmt auch wieder. Wie war's im Kaufhaus?«

»Alles blitzt und funkelt. Und ich habe mir Dons Pelze angesehen. Ist wirklich nicht zu erkennen, dass da mal Opossums dringesteckt haben.«

»Der Mann weiß, womit man gut verdienen kann.«

»Nicht nur Don.« Archie war mehr als zufrieden mit dem, was er gesehen hatte. »Wer hätte gedacht, dass es einem einfachen Burschen vom Lande gelingen würde, einen Teil der Ausstellungsfläche in so einem Geschäft zu ergattern?«

Connors dröhnendes Lachen bebte durch den Raum. »Du magst vieles sein, mein Freund. Aber du warst ganz sicher nie ein einfacher Bursche vom Lande.«

»Vermutlich mehr ein ausgefuchster Mistkerl«, murmelte Archie und trat ans Fenster. Es dämmerte bereits, und in der Gasse unter ihnen herrschte noch reger Betrieb. Männer waren auf dem Weg, um ihren Lohn in einer der Kneipen zu vertrinken, Gruppen von halbstarken Jungen bewegten sich lautstark von einer Straßenecke zur nächsten, und selbst Kutschen waren um diese Zeit nach wie vor rege unterwegs. Ihr Vater hatte ihm nicht viel hinterlassen. Keillan hatte seinen Namen und die Gesichtszüge geerbt, er hingegen ganz offensichtlich das Gespür für Gelegenheiten. Vielleicht war es gut, dass er nicht länger unter dem Einfluss des Vaters aufgewachsen war. Was für einen Mann Keillan Dennon Senior wohl aus ihm gemacht hätte, wenn er nicht in diesem Bach ertrunken wäre? Ob Vika ähnlich über ihn und Arch dachte? War ihre Sorge, was für einen Einfluss er auf ihren Sohn haben könnte, ebenfalls ein Grund gewesen, dass sie alles aufgegeben hatte? Archie drehte sich um und sah zu Connor, der vor dem Wandspiegel stand und darin sein Gesicht betrachtete. »Glaubst du, dass du ein guter Vater werden wirst?«

Connor deutete auf sein minütlich dunkler werdendes Veilchen. »Jetzt gerade habe ich da so meine Zweifel.«

»Ich meine es ernst«, brummte Archie. »Was wirst du deinem Sohn beibringen?«

»Ich hoffe noch auf eine Tochter. Weniger Scherereien«, sagte Connor und runzelte die Stirn. »Aber wenn es ein Sohn werden sollte, dann würde ich versuchen, einen guten Mann aus ihm zu machen. Was auch immer das bedeutet. Vielleicht erkennt man das ja in dem Moment, in dem man zum Vater wird?«

»Ich fürchte, das trifft nicht auf jeden zu.« Archie seufzte und griff nach seiner Kappe. »Lass uns was essen gehen. Don wird die Kutsche mit den Waren schon vor Aufgang der Sonne beladen lassen, damit niemand etwas mitbekommt.«

Connor nickte. »Können wir Bonnie nicht einfach sagen, dass du mir eine verpasst hast, weil wir aneinandergeraten sind? Ich finde, das klingt ziemlich glaubhaft.«

»Damit sie *mir* die Meinung geigt und nicht dir, weil du vergessen hast, dass du das Boxen längst an den Nagel gehängt hast?«

»So in etwa.« Connor verzog seine Lippen zu einem Lächeln. »Als Gegenleistung dafür, dass ich dir mit Don geholfen habe.«

»Na meinetwegen. So schlimm wird es schon nicht werden.«

Connor legte den Kopf schief. »Da wäre ich mir nicht sicher. Die Schwangerschaft macht Bonnie ziemlich reizbar.

Ich schwöre dir, deine Schwester jagt mir momentan mehr Respekt ein als die gesamten Edinburgh Lads.«

»Na wunderbar.« Archie warf die Tür hinter ihnen zu.

Archie rieb sich die Wange. Bonnie hatte ihm tatsächlich eine gescheuert, und nun funkelte seine Schwester ihn an wie selten zuvor.

»Ich dachte, euch sei was passiert, als ihr gestern Nacht nicht zurückgekehrt seid!«

»War nicht das erste Mal, dass wir über Nacht in Edinburgh geblieben sind«, brummte Archie und sah zu Connor, der hinter seiner Frau stand und nur mit Mühe einen Lachanfall unterdrückte und dabei rot anlief. Natürlich fand sein Freund dieses Schauspiel unterhaltsam. Blaire lehnte im Türrahmen des alten Cottages nebenan und beobachtete Bonnies Wutausbruch ebenfalls belustigt. Fehlte nur noch der Rest der Familie, damit jeder etwas davon hatte.

»Kommt nicht wieder vor, versprochen.« Es war wohl klüger, einfach das zu sagen, was Bonnie hören wollte, anstatt mit ihr zu diskutieren.

»Das will ich auch hoffen.« Sie bedachte ihn mit einem letzten stechenden Blick, dann legte sie die Hand an den unteren Rücken und marschierte zurück ins Haus. Ihr Bauch wies längst eine deutliche Wölbung auf, die keinen Zweifel daran ließ, dass ein kleines rothaariges Kind unterwegs war.

»Ich gehe wohl besser ebenfalls rein«, brummte Connor, grinste ihm zu und schloss die Tür.

Archie rückte seine Kappe zurecht, strich sich noch einmal über die brennende Wange und ging dann zu Blaire hinüber.

»Ich würde ja zu gerne wissen, aus welchem Grund du für Connor gelogen hast«, sagte sie scheinbar beiläufig anstelle einer Begrüßung und pulte an ihren Fingernägeln herum.

»Wie kommst du denn darauf?« Archie sah sie mit hochgezogenen Brauen an.

»Connors rechtes Auge wurde getroffen, das bedeutet, sein Gegenüber hat mit links ausgeholt. Etwas schwierig, wenn man genau diesen Arm in Flandern verloren hat, meinst du nicht?«

Archie nickte anerkennend. »Dir können wir wohl nichts vormachen.«

»Also, was hat unser Schwager in der Stadt ausgefressen?« Blaire sah ihn neugierig an und hoffte wohl auf eine spannende Geschichte.

»Einmal ein Boxer, immer ein Boxer. Mehr gibt's da nicht zu sagen. Und was Bonnie angeht, weißt du natürlich von nichts.«

»Ich hätte Connor ja gern mal in seiner Höchstform im Ring erlebt«, hauchte Blaire und guckte selten verzückt.

»Ich auch. Aber dafür kommen wir Jahre zu spät.« Archie kramte in der Hosentasche und hielt ihr einige Scheine hin. »Dein Anteil am Verkauf. Und das hier ist für Tommy und Ma.«

Blaire griff nach dem Geld und spähte an ihm vorbei. »Was hast du da eigentlich unter den Tüchern auf der Kutsche?«

»Nur ein paar Sachen für ein neues Projekt. Ich erzähle es dir bei Gelegenheit, in Ordnung?«

»Wie du willst.« Blaire deutete zum Feldweg, auf dem sich eine Gestalt näherte. »Ich wette, du bekommst gleich noch eine gescheuert. Dieser Tag wird unterhaltsamer als gedacht.«

»Maisie Glenn«, stöhnte Archie. »Bestimmt will sie bei Bonnie irgendein Gebräu für ihre Ma abholen. Vielleicht bemerkt sie mich ja gar nicht.«

Blaire lachte kratzig und winkte Maisie überschwänglich zu. »Siehst du, wie wütend sie in deine Richtung schaut?«

»Ist ja kaum zu übersehen.«

»Das bedeutet wohl, dass du die Glenns noch immer aushungerst?« Blaires Ton verriet ihm, dass sie sein Verhalten allem Anschein nach nicht gut fand.

»Habe ich es zu weit getrieben?«, fragte er geradeheraus.

Blaire zuckte mit den Schultern. »Du machst Willie dafür verantwortlich, dass Vika und Arch weg sind. Klar, dass du dich rächen willst. Allerdings sind die Glenns inzwischen wirklich kurz davor von hier wegziehen zu müssen, habe ich gehört. Und die da«, sie machte mit dem Kopf eine Bewegung in Maisies Richtung, die nebenan bei Bonnies anklopfte, »ist eigentlich ganz in Ordnung, will ich meinen. Oder zumindest nicht so schlimm wie der Rest der Glenns.«

Archie atmete durch. »Es war nicht Willies Schuld. Es war meine.« Endlich sprach er es aus. So gerne er die Verantwortung für das, was vor Monaten passiert war, jemand anderem in die Schuhe schieben wollte, hatte er doch längst eingesehen, dass er mindestens ebenso sehr Mist gebaut hatte wie Willie. »Klingt zwar verdammt verlockend, dass die ganze Sippe aus Foxgirth verschwinden könnte, aber vermutlich ist es nicht an mir, die Entscheidung über die Zukunft der Glenns zu treffen.« Er nickt mehr sich selbst zu als Blaire. »Ich regle das. Es reicht jetzt.«

Blaire legte einen Arm um seinen Nacken. »Du weißt ja, wie das mit der Einsicht ist …«

Archie drückte ihr einen Kuss auf die Wange, woraufhin

seine Schwester sich fluchend mit dem Ärmel abwischte. »Was soll denn jetzt dieser Mist?«

»Der war dafür, dass du auch dann zu mir hältst, wenn du mich mal nicht leiden kannst.« Er lächelte ihr extra klebrig süß zu.

»Bonnie hat dich wohl zu heftig getroffen«, murrte Blaire und rückte zur Sicherheit etwas von ihm ab. »Wird hoffentlich nicht zu einer neuen Angewohnheit werden.«

»Keine Sorge, dafür nervst du mich meistens zu viel.« Archie zwängte sich an ihr vorbei ins Haus. »Ich sehe noch rasch nach Ma, und danach werde ich mich von Maisie anschreien lassen. Dann sind die Frauen von Foxgirth hoffentlich für heute mit mir durch.«

Archie zog an den Zügeln, und die Pferde verringerten ihr Tempo. »Los, hüpf rauf!«, rief er Maisie zu, die am Straßenrand entlangging. In ihrer Hand hielt sie einen Beutel, in dem Archie Medizin für ihre Mutter vermutete.

»Glaubst du, ich spinne?«, gab sie zurück und verschränkte die Arme.

»Also um ehrlich zu sein …«

Sie sah ihn mit dem gleichen Blick an wie Bonnie zuvor.

Archie gab sich einen Ruck und ließ die Pferde anhalten. »Du kannst deinem Bruder sagen, ich bin mir sicher, dass er seine Lektion inzwischen gelernt hat.«

»Und was genau soll das heißen?«, zischte das Mädel.

»Dass ab heute alles wieder ist wie zuvor. Ich gebe überall Bescheid, dass man mit deiner Familie wieder Geschäfte machen darf.«

In Maisies Gesicht zeichnete sich keine Freude ab. Ihre Augenbrauen runzelten sich sogar noch ein wenig mehr.

»Du hast deinen Einfluss missbraucht, Archie Dennon. Das machen nur schlechte Männer.« Sie hatte wohl nicht vor, es ihm leichtzumachen.

»Da hast du recht«, gab er unwillig zu. »Ich war nicht ich selbst, nachdem Vika und der Junge weggegangen sind. Vermutlich werde ich es nie wieder sein, aber zumindest kann ich versuchen, meine Fehler wieder auszubügeln.«

»Immerhin bist du ehrlich.« Maisie sah ihn zögernd an. »Wie geht es Miss Fairbairn und dem Burschen denn?«, fragte sie und wirkte wirklich interessiert.

»Ich habe nicht den blassesten Schimmer.« Er hätte sie auch mit einem »gut« abspeisen können, doch aus irgendeinem Grund wollte er ehrlich sein.

»Das tut mir leid. Ehrlich.« Hätte sie ihn zumindest ein wenig leiden können, hätte sie vermutlich gelächelt, um ihn etwas aufzubauen, doch ihre Worte entfalteten ihre Wirkung auch so.

»Danke. Steigst du jetzt auf, damit du nicht bis in den Ort zu laufen brauchst?«

»Ganz sicher nicht. Man könnte uns zusammen sehen.« Dieses Mal lag in ihren Augen ein Blitzen, das Archie zeigte, dass sie ihm nicht mehr ganz so böse war wie zuvor, aber den Schlagabtausch ebenso genoss wie er. Vermutlich war dieses Mädel wirklich nicht so übel. Wer wusste das schon?

»Das muss natürlich unbedingt verhindert werden.« Archie schnalzte mit der Zunge. Die Pferde zogen an, und die Kutsche setzte sich knirschend in Bewegung.

»Warte!«

Archie zog erneut an den Zügeln und drehte sich um. »Was gibt's noch?«

Maisie sah auf ihre Schuhe, als wäre ihr das, was sie gleich sagen wollte, unangenehm. »Dein ältester Bruder ist wieder zurück, habe ich gehört.«

»Ja, Keillan ist wieder da.«

»Da war doch noch einer …«

Ein Schmunzeln zog sich über Archies Lippen. »Meinst du zufällig Ian?«

»Rote Haare und eine vorlaute Klappe.« Maisie nickte. »Ist er …«, sie schnaufte und schüttelte den Kopf, vermutlich weil ihr die richtigen Worte fehlten. »Müsste er nicht auch längst heimgekehrt sein? Beinahe alle Männer aus der Umgebung sind inzwischen wieder da. Also die, die es geschafft haben, meine ich.« Mit unglücklicher Miene sah sie ihn an.

Archie blickte einen Moment lang an den Horizont. In der Tat waren die meisten Soldaten wieder in die Heimat zurückgekehrt. Es waren noch weniger, als er es erwartet hatte. Erst jetzt war zu erkennen, was dieser Krieg den Ort wirklich gekostet hatte. »Um ehrlich zu sein, weiß ich auch nicht, was mit Ian ist.« Archie zuckte mit den Schultern. »Ich gebe nicht besonders gut auf meine Leute acht, wie es scheint. Anders ist nicht zu erklären, dass sie mir abhandenkommen.«

Maisie sah ihn betrübt an.

»Guck nicht so, Maisie. Man könnte ja fast glauben, dir läge was an einem von uns«, zog Archie sie auf, um die Stimmung zu heben.

»Ganz sicher nicht.« Sie reckte das Kinn vor. »Ich habe mich nur gefragt, was aus ihm geworden ist.«

Archie warf ihr einen warmen Blick zu. »Eines Tages werden wir das hoffentlich erfahren.«

»Ja, vielleicht.« Sie hängte sich den Stoffbeutel über die Schulter und lief los. »Dann werde ich meinem Bruder nachher sagen, dass er unsere Hammel zum Schlachter bringen kann. Wird auch Zeit, sie sind beinahe zu alt und zäh.«

Archie ließ die Pferde antraben und tippte sich an die Kappe. »Einen wunderschönen Tag noch, Miss Glenn!«

»Ich wünschte, ich könnte Ihnen das gleiche wünschen, Mr. Dennon!«, rief sie ihm nach, und Archie lachte.

Auf der Rückfahrt in den Ort schweiften seine Gedanken in eine Richtung, aus der er sie meist fernzuhalten versuchte. Doch heute wollte es ihm nicht gelingen. Vika hätte nie gewollt, dass er die Glenns aus Foxgirth vertrieb, so gutherzig wie sie war, gestand er sich unwillig ein. Auch wenn er jedes Mal sein Blut rauschen zu hören glaubte, wenn er Willie irgendwo erspähte, weil dieser Vika ohne Zweifel einmal viel zu nahe gewesen war, der Kerl hatte wohl längst genug dafür gebüßt. Wenn Willie jemals nur halb so viel für Vika empfunden hatte, wie er es tat, dann war der Mann ebenfalls durch die Hölle gegangen. Und das sollte ihm von heute an genügen, entschied Archie. Hatte Rache überhaupt je etwas genützt? In seinem Fall hatte sie seine Seele nur weiter vergiftet.

Kapitel 16

Archie drückte die schwere Holztür auf und ging mit festen Schritten den Mittelgang entlang. Ein Raunen ging durch die Bänke, doch er ignorierte es. Natürlich hatte ihn Pastor Gilroy längst entdeckt und kniff missbilligend die Augen zusammen. Vielleicht lag es auch daran, dass der Mann einmal mehr zum Gottesdienst betrunken aufgetaucht war, wie es so oft vorkam, und Schwierigkeiten hatte, deutlich zu sehen. Natürlich hatte Archie das nie selbst erlebt, da er dieses Gebäude mied wie der Teufel das Weihwasser, aber Mairead hatte beim Sonntagsessen oft genug davon berichtet, dass der Pastor wieder heftig geschwankt hatte.

In einer der letzten Reihen saßen Mairead, Keillan, Tommy und eine auf den ersten Blick erkennbar tödlich gelangweilte Blaire, die sich vermutlich heute nicht früh genug aus dem Haus geschlichen hatte und Mairead in die Hände gefallen war. »Was sollen denn die Leute denken, wenn wir nicht zumindest hin und wieder in die Kirche gehen?«, pflegte seine Ma stets zu sagen. Archie nahm an, dass selbst Kirchenbesuche nicht mehr viel am Ruf seiner Familie ändern würden. Und außerdem ging seine Ma auch nicht jeden Sonntag hin, wie es sich gehörte. Unter der Woche dachte sie erst recht nicht daran. Wahrscheinlich wollte sie nur hin und wieder einige ihrer Kinder dabeihaben, um nicht wie die Mutter von Wilden zu wirken, vermutete Archie. Immerhin machte Keillan in seinem dunklen Mantel und mit der aufrechten Haltung einen mehr als annehmbaren Eindruck, im Gegensatz zu Tommy, der auf der Bank lümmelte und unverhohlen gähnte.

»Pastor Gilroy«, sagte Archie und nickte dem alten Mann zu. »Bitte entschuldigen Sie die Störung, aber ich muss der Gemeinde etwas mitteilen, und hier ist immerhin ein Großteil versammelt.«

Der Pastor wirkte wenig begeistert, bedeutete ihm aber mit einer ausladenden Geste fortzufahren.

»Also gut.« Archie drehte sich um und betrachtete die Menschen auf den Bänken, die aus Foxgrith und der näheren Umgebung kamen. Die alte Mrs. Glenn und Kate waren wie üblich piekfein herausgeputzt, Willie und sein Bruder starrten mit unbewegten Mienen auf den Boden, während Maisie ihn neugierig ansah.

Archie stemmte die Hand in die Hüfte. »Ich habe ein Angebot zu machen und hoffe, dass es von vielen angenommen wird!« Seine Stimme hallte in dem hohen Raum nach. Alle Augen waren auf ihn gerichtet. Mairead warf ihm einen Blick zu, der besagte, dass er gefälligst keinen Scheiß bauen sollte. Er nickte ihr leicht zu und wandte sich wieder an alle. »Es gibt hier Mädchen, die von ihren Eltern nicht in die Schule geschickt werden. Miss Porter hat es mir bestätigt, und das ist etwas, das nicht in die neue Zeit passt, die vor uns liegt. Die Mädchen brauchen, ebenso wie die Buben, alles an Bildung, was sie kriegen können. Wenigstens bis sie das vierzehnte Jahr erreichen.«

»Was gehen dich unsere Töchter an?«, grollte die Stimme eines Bauers durch den hohen Raum.

Brummelnd nickten einige Männer.

Archie hob die Hand. »Langsam, Callum, langsam. Das werde ich gleich ausführen.« Archie sah zu Miss Porter, die ihn mit glühenden Wangen ansah, was der unscheinbaren Lehrerin ausgesprochen gut stand. Vermutlich trieb ihr die Hoffnung auf weitere Schülerinnen die Hitze ins Gesicht, oder aber ihr war die Aufmerksamkeit unangenehm. Das war vermutlich weitaus wahrscheinlicher. »Wenn wir wollen, dass Foxgirth eine bessere Zukunft hat, dann müssen wir alle Ressourcen nutzen, die wir haben. Und dazu gehören auch eure Töchter. Deshalb möchte ich euch ein Angebot machen.«

»Dann lass mal hören«, rief ein Fischer und lachte. »Sollen sie etwa Whisky brauen wie deine Schwester?«

»Halt die Klappe, Gavin«, hörte er Blaire fluchen und den Pastor hinter sich aufstöhnen.

»Nein.« Archie kniff die Augen zusammen. »Sie sollen die Schule besuchen und erhalten im Gegenzug eine Ausbildung zur Schneiderin, die ich finanzieren werde.«

Plötzlich herrschte Stille. Das Gemurmel war verstummt, und er hatte die volle Aufmerksamkeit aller Anwesenden. »Na endlich«, brummte Archie und schob zufrieden die Hand in die Hosentasche. »Schickt eure Mädchen in die Schule, dann werden sie zusätzlich im Schneidern unterrichtet werden. Ich nehme an, wir können dafür sicherlich das Schulhaus nutzen?«

Miss Porter nickte eilig und sah ihn mit glänzenden Augen an. Offensichtlich hatte er gerade eine neue Freundin gewonnen.

»Und wer wird unsere Töchter unterrichten?«, rief Gavin nach vorne und klang schon weniger abgeneigt, was sich vermutlich gleich wieder ändern würde.

»Shona Fairbairn«, sagte Archie laut und vernehmlich.

Miss Porters Augen weiteten sich, und Archie schmunzelte. Das mit der neuen Freundschaft wurde wohl doch nichts.

Stimmengewirr erhob sich, und dann wurden Kommentare gerufen, die einander übertönten.

Archie rollte die Zunge hinter den Schneidezähnen ein und stieß einen Pfiff aus, der in der Kirche noch lauter klang als üblich. Er sah ernst in die Gesichter der Anwesenden. »Nun lasst mich verdammt nochmal ausreden!«

Pastor Gilroy stöhnte erneut, und Archie schüttelte den Kopf. »Es mag einigen von euch nicht passen, doch Shona hat Talente, von denen nicht mal die Männer in diesem Ort etwas ahnen.«

Einige Männer sahen ertappt auf den Boden. Nur die Gesichter der Frauen wirkten nach wie vor so, als ob sie ihn gleich hochkant aus der Kirche werfen wollten.

»Meine Damen«, begann Archie und erinnerte sich an das, was Connor ihm einst gesagt hatte: dass es half, die Frau auf seiner Seite zu haben, wenn man von ihrem Ehemann etwas wollte. So wie damals bei Mrs. Mac Conallta. »Miss Fairbairn hat hier einen gewissen Ruf, das kann ich nicht leugnen, aber sie schneidert alle ihre Kleider selbst und versteht etwas davon. Wir planen gemeinsam ein kleines Unternehmen, in dem Kleidung für Veteranen hergestellt werden soll.« Er deutete auf seinen abgetrennten Jackenärmel. »Dafür werden wir Schneiderinnen brauchen und wollen diese selbst ausbilden, damit die Arbeitsstellen in Foxgirth bleiben. Ab dem zweiten Lehrjahr werden die Mädchen ein kleines Gehalt bekommen, nach dem dritten und letzten garantiere ich ihnen eine Anstellung, sobald sie die Schule abgeschlossen haben. Sollte dies doch nicht möglich sein, suche ich andere Stellen für sie, darauf gebe ich mein Ehrenwort.«

»Und alles, was wir dafür tun müssen, ist unsere Töchter zur Schule zu schicken?«, fragte eine der Frauen nach und wirkte unsicher, ob sie das Angebot auch richtig verstanden hatte.

»Ganz genau. Und sie mittwochs und samstags nach der Schule zu Miss Fairbairn zu schicken, anstatt zur Feldarbeit. Abends sollten die Mädchen sicherlich auch etwas üben, aber das wird Miss Fairbairn wohl besser wissen als ich.«

»Würde jemand anderes die Mädchen unterrichten …«, warf eine zweite Frau ein, »aber unter diesen Umständen …«

Archie schluckte seine Frustration herunter. Die Männer von der Hälfte dieser Frauen suchten regelmäßig Shona auf, und doch taten sie so, als sei sein Vorschlag geradezu verrückt. »Miss Fairbairn genießt mein vollstes Vertrauen, und ich hoffe, Miss Porter wird zustimmen, dem Unterricht anfangs beizuwohnen?« Er sah zu der Lehrerin.

»Natürlich«, sagte diese leise und nickte. »Ich halte die Idee für ausgezeichnet und würde mich über weitere Schülerinnen freuen. Was für eine großartige Chance. Man mag sich gar nicht ausmalen, welche Möglichkeiten das den Mädchen für ihre Zukunft eröffnet.«

Endlich erhielt er etwas Rückendeckung. Wieder wurde gemurmelt, und Archie ließ den Frauen die Zeit, die sie brauchten, auch wenn seine Geduld nachließ. Verstand hier denn niemand, was für ein einmaliges Angebot das war? Und wie lange er dafür eine Verpflichtung einging? Immerhin riskierte er seinen Namen, falls die Sache scheitern sollte. Und einen ganzen Batzen Geld obendrauf.

»Also gut«, hörte er eine Frau weiter hinten rufen. »Meine Tochter soll es versuchen, wenn Miss Porter wirklich vorerst dabei sein wird.«

Archie nickte ihr zu.

»Auf gar keinen Fall«, knurrte Gavin, und Archie sah, wie Blaire auf der Bank herumrutschte. Seine Schwester war kurz davor, sich den Kerl zur Brust zu nehmen.

»Wir haben keinen Sohn, aber dafür drei Töchter, die uns einmal durchbringen müssen, wenn wir alt sind«, sagte seine Frau schneidend mit einem Seitenblick zu ihrem Mann. »Unsere Älteste soll es ebenfalls probieren.«

Gavin fluchte, sagte aber nichts gegen seine bessere Hälfte.

Aus den Augenwinkeln sah Archie, wie Pastor Gilroy sich setzte und einen Flachmann hervorzog.

»In Ordnung, die anderen Familien können das ja nachher beim Sonntagsessen besprechen. Wer die Chance für seine Töchter ergreifen will, schickt sie am Montag pünktlich in die Schule und am nächsten Samstag um Punkt fünfzehn Uhr zum Beginn ihrer Ausbildung. Entschuldigt bitte die Unterbrechung.« Archie drehte sich um. »Sie dürfen dann weitermachen, Sir.« Besser, er machte, dass er davonkam, ehe der Gottesmann sich mit dem Gin dorthin beförderte, wo er selbst so gerne hinwollte.

Pastor Gilroy rappelte sich auf. »Gut, wo waren wir?«, fragte er und ließ den Flachmann unauffällig verschwinden.

Archie ging mit schnellen Schritten den Gang entlang. Seine Ma nickte ihm zu, und ihre Mundwinkel umspielte ein Schmunzeln. Vermutlich hatte sie hier in den vergangenen Monaten für seine Seele gebetet und glaubte nun, dass dies Erfolg gehabt hatte. Doch Gebete hatten ganz sicher nichts damit zu tun.

Am Ausgang wartete Blaire und hielt ihm die Tür auf. Natürlich nutzte sie die Gelegenheit, um dem Gottesdienst ein wenig eher zu entkommen. Kaum waren sie beide draußen, boxte sie ihn gegen den Oberarm. »Mensch, Archie, davon hast du mir gar nichts erzählt«, hielt sie ihm vor.

»Hat ja auch nichts mit der Destillerie zu tun.«

»Du meinst, abgesehen davon, dass du die Erstanschaffungen vermutlich von unserem Gewinn bezahlt hast?« Seine Schwester zog eine Augenbraue hoch.

»Legst du ein Veto ein?« Abwartend sah er sie an.

»Ach i wo. Ich beschäftige die Burschen hier und da bei der Destillerie, und du kümmerst dich um die Mädels.« Sie lehnte sich an ihn, was Archie als seltenen Liebesbeweis von Blaire wertete. »Seit du nicht mehr säufst wie ein Loch, hast du ganz gute Ideen, finde ich.«

Ein Grummeln drang aus seiner Brust. »Muss mich ja mit irgendwas davon abhalten, hinter die Theke zu gehen und mir eine Flasche zu schnappen.«

»Du warst kurz davor, Gilroy den Gin aus der Hand zu reißen. Ist mir nicht entgangen.« Blaire tätschelte seinen Arm, so wie es sonst Bonnie tat.

In der Tat war es eine Verlockung, seinem Bedürfnis nach einem anständigen Rausch nachzugeben und die seelige Ruhe zu genießen, die sich nach mehreren Gläsern in ihm einstellte, bis er schließlich glaubte, Vika vor sich zu haben. Seit er aufgehört hatte zu trinken, suchte sie ihn nur noch in seinen Träumen auf, doch dann war ihr Gesicht seltsam undeutlich. Verwischte seine Erinnerung etwa allmählich? Bisher hatte er es nicht gewagt, das Notizheft zu öffnen und ihr Foto herauszunehmen. Archie fürchtete, den Schmerz nicht auszuhalten.

»Du hast so lange keinen Schluck getrunken. Wäre dämlich, jetzt wieder damit anzufangen«, redete Blaire weiter.

»Keine Sorge, ich baue schon keinen Mist.«

»Dann ist gut. Wir können dich nämlich alle wieder leiden.«

»Wo sind eigentlich Bonnie und Connor heute?« Es musste einen Grund geben, wenn Mairead die beiden nicht in die Kirche mitschleifte.

»Bonnie kotzt sich die Seele aus dem Leib, und Connor will natürlich bei ihr bleiben.«

»Kannst du dir vorstellen, dass wir bald Tante und Onkel sein werden?« Ein wenig freute er sich schon auf den Familienzuwachs. Ein Hoffnungsstrahl würde ihnen allen guttun.

»Und wie. Wir werden der schlechte Einfluss sein, den seine Eltern von dem Kind fernhalten wollen«, sagte Blaire lachend.

»Aber sowas von.« Archie wandte sich von ihr ab. »Ich sollte dann mal gehen, hab noch was zu erledigen.«

»Kommst du nachher zum Essen nach Hause?«

»Das hängt davon ab, ob Shona mir den Kopf abreißt oder mich am Leben lässt.«

Blaire sah ihn mit schmalen Augen an. »Sag bloß, sie hat von der ganzen Sache keine Ahnung?«

»Manchmal muss man die Leute vor vollendete Tatsachen stellen, und sie brauchen einen ordentlichen Schubs in die richtige Richtung.« Mit diesen Worten knöpfte er die Twilljacke zu, schlug den Kragen gegen den frischen Wind hoch und machte sich auf den Weg zur Hauptstraße, über die vertrocknete Blätter jagten, ganz so, wie die Windstöße sie lenkten. Es war Keillan gewesen, der *ihm* einen Stoß gegeben hatte, und nun konnte Shona sich darauf gefasst machen, ebenfalls einen zu bekommen.

»Auf gar keinen Fall! Archie Dennon, du Mistkerl, wie konntest du nur?«

Archie duckte sich, um dem Glas auszuweichen, das Shona nach ihm warf. Klirrend verteilten sich die Scherben im Schankraum, und Shona griff hinter der Theke schon nach dem nächsten.

»Du zielst besser als die Deutschen«, scherzte Archie und machte einen Satz zur Seite, als erneut ein Schnapsglas durch die Luft surrte und die Wand traf.

»Das machst du rückgängig, haben wir uns da verstanden?« Drohend hielt sie einen Bierkrug hoch.

»Das geht nicht. Der ganze Ort weiß jetzt davon.«

Der Krug zerbarst direkt vor seinen Schuhen.

»Bist du jetzt fertig?«, fragte er ruhig.

»Vorerst. Vermutlich ändert das auch nichts.« Shona bedachte ihn mit einem giftigen Blick und zündete sich eine Zigarette an.

Archie deutete auf das Päckchen. »Darf ich mich gefahrlos nähern?«

Shona nickte. »Bleib aber besser vorerst auf deiner Seite des Tresens.«

Er setzte sich auf einen der Barhocker und nahm sich ebenfalls eine Zigarette. »Ich hab bei der letzten Tour mehrere Nähmaschinen in Edinburgh gekauft. Sie warten im Büro gut verschnürt darauf, dass du sie auspackst. Ein riesiges Paket mit Stoffen ebenfalls.«

»Du machst keine halben Sachen, was?« Sie blies den Rauch in die Luft und seufzte. »Und was ist, wenn mir die Leute ihre Töchter nicht anvertrauen wollen? Oder wenn ich nicht zur Lehrerin tauge?«

»Ich bin überzeugt, du wirst das ganz wunderbar machen.

Denk daran, was gewesen wäre, wenn *du* diese Chance als Mädchen bekommen hättest. Und an die Mädels, die davon profitieren werden und irgendwann dank dir ihr eigenes Geld verdienen können.«

Shonas Blick wurde weicher, und Archie atmete unauffällig durch. Fast hatte er sie dort, wo er sie haben wollte.

»Aber ich habe hier zu tun.« Sie deutete die Treppe hinauf.

»Ab heute nicht mehr. Du bist doch längst mit diesem Job durch, wenn du ehrlich bist. Du stehst jetzt auf meiner Gehaltsliste, und derlei Dinge gehören der Vergangenheit an.«

Shona beugte sich zu ihm heran. Archie sah in ihre blauen Augen, die auf ihm ruhten. Wie stets waren ihre hellen Haare in perfekte Wellen frisiert, und eine mit einem kleinen funkelnden Steinchen besetzte Haarnadel steckte links des Seitenscheitels. Die Männer würden ihn verfluchen, dass er ihnen einen Strich durch die Freizeitgestaltung machte, indem er Shona zur Schneiderin beförderte. Es freute ihn höllisch.

»Auf gar keinen Fall. Wenn ich das mache, dann ist es *mein* Geschäft. Betrachte die Sachen, die du angeschafft hast, als Kredit. Du wirst mir kein Gehalt bezahlen, und ich werde meine Schulden bei dir abbezahlen, sobald wir fertige Kleidung verkaufen können. Das ist meine Bedingung«, erklärte sie mit fester Stimme.

Archie grinste. So gefiel Shona ihm schon besser. »Und wem willst du die Klamotten verkaufen?«

Sie runzelte die Stirn. »Das wird sich noch finden.«

»Schon gut.« Er lächelte ihr zu. »Es wird dein Ding sein, und ich bin der Mittelsmann. Ich habe die nötigen Kontakte in Edinburgh und bekomme im Gegenzug ein paar

Prozente vom Gewinn ab. So gerne ich dich habe und auch die Mädchen unterstützen möchte, das hier ist dennoch ein Unternehmen und kein Wohlfahrtsverband und sollte entsprechend behandelt werden. Was meinst du?«

Shona drückte die Zigarre im Aschenbecher aus und hielt ihm die Hand hin. »Deal.«

Er griff danach. »Willkommen in der Geschäftswelt, Miss Fairbairn.« Er zwinkerte ihr zu. »Wenn du bis Ende des nächsten Quartals die erste Ware hast, dann werden deine Kreationen in einem dieser piekfeinen Kaufhäuser verkauft werden.«

»Du erlaubst dir einen Spaß!« Mit großen Augen starrte sie ihn an.

Archie schüttelte den Kopf. »Ist längst eingefädelt. Du musst nur liefern.«

»Das glaube ich einfach nicht.« Shona strahlte und nickte gleichzeitig. »Aber nur damit wir uns richtig verstehen: Du machst nie wieder so etwas, ohne es mit mir abzusprechen, verstanden?«

Rasch legte er sich die Hand auf die Brust. »Ich schwöre.«

»Ein Dennon-Schwur, na wunderbar«, gluckste Shona.

»Ist mehr wert als der der meisten Männer.« Archie zwinkerte ihr zu und stand auf. Besser, er ritt rüber zum Cottage und ließ sich von Mairead mästen, als dass er an einem weiteren viel zu ruhigen Sonntag doch noch die Beherrschung verlor und sich selbst einen ausgab. »Und räum die Scherben weg, ehe die Gäste heute Abend ankommen«, fügte er hinzu und trat grinsend in den Hinterhof. Endlich lief mal wieder etwas nach Plan, und das fühlte sich verdammt gut an.

* * * * *

Ihr Arbeitsplatz am Fenster war wirklich ein Segen. Während draußen graue Wolken über den Himmel zogen, die sich mit dem Rauch aus den Schornsteinen vermischten, saß Vika in eine Decke eingewickelt am runden Tisch und malte. Gleich drei Söhne einer angesehenen Glasgower Familie waren in Flandern den Heldentod gestorben. »Du arbeitest jetzt für die Oberschicht«, hatte Christopher mit bedeutungsschwerer Miene gesagt und ihr ehrfürchtig die Fotos der Brüder übergeben. »Sie haben nicht mal nach dem Preis gefragt, stell dir das vor. Die Mutter sagte, dass sie von meinen Werken gehört hätte. Was sollen wir nur dafür verlangen?«

Vika war vor Freude fast zersprungen und hatte es kaum glauben können. Eines ihrer Gemälde würde bald in irgendeinem schicken Salon hängen. »Schlag einfach die Hälfte drauf, und schau, ob sie bereit sind, es zu bezahlen«, hatte sie vorgeschlagen. Dass Christopher Verkaufsgeschick besaß, war inzwischen mehr als deutlich. Er ging geradezu in seiner Rolle als armer, verwundeter Künstler auf, und es gelang ihm, ihr die Wünsche der Kunden besser zu erklären, als diese es vermutlich selbst gekonnt hätten. »Du solltest sehen, wie glücklich die Eltern stets sind, wenn sie die Bilder abholen. Komm doch einfach mal mit und halte dich im Hintergrund. Dann siehst du, was deine Werke bewirken«, hatte er ihr vorgeschlagen. Vielleicht würde sie am nächsten Samstag tatsächlich mitgehen und Mäuschen spielen. Vika betrachtete die Fotos erneut und seufzte. Drei Söhne in den Krieg zu schicken und jeden von ihnen zu verlieren war ein schreckliches Schicksal. Auch Mairead Dennon hatte ihre drei Jungen fortgehen gesehen. Keillan war vor einigen Monaten heimgekehrt, das hatte Shona ihr geschrieben und Vika hatte sich ehrlich für die Dennons gefreut. Allerdings fehlte von Ian jede Spur, obwohl er längst hätte auftauchen müssen. Shona wusste nicht, wo er steckte, und ihre Schwester hatte nicht erwähnt, ob Archie es tat. Aber Shona erwähnte Archie ja grundsätzlich nie.

Die Tür wurde aufgestoßen, und Arch stürmte, gefolgt von Brodi, ins Zimmer. Beide Burschen hatten rote Wangen von der kühlen Luft draußen. »Post für dich, Ma!«, rief ihr Sohn und überreichte ihr den Brief, ehe er neugierig das Bild begutachtete. Vermutlich wäre es besser für Arch gewesen, Tierzeichnungen zu sehen als Kriegsszenen, doch in der kleinen Wohnung gab es keine Möglichkeit, die Bilder so abzulegen und trocknen zu lassen, dass er sie nicht zu Gesicht bekam. Und ihre Arbeit sorgte immerhin für das Essen auf dem Tisch und die gute warme Hose, die sie ihm kürzlich für die kalten Monate gekauft hatte.

Er schmiegte sich an sie und reichte ihr den Brief. Ein Lächeln zuckte in Vikas Mundwinkeln und eilig riss sie den Umschlag auf. Schnell überflog sie die Zeilen.

»Ist der von Tante Shona?«, fragte Arch und sah sie erwartungsvoll an.

»Das ist er«, murmelte sie und las die Sätze ein zweites Mal. »Wer hätte das gedacht?«

»Was denn?« Er schob seinen Kopf über das Briefpapier, und Vika lachte auf. »Du kannst doch noch gar nicht lesen, mein Lauser.«

»Vielleicht ja doch?« Arch kniff die Augen zusammen und gab schließlich auf.

»Nächstes Jahr kommen wir in die Schule«, verkündete Brodi. »Dann lesen wir dir deine Briefe vor.«

»Das wäre ausgesprochen nett.« Vika wuschelte den Jungs nacheinander durch die Haare. »Und nun raus mit euch, genießt eure Freiheit noch etwas, ehe ihr die Schulbank drücken müsst.«

Ebenso laut, wie sie aufgetaucht waren, verschwanden sie wieder.

Sie faltete den Papierbogen zusammen und schob ihn in den Umschlag zurück. Shona unterrichtete einige Mädchen aus dem Ort im Schneidern, Vika konnte es kaum glauben. Wie war es nur dazu gekommen? Natürlich wusste sie um die Leidenschaft ihrer Schwester für Mode, und davon, dass Shona damals, vor endlos langer Zeit, gehofft hatte, irgendwann einmal eine gefeierte Designerin zu werden. Sie hatte von Paris geträumt, und Vika hatte nicht gewusst, was an Paris oder schönen Kleidern wichtig war. Und nun wurde dieser Traum ein klein wenig wahr. Wie sehr sie sich für ihre Schwester freute! Ganz sicher war das alles nicht einzig auf Shonas Mist gewachsen. Ihre Schwester hatte Hilfe von jemandem bekommen, der sich mit Geschäften auskannte. *Archie*. Vika legte beide Hände auf ihren Bauch und horchte in sich hinein. Tat es schon weniger weh, an ihn zu denken? *Kein bisschen*. Es war zum Verrücktwerden! War sie denn wirklich unfähig, sich ihre Gefühle für diesen Kerl abzugewöhnen? Natürlich half es nicht, dass es Archie allem Anschein nach gelungen war, ihre Schwester endlich zu einer anständigen Arbeit zu bewegen. Sie wusste, wie dickköpfig Shona bei diesem Thema war, und vor Freude über eine neue Chance für ihre Schwester brannte es in Vikas Augen. Wie gerne sie sehen würde, wie Shona den Mädchen das Schneidern beibrachte. »Da hast du zur Abwechslung mal was Gutes angestellt, Archie«, murmelte sie und spürte einen Tritt des Babys unter ihrer Handfläche.

Das letzte Drittel der Schwangerschaft setzte ihr mit jedem Tag mehr zu. Ihr Bauch war schon so dick wie damals nur Tage vor Archs Geburt. »Du solltest dringend weniger essen«, hatte Eileen gescherzt und sie einmal mehr gefragt, ob sie denn endlich bei der Hebamme gewesen sei. Vika drückte lächelnd an die Stelle, an der sie eben einen Fuß durch die Bauchdecke gespürt hatte. Dabei aß sie gar nicht so viel, um derart zuzunehmen. Oder vielleicht doch? Noch war etwas Zeit, um die Hebamme aufzusuchen, redete sie sich ein. Immerhin war es wichtiger, so viel Geld wie möglich zu verdienen, falls sie mit dem Säugling vorerst nicht so oft zum Malen kommen würde. Nun hatte sie endlich etwas gefunden, das sie konnte und das ihr und ihren Kindern ein Einkommen sichern würde. Auf keinen Fall würde sie einen ganzen Tag in der Warteschlange der Sozialfürsorge verbringen, die Frauen wie ihr eine kostenlose Untersuchung zur Verfügung stellte, wenn sie in dieser Zeit ein weiteres Gemälde fertigstellen konnte. Dies war nicht ihr erstes Kind und die Niederkunft mit Arch war zwar schrecklich schmerzhaft und anstrengend gewesen, aber eben auch komplikationslos. Kurz vor dem Geburtstermin würde sie sich bei einer Hebamme anmelden, die dann, wenn es an der Zeit wäre, hierherkommen würde, um das Baby zu holen. »Sei bitte ein Mädchen«, flüsterte Vika. Das Letzte, was sie brauchte, war ein Sohn, der aussah wie Archie Dennon. Eine weitere Erinnerung an den Mann, der sich in ihrem Herzen eingenistet hatte, war nicht notwendig.

Um sich von ihren Gedanken abzulenken, blickte Vika auf die Straße hinab. Arch und Brodi kickten sich eine verbeulte alte Dose zu und lachten ausgelassen. Nie war es ruhig in ihrer Straße. Stets rief oder schrie jemand etwas, und immerzu waren Menschen unterwegs. Die Männer, die gerade keine Arbeit hatten, lungerten an den Hausecken herum und tranken oft zu viel, Frauen trugen ihre kargen Einkäufe nach Hause oder scheuchten ihre Kinderschar über den Gehweg. Die Alten lehnten an den Fenstern, vielfach war das Treiben unter ihnen ihre einzige Unterhaltung. Oft riefen sie sich über die Häuserschluchten hinweg zu, was in ihren Familien gerade los war. Was die Enkel ausgefressen hatten oder ob der Sohn schon wieder arbeitslos war.

Vika schloss das Fenster und zog die Decke fester um sich. Um nicht zu viele Kohlen zu verbrauchen, legte sie sparsam nach. Das lange Sitzen am Tisch ließ ihre Hände und Füße regelmäßig zu Eisklumpen werden. Die Wände und Böden waren so oder so immer kalt, egal wie sehr man heizte. Und morgens fühlten sich die Bettdecken klamm an, und sie musste sich jeden Tag überwinden aufzustehen, um sich eilig anzuziehen, ehe sie anfeuerte und es wenigstens etwas wärmer wurde. So lange blieb Arch meist im Bett verkrochen und erzählte seine Abenteuergeschichten. Erst wenn der Haferbrei dampfte, krabbelte er heraus.

Vika rieb die Handflächen aneinander und griff wieder nach dem Pinsel. Bis zur Dämmerung wollte sie das gute Licht hier an der Scheibe noch für dieses so wichtige Bild nutzen. Wer wusste, ob der Auftrag dieser wohlhabenden Familie ihr weitere Arbeiten einbringen würde. Alles musste perfekt werden.

Es klopfte, und gleich darauf streckte Eileen den Kopf hinein.

»Komm rein!«, rief Vika und stand auf, während sie sich am Tisch abstützte. Ihr Rücken schmerzte, und sie massierte die schlimmste Stelle mit den Fingerknöcheln, während Eileen eintrat.

»Na, wie fühlst du dich heute?«, fragte diese und betrachtete den Tisch mit dem Gemälde.

»Mein Tag war bestimmt nicht annähernd so anstrengend wie deiner.« Ihre Freundin sah müde aus. Die Arbeit in der Wäscherei war selbst für eine so zupackende Frau wie Eileen auf Dauer eine Belastung. Seit Wochen schon beobachtete Vika, wie sie immer blasser wurde und auch hin und wieder hustete. Je kälter und ungemütlicher es draußen wurde, desto mehr setzte die schwüle Luft im Innern der Wäscherei den Frauen zu. Es war beinahe unmöglich, sich nicht zu erkälten.

»Ach was, ich bin es ja gewohnt. Schau mal, ich habe was für dich.« Eileen strahlte und öffnete einen Leinenbeutel, aus dem sie einen ovalen Kupfergegenstand herausnahm.

»Eine Bettflasche. Woher wusstest du, dass ich beim Malen so schnell kalte Füße bekomme?«

»Intuition«, gab Eileen lachend zurück. »Ich habe sie auf dem Heimweg im Schaufenster der Pfandleihe gesehen. War ein richtiges Schnäppchen, ich musste sie einfach kaufen.«

Vika lief zu ihrer Handtasche, die an der Schranktür hing. »Warte, ich gebe dir gleich das Geld dafür.« Wie wunderbar eine Bettflasche wäre. Sie freute sich, wie schon seit langem nicht mehr.

»Lass nur. Es war wirklich nicht viel und soll ein Geschenk sein. Dafür, dass mein Mann so glücklich ist wie selten zuvor, weil du ihm eine neue Aufgabe gegeben hast und er sich endlich wieder nützlich fühlt. Und das Extrageld hilft, damit wir etwas zurücklegen können. Vielleicht werden wir ja so irgendwann umziehen können. Ich habe allmählich genug von der Stadt.«

Vika steckte die Börse wieder zurück. »Also gut. Aber dafür koche ich am Sonntag für alle.«

»Das klingt herrlich.« Eileen sank auf die Matratze und rieb sich die Waden. »Ich habe vor, mich am Sonntag nicht zu rühren.« Der Knoten, zu dem Eileen ihre braunen Haare jeden Morgen aufsteckte, war nach dem langen Tag etwas aus der Form geraten. Eileens leicht ausgezehrtes Gesicht zeugte von den harten Jahren, die hinter ihr lagen. Vom Leben in den Gorbals. Wie sehr sie ihrer Freundin wünschte, dass ihr eines Tages ein leichteres Schicksal beschert sein würde.

Vika musste lachen. »Das will ich sehen. Du kannst es ja doch nicht lassen und wirst am Ende das Zimmer putzen oder dir sonst was einfallen lassen.«

»Diese Woche nicht«, beteuerte Eileen mit ernster Miene. Vielleicht stehe ich morgens ja auch einfach nicht auf, sondern bleibe den ganzen Tag liegen?«

»Das klingt nach einem ausgezeichneten Plan. Und ich bringe dir dann das Essen ans Bett. So, wie es die Hausmädchen bei den reichen Leuten tun.« Vika schraubte den Verschluss der Bettflasche auf, füllte vorsichtig etwas Wasser aus dem Krug ein und schob sie dann in die Ofenklappe. In nicht einmal einer halben Stunde würde sie herrlich warme Füße haben.

»Ich gehe dann besser mal rüber und sehe nach dem Rechten.« Mit einem Stöhnen stand Eileen auf. »Ich habe unsere Jungs draußen dabei erwischt, wie sie zwei Mädchen Asseln in den Blusenkragen gesteckt haben.« Sie lachte. »Na, jedenfalls habe ich ihnen gesagt, dass sie in ein paar Minuten reinkommen sollen. Es dämmert bereits.«

»Das war gut. Dann werde ich mich auch ans Kochen machen.«

Eileen musste sich vorbeugen, um Vika trotz ihres Bauches zu umarmen. »Ich könnte schwören, dein Baby wird schon nächste Woche geboren. Und du hast dich mit dem Termin auch wirklich nicht verrechnet?«

»Die Rechnung stimmt, ganz sicher. Es dauert noch eine Weile.«

»Dann wird es wohl ein ziemlich großes Kind.« Ihre Freundin zuckte mit den Schultern. »Darum beneide ich dich nicht.«

»Sieh zu, dass du zu deiner Familie kommst, ehe du mir noch Angst vor der Niederkunft machst.« Lachend schob Vika sie zur Tür. »Und danke noch mal für die Bettflasche.«

»Schon gut, ein Geschenk unter Freunden«, sagte Eileen und hauchte ihr kichernd einen Kuss zu, ehe sie die Tür schloss.

Freunde. Wie dankbar Vika für den Anschluss war, den sie hier in Glasgow gefunden hatte. Ohne die Torrys wäre ihr nur das Armenhaus oder ein Heim für unverheiratete Mütter und Babys geblieben – doch was wäre dann mit Arch geschehen? Vika wollte gar nicht darüber nachdenken. Jetzt gerade sah endlich alles gut aus für ihre kleine Familie.

* * * * *

Archie lehnte in der offenen Tür und beobachtete das Treiben im Schulraum. Sieben Mädchen saßen an den Nähmaschinen oder schnitten Stoffe zu. Shona eilte mit einem Lächeln auf den Lippen von einem Pult zum nächsten, erklärte hier etwas, half dort nach und schien ganz in ihrem Element zu sein. An einer Kleiderstange hingen die ersten fertigen Hosen. Shona hatte einen Schnitt entworfen, der es mithilfe von Knöpfen ermöglichte, die gekürzten Hosenbeine auf jede beliebige Länge einzustellen. Es war geschickt, das musste Archie zugeben. So etwas hatte er bisher nirgends gesehen.

»Es läuft ganz gut, würde ich sagen. Ich bin ehrlich froh darüber«, hörte er eine leise Stimme hinter sich.

Archie sah über die Schulter in die scheuen Augen von Miss Porter. »Vielleicht müssen Sie dann bald nicht mehr die Anstandsdame spielen«, brummte er. Wie sehr es ihn ärgerte, dass die Eltern Shona so viel Misstrauen entgegenbrachten, wenn es um ihre Töchter ging. »Man könnte meinen, ich hätte vorgeschlagen, Bardamen aus den Mädchen zu machen«, murmelte er.

Ein Kichern zeigte ihm, dass die unscheinbare Lehrerin zu seiner Überraschung über Humor zu verfügen schien. »Nicht mehr lange. Ich habe den Müttern heute Morgen gesagt, dass Miss Fairbairn mein vollstes Vertrauen genießt und mir schlicht die Zeit fehlt, hier jeden Samstag und Mittwoch aufzupassen. Immerhin habe ich Unterricht vorzubereiten und Klassenarbeiten zu kontrollieren. Und auch, wenn die Leute es nicht glauben möchten, so haben selbst Lehrerinnen gerne etwas Freizeit.«

»Davon gehe ich aus.« Archie nickte ihr zu. »Ich schulde Ihnen meinen Dank dafür, dass Sie diese Idee hier unterstützen.«

Miss Porter ließ ihren Blick über die Mädchen im Raum schweifen. »Sie haben mir einen Teil meiner Schülerinnen zurückgebracht. Ich hatte diese Mädchen schon verloren geglaubt. Sie schulden mir ganz sicher nichts, Mr. Dennon. Es bereitet mir große Freude, die Fortschritte der jungen Damen zu beobachten. Einige nähen schon jetzt besser, als ich es wohl je könnte. Und sie arbeiten täglich abends daheim weiter und üben ihre Stiche. Sie sind Feuer und Flamme, und es ist eine wahre Freude, das zu sehen.«

»In Miss Fairbairn steckt wohl ebenfalls eine Lehrerin«, murmelte Archie.

»Das tut es ohne Frage. Und sehen Sie nur, wie viel Freude sie am Unterrichten hat. Ein Naturtalent, wenn Sie mich fragen.«

»Mir scheint, die Zukunft der Frauen in diesem Ort sieht dank zweier wunderbarer Lehrerinnen deutlich erfolgversprechender aus als zuvor.«

»Man könnte fast meinen, Sie seien charmant, Mr. Dennon«, sagte Miss Porter leise und sah angestrengt von ihm weg.

Archie lachte tief auf. »Hin und wieder habe ich einen guten Moment. Aber lassen Sie sich davon nicht täuschen: Ein Teil der Gerüchte, die Sie über mich gehört haben, stimmen.« Er wandte sich um und wollte hinausgehen, als er Connor entdeckte, der mit den Händen in der Hosentasche auf der Treppe des Schulhauses stand und ihn angrinste.

»Was ist?« Archie stapfte an ihm vorbei.

»Ich bin ja eigentlich gekommen, um einen Blick auf Shona als Lehrerin zu werfen.« Connor folgte ihm über die Straße. »Aber was ich stattdessen gesehen habe, gleicht einem Wunder.«

Ein lautes Lachen war zu hören, und Archie drehte sich zu seinem Freund um. »Was?«

»Du hast mit Miss Porter geflirtet.«

»Das habe ich nicht«, knurrte Archie. »Ich wollte nur zur Abwechslung einmal nett sein. Die Frau hatte noch kürzlich eine Heidenangst vor mir, und das hat mich gestört.«

»Du hast ihr die Schamesröte ins Gesicht getrieben«, hielt Connor dagegen.

»Wird daran liegen, dass die alte Jungfer es nicht gewohnt ist, Komplimente zu hören. Rede doch mal mit Bonnie, vielleicht kann sie die arme Frau mit einem der Heimkehrer verkuppeln. Das sollte meiner Schwester gefallen, so wie ich sie kenne.« Sie gingen zum Pub, und er blickte die Straße entlang. Samstags war immerhin etwas mehr Betrieb im Ort, und Archie hoffte auf gute Umsätze am Abend.

»Lehrerinnen dürfen nicht heiraten«, brummte Connor. »Wenn sie es tun, dann müssen sie die Arbeit aufgeben. Es ist ihnen noch nicht einmal erlaubt, mit einem Mann alleine einen Ausflug zu machen. Alles, was irgendwie als unziemlich erachtet werden könnte, ist verboten.«

»Ach, ist das so?« Archie zog die Brauen hoch. »Dann wird das wohl eine Herausforderung mit dem Verkuppeln.«

»Rauchen ist ebenfalls verboten. Und ihre Röcke dürfen nicht höher als zwei Inch über dem Knöchel enden.« Sein Freund nickte ernst.

»Woher weißt du das denn alles nur?« Archie stieß die Tür auf und betrat den Schankraum, der nicht annähernd so gründlich geputzt war wie üblich. Selbst die Gläser vom Vorabend standen noch auf den Tischen.

»Stand kürzlich in der Zeitung.« Connor sah sich um. »Sieht ja aus wie im Schweinestall hier.«

»Ich habe jetzt mein eigenes Unternehmen und kann daher nicht mehr das Hausmädchen für dich spielen«, äffte Archie Shonas Stimme nach und wiederholte die Worte, die sie ihm vor ein paar Tagen an den Kopf geworfen hatte, als er sie auf das Chaos hier hingewiesen hatte. Archie hatte sich auf die Zunge beißen müssen, um nicht zu antworten, dass sie dann von jetzt an vermutlich auch Miete zahlen würde. Natürlich würde er sie niemals darum bitten. Seufzend sah er sich um. »Ich fürchte, ich habe ein Problem.«

»Keillan schmeißt doch jetzt abends den Laden. Soll er sich drum kümmern.« Connor zwinkerte ihm zu.

Allem Anschein nach würden sein Bruder und Connor in diesem Leben keine besten Freunde mehr werden. Zwar hatten sie sich etwas angenähert, doch Keillan schien Connors Vergangenheit einfach nicht ignorieren zu können, und sein Freund spürte diesen Umstand genau. »Passt eine Lehrerin nicht perfekt zu Keillan?«, überlegte Archie laut, während er sich mehrere leere Gläser schnappte und sie in die Küche trug.

Connor folgte ihm mit weiteren und beobachtete, wie Archie ein Stück Seife in die Spülwanne warf und Wasser pumpte. »Miss Porter muss ihren Job aufgeben, wenn sie heiratet. Warum auch immer. Aber dann müssten Keillan und sie von dem leben, was sein Zapfen hier abends einbringt, und ich kann mir kaum vorstellen, dass das besonders viel ist.« Connor krempelte die Ärmel hoch und schob ihn zur Seite. »Wie zum Teufel willst du mit einer Hand vernünftig spülen?«

Archie lehnte sich an die Wand und verbat sich zu grinsen, hatte er sich doch genau diese Reaktion erhofft.

»Warum willst du Miss Porter denn überhaupt unter die Haube bringen? Lass die arme Frau um Himmels willen in Ruhe, sie hat dir doch nichts getan.« Connor schrubbte mit der Spülbürste und stellte die nassen Gläser auf das Abtropfgestell.

»Mir geht's doch nicht um Miss Porter. Aber Keillan überlegt noch immer, ob er nicht doch zu den Royal Scots zurückgehen soll.«

Connor hielt inne. »Und du willst nicht, dass er das tut, und hoffst, dass eine Frau ihn davon abhalten würde.«

»Wäre nicht der erste Mann, der einer Frau zuliebe vernünftig wird.«

Connor lachte gedämpft. »Keillan scheint mir sehr vernünftig zu sein, jedenfalls deutlich mehr als du und ich.«

»Wenn es vernünftig sein soll, seinen Arsch erneut ans Militär zu verkaufen, dann bin ich es lieber nicht. Unsere Familie hat ihn gerade erst wiederbekommen, und wir haben keine Ahnung, wo Ian sich herumtreibt. Es würde Ma das Herz brechen, wenn Keillan erneut geht. Es gibt nach wie vor genug Krisenherde, zu denen die Royal Scots beordert werden. Am Ende landet er weiß Gott wo. Das erste Bataillon wurde gerade für Garnisonsaufgaben nach Burma geschickt. In Scheißirland wird es immer ungemütlicher, und die Kameraden sollen dort helfen. Da brennt es bald, das sage ich dir.«

Connor nickte und tauchte ein weiteres Glas in die Wanne. »Dann sag Keillan das doch so.«

»Aber er langweilt sich. Keillan ist zu begabt, um abends hinter der Theke zu stehen und darin seine Erfüllung zu finden. Er hat schon als Kind davon geträumt zu studieren und dafür gespart. Als er endlich was zur Seite gelegt hatte, kam der beschissene Krieg, und wir haben beide all unsere Ersparnisse an einem sicheren Ort hinterlegt, damit die Familie versorgt ist. Und Blaire hat am Ende alles in die Destillerie gesteckt. Ob Keillan es will oder nicht, eigentlich gehört ihm also längst ein Teil vom Dennon-Whisky.« Seinem Bruder war kein Wort der Beschwerde über die Lippen gekommen, dass sein sauer verdientes Geld nicht mehr in dem Versteck in der Scheune lag. Manchmal war Keillan einfach zu beschissen gut.

»Dann gib ihm eine Aufgabe. Dir fällt doch sonst auch immer was ein. Und wenn alle Stricke reißen, dann verkuppeln wir ihn halt doch mit dieser Lehrerin.«

Archie stöhnte. »Ich lasse mir was einfallen. Aber so lange werde ich wohl die Tische putzen. Jedenfalls sofern ich die Lappen finde.«

Connors Lachen folgte ihm zurück in den Schankraum. Einen Moment lang sah Archie sich um und versuchte, sich daran zu erinnern, wie Vika hier einst herumgewirbelt und Arch stets lautstark die Treppe hinuntergetrampelt war. Und nun war tagsüber kaum ein Geräusch zu vernehmen. Es war so verflucht still. Nur Bobbies Schnarchen war zu hören. Ohne den Jungen, der ihn regelmäßig über die Felder jagte, war der Hund noch phlegmatischer als zuvor geworden. Manchmal vergaß Archie sogar fast, dass sie das Tier hatten, bis Bobby gegen Abend auf sich aufmerksam machte und nach Fressen verlangte.

Sogar Shona saß nicht mehr wie üblich am Tresen, um zu rauchen und gelangweilt in der Zeitung zu blättern. Alles war anders geworden. Und nun putzten Connor und er, anstatt ein Ale zu trinken und über ihr Leben zu sinnieren. Die Zeiten änderten sich eindeutig. Shona baute ihr eigenes kleines Unternehmen auf, und er war für das Geschirr zuständig. »Willkommen in der Zukunft«, brummte Archie und suchte hinter dem Tresen nach den Wischtüchern.

Archie stand auf, schob einige Papiere zur Seite, bis er endlich die Zigaretten fand. Er zündete sich eine an und öffnete die Bürotür. Stimmengewirr drang aus dem Schankraum und sein Blick fiel auf Keillan, der mit einem Spültuch über der Schulter an der Wand lehnte und in einer Zeitung las. Zu seinen Füßen lag Bobby und schnarchte, während sein Bruder mit dem Fuß über dessen Bauch rieb.

Archie schüttelte den Kopf und ging auf ihn zu.

»Schau an, du lässt dich auch mal blicken«, empfing Keillan ihn, lächelte aber gleich darauf versöhnlich. »Schließt dich schon den ganzen Abend da hinten ein.« Mit dem Kopf deutete er zum Büro.

»Ja, was das angeht«, Archie rieb sich über den Nacken, »ich könnte wohl deine Hilfe gebrauchen.«

»Sag nicht, die Buchhaltung«, brummte Keillan.

»Die Buchhaltung«, antwortete Archie. »Ich steige da einfach nicht durch. Und dann gleich zwei verdammte Bücher, das ist kaum zu schaffen.«

»Ich schaue es mir nur kurz an. Mehr nicht.« Keillan schleuderte die Zeitung auf die Ablage und ging los.

Archie folgte ihm eilig nach hinten.

»Kein Wunder, dass du in diesem Chaos nichts zustande bringst.« Mit den Händen am Gürtel sah sein älterer Bruder sich um. »Hast du wenigstens alles nach Ein- und Ausgaben sortiert?«

»Ist alles auf einem Stapel«, murmelte Archie.

»Und wo?«

»Na da.« Er deutete auf den Schreibtisch, der unter einem Papierberg unterzugehen schien.

»Ach, Archie. Du bist wirklich ein Chaot«, seufzte Keillan und setzte sich. Er zog ein Papier heraus und las, was darauf stand.

»Ich könnte die Theke übernehmen, wenn du hier …« Archie zog eine Augenbraue hoch.

»Schon gut, mach, dass du rauskommst. Ich werde mir das hier mal ansehen.«

Schnell, ehe Keillan es sich anders überlegen konnte, schloss Archie die Tür und spazierte zurück. Connor sah ihn fragend von einem der Tische an, an dem sein Freund mit einigen Männern Karten spielte. Archie zwinkerte ihm zu, beugte sich hinunter um Bobby hinter den Ohren zu kraulen und grinste in sich hinein.

Archie schloss die Tür ab und löschte alle Lichter bis auf eines. Es musste beinahe Mitternacht sein, und noch immer war Keillan nicht herausgekommen. Und so klopfte er an seiner eigenen Bürotür an.

»Komm rein«, drang Keillans Stimme durch das Holz.

Archie öffnete und stieß einen Pfiff aus. Nichts erinnerte mehr an das Durcheinander, das hier noch vor Stunden geherrscht hatte. Die Papiere lagen fein säuberlich aufgereiht in verschiedenen Stapeln, und sein Bruder kritzelte in das kürzlich von Archie angeschafftes Kassenbuch. Wortlos setzte er sich gegenüber vom Schreibtisch hin und wartete ab.

Endlich sah Keillan ihn an. »Du hast wirklich keine Ahnung von all dem hier. Und das, obwohl ich dir gesagt habe, dass du dich damit auseinandersetzen sollst.«

Archie zuckte mit den Schultern. »Ist nicht so mein Ding, Geschäfte auf Papier festzuhalten.«

»Und doch machst du hervorragende Deals.« Keillans Lippen verzogen sich zu einem Grinsen, das für seinen Bruder untypisch war. »Du und Blaire, ihr versteht was von dieser Destillerie-Sache, das muss ich euch lassen. Es ist beachtlich, wie schnell ihr Profit herausschlagen konntet.«

»Das habe ich dir doch gesagt.«

»Und dann sind da all die Männer und Jungen aus dem

Ort, die ihr deinen Schmierzetteln hier nach regelmäßig für ihre Hilfe bezahlt.« Einen Moment lang starrte Keillan auf das lederne Buch vor ihm, und Archie hatte keine Ahnung, was sein Bruder darin las. Keillan sah wieder auf. »Ihr macht ein kleines Vermögen und unterstützt damit den Ort, anstatt es euch in die eigene Tasche zu schaufeln. Also alles davon, meine ich.«

»Das war der Plan. Blaire und ich hatten dir davon erzählt.«

»Ja, schon.« Sein Bruder schüttelte den Kopf. »Ich dachte, ihr übertreibt, als ihr von euren hochtrabenden Plänen berichtet habt. Aber was ich hier heute Abend gesehen habe, spricht eine eindeutige Sprache.«

»Und die wäre?« Archie lehnte sich nach vorne auf sein Knie und blitze Keillan an.

»Du machst mit Verbrechern Geschäfte und planst, Schmuggler zu werden. Und unsere Schwester ist allem Anschein nach die verdammte Whiskyprinzessin von Haddingtonshire.«

»Und irgendwann von ganz Schottland, wenn es nach Blaire geht«, warf Archie ein, ehe er auf Keillans strengen Blick hin die Lippen aufeinanderpresste.

»Vermutlich war immer klar, dass ihr beiden kein normales Leben führen werdet.«

»Das nehme ich auch an.«

»Dafür ist Shona dank dieses Gekritzels«, Keillan hob das Blatt Papier hoch, auf dem in wenigen Sätzen der Kredit, den er Shona in Form der Nähmaschinen und Stoffrollen gegeben hatte, zusammengefasst war, »bald eine Frau mit einer vielversprechenden Zukunft.«

»Das will ich doch hoffen, immerhin haben mir die Lads

für sie Verkaufsfläche in einem der besten Kaufhäuser in Edinburgh besorgt.«

»Womit wir wieder beim Thema wären«, seufzte Keillan. »Deine Verbindung zu diesen Leuten gefällt mir überhaupt nicht, aber sie ist ziemlich ertragreich, wenn ich mir die Zahlen ansehe, die ich eben addiert habe.«

Archie verkniff sich einen Kommentar, dass er das längst wusste, und sah seinen Bruder aufmerksam an.

»Ich erkenne, was ihr vorhabt, und bin bereit, euch vorerst zu unterstützen. Du hast deine Finger in so vielen Dingen, dass du über kurz oder lang die Übersicht verlieren wirst, wenn nicht über alles genau Buch geführt wird. Und mir kam da eine Idee, wie wir die Grundversorgung der Leute hier sichern können, so dass auch die armen Familien zumindest genug Brot haben. Die Inflation steigt vermutlich weiter, selbst wenn der Aufschwung kommen sollte. Und dann wird es für die Ärmsten noch schwieriger.«

»Ich werde mir deine Vorschläge gerne anhören. Also willst du unser Buchhalter sein?«

»Vorerst. Bis du das selbst vernünftig hinbekommst. Ich werde dir alles erklären.«

»Du kommst auf die Gehaltsliste. Der Plan war immer, dir und Ian nach dem Krieg einen Job zu sichern.«

Keillan verschränkte die Arme. »Ich werde kein Geld dafür nehmen. Es geht gegen mein Verständnis von richtig und falsch, Geld anzunehmen, das durch Geschäfte mit Verbrechern gemacht wird. Und ich denke noch über die Sache mit den Royal Scots nach.«

»Natürlich, nimm dir die Zeit, die du brauchst. Und so lange gehörst du nun zur Dennon-Destillerie.«

Nach überschwänglicher Freude sah Keillans Miene nicht

gerade aus, doch Archie wusste nur zu gut, wie schwer es seinem Bruder fiel, sich nach Jahren im Einsatz wieder an einen Alltag zu gewöhnen. Und dass so einiges hier nicht zu Keillans Werten passte, war ihm von Anfang an klar gewesen. Dennoch hoffte er, dass die neue Aufgabe ihm den Halt geben würde, nach dem sich jeder von ihnen sehnte. Archie griff an die Türklinke. »Wie denkst du eigentlich über Lehrerinnen?«

»Lehrerinnen?«, murmelte Keillan abwesend, der schon wieder einen Zettel in der Hand hielt und die Stirn runzelte.

»Lass gut sein. Ist nicht wichtig.« Archie schlurfte gähnend hinüber in sein Schlafzimmer und zog das Hemd aus. Blaire und er hatten gerade einen äußerst begabten Mitarbeiter gewonnen. Und wenn alles nach Plan lief, würde Keillan den Kilt der Royal Scots für immer an den Nagel hängen. Ihn in Miss Porters Richtung zu schubsen, konnte als Absicherung jedoch nicht verkehrt sein. Vielleicht gelang es Archie ja, Bonnie einen Flo ins Ohr zu setzen, damit sie sich dieser Sache annahm. Zur Abwechslung einmal mit sich selbst zufrieden, ließ Archie sich auf die Matratze fallen und schlief umgehend ein.

Kapitel 17

Der November brachte den üblichen Nebel mit sich. Wie eine undurchdringliche Wand baute er sich jenseits der Häuser auf, kaum dass man den Ort verließ. Ein feuchter Film überzog Archies Haut, als er sein Pferd auf dem Weg zum Cottage antrieb. In der Destillerie lief alles nach Plan, er hatte genug Vorräte für Blaire besorgt; Shona brütete jeden Tag über irgendwelchen Schnittmustern, die sie für die sieben Mädchen vorbereitete, welche sich zuverlässig zweimal die Woche zu ihrem Unterricht einfanden; und Keillan übernahm die Buchhaltung. Noch immer hatte sich sein Bruder nicht entschieden, ob er doch zurück zu den Royal Scots wollte. Archie verzichtete darauf nachzufragen, da er wusste, wie schwer es war, sich nach so langer Zeit wieder mit dem eigenen Leben zu befassen. Keillan hatte dafür gesorgt, dass Maireads Kartoffelkeller zum Bersten gefüllt war. Sein Bruder hatte sich geradezu auf die Arbeit im Gemüsegarten gestürzt und diesen sogar vergrößert. Er war kaum daheim gewesen, da hatte er, eigentlich Wochen zu spät, noch einmal Knollen nachgesetzt. »Der Krieg ist rum«, hatte Archie all die Arbeit kommentiert, die Keillan in den Kartoffelanbau gesteckt hatte. »Wir können wieder zusätzliche Lebensmittel einkaufen, wenn unsere Vorräte nicht ausreichen.« »Man kann nie wissen«, hatte Keillan mit einem Zwinkern gesagt, und Archie hatte ihn verstanden. Auch er traute dem Frieden nicht gänzlich. Die Kartoffeln waren tatsächlich noch rechtzeitig erntebereit gewesen. Vermutlich würde Mairead das, was übrig blieb, unter den ärmeren Familien verteilen.

Der einzige Laut, der zu hören war, waren die Hufschläge seines Wallachs. Der Nebel schien ansonsten jedes Geräusch zu verschlucken, genau wie die Sonne. Er konnte den Weg vor sich nur um wenige Pferdelängen erkennen, doch er hätte auch mit geschlossenen Augen nach Hause gefunden, und das Pferd ohnehin. Selten hatte Archie das Gefühl, so mit sich alleine zu sein, wie in diesem Moment. Der Dunst schien ihn geradezu von der restlichen Welt abzuschneiden. Und damit auch von der Ablenkung, die der Alltag ihm sonst bot. Wie es Vika und Arch wohl ging? So lange waren sie schon fort, dass er sogar aufgehört hatte, sich einzubilden, er würde Archs Lachen hier und da im Pub hören. Gut möglich, dass der Bursche ihn längst vergessen hatte. Vielleicht wäre es besser so. Archie presste die Zähne aufeinander. Der Junge, der beinahe wie ein Sohn für ihn gewesen war, sollte nicht leiden. Arch sollte lachen, sich Streiche ausdenken und nach und nach zum Mann heranreifen. Vermutlich wäre Archie in der Tat ein schlechtes Vorbild gewesen, gestand er sich ein und zog sich die Kappe ein wenig tiefer in die Stirn. Nur in Schottland konnte man ohne Regen nass werden, doch das Wetter passte zu seiner Gemütslage. Auch wenn er endlich den Durst auf Hochprozentiges hinter sich gelassen hatte, machten ihm andere Dinge zu schaffen. Das Gefühl, erneut einen Teil von sich verloren zu haben, ließ ihn nicht los. Es war schon einmal passiert, damals an der Front. Stück für Stück war er weniger er selbst geworden. Und jetzt, da die weg waren, die ihm so viel bedeuteten, geschah es erneut. Ihm war, als hätte Vika seine Seele mit sich genommen. So eng, wie sie miteinander verbunden gewesen waren, obwohl er es sich nicht hatte eingestehen wollen, erschien es ihm unmöglich, jemals wieder zu dem Mann zu werden, der er einst gewesen war. Der junge Mann, der einst rauchend am Tresen gesessen hatte, nur um eine wunderhübsche junge Frau noch etwas länger beobachten zu können, existierte nicht mehr. Aber Vika war es irgendwie gelungen, einen kleinen Teil davon herauszukitzeln. Und dieser war nun erneut verlorengegangen, auch wenn Archie sich besser unter Kontrolle hatte.

Der Wallach verringerte die Geschwindigkeit und lief, ohne dass Archie ihn dahin gelenkt hatte, zum Scheunentor. Er stieg ab, führte das Pferd in die freie Box und gab ihm einen kleinen Haufen Heu.

»Archie?«

Er drehte sich um und sah Bonnies roten Haarschopf hinter der Kuh hervorlugen. Rasch ging er hinüber und fand sie auf dem Melkschemel sitzend vor, während sie die Zitzen des Tieres umfasste. Die Milch spritzte in kräftigen Schüben in den Zinkeimer.

»Ist das nicht Blaires Aufgabe?«, brummte er.

»Die ist schon im Morgengrauen Richtung Kapelle verschwunden. Wenn ich heute irgendwann Milch in den Tee haben möchte, muss ich eben selbst melken.« Bonnie lächelte. »Aber eigentlich genieße ich die Ruhe hier im Stall. Bald werden die ersten Patienten kommen, und dann werde ich vor Sonnenuntergang nicht mehr sitzen können.« Bonnie inspizierte die Milchmenge im Eimer, nickte zufrieden und stand auf. Ihre Bluse spannte über der Wölbung ihres Bauches und zum ersten Mal fand Archie es schön, sie so zu sehen. Er stützte den Arm an der Kuh ab und rieb über das kurze Fell. »Ich muss gerade daran denken, wie wir drei älteren Geschwister dich zum ersten Mal gesehen haben. Du sahst aus wie dein Vater und kein bisschen wie wir, und es fiel mir schwer, wirklich zu verstehen, dass du dennoch unsere Schwester warst. Du hast rosa und zerknittert ausgesehen und auf deinem Kopf war kurzer roter Flaum. Und dann hat Ma dich einem jeden von uns nacheinander in den Arm gelegt. Als ich an der Reihe war, hast du deine Augen geöffnet und mich angesehen. Von dem Moment an wusste ich, dass ich immer auf dich aufpassen würde. Und dann habe ich es damit wohl übertrieben.«

Bonnie lachte hell und warf ihm einen warmen Blick zu. »Manchmal warst du ein guter Bruder. Ich habe schöne Erinnerungen mit dir.«

»Ich hab mich noch immer nicht an den Gedanken gewöhnt, dass du bald Mutter wirst«, sagte er und betrachtete das leuchtende Gesicht seiner Schwester. »Das ging wohl etwas zu schnell für mich.«

»Das sind eben die Folgen, wenn man sich liebt.« Bonnies Wangen wurden so rot wie am Tag ihrer Geburt. Sie hängte sich den Henkel des Eimers über den Unterarm und hakte sich bei ihm ein. »Was machst du überhaupt hier?«

»Ich hatte etwas Zeit und wollte nach Ma sehen«, antwortete Archie gedankenverloren, während Bonnie ihn zum Tor zog. »Komm doch erst zu uns, Connor wird sich über Gesellschaft freuen. Er versucht eine Wiege zu schreinern, und ich fürchte, sie wird ähnlich krumm wie sämtliche anderen Möbel, an die er sich bisher gewagt hat. Aber er will sich nicht von Keillan helfen lassen.« Sie seufzte. »Der kann doch so gut mit Holz umgehen. Sicherlich würde er eine wunderschöne Wiege hinbekommen.«

Ruckartig blieb Archie stehen. »Was hast du eben gesagt?«

»Dass dein bester Freund ein mieser Schreiner ist. Aber das bleibt natürlich unter uns.«

Archie kniff die Augen zusammen. »Nicht das, sondern das mit den Folgen, wenn man sich liebt.«

Bonnie ließ von ihm ab. »Du weißt genau, was ich ausdrücken wollte, nun hör schon auf, mich aufzuziehen. Es wäre wohl unangemessen, vor meinem Bruder über dieses Thema zu sprechen.«

Archie griff nach ihren Händen und sah sie eindringlich an. »Shona hatte auch so etwas gesagt vor Monaten. Ich habe damals nicht weiter darüber nachgedacht. Ich weiß auch nicht …« Er stockte. »Wie zum Teufel hat sie das gemeint?«

»Was ist denn nun in dich gefahren?« Bonnie entwand ihre Hände aus seinem Griff. »Wirst du etwa krank?« Sie tastete seine Stirn ab. »Du bist eiskalt. Bestimmt hast du dich verkühlt.«

Alles im Leben hat Folgen, Archie. Auch sich zu lieben. Klar und deutlich hörte er Shonas Stimme in seinen Gedanken. »Scheiße«, entfuhr es ihm. Ruckartig drehte er sich um und stürzte zu seinem Wallach.

»Archie, nun warte doch!«, rief Bonnie und stellte sich ihm in den Weg.

»Mach das Tor auf, ich muss sofort zurück in den Pub«, brüllte er.

Seine Schwester tat eilig, wie ihr geheißen wurde, und er schwang sich in den Sattel. Er presste die Waden in die Flanken des Pferdes, und es galoppierte aus dem Stand los. Archie zog den Kopf ein, und schon waren sie durch das Tor und auf dem Weg nach Foxgirth. Er würde Shona umbringen, wenn er mit seiner Vermutung richtig lag. Wie hatte sie ihm *das* nur verheimlichen können?

Mit donnernden Hufen erreichte er endlich die Hauptstraße und sprang ab, ehe das Pferd angehalten hatte. Ohne sich damit aufzuhalten, es anzubinden, eilte er die Stufen zum Pub hinauf und warf die Tür auf, die klirrend gegen die Wand stieß.

Shona stand über einen der Tische gebeugt, eine Schere in der Hand, mit der sie einen Stoffballen zerteilte, und sah ihn mit geweiteten Augen an. »Ist etwas geschehen?«

»Das werde ich gleich herausfinden.« Mit schweren Schritten stapfte er auf sie zu, nahm ihr die Schere aus der Hand und knallte sie auf die Tischplatte.

»Hast du wieder getrunken?«, zischte Shona.

»Ich habe seit Monaten keinen Tropfen angerührt. Vermutlich wäre ich schon eher darauf gekommen, wenn ich damals nicht so viel gesoffen hätte«, knurrte er.

Sie runzelte die Stirn. »Was meinst du?«

»Alles im Leben hat Folgen. Auch sich zu lieben«, brummte er. »Sag mir bitte, dass ich Vika nicht in Schwierigkeiten gebracht habe.«

Wie vom Blitz getroffen starrte Shona ihn an.

»Gottverdammt!« Archie zog die Kappe ab, warf sie auf den Tisch und fuhr sich durch die Haare. »Sie ist also …?«

Shona schnappte nach Luft. »Ich darf dir nichts sagen. Und ich habe es dir auch nicht gesagt. Wie hast du das nur herausgefunden?«

»Bonnie hat eben etwas ganz Ähnliches über ihren Zustand gesagt.« Sein Blick wanderte hinter den Tresen zum Wandregal voller Flaschen. Wie sehr er etwas trinken wollte, um seine Nerven zu beruhigen! »Was mache ich denn jetzt nur?«

Shona sank auf einen Stuhl und stützte den Kopf in die Hände.

Archie zwang sich, vom Whisky wegzusehen, setzte sich ebenfalls und zog mit zitternden Fingern die Dose mit den Zigaretten aus der Innentasche. »Wird Zeit, dass du redest, Shona. Gab nie ’nen besseren Moment dafür.«

Archie parkte die Kutsche an der Straßenecke und zog den Zettel mit der Adresse aus der Jackentasche. Hier musste es irgendwo sein. Vika war zurück in den verfluchten Gorbals. War das zu fassen? Sie hatte so sehr von ihm weggewollt, dass sie in die Gegend heimgekehrt war, in der Shona und sie so schwere Jahre verbracht hatten. Er drohte in diesem Moment von Selbsthass zerfressen zu werden und musste sich zusammenreißen, um sich auf das zu konzentrieren, was jetzt wichtig war. Und das war nicht er.

»Hey, du da!« Mit einer Handbewegung forderte er einen Burschen auf, näher zu kommen. Archie reichte ihm den Zettel.

»Ist gleich da drüben, Sir.« Er zeigte auf ein Gebäude etwas weiter die Straße hinunter.

»Danke.« Archie schnippte ihm eine Münze zu, woraufhin der Bursche ein »Jederzeit wieder!« nuschelte, ehe er weiterging.

Archie atmete tief ein und sah sich um. Diese Ecke von Glasgow roch ebenso unerträglich wie die Straßen der Edinburgh Lads. Wie trüb ein Leben hier sein musste. Zum ersten Mal begriff er wirklich, warum Connor die Stadt inzwischen derart verabscheute. Aber um das zu verstehen, war es erst nötig gewesen, dass seine Liebsten inmitten von Unrat und rußgeschwängerter Luft lebten. »Wie konntest du euch das nur antun«, murmelte Archie und stieg von der Kutsche. Doch er wusste längst, was Vika hierhergetrieben hatte – nur er alleine war dafür verantwortlich.

Sein Magen fühlte sich flau an, und er hatte keine Ahnung, ob es vom fehlenden Lunch herrührte oder doch von der Sorge vor dem, was ihn hier erwartete. Die Nacht auf der Ladefläche irgendwo am Straßenrand zwischen Edinburgh und Glasgow war nicht nur verdammt unbequem, sondern auch eiskalt gewesen. Mehr als eine Decke hatte er in der Eile, in der er nach dem Gespräch mit Shona aufgebrochen war, nicht eingepackt. Er hatte keine Minute länger als unbedingt notwendig verstreichen lassen, ehe er die Pferde, die sonst alle paar Wochen die Kutsche mit den Fässern gen Westen zogen, in Richtung Glasgow getrieben hatte. Dank der fehlenden Last waren sie schneller als üblich, aber dennoch viel zu langsam vorangekommen. Eines Tages, das hatte er sich seit gestern Vormittag einige Male geschworen, würde er ein eigenes Automobil besitzen. Das erste in Foxgirth sollte seines sein. Und dann würde er Vika, die sich an ihn schmiegte und ihm hier und da einen Kuss schenkte, sonntags durch die Gegend fahren. So deutlich, dass es schon weh tat, hatte er dieses Bild in den vergangenen Stunden immer wieder vor sich gesehen, so dass er Vikas Körper geradezu neben sich geglaubt hatte.

Archie streckte seinen nach der holprigen Fahrt schmerzenden Rücken durch, richtete den Hemdkragen und rückte die Kappe zurecht. Mit festen Schritten ging er los, ohne das heruntergekommene Gebäude aus den Augen zu lassen. Es sah beinahe aus wie das, vor dem Shona und Vika 1910 all ihr Hab und Gut auf seine Kutsche verfrachtet hatten. Doch eigentlich sahen die meisten Häuser hier gleich aus. Diese armseligen Bauten waren nichts als eine Aneinanderreihung der Trostlosigkeit. Archie ging vorüber an Männern, die auf den Stufen vor ihren Wohnungen hockten, doch er hatte keinen Blick für sie. Er hatte längst entdeckt, weshalb er gekommen war.

Arch bemerkte ihn nicht. Mit einer Woge aus Glück und Erleichterung, die ihn beinahe überwältigte, beobachtete Archie, wie der Knirps mit einem weiteren Buben und einem einen halben Kopf kleineren Mädchen ein Wetthüpfen auf dem Bürgersteig veranstaltete. Archs Glucksen schallte bis zu ihm auf die andere Straßenseite. Die Kinder hielten inne und schienen zu diskutieren, dann hüpften sie wieder zurück, und Arch gewann mit einem kleinen Vorsprung. Ein Lächeln zuckte in Archies Mundwinkeln. Für die nahenden Kutschen und Transporter hatte er nur einen Seitenblick übrig, zu sehr fesselte der kleine Lockenkopf seine Aufmerksamkeit. Zügig überquerte er die Straße und blieb auf dem Bürgersteig stehen. Mit seinen Freunden plappernd kam Arch auf ihn zu, sah jedoch nicht auf. Als der Junge auf seiner Höhe ankam, legte Archie ihm die Hand auf die Schulter. »Bist ordentlich gewachsen«, brummte er.

Der schmale Körper unter seiner Handfläche erstarrte. Als hätte er Angst, doch nicht das zu erblicken, was er sich erhoffte, sahen die dunklen Pupillen nur zögernd zu ihm auf.

»Ich wusste es!«, rief Arch, warf sich an seine Beine und schluchzte.

»Ist ja schon gut.« Archie kniete sich hin und zog den Jungen an sich. Niemals hätte er geglaubt, dass es sich so gut anfühlen würde, ein Kind in den Arm zu schließen. Dieser

Bursche bedeutete ihm mehr als er selbst. Vielleicht hatte er den Krieg nur deshalb überlebt, um Arch ein Vater zu sein. Und um einmal etwas richtigzumachen.

»Ich wusste, dass du irgendwann kommst«, sagte Arch und schob ihn etwas von sich weg. Strahlend sah er ihn an. »Du hast uns gefunden.«

»Das habe ich.« Archie nickte und streichelte ihm über die Wange. »Entschuldige bitte, dass es so lange gedauert hat.«

Als er aufstehen wollte, klammerte Arch sich erneut an ihn. Also hob er ihn hoch und die Beine des Jungen umschlangen seine Hüfte. »Das ist Brodi, mein Freund. Er ist genauso alt wie ich.« Arch zeigte auf den anderen Burschen.

»Freut mich, Brodi«, brummte Archie und sah zu dem kleinen Mädchen. »Und auch, diese hübsche Lady kennenzulernen.«

Das Mädchen kicherte, und Archie richtete seine Aufmerksamkeit wieder auf Arch. »Zeigst du mir, wo es zu deiner Ma geht? Ich glaube, ich muss ganz dringend mit ihr reden.«

Arch nickte und deutete auf eine offene Eingangstür.

»Na dann«, sprach Archie sich selbst Mut zu und ging los.

»Lass sofort den Jungen los«, dröhnte hinter ihm eine tiefe Stimme.

Archie sah über die Schulter und erblickte einen Mann auf Krücken. »Halt dich da raus«, knurrte er und ging weiter. Gleich darauf durchzuckte ein dumpfer Schmerz seine Kniekehle und riss ihm das Bein unter dem Körper weg. Gerade rechtzeitig ließ er Arch aus seinem Griff rutschen, ehe er schon mit der Schulter gegen die Hauswand prallte. »Zum Teufel, was soll der Scheiß«, brüllte er und wandte sich hektisch zu Arch um, der mit großen Augen neben dem Kerl stand, welcher sein Handgelenk umfasst hielt. Ganz offensichtlich waren Krücken noch zu etwas anderem gut als nur zum Gehen. Einen flüchtigen Moment lang dachte Arch daran zurück, wie Connor damals, am Abend nach ihrer Ankunft in Foxgirth, einen von Willies Freunden mit seiner außer Gefecht gesetzt hatte. »Komm her, Arch«, zischte er durch die vom Schmerz aufeinandergepressten Zähne.

»Lass den Jungen in Ruhe und verschwinde von hier, bevor ich noch einmal zuschlage«, drohte der Mann und meinte es seinem grimmigen Gesichtsausdruck nach durchaus ernst.

Archie unterdrückte ein Stöhnen und rappelte sich auf. Der Schmerz pulsierte weiter durch seine Unterschenkel. »Das ist mein Sohn. Entweder Sie lassen ihn sofort los, oder ich kann für nichts garantieren.«

Überrascht kniff der Mann die Augen zusammen und schaute an ihm hinab. Scheinbar war er sich nicht sicher, was er von dieser Aussage halten sollte.

»Christopher, nicht!«, hörte Archie eine Frauenstimme schreien, die ihm nur zu vertraut war. An einem der Fenster an der verfleckten Fassade erblickte er Vikas Gesicht. Einen Moment lang sahen sie sich unbeweglich an, dann schüttelte sie den Kopf und verschwand aus seinem Sichtfeld.

»Du bist der von dem Bild«, brummte der Kerl mit der Krücke und ließ Archs Arm los. »Hab's nicht gleich erkannt. Entschuldige bitte. Man kann hier nie wissen, mit wem man es zu tun hat, und ich wollte auf den Jungen achtgeben.«

Archie hatte keine Zeit, darüber nachzudenken, von was für einem verdammten Bild der Mann da sprach, alles, woran er denken konnte, war, dass er schnellstens zu Vika musste.

»Bin gleich wieder da. Lauf nicht weg, ja?«, sagte er, und Arch nickte so stark, dass seine Locken geradezu durch die Luft flogen.

»Welche Wohnung?«, fragte er den Mann, ohne ihn sich zu genau anzusehen. Noch war ihm nicht klar, in welcher Beziehung dieser Kerl zu Vika stand. Doch jetzt war der falsche Moment, um sich verunsichern zu lassen. Er hatte nur noch eine Chance und durfte sie nicht vertun.

»Dritter Stock. Die vierte Tür auf der linken Seite«, brummte der Mann und beäugte ihn erneut abschätzend.

Archie warf Arch einen letzten Blick zu, dann ging er auf den Hauseingang zu.

* * * * *

Vika stürzte vom Fenster weg, presste sich beide Hände auf den Mund und lehnte sich mit dem Rücken an die Wand, als wäre es möglich, damit das Unausweichliche zu verhindern. Shona hatte Archie gesagt, wo sie war, eine andere Erklärung gab es nicht für sein Auftauchen. Kaum hatte sie Archie gesehen, hatte sie flüchten wollen. In Gedanken hatte sie sich zum Hinterausgang hinaus und zwischen den Wäscheleinen hindurch bis zum Nachbarhaus laufen sehen. Doch dann hatte Christopher Archie entdeckt, und die beiden waren aneinandergeraten. Weil Archie ihren Sohn an sich gedrückt hatte und Christopher das nur falsch einschätzen konnte. Dieser Zusammenstoß hatte ihre Flucht vereitelt, denn auch von hier oben war nicht zu übersehen gewesen, dass die beiden Männer jeden Moment aufeinander losgegangen wären. *Archie*. Wie sehr sie sich verboten hatte, an diesen Namen zu denken. Das Rauschen in Vikas Ohren übertönte sogar den üblichen Lärm, der wie immer durch das Fenster drang. Und doch vernahm sie *seine* Schritte im Gang. Nicht so kräftig und selbstbewusst, wie sie es aus dem Pub kannte, und doch war er es, daran bestand kein Zweifel. Als es klopfte, zuckte Vika zusammen. Ihr Mund war zu trocken, um etwas zu sagen, doch ihr hätten so oder so die Worte gefehlt. Sie wollte ihn anschreien, dass er gefälligst verschwinden sollte, doch ihre Kehle war wie zugeschnürt. Ihre Hände wanderten an den dicken Bauch. Ob Shona ihm auch davon erzählt hatte? Wenn, dann würde Archie kein Nein akzeptieren, das war Vika klar. Aber vielleicht wusste er es nicht, und er hatte sie ohne Shonas Hilfe gefunden? Dann gab es eine klitzekleine Chance, doch noch einen Ausweg zu finden.

Es klopfte erneut, und Vika zwang sich, endlich zu antworten. »Geh weg.« Zwei Worte nach unzähligen Monaten und doch genau das, was nötig war.

»Vika, bitte. Mach auf, damit wir uns unterhalten können.«

Der tiefe Ton seiner Stimme jagte ihr eine Gänsehaut über die Arme. Wie oft hatte sie in ihren Träumen geglaubt, sie zu hören? Vika reckte das Kinn vor. »Dafür gibt es keinen Grund. Bitte geh einfach wieder.« Überrascht stellte sie fest, wie selbstbewusst sie klang.

»Das kann ich nicht«, brummte es durch das Holz. »Ich werde dich zu nichts zwingen, ich möchte nur mit dir sprechen. Du wirst die Entscheidung treffen.«

Vika wollte fragen, welche Entscheidung das sein sollte, doch natürlich lag auf der Hand, warum Archie hier war: Er wollte sie zurückholen. Die Frage war nur, warum. Weil sein Stolz es nicht zuließ, dass eine Frau ihn hatte sitzenlassen? Oder doch, weil er von dem Baby wusste und niemals gestatten würde, dass sein Fleisch und Blut nicht unter seiner Kontrolle aufwuchs? Erneut fasste Vika sich an den schweren Bauch. Das durfte nicht geschehen. Panisch sah sie sich um und huschte dann zu dem Tisch am Fenster, auf dem mehrere Skizzen verteilt lagen. Sie setzte sich und griff nach der Decke, die sie hektisch um sich schlang. Dann starrte sie auf das Papier vor ihr. »Komm rein.«

Die Tür öffnete sich, und Vika hörte, wie sie wieder geschlossen wurde. Die Dielen knarrten unter seinen Schritten. Obwohl sie brannten, wandte sie ihre Augen nicht von der Skizze ab. Sie war wie ein Rettungsring, der sie vor dem Ertrinken auf hoher See bewahrte. Wogen unterschiedlichster Gefühle überrollten Vika, als der Geruch von Zigaretten und Archies Rasierwasser in ihre Nase drang. Auf einmal fiel es ihr schwer zu schlucken. »Setz dich«, sagte sie mit bebender Stimme.

Seine Schritte gingen zum Bett unweit des Tisches, und aus den Augenwinkeln nahm sie wahr, wie sein Schatten auf die Matratze sank.

»Du malst?«, fragte er, und Vika bemerkte, dass auch in seiner Stimme ein Zittern mitschwang.

Es war kaum zu vernehmen, und vermutlich wäre es keinem außer ihr aufgefallen, aber sie hörte es dennoch. Mehr als ein Nicken brachte sie nicht zustande.

»Vika ...« Er seufzte.

Endlich wagte sie es, ihn anzusehen. Sie brauchte nur einen verschwindend kurzen Augenblick, um zu begreifen, dass ihr noch immer alles an diesem Mistkerl vertraut war. Die dunklen Haarsträhnen, die unter der Kappe an seiner Stirn klebten, verrieten ebenso wie das für Archie untypisch zerknitterte Hemd, dass er eine anstrengende Fahrt hinter sich hatte. Seine rabenschwarzen Augen, die unruhig durch den Raum irrten, erfassten in Sekundenschnelle alle Eindrücke, und jetzt gerade war Archie dabei, sich ein Bild von ihren

Lebensumständen zu machen. Sie sah, wie er die zwei vollen Kohlekisten betrachtete und die Vorräte auf dem Regalbrett, ebenso wie den Sack Kartoffeln darunter. Ein Schmunzeln zog sich über seine Lippen.

Bloß nicht hinsehen. Rasch blickte Vika aus dem Fenster in den trüben Himmel. Das Letzte, was sie jetzt brauchte, war ein Lächeln ausgerechnet von Archie Dennon.

»Du kommst zurecht«, sagte er und klang zufrieden.

»Das tue ich. Arch und mir mangelt es an nichts.«

»Dann kannst du stolz auf dich sein.«

Vika linste nun doch zu ihm hinüber. Sie hatte damit gerechnet, dass er ihr vorhalten würde, dass sie nicht alleine für sich sorgen könnte, geschweige denn für ihren Sohn. Wie schrecklich verantwortungslos es von ihr war, wieder in den Gorbals zu leben. Dass sie nun wirklich zur Unterschicht gehörte, wo es ihr in Foxgirth doch hätte besser gehen können. Aber er hatte nichts dergleichen gesagt. Und seine Worte klangen tatsächlich aufrichtig.

»Er ist gewachsen.« Archie stand auf, steckte die Hand in die Hosentasche und ging im Zimmer umher.

»Wer?« Vika entschied, sich absichtlich dumm zu stellen. Ihr Sohn ging Archie nichts an, und das sollte er gefälligst auch wissen.

»Arch.« Er blieb stehen und betrachtete das Bild einer Blumenwiese an der Wand, das sie vor Wochen gemalt hatte, um etwas Fröhlichkeit in diese vier Wände zu bringen. »Hat verdammt gutgetan, ihn wiederzusehen. Ist ein hübscher Bursche. Und er wird eines Tages ein guter Mann werden.«

»Er wird wissen wollen, was du hier machst«, sagte Vika und hielt die Luft an. Sie musste wissen, woran sie war.

»Dann sag ihm, dass ein Mann zu den Fehlern stehen

muss, die er gemacht hat, und dass ich hier bin, um seine Ma um Verzeihung zu bitten.« Er wandte sich um und sah sie so warmherzig an, dass Vika froh war, zu sitzen, da ihre Knie weich wurden. Sie schalt sich in Gedanken aus. Warum reichte ein Blick von Archie aus, um sie derart fühlen zu lassen, nach all jenem, was vorgefallen war?

»Es tut mir leid, Vika. Ich war nicht ich selbst und habe Mist gebaut, als ich dir nicht zugehört hab. Du bist die Mutter, und du hättest mitentscheiden sollen, was wir tun.«

Einfach so hatte Archie eine Entschuldigung ausgesprochen. Vika musterte sein Gesicht. Die Narbe, die markanten Züge und die Augenbrauen, die ungewohnt entspannt wirkten. Obwohl Archie sichtlich unwohl war, spiegelte sich in seinen Augen eine Offenheit, die sie an ihm das letzte Mal vor vielen Jahren gesehen hatte.

»Das weiß ich zu schätzen. Ich nehme deine Entschuldigung an«, sagte sie schließlich. »Damit hast du nun alles zu einem versöhnlichen Ende gebracht und kannst wieder in dein Leben zurückkehren. Arch und ich, wir haben unseres gefunden. Wie du siehst, geht es uns gut. Es gibt keinen Grund, sich um uns Sorgen zu machen.«

Archie atmete ein und nickte. »Ich hatte auf deine Vergebung gehofft, danke dafür«, murmelte er. »Vielleicht kann ich mir auch eines Tages selbst vergeben.«

Vika wusste nicht, wovon er sprach: vom Krieg oder von dem, was zwischen ihnen beiden vorgefallen war. Vielleicht von beidem. »Wie läuft es in Foxgirth?«, rutschte es ihr heraus, ehe sie sich auf die Zunge beißen konnte. Diese Stille zwischen ihnen war kaum zu ertragen, und vermutlich war es besser, über etwas Unverfängliches zu sprechen, bis er sich endlich entschied, wieder zu gehen.

Archie ging zurück zum Bett und setzte sich. Er rieb sich mit der Hand über die Bartstoppeln. »Ich hatte die Glenns nach deinem Weggang fast so weit, dass sie den Ort verlassen mussten.«

Vika sah ihn mit Augen an. »Was hast du getan?«

»Sie sozusagen strategisch vor die Hunde gehen lassen. Ich habe ihnen jede Möglichkeit genommen, Geld zu verdienen oder Handel zu treiben. Ich wollte einfach nur, dass sie leiden und verschwinden.«

Vika sah auf ihre Hände. *Natürlich.* Archie war eben Archie. Seine Rache hatte Willie mit voller Härte erwischt. Ein wenig verdiente Willie es, doch letztlich hatte er vermutlich nie vorgehabt, Arch etwas anzutun. Der Mann hatte aus gekränkten Gefühlen und Neid eine dumme Entscheidung getroffen. Und Archie hatte ihn dafür bluten lassen. Ebenso wie seine Familie.

»Ich weiß, was du jetzt gerade über mich denkst«, brummte er.

»Das glaube ich nicht.« Vika hob den Kopf an.

»Doch. Weil ich mein Verhalten rückblickend ebenfalls als unehrenhaft empfinde.« Er fasste sich ans Hemd und öffnete den obersten Knopf. Dass dieser überhaupt zu gewesen war, zeigte Vika, dass Archie daran gelegen war, vor ihr einen guten Eindruck zu machen. »Ich habe zu viel getrunken. Viel zu viel. Um ehrlich zu sein, war ich in den ersten Monaten, nachdem du verschwunden warst, vermutlich durchgängig betrunken. Und so unheimlich wütend.« Er warf ihr einen Blick zu, den Vika nicht zu deuten wusste.

Sie überlief ein Schauer. »Das überrascht mich nicht, Archie«, antwortete sie und straffte die Schultern.

»Weil du mich eben kennst.« Er lachte leise, was eine

Sehnsucht nach einer längst vergessenen Zeit in ihr weckte. Damals, als sie so jung und noch nicht lange in Foxgirth gewesen war, lange bevor dieser schreckliche Krieg ausgebrochen war, da hatte Archie hin und wieder ebenso gelacht.

»Du lächelst.« Seine Worte katapultierten sie in die Gegenwart zurück, die grau und kalt war. Die nach Ruß stank und in der es zwischen ihnen einen Graben gab, der größer schien als der Ärmelkanal, der sie so lange getrennt hatte.

Vika spürte, wie das Lächeln in ihrem Gesicht erstarb.

»Jedenfalls habe ich mich wohl für einige Zeit nicht von meiner besten Seite gezeigt«, fuhr Archie fort. »Und dann ist Keillan heimgekehrt.« Vika bemerkte, wie er die Feuchtigkeit aus seinen Augen fortblinzelte.

»Ich weiß, dass er zurück ist. Shona hat es mir geschrieben, und ich freue mich für euch alle.«

Archie nickte. »Ist gut, dass er wieder da ist. Das Erste, was Keillan gemacht hat, war, mir in den Arsch zu treten, weil ich mich so habe gehenlassen.« Archies raues Lachen hallte durch den Raum, wie früher so oft an den Abenden im Pub. Doch nun wirkte er so nüchtern, wie sie ihn selten erlebt hatte. Und ungewohnt reflektiert.

»Ich habe Keillan immer gemocht«, sagte Vika und konnte sich ein Grinsen nicht verkneifen. Es war nötig gewesen, dass jemand Archie endlich den Spiegel vorhielt, und in diesem Moment mochte sie Keillan deshalb noch ein bisschen mehr als ohnehin schon. Wie schade, dass sie ihn nicht auch hatte begrüßen können. Aber alles, was mit Foxgirth zusammenhing, war längst vergangen.

»Natürlich gefällt es dir, wenn mein großer Bruder mir die Leviten liest«, brummte Archie und lächelte ihr zu.

Irritiert beobachtete Vika, wie sich kleine Fältchen an seinen Augenwinkeln bildeten. Es war schon das zweite Mal, dass Archie lächelte, seit er die Wohnung betreten hatte. »Wenn du nicht trinkst, womit betäubst du dich dann?«, fragte sie schmerzhaft direkt. Immer wieder hörte sie, wie Veteranen Opium zum Opfer fielen. Erst kürzlich hatte Christopher ihr von einem ehemaligen Kameraden erzählt, der regelmäßig für ganze Tage in einer der Opiumhöhlen in den ärmlichen Gassen verschwand. Vika wusste nicht, wie Opium wirkte, aber vielleicht war das die Erklärung für Archies scheinbare Entspanntheit?

Sein Ausdruck wurde ernst. »Ich betäube mich nicht mehr, sondern stelle mich meinen Erinnerungen und dem, was ich getan habe, jetzt. Ich kann die Vergangenheit nicht ändern, aber die Zukunft sehr wohl. Vermutlich habe ich einfach begriffen, dass es eine verdammte Verschwendung wäre, den Krieg überlebt zu haben und dann nichts Vernünftiges mit den gewonnenen Jahren anzufangen.« Er zuckte mit den Schultern. »Ergibt das irgendeinen Sinn?«

»Das tut es in der Tat«, sagte Vika leise. Doch sie war noch nicht mit Archie Dennon durch. Er war hier aufgekreuzt in der Annahme, sie hilflos und in Armut vorzufinden. Doch sie hatte vor, den Spieß umzudrehen. Sie musste niemandem Rechenschaft ablegen, erst recht nicht Archie. Und daran musste er dringend erinnert werden. »Und deine krummen Geschäfte?«

Einen winzigen Augenblick lang sah er sie forschend an, dann stand er auf und kam näher. Direkt vor dem Tisch blieb er stehen und wartete ab, bis sie unwillig den Kopf hob. »Ich habe mir geschworen, von jetzt an immer ehrlich mit dir zu sein. Ich bemühe mich hier und da etwas Gutes zu tun. Sozusagen als Ausgleich für ...« Er rieb sich über den Nacken und sprach dann weiter. »Du bist nicht auf den Kopf gefallen, Vika. Du wirst längst wissen, dass ich mit den Edinburgh Lads Geschäfte machen. Und ich plane, sobald das Gesetz zur Prohibition in den vereinigten Staaten endlich durch ist, in den Alkoholschmuggel einzusteigen. Blaire und ich werden immer weitermachen, bis uns irgendwann eine der größten Destillerien des Landes gehören wird. Das alles wird Geld in unsere Börsen und die der Bewohner von Foxgirth spülen und unsere Heimat zu einem besseren Ort machen.« Er beugte sich leicht zu ihr herunter, und Vika starrte erneut auf die Zeichnung. Archies Nähe war kaum auszuhalten, und ihre Gedanken ratterten. »Ich treibe mit Kriminellen Handel und werde womöglich eines Tages selbst einer sein, aber ich habe gute Absichten, zu denen ich stehe.«

Vika schnappte nach Luft. Allem Anschein nach legte Archie gerade alle Karten auf den Tisch. Es rührte und sorgte sie gleichzeitig. »Wenn du jemals erwischt wirst, dann kann das böse enden«, murmelte sie.

»Ich werde mich nicht erwischen lassen.«

Gegen ihren Willen musste sie lächeln. »Das glaube ich dir sogar, Archie.« Ja, dieser Mann würde sich niemals einen Fehler erlauben. Jedenfalls nicht in unternehmerischen Dingen.

»Dann ist gut.« Wieder brannte sein warmer Blick auf ihrer Haut. Sicherlich entging ihm die verräterische Hitze nicht, die er damit auf ihren Wangen auslöste. »Kann ich einen Tee haben?«

»Nein!«, entfuhr es ihr zu schnell. Rasch schob sie ein »ist mir ausgegangen«, nach und hoffte, dass Archie das Flunkern nicht bemerkte. Auf keinen Fall würde sie aufstehen und ihr Geheimnis verraten, um Archie einen Tee zu kochen.

»Sag bloß.« Er lehnte sich an den Tisch. Warum zum Teufel konnte er nicht endlich wieder etwas auf Abstand gehen? Ununterbrochen kitzelte sein Geruch in ihrer Nase, und Vika konnte sich nur schwerlich darauf konzentrieren, ihn zu hassen. »Dieser Christopher …«, begann er und sah sie forschend an.

»… ist der Mann meiner besten Freundin und mein Geschäftspartner.«

Archie zog die Augenbrauen hoch. »Du hast einen Geschäftspartner?«

»Das hättest du mir vermutlich nicht zugetraut, was?« Vika nahm wahr, wie spitz sie klang, doch es störte sie nicht.

»Ich habe dir immer mehr zugetraut als du dir selbst, und dein Talent ist mir nicht entgangen. Es freut mich ehrlich, wenn du Erfolg hast.«

»Erfolg ist wohl etwas übertrieben. Aber ich komme zurecht, und Christopher verdient ebenfalls etwas zusätzlich zu dem, was Eileen von der Wäscherei bekommt.« Warum erzählte sie überhaupt so viel? Ganz bestimmt war ihre Nervosität dafür verantwortlich. Sie sollte Archie endlich hochkant rauswerfen und zum Teufel wünschen, doch das war schwierig, während man sitzen bleiben musste, um eine Schwangerschaft zu verbergen.

»Shona macht sich ebenfalls gut«, brummte er. »Connor und ich haben kürzlich die erste Ladung Hemden und Hosen ins Kaufhaus nach Edinburgh gebracht.«

»Ein richtiges Kaufhaus?«, fragte sie und bemerkte, dass ihr der Mund offenstand. Shona hatte zwar in ihrem letzten Brief von ihrem ersten Geschäft berichtet, aber dieses Detail unterschlagen.

»Eines von den ganz schicken. Deine Schwester stellt jetzt

Klamotten für die wohlhabenden Krüppel her. Ich versuche, sie zu überreden, mich demnächst mal in die Stadt zu begleiten, damit sie es mit eigenen Augen sehen kann.« Archie lachte heiser. »Aber sie ist kaum von der Nähmaschine wegzubekommen, und wenn sie nicht gerade selbst schneidert, dann bringt sie es ihren Schülerinnen bei. Ich habe nie zuvor solch eine Begeisterung bei Shona gesehen. Und sie hat darauf bestanden, einen Teil der Kleidung in weniger teuren Geschäften anzubieten, damit Männer wie dein Christopher nicht mehr für zwei Hosenbeine zahlen müssen, wenn sie eh nur eines brauchen.«

Der Stolz drohte ihre Brust platzen zu lassen. Wie wunderbar das alles klang. »Wenn du ein Lob von mir hören willst, weil du Shona unterstützt, dann irrst du dich.« Schon wieder klang sie spitz. Was zur Hölle war nur los mit ihr? Konnte sie nicht einfach Größe zeigen und gleichmütig reagieren, bis Archie endlich wieder verschwand?

»Warum sollte ich das? Ist alles Shonas Verdienst. Sie hat ihre erste Rate an dem, was ich ihr für die Ausstattung ausgelegt habe, samt Zinsen zurückgezahlt. Es ist ein lohnendes Geschäft für mich.«

Und nun spielte dieser Idiot auch noch herunter, was er für ihre Schwester getan hatte, und machte es ihr damit noch schwerer, ihn zu verfluchen. Vika rollte mit den Augen.

Als die peinliche Stille zwischen ihnen immer erdrückender wurde, regte Archie sich endlich. »Das hätte ich fast vergessen: Ich hab da was für dich«, murmelte er und zog etwas aus der ausgebeulten Jackentasche heraus. »Habe es wohl zerknittert, bitte entschuldige.«

Fassungslos starrte Vika auf das blaue Seidentuch. Mit zitternden Fingern griff sie danach. »Woher wusstest du …?«

»Woher wusste ich was?« Prüfend sah er sie an.

»Ach, nichts.« Wie damals glitt der Stoff durch ihre Hände, und Vika bemühte sich, nicht zu zeigen, wie sehr sie dieses Geschenk rührte. Und wie sehr es sie an Foxgirth erinnerte.

»Nun leg es schon um«, brummte Archie. »Ich bin seit gestern unterwegs, um zu sehen, wie es an dir aussieht. Wenigstens diesen Dienst kannst du mir erweisen, oder nicht?«

Einen Gefallen konnte sie ihm wohl tun. Wie ein sanfter Sommerwind schmiegte es sich an ihren Hals. Dieses Tuch musste viel zu teuer gewesen sein. Natürlich sollte sie es ablehnen. Oder etwa nicht?

* * * * *

Das Blau betonte Vikas helle Haut und brachte ihre Augen zum Leuchten. Ganz genau so, wie Archie es sich vorgestellt hatte. Monatelang hatte er bei jedem Besuch im Laden auf das Teil gestarrt und ein ums andere Mal gehofft, dass es endlich jemand gekauft haben mochte, doch scheinbar war dieses Tuch einfach für Vika vorherbestimmt gewesen. Nachdem Shona ihm alles erzählt hatte, was sie über Vikas Leben in Glasgow wusste, hatte Archie eine halbe Stunde lang an die Wand gestarrt und nichts gesagt. Shona hatte eine Zigarette nach der anderen geraucht und einfach abgewartet, bis er schließlich aufgesprungen und hinausgestürmt war.

»Bau keinen Mist!«, hatte Shona ihm nachgerufen, als er über die Straße gerannt und in den Gemischtwarenladen gestolpert war, wo er Mrs. Malloy einen Schein auf den Tresen geknallt und sich das verdammte Seidentuch geschnappt hatte. Ganz sicher hatte er viel zu viel bezahlt, aber das war ihm egal gewesen.

Beinahe ehrfürchtig berührte Vika den zarten Stoff und schien seine Anwesenheit für einen Moment zu vergessen.

Archie löste sich vom Tisch und trat an den alten Ofen, um etwas Kohle nachzulegen. Dann griff er nach einer Dose auf dem Holzbrett darüber und sah hinein. »Na sowas, du hast ja doch noch Tee«, sagte er und warf ihr einen Blick über die Schulter zu.

Ertappt wandte Vika sich ab.

Archie nahm den Kessel und füllte etwas Wasser aus der Kanne ein, dann setzte er ihn auf die Metallplatte. In der vergangenen Nacht war er bis auf die Knochen durchgefroren, was ihm unruhige Träume mit Bildfetzen aus den Schützengräben beschert hatte. Doch im Vergleich zu früher wüteten seine Träume längst nicht mehr so zerstörerisch in seinem Unterbewusstsein. Das ein oder andere Gespräch mit Connor über ihre Erlebnisse half ebenfalls.

Wortlos wartete er darauf, dass das Wasser kochte, und goss dann den Tee auf. Als er Vika eine Tasse reichte, lächelte sie scheu.

So wunderschön. Sie war noch bezaubernder, als er es in Erinnerung gehabt hatte. Die etwas volleren Wangen standen ihr gut, doch Vika sah trotzdem ausgezehrt aus. Dunkle Ringe unter ihren Augen ließen darauf schließen, dass sie zu viele Stunden über ihren Zeichnungen saß und ihr Zustand ihr zusetzte. Noch verbarg sie diesen geschickt vor seinem Blick, und Archie musste sich immer wieder ermahnen, geduldig zu sein. Sie nippte am Tee und er setzte sich auf die Kante des Bettes.

Schließlich räusperte er sich. »Ich weiß, wie man Geschäfte macht, aber wie das hier geht, ist mir unklar. Wir können diese Sache wohl kaum wie eine Verhandlung abwickeln, oder?«

»Diese Sache?«, fragte Vika mit hochgezogenen Augenbrauen.

»Wie zum Teufel soll ich es denn bitte nennen?«

»Dein Dilemma.« Die Andeutung eines Grinsens war auf ihren Lippen zu erkennen. Diese Frau genoss es geradezu, es ihm schwerzumachen. Und vermutlich hatte er es verdient.

»Dilemma«, wiederholte Archie. »Ich nehme an, das trifft es ganz gut.«

»Wenn es ein Geschäft wäre, wie würdest du dann jetzt vorgehen?« Vika gab sich Mühe, möglichst uninteressiert zu wirken, doch sie konnte ihn nicht täuschen. Sie kannte ihn, und er kannte sie. Und in diesem Moment schöpfte er Hoffnung. Archie räusperte sich. »Ich würde die Vorteile einer eventuellen Geschäftsbeziehung hervorheben.«

»Ach ja?« Sie linste ihn an.

»Natürlich. Man muss zeigen, was der andere davon haben kann. Man macht sich oder das, was man zu bieten hat, interessant. Bringt sein Gegenüber dazu zu glauben, dass er es unbedingt haben will.«

»Du wickelst die Leute um den Finger.« Vika nahm einen Schluck. »Also, dann versuch es bei mir, und wenn ich ablehne, dann gehst du und kommst nie wieder. Haben wir eine Abmachung?«

Wurde seine Kehle trocken? Archie räusperte sich erneut. »Du hättest eine bessere Unterkunft als ein Zimmer in einem überfüllten Haus.«

»In einem Pub zu wohnen war nicht so viel besser als das hier«, konterte Vika.

»Ich rede von einem kleinen Cottage nur für uns. Ich bin es leid, im Pub zu leben. Eine Familie sollte ein anständiges Heim haben.«

»Ich fühle mich hier wohl, ob du es glaubst oder nicht.« Sie sah ihn aufmerksam an. »In den Gorbals halten wir zusammen, in Foxgirth hingegen hat beinahe jeder auf mich herabgesehen.«

Archie unterdrückte einen Fluch. Diese Frau war ein harter Brocken. »Arch würde aufwachsen, wie ein Bursche aufwachsen sollte. Umgeben von Natur und mit einer großen Familie. Und mit seinem Hund.«

»Wir haben hier Freunde, die ich längst zu meiner Familie zähle«, sagte Vika und sah nicht von ihrem Bild auf.

»Er hätte einen Vater«, brachte Archie sein stichhaltigstes Argument vor.

Vika presste die Lippen aufeinander.

»Ich wollte sein Vater sein von dem Tag an, als ich von deiner Schwangerschaft erfahren habe«, brummte Archie. Als wäre es gestern gewesen, erinnerte er sich an den Abend, an dem sich Shona zu ihm ins Büro geschlichen und ihm von der *unglücklichen Situation* ihrer Schwester berichtet und ihn dabei so komisch angesehen hatte. Erst nach dem Krieg war Archie klargeworden, dass Shona schon damals geglaubt haben musste, dass er dafür verantwortlich war. Doch in diesem Moment hatte Archie nichts als ein Rauschen in seinen Ohren wahrgenommen. Tagelang war er Vika aus dem Weg gegangen, weil ihn der Gedanke an das, was sie zwangsläufig in diese Lage gebracht hatte, fast hatte wahnsinnig werden lassen. Es war kaum auszuhalten gewesen.

»Ich weiß nicht, was ich sagen soll«, flüsterte sie.

Archie konzentrierte sich wieder. »Nichts. Wir sind noch

mitten in der Verhandlung. Man hört sich das Angebot vollständig an, ehe man zustimmt oder ablehnt.« Er rieb sich über das Gesicht und suchte fieberhaft nach Gründen, die für ihn sprachen, doch kein weiterer wollte ihm einfallen. Zum ersten Mal in seinem Leben versaute er ein Geschäft und dann ausgerechnet jenes, das er am meisten abschließen wollte. *Leere*. Sein Kopf war leer, und seine Gedanken schlichen sich in die Ferne. Ohne es zu merken, lächelte er. »Wir haben vor einer endlos langen Zeit miteinander getanzt. Du hattest damals noch längere Haare und trugst sie hochgesteckt, und einige lose Strähnen hingen dir in die Stirn, während du den Boden gefegt hast. Du hattest nur eine schlichte Bluse an, und als ich dich vom Tresen aus beobachtet habe, dachte ich mir, dass du auch in Lumpen die schönste Frau von allen wärst. Und es ging nicht nur mir so. Den ganzen Abend über haben dich die anderen jungen Männer zum Tanzen aufgefordert und ich musste mich zwingen wegzusehen, um dich nicht von ihnen wegzureißen. Heute wünschte ich, ich hätte genau das getan und dir an Ort und Stelle das gestanden, was ich mir damals nicht einmal selbst eingestehen wollte.« Er machte eine Pause und sah in den Tee. Warum war man stets im Nachhinein klüger? »Ich habe es nicht über mich gebracht. Aber als alle weg waren und ich mich nur mit dir inmitten der Überbleibsel der Feier wiederfand, konnte ich nicht widerstehen. Du wolltest erst nicht, und dann hast du dich doch an mich geschmiegt und mich in diesem Moment zum glücklichsten Menschen von ganz Scheißschottland gemacht.«

»Ich habe mir damals nichts sehnlicher gewünscht, als dass du um meine Hand bittest«, hörte er Vikas bebende Stimme.

Archie brachte es kaum über sich, sie anzusehen. Der dunkle Wimpernkranz ihrer Lider flatterte, und in ihren Augen glänzte es verdächtig. »Ich weiß. Aber ich war zu jung. Und ich hatte Pläne, zu denen eine Frau und eine eigene Familie nicht passten. Im übertragenen Sinne wollte ich wohl pokern, so wie es mein alter Herr einst getan hat, anstatt mir die Verantwortung einer Ehe aufzubürden. Als ich gemerkt habe, wie dumm das war, war es schon zu spät.« Er lächelte sie matt an. »Es war in dem Moment, als ich meine Unterschrift gegeben habe, um meine Brüder zu den Royal Scots zu begleiten. Da wusste ich, dass ich dich niemals bitten könnte, mich zu heiraten, wenn ich gleich darauf in den Krieg ziehen und dich vielleicht zur Witwe machen würde. An diesem Tag starb unsere Zukunft. Und doch hat mich das schlechte Gewissen, dich in deinem Zustand nicht vor dem Getratsche der Leute beschützt zu haben, nach Frankreich begleitet. Hätte ich nur etwas eher den Mumm gehabt, zu meinen Gefühlen zu stehen, so hätte ich dir und Arch viel ersparen können. Stattdessen habe ich dich der Schmach überlassen und bin gegangen. Eine Weile lang habe ich mir eingeredet, dass ich alles wieder gutmachen würde, sobald der Krieg aus und ich zurück wäre, doch dann …« Er brach ab und schüttelte den Kopf. »Doch dann habe ich mich selbst verloren.«

Vikas Unterlippe zitterte. »Es lag nicht in deiner Verantwortung, mich von dem Gerede der Leute zu beschützen. Ich habe mich selbst in diese Lage gebracht.«

Archie stand auf und stemmte die Hand an die Hüfte. »Weil ich dich an jenem verdammten Abend, als wir getanzt haben, nicht geküsst habe. Hätte ich dich an mich gezogen und das getan, wonach mir damals ununterbrochen gewesen ist, wäre alles anders gekommen.«

»Das Schicksal weiß schon, was es tut. Hättest du mich an diesem Abend geküsst, würde es Arch nicht geben.« Archie konnte sehen, wie sie tief durchatmete und ihn nachdenklich ansah. »Es ist alles so gekommen, wie es vorherbestimmt war.«

»Das glaubst du wirklich?«, brummte er.

»Ja, das tue ich.« Ihre Finger fuhren beinahe zärtlich über die Zeichnung vor ihr. »In den vergangenen Monaten habe ich endlich gelernt, dass ich mich auf mich verlassen kann und niemanden brauche. Ich habe mir einen Traum erfüllt, den ich seit meiner Jugend nicht zu träumen gewagt habe. Und zum ersten Mal in meinem Leben traue ich mir selbst etwas zu. Ich werde meine Zukunft selbst gestalten und von niemandem abhängig sein.«

Der selbstbewusste Blick stand Vika. Nie war er stolzer auf jemanden gewesen. Die Frau vor ihm hatte ihren Willen gefunden, und selbst wenn er deshalb für den Rest seines Daseins unglücklich sein sollte, wusste er in diesem Moment, dass er sein Angebot zurückziehen musste. Er beugte sich hinunter, und ehe Vika zurückweichen konnte, küsste er sie auf die Wange. Einen Augenblick lang atmete er ihren Duft ein und glaubte, jede gemeinsame Sekunde mit ihr an sich vorbeiziehen zu sehen. »Weiterhin viel Erfolg, Miss Fairbairn. Die Wilkes Street hatte dich nie verdient und Foxgirth auch nicht. Sag unserem Baby, wenn es alt genug ist, dass ich es so liebe, wie ich dich von jenem Tag an geliebt habe, als ich dich damals mitten in der Nacht mit in meine Welt genommen habe. Jetzt ist es an der Zeit, dass du deine eigene findest.« Ein letztes Mal stellte er sich vor, ihre Haut zu berühren, dann richtete er sich auf und ging zur Tür.

Vika hielt ihn nicht auf, doch das war ihm klar gewesen. Er stapfte durch den schummrigen Flur und dann die Treppe hinunter. Vor dem Haus hüpfte Arch auf und ab. Archie beugte sich hinunter und zog ihn an sich. »Du musst auf deine Ma und dein Geschwisterchen aufpassen, hörst du? Du bist der Mann in der Familie, vergiss das nicht. Und wenn du groß bist, dann kommst du nach Foxgirth, damit ich sehen kann, was aus dir geworden ist.« Schwer atmete er an der Schulter des Kindes und zwang sich, sich zusammenzureißen.

»Du bist mein Pa, hast du gesagt. Ich hab's genau gehört.« Arch klammerte sich an ihn. »Bleib hier.«

»Ich kann nicht. Aber ich habe dich lieb.« Archie küsste ihn auf die Wange, wie er es eben bei Vika getan hatte. Dieses Mal gelang es ihm nicht, seine Stimme unter Kontrolle zu halten, die versagte.

»Nein!« Arch ließ nicht los.

Archie warf Christopher einen Blick zu, der nur ein paar Schritte weiter auf der Krücke lehnte. Mit einem Nicken humpelte der Mann auf sie zu. Unter dem Protest des Jungen gelang es Archie schließlich, Arch von sich weg und in Richtung Christopher zu schieben.

Ihm war danach, dem Mann zu sagen, er solle gut auf Vika achten, doch das war nicht mehr nötig. Vika kam zurecht. Ganz alleine.

Archie ignorierte das Heulen des Jungen, der sich vergebens aus Christophers Armen zu lösen versuchte. Nie hatte Archie sich beschissener gefühlt. Es war ein Fehler gewesen, hierherzufahren und Arch falsche Hoffnungen zu machen, doch er hatte es einfach versuchen müssen.

Mit zitternden Fingern steckte er sich eine Zigarette zwischen seine Lippen und eilte zur Kutsche. Nie wieder würde er einen Fuß nach Glasgow setzen. Doch sein Herz sollte für immer an diesen Ort gebunden sein.

Kapitel 18

Die Tränen tropften auf das Papier und jede hinterließ einen traurigen Regenbogen aus Kreidefarben. Vika stieß sich panisch vom Tisch weg und starrte auf die Flecken, die nie wieder aus der Zeichnung verschwinden würden. Sie würde alles noch einmal malen müssen, um den Auftrag zu erfüllen. Aber zu ihrer eigenen Überraschung spielte es keine Rolle, stellte sie fest. Es war nur ein Bild, ein Gegenstand, einige Stunden ihrer Zeit.

Die Decke rutschte von ihr herunter und landete auf dem Boden, und sofort spürte Vika eine eisige Kälte. Aus den beiden Teebechern auf dem Tisch stieg Dampf auf, der sie nur noch mehr schaudern ließ. Archie war gegangen, einfach so. Weil sie es gewollt hatte. Er hatte keine Spielchen gespielt und nicht versucht, sie einzuwickeln. Und das, obwohl er von dem Kind wusste. *Von seinem Kind.*

Ein kräftiger Tritt unter den Rippenbogen ließ Vika nach Luft schnappen. Sie stemmte sich hoch und blickte zum Fenster hinaus. Weiter hinten, auf der anderen Straßenseite, sah sie Archie auf die Kutsche steigen. Gegen ihren Willen öffnete sie die Scheibe und hörte Archs Weinen. Ihr Sohn trommelte mit den Fäusten auf Christophers Rücken ein, der ihn fest in seinen Armen hielt hin- und herwiegte. Brodie und Lizzy standen daneben und betrachteten mit geweiteten Augen das Schauspiel. Vika glaubte, nicht atmen zu können.

Sie spürte Archs Traurigkeit, seine Panik, die Sehnsucht nach dem Mann, der gerade endgültig und für immer aus ihrem Leben fortging. Sie klammerte sich am Fensterrahmen fest und saugte Luft in ihre Lungen.

Ihr Blick suchte erneut die Kutsche, die in diesem Moment anfuhr. *Er geht wirklich.* Wieder verspürte sie einen Tritt, dieses Mal in Richtung Blase. Vika keuchte und lehnte sich auf die Fensterbank. »Arch!« Ihre Stimme war dünn und sie zwang sich, den Schmerz in ihrem Unterleib zu ignorieren. »Arch!«, rief sie noch einmal kräftiger hinunter.

Christopher sah zu ihr hoch, während ihr Sohn die Ablenkung nutzte und sich aus dem Griff entwand.

»Hol ihn zurück!«, kreischte sie und vermutlich wirkte sie wie eine Wahnsinnige, doch in diesem Augenblick verschwand Archie Dennon echt und wahrhaftig aus ihrem Leben, und diese Vorstellung schnitt ihr mindestens so sehr die Luft ab wie die fiesen Tritte seines Kindes.

Arch flitzte, so schnell, wie Vika es nie für möglich gehalten hätte, über die Straße und rannte der Kutsche nach.

Vika griff nach ihrem Stricktuch, warf es sich über die Schultern und stürzte zur Tür hinaus. Auf der Treppe klammerte sie sich am Geländer fest und ging, so schnell es ihr Bauch erlaubte, nach unten, wo sie in der offenen Tür von Christopher in Empfang genommen wurde. »Du hast also deine Meinung geändert«, stellte er fest und betrachtete sie prüfend.

Vika lachte etwas zu laut und schüttelte den Kopf. »Ich fürchte, ja. Auch wenn es womöglich falsch ist, ist es das Richtige. Ergibt das irgendeinen Sinn?«

Christopher schmunzelte. »Ich glaube, das tut es. Dann hol dir diesen Kerl, ehe du es dir doch noch anders überlegst.«

Vika nickte, eilte auf den Gehweg und beobachtete, wie Arch noch immer mit fliegenden Beinen der Kutsche nachjagte. Ihr Sohn sprang über eine Pfütze, taumelte, und Vika biss sich auf die Unterlippe. Er ruderte mit den Armen und fand das Gleichgewicht wieder, ohne langsamer zu werden. Arch hatte das Ende der Kutsche bereits erreicht. Hatte sie jemals jemanden so schnell laufen sehen?

»Er hat es gleich geschafft!«, rief Brodi und stürmte ebenfalls los.

In diesem Moment kam ihr Sohn auf der Höhe des Kutschbocks an und hielt das Gefährt an, gerade rechtzeitig, ehe es abbog. Mit einem Satz war Archie unten und hob ihren Sohn hoch. Arch deutete auf sie, und Vika hob den Arm. Schon wieder brannten ihre Augen schrecklich und ihre Sicht verschwamm.

Ohne lange nachzudenken, schlug Archie die Bremse der Kutsche fest, ließ Arch an sich hinunterrutschen und rannte mit dem Jungen an der Hand los.

»Na geh schon«, brummte Christopher neben ihr. »Der Mann scheint verrückt nach dir zu sein. Und dein Sohn nach ihm. Familien gehören zusammen. Sie sind das, was uns in schlimmen Zeiten durchhalten lässt. Ohne sie sind wir nichts. Und das da sieht mir ganz nach deiner aus.«

Vika nickte tonlos, zog die Nase hoch und lief den Bürgersteig entlang, während sie sich den Bauch hielt. Die Menschen um sie herum waren ihr egal, die Gorbals hatten Verrückteres gesehen als eine aufgelöste schwangere Frau. Die Tränen rannen ihr längst in Bächen über die Wangen, und als Archie sie endlich in den Arm schloss, schluchzte sie auf. Ohne Rücksicht auf irgendwelche Anstandsformen, wanderte Archies Hand in ihren Nacken und seine Lippen an ihr Ohr. »Sag mir, dass du mich nicht zurückgeholt hast, um mich weiter leiden zu lassen«, raunte er.

Vika brachte kein Wort heraus. Ihr Mund suchte seinen, fand ihn und gab Archie still die Antwort auf alle Fragen. Ein Seufzen entfuhr ihm, dann forderte er mehr als nur einen Kuss von ihr ein. Vika stieß sich von ihm ab und schüttelte den Kopf. »Warum nur hast du mir nicht früher gesagt, dass du mich liebst?«, rief sie.

»Weil ich nur halb so clever bin, wie ich denke?« Er grinste sie an. »Von jetzt an werde ich es dir jeden Tag von neuem für den Rest unseres Lebens sagen.«

»Du bist ein Halunke. Ein Schnapsbrenner und ein verdammter Mistkerl«, platzte es aus Vika heraus.

»Halte dir lieber die Ohren zu, Kumpel«, brummte Archie und fuhr Arch über den Kopf, der mit offenem Mund zwischen ihnen hin und her blickte.

Vika kniff die Augen zusammen. »Soll er ruhig wissen, was für ein Kerl sein Vater ist. Immerhin werde ich genug Mühe haben, einen anständigen Mann aus ihm zu machen, wenn du ihn aufziehst.«

»Ach ja?« Archie streckte den Arm aus. Vika spürte, wie er an einer ihrer Haarsträhnen zupfte. So wie damals, in dieser einen Nacht, in der ihr gemeinsames Kind entstanden war. »Dann müssen wir zurück nach Foxgirth. Hier kann ich dem Burschen das Schwimmen nicht beibringen.«

»Es ist November«, hielt Vika dagegen und spürte ein Lächeln auf ihren Lippen.

»Bis dahin üben Arch und ich das Reiten. Und du und ich, wir sollten uns nach einem eigenen Haus umsehen, damit nicht noch eins unserer Kinder in einem verdammten Pub geboren wird. Wie klingt das?«

»Gut, nehme ich an.« Vika reckte das Kinn vor. »Ich werde weiterhin malen und mein eigenes Geld verdienen. Versuch ja nicht, mich davon abzuhalten. Und vielleicht kannst du dich bemühen, kein Krimineller zu werden.«

Mit funkensprühenden Augen rückte er an sie heran. »Ich werde mein Bestes geben, aber ich kann dir nichts versprechen. Ich habe ja gesagt, dass ich von jetzt an vorhabe, immer ehrlich zu dir zu sein.«

»Mehr kann ich vermutlich nicht erwarten.« Sie hatte längst verloren. Archie Dennon hatte nach wie vor ihr Herz in seiner Hand, aber sie ebenso das seine. Das Leben an Archies Seite würde weder einfach noch ruhig werden, doch das musste wohl so sein. »Bringst du mich ein zweites Mal aus dieser Stadt fort?«, flüsterte sie in die klirrend kalte Luft.

Archie lächelte und legte sichtlich bewegt seine Hand auf ihren Bauch. »Es wird mir ein Vergnügen sein. Und dieses Mal bleibst du verdammt nochmal an meiner Seite.«

Vika bürstete ihr Haar, wusch sich mit dem lauwarmen Wasser aus der Waschschüssel das Gesicht und wandte sich schließlich um. Auf einen Berg aus Decken gebettet, schlief Arch am Boden. Der Tag war für alle lang und aufreibend gewesen. Während Archie und Christopher ihr Hab und Gut eingepackt und auf die Kutsche verladen hatten, hatte sie ihr Bild beendet. Es kam nicht in Frage, Glasgow zu verlassen, ohne den letzten Auftrag zu erfüllen. Das Geld, das dieser Verkauf einbrachte, sollte an die Torrys gehen, als Dank für all die Unterstützung, die sie von Eileen und Christopher erfahren hatte.

Brodi war zur Wäscherei gelaufen, und Eileen hatte tatsächlich eher Schluss machen dürfen, um sie und Arch zu verabschieden. Mit Schweißperlen im Haaransatz und noch immer mit der Schürze der Wäscherei um den Leib war ihre Freundin durch die Straßen gehastet und fiel ihr um den Hals. »Das ist er also, der Kerl«, hatte sie lachend gerufen und Archie angesehen.

»Ganz recht«, hatte Archie gebrummt und ihr die Hand gereicht. »Danke für alles, was ihr für meine Familie getan habt.«

Familie. Erst in diesem Moment war Vika bewusstgeworden, was all das zu bedeuten hatte. Sie würden eine richtige Familie sein, ihr Leben teilen und alles, was dazugehörte. Ihre Kinder sollten einen Vater haben und sie den Mann an ihrer Seite, den sie trotz ihrer Vorsätze nicht hatte zum Teufel jagen können. Archie brauchte sie, das verstand Vika inzwischen. So wie Christopher Eileen gebraucht hatte, um wieder zu sich selbst zu finden. Nach wie vor gab es Schatten, die seine Seele verdunkelten. Überall im Land rangen Männer mit sich, nachdem man von ihnen im Namen der Freiheit unaussprechliches gefordert hatte. Und überall im Land geben sich Frauen Mühe, sie mit ihrer Liebe zu unterstützen und dennoch für eine bessere Zukunft für sich selbst zu kämpfen. Beides musste sich nicht ausschließen, womöglich ging es Hand in Hand. Sie hatte es einmal geschafft, sich mit ihren Bildern etwas zu beweisen, es würde auch erneut gelingen. Wie genau, das sollte sich finden. Zum ersten Mal im Leben verspürte sie ein tiefes Vertrauen in sich und ihre Fähigkeiten. Und es fühlte sich herrlich an.

»Nun komm schon zu mir.«

Archies Stimme holte Vika zurück in das kleine Gästezimmer der Pension am Rande von Edinburgh. Weiter hatten sie es heute nicht geschafft, und sie alle brauchten dringend etwas Schlaf und Erholung. Sie blickte zu Archie, der auf dem Bett lag und sie beobachtete.

»Ich möchte dir von nun an jeden Abend dabei zusehen, wie du dich kämmst«, sagte er.

»Ist das denn so spannend?« Sie gluckste.

»Es beruhigt mich.«

Vika nickte und verstand. Sie knöpfte mit zitternden Fingern ihr Kleid auf, bis es zu ihren Füßen glitt und sie nur im Unterrock und Hemdchen vor ihm stand.

Archie setzte sich auf, streckte ihr seine Hand entgegen und half ihr auf die Matratze.

Ein leises Lachen entschlüpfte ihr. »Du wirst mich morgen früh aus diesem Bett wuchten müssen, so weich, wie es ist. Ich komme kaum wieder hoch, wenn ich erst liege.« In der Tat war die Matratze ein Luxus im Vergleich zu der harten in ihrer Wohnung. Nie zuvor hatte Vika in einer Pension übernachtet, und ihr gefiel das hübsche Zimmer ausgesprochen gut. Die Leinen rochen frisch gewaschen, und das Abendessen war vorzüglich gewesen. Sie hatte sich in dem Gasthaus nebenan wie eine Königin gefühlt, als die Speisen aufgetragen worden waren. Arch hatte unentwegt gestrahlt und Unmengen verdrückt. Archie hingegen hatte sie über ihre Zeit in Glasgow ausgefragt und ihr gespannt gelauscht. Er hatte geradezu an ihren Lippen gehangen.

»Es wird mir ein Vergnügen sein, dich ab jetzt täglich aus dem Bett zu heben, bis unser Kind geboren ist.« Archie rollte sich neben ihr auf die Seite, und sein Blick glitt über sie. »Darf ich?«, fragte er leise.

Sie nickte und sah zu, wie seine Finger über ihren Bauch wanderten, ehe sich seine Handfläche an ihr Unterkleid drückte.

»War das das, was ich glaube?« Mit hochgezogenen Augenbrauen sah er sie an.

»Unser Kind hat getreten«, bestätigte Vika.

»Das ist unglaublich.« Er beugte sich über sie und küsste den Stoff auf die Stelle, unter der sich ihr Nabel verbarg. »Ich werde Vater, das hätte ich nie geglaubt. Ich habe eine Scheißangst, wenn ich ehrlich bin, aber ich werde mir alle Mühe geben, der Mann zu sein, den du verdienst.«

Mit den Fingerspitzen fuhr sie durch seine Haare und dann seine Wange hinab. »Vermutlich hätte ich es dir nicht vorenthalten dürfen. Wir haben beide Fehler gemacht, das verstehe ich jetzt. Uns wurden so viele Jahre genommen, das darf nicht noch einmal geschehen. Versprich mir, dass wir für immer zusammenbleiben werden.«

Er schmiegte seinen Kopf an ihre Hand. »Bis ans Ende aller Zeit.« Dann rutschte er ein wenig höher und schob sein Gesicht über ihres. Vika glaubte in seinen dunklen Augen zu versinken. In ihnen lag der Schimmer des Mannes, den sie, als sie schrecklich jung gewesen war, heimlich aus der Ferne angehimmelt hatte. Sie waren beide reifer geworden und hatten Prüfungen bestehen müssen. Die vergangenen Monate hatten Vika stärker gemacht als ihr ganzes Leben zuvor, und sie war zu einer Frau geworden, die Archie nicht nur lieben, sondern die ihm auch die Stirn bieten konnte. Das Mädchen, das einst vom Schicksal auf seine Kutsche verfrachtet worden war, war endlich bereit für diesen Mann. Und er für sie.

»Ich liebe dich«, murmelte sie an seine Wange.

Ein wohliges Raunen war zu hören, dann küsste er ihre Nasenspitze. »Wirst du mich heiraten, sobald wir zurück sind?«

Mehr als ein Nicken brachte sie nicht zustande.

Lächelnd nickte Archie ebenfalls. »Das hätte ich schon vor vielen Jahren fragen sollen. Entschuldige bitte, dass es so lange gedauert hat.«

»Ich werde es dir nachsehen. Küsst du mich jetzt endlich?«, murrte Vika und legte die Arme um ihn.

»Du glaubst gar nicht, wie sehr ich das will.«

Vika atmete den Geruch ein, der sie bis in ihre Träume verfolgt hatte. Wie als Zeichen, dass endlich alles gut werden würde, vertrieb sein warmer Körper jede Erinnerung an die eisige Kutschenfahrt. Mit seinen alles fordernden Küssen versetzte Archie sie augenblicklich in tiefe Glückseligkeit. Dann sank er neben sie. »Kann es kaum erwarten, bis ich dich vor den Altar gebracht habe«, brummte er.

Vika legte den Kopf auf seinem Hemd ab und genoss den Moment wie kaum einen zuvor. Diese Nacht würde sie an Archie geschmiegt verbringen, so wie von nun an jede weitere ihres Lebens.

* * * * *

»Bist du bereit, Kumpel?«, fragte Archie.

Arch nickte strahlend. Bis zur Nasenspitze in dicke Decken eingewickelt, hockte der Bursche auf der Ladefläche zwischen den Taschen und Beuteln mit Vikas Habseligkeiten. »Ich will zu Bobby.«

»Nur noch ein paar Stunden, dann kannst du deinen Hund begrüßen. Und deine Tante Shona wird dich vermutlich in den nächsten Tagen nicht mehr loslassen.« Archie drehte sich lachend um und nahm die Zügel auf.

Neben ihm legte Vika ihren Kopf an seine Schulter. »Jetzt

geht es nach Hause«, sagte sie so leise, dass er es kaum hören konnte.

Mit einer tiefen Zufriedenheit, die ihm unbekannt war, ließ Archie die Pferde anziehen. Die Kutsche, die eigentlich dafür bestimmt war, die Edinburgher Unterwelt mit alkoholischem Nachschub zu versorgen, transportierte nun etwas, das er nie geglaubt hatte, je zu besitzen: Seine eigene kleine Familie. In wenigen Wochen würde Vika einem zweiten Kind das Leben schenken und ihn endgültig zum verflucht glücklichsten Mann des Landes machen. Archie hatte in der Nacht kaum ein Auge zugemacht, so wenig hatte er es fassen können, dass Vika wirklich in seinem Arm lag. Während er Archs gleichmäßigen Atemzügen lauschte, hatte Archie in Gedanken eine Liste mit all den Dingen erstellt, die er mit dem Burschen unternehmen wollte. Sobald die Sache mit der Heirat durch wäre, würde es einen zweiten Archibald Dennon geben. Er konnte es kaum erwarten.

Vika zupfte die Decke, die über ihren und seinen Beinen lag, zurecht und lächelte ihn an. Ihre Wangen waren von der Kälte gerötet, und Archie betrachtete seinen Atem, den der Wind davontrug. Immerhin würde es nicht regen, zumindest sah es bisher nicht danach aus.

Niemand aus seiner Familie ahnte, dass er Vika und Arch zurückbrachte, und auch nicht, dass Vika sein Kind unter dem Herzen trug. Der erste Enkel seiner Ma würde eher durch das Cottage schreien, als angenommen. Während Bonnie noch Monate der Schwangerschaft vor sich hatte, lag Vikas Niederkunft nur einige Wochen entfernt. »Ich habe uns vom Wirt einige Brote einpacken lassen, falls du Hunger bekommen solltest«, brummte er. Sicherlich musste sie regelmäßig etwas zu sich nehmen. Archie hatte sich vorgenommen, ihr jeden Wunsch von den Augen abzulesen. Versuchen konnte er es zumindest.

»Jetzt gerade bin ich einfach glücklich«, hauchte Vika und schmiegte sich noch fester an ihn.

Archie runzelte die Stirn.

Irgendetwas stimmte nicht, doch Vika sagte keinen Ton. Stattdessen pressten sich ihre Lippen blutleer aufeinander und sie blickte angestrengt in die Ferne. Der rosa Schimmer war längst von ihren Wangen verschwunden.

»Was ist los?«, fragte er.

»Es ist alles in Ordnung. Es sticht lediglich etwas von all dem Gerumpel in meinem Unterleib«, sagte sie und presste die Lippen gleich darauf wieder zusammen.

»Sollen wir besser eine Pause machen?« Archie wollte die Zügel anziehen, doch Vika schüttelte den Kopf.

»Es ist nur noch knapp eine Stunde, oder nicht?«

»Sogar noch etwas weniger«, bestätigte er.

»Es geht schon, wirklich. Das gehört gegen Ende einfach dazu. So war es in den Wochen vor der Niederkunft mit Arch damals auch.« Sie legte die Hände an den Bauch und lächelte ihn an.

Natürlich entging ihm weder, wie gequält es war, noch dass sie unauffällig den Schmerz wegzuatmen versuchte. Vika konnte ihm nichts vormachen. Ein ungutes Gefühl überkam ihn. Archie sah über die Schulter zu Arch, der schon vor einer Weile eingeschlafen war. Der Kopf des Burschen war zur Seite gekippt und ruhte an dem zerschlissenen Koffer, mit dem Vika vor Monaten aus Foxgirth abgehauen war. Bei jedem Schlagloch wackelte der dunkle Haarschopf, und doch wachte er nicht auf.

Archie entschied sich, die Pferde etwas mehr anzutreiben, auch wenn dies bedeutete, dass die Fahrt noch holpriger wurde. Die Wege jenseits der Ortschaften waren meist schlecht befestigt und nicht immer leicht zu befahren. »Wir sehen direkt bei Bonnie vorbei, damit sie dich untersuchen kann. Das wird schon!«, sprach er ihnen beiden gleichzeitig Mut zu.

Vika zeigte ein weiteres angespanntes Lächeln, und Archie unterdrückte einen Fluch.

Die letzten Meilen zogen sich länger dahin als der gesamte Rest der Strecke. Vikas Finger fassten in regelmäßigen Abständen in die Decke, und hin und wieder entwich ihr ein leises Stöhnen.

»Du liegst in den Wehen, oder habe ich Unrecht?« Mit der Hand zwang er sie, ihn anzusehen.

»Das darf aber nicht sein. Es ist viel zu früh. Es ist noch rund sechs Wochen hin.« Jegliche Farbe war aus Vikas Gesicht gewichen, und stärker als zuvor fielen ihm die dunklen Ringe unter den Augen auf.

Er gemahnte sich zur Ruhe. Vika brauchte Hilfe und keinen Mann, der in Panik verfiel. »Wie viel Zeit bleibt noch?«

»Bis zu Bonnie werde ich es noch aushalten. Sollte das Baby wirklich früher kommen, dann bitte nicht am Wegesrand und bei dieser Kälte«, sagte sie mit zitternder Stimme. »Und nicht ohne Hebamme, die weiß, was sie tut.«

Archie nickte und ließ die Zügel auf den Rücken des Gespanns niedersausen. Er hatte keine Ahnung, wie lange vor dem eigentlichen Geburtstermin ein Säugling lebensfähig war. Der Tritt, den er am Abend zuvor gespürt hatte, war kräftig, und er hoffte inständig, dass sein Kind stark genug sein würde. Jetzt, da endlich alles gut werden sollte, durften sie es nicht verlieren. Es würde Vika das Herz brechen und seines ebenfalls.

Vikas Finger krallten sich in seinen Jackenärmel. Dass die Abstände ihrer Krämpfe deutlich kürzer wurden, stand außer Frage. Das Donnern der Hufe übertönte ihre Schmerzenslaute, und Archie vergewisserte sich einmal mehr, dass Arch sicher zwischen den Gepäckstücken hockte. Wie konnte der Bursche bei diesem Gerumpel nur schlafen, während sein Körper so durchgeschüttelt wurde? Wobei es vermutlich ein Segen war, dass der Junge von all dem nichts mitbekam.

Die Pferde galoppierten am verwitterten Ortschild von Foxgirth vorüber, und endlich kamen die Dächer der beiden Cottages in Sicht. »Wir sind gleich da, und dann wird alles gut«, rief Archie in den Wind, und Vika blickte erleichtert nach vorne.

Kaum, dass die Pferde zum Stehen gekommen waren, brüllte er Bonnies Namen und half Vika hinunter. Die Tür öffnete sich und Bonnies roter Lockenschopf tauchte auf. »Vika? Du bist es wirklich!« Seine Schwester raffte den Rock und eilte zu ihnen. »Was ist denn los?« Doch kaum hatte sie die Frage ausgesprochen, fand ihr Blick die Rundung unter Vikas Mantel. »Schon gut, wir bringen dich nach drinnen und dann sehe ich mir das an.« Sie hakte Vika auf der anderen Seite unter.

Archie entdeckte Connor, der in diesem Moment mit dem Milcheimer aus der Scheune kam. »Kannst du nach dem Jungen sehen?«, rief er und deutete zur Kutsche.

Es dauerte einen Moment, bis sein Freund erfasste, was das Chaos zu bedeuten hatte und was hier vor sich ging, dann nickte er. »Natürlich. Mach dir keine Gedanken.«

Schon waren sie durch die Tür und fanden sich in Bonnies

Küche wieder. Sie halfen Vika aus dem Mantel, und Archie schob ihr einen Stuhl hin, den Vika jedoch ignorierte. Stöhnend stützte sie sich auf der Tischplatte auf, während Bonnie sich in Windeseile von hinten um sie schlängelte, um ihren Bauch abzutasten.

»Wir bringen sie nach oben und legen sie in unser Bett«, sagte sie leise. Der Blick seiner Schwester war ernst, und Archie spürte seinen Puls rasen.

Während er Vika von hinten stützte und die schmale Treppe nach oben schob, half Bonnie von vorne nach. Endlich hatten sie es geschafft, und Vika ließ sich mit gequälter Miene vorsichtig auf das Bett nieder. Schon streifte Bonnie ihr die Schuhe ab und hob ihre Beine ebenfalls auf die Matratze. Erneut wanderten die Finger seiner Schwester über Vikas Bauch. »Woher kommt ihr?«, fragte sie.

»Glasgow«, brummte Archie.

»Was zum Teufel bringt dich nur dazu, eine Frau kurz vor dem Geburtstermin für eine längere Fahrt auf eine Kutsche zu verfrachten«, zischte sie.

»Es sind noch einige Wochen bis zum Termin. Ich dachte, das sei kein Problem«, sagte Vika mit schwacher Stimme.

»Aber das gilt nicht für Zwillinge. Meine Kolleginnen in Glasgow werden dir doch gesagt haben, dass du dich unbedingt schonen sollst. Zwillinge kommen so gut wie immer vor der Zeit und sind so oder so schon kleiner. Ihr hättet die Geburt vor Ort abwarten sollen.« Bonnie schüttelte Kopf, während sie sich aufrichtete.

»Was sagst du da? Zwillinge?« Hatte er richtig gehört? Archie sah zu Vika, die Bonnie mit offenem Mund anstarrte.

Bonnie runzelte die Stirn. »Aber natürlich sind es zwei Kinder.« Bonnie wandte sich an Vika. »Du warst doch bei der Vorsorge, oder nicht? Zwillinge sind für eine ausgebildete Hebamme kaum zu übersehen.«

»Ich hatte keine Zeit«, flüsterte Vika, ehe sie ins Laken griff und aufstöhnte.

»Ihr seid mir ja ein schönes Paar«, seufzte Bonnie und stand auf. Sie gab Archie ein Zeichen, ihr zu folgen.

Wie benommen stapfte er hinter ihr her in den Flur. »Zwillinge, bist du sicher?«, war alles, was er mit trockener Kehle herausbrachte.

»Zwei kleine Dennons, die ihr kräftig durchgeschüttelt habt.« Sie legte den Kopf schief. »Du bist doch für Vikas Zustand verantwortlich, wie ich vermute?«

Er nickte. Er war für all das hier verantwortlich. Er hatte Vika nicht nur geschwängert und sie von sich weggetrieben, er hatte sie auch auf eine viel zu anstrengende Fahrt mitgenommen.

»Du bist selbst Zwilling, da sind die Chancen für doppelten Nachwuchs höher«, erklärte sie.

»Werden die Kinder es schaffen?«, fragte er leise.

»Das hoffe ich. Und ich verspreche dir, dass ich mein Bestes geben werde.« Bonnie schob ihn zur Treppe. »Geh rasch rüber und sag Ma Bescheid, ich werde ihre Unterstützung brauchen können. Und dann setzt du Wasser auf, und Connor soll Tücher raufbringen.« Die Tür hinter ihm fiel zu, und einen Moment lang hörte Archie nur seinen Atem und das Blut in seinen Adern rauschen. Dann stürzte er die Treppe hinunter.

Connor saß an dem kleinen Tisch in der Küche und hatte Arch auf dem Schoß, der lachend plapperte und wild gestikulierte. Ganz bestimmt berichtete er Connor von seiner Zeit in Glasgow und dachte sich Abenteuergeschichten aus. »Ist alles in Ordnung?«, brummte sein Freund.

»Ich fürchte nicht.« Archie rannte hinaus und stolperte ins Cottage nebenan. »Ma!«

Es dämmerte bereits. Archie steckte sich eine weitere Zigarette an, deren Stummel sich in wenigen Minuten zu den unzähligen anderen in dem Aschenbecher gesellen würde. Connor hockte auf der anderen Seite des Tisches und schnitzte an einem kleinen Holzstück. Seit einer gefühlten Ewigkeit waren seine Ma und Bonnie oben bei Vika. Hin und wieder war Vikas Stöhnen zu hören, was ihm Übelkeit bescherte, doch abgesehen davon passierte rein gar nichts. Blaire hatte sich Arch geschnappt und war mit ihm ins Nachbarhaus hinübergegangen, damit der Junge nicht mitbekam, was hier vor sich ging, und Archie hatte Tommy mit der Kutsche in den Ort geschickt, um Shona zu holen.

Endlich war Hufgetrappel zu vernehmen. Archie stapfte zur Tür und sah hinaus. Shona kletterte vom Kutschbock und lief mit wehendem Kleid auf ihn zu. Sie fiel ihm um den Hals und schluchzte an seinen Hemdkragen. »Du hast beide zurückgeholt. Ich freue mich so.«

»Das habe ich, und zwar für immer.«

Shona sah ihn an und wischte sich eine Träne aus dem Augenwinkel. »Und wie geht es Vika?«

Er zuckte mit den Schultern. »Sie sind nach wie vor oben. Ich weiß es nicht.«

Shona zog geräuschvoll die Nase hoch und lächelte gequält. »Ich werde nachsehen und meiner Schwester die Hand halten. So wie damals bei Arch.« Sie streichelte ihm über die Wange. »Das wird wieder, keine Sorge. Das muss es einfach.«

Mit klackernden Absätzen eilte sie die Stufen hoch. Dann umfing ihn die unerträgliche Stille wieder. »Ich sollte bei Vika sein und nicht so nutzlos hier unten sitzen.« Archie inhalierte und stieß den Rauch zur offenen Tür hinaus, wo dieser durch die Luft tanzte und davonschwebte.

»Bonnie wird dich hochkant rauswerfen. Lass die Frauen ihre Arbeit machen, helfen kannst du doch so oder so nicht.« Connor blickte ihn ernst an und deutete auf den zweiten Stuhl.

Widerwillig setzte Archie sich. »Wenn Vika die Kinder verliert, wird sie es mir nie verzeihen. Ich hätte bei ihr in Glasgow bleiben sollen, anstatt sie noch am gleichen Tag in ihrem Zustand auf eine Kutsche zu verfrachten.«

»Wollte sie denn in Glasgow bleiben?« Connor war längst wieder dabei, das Holz zu bearbeiten.

»Nein, sie und Arch wollten beide zurückkommen. Aber ich habe nicht nachgedacht.«

»Du kennst dich mit Frauen in diesem Zustand auch wenig aus.« Connor zwinkerte ihm zu. »Es trifft dich keine Schuld. Weder Vika noch du hattet eine Ahnung, dass da gleich zwei Kinder auf die Welt drängen werden.«

»Zwillinge«, seufzte Archie, wie schon mehrfach in der letzten Stunde.

Ein tiefes Lachen war zu hören. »Wer hätte gedacht, dass du noch vor mir Vater wirst?« Connor legte das Messer beiseite. »Wenn da oben alles gut läuft, wirst du innerhalb eines Tages vom Junggesellen zum dreifachen Vater werden. Respekt, mein Freund. Du machst die Dinge ganz oder gar nicht.«

»Und du verstehst es wirklich, einen aufzubauen.« Archie drückte die Zigarette aus.

»Du hast das verdammte Flandern überlebt, ein Stall Kinder wird dich nicht kleinkriegen«, grummelte Connor.

Es klopfte, und gleich darauf balancierte Keillan zwei Teller hinein. »Das soll ich euch von Blaire bringen.« Sein Bruder stellte das Essen vor ihnen ab.

»Und was genau soll das sein?« Archie beäugte den Berg auf seiner Platte.

»Verkohlte Kartoffeln und schwarzer Speck«, gab Keillan lachend zurück, ehe er sich an einen Schrank lehnte. »Sie hat mit Arch gekocht, und sie hat eindeutig nicht mehr Ahnung davon als der Junge.«

»Wie geht es dem Kleinen?« Archie stocherte mit der Gabel auf der Suche nach einem weniger verkohlten Stück in den Kartoffeln.

»Er kaut Blaire ein Ohr ab und erzählt ihr unentwegt von Glasgow.« Keillan schmunzelte. »Netten Burschen hast du da, das muss ich dir lassen.«

Archie gab es auf und legte die Gabel beiseite. »Du warst noch auf dem Festland, als Vika von hier weggegangen ist und ich vermute, dir hat keiner gesagt, dass Arch nicht mein leiblicher Sohn ist?« Abwartend sah er Keillan an.

»Der Bursche heißt Archibald.« Keillan hob die Hände. »Ich dachte schon damals, als du, Ian und ich aufgebrochen sind, dass du Vika in diese Lage gebracht hast, und war ehrlich gesagt ziemlich sauer auf dich, dass du sie nicht geheiratet hast.«

»Hättest mir ruhig schon damals einen Arschtritt verpassen können«, brummte Archie.

»Ich hatte entschieden, dass mich dein Liebesleben nichts angeht.« Keillan sah ihn fragend an. »Also ist Arch kein Dennon?«

»Das wird er sein, sobald ich Vika geheiratet habe.« Archie holte Luft. »Du wirst es für dich behalten, so wie alle in dieser Familie: Willie Glenn ist Archs leiblicher Vater.« Einige Zeit nachdem Vika und der Junge verschwunden waren, hatte Archie Connor die Wahrheit gesagt. Und dann seiner Ma und den Geschwistern. Es hatte einfach rausgemusst.

»Der verdammte Willie Glenn?«, entfuhr es Keillan. Sein Bruder rieb sich über den Nacken. »So langsam bekomme ich eine Ahnung von dem, was ich hier verpasst habe.« Er schüttelte den Kopf. »Weiß Willie denn davon?«

»Nein. Er hält den Jungen für meinen Spross, und das soll auch so bleiben.«

»Verstehe.« Keillan sah zu Connor, der den Teller von sich wegschob und angewidert das Gesicht verzog. »Hat mir auch nicht geschmeckt, um ehrlich zu sein.« Er schnappte sich den Hocker, der stets vor dem Ofen stand, und setzte sich zu ihnen.

»Ich habe heute Morgen einen Eintopf gekocht«, brummte Connor. »Wir haben noch Reste. Wollt ihr kosten?«

»Du kochst?« Keillan blickte ihn aus den Augenwinkeln an.

»Seit einer Weile. Bonnie hat viel zu tun, und da habe ich es einfach versucht. Ich mag ein schlechter Schafbauer sein, aber allem Anschein nach bin ich am Herd ganz passabel.« Connor erhob sich, griff nach beiden Tellern und leerte sie in den Ascheeimer.

Keillan beobachtete sichtlich amüsiert, wie sein unliebsamer Schwager aus einem Topf schöpfte, der auf dem Herd stand. Connor reichte ihm den einen und Archie den anderen Teller. »Ist mit Hammelfleisch von meinem ersten Schlachttier.«

Ein deftiger Geruch stieg Archie in die Nase, der besser roch als erwartet.

Keillan pikte zögernd Gemüse und Fleisch auf. »Das kann man tatsächlich essen«, stellte er kauend fest.

Archie probierte ebenfalls. »Scheinbar hast du endlich etwas gefunden, das du außer boxen und Geld eintreiben noch so kannst«, brummte Archie grinsend.

»Es kränkt meine Männlichkeit nicht im Geringsten, für meine Frau zu kochen«, antwortete Connor und nickte selbstbewusst.

Keillan sagte zwar nichts, doch Archie konnte erkennen, dass ihm die Antwort seines Schwagers gefiel. Vielleicht würden die beiden Männer sich ja doch noch etwas annähern, wagte er zu hoffen, als plötzlich ein spitzer Schrei durch das kleine Haus schallte.

Der Stuhl kippte rücklings auf den Boden, als Archie aufsprang, die Treppe hochjagte und die Tür zu Bonnies und Connors Schlafzimmer aufriss.

Die schwarzen Haare klebten an Vikas Stirn, während sich in ihrem Gesicht all der Schmerz widerspiegelte, den sie gerade ertragen musste. Bonnie stand über ihre Beine gebeugt neben dem Bett, während Shona Vikas Hand hielt und Mairead mit einem Handtuch im Arm alles zu beobachten schien. Seine Ma sah über die Schulter. »Wir haben alles unter Kontrolle, Junge. Geh wieder runter.«

»Den Teufel werde ich tun.« Archie zwängte sich zwischen Bonnie und der Wand hindurch und legte seine Hand an Vikas Wange. »Ich bin da«, flüsterte er ihr ins Ohr.

Vikas Hand griff nach seiner.

»Verschwinde jetzt, Archie. Es ist gleich so weit«, rief Bonnie. »Wir machen das hier schon.«

* * * * *

»Versuch doch, mich hier rauszubekommen«, hörte Vika Archies Stimme.

»Verdammter Dickschädel«, schimpfte Bonnie, dann spürte Vika, wie sie etwas aufgerichtet wurde.

Archie warf das Kissen neben das Bett und setzte sich hinter ihr ans Kopfende. Vika sank mit dem Rücken an seine Brust und spürte seinen Arm um sich. »Ich habe gesagt, dass ich immer bei dir bleiben werde, und das war ernst gemeint«, murmelte er.

Shona hockte sich ebenfalls auf die Matratze, griff erneut nach ihrer Hand und rieb mit dem Daumen über ihre Haut.

Vika schloss die Augen und konzentrierte sich auf ihre Atmung. Sie hatte alle Menschen bei sich, die ihr etwas bedeuteten. Arch war ganz sicher nebenan bei Blaire oder Tommy, vermutete sie. Sie waren wieder zu Hause in Foxgirth. Der Ort, an dem sie vorhatte, endlich glücklich zu werden. Der Druck um ihre Mitte baute sich einmal mehr auf. In Wellen lief der Schmerz über ihren Körper hinweg und wurde von Archies leisem Flüstern abgemildert. Vika versuchte, jedes Wort zu verstehen, das seinen Mund verließ. Wie sie mit ihren Kindern ein Haus suchen und dort einziehen würden. Wie sehr er sich darauf freute, mit ihnen an den Strand zu gehen und sich jeden Abend neben sie zu legen. Vika schloss die Augen und presste, während Archie ihr versprach, sie bis zu seinem letzten Atemzug zu lieben.

»Weiter, weiter. Jetzt nicht aufhören«, wies Bonnie sie an, und Mairead rieb, wie damals bei Archs Geburt, ihre verkrampften Unterschenkel. Alles um sie herum ging in ein Durcheinander aus Rufen, gemurmelten Worten und stechenden Schmerzen unter. Ihr Unterleib drohte zu zerbersten und Vika bäumte sich auf, während Archie sie nicht losließ. Das

Brennen war kaum auszuhalten, doch dann war es vorbei. Nach Luft schnappend sank Vika zurück. Sie wagte kaum, die Augen zu öffnen.

»Es ist sehr klein«, sprach Mairead leise mit Bonnie, doch Vika hörte es dennoch. Die junge Krankenschwester nickte, nestelte mit ihren Händen zwischen Vikas Beinen herum und hob ein Bündel an.

»Lebt es?«, brachte Vika mit zitternder Stimme.

»Bonnie weiß, was sie tut«, sagte Mairead und lächelte ihr milde zu.

Archies Griff wurde schmerzhaft fest, und als Vika ihre Hand aus seiner zog, schien er zu sich zu kommen. »Bitte entschuldige«, murmelte er, ohne den Blick von seiner Schwester zu nehmen.

»Nun komm schon«, flüsterte Bonnie, dann bewegte sie das in ein Tuch gewickelte Kind so schnell auf und ab, dass Vika ganz bange wurde.

Ein klägliches Jammern drang durch die angespannte Stille. »Na also.« Bonnie nickte sichtlich zufrieden, legte es wieder auf der Matratze ab und senkte ihren Kopf hinab, um zu horchen. »Die Atmung ist regelmäßig und frei.«

Ein Schütteln durchzuckte Vikas Körper. Tränen der Erleichterung rannen über ihre Wangen, und sie presste sich an Archie, der ihre Haare küsste und »verflucht gut gemacht, mein Schatz«, brummte.

Schließlich lotste Bonnie Shona, die ebenso blass wie die weiß getünchte Wand war, zu dem Sessel in der Zimmerecke und legte ihrer Schwester das Bündel in den Arm.

Mairead drapierte eine Decke darüber. »Schön warm halten, das ist jetzt das Wichtigste«, mahnte die erfahrene Frau.

Vika schloss die Augen. Sie war so schrecklich müde. Die

lange Fahrt, dann die Stunden in den Wehen, und doch war es noch nicht vorüber. Aber eines ihrer Kinder lebte. Und Archie war bei ihr. Auch wenn er nicht in diesen Raum gehörte, gab er ihr die nötige Kraft.

Das zweite Kind drängte bald darauf aus ihr heraus. Wieder begleiteten Archies Gemurmel und Bonnies routinierte Anweisungen ihre Schmerzen. Der Druck der letzten Wehe war zugleich Folter und Erlösung. Das Brennen hatte kaum nachgelassen, da war schon ein schwacher Schrei zu hören.

Mairead dankte Gott, zückte die Schere, und Bonnie rieb den winzigen Körper trocken, ehe sie auch diesen in mehrere Lagen Tücher einschlug.

Bonnies Haare waren unordentlich, ihre Wangen glühten förmlich, und Vika nahm wahr, wie sie sich einen Moment nahm, um das Kind in Ruhe zu betrachten und ein leises Gebet zu sprechen. Schließlich kam sie lächelnd näher und legte es in ihren Arm. »Du hast es geschafft, Vika. Sie sind beide sehr klein, aber Kämpfer wie ihr Vater. Viel Wärme, Liebe und Milch in den nächsten Wochen werden helfen, dass es einmal wunderschöne junge Damen werden.«

»Zwei Mädchen?«, fragte Archie heiser.

Bonnie nickte und gluckste. »Der Herrgott hat dir Töchter geschenkt, Archie. Wer hätte das gedacht?«

Die Vibration von Archies gelöstem Lachen in ihrem Rücken, betrachtete Vika verzückt die winzigste Nase, die sie je gesehen hatte.

Kurz darauf verließ Archie seine Position hinter ihr, um seine zweitgeborene Tochter zu halten, während ein Ziehen die Nachgeburt ankündigte. Vika sank ins Kissen und sah zwischen Shona und Archie hin und her, die, je mit einem

Kind im Arm, beide ungewohnt selig wirkten. Zwei kleine Mädchen waren genau das, was ihnen gefehlt hatte, erkannte Vika in diesem Moment. Die Babys waren nötig gewesen, um endlich eine Familie aus ihnen zu machen. Vika konnte es kaum erwarten, Arch seine Schwestern zu präsentieren. Ganz sicher würde er der beste große Bruder werden.

»Und noch ein allerletztes Mal pressen«, hörte sie Bonnie sagen. Es war fast geschafft.

Nur das flackernde Licht einer einsamen Kerze erhellte das Zimmer ein wenig und warf Schatten an die Wand. Vika sah lächelnd zu Archie, der auf der anderen Bettseite lag und unentwegt seine Töchter bewunderte, die zwischen ihnen gebettet waren. Bonnie und Connor würden in dieser Nacht nebenan schlafen, damit Vika sich von der Niederkunft erholen konnte. Nachdem Arch jede seiner Schwestern mit einem Kuss bedacht hatte, hatte Tommy ihn und Shona in den Pub gefahren. Endlich konnte ihr Sohn seinen geliebten Hund streicheln und in seinem eigenen Zimmer schlafen.

»Sie sind so wunderschön«, brummte Archie und streckte die Hand aus. Er streichelte Vikas Schulter und sah sie warm an. »Was hältst du von Sonntag in zwei Wochen?«

»Wofür?«, flüsterte Vika.

»Für die Hochzeit natürlich. Jetzt wird es dringend Zeit, will ich meinen.«

Vika sah in die tiefen dunklen Augen des Mannes, der sie in den vergangenen Stunden hatte spüren lassen, dass er sie wie versprochen niemals im Stich lassen würde. Archibald Dennon mochte manchmal ein Mistkerl sein, aber er war ihr Mistkerl. »Ist gut«, antwortete sie, ehe sie das dickste Lächeln seit langer Zeit auf ihren Lippen spürte. Seufzend streichelte sie über die Decken, die die Mädchen zwischen ihnen warmhielten. »Ich hatte zwar hin und wieder einige Namen überlegt, aber ich hatte ja keine Ahnung, dass es zwei werden. Wie sollen wir die beiden nur nennen?«

Archie stützte sich auf den Ellenbogen und musterte seine Töchter. »Sie erinnern mich irgendwie an meine Schwestern, was mir eine Heidenangst einjagt«, grummelte er. »Wie wäre es mit Ayla und Elsie – Bonnies und Blaires Zweitnamen?«

»Ayla und Elsie Dennon«, flüsterte Vika. Wie entzückend der Klang beider Namen doch war. »Das passt perfekt.«

»Dann ist es abgemacht.« Vorsichtig lehnte Archie sich hinüber und küsste sie. »Du bist die Liebe meines Lebens. Ich habe nie eine andere Frau geliebt oder gewollt. Ich werde mir alle Mühe geben, ein guter Ehemann zu sein.«

»Dann wirst du die Sache mit dem Schmuggel also sein lassen?« Mit hochgezogenen Augenbrauen sah Vika ihn an.

»Also das … meinst du das ernst?« Archie räusperte sich.

Vika kicherte und schmiegte sich an ihn. »Ich weiß, dass du tief in deinem Innern immer ein Schurke bleiben wirst, und genau so habe ich mich damals in dich verguckt. Versprich mir einfach, nie etwas wirklich Schlechtes zu tun und an deinem Vorsatz, den Menschen aus Foxgirth zu helfen, weiter festzuhalten, während du diese Sache mit der größten Destillerie Schottlands weiterverfolgst.«

»Du hast mein Wort.« Er rückte von ihr ab und legte sich neben ihrer erstgeborenen Tochter ins Kissen, während Vika es ihm auf ihrer Bettseite gleich tat.

»Aber welche ist denn nun welche?«, überlegte sie laut. Immerhin glichen sich die Mädchen nicht wie ein Ei dem anderen. Dennoch war es Vika, die selten so eine Erschöpfung wie in diesem Moment gespürt hatte, bisher nicht gelungen, wirkliche Unterschiede auszumachen. Stattdessen hatte sie sich in den wenigen Stunden seit der Geburt an der Farbe der Decken orientiert, um ihre Mädchen zu unterscheiden.

»Lass uns das Morgen früh bei Tageslicht entscheiden.« Archie gähnte. »Ich bin todmüde von der ganzen Sache. Hätte nie gedacht, dass eine Niederkunft derart nervenaufreibend sein könnte.«

»Laut deiner Ma warst du der erste Mann in der Region, der während all ihrer Jahre als Hebamme bei einer Geburt im Raum war«, flüsterte Vika und grinste ihn an. »Vielleicht ist es auch der Schock, den du spürst.«

Archie linste sie aus den Augenwinkeln an. »Ich bin froh, dass ich bei dir war. Um nichts in der Welt möchte ich diese Erfahrung missen. Ich werde Connor raten, Bonnies Niederkunft ebenfalls beizuwohnen.«

»Und ich werde Bonnie vorwarnen«, murmelte Vika, lächelte und schloss die Augen. Archie war bei ihr gewesen, als sie ihn gebraucht hatte. Bei Arch damals in ihren Gedanken und heute ganz nah. Die Zeiten änderten sich tatsächlich.

Epilog

Frühjahr 1920

Archie atmete tief ein und stellte fest, dass die Wildblumen längst nicht nur die Wegesränder, sondern auch die Mailuft einfärbten. Er drehte sich im Sattel und warf einen Blick zurück auf das Holzgerippe, das in den letzten Tagen neben der Kapelle errichtet worden war und bald die Destillerie beherbergen sollte. Keillan hatte ihnen vorgerechnet, welche Ausgaben angesichts des steten Abverkaufs an die Lads möglich waren, und Archie hatte daraufhin die Baustoffe besorgt. Anstatt die Kapelle Raum für Raum zu erweitern, sollte diese zukünftig zur Lagerung der Fässer dienen, und Blaire würde gleich nebenan einen brandneuen Spielplatz erhalten. Über einen Monat lang hatten seine Schwester und Tommy über Plänen für die neue Anlage gebrütet, um so viel wie möglich von der alten erneut verwenden zu können und die maximale Produktionsmenge aus den Leitungen und Kesseln herauszukitzeln. Dann endlich waren seine Geschwister zufrieden gewesen und hatten ihm die Maße für die erste offizielle Destillerie der Gegend genannt.

»Darf ich die Zügel halten, Pa?«

»Dann bring uns mal nach Hause.« Er reichte Arch, der vor ihm im Sattel saß, die Zügel und genoss die sanfte Brise, die über den heute ungewöhnlich ruhigen Firth of Forth herüberwehte. Bis auf die Wellen, die ein gutes Stück weiter an die Klippen schlugen, und das Geschrei der Basstölpel, die wie jedes Frühjahr die Region aufsuchten, herrschte eine friedliche Stille, die Archie nach seiner Zeit in den Schützengräben selbst jetzt, Jahre später, noch unwirklich erschien.

Seine Gedanken wanderten in die Ferne und einmal mehr war er für die vergangenen sechs Monate dankbar. Der Neubau der Destillerie sollte endgültig den Wandel einläuten und die Zukunft nach Foxgirth bringen. Geschickt verschleierte Keillan die eigentliche Menge der Produktion und sicherte so Archies Arsch für den Tag ab, an dem man ihm für seine Geschäfte an den Kragen wollen würde, ein Tag der, wie sein älterer Bruder ihn regelmäßig erinnerte, unweigerlich irgendwann kommen würde. Allmählich glaubte Archie, dass Keillan seine neue Arbeit nur halb so schrecklich fand, wie er es vorgab. Er hatte tatsächlich einen Anlauf gestartet, um seinen Bruder mit Miss Porter zu verkuppeln, doch die beiden fanden sich scheinbar ziemlich uninteressant. Immerhin sprach Keillan kaum noch von den Royal Scots, was Archie als gutes Zeichen wertete.

Im Jahr 1920 war gleich zu Beginn die von Archie sehnlichst erwartete Prohibition auf die gesamten Vereinigten Staaten ausgeweitet worden, anstatt nur wie zuvor in einigen Bereichen des Landes zu gelten. Seitdem fuhren Connor und er regelmäßig den Großteil der Fässer nach Dunbar an den Hafen, wo sie auf ein als Fischerboot getarntes Schmugglerboot geladen und zu den Kontakten der Lads verschickt wurden. Der Schmuggel sorgte wiederum für neue Jobs. Zukünftig würde die Anlage zu groß sein, um nur noch von Blaire und Tommy betrieben zu werden. Die Vorstellung, dass Blaires Whisky in New Yorker Flüsterkneipen ausgeschenkt wurde, erfüllte Archie mit Stolz. Um diese Gelegenheit möglichst gut zu nutzen, hatte er den Großteil der Bauern der Gegend dazu verpflichtet, exklusiv Getreide für ihn anzubauen, abzüglich von fünfzehn Prozent, die in ein gemeinsames Lager gebracht wurden, das die Dorfgemeinschaft am Rande von Foxgirth angelegt hatte. Es war der Vorschlag von Keillan gewesen, so ein wenig für Gerechtigkeit und volle Mägen zu sorgen. Von dort aus wurde zu festen Preisen, die die Inflation im Rest des Landes ignorierten, an die ansässigen Familien verkauft. Blaire nannte es scherzhaft die Dennon-Wohlfahrt und womöglich steckte sogar etwas Wahres in dieser Bezeichnung. Archie reichte es, dass auf diese Weise zumindest der Grundbedarf der Familien an Mehl gedeckt wurde, und die Edinburgh Lads die Sache durch den etwas höheren Preis für die Schmugglerware finanzierten, auch wenn Donald Mac Conallta keinen Schimmer davon hatte, dass zur Abwechslung mal etwas Anständiges mit seinem Geld passierte. König George hatte sie damals zwar mit dem ganzen Scheiß von Freiheit und Ehre eingelullt und an die Front geschickt, brachte es nun aber nicht fertig, die Witwen und Halbweisen seines Reichs zu versorgen. Der Große Krieg, der gekämpft worden war, um allen Kriegen ein Ende zu setzen, hatte Schottland eine Generation junger Männer gekostet. Und nun musste die Nation sich selbst neu aufbauen. »Du bist für Zeiten wie diese gemacht worden«, hatte Blaire Archie kürzlich gesagt, und er hatte verstanden, was sie damit meinte. »Wir beide«, hatte er geantwortet, denn ohne Blaire wäre nichts von alldem möglich gewesen, was sie seit seiner Rückkehr vor zweieinhalb Jahren erreicht hatten.

Der Wallach passierte das Ortsschild, und Arch sah zu ihm auf. »Darf ich bis zum ersten Haus traben, Pa?«

»Nur zu.« Archie legte die Hand auf die Schulter seines Sohnes, um ihn unauffällig etwas abzusichern, doch der Junge war inzwischen ein durchaus passabler kleiner Reiter. Mit jedem Tag erinnerte der Bursche ihn mehr an sich selbst in jungen Jahren und hin und wieder vergaß Archie sogar, dass es nicht sein Blut war, das durch Archs Adern floss. Doch dieser Umstand hatte ihn nie gestört, denn alles, was zählte, war, dass Vika den Jungen geboren hatte.

Mit stolzer Miene lenkte Arch das Pferd auf die Hauptstraße und verringerte die Geschwindigkeit. Dann hielt er vor dem dritten Häuschen auf der rechten Seite an, und Archie rutschte aus dem Sattel, um gleich darauf auch den Jungen hinabzuheben. »Lauf schon mal rein, deine Ma wird sicher längst warten. Wir sind mal wieder zu spät zum Lunch«, brummte Archie, versetzte ihm einen Klaps auf den Hintern und sah zu, wie der Junge zur Eingangstür stürmte und hineinschlüpfte.

Archie führte den Wallach in den kleinen Stall nebenan, nahm Zaumzeug und Sattel ab und gönnte ihm eine extra Handvoll Gerste. Im Februar waren sie in das Cottage am Rande von Foxgirth gezogen. Er hatte das Haus nicht gekauft, weil es erstmal wichtiger war, den Neubau der Destillerie zu finanzieren, aber sie hatten es mieten können. Dass Vika keine drei Kinder in einem Pub aufziehen wollte, war verständlich. Und Archie war es nicht eine Minute lang schwergefallen, dort auszuziehen und hier ein richtiges Familienleben zu beginnen. Er trat hinaus, steckte sich eine Zigarette an und sah die Straße entlang zu dem großen Backsteinhaus, das Keillan Dennon Senior vor einer ewig langen Zeit von den Glenns ergaunert und damit den Grundstein für all das, was seine Geschwister und er nun aufzubauen versuchten, gelegt hatte. In dem überdachten Bereich vor dem Pub erkannte er Keillan und Shona, die mit einer Tasse

Tee in der Hand in der Sonne standen und sich scheinbar prächtig bei ihrem Gespräch amüsierten.

Archies Mundwinkel zuckten, als er erneut inhalierte. Shona trug weiterhin ihre kunstvoll geschneiderten und stets einen Tick zu engen Kleider. Dennoch waren die Männer von Foxgirth, was bestimmte Dinge anging, nun ganz auf ihre Ehefrauen angewiesen. Shona hatte unter dem Namen *Mr. Fox*, was eine Hommage an den Ort darstellte, der ihr ihren Traum letztlich doch noch ermöglicht hatte, eine Kollektion für Veteranen eingeführt, die inzwischen sogar in zwei weiteren großen Kaufhäusern in Edinburgh und mehreren Läden von hier bis Glasgow verkauft wurde. Dass sie auch von einer *Miss Fox*-Kollektion träumte und dafür in ruhigen Momenten Entwürfe von schlichten, aber schicken Kleidern und Röcken entwarf, war Archie nicht entgangen. Träume zu haben war in diesen Tagen vermutlich ein Luxus, in seinen Augen aber genau der Funke, der nötig war um ein Feuer zu entfachen.

Keillan erblickte ihn, hob einen Arm zum Gruß und verschwand dann im Innern des Gebäudes, während Shona sich auf einen Stuhl setzte und weiter an der Tasse nippte. Dass Keillan ihn quasi aus seinem Büro vertrieben hatte, war Archie ein Dorn im Auge. Zwar hatte er einen kleinen zweiten Schreibtisch besorgt und in eine Zimmerecke gestellt, damit sie beide dort arbeiten konnten, doch Keillan und seine peinlich genaue Ordnung trieben Archie derart in den Wahnsinn, wie es vor vielen Jahren schon einmal der Fall gewesen war, als sich seine drei Brüder und er das kleine Dachzimmer im Cottage geteilt hatten. Zwar mussten sie gottlob nun nicht mehr in einem Raum schlafen, aber miteinander zu arbeiten, stellte Archies Geduld ebenfalls auf die Probe. Kaum steckte er sich eine Zigarette an, öffnete Keillan umgehend und mit vorwurfsvollem Blick das Fenster, so dass Archie der Wind in den Nacken fuhr. Und wehe, er legte etwas nicht nach dem Prinzip seines Bruders ab! Um ihre geschwisterliche Liebe nicht zu gefährden, hatte Archie sich entschieden, sein ehemaliges Schafzimmer im Pub in ein zweites Büro umzuwandeln.

In Vikas und Archs alten Zimmern wohnten nun die Torrys, die Vika und er vor einigen Monaten nachgeholt hatten. Das per Brief geschickte Versprechen, ihnen Jobs und ein besseres Leben zu bieten, hatte genügt, um Eileen und Christopher zu überzeugen, die Gorbals endlich ebenfalls zu verlassen. Inzwischen hatte Archie beide näher kennengelernt und wenn er ehrlich war, wurde Christopher in letzter Zeit zu so etwas wie einem zweiten Freund für ihn. Einst hatte er Freundschaften als unwichtige Ablenkung empfunden, ebenso wie die Liebe, doch zum Glück war es immer möglich dazuzulernen.

Während sich Eileen seit ihrer Ankunft kurz nach Neujahr um den Pub kümmerte und auch gelegentlich für die Gäste kochte, glänzte Christopher geradezu in seiner Rolle als Vertreter für Shonas Kollektion. Einen ehemaligen Soldaten mit einem amputierten Bein Kleidung für Veteranen mit fehlenden Gliedmaßen an die Geschäfte zu bringen zu lassen, erwies sich als noch passender, als Archie es sich erhofft hatte. Christopher war der geborene Verkäufer. Und Archie hatte mit der Idee, die Torrys nach Foxgirth zu holen, Vika und Arch glücklich gemacht, die ihre besten Freunde nun wieder bei sich hatten.

»Du stellst dich momentan ganz gut an«, sagte er zu sich selbst, schnippte die Zigarette weg und ging auf die Haustür zu, neben der Bobby auf den Steinplatten schnarchte und nicht einmal den Kopf hob.

Im Innern roch es herrlich nach frischem Brot, und als er in die Küche trat, genoss er einen Augenblick lang den Anblick, der sich ihm bot. Während sich Arch, der allem Anschein nach am Verhungern war, aber eigentlich nur einmal mehr in einem Wachstumsschub steckte, Brot mit Speckwürfeln in beeindruckender Geschwindigkeit einverleibte, hielt Vika eines der Babys im Arm und summte leise.

Archie ging zu ihr hinüber und küsste sie auf die Wange, ehe er sich an der Spülwanne die Hände wusch und sich dann über die Wiege beugte, in der Elsie lag und bei seinem Anblick ein niedliches Glucksen hören ließ. Archie lächelte, hob sie heraus und legte sie an seine Schulter. Seine Töchter, die bei ihrer Geburt kaum größer als seine Hand erschienen waren, hatten nun dicke Pausbacken und kleine Ringe an den Beinchen. Wie vernarrt er in jede der Falten war, die Zeugnis dafür waren, wie sehr Vika um das Leben und Gedeihen ihrer beider Kinder gekämpft hatte. In den ersten Wochen hatte sie die Kinder beinahe ununterbrochen an ihrem Körper gewärmt und sie auch nachts zu jeder Stunde gefüttert. Als sie endlich nach und nach zugenommen hatten, hatte Bonnie ihrer neuen Schwägerin gezeigt, wie sie beide Kinder mit einem Tuch an ihre Brust binden konnte. Jeden Tag, an manchen auch zweimal, war Bonnie bei ihnen aufgetaucht, um nach ihren Nichten zu sehen, während Mairead regelmäßig stärkende Suppen für Vika gebracht hatte. Niemals würde Archie all das vergessen, was seine Schwester und seine Mutter für Vika und seine Töchter getan hatten.

Einige Zeit später war auch für Bonnie die Zeit der Niederkunft gekommen, und sie hatte Connor Fletcher junior geboren, der von allen nur bei seinem Zweitnamen Finley genannt wurde. Connor hatte sich von dem Moment an, an dem er es Archie nachgetan und während der Geburt ins Schlafzimmer gestolpert war, um unter Maireads Protest seiner Frau beizustehen, als aufopferungsvoller Vater bewiesen. Selbst Archie rührte es, den großen Mann mit seinem winzigen Stammhalter im Arm zu sehen.

Da Bonnie ihre Rolle als Krankenschwester der Gegend auch als frischgebackene Mutter weiterhin ernst nahm, stand Connor in letzter Zeit sehr häufig mit dem Kind an der Schulter hinter dem Cottage, um seine Schafe zu bewundern. Hin und wieder gesellte sich Archie zu ihm, um einen Moment mit seinem Freund zu genießen, ehe er sich wieder seinen Projekten zuwandte. Connor ging, wann immer ihm danach war, mit seinem Sohn im Arm und seinem jungen Hütehund spazieren, und Archie gönnte ihm jede Minute des Friedens.

»Archie!«

Er sah von Elsies entzückendem Gesicht auf. »Hast du etwas gesagt, Vika?«

Sie schmunzelte. »Ich habe gefragt, ob du nicht endlich essen willst? Aber wie mir scheint, hat deine Tochter dich in ihren Bann gezogen.«

»Das hat sie wohl.« Vorsichtig legte er das Baby zurück in die Wiege und setzte sich an den Tisch. Während Arch sich schon das nächste Brot schnappte, nahm er sich ebenfalls eines.

»Kannst du später auf die Kinder achtgeben, damit ich mein Bild beenden kann? Christopher wird es auf seiner nächsten Reise nach Glasgow mitnehmen und der Auftraggeberin bringen.«

»Selbstverständlich.« Archie nickte. Vika malte endlich wieder, und es tat ihr gut. Allerdings zeichnete sie jetzt Landschaften und die rauen, aber unvergleichlich schönen Küsten dieser Region anstatt Kriegsmotive. Und tatsächlich verkauften sich auch diese Bilder hervorragend. Inzwischen sagte Christopher den Kunden sogar, dass die Gemälde nicht von ihm, sondern einer aufstrebenden jungen Künstlerin stammten. Archie war so stolz auf Vika, wie es nur möglich war.

Ayla ließ ein kräftiges Weinen hören, und Vika stand auf, um wippend mit dem Kind in der kleinen Küche auf und ab zu gehen. Arch war endlich fertig mit Essen und krähte ein Lied, das seine Tante Shona ihm kürzlich beigebracht hatte und das ganz eindeutig eigentlich nicht von kleinen Jungen gesungen werden sollte. Vika lachte und drehte sich mit ihrer Tochter immer und immer wieder im Kreis. Die Frühlingssonne brachte ihren hellblauen Rock zum Leuchten, der fröhlich mitschwang. Es war fast wie vor Jahren an dem Tag, als Archie mit der Tapete in ihrem Zimmer im Pub fertig geworden und Vika vor Freude durch den Raum getanzt war. Und ebenso wie zu jener Zeit war sie auch jetzt noch der schönste Anblick, den seine Augen je zu Gesicht bekommen hatten.

Arch sprang auf, um gleich darauf seine Ma hüpfend zu umrunden. Das Lachen der beiden klang in Archies Ohren nach, als er sich im Stuhl zurücklehnte und in das Brot biss. Das war es, wofür er Flandern überlebt hatte. Er hatte vor, an Vikas Seite alt zu werden, sie an jedem verdammten Tag ihres gemeinsamen Lebens zu lieben und seine Kinder und Kindeskinder aufwachsen zu sehen.

Ende

Danksagung

An dieser Reihe arbeiten zu dürfen, erfüllt mich Tag für Tag mit Freude und Dankbarkeit. Die Recherche führt mich in eine Zeit und an Orte, über die ich sonst wohl nie je etwas erfahren hätte. Im vorliegenden Band waren es die Gorbals, die mich in ihren Bann gezogen haben. All die Geschichten über das Leben von damals, die Entbehrungen, aber auch den Zusammenhalt der Menschen in jenem Viertel haben mich tief beeindruckt.

Diese Arbeit macht mich glücklich, und deshalb danke ich ganz besonders den wunderbaren Menschen der S. Fischer Verlage, die das alles erst möglich machen: Katinka Bock und Carla Grosch ebenso wie Milena Kahlcke, Birgit Eisenbeis und Verena Wälscher sowie allen weiteren Mitarbeiterinnen und Mitarbeitern, die diese Reihe in diversen Funktionen unterstützen. Ihr seid einfach super!

Wie immer an meiner Seite war einmal mehr die beste Lektorin von allen, die längst unersetzbar geworden ist: Ilona Jaeger. Danke für deine Hinweise, die stets auf den Punkt gebracht sind, und deine professionelle Unterstützung.

Auch möchte ich Julie Hübner und Tim Rohrer von der Leselupe Literaturagentur danken.

Ich danke meiner Familie, die ich stets unterstützend hinter mir weiß. Insbesondere meinem Mann, der sich regelmäßig spätabends bei einem Glas Whisky meine Plotprobleme anhören muss. Patrick, auch wenn du das hier nie zu sehen bekommen wirst, weil du meine Bücher grundsätzlich nicht liest: Ich würde dich tatsächlich immer wieder heiraten!

Und selbstverständlich danke ich all den fabelhaften Buchhändlerinnen und Buchhändlern, ohne die unsere Geschichten nie zu ihrer Leserschaft finden würden, ebenso wie meinen geschätzten Leserinnen und Lesern. Vielen Dank!

Hat Ihnen der zweite Band der Sturmjahre-Saga von Lia Scott gefallen? Dann finden Sie hier eine Leseprobe aus dem nächsten Buch.

»Sturmjahre – Die Melodie der Freiheit«

Der dritte Band rund um die Familie Dennon erscheint im Frühjahr 2024.

TEIL EINS

April 1921

Vier Jahre des Krieges haben Schottland zugesetzt und seine Wirtschaft ruiniert. Angesichts der hohen Arbeitslosigkeit und der schlechtesten Lebensbedingungen in Großbritannien wandern Tausende Menschen aus, um sich in den Kolonien ein neues Leben aufzubauen. Schotten und Engländer haben im Großen Krieg zwar zum ersten Mal Seite an Seite gekämpft, dennoch beginnt sich einmal mehr Unmut über die Zugehörigkeit zum Vereinigten Königreich zu regen.

Die Menschen sind in einer Übergangsphase zwischen Vergangenheit und Zukunft, in der sie wieder zu sich finden müssen, und auch Schottland muss seine Identität neu definieren.

Das Lebensgefühl der Roaring Twenties ist noch nicht zu spüren, aber die Menschen schöpfen neue Hoffnung und beginnen für eine bessere Zukunft für sich und ihr Land zu kämpfen.

Die Frauen werden zunehmend selbstbewusster, zum großen Teil haben sie, sofern sie über ein gewisses Alter und Besitz verfügen, bereits das Wahlrecht erhalten. Sie fordern nun mehr Selbstbestimmung und Rechte für sich ein.

In diesem Jahr wird Haddingtonshire in East Lothian umbenannt, wie die Gegend östlich von Edinburgh bis heute heißt.

Kapitel 1

»Auf gar keinen Fall!« Isabella schnappte nach Luft und schob einen Finger zwischen den Kragen ihrer Bluse und ihren Hals. Dieser schien plötzlich enger zu sitzen als zuvor und drohte ihr die Luft abzuschnüren. »Ihr könnt mich nicht dazu zwingen!«, rief sie aus, drehte sich zur Seite und griff nach der lila marmorierten Porzellanvase.

Aus den Augenwinkeln sah sie, wie ihr Vater drohend die Hand hob, doch es würde nicht schaden, ihren Worten Nachdruck zu verleihen. Schon schmetterte sie die Vase auf den Parkettboden. Unzählige Porzellanscherben sprangen zu allen Seiten weg, einige davon landeten auf dem dekadenten Berberteppich vor dem Kamin. Während die dunkelrote Gesichtsfarbe ihres Vaters einen Wutanfall ankündigte, verschränkte ihre Mutter mit stoischer Ruhe die Arme vor der Brust. Eloise Mac Conallta verlor nie die Fassung. Jedenfalls hatte Isabella es kein einziges Mal erlebt. Das Temperament ihres Vaters hingegen war dem ihren ähnlicher.

»Es reicht!«, brüllte er. »Diese Vase habe ich deiner Mutter zum dritten Hochzeitstag geschenkt. Sie wird untröstlich sein, Isabella. Und es ändert an der Situation rein gar nichts. Du hattest oft genug die Wahl, und doch hast du keine getroffen. Jetzt habe ich das eben für dich getan.«

Isabella wusste, dass ihre Mutter die Vase potthässlich fand. Ausgesprochen hatte sie es selbstverständlich nie, aber sie rückte das Dekorationsstück stets ein wenig hinter eine größere Amphore mit Trockenblumen, so dass man sie kaum sehen konnte. Die Geschenke ihres Vaters waren mit den Jahren besser geworden. Vermutlich hatte er den Geschmack seiner Frau nach und nach besser einzuschätzen gelernt. Isabella war sich sicher, dass jeder in diesem Raum wusste, dass Eloise der Vase keine Träne nachweinen würde. Nun hatte das scheußliche Ding immerhin einen Zweck erfüllt. Den, ihre Entrüstung zu unterstreichen. Ob sie damit Erfolg gehabt hatte? Isabella linste zu ihrem Vater hinüber. Mit zusammengezogenen Brauen starrte er sie an. Jetzt durfte sie keine Schwäche zeigen. Oder vielleicht doch? Womöglich war es an der Zeit, die Taktik zu ändern. Gespräche wie dieses hier hatten sie in der Vergangenheit mehrfach geführt, und stets hatte sie ein Feuerwerk der Emotionen entzündet, um ihren Willen durchzusetzen. Eine Vase hatte sie bisher zwar nie zerschmettert, aber dieses Mal war es ernster als sonst, das sagte ihr auch ihr krampfender Magen.

Die eiserne Miene ihres Vaters ließ den Blusenkragen noch ein wenig enger wirken. Isabella schluckte. »Ihr müsst mich doch verstehen«, setzte sie mit dünner Stimme an.

Ihr Vater schmunzelte unter dem akkuraten zu beiden Seiten eingedrehten dunklen Oberlippenbart und sah sie abwartend an. Es war wie bei einer Kartenpartie, und er ließ ihr die Zeit zu entscheiden, welche Karte sie als Nächstes ausspielen wollte. Er war ein würdiger Gegner. Keiner verhandelte härter als er. Jedenfalls hatte sie das hier und da gehört. Normalerweise fanden die Verhandlungen von Donald Mac Conallta außerhalb des Familienheims statt. Und niemand wagte es, sich ihm zu widersetzen oder ihm gar eine Vase vor die Füße zu werfen.

Isabella reckte das Kinn vor. Sie hatte sich entschieden. Sie würde nicht versuchen, einige Tränen herauszupressen und zu schluchzen. »Ich mache da nicht mit«, sagte sie mit einer selbstbewussten Stimme, die sie beinahe selbst überzeugte.

»Doch, das wirst du.« Ihr Vater zog die goldene Taschenuhr an der Kette aus der Westentasche hervor, warf einen Blick darauf und beugte sich dann zu seiner Frau herunter. Er küsste Eloise auf die Wange, wie er es stets tat, wenn er das Haus verließ oder heimkehrte. »Ich muss dringend los, meine Liebe. Bleib meinetwegen nicht auf, es wird spät werden.«

Ihre Mutter schenkte ihm ein Lächeln und wartete, bis er den Salon verlassen und die Eingangstür zugeworfen hatte. Im Flur wartete Mina bereits mit Besen und Kehrblech. Der Lärm der zu Bruch gegangenen Vase hatte das Hausmädchen in Alarmbereitschaft versetzt. Natürlich gab sie sich größte Mühe vorzugeben, von dem, was im Salon ablief, nichts mitzubekommen, und starrte Löcher in die Luft.

Dann sah ihre Mutter Isabella an. »Du bleibst, abgesehen von den Mahlzeiten, bis zum Dinner morgen Abend in deinem Zimmer, und du ...«

»Ich bin sechsundzwanzig«, fiel Isabella ihr ins Wort. Wann hatte sie denn das letzte Mal Stubenarrest bekommen? Gut, vermutlich war es gar nicht so lange her, aber dennoch wurde es zunehmend lächerlich. Und abgesehen davon hatte sie jeden Grund, sich so aufzuführen, doch das sahen ihre Eltern scheinbar anders.

»Du bleibst bis zum Dinner morgen Abend im Zimmer«, wiederholte ihre Mutter in einem Ton, der keinen Widerspruch zuließ. »Du wirst das hellblaue Kleid tragen, das wir vorigen Monat bei der Schneiderin haben anfertigen lassen, und du wirst dich benehmen.« Sie sah Isabella eindringlich an. »Es wird dir nichts nützen, erneut mit Dingen zu werfen, sondern dir höchstens den Zorn deines Vaters einbringen, was ihn nur in seiner Meinung bestärken wird.«

Isabella schob erneut einen Finger in den Kragen. Die Luft in dem mit teuren Gemälden und prachtvollen Möbeln ausgestattetem Zimmer kam ihr stickig vor. Ihr war danach, ihren Frust herauszuschreien.

In bester Laune hatte sie noch vor einer Stunde in ihrem neuen Buch gelesen, ehe Mina sie aus dem Bett gescheucht hatte, weil sie erneut zu spät fürs Frühstück dran war. Es kam öfter vor, dass das Hausmädchen sie an die Zeit erinnern musste, wenn sie sich wieder einmal in einer Geschichte verloren hatte. Isabella hatte sich eilig angezogen, sich die Haare gebürstet und war ins Esszimmer gestürzt, wo sie augenblicklich ins Geplapper ihrer Schwestern eingetaucht war. Nach einem gemurmelten Morgengruß hatte sie sich auf ihrem Stuhl niedergelassen und sich Tee eingeschenkt. Wie stets war ihr Vater am Kopfende des Tisches in einige Unterlagen vertieft gewesen. Alles war wie immer gewesen. Jedenfalls bis zu dem Moment, als er »Isabella, komm bitte nachher zu deiner Mutter und mir in den Salon« gebrummt hatte. Sogar das Geschwätz ihrer Schwestern war für einen Augenblick verstummt, und Violet hatte sie fragend angesehen. Isabella hatte zur Antwort mit den Schultern gezuckt und zur Abwechslung einmal wirklich keine Ahnung gehabt, was sie ausgefressen hatte.

Kaum war die Tafel aufgehoben worden, hatte Violet sie am Arm in den Flur gezogen. Im Gegensatz zu den anderen Schwestern hatte sie die Bitte des Vaters nicht schon längst wieder vergessen. Aber die Siebzehnjährige war auch auffallend aufgeweckt und gescheit und besaß einen erfrischenden Humor. Manchmal fand Isabella es schade, dass sie altersmäßig so weit auseinanderlagen und daher nicht mehr voneinander gehabt hatten. Zwischen ihnen kamen Sophie und Emilia. In den vergangenen Monaten jedoch hatten sie öfter beieinandergesessen und sich unterhalten. »Hast du dir wieder ein Buch aus der Bibliothek geholt, das nicht für dich bestimmt war?«, fragte Violet leise. Sie war eine der beiden Töchter, die mit ihrem fast schwarzen Haar und den dunklen Augen äußerlich nach dem Vater kamen. Bei allen anderen hatte sich das kühle, edle Blond der Mutter durchgesetzt. Wie meist machte Violets Frisur einen etwas unordentlichen Eindruck, weil ihre Haare sich bei Feuchtigkeit gerne kräuselten und dann kaum zu bändigen waren. Und da die Luft in Edinburgh häufig regengeschwängert war, hatte Violet es längst aufgegeben, sich darüber zu ärgern. Doch auch wenn ihre Frisur manchmal an einen Pudel denken ließ, war Violet unleugbar eine Schönheit. Hin und wieder erinnerte sie Isabella an die Amazonen, von denen sie gelesen hatte. Nur ihre Haut war zu blass, was davon kam, dass die Mac-Conallta-Töchter die meiste Zeit im Haus verbrachten. Und dann hatte ihr die Mutter auch kürzlich noch einen modischen Bob geschnitten. Es war eine Schande, denn Violet hatte wunderbar langes Haar gehabt. Nun kräuselte es sich noch weitaus stärker.

Isabella runzelte die Stirn und konzentrierte sich wieder auf die Frage ihrer Schwester. In der Tat verstand ihr Vater keinen Spaß, wenn sie sich aus den verbotenen Regalen, wie er es nannte, bediente. Und genau das machte es für sie nur umso reizvoller. Warum es ihren Vater störte, wenn sie in diesen Büchern las, wusste sie nicht. Vermutlich hatte er den

Privatlehrer der Familie mit der Auswahl betraut, welche Lektüre für junge Frauen passend war und welche nicht. Da Mr. Findlay einen so trockenen Charakter hatte wie das Brot von vorgestern, war alles, was halbwegs unterhaltsam war, in jene untersagten Regale gewandert. Isabella war sich jedenfalls sicher, dass ihr Vater selbst keines der Bücher in seinem Haus je aufgeschlagen hatte. Donald Mac Conallta hatte die Bibliothek nur deshalb einrichten lassen, um zu zeigen, dass er es sich leisten konnte. Vielleicht wollte er auch bewanderter wirken, als er es war, doch war das unnötig. Ihr Vater war mit zwölf von der Schule abgegangen und hatte sich dennoch aus einfachsten Verhältnissen nach oben gearbeitet. Er besaß nicht jene Klugheit, die einem ein Studium an einer Universität einbrachte, sondern jene, die man in den Straßen der schlechten Viertel brauchte, um es zu etwas zu bringen. Er war auf seine Art ein schlauer Mann und ein gerissener noch dazu. Und trotzdem fuchste es ihn bis heute, wie Isabella wusste, dass er eben keine der angesehenen Privatschulen besucht hatte und nicht auf Generationen erfolgreicher Geschäftsmänner oder Industrieller im Stammbaum zurückblicken konnte. Jeder hatte einen wunden Punkt, und der ihres Vaters war der, dass andere wohlhabende Leute hinter seinem Rücken die Nase über ihn rümpften. Und wohl ebenso über seine Töchter. Jedoch wagte es niemand, nur ein falsches Wort über ihn zu verlieren – schon gar nicht rund um die im Schatten des Edinburgh Castle gelegene, verruchte Straße Cowgate. Die Gassen unweit von Cowgate und Grassmarket, die weithin als Elendsviertel bekannt waren, bildeten das Zentrum aller Aktivitäten ihres Vaters. Hier grüßte ihn ein jeder, und Isabella war seit ihrer Kindheit gewohnt, dass man zur Seite trat, wenn er die Gehsteige in

Richtung des *The Black Bears* zu seinem in dem Wirtshaus gelegenen Büro entlangwalzte. Zumindest örtlich betrachtet hatte ihr Vater sich nie weit von der heruntergekommenen und dreckigen Einzimmerwohnung entfernt, in der er an einem eisigen Februarmorgen das düstere Licht der Edinburgher Slums erblickt hatte.

Hin und wieder hatte er ihr, wenn sie alleine in seinem Büro saßen, erzählt, wo er herstammte – und sie damit ebenfalls. Von der unverheirateten Mutter, die sieben Jahre nach jenem Februarmorgen angefangen hatte, Blut zu spucken, und nur wenige Wochen später der Tuberkulose erlegen war, weil eine Frau wie sie sich natürlich keine Medikamente oder Erholung am Meer oder in der Schweiz hatte leisten können.

Keine von Isabellas Schwestern wusste davon. Daheim sprach ihr Vater grundsätzlich nie über die Vergangenheit oder etwas anderes, das von Belang war. Sobald Donald Mac Conallta das dreistöckige Haus betrat, nur wenige Gehminuten von den Gassen entfernt, die einst den Ruf gehabt hatten, das Edinburgher Pendant zum Londoner Whitechapel zu sein, wollte er Frieden von der Welt da draußen, die er selbst mitgeformt hatte. Hier, in diesen mit Bedacht eingerichteten Räumen, versammelte er seine Töchter und seine bildschöne Ehefrau um sich. Lauschte den Darbietungen derjenigen Töchter, die musikalisch begabt waren und zu denen Isabella fraglos nicht gehörte, genoss das vorzügliche Essen, ließ sich jeden Tag von den jüngeren Mädchen von ihren Schullektionen berichten und saß, wenn seine Geschäfte es gestatteten, vor dem Zubettgehen eine Weile mit seiner Frau im Salon.

»Isabella!«

Eilig sah sie ihre Schwester an. »Kein verbotenes Buch, ehrlich. Dieses Mal nicht. Ich weiß auch nicht, was sie von mir wollen«, hatte sie geflüstert, als sich die Tür des Salons geöffnet und ihre Mutter sie mit einer vornehmen Bewegung heranwinkt hatte.

»Viel Glück«, hatte Violet gezischt, während Isabella der Aufforderung der Mutter folgte.

Erfahren Sie mehr über die Autorin auf
https://www.instagram.com/die.landschreiberin/
https://www.facebook.com/Die.Landschreiberin
www.die-landschreiberin.de